MICHAEL JENSEN

TOTENREICH

atb aufbau taschenbuch

MICHAEL JENSEN wurde 1966 im Norden Schleswig-Holsteins geboren. Er lebt mit seiner Familie in Hamburg und Flensburg. Im Hauptberuf ist er als Arzt und Therapeut tätig. Seine beruflichen Erfahrungen hat er in zwei Sachbüchern zusammengetragen. Dabei interessieren ihn besonders die seelischen Spätfolgen des Zweiten Weltkriegs, vor allem bei den Nachkommen von Opfern und Tätern. Für sein literarisches Schreiben hat er ein Pseudonym gewählt.

Im Aufbau Taschenbuch sind seine Kriminalromane »Totenland« und »Totenwelt« lieferbar.

Der ehemalige Kriminalkommissar Jens Druwe wird am selben Tag verhaftet, an dem die letzte inoffizielle Reichsregierung in Flensburg von den Alliierten abgesetzt wird. Ihm werden zweifacher Mord und die Teilnahme an Aktionen der sogenannten Einsatzkommandos im Russlandfeldzug vorgeworfen. Obwohl sie alles versucht, kann seine Freundin Eva ihn nicht vor einer mehrjährigen Gefängnisstrafe bewahren. Bald jedoch erhält er vom britischen Geheimdienst ein besonderes Angebot. Er soll im Zuchthaus das Vertrauen eines Nazi-Generals gewinnen, der noch ein geheimes Netzwerk unterhält. Druwe lässt sich darauf ein, um baldmöglichst wieder in Freiheit zu sein – doch schon bald wird er auf eine schwere Probe gestellt.

MICHAEL JENSEN

TOTEN-
REICH

KRIMINALROMAN

atb aufbau taschenbuch

MIX
Papier aus verantwortungsvollen Quellen
FSC www.fsc.org
FSC® C083411

ISBN 978-3-7466-3780-8

Aufbau Taschenbuch ist eine Marke der Aufbau Verlage GmbH & Co. KG

1. Auflage 2021

Umschlaggestaltung www.buerosued.de, München
unter Verwendung eines Motivs von akg / mauritius images / Karl Heinrich Lämmel
Satz LVD GmbH, Berlin
Druck und Binden CPI books GmbH, Leck, Germany
Printed in Germany

www.aufbau-verlage.de

PROLOG

Bad Mondorf, Juli 1945

»Hervorragend, mein lieber Doktor. Ich habe geriebenen Trüffeln auf zerlaufenem Parmesan schon immer den Vorzug gegeben.« Göring tauchte gierig das letzte Stück Brot in den Käserest. Es war leider nur eine winzige Portion gewesen. Verdammte Diät.

»Sehen Sie es als kleinen Dank«, antwortete der Arzt, auf dessen Hemd sich Schweißflecken abzeichneten.

Die Stimmung des schwülen Hochsommerabends hatte sich auf das Gemüt von Mensch und Tier gelegt. Ein alter Dackel lief unruhig umher auf der Suche nach Wasser. Die Katze des Concierge lag träge auf dem Fenstersims. Der kleine Gartentisch im Hofgarten war mit einer gelben Schicht von Blütenpollen bedeckt. Zwei Männer saßen hier. Sie tranken jetzt Tee und Zitronenwasser mit Eis. In Erwartung des erlösenden Gewitters hatten die beiden schwitzenden Gäste eine Weile geschwiegen. Der Platz schien eher für ein verliebtes Paar geeignet, weniger für eine Vernehmung. Im Schatten hinter dem Palasthotel, an einer Schleife des Flüsschens Gander gelegen, war der schwere Rosenduft fast greifbar. Immerhin brachte das träge fließende Wasser etwas Kühlung zu den Männern herüber. Im Westen waren die Hanglagen des Moseltals im Dunst des frühen Abends zu erahnen. Jedoch, es fand sich keine Wolke am Himmel.

Wäre ein Beobachter in diesem Moment nichtsahnend aus einem sechsjährigen Schlaf erwacht, hätte ihn in der ländlichen Region Luxemburgs nichts an einen verheerenden Krieg denken lassen. An einen Krieg, der halb Europa verwüstet und achtzig Millionen Menschen getötet oder verwundet hatte. Die Männer, die in diesem Haus logierten, waren Gefangene. Sie waren die Überbleibsel eines mörderischen Regimes, von den Alliierten versammelt, um sie auf ihre Prozesse vorzubereiten. Trotz der idyllischen Lage und der komfortablen Unterbringung waren die Gäste also zwangsläufig unzufrieden. Schließlich sahen sie sich als Staatsmänner. Immerhin hatten sie zur Elite jenes Dritten Reichs gehört, dessen Volksangehörige sich für auserwählt und überlegen gehalten hatten. Die mehr als fünfzig hochrangigen Nazis wurden nun von einfachen, amerikanischen Soldaten bewacht, die fluchten, Kaugummi kauten und oft verdächtig jenen Menschen ähnelten, die vor etwa drei Jahren in den östlichen Lagern verschwunden waren.

Der bekannteste unter ihnen war lange Zeit sogar zweiter Mann im Staat gewesen. Dem Volk war er in Erinnerung durch seine markigen Sprüche und seine Großmannssucht. Letztere hatte im Lauf der Jahre auch Ausdruck in entsprechender Leibesfülle gefunden. Nun allerdings musste er sich auf Anordnung der Militärführung an Abmagerungskost halten.

»Können Sie nicht dafür sorgen, dass ich mir endlich eine neue Uniform anfertigen lassen kann?«, fragte Hermann Göring. Er trug schwarze Reitstiefel nach Gutsherrenart und eine weiß-graue Fantasieuniform mit Tressen, Kordel und diversen Orden und Abzeichen. Die Epauletten waren – wenn man den Gerüchten Glauben schenkte – aus purem Gold. Man hatte ihm alles belassen, lediglich den Blutorden hatte ihm ein Sergeant unsanft von der rechten Brusttasche gerissen. Göring hatte umgehend ein Protestschreiben an den US-Oberbefehlshaber verfasst: *Mein lieber Eisenhower, ein edles Erinnerungsstück wurde mir unrechtmäßig genommen …* Eine Antwort hatte er nicht erhalten.

Jacke, Schärpe und Hose waren ihm – nachdem er in den letzten Wochen dreißig Kilo eingebüßt hatte – viel zu groß und schmälerten etwas die würdevolle Eleganz, mit der er aufzutreten wünschte.

»Herr Marschall, ich bin Ihr Arzt, nicht Ihr Zeugwart«, erwiderte Dr. Douglas Kelley kühl.

»Ja, aber Sie sind doch verantwortlich dafür, dass ich seit Wochen nur Suppe und Gemüse esse«, lamentierte sein Gegenüber. »Ich habe fast sechzig Pfund verloren. Und da muss man einem Mann in meiner Stellung zugestehen, sich anständig und passend zu kleiden. Ich zahle auch dafür.« Er schwieg einen Moment. »Im Übrigen habe ich den Rang eines Reichsmarschalls inne, Herr Doktor«, ergänzte er dann, fast ein wenig beleidigt.

Göring hatte sich manche Annehmlichkeit gesichert, seit er in dem mondänen, ehemaligen Palasthotel im Kurort Mondorf angekommen war. Er sah sich als Gast, nicht als Gefangener. Er war es gewohnt, sich die Welt so zu schaffen, wie er sie haben wollte. Anfangs hatte er versucht, sich aus seinen sechzehn Schrankkoffern ein luxuriöses Leben einzurichten. Immerhin hatten die Amerikaner ihm zugestanden, seinen Kammerdiener Robert und fast hunderttausend Reichsmark mitzubringen. Aus dem Barvermögen finanzierte er sich munter den Bezug von Rauchwaren, Zeitschriften und Spirituosen. Diese gönnerhafte Art eines Lebemanns beeindruckte denn auch manchen einfachen GI.

Es würde ihm nicht schwerfallen, sich auch zusätzliche Verpflegung zu verschaffen, dachte der Psychiater. Aber Göring hatte stolz erklärt, dass er in der kommenden Zeit Deutschland vertreten müsste. Und eine hundertdreißig Kilo schwere Kugel wäre in einem Land der Not nicht glaubwürdig, hatte er befunden. Die Amerikaner nannten die ausgemergelten Menschen in Europa – speziell auch die aus den Lagern Befreiten – nur *Bone People*, Knochenmenschen. Oft waren die Holzschuhe an ihren Füßen schwerer als ihr Körper. Derart schlimm stand es jedoch um den Reichsmarschall keineswegs.

Kelley war von seinem Schützling ebenso fasziniert wie abgestoßen. Der Mann war ein Prahler und Fantast. Er kannte kein Maß und war glaubhaft überzeugt, in der Politik weiterhin eine große Rolle spielen zu können. Und dennoch – oder gerade deshalb – hatte er es in der Hitler-Diktatur weit gebracht. Göring litt zudem an einer – unter zu Macht gekommenen Adligen und Geistlichen im Mittelalter oft verbreiteten – Fresssucht. Es schien, als ob solche Männer im wahrsten Wortsinn alles in sich hineinstopfen mussten. Nach dem Psychoanalytiker Sigmund Freud, den Dr. Kelley bewunderte, waren solche »Mund-Menschen« von einem tiefen, inneren Wunsch nach Vereinnahmung und Versorgt-Sein bestimmt. Zudem hatte Göring mithilfe von »Morphium-Kuren« immer wieder versucht, seine Nerven zu beruhigen. Letztlich aber war er nur ein Mann, der der Welt entfliehen wollte, wenn sie nicht zu seinem Wunschdenken passte. Und in den letzten drei Jahren war das immer öfter der Fall gewesen. Andererseits war Göring auch ein charmanter Plauderer. Er wirkte im ersten Moment sympathisch und schien jeden Zuhörer um den Finger zu wickeln. Er suchte nonchalant Erklärungen für ein Chaos, das er schon einmal – nach dem Ende des ersten großen Kriegs – erlebt hatte. Er war witzig und schlagfertig und konnte auf fast hypnotische Weise über Pläne und Visionen sprechen. Dabei zog er nicht nur seine Landsleute, sondern auch den Amerikaner Kelley in seinen Bann.

»Ist das Zittern nun besser, Herr Reichsmarschall?« Kelley achtete auf die korrekte Rangbezeichnung, denn Göring weigerte sich, mit ihm oder anderen Amerikanern zu sprechen, wenn sein Titel nicht genannt wurde.

»Ja, Herr Doktor. Die Vitaminspritzen haben nun doch geholfen.« Zur Bestätigung hielt Hermann Göring die Hände nach vorn. Durch seinen Entzug vom Morphium hatte er über viele Wochen heftige Körpersymptome gezeigt.

Kelley war zufrieden. Sein offizieller Auftrag, Göring und die anderen Gefangenen in eine gute, gesundheitliche Verfassung zu bringen, war fast erfüllt. Ihnen konnte in Nürnberg der Prozess gemacht werden. Der Arzt hatte hier keinen wirklich schweren Fall mehr zu betreuen. Er dachte an die ärztlichen Kollegen, die in England mit dem schwer gestörten Rudolf Heß beschäftigt waren. Er hatte sie mehrfach telefonisch beraten. Der Stellvertreter des Führers war offenbar geisteskrank. Oder aber er simulierte, um einem Prozess zu entgehen. Jedenfalls wäre mit dem Kerl wissenschaftlich kein Blumentopf zu gewinnen, und Kelley war froh, dass er nach Mondorf beordert worden war.

Er hatte hier mit lösbaren Problemen zu tun gehabt. Der frühere Generalgouverneur Hans Frank, der »Schlächter von Polen«, hatte zwar einige Selbstmordversuche hinter sich. Dass er sich auf diese Weise dem Gerichtsverfahren entzog, war durch Kelley und sein Ärzteteam jedoch verhindert worden. Der Leiter der Arbeitsfront, Robert Ley, war massiv alkoholkrank. Um einem Delir und Krampfanfällen vorzubeugen, hatte Kelley ihm drei Mal am Tag eine kleine Menge Whiskey verordnet. Und Gauleiter Streicher litt offenbar unter einer aggressiven Psychose. Er schrie oft grundlos, schlug um sich und sah überall Juden und deren Verschwörungen. Vielleicht war es fortgeschrittene Syphilis, die sein Gehirn zerfressen hatte. Phenobarbital in kleiner Dosierung hatte den Mann endlich ruhiggestellt.

Douglas Kelley hatte alles im Griff, seine Hauptarbeit war getan, der Abschlussbericht an Eisenhowers Stab fast fertig. Jetzt konnte er sich einen weiteren Monat der Befragung Görings und anderer NS-Granden widmen. Erst dann würden sie das ehemalige Hotel in Luxemburg verlassen und verlegt werden. Er wollte an den Männern eine wissenschaftliche Untersuchung durchführen. Was machte einen Menschen zum Nazi? War das eine Charakterfrage? Oder war es einfach nur eine typisch deutsche Eigenschaft? Konnte jeder zum Nazi erzogen werden, wenn es das Umfeld zuließ und förderte? Oder musste man zum Nazi geboren sein? Kelley hatte aufmerksam die Arbeiten zur Vererbung und Genetik verfolgt. Gab es vielleicht ein Nazi-Gen? Mit den Antworten auf diese Fragen und einem entsprechenden Aufsatz würde Dr. Douglas Kelley Aufsehen in der Fachwelt erregen, da war er sicher. Vieles hatte er bereits aus den Krankenakten erfahren, aber hier vor Ort hatte er die Figuren aus dem Zentrum des Bösen. Eine einmalige Gelegenheit, die sich nicht noch einmal bieten würde. Er wollte einen Zugang zu Leuten wie Göring finden, sie verstehen. Die Zeit drängte jedoch. Colonel Andrus, der Befehlshaber des hiesigen Gefangenencamps, hatte ihm mitgeteilt, dass die

Gefangenen schon Ende August nach Nürnberg verlegt werden würden, wo sie der Prozess erwartete. Und im Vertrauen hatte er erwähnt, dass die meisten Gefangenen wahrscheinlich mit der Todesstrafe rechnen mussten. Somit gäbe es für Kelley dann vielleicht keine Möglichkeit, nach der Verhandlung noch weitere Befragungen durchzuführen.

»Herr Reichsmarschall, ich möchte gern das Thema von gestern zu Ende bringen«, sagte der Psychiater.

Göring nickte. »Ich denke zwar, dass sich das Problem erledigt hat, aber bitte. Nur zu, Doktor.«

»Was haben die Deutschen gegen die Juden?«

»Da müssen Sie wohl siebzig Millionen Interviews führen.« Hermann Göring lachte und nahm sich Tee. »Aber Scherz beiseite«, fuhr er fort. »Ich persönlich denke, dass die Vorsehung die Juden einfach zur falschen Zeit an den falschen Ort gestellt hat. Das ist eben das Schicksal dieses Volkes.«

»Wie meinen Sie das?«

»Nun ja, es ging immer nur um die Bedrohung aus dem Osten. Der Führer musste dem deutschen Volk einen Grund geben für seinen Plan, den slawischen Menschen in seine Schranken zu weisen und den Bolschewismus zu vernichten. Er persönlich und ein paar andere Parteigenossen hatten eben diese obsessive Vorliebe für das Antisemitische.« Göring hielt kurz inne. »Schauen Sie nicht so überrascht, Doktor Kelley! Als ob nicht überall, auch in Ihrem Land diese Geisteshaltung verbreitet war. Und ist. Denken Sie nur an Ihren braven Roosevelt, der uns den Dampfer *St. Louis* mit fast tausend Juden zurückgeschickt hat, obwohl er schon vor Kuba war. Sie wollten diese Leute auch nicht haben. Oder nehmen Sie den guten Henry Ford, der uns mit seinen antisemitischen Schriften einen großen Gefallen getan hat. Und dann brauchen Sie nur zu überlegen, wo in den letzten fünfhundert Jahren die meisten Pogrome gegen Juden stattgefunden haben. Da müssen Sie wohl in sämtlichen Fällen nach Osten schauen. Also bitte, Doktor, seien Sie nicht scheinheilig.«

Kelley fiel es schwer, gegen diese ideologische Strategie Görings zu argumentieren. Ablenken von der eigenen Schuld und Verantwortung, indem man verallgemeinerte und andere mit ins Boot holte. Als Psychiater sollte er sich laut Lehrmeinung von Diskussionen mit Patienten fernhalten, sich nicht emotional hineinziehen lassen. Als Mensch fiel ihm dies angesichts der Ungeheuerlichkeiten schwer, die immer noch täglich über die Nazi-Herrschaft ans Licht kamen.

»Und was meinen Sie konkret damit, die Juden wären zur falschen Zeit am falschen Ort gewesen?«, fragte er.

»Der Mensch braucht immer ein Motiv für sein Handeln«, erwiderte Göring. »Warum sollten der Schlosser Karl aus München und der Schauermann Hannes aus Bremen in einen Krieg ziehen? Sie tun das nur, wenn sie sich, ihre Lieben und ihre Heimat durch einen schrecklichen Feind bedroht sehen.«

»Und dieser Feind waren die Juden?«

Göring nickte. »Hitler brauchte einen Gegner, der zahlenmäßig groß genug war, um beängstigend zu wirken. Der sich auf der ganzen Welt unerkannt zu verstecken schien. Und dem man im Osten einen Todesstoß versetzen konnte. Angeblich ...«

»Und Sie? Glaubten Sie auch an dieses Schauermärchen, Herr Reichsmarschall?«

»Der Führer und Leute wie Streicher, Frank oder Rosenberg haben daran geglaubt.« Der Reichsmarschall zuckte mit den Schultern. »Andere wie ich haben diesen Glauben benutzt. Er war wie ein Wirtschaftsgut. Enorm gewinnbringend. Roher, gewalttätiger, sinnloser Antisemitismus ist mir zuwider. Nutzbringend ist er aber sinnstiftend. Und einend. Denken Sie wirklich, Dr. Kelley, wir hätten die deutsche Volksgemeinschaft zu dieser übermenschlichen Leistung und Opferbereitschaft anstacheln können ohne ein solches Feindbild? Der *Ewige Jude* hat uns all die Jahre gut gedient.« Göring lehnte sich zurück, nahm ein kleines silbernes Etui aus seiner Jackentasche und bot Kelley eine Zigarette an.

Der Arzt lehnte mit einem Kopfschütteln ab. Er wäre in diesem Augenblick gern an einem anderen Ort gewesen. In San Francisco oder Chicago. Sein Schädel schien regelrecht zu platzen. Abartig und von unmenschlicher Logik waren die salopp vorgetragenen Antworten dieses Mannes, der zur Führungsriege des besiegten Deutschlands gehört hatte. Der Ewige Jude. Der nutzbringende Antisemitismus. Man hatte dem deutschen Esel das Feindbild des jüdischen Menschen wie eine Möhre vor die Nase gehalten, damit er brav in alle Kriege und Massaker zog. Kelley spürte die Wut, die in ihm aufstieg. Aber Profi, der er war, analysierte er die Empfindung kurz. Es ging um Gewalt. Also ging es um Macht. Oben und unten. Herren und Diener. Uralte Muster. War also jeder Mensch für so etwas empfänglich? Konnte vielleicht auch er selbst zum Nazi und Mörder werden?

»Ich persönlich habe ja wirklich nichts gegen Juden«, schoss Göring seinen nächsten Pfeil ab.

»Sie waren der zweite Mann im Staat, Herr Reichsmarschall!« Kelley versuchte, seine Empörung zu zügeln, aber es gelang ihm nicht ganz. Göring wäre ein hervorragender Agent provocateur gewesen. »Die Deportation dieser Menschen, die Lager. Da sind Sie doch verantwortlich in Ihrer Position.«

»Wissen Sie, ich hatte mehr als dreißig Ämter inne. Da kann man nicht den Überblick haben über jeden Untergebenen, der sich an Aktionen beteiligt, die ich bei Kenntnis nicht gutgeheißen hätte.«

»Aber als Vorgesetzter sind Sie für solche Aktionen zumindest mitverantwortlich«, sagte Kelley.

»Zu dieser Verantwortung stehe ich. Meine Position im Reich war zentral und wichtig. Obwohl ich betonen möchte, dass ich nur Staatsämter, nie Parteiämter bekleidet habe.« Göring schob seinen Stuhl etwas mehr in den Schatten. »Mit der Parteiplanung dieser Juden- und Zigeunersache hatte ich also nie zu tun.«

»Aber an der Gestaltung der Verordnungen und Gesetze zur Gleichschaltung und Verfolgung oppositioneller Politiker waren Sie unmittelbar beteiligt«, sagte der Psychiater. »Und an deren Umsetzung als Ministerpräsident von Preußen und Leiter der Polizei doch …«

»Die Polizei hatte mir dieser bebrillte Hühnerzüchter Himmler schon recht früh weggenommen«, widersprach Göring. »Mir war das ja ganz recht, denn da gab es zu viel Zank und Streit. Nein, nein, mein lieber Doktor, von mir hat es nie einen Befehl zu diesen Deportationen und diesen Morden gegeben. Sie werden da nicht ein Dokument finden. Ich war und bin vor allem Soldat.«

»Sie weisen demnach alle Schuld von sich?«, fragte Kelley.

»Die Schuld? Ja. Die Verantwortung bin ich hingegen bereit zu tragen«, antwortete der ehemalige Reichsmarschall und strich sich manieriert über das pomadisierte Haar, als säße er vor einer Kamera der *Deutschen Wochenschau*. »Ich kann das deutsche Volk in dieser entscheidenden Stunde nicht alleinlassen. Anders als Hitler werde ich die Gemeinschaft nicht im Stich lassen. Nach seinem Willen bin ich der neue Führer nach seinem Ableben. Alle anderen Behauptungen sind Intrigen. Von Bormann und Himmler böswillig in die Welt gesetzt! Ich bin gewillt, diese Last zu tragen. Ein Führer stellt sich nach einem verlorenen Krieg zwischen sein Volk und die Sieger. Als neues Staatsoberhaupt werde ich bald den Friedensvertrag aushandeln. Wir werden die Schuldigen an den Ausschreitungen finden und aburteilen. Dann bauen wir unser Vaterland wieder auf.«

Der Mann zog an seiner Zigarette, legte den Kopf in den Nacken und blies eine Rauchwolke in Richtung Himmel. Kelley war sicher, dass Göring glaubte, was er sagte. Das waren keine Verteidigungsreden oder Schutzbehauptungen, das waren Überzeugungen. Der Grat war schmal. Und ihn zu gehen, war gefährlich. Auf der einen Seite die so sicher geglaubten Werte von Humanismus und Aufklärung. Auf der anderen Seite die Verführungen des Faschismus. Der Mensch war Einzelwesen. Und er war gleichzeitig eine Massenkreatur. Hinter sanftem Naturell lauerte im Rudel allzu oft die brutale Bestie.

I

Wenn der Mensch doch aufhörte sich auf die Grausamkeit der Natur zu berufen, um seine eigene zu entschuldigen! Er vergisst wie unendlich schuldlos auch noch das Fürchterlichste in der Natur geschieht.

Rainer Maria Rilke, 1875–1926

1

Flensburg, Juli 1945

Seit mehr als zwei Monaten wartete Druwe auf eine Verlegung in das Gefängnis beim Landesgericht Flensburg. Luftlinie waren das lediglich fünfhundert Meter, aber die deutsche Verwaltung arbeitete unter den neuen Machthabern noch träger als früher. Sein Anwalt konnte nicht sagen, ob es sich bei den Verzögerungen gar um eine britische Schikane handelte. So saß er im Hochsommer immer noch in dem muffigen, dunklen Kellerloch des Flensburger Polizeipräsidiums ein.

»Die Prüfung der Haftbedingungen für einen verdächtigen Kriegsverbrecher gehört wohl nicht zu den Prioritäten britischer Besatzungspolitik. Und bei den deutschen Richtern haben Sie sich ebenfalls nicht beliebt gemacht, Herr Druwe«, meinte der Jurist Strehler schulterzuckend und versprach, weiterhin Eingaben bei der Kontrollkommission vorzulegen. Für einige Tage im Mai war die norddeutsche Stadt Schauplatz des Ringens zwischen Siegern und Verlierern gewesen. Und Druwe hatte mittendrin gestanden. Sogar mitgemischt in dem dreckigen Spiel, das man Politik nannte. Er war dabei zwischen die Fronten geraten. Für einen Tag war er sogar Chef der hiesigen Polizei gewesen. Aber dieser Spuk war vorüber, die letzte Nazi-Regierung verhaftet, der Alltag wurde allerorten bestimmt von Elend und Trauer. Und nun hatte Druwe die eigene Vergangenheit eingeholt.

Das kleine Kasematten-Fenster seines Kellergefängnisses war in diesen Wochen Druwes Verbindung zur Welt. In den feuchten Putz an den Gitterstäben hatte ein ehemaliger Häftling der Gestapo einen Sinnspruch geritzt. *Die Hölle wird dich dereinst ausspucken, mein Führer.*

Druwe sah lediglich ein winziges Stück vom Himmel. Und auch nur, wenn er auf seinen wenigen Quadratmetern an einer bestimmten Stelle stand. Er lauschte den Geräuschen und Gesprächen aus dem Innenhof, in dem er selbst einmal täglich für eine halbe Stunde Freigang hatte. Den Verlauf der ersten Friedenswochen konnte er den Schilderungen der Wachleute entnehmen. Anfangs waren es nur Engländer, die zum Dienst eingesetzt waren. Aber er sprach deren Sprache gut, so dass er sich nicht allzu isoliert fühlte. Seit zwei Wochen taten auch wieder deutsche Polizisten hier unten Dienst. Sie trugen ihre Uniform und eine große, weiße Armbinde mit der Aufschrift *Ordnungstruppe Flensburg*. Die britischen Soldaten hatten sich oft angeregt mit ihm unterhalten. Und manchmal konnte er sogar eine Zigarette schnorren. Es schien dann, als ob beide Seiten froh waren, die Eintönigkeit für einen Moment zu durchbrechen. Der eine war gefangen in seiner Zelle, der andere in der Monotonie seines Wachdienstes. Die deutschen Wachleute waren hingegen weniger gesprächig. Mancher Hauptwachtmeister kannte ihn zwar noch persönlich, aber schwieg dann dennoch beharrlich. Vielleicht aus Angst, er könnte etwas Falsches sagen. Druwe konnte über die Motive dieses verlegenen Schweigens nur spekulieren. Möglicherweise sorgten sich die Leute, dass vom Aussatz des Gefangenen – er war immerhin diverser Kriegsverbrechen angeklagt – etwas auf die vermeintlich Unschuldigen überspringen würde? Eben hatte man doch erst den Krieg heil überstanden. Da konnte ein solcher Kontakt den Schmutz aufwühlen, den man so eifrig vor den Besatzern – oder vor sich selbst – zu verbergen suchte. Vielleicht war es auch einfach nur Scham, welche die Männer schweigen ließ. Erinnerte Druwe die Leute doch an Zeiten und Taten, die man nur allzu gern vergessen wollte.

»Sie werden den schlimmsten Strolchen im Herbst den Prozess machen«, sagte ein Oberwachtmeister leise. Er gehörte zu den wenigen Landsleuten, die mit dem Gefangenen ein paar Worte wechselten. Der junge Polizist bot Druwe eine Zigarette an. Der Tabak sah aus wie getrocknete Brennnessel, und er schmeckte wie Pferdemist. Aber das war egal.

»Wenn Sie mich fragen, ist das viel zu viel Aufwand«, fuhr der junge Mann fort. »Der Bande haben wir das doch zu verdanken. Was haben die uns alles versprochen! Und jetzt? Sind wir die Büttel der Amis und Tommys! Und dann diese Sachen, die im Osten passiert sind. Mit den Juden und so. Nee, Kerle wie Streicher, Frank und Keitel sollte man gleich aufhängen. Stattdessen muss unsereiner die Suppe auslöffeln, dabei haben wir nichts verbrochen.«

Strolche. Bande. Sachen im Osten. Druwe hatte solche Worte schon oft gehört in der letzten Zeit. Den meisten Menschen war nach Neuanfang zumute, nicht nach innerem Ausmisten. Er schwieg und inhalierte den schlechten Tabakrauch. Er konnte die Zigarette jetzt auch rechts halten. Seine Lederprothese hatte er sich vor zwei Jahren so arbeiten lassen, dass sie ihm als geballte Faust gute Dienste in körperlichen Auseinandersetzungen leisten konnte. Sein Fausthieb konnte tödlich sein. Es hatte zwar beim Prothesenbauer auch die Varianten *Schreiben*, *Handschlag* und *Deutscher Gruß* gegeben. Diese drei Handformen sahen ab Werk auch stets ein Zigarettenloch vor. Das Modell *Lederfaust* hatte hingegen keines. Druwe hatte jedoch herausgefunden, dass bei ihm zwischen Zeigefinger und Mittelfinger ein winziger Spalt gearbeitet war, in den zumindest eine Zigarettenspitze passte. Wenn er rauchte, konnte man meinen, er wollte sich selbst eine Rechte verpassen. Und er ähnelte mit der Spitze irgendwie den dekadent verblödeten Russen in den Dreißigern an den Tischen im Berliner *Wintergarten*. Aber er hatte jetzt wenigstens die linke Hand frei, wenn er seine Sargnägel inhalierte. Während er noch auf seine Prothese blickte, hatte der Wachmann weitergeredet.

»Soldaten wie Sie«, ereiferte sich der Oberwachtmeister weiter, »und alle Polizisten haben doch nur ihren Dienst gemacht. Krieg ist Krieg, da sterben Menschen. Ist doch immer so gewesen. Und jetzt muss Schluss sein.« Er zögerte und sah Druwe an. »Ich meine, Kollegen und Kameraden gehören nicht auf eine Anklagebank. Wir hatten alle unsere Befehle.«

Jens Druwe nickte geistesabwesend und begann wieder, darüber nachzudenken, wie er die Rechte beim Rauchen halten sollte. Welche Stellung der Faust er auch versuchte, es sah immer dämlich aus. Vielleicht konnte er irgendwo eine Spitze aus Elfenbein eintauschen?

Ich verblöde hier drinnen noch, dachte er.

An einem späten Vormittag Ende Juli bekam Druwe die Nachricht, dass man ihn nun doch verlegen würde. Im Polizeipräsidium am Hafen sollten die Zellen künftig nur noch zur kurzzeitigen Unterbringung von Betrunkenen und Kleinkriminellen genutzt werden. Die Zahl minderer Vergehen hatte in den letzten Wochen stark zugenommen. Man brauchte Platz.

Das Landesgericht am Südergraben, oberhalb des Kirchspiels St. Nikolai gelegen, hatte immerhin einen eigenen Gefängnistrakt und sollte Druwes neues Zuhause werden. Er war froh über die Abwechslung. Die Monotonie seiner Tage im ehemaligen Gestapo-Keller hatte ihn noch stiller werden lassen, als er es ohnehin bereits war. Und die beklemmende, hoffnungslose Atmosphäre dieser Zellen übertrug sich auf sein Gemüt. Die Staatspolizei war nie zimperlich gewesen, was die Behandlung von Verdächtigen anging. Druwe meinte, am Boden und an den Wänden braune Flecken zu erkennen. Er deutete sie als Spritzer und Schlieren von eingetrocknetem Blut. War hier jemand brutal verhört worden? Und dann auf dem Boden zusammengebrochen? Kritzeleien im Holz der Tür und im Putz sprachen von Hoffnung und Leid. Wie groß war das Heer der Verdammten, das durch diese Hölle gehen musste? In allen großen Städten hatte es Dienststellen der Staatspolizei gegeben. Allein in Berlin waren im Polizeiamt der Gestapo nach Druwes Schätzungen mehrere Tausend Häftlinge befragt, gequält und sogar ermordet worden. Während seiner Kripo-Zeit hatte er in den Kneipen der Hauptstadt unfreiwillig den Prahlereien betrunkener Gestapo-Beamten zugehört. Bei dem Gedanken, dass es sich bei diesen Kerlen offiziell um Kollegen gehandelt hatte, war Druwe regelmäßig übel geworden. Viele von ihnen schienen eindeutig Sadisten zu sein. Sie hatten Spaß daran, andere zu quälen, zu erniedrigen und zu entwürdigen. *Zum Reden bringen* war oft nur eine andere Beschreibung für Folter. Manchmal hatte Druwe einen Ganoven aufgegriffen, der dann richtig erleichtert gewesen war, dass ihn nicht die Staatspolizei erwischt hatte.

Schloss Rotenstein, wie die Flensburger im Straßenjargon den Backsteinbau am Osthang des Friesischen Bergs nannten, war recht klein und von einer hohen Mauer umgeben, deren Krone mit Stacheldraht gesichert war. Druwes Zelle lag im dritten Stock mit einem angenehmen Ausblick in Richtung südliche Altstadt. Er empfand die sommerliche Wärme anfangs als angenehm. Der Keller unter dem Präsidium war kühl und feucht gewesen. Er hatte meistens mit Mantel und Decke geschlafen, um nicht zu frieren. Am nicht verputzten Stein der Zellenwände wuchsen schwarz-graue Gebilde, zu denen er einen Kontakt lieber vermied. Seine neue Unterkunft hingegen war trocken und warm, Pritsche, Tisch und Stuhl machten sie fast wohnlich. Druwe ertappte sich dabei, wie er mit den Fingern vorsichtig über den frischen Wandkalk strich.

Wer nur lange genug im Dreck sitzt, wird bescheiden, dachte er. Knast oder Krieg. Irgendwann ist Weiß nur noch eine verblassende Erinnerung.

Druwe hatte bisher nur einmal täglich für eine Viertelstunde in den Innenhof gedurft. Und so blendete ihn jetzt das Sonnenlicht stark. Auf seine Bitte hin erhielt er bereits am Nachmittag der Verlegung eine altmodische Sonnenbrille. Nach einigen Tagen war dann die Kälte, die in den Knochen saß, offenbar vertrieben. Die Sommertemperaturen begannen, unangenehm zu werden. Aus der wohltuenden Wärme wurde schließlich eine unerträgliche Hitze. Der Mensch war eben nie zufrieden.

Aber auch in einer weiteren Hinsicht erwies sich neue Umgebung als unvorteilhaft. Die Nähe des Landesgerichts bot dem Leitenden Amtsrichter die Möglichkeit, sich öfter bei Druwe einzufinden und ihn persönlich zu befragen. Dr. Hans-Joachim Löhr hatte sich erst der Dönitz-Regierung angedient, dann aber schnell erkannt, dass man sich vor allem mit den Siegern gut stellen musste. Löhr saß als Richter bereits wieder fest im Sattel der neuen Rechtsprechung. Der Mann hatte geschickt die Anklage gegen Druwe eingefädelt. Eine Art Bauernopfer für die Engländer.

Druwe hatte über Gespräche und einige Zeitungsartikel erfahren, dass die alliierten Sieger eine Art angeborenes Vertrauen in die Berufsgruppen der Richter und Anwälte setzten. Und sein Anwalt berichtete ihm, dass man sich gegenseitig bescheinigte, wie milde, zurückhaltend und kritisch, kurzum wie ablehnend gegen den Nationalsozialismus man gewesen war. Sofern ein Jurist in den Befragungen beteuerte, er hätte sich von Willkür und Ideologie der Nazis weitgehend ferngehalten, war er fast umgehend wiedereingestellt worden.

Druwe hatte Löhr bei Kriegsende Anfang Mai kennengelernt, als beide in der Marineschule Mürwik kurze Zeit für die neue Reichsregierung unter Admiral Dönitz gearbeitet hatten. Er empfand eine starke Abneigung gegen den Mann. Löhr war ein Opportunist und emsig bemüht gewesen, die alte Riege um den Hitler-Nachfolger Dönitz juristisch zu beraten. Später hatte er dann die Seiten gewechselt und sich als Mitarbeiter beim Leiter der britischen Militärpolizei eingeschmeichelt.

»Machen Sie sich die Sache doch nicht unnötig schwer, Herr Druwe«, sagte Dr. Löhr, nachdem er in Begleitung eines stämmigen Vollzugsbeamten in Druwes Zelle getreten war. Es war dabei deutlich erkennbar, dass er sich seitlich hinter den Muskelprotz stellte.

Tatsächlich war Löhrs Vorsicht nicht ganz unangebracht, denn Druwe verspürte jedes Mal, wenn der Kerl auftauchte, das typische Kribbeln an seiner Narbe. Ihm war die Ehrlichkeit eines eingefleischten SA-Schlägers oder strammen Kommunisten immer noch lieber als die geheuchelte Korrektheit solcher Kerle wie Löhr. Sein alter Vorgesetzter in Berlin hatte solche Männer schon vor zwanzig Jahren Gummihälse genannt. Sie drehten den Kopf dahin, wo sie einen Vorteil für sich witterten. Und wenn sie jemandem in den Hintern krochen, dann kamen sie damit oft ganz weit nach oben …

»Mein Anwalt hat mir untersagt, mit irgendjemandem über die Anklage zu sprechen, ohne dass er zugegen ist«, leierte Jens Druwe den Satz herunter, den er seit seiner Verlegung bereits ein halbes Dutzend Mal aufgesagt hatte, wenn dieser Kerl ihn befragen wollte. Aber Löhr blieb hartnäckig.

»Überlegen Sie, Herr Druwe. Wenn Sie in der Kriegssache gestehen und ein paar Einzelheiten zu Protokoll geben, dann kann ich die Anklagen wegen Mordes an Dähler und an diesem KL-Häftling fallen lassen. In zwei Jahren wird dann eine neue, souveräne Reichsregierung sicherlich eine Generalamnestie für alte Kämpfer beschließen. Und Sie sind dann wieder draußen, Druwe.« Löhr lächelte verschlagen.

Dähler. Der Marineoffizier hatte Druwe in der Kaserne am anderen Fördeufer aufgelauert und auf ihn geschossen. In Notwehr und durch einen Zufallstreffer hatte Druwe den Mann schließlich getötet. Er war seit seiner Handamputation ein miserabler Schütze und hatte keinen Pfifferling darauf gegeben, dass er den Schusswechsel mit dem ehemaligen U-Boot-Kommandanten überleben würde. Der Kerl war völlig durchgedreht und hatte außerdem zuerst geschossen.

Und der KL-Häftling? Die Sache war eine noch größere Farce. Der Mann hieß Ludwig Steinfeld, der sich vor drei Tagen, als er mit Druwes Strafverteidiger vorbeigekommen war, bester Gesundheit erfreute. Denn Druwe hatte ihn vor knapp drei Monaten nicht erschossen, sondern freigelassen. Von angeblichen Morden an Dähler und Steinfeld konnte also keine Rede sein. Jedoch war das, was Löhr »Kriegssache« genannt hatte, erheblich komplizierter, und Druwe vermochte sich dafür nicht so einfach moralischen Dispens zu erteilen. Er hatte bei Kriegsbeginn gegen die Sowjetunion – ungewollt zwar – in einem Polizeibataillon Dienst tun müssen. Seine Einheit war als Teil der Einsatzgruppen mittelbar an einigen der grausamsten Mordaktionen des Ostfeldzugs beteiligt gewesen. Säuberungen hießen sie in der Sprache der

Nazis. Und es war in Wirklichkeit ein wahlloses Töten von Russen, Zigeunern, Juden und Politkommissaren gewesen. Druwe hatte sich mit Deckung seines Vorgesetzten in Berlin beinahe immer aus diesen Verbrechen herausgehalten. Bis auf dieses eine Mal, als …

»Gerichtsschreiber!«, riss ihn Löhr aus seinen Gedanken. Ein schlaksiger Mann mit grauem Haarkranz und abgetragenem Anzug erschien in der Zelle. Er griff sofort zu Bleistift und Notizblock. »Nehmen Sie ins Protokoll auf: Gefangener lehnt es ab, sich zu den Anklagepunkten zu äußern. Angesichts der Schwere der ihm zur Last gelegten Taten empfehle ich, das Schweigen als Schuldeingeständnis zu werten.« Löhr hielt inne und blickte Druwe durch seine Brille an. »Vielleicht gebe ich Ihnen nächste Woche noch eine Chance, Angeklagter. Vielleicht auch nicht.«

Der nächste Tag verlief deutlich angenehmer für Druwe. Eva Steinfeld hatte ein Besuchsrecht dreimal in der Woche erstritten. Da sie und Druwe nicht verheiratet waren, hatten die Briten ihr Ersuchen zunächst abgelehnt. Letztlich befand er sich in Einzelhaft, hatte keinen Kontakt zu anderen Gefangenen, und sein Anwalt kam in die Zelle statt in den Besucherraum. Aber Eva ließ sich nicht einschüchtern und war schnurstracks zum Sitz der britischen Militärverwaltung am Holm marschiert. Dort hatte sie sich vor dem Gebäude bis auf die Unterwäsche entkleidet, und ihr Bruder Ludwig hatte ihr ein Schild umgelegt. Druwe hatte sich die Szene genau beschreiben lassen. Es musste sich um jene Reklametafeln handeln, mit denen im Berlin der Weimarer Zeit viele Leute Werbung für ein Kino, ein Lokal oder eine Kabarettnummer gemacht hatten. Vorn und hinten am Körper ein Schild, zusammengehalten von Bändern, so dass sie über die Schulter gelegt werden konnten. Eva hatte jedoch nicht beabsichtigt, für eine Revue Reklame zu laufen. Auf dem vorderen Schild stand: *I am a pregnant mother. And Colonel Andrews won't let me visit my husband!* Das hintere Schild wies alles nochmals auf Deutsch aus: *Ich bin eine schwangere*

Mutter. Und Colonel Andrews will mich meinen Ehemann nicht besuchen lassen!

Immer noch musste Druwe schmunzeln, wenn er an Ludwigs Beschreibung dachte. Schwangere Mutter. Als hätte Eva schon eine Fußballmannschaft zu Hause. Und Colonel Andrews hatte rein gar nichts damit zu tun, dass sie ihn nur selten besuchen durfte. Dennoch sah sich der britische Offizier den vorwurfsvollen Blicken seiner Mitarbeiterinnen und dem Drängen seines Stabsoffiziers ausgesetzt. Halbnackte, schwangere Mütter, denen es nur um ein Besuchsrecht ging. So etwas war schlecht für das, was die Engländer *Image* nannten. Andrews hatte seufzend seine Unterschrift unter eine Sondergenehmigung gesetzt. Und ein paar Minuten später hatte plötzlich wieder heißer Tee auf seinem Schreibtisch gestanden, dem ihm seine Sekretärin zwei Tage demonstrativ verweigert hatte.

Druwe konnte sich immer noch nicht an den Gedanken gewöhnen. Eva und er. Er wurde Vater. Sie war fast fünfzehn Jahre jünger. Sie hatte noch so viele Pläne. Die Nazis hatten ihr vor über zehn Jahren verboten, weiterhin Philosophie zu studieren. Nicht einmal einen Beruf hatte sie erlernen dürfen, da ihr Bruder in den Augen des NS-Systems ein inhaftierter Volksschädling war. Und da sie sich zudem geweigert hatte, mit einem arischen Jüngling ihrer heiligen Pflicht als deutsche Mutter nachzukommen, war sie vollends in Ungnade gefallen.

Einen Jüngling hat sie ja nun, dachte Druwe und strich sich über den Bauch. Sein früheres, träges Leben auf dem Revier in Glücksburg hatte ihn fett werden lassen. Die unfreiwillige Schonkost, die er nun seit Ende Mai erhielt, kam ihm in dieser Hinsicht zwar ganz gelegen. Zudem hatte er versucht, sich an das Training aus dem Polizeisport zu erinnern. Das Angebot bei der Kripo Berlin war Pflicht gewesen, aber er hatte sich meistens vor den Turnübungen gedrückt. Jetzt allerdings vertrieb er sich die Zeit, indem er jeden Tag eine Stunde trainierte. Ärgerlich nur, dass dies seinen Speckgürtel nicht zu interessieren schien.

»Was treibst du da?«, fragte eine vertraute Stimme hinter Druwe. Der Wärter hatte die Tür bereits vor einigen Minuten aufgeschlossen, so dass er Eva nicht hatte kommen hören. Er stand vor dem Fenster und rieb sich den Bauch.

»Ich bin schwanger, nicht du.« Sie küsste ihn.

»Ich frage mich, wie das passieren konnte.« Druwe tat, als brütete er über einem akademischen Problem. Ein Tritt vor das Schienbein riss ihn jedoch aus seiner vorgetäuschten Grübelei. Vor der Verhaftung hatten Eva und er gerade mal einen Monat zusammen gehabt, allerdings einen äußerst leidenschaftlichen Monat.

Er stand vor ihr und fühlte sich an eine Szene aus seiner Kindheit erinnert. Seine Tante aus Hamburg hatte wunderbare Schokoladenpasteten gebacken. Wenn sie zu Besuch war, gab es für jedes Kind eine Leckerei. Dann stand er davor und hätte am liebsten gleich davon probiert. Leider war die Ernüchterung immer groß gewesen, wenn das süße Teil plötzlich weg war. Denn danach war Schluss. Und ebenso fühlte er sich in diesen Tagen, wenn Eva kam. Er hätte sie sofort mit Haut und Haar vernaschen wollen. Aber dann wäre die Süßigkeit fort. Was also tun? Als Junge von damals hatte er eine besondere Taktik entwickelt. Der Traum aus Schokolade wurde nur angefasst, gestreichelt und gedreht. Er sog den süßen Duft ein, der nach einer Weile auch an seinen Fingern klebte. Aber das Objekt der Verlockung wurde nicht genascht. Dadurch blieb die ganze Freude – zumindest einige Stunden – erhalten. Instinktiv wählte Jens Druwe auch jetzt diese Strategie. Was blieb ihm in dieser Zelle auch anderes übrig? Er streichelte und küsste Eva hauchzart und erschauderte selbst unter ihren Berührungen.

»Ich habe gerade an dich und die Leckereien meiner Tante gedacht. Sie konnte wunderbar backen.«

»Nimmt deine Wunderlichkeit noch weiter zu?«, fragte Eva gespielt gekränkt. »Haftzeit und Alter scheinen dich auf seltsame Gedanken zu bringen. Ich meine, welches Kompliment könnte größer sein, als eine Frau mit dem Gebäck der Tante zu vergleichen?«

Druwe murmelte etwas Unverständliches. In der Tat machte er sich Sorgen um seinen Geisteszustand. Ständig kamen ihm Überlegungen in den Kopf, die er nicht zu Ende führte. Er grübelte über Dinge, die ihm kurze Zeit später bedeutungslos erschienen. Er schlief viel, ohne dass der Schlaf erholsam war. Sein Tag war reine Routine, die er hasste. Und dennoch brachte es ihn durcheinander, wenn sie durchbrochen wurde. Evas Bruder hatte versprochen, mit Büchern Abhilfe zu schaffen. Allerdings befürchteten die Engländer, es könnte alles Nazi-Schrifttum sein. Nach kurzer Durchsicht hatte man Druwe jedoch immerhin seine Sammlung von Sherlock-Holmes-Romanen belassen. Die meisten Ausgaben besaß er in zwei Sprachen. Jetzt las er gerade *Der Hund von Baskerville*, um den Text nach jedem Absatz nochmals im Original zu rezitieren.

»Lupo geht wahrscheinlich nach Hamburg«, sagte Eva unvermittelt. »Die SPD organisiert sich gerade neu. Ihm ist Flensburg zu eng. Viele Leute glauben, dass die Stadt bald dänisch wird. Und außerdem kommt unsere Familie ja aus der Hansestadt. Wir haben beide unsere Kindheit und Jugend dort verbracht.« Sie schwieg einen Augenblick. »Jens, ich mache mir Sorgen um Lupo. Er hat niemanden außer mir. Er will zurück in eine Politik, die es so vielleicht gar nicht mehr gibt. Er hat ein paar Freunden aus der Zeit vor seiner Haft geschrieben. Es haben doch recht viele Genossen die Sache überstanden. Aber zwei seiner engsten Vertrauten sind tot.«

»Dein Bruder hat im Konzentrationslager zwölf Jahre seines Lebens verloren. Ich kann ihn verstehen«, erwiderte Druwe. »Er will etwas bewegen und beim Neuanfang dabei sein. Sonst müsste er sich am Ende seines Lebens fragen, wofür er dieses Opfer gebracht hat.«

Er sah Eva an, und sie schien seine Frage zu erraten.

»Ich bin da, wo du bist«, sagte sie leise.

»Eva, wir wissen nicht, wie das hier ausgeht.« Druwe wies mit der Hand im Halbkreis in den Raum. »Es könnten Jahre werden. Vielleicht bin ich ein alter Mann, wenn sie mich herauslassen.«

Eva streichelte über ihren Bauch. Auch unter der dünnen Kleidung des heißen Sommers konnte man nur mit viel Fantasie die Andeutung einer Wölbung erkennen.

»Wir müssen daran glauben, dass es gut ausgeht, Jens. Das sind wir ihr schuldig«, sagte sie.

»Ihm, Eva. Es wird ein Junge«, entgegnete Druwe.

»Blödsinn. Eine Mutter spürt das.«

»Und ein Vater weiß es.« Beide lachten und umarmten sich.

»Im Ernst, Eva«, sagte Druwe. »Du musst für den Fall planen, dass sie mich zu einer langen Haftstrafe verurteilen. Dein Leben …« Er unterbrach sich und berührte sanft ihren Bauch. »Euer Leben muss weitergehen. Wenn du studieren willst und kannst, dann tu es. Die Zeit der Zwänge und Verbote muss vorbei sein. Ich hoffe, es sind genügend junge Leute übrig, um die alten Kommissköpfe zum Teufel zu jagen. Ich habe ein wenig Geld zurückgelegt. Damit kannst du euch etwas aufbauen.« Er merkte, dass ihm die Stimme versagte. Er versuchte, hier den starken Mann zu markieren, aber er musste vor sich selbst eingestehen, dass er sich nichts sehnlicher wünschte, als bei Eva und ihrem gemeinsamen Kind sein zu können.

»Hör jetzt endlich auf, Jens!«, fuhr Eva ihn plötzlich an. »Du hast eine wirklich nervtötende Art, dich im Selbstmitleid zu suhlen. Wir werden kämpfen. Du, ich, der Anwalt, Ludwig. Und bis ein Urteil gesprochen ist, darfst du die Hoffnung nicht aufgeben. Strehler sagt, dass die Anklage wegen Mordes an dem Marinekerl lächerlich ist. Und Lupo ist lebendiger denn je. Er wird als angebliches Mordopfer vor Gericht aussagen. Das wird sogar die Briten überzeugen. Also müssen sie zwei Verfahren einstellen. Und für die dritte Sache muss Strehler mit dir eine Strategie entwerfen.« Eva Steinfeld nahm Druwes Hand. Ihr Tonfall wurde sanfter, blieb dabei jedoch eindringlich. »Ich weiß, wie du darüber denkst, Jens. Am liebsten würdest du dich gleich schuldig bekennen. Und nur aus einem Grund. Weil du dich nämlich schuldig fühlst und die Strafe förmlich herbeisehnst.«

»Ich bin schuldig, Eva«, unterbrach Druwe sie. »Es ist nicht nur ein Gefühl. Nein, ich bin es.«

»Es geht nicht mehr nur um dich und mich.« Sie sah ihn an, und ihre Hand glitt erneut über den Bauch. »Unsere Tochter braucht einen Vater. Also reiß dich gefälligst zusammen und steig in den Ring. Wenn du kneifst, hast du auf jeden Fall verloren.«

Gegen Abend kam Druwes Anwalt, um ihn über die Entwicklungen auf dem Laufenden zu halten. Dr. Kurt Strehler schien auf den ersten Blick wie ein unscheinbarer Bürokrat, dessen verkniffene und vorgealterte Gesichtszüge wenig sympathisch wirkten. Hinter einer dicken Hornbrille huschten wache Augen hin und her, als spähten sie nach Beute. Obwohl von Statur schmächtig, verfügte der Mann über eine sonore, fast donnernde Stimme. Ludwig »Lupo« Steinfeld, Evas Bruder, hatte den Anwalt im Umfeld seiner alten Genossen ausfindig gemacht. Druwe hatte schnell gemerkt, dass Strehler über einen messerscharfen Verstand verfügte. Der Jurist hatte die Gesetzestexte und Verordnungen der Nazis derart eingehend studiert, dass er die voreingenommenen Staatsanwälte und selbstherrlichen Richter häufig mit deren eigenen Waffen geschlagen hatte. Schließlich war er nach mehreren Eklats aus dem NS-Rechtswahrerbund geworfen worden und hatte die Zulassung als Anwalt verloren. Und man hatte sogar gedroht, ihn ins KL zu stecken. Am Ende hatte man ihn zum Patentamt abgeschoben, wo er nach Ansicht der NS-Justiz in der Abteilung Gartenbau keinen Schaden anrichten konnte. Fortan hatte Strehler jedoch noch verbissener die Juristerei der Nazis analysiert. Für die Zeit nach dem Spuk, wie er Druwe einmal erklärt hatte.

»Ich konnte endlich in Erfahrung bringen, wie die Engländer den Prozessablauf planen.« Strehler beobachtete seinen Mandanten. Er hatte gelernt, die weniger guten Nachrichten umsichtig zu überbringen. »Ein Militärrichter teilte mir mit, dass Ihr Prozess wahrscheinlich in Hamburg stattfinden wird, Herr Druwe.«

»Hamburg?«, fragte Druwe entgeistert. »Wieso Hamburg?« Das erste Erstaunen wich schnell der Einsicht, dass Eva dadurch ihrem Bruder folgen konnte, ohne den Kontakt zu ihm abbrechen zu müssen. Fast schon freute er sich über die Neuigkeit.

Strehler zuckte mit den Schultern. »Ich denke, die Briten wollen ihre Ressourcen nicht zu sehr aufteilen. Allein die Anfertigung der Abschriften für ein anderes Gericht nähme Tage in Anspruch. Und originale Dokumente können auf dem Botenweg verloren gehen. Es ist durchaus sinnvoll, nur wenige Verhandlungsorte zu haben. Schon jetzt spricht ja die ganze Welt von Nürnberg, obwohl der Prozess gegen Göring und die anderen Verbrecher erst im Oktober beginnen soll. Die Amerikaner machen es vor. *Publicity* nennen sie das. Vierundzwanzig braune Schmeißfliegen auf einen Streich. Ich hörte, dass die Engländer ebenfalls etwas auf die Beine stellen wollen.«

»Und was bedeutet das für mich?«

»Kann ich noch nicht sagen«, erwiderte der Anwalt. »Große Prozesse mit vielen prominenten Angeklagten bergen natürlich die Gefahr, dass Sie schlechter dastehen, Herr Druwe. Die Amerikaner und Briten wollen sicherlich ein Exempel statuieren und der Welt zeigen, dass die Kerle nicht einfach davonkommen werden. Ich persönlich denke, dass die Urteile gegen die Hauptverantwortlichen hart ausfallen werden.«

»Und dabei scheren sie alle über einen Kamm«, sagte Druwe. Mitgefangen. Mitgehangen. »Wenn ich in Hamburg mit ein paar Großen auf der Anklagebank sitze, wird der Strick vorsichtshalber auch gleich für mich geknüpft.« Obwohl er sich bereits öfter seine Strafe ausgemalt hatte, war ein konkretes Gespräch über das Thema doch stark belastend. Er spürte einen Druck in der Brustgegend und eine leichte Übelkeit.

Strehler nickte verlegen. »Könnte aber auch sein, dass die Richter beweisen wollen, wie gerecht sie sind. Dann fallen die Urteile für die weniger bedeutsamen Täter vielleicht milder aus.«

»Und für Hamburg ist so etwas wie in Nürnberg geplant? Ein großer Prozess? Eine Art Volksgerichtshof, nur dass diesmal die Nazis nicht Richter, sondern Angeklagte sind?«

»Bitte, nicht so laut, Herr Druwe. Ich kann Ihre Erregung verstehen. Aber eine solche unbedachte Äußerung könnte sehr schnell missverstanden werden.« Strehler blickte ihn kühl an und sprach leise weiter. »Tatsächlich gibt es in der Presse erste Stimmen, die von alliierten Schauprozessen im Stile von Freisler oder Stalin sprechen.«

Undurchschaubar, der Mann, dachte Druwe. »Aber die großen Tiere landen doch in Nürnberg. Was wird denn in Hamburg überhaupt verhandelt?«

»Die Briten werden die Muskeln spielen lassen«, antwortete Strehler. »Jetzt wollen sie zeigen, dass sie es auch können. Ich denke, sie werden die Akteure aus den Lagern Bergen-Belsen und Neuengamme aburteilen. Es soll gegen einige Ärzte und Lagerkommandanten Prozesse geben. Die Tommys müssen eben nehmen, was der große Bruder übrig lässt.«

»Wie sieht es mit einer möglichen Auslieferung aus?« Druwe versuchte, sich seine Besorgnis nicht anmerken zu lassen. Polen und Russland verlangten, dass Angeklagte an sie ausgeliefert wurden, sofern die Tat auf ihrem Gebiet verübt worden war. Und Witebsk lag sehr weit im Osten …

»Keine Sorge, Herr Druwe«, sagte Strehler. »Da hat Ihnen der übereifrige Richter Löhr einen Dienst erwiesen, ohne es zu wissen. Solange Sie nämlich verdächtig sind, einen deutschen Marineangehörigen getötet zu haben, kann niemand Sie ausliefern.«

Absurdes Theater in absurder Zeit, dachte Druwe. Ich muss dankbar sein, dass dieser alte Nazi-Richter mich eines Verbrechens anklagt, dass ich nicht begangen habe.

»Wir werden unsere Gegenbeweise also erst in der Verhandlung präsentieren«, fuhr der Anwalt fort. »Sonst kommt irgendein Schlauberger auf die Idee, Sie doch noch zu Stalin zu schicken.«

»Ich habe beschlossen, mich hinsichtlich Punkt drei schuldig zu bekennen«, sagte Druwe.

Strehler sah ihn an und schob die Brille zurecht. »Sind Sie lebensmüde? Wollen Sie unbedingt an den Strang? Oder zwanzig Jahre ins Zuchthaus?« Er unterbrach sich. »Ich dachte, Ihre Frau ist schwanger? Das muss Ihnen doch wichtig sein!«

»Ja, aber …«

»Ich kenne Ihre Ansicht in der Sache«, unterbrach ihn Strehler. »Und es ehrt Sie, dass Sie Ihre Verantwortung annehmen wollen. Aber hier kommt es auf Nuancen an. Ein schnelles Schuldbekenntnis wirkt wie eine falsch verteilte Ladung auf einem Lastkahn. Legen Sie alle Waren auf eine Seite, dann wird er kentern. Verteilen Sie die Sachen, bleibt er schwimmfähig. Also, Herr Druwe, wenn Sie am Anfang des Prozesses alle Schuld bekennen, dann wird Ihr Boot mit Sicherheit sinken.«

»Können Sie bitte konkreter werden? Was werden Sie tun?«, fragte Druwe barsch.

»Nur Geduld«, antwortete der andere Mann. »Wir haben viel Zeit. Wenn ich den zuständigen britischen Richter richtig verstanden habe, dann werden die Hamburger Prozesse im Laufe des nächsten Jahres stattfinden.«

Wütend drehte sich Druwe um und trat vor das vergitterte Fenster. Wieder musste er warten. Dabei hasste er es, nicht zu wissen, woran er war. Aber er konnte in seiner Situation nichts erzwingen, nichts beschleunigen. Ihm war klar, dass eine Zeit langer Qual vor ihm lag. Als Häftling hatte er die Kontrolle über sein Tun abgeben müssen. Alles war hier drin vorherbestimmt. Wecken, Essen, Schlafen, der Freigang; sogar die Zeiten zur Verrichtung der Notdurft wurden vorgegeben.

»Eva. Das Kind.« Er sprach dabei mehr zu sich selbst, denn Strehler war sein Anwalt, kein Vertrauter oder Freund.

»Vielleicht ist es gut, wenn etwas Zeit ins Land geht.« Der Mann schien verlegen, als ahnte er, was in seinem Mandanten vorging. »Noch ist überall die Empörung groß. Da könnte ein Urteil hart ausfallen.« Er schwieg einen Moment. »Sogar sehr hart.«

Druwe wusste, was Strehler meinte. Es war gut möglich, dass der Strang auf ihn wartete.

Wieder einmal alles versaut, dachte er. Eva allein mit dem Kind. Nicht einmal verheiratet waren sie. Er hatte das Gefühl, seit einigen Jahren in seinem Leben nur Spuren der Verwüstung hinter sich zu lassen.

Wehmütig erinnerte er an seine Kripo-Arbeit in Berlin. Da hatte er sich selbst noch gespürt, war angetrieben gewesen vom Pulsschlag der Stadt. Er hatte sich nie groß um Dienstpläne und Vorschriften geschert. Und war oft erst um die Mittagszeit am Werderschen Markt erschienen. Er schlief auf der Pritsche in seinem Dienstzimmer, wenn andere Kollegen Feierabend machten. Und um acht Uhr abends begann seine Jagdzeit. Dann war Jens Druwe auf der Straße, befragte Informanten, quetschte Koks-Köppe aus und nahm die schweren Jungs hoch. Das Adrenalin wurde seine Droge. Improvisation und Spontanität waren das Regelwerk, nach dem sein Leben ablief. Er brauchte das Chaos, damit er sich in seinem Inneren irgendwie zurechtfand. Und nun würden ihn jahrelang Gefängnisalltag und Routine lähmen. Vielleicht war aber auch alles schnell zu Ende. Er zwang sich, an etwas anderes zu denken.

»Wie sieht Ihre Strategie für den Prozess aus?«, fragte er nach einer Weile, ohne sich umzudrehen. »Soll ich alles leugnen? Soll ich aussagen, dass diese Leute mich bedroht haben? Der zahnlose Greis aus diesem weißrussischen Dorf. Die Mutter mit dem Kind an der Brust. Ja, Herr Strehler?« Seine Stimme klang jetzt eisig. »Diese Menschen standen an den Gruben und haben mir so fürchterlich zugesetzt, dass ich gar nicht anders konnte, als …«

»Ich sehe, wir kommen heute nicht weiter«, meinte Strehler resigniert. »Ich gehe immer einen Schritt nach dem anderen. In Ihrem Fall heißt das, wir werden Zeugen unter den Truppenangehörigen Ihrer

Einheit suchen. Wir brauchen wenigstens deren eidesstattliche Aussagen. Besser, wir laden die Leute vor, wenn es so weit ist.«

Und die Opfer gleich dazu, dachte Druwe zynisch. Die weißen Gestalten, aus deren Mündern die Maden krochen und denen die Arme und Beine abfaulten. Sie kommen sowieso jede zweite Nacht. In meinen Träumen. Dann kann ich ihnen Strehlers schriftliche Vorladung in die von Kalk verstopften Ohren rufen.

*

Einige Tage später erhielt Druwe Besuch von seinem ehemaligen Kollegen. Hans Oberbauer hatte mit ihm in Berlin bei der Kripo gearbeitet, damals als sein Assistent. Mit Beginn des Kriegs waren sie getrennte Wege gegangen.

»Tut mir leid, dass ich erst jetzt komme«, sagte Oberbauer etwas verlegen. »Es waren einige Dinge zu erledigen.«

Druwe winkte ab. »Was macht die Verletzung?« Er zeigte auf Oberbauers Schulter. Dass sich sein Kollege zwei Monate Zeit für einen Besuch gelassen hatte, nahm er ihm nicht krumm. Schließlich war auch Oberbauer frisch verliebt. Außerdem wusste er von Eva, dass jeder im Moment versuchen musste, irgendwie zurechtzukommen.

»Fast verheilt.« Oberbauer hob zum Beweis den Arm, dabei verzog er jedoch sein Gesicht und stöhnte. Anfang Mai war er angeschossen worden und hatte nur knapp überlebt.

»Und Ruth?«, fragte Druwe weiter. Das Leben hinter Gittern war derart langweilig, dass ihm jeder Klatsch willkommen war.

»Wir werden heiraten«, erwiderte Oberbauer. »Wahrscheinlich geht es dann nach Hamburg. Ruth hat ein Angebot, dort im Marienkrankenhaus zu arbeiten. Und Daniel Tanner will mich offiziell bei der Städtischen Verwaltung anstellen. Im Rang eines Amtsrats.«

»Glückwunsch, Hans.« Druwe wusste, dass sein ehemaliger Kollege über das Geschick verfügte, die Dinge optimal für sich einzurichten.

Dabei spielte ihm auch oft das Glück die Bälle zu. Den britischen Offizier Daniel Tanner hatte er im Flensburger Krankenhaus kennengelernt, als der Geheimdienst-Mann dort eine Blinddarm-OP auskurierte. Dabei drehte Hans Oberbauer seine Fahne gar nicht bewusst in den Wind. Er ließ sie einfach vom vorherrschenden Lüftchen in die passende Richtung wehen.

»Diese Frau wird dir zeigen, wo Norden ist.« Druwe grinste, dann wurde er jedoch ernst. »Amtsrat? Ich dachte, du machst weiterhin Polizeiarbeit, Hans.«

»Ich werde dort ohne Geschäftsbereich tätig sein. Zur besonderen Verfügung der Tommys.« Oberbauer zwinkerte ihm zu. »Amtsrat bin ich nur für die Hamburger Besoldung. Inoffiziell arbeite ich für die *Field Security Section*. Ich bin nur Daniel, also Major Tanner unterstellt.«

»Major? Er ist offenbar nach oben gefallen«, stellte Druwe trocken fest. Als er Tanner das letzte Mal getroffen hatte, war dieser noch Captain gewesen. Er konnte nicht umhin, Oberbauer zu beneiden. Immerhin kam die Arbeit bei der *Field Security* dem Polizeidienst recht nahe. Tanner und sein Team jagten Nazis und deren Unterstützer. Und sie waren Kunstwerken, Dokumenten und Unterschlagungen auf der Spur. Druwe hätte einiges dafür gegeben, jetzt ganz unbefangen an Oberbauers Seite stehen zu können. Wind hin oder her. Langsam war er bereits so zermürbt, dass er sich fast den öden Dienst als Inspektor bei der OrPo zurückwünschte. Hühnerdiebstahl war allemal interessanter als diese Zelle.

»Die Beförderung hat er letztlich dir zu verdanken, Jens«, sagte Oberbauer. »Deine Liste hat die *FSS* auf die Spur einiger wichtiger Strippenzieher und SS-Leute gebracht. Die Verhaftungen haben Aufsehen erregt und Tanner in ein gutes Licht gerückt. Er soll sogar mit Churchill gegessen haben.«

Beide Männer schwelgten in ihren Erinnerungen. Sie sprachen über die Berliner Zeit bei der Kripo und ihre gemeinsamen Fälle. Fast ein Jahrzehnt waren sie ein Ermittlerteam in der Hauptstadt gewesen.

»Kannst du dich noch an diese Autoräuber erinnern?«, fragte Oberbauer. »Haben uns ganz schon in Atem gehalten.«

»Die Götze-Brüder«, erwiderte Druwe und nickte. »Ja, so hießen sie. Einer dumm wie Brot, der andere schlau wie ein Fuchs. Und Nebe hat uns die Hölle heißgemacht.«

»Heute weiß ich, dass wir knapp davor waren, selbst im KL zu landen, Jens«, meinte Oberbauer. »Goebbels war damals stinksauer, dass zwei Mordbuben in seinem sonst so sauberen Reich frei herumliefen. Und Heydrich wollte uns auch abservieren.«

Mordbuben. Strolche. Fast konnte sich Druwe ein Lächeln nicht verkneifen, als er an die kurze Begegnung mit dem Propagandaminister dachte. Goebbels hatte eine Wortwahl und Betonung gehabt, die sich wie ein Brandzeichen ins Gehirn der Leute einbrannte.

»Fangen Sie mir diese Mordbuben, die es wagen, ehrbaren Frauen aufzulauern und sie zu töten. Solche Strolche haben in unserem Deutschland keinen Platz«, hatte Goebbels laut gefordert. Für die Strafpredigt hatte er beide Kripo-Männer in seine Berliner Villa auf Schwanenwerder zitiert. »Sonst bleibt von den Schandtaten dieser schamlosen Banditen noch etwas an Ihnen hängen, meine Herren.« Das Wort *Hängen* hatte er dabei auf seine typische, schrille Weise betont. Und es war Druwe und Oberbauer klar gewesen, was er damit gemeint hatte.

Erinnerungen waren immer auch eine Verklärung. Sie waren Umdeutungen und Adaptationen des Geistes. Obwohl Druwe schmunzelte, ahnte er, dass beide Männer mit etwas Pech auch in der Hölle hätten landen können. Der Grat, auf dem sie damals gewandert waren, war schmal gewesen.

»Und was ist aus diesen Tresorknackern geworden, die Dänemark an uns ausgeliefert hat?«, fragte er, um das Thema zu wechseln.

»Die Brüder Sass?« Oberbauer wurde ebenfalls ernst. »KL. Und später dann …« Er fuhr sich mit dem Daumen angedeutet über den Hals.

Die Männer schwiegen eine Weile. Es war unmöglich, von alten Zeiten zu sprechen, ohne dass man irgendwann auf eine Tretmine lief. Jüdische Kollegen, die plötzlich verschwunden waren. Alteingesessene Geschäfte und Lokale, die den Besitzer gewechselt hatten. Bücher, die man nicht mehr kaufen konnte. Unrecht, bei dem man die Weisung erhalten hatte, wegzusehen. Weil es von jemandem mit Beziehungen begangen worden war. Und dazu Zeitung und Radio, die nur noch Hass und Lügen in die Welt geiferten.

»Übrigens«, sagte Oberbauer und senkte die Stimme. »Ich habe das gesamte Dossier über Fiedler an Daniel weitergereicht. Wie du es wolltest.«

Druwe nickte zufrieden. Er hatte kurz vor seiner Verhaftung eine Akte aus dem Canaris-Archiv retten können. Diese unselige Sache um das Geheimarchiv des Admirals hatte ihn vor zwei Monaten fast das Leben gekostet. Und außer einer Akte war ihm nichts geblieben. Aber immerhin, diese Akte war ihm persönlich wichtig. Ernst Fiedler hatte im Russland-Feldzug ein Einsatzkommando geleitet, das für die Morde an vielen Zivilisten im Hinterland verantwortlich gewesen war. Sonderaktionen und Säuberungen nannten die Nazis solche gezielten Tötungen. Leben wurde ausgelöscht, als würde man ein Haus auskehren. Druwe war Fiedler unterstellt gewesen und hatte an diesen Kommandoaktionen teilnehmen müssen. Er hatte gehofft, Fiedler mithilfe der Unterlagen selbst aufspüren zu können. Durch seine Haft war dieses Vorhaben jedoch unmöglich geworden. Aus diesem Grund hatte er Eva frustriert gebeten, das gesamte Dossier an Hans Oberbauer weiterzuleiten.

»Die Informationen sind ziemlich interessant«, meinte sein ehemaliger Kollege. »Allerdings wird es komplizierter als bei der Liste mit den anderen, flüchtigen SS-Leuten.«

Druwe sah ihn fragend an.

»Die Kerle mit den falschen Identitäten gingen uns recht unbedarft ins Netz. Viele fühlten sich absolut sicher. Also konnten wir sie unter ihrem neuen Namen aufspüren und haben sie eine Weile beobachtet.

Und dann schnappte die Falle zu. Bei der Akte Fiedler müssen wir anders vorgehen. Irgendetwas stimmt da nicht. Der Mann ist nicht aufzufinden, seine Spur verliert sich schon nach dem Attentat auf Hitler.«

»Das war vor einem Jahr, Hans«, warf Druwe ein. »Der Kerl ist strammer Nazi, der Führer war für ihn unantastbar. Meinst du, er war an dem Anschlag beteiligt?«

»Nein, da hast du mich falsch verstanden«, antwortete Oberbauer. »Er hatte gewiss nichts mit dem Widerstand zu tun.«

»Ist er vielleicht jemandem auf die Füße getreten? Oder haben ihn andere Leute schon geschnappt und beseitigt?«, fragte Druwe. »Nach dem Anschlag wurden ja alle paranoid. Fiedler könnte auf der falschen Seite gestanden haben. Dann hat ihn sich der SD unter einem Vorwand geholt und verschwinden lassen.«

Oberbauer schüttelte den Kopf. »Wir haben die Akten vom Sicherheitsdienst und aus der Gestapo-Leitstelle geprüft. Selbst kleine Blockwarte wurden ja damals gehängt, weil sie sich mit links den Hintern abgewischt hatten. Aber über Fiedler gibt es keine Aufzeichnungen.«

»Jeder zweite Satz handelte bei ihm vom geliebten Führer«, sagte Druwe eher zu sich selbst. »Er war ein ganz treuer Anhänger. Vielleicht ist er im Endchaos doch noch gefallen?«

Wieder schüttelte Oberbauer den Kopf. »Nein. Aber einige schlaue Köpfe haben schon damals erkannt, dass es besser ist, sich früh auf eine Zeit nach Hitler einzustellen.«

»Seine Stellung und sein Dienstrang waren doch gar nicht so bedeutsam«, gab Druwe zu bedenken. »Könnte er für jemanden gearbeitet haben? Hatte er Hintermänner? Ich meine, vielleicht hat er nicht nur die Säuberungsaktionen durchgeführt, sondern noch andere Dinge getan. Uns ist doch klar, dass es vielen Bonzen nur um Geld und Macht ging. Dieser ideologische Kram war oft nur Vorwand.«

Oberbauer schwieg eine Weile. »Es könnte auch sein, dass ihn jemand deckt«, fuhr dann fort. »Keine Ahnung. Zu viele Fragen. Wir wissen ja noch nicht einmal, ob Fiedler etwas besitzt, das ihn wertvoll machen könnte. Aber wir sind dran, Jens. Ich weiß, wie wichtig die Sache für dich ist. So etwas braucht leider Zeit.« Oberbauer betrachtete seinen Exkollegen und legte dann seine Hand an die Zellenwand. »Ich bin dir noch etwas schuldig. Und Tanner ebenfalls. Die Sache mit der Nazi-Liste haben wir dir nicht vergessen. Ich habe zwei Briten darauf angesetzt, dich hier herauszuholen. Tanner will sehen, was er tun kann. Aber dieser Richter Löhr ist penetrant, die Vorwürfe gegen dich sind schwerwiegend.«

»Mich hat nur die Vergangenheit eingeholt, Hans«, sagte Druwe. »Du weißt, dass ich Tricks und Täuschungen nicht mag. Als Polizist war es meine Aufgabe, so etwas aufzudecken. Und darüber waren wir oft unterschiedlicher Meinung.« Er schwieg und sah aus dem vergitterten Fenster. »Ich will wieder ruhig schlafen können. Meine Entscheidung steht fest. Keine Kompromisse oder Absprachen. Keine Gefälligkeiten. Ich werde die Konsequenzen tragen. Und in die Verhandlung gehe ich mit offenem Visier.«

Oberbauer stöhnte. »Dann sei aber wenigstens bereit, für dich einzustehen, Jens. Und für deine Familie. Kampflos wirst du mit Sicherheit untergehen. Niemand wird Rücksicht auf dich nehmen.«

Er schwieg. Druwe wusste, dass sein alter Kollege über viele Themen anders dachte. Sein Motto war eher: Wer im Dreck wühlte, machte sich notgedrungen schmutzig. Und als Kripo-Männer hatten sie wahrlich oft genug im Dreck gestanden. Die Bewertung seiner Aufgaben und Methoden hatte Oberbauer dabei immer strikt von seinem Gewissen getrennt. Hans Oberbauers Schlaf war ruhig, da hatte Druwe keine Zweifel.

2

Berlin, Oberharz, August 1945

Kohle war kaum noch zu bekommen. Schon gar nicht für Papier-Reichsmark. Und seine Uhr, ein Hochzeitsgeschenk seines Schwiegervaters und der letzte echte Wertgegenstand, den er besaß, hatte er vor zwei Monaten bei einem Russen gegen sein Leben eingetauscht.

Ein fairer Handel, dachte Heimann zynisch. Die Welt war in diesen Wochen furchtbar nachtragend. Ganz besonders im Osten. Als Antwort auf den deutschen Vernichtungskrieg waren Zerstörung und Erniedrigung nun über das Reich und die Hauptstadt gekommen. Richard Heimann war nicht gerade gottgläubig, aber das, was Berlin in diesen Wochen widerfuhr, musste der Zorn eines Höheren sein.

Etwas Kohle konnte das Leben erleichtern. Nicht zum Heizen, denn der Sommer in der Stadt war heiß und stickig. Zudem war die Wohnung der Familie Heimann zur Hälfte weggebombt. Die Stube nach vorn zur Kadiner Straße war sauber von der Wand abgetrennt worden. Der Ofen war gleich mit weggeflogen. Man mochte glauben, ein riesiges Rasiermesser hätte den Stein vom Dach bis zur Sohle durchschnitten. Im Schutthaufen vor dem Haus hatte Heimann noch ein paar Sachen finden können, die ihm und seiner Frau gehörten. Die Kissen waren durch Regen und Staub ruiniert und von Ratten zernagt worden. Einige Teile Silberbesteck lagen hinter der völlig zertrümmerten Kommode, der Rest hatte offenbar schon neue Eigentümer gefunden. Heimann trug ein paar gut erhaltene Klassiker in den zweiten Stock. Wenn nicht zum Lesen, dann taugten Goethe und Kleist vielleicht zum Betrieb der Kochstelle. Aber er hoffte immer noch, ein paar Briketts ergattern zu können. Kartoffeln mussten eben gegart werden. Das

Treppenhaus bot eine grandiose Aussicht über Berlin. Sofern man es wagte, bis in den vierten Stock zu gehen. Denn hier fehlte nicht nur die gesamte Vorderwand. Die letzte Treppe endete vielmehr in einem nach allen Seiten offenen, zugigen Stummel. Die Stufen ragten, einem faltigen Finger gleich, ins Nichts. Als suchte der deutsche Adam vorwurfsvoll seinen Gott. Viele Gebäude, die den Blick Richtung Mitte eigentlich versperrten, waren dem Erdboden gleichgemacht. Spreebogen, Lehrter Bahnhof und Reichstag lagen in morbider Pracht vor dem waghalsigen Betrachter.

Heimann hatte die Tür zur Stube vorsorglich abgeschlossen. Damit er nicht aus lauter Gewohnheit hindurchtrat und zehn Meter in die Tiefe stürzte. Die Stadtverwaltung hatte den Leuten strikt verboten, in diesen Trümmerhäusern zu wohnen. Aber das war eher preußischer Bürokratismus, an den sich sowieso niemand mehr hielt. Wo sollten die Leute auch hin? Heimann hatte selbst miterlebt, dass ein Gebäude ein paar Straßen weiter unversehens eingestürzt war. Plötzlich hatte es wieder Tote und Verschüttete gegeben, obwohl der Krieg fast drei Monate vorüber war. Aber ihn kümmerte es nicht. Diese Wohnung war der Rest eines Lebens. Seines Lebens. Der Flur mit den Rissen im Boden. Das Schlafzimmer mit dem Rußbelag und den Wasserflecken. Die Küche mit dem großen, aus der Mauer gebrochenen Oberlicht. Ein bisschen Dreck war nichts gegen das, was Heimann in Russland durchgemacht hatte. Er versuchte, die unaussprechlichen Grausamkeiten, die er auf beiden Seiten erlebt hatte, zu vergessen. Aber es gelang nicht. Frieden im Herzen gedieh nicht in Trümmern.

Es klopfte. Heimann erschrak. Die von den Russen eingesetzte Schutzpolizei war nicht zimperlich bei Räumungen. Vielleicht waren es auch Plünderer. Banden hatten sich in der ganzen Stadt gebildet, die den Leuten auch noch die letzten Habseligkeiten abpressten. Aber solche Kerle klopften nicht. Heimann nahm seine *Walther PP* aus der Zigarrenkiste. Höchst illegal. Alle Heimkehrer hatten ihre Waffen sofort bei der Kommandantur abzugeben. Aufgrund der Hitze stand er nur mit Unterhemd und Landser-Hose da. Er konnte die Pistole nicht verbergen. Es klopfte erneut. Energischer. Er schob das Teil hinten in den Hosenbund. Und öffnete die Tür.

»Herr Heimann?« Ein untersetzter Mann stand im Treppenhaus. Hinter ihm eine hochgewachsene, kräftige Begleitung. Beide trugen ältere, aber gepflegte Anzüge. Der Dicke schwitzte. »Dürfen wir vielleicht eintreten?«, fragte er und setzte bereits einen Fuß über die Schwelle.

Instinktiv griff Heimann mit der Hand zum Rücken. Der Kleine blieb abrupt stehen. Aus dem Augenwinkel sah Heimann, dass sein Begleiter zur inneren Jackentasche gegriffen hatte. Es war eine Patt-Situation entstanden, die jederzeit eskalieren konnte.

»Unruhige Zeiten, Herr Heimann.« Der Dicke versuchte sich an einem Grinsen. Dann hob er beide Hände. »Kein Grund zur Sorge. Viel eher zur Freude. Wir können Ihnen vielleicht behilflich sein bei der Suche nach ihrer Frau. Ihre Anfrage bei der Vermisstenstelle, beim Roten Kreuz und die kleinen Handzettel an den vielen Wandtafeln in der Stadt sind nicht unbemerkt geblieben.«

Heimann war wie vom Blitz getroffen. Seit der Rückkehr nach Berlin suchte er vergeblich nach Hedwig. Seit nunmehr sechs Wochen hatte er kein Lebenszeichen von ihr. Zwei Nachbarn hatten berichtet, dass sie bis zum Bombentreffer vor einem halben Jahr hier gewohnt hatte. Dann verloren sich ihre Spuren. Er hatte alle Verwandten angeschrieben, aber noch keine Antworten erhalten. Die Meldedokumente bei der Polizei waren bei der Schlacht um die Hauptstadt vernichtet worden.

»Wer sind Sie?«, fragte Heimann. Mit einer knappen Bewegung forderte er beide Männer auf, in den Wohnungsflur zu treten. Wenn es um seine Frau ging, war er bereit, fast jedes Risiko einzugehen.

»Wir arbeiten mit dem Roten Kreuz zusammen«, erwiderte der kleinere Mann. »Vermisst, vertrieben, es sind Millionen.«

Heimann nickte. Er war natürlich beim Deutschen Roten Kreuz gewesen. Die Mitarbeiter dort hatten den Namen seiner Frau eher lustlos aufgenommen. Innerhalb der Stadt vermisst. Nach der Kapitulation noch lebend gesehen. Wahrscheinlich bei Bekannten untergekommen. Solche Fälle schienen unwichtig in dem Chaos, das überall herrschte.

»Wir nutzen – sagen wir – auch alte Verbindungen aus der Verwaltung und der Wehrmacht, um unsere Informationen zu erhalten. Dadurch sind wir wesentlich effektiver als unsere karitativen Mitstreiter.«

»Die Sache hat doch einen Haken?« Heimann kannte dieses System aus seiner Zeit als Kripo-Beamter und später als Soldat. Quid pro quo. Oder ordinärer ausgedrückt: Nichts war umsonst. Schon gar nicht in dieser Zeit.

»Nicht so pessimistisch, Herr Heimann!« Der Dicke grinste wieder. »Wir arbeiten ehrenamtlich. Zu Ihrem Besten! Kommen Sie zu unserem Treffen, lernen Sie leidgeprüfte Menschen kennen, die ebenfalls Hilfe brauchen. Der eine sitzt im Amt, der andere hilft bei den Russen in der Küche aus. Vielleicht gibt es auch etwas, was Sie tun können, Herr Heimann. Sie erhalten Hilfe. Und Sie geben Hilfe. So einfach ist das.«

»Wo findet das Ganze statt?«, fragte Heimann und war nur wenig beruhigter.

»Wir können Ihnen in diesen Zeiten keine Adresse nennen. Überall Spitzel. Und für einen Teller Suppe würde mancher die eigene Mutter verraten. Kommen Sie morgen Nachmittag um vier zum U-Bahnhof Petersburger Straße, Ecke Frankfurter Allee. Warten Sie dort eine Viertelstunde. Ein Mann wird Sie nach Briketts fragen, und Sie antworten ihm: Kein Interesse, ich heize mit Gas.«

Heimann nickte. Die Männer waren ihm zwar nicht sympathisch, aber die Aussicht, etwas über den Verbleib seiner Frau zu erfahren, ließ ihn die Skepsis vergessen. »Sie kennen meinen Namen, aber von Ihnen weiß ich nichts.«

Die Männer sahen sich nur kurz an, zuckten dann mit den Schultern. Beide wandten sich zur Tür und traten ins Treppenhaus. Zum Abschied legten sie die Finger an ihre Hüte.

»Ich heiße Schmidt«, sagte der Dicke im Gehen.

»Und ich bin Müller«, meldete sich der Große erstmals zu Wort.

Richard Heimann stand eine Weile im Flur, dann ging er in die Küche. Das Stadtgas war noch immer abgestellt. Zu groß waren die Schäden an den Leitungen. Immer noch kamen Leute bei Verpuffungen ums Leben, weil sie in den Trümmern der Häuser nach Verwertbarem suchten. Wenn sie dann mit einem russischen Glimmstängel im Mund auf eine Gasblase trafen oder mit der Hacke ein paar Funken schlugen, knallte es gewaltig. War noch ein Blindgänger im Druckbereich, dann knallte es noch ein wenig mehr. Heimann hatte sich einen kleinen Ofen organisiert, der ihn auch über den Winter bringen würde. Praktischerweise hatte Josef Stalin ein Loch in die Küchenwand sprengen lassen, durch das jetzt das Rauchrohr führte. Aber ohne Kohle kein Feuer. Ohne Feuer kein Rauch. Heimann trank kalt aufgebrühten Muckefuck. Er hasste den Geschmack von Zichorien, deshalb hatte er sich für fünfzig Mark hundert Gramm Bohnenkaffee organisiert. Den mischte er nun unter den Ersatzdreck.

Als er am Tisch Platz nahm, drückte die Pistole in seinem Hosenbund. Er nahm die *Walther* und betrachtete das Schwarz des Laufs. Er hasste diese Waffe, und er fragte sich, wie viele Leben er damit ausgelöscht hatte. Manche Männer hatte er erschossen, um selbst zu überleben. Darüber machte er sich keine Gedanken. Aber es hatte Zeiten gegeben, da hatte die Mündung auf Unschuldige gezeigt. Und er, eigentlich ein Mann des Gesetzes, hatte abgedrückt. Dafür würde er sich den Rest seines Lebens hassen.

Kaum waren die Russen über die Oder, war Heimanns Einheit aufgerieben worden. Ihre Kompanie war gerade mal so groß gewesen wie ein normaler Zug, vierundzwanzig Mann. Und bei dreiundzwanzig hatte dann der Tod aufgehört zu zählen. Nur Heimann war übrig geblieben, aber er hatte dem Gevatter direkt ins Gesicht geblickt. Ein Russe.

Ein *Mosin-Nagant*-Gewehr, der Lauf auf ihn gerichtet. Ein Klicken. Vielleicht eine taube Nuss, wie die Männer schlechte Munition nannten. Es blieb keine Zeit zu überlegen. Oder dem Schicksal zu danken. Wofür auch? Heimann hatte einen schweren Stein in das verdutzte Gesicht geschlagen. Wieder und wieder, bis nur noch ein stöhnender Klumpen Fleisch übrig gewesen war. Keine Heldengeschichte, die man den Enkeln erzählte. Aber auf diese Weise war Hauptsturmführer Heimann als einziger Mann seiner Einheit am Leben geblieben. Danach war für ihn Schluss. In den Augen der Feldpolizei war es Desertion, aber Heimann hatte einfach entschieden, dass es reichte. Dabei leitete ihn keine späte Einsicht, kein moralisches Hadern. Er wollte nur überleben. Und so hatte er sich schließlich nach Berlin durchgekämpft, durch die von den Raketenwerfern umgepflügten Vororte. Bernau. Strausberg. Altlandsberg. Über Hoppegarten gelang es Heimann schließlich, in den inneren Bereich der Hauptstadt vorzudringen. Dabei rettete ihm seine Zugehörigkeit zur SS paradoxerweise mehrmals das Leben. Denn es war Fahnenflucht, den vorrückenden Russen auszuweichen. Er selbst war abgehauen und hatte die alten Männer des Volkssturms für sich bluten lassen. Und auch fünfzehnjährige Burschen der Hitlerjugend waren eifrig verreckt bei ihrem letzten Liebesdienst für den Führer. Aber SS bedeutete, dass ihm keine unangenehmen Fragen gestellt wurden. Er hatte die Furcht des einfachen Landsers vor der Sigrune am Kragenspiegel ausgenutzt und die Wachposten gnadenlos zusammengestaucht, nur um die eigene Haut zu retten. Heimann war nicht stolz auf diese Tage. Er war kein Held. Die Helden waren tot in diesem Land. Nein, er opferte sich nicht für fremde Frauen und Kinder.

Wieder starrte er auf die Waffe. Sie hatte vielen den Tod gebracht. Feindlichen Soldaten. Politkommissaren. Juden und Zigeunern. Dabei war er als Adjutant in den Russland-Feldzug gegangen. Es schien ihm ein sicherer Drückeberger-Posten im Hinterland zu sein. Ein paar Schreibarbeiten und etwas Organisation. Nichts, mit dem man sich die

Finger verbrennen konnte oder das eigene Leben aufs Spiel setzte. Aber sein Vorgesetzter hatte anders entschieden. Fiedler wollte hoch hinaus. Er glaubte an die Parolen von Lebensraum, Säuberung und rassischer Reinheit.

»In diesem Krieg bleibt keine Hand sauber«, hatte Fiedler damals gesagt. Heimann kam es so vor, als wäre dies in einem anderen Leben gewesen. Aber er hatte die Worte nie vergessen.

*

»Sergeant Morris, Sie sind ein Idiot.« Der Lieutenant verspürte nicht die geringste Lust, sich wieder mit den alltäglichen, kleinen Vergehen seiner Mannschaftsdienstgrade zu befassen. Der Krieg hatte immerhin alles in eine gewisse Ordnung gebracht. Es ging schließlich für alle nur um ein vorrangiges Ziel, ums Überleben. Lieutenant Holter empfand jedes Mal Übelkeit, wenn auf Feiern und Paraden, bei Ansprachen und Rundfunk-Erklärungen von Ehre, heiligen Werten oder dem Triumph der Menschlichkeit geschwafelt wurde. Diese großen Worte stanken doch allesamt nach Blut. Er hatte den Vormarsch der britischen *6th Airborne Division* von Anfang an mitgemacht. Er hörte die Schreie der verwundeten Männer. Er kannte Augen, die brachen. Er wusste, dass das Geräusch der Knochensägen ihn für immer verfolgen würde. Mancher gute Mann hatte für eine beschissene Ehre, die andere bestimmten, sein Leben gegeben. Und Holter war sicher, dass alle ihre Ehre nur zu gern für ein paar wiedergewonnene Stunden mit ihren Liebsten zurücktauschen würden.

»Aye, Sire.« Morris kam aus der Gegend um Glasgow, legte jedoch Wert darauf, dass er kein Schotte war. Ein entfernter Verwandter war zur See gefahren, und Charles Morris erfüllte es mit Stolz, dass er den seemännischen Begriff für *Yes* und den veralteten Ursprung der Anrede *Sir* kannte. Dass die Aussprache eher an *Eiseier* erinnerte, tat der Würde kaum Abbruch.

Lieutenant Holter überlegte. Den Jungs war langweilig. Der Krieg war beendet, viele wollten nach Hause. Die Mädchen im Harzer Land waren zwar hübsch, aber es kursierten Gerüchte, sie trügen noch diese mittelalterlichen Eisenringe unter den Röcken. So murrten bereits einige Männer, weil sie von den deutschen Frolleins in Hamburg, Frankfurt, Köln und München gehört hatten, die schon für etwas gute Seife und Zigaretten die Beine breit machten.

»Ich habe eine Beschwerde vorliegen, dass Sie mit ein paar anderen Männern Bauernhöfe und Wohnungen ohne Anweisung der Truppenführung durchsucht haben, Sergeant. Was haben Sie dazu zu sagen?« Lieutenant Holter wusste, was kam. Plünderungen waren verboten, aber Waffenbesitz der Deutschen ebenso. Es war also für seine Männer einfach, zu behaupten, sie hätten eine Mistgabel mit Hakenkreuz gesehen.

»Wir hatten Hinweise bekommen, dass dort Granaten, Munition und Pistolen versteckt wurden.« Morris grinste schief und zeigte seine Zahnlücken. »Sie wissen ja, Lieutenant, dass es Weisung gibt, auf Aktivitäten von Werwölfen zu achten.«

Holter verdrehte die Augen. Der Schwarze Mann war etwas, mit dem schlechte Mütter ihren Kindern Angst machten. Und das *Unternehmen Werwolf* war ein letztes Hirngespinst dieser Nazi-Brut gewesen, um den alliierten Soldaten Furcht einzuflößen. Die Parole des Führers lautete, die Waffen zu verstecken, den Feind kommen zu lassen und dann hinter seinem Rücken brutal zuzuschlagen.

Alles Unsinn, dachte der Lieutenant. Aber seine Soldaten hatten tatsächlich immer noch die Hosen voll, wenn in den Kneipen und Mannschaftsheimen davon gesprochen wurde.

»Haben Sie Waffen gefunden, Morris?«, fragte Holter gereizt.

»No, Sire!« Morris versuchte offenbar, eine Entscheidung zu treffen, und schien dann selbst überrascht, dass es ihm gelang. »Aber Papiere, vielleicht kriegswichtige Papiere, Sire!«

»Der Krieg ist aus.«

»Sehen Sie, Lieutenant.« Morris nahm einige zerknitterte Unterlagen aus seinem Feldrucksack. »Irgendetwas mit Hakenkreuz vorn.«

»Ist bei den Jerrys ja ganz was Neues, Morris. Tolle Entdeckung.« Holter warf einen gelangweilten Blick auf die Mappe und das Deckblatt. »Sie sind noch dämlicher, als ich dachte, Charlie.«

»Sire?« Der Sergeant sah ihn enttäuscht an und begann, einige Blätter herauszuziehen. Weder er noch Lieutenant Holter beherrschten die deutsche Sprache wirklich gut. Für Alltag und Bier reichte es, aber Lesen war nicht drin.

»Vielleicht was Geheimes, Lieutenant«, versuchte es Morris ein letztes Mal. »Sind russische Namen und Orte drin verzeichnet. Auch ein paar Kartenauszüge von der Ostfront. Smolensk konnte ich entdecken. Und ...«

»Nehmen Sie den Mist, und verschwinden Sie«, unterbrach ihn sein Vorgesetzter. »Wenn ich das in meinem Bericht erwähne, müssen Sie sich wegen Diebstahls verantworten. Und wenn die Bauern noch aussagen, dass Sie deren Schnaps gesoffen haben, dann sind Sie dran wegen Verstoßes gegen die *Non-Fraternization-Order*! Also, Sie haben Gerüchte gehört über Waffenlagerungen. Pflichtgemäß sind Sie dem nachgegangen und haben mehrere Heugabeln und Dreschflegel beschlagnahmt. War es so?« Holter sah den Sergeant eindringlich an. »War es so, Charlie?«

»Aye, Sire«, erwiderte Morris kleinlaut und nahm die Mappe wieder an sich.

Zurück auf seiner Stube breitete er die Papiere auf seinem Bett aus. Natürlich erkannte er einige Symbole wie das Hakenkreuz und die Sigrune. Und ein paar Begriffe wie *Experimente*, *Gas*, *Hinterland* oder *Liquidation* waren ihm aus seiner Sprache vertraut. Dazu gab es eine Karte, die offenbar den Feldzug der deutschen Truppen gegen Russland nachzeichnete. Neben den Ortschaften waren immer ein Datum und irgendwelche Kürzel vermerkt. Eine Linie mit Pfeilen folgte den

Geländegewinnen. Ende 1941 drehte die Linie plötzlich, und die Pfeile wiesen im Zickzack wieder nach Westen.

Das Zeug bringt mir vielleicht zu Hause ein bisschen Geld ein, dachte Charlie resigniert. Sein Bein schmerzte. Der Arzt hatte gesagt, dass die Knochenentzündung nach der Schussverletzung für immer drin bleiben würde. Scheiß Krieg. Scheiß Deutsche. Aber wenn er es so recht überlegte, wollte Charlie Morris eigentlich gar nicht nach Hause.

*

Die U-Bahnlinie E hatte durch Luftangriffe gleich zu Beginn des Krieges ein paar schwere Schäden davongetragen. In der Schlacht um Berlin war dann die strategische Sprengung eines S-Bahn-Tunnels in der Nähe erfolgt und Wasser auch ins U-Bahn-System eingedrungen. Die Teilstrecke bis zum Bahnhof Lichtenberg war jedoch schon wieder befahrbar. Richard Heimann verhielt sich bewusst auffällig, als er den Eingang zur Haltestelle Friedrichsberger Straße erreicht hatte. Er hustete laut, nestelte an seinem Revers und blickte sich nervös um. Damit setzte er sich nicht dem Verdacht aus, ein Polizist der Schwarzmarkt-Einheiten zu sein. Gerade diese Männer benahmen sich nämlich eher bewusst unauffällig. Nach ein paar Minuten wurde er tatsächlich angesprochen.

»Zehn Kilo *Union*. Wolln Se koofen?«, fragte ein kränklich wirkender Mann mit strähnigem Haar unter der Mütze und wenigen, gelben Zahnstumpen. Heimann konnte sich nicht vorstellen, dass der Kerl überhaupt so viel Briketts tragen konnte. Aber darum ging es schließlich nicht, und er gab die vereinbarte Antwort.

Wenig später standen beide Männer auf dem Bahnsteig in Richtung Lichtenberg. Die gefliesten Wände zeigten noch Spuren des Volltreffers vor fünf Jahren. Einige Fliesen waren abgeplatzt, andere gesprungen. Ruß und Staub überzogen alle Flächen. Das Gleisbett war instandgesetzt. Den Schutt hatte man auf zwei großen Haufen zusammengetragen, an denen sich die Fahrgäste vorbeizwängen mussten.

»Wohin geht es?«, fragte Heimann seinen Begleiter.

»Weeß ick nich«, murmelte der Angesprochene. »Ick bin nur de Kurier, verstehn Se?« Funkstille.

Und ich bin dann wohl das Paket, dachte Heimann.

Mit einem Höllenlärm kamen nach einigen Minuten die roten und gelben Kastenwagen der Verkehrsbetriebe in Sicht. Niemand kümmerte sich im Moment um die farblich eindeutige Unterscheidung von Nichtraucher- und Raucherwagen. Eine Belästigung durch Zigarettenqualm war zurzeit eher die geringste Sorge, wenn viele Menschen zusammenkamen. Alle drängten jetzt in die Züge, da bereits wenige Augenblicke später unbarmherzig der Pfiff ertönte, der das Schließen der Türen ankündigte. Im Inneren empfing den Fahrgast ein kaum erträglicher Geruch, eine Mischung aus Kohl, Körperschweiß, Bierfahnen und – Schmierfett. Einige Banden hatten mehr als eine Tonne von dem geklauten Zeug unter Speisefette gemischt und auf dem Schwarzmarkt verkauft. Leute, die davon aßen, rochen nach kurzer Zeit wie die Abluft einer Wartungshalle der Reichsbahn.

Ratternd setzte sich der Zug schließlich in Bewegung, begleitet von den Flüchen derer, die stehend um ihr Gleichgewicht kämpften. Viele Leute nahmen eher in Kauf, andere anzurempeln, als Tasche oder Koffer nur einen Moment aus ihrem Klammergriff zu lassen. Zu wertvoll war das wenige, was man hatte, als dass man es gierigen Langfingern überlassen wollte.

Heimann und sein Begleiter fuhren bis zur derzeitigen Endhaltestelle, *Lichtenberg Zentralfriedhof*. Hatte sich Heimann bereits gewundert, dass ihr Ziel nicht stadteinwärts gelegen war, so wurde er jetzt misstrauisch, als ihn der Unbekannte in Richtung des Friedhofs lotste. Erst ging es kurz auf der Frankfurter Allee weiter, dann auf der Gudrunstraße in Richtung Nordosten. Heimann erinnerte sich, dass er hier kaum zwei Monate vorher, aus Hoppegarten kommend, vorbeigezogen war. Damals wollte er nur weg von den Russen. Und eine innere Stimme mahnte ihn, jetzt auf demselben Weg von hier zu verschwinden. Einzig die Aussicht, etwas über den Verbleib seiner Frau zu erfahren, hielt ihn davon ab, diesem instinktiven Rat zu folgen. Beruhigend war auch die große Zahl von Menschen, die in Richtung Friedhof wanderte.

»Det sin allet Laubenpieper«, brach Heimanns Begleiter sein langes Schweigen. »De Mischpoke setzt det Jemüse eenfach uff de Jräber.«

Heimann sah – meist ältere – Männer, die Spaten oder Hacken trugen, und Frauen mit Körben und feineren Gartenwerkzeugen. Kleingartenbesitzer waren im Moment klar im Vorteil, denn auf den Trümmern der Innenstadt wuchs nichts. Die Leute hatten sich zusammengetan, wobei ein Teil immer Wache schob und der andere Teil in die Stadt fahren konnte. Neben den legalen Gärten gab es auch noch verbotene Anzuchtplätze. In Parks oder neben den Gleisen der Reichsbahn. Und jetzt hatten findige und hungrige Geister die Friedhöfe entdeckt. Die Erde war gut, der Dünger lag gleich an Ort und Stelle. Die Verwaltung bekam ihren Teil der Ernte und drückte dafür die Augen zu. Ein nettes Geschäft für alle, sofern da nicht ein eigener Verwandter zu Bohnen und Kartoffeln wurde.

Zu Heimanns Beruhigung ließ sein Begleiter jedoch den Zentralfriedhof links liegen und führte ihn tatsächlich zu einer Laubenkolonie, die zweihundert Meter östlich lag. *Scholle und Gleis* stand in einem Halbrund aus Eisen über dem Eingang.

»So, det wars.« Der Mann schaute auf die Uhr. »Noch nich fünfe, jut. Ick sollte Se nach hier verfrachten. Hab ick nu jetan. Warten Se, da holt Se gleech eener ab. Allet Jute.« Ohne Heimann die Hand zu geben, drehte er sich um und eilte mit großen Schritten zurück in Richtung U-Bahn. Heimann sah sich um. *Scholle und Gleis* war eine gut gepflegte Laubenkolonie. Das Schild war stark angerostet, aber er konnte erkennen, dass es sich um eine Vereinigung der Eisenbahner handelte. Dieser Umstand erklärte auch, dass das Gelände großzügig mit Zäunen, eingegrabenen Bahnschwellen und verschweißten Schienenstücken gesichert war. Heimann war überzeugt, dass hier auch Bahnpolizisten ihre Parzellen hatten. Und die Kerle waren im Krieg fast so scharf wie die Gestapo gewesen. Hier wäre niemand so bescheuert, für eine Möhre sein Leben aufs Spiel zu setzen.

»Ich freue mich, dass Sie gekommen sind, Herr Heimann.« Es handelte sich um den untersetzten Mann vom Vortag, der an das Tor getreten war.

»Herr Schmidt«, erwiderte Heimann trocken und dehnte den Namen ganz bewusst.

Der Untersetzte öffnete den Zugang und bat Heimann hinein.

»Hier entlang, bitte. Zum Vereinshaus.«

In einigen Gärten wurde fleißig gegraben und gejätet. In anderen schienen Männer ihren Feierabend bei Klappstulle und Molle zu genießen. Hier war die Welt fast schon wieder in Ordnung. Nach dem, was Heimann in Mitte, Friedrichshain oder Wedding gesehen hatte, war das hier friedvolle Idylle. Schmidt schob ihn durch eine Tür ins Versammlungshaus der Eisenbahn-Gärtner. In dem Raum saßen etwa dreißig Männer und unterhielten sich lebhaft. Heimann hatte während des Kriegs gehofft, dass sich seine Nase irgendwann an alles gewöhnen würde. Oder dass sich seine Wahrnehmung einfach wegschalten ließe. Aber dem war nicht so. Auch in diesem großen Raum mit recht niedriger Decke hing eine Symphonie der Gerüche, die von Schweißfüßen über Schimmelbefall bis zu ranzigem Fett alles bereithielt, was die Sinne quälte.

»Wunderbar! Herr Heimann, jetzt sind wir also komplett«, sagte ein etwa vierzigjähriger Mann mit markanten Narben auf beiden Wangen. Er lächelte und schlug im nächsten Moment mit einem leeren Bierkrug auf den Tisch. Sofort verstummten die Gespräche.

»Nehmen Sie bitte dort Platz«, sagte er und wies Heimann zu einer Bank am Fenster. »Wir wollen beginnen. Es gibt viel zu besprechen.«

Beklommen kam Heimann der Aufforderung nach. Ihm war die schwarze Breecheshose des Mannes aufgefallen. Sie war im typischen Stil der Junker und Reiter gehalten und hatte auch zur Uniform der

Allgemeinen SS gehört. Aber vielleicht war es Zufall, schließlich nahm man derzeit, was man bekommen konnte. Gekocht wurde im Stahlhelm, und die Knobelbecher waren oft zu Halbschuhen umgearbeitet.

»Kameraden!« Mit einem Schlag waren Heimanns Hoffnungen zunichte gemacht. Der Breeches-Mann war auf eine Holzkiste gestiegen und zeigte nun mit dem Finger auf ihn.

»Es ist mir eine Ehre, heute den Kameraden Hauptsturmführer Heimann begrüßen zu dürfen.« Applaus und zustimmendes Gemurmel.

»Polizeibataillon 131. Muss ich mehr sagen, Kameraden?« Tosender Beifall brandete auf. Heimann wollte aufspringen, aber zwanzig Hände schienen ihn auf die Bank zu drücken, schlugen ihm anerkennend auf die Schultern. Neben ihm saßen jetzt Schmidt und Müller. Er war wie betäubt. Wo war er hier hineingeraten? Eine Versammlung von alten Kommissköpfen? Ehemalige? Wahrscheinlich allesamt SS-Leute. Hundert Meter weiter lagen Karl Liebknecht und Rosa Luxemburg begraben. Die Gegend galt selbst zu Hitlers Zeit als linke Hochburg, die SA hatte sich hier mit KPD-Männern Anfang der dreißiger Jahre Straßenschlachten geliefert. Und den Friedhof nannte man respektlos – der mehr oder weniger prominenten Dauergäste wegen – Sozialistenfriedhof. Und hier saßen nun stramme Gestrige? Und planten – ja was eigentlich?

»Kommen Sie, Heimann«, sagte der Breeches-Mann. Dann nahm er einen Umschlag, auf dem links oben noch Reichsadler und Hakenkreuz gedruckt waren. Er warf Richard Heimann einen verschwörerischen Blick zu. »Erzählen Sie den Kameraden erst ein wenig. Die Wehrmacht hat die Roten damals vor sich hergetrieben wie Schafe. Weil Stalin seinen Leuten befohlen hatte, laut *Peng Peng* zu rufen. Statt Gewehren hatten sie Holzstöcke. Erinnert ihr euch, Jungs? Am Anfang sind sie uns auf halb verhungerten Pferden entgegengeritten.« Johlen im Raum. »Deren gefährlichsten Waffen waren ihre Zahnfäule und ihr Fußpilz.« Die Worte verfehlten ihre Wirkung nicht. Lautes Grölen erklang.

»Aber wir, die Offiziere der Einsatzkommandos, mussten die Arbeit machen«, fuhr der Mann fort. »Und wer hat es uns jemals gedankt?« Zustimmendes Gemurmel. »Wir wissen, wie der Feind denkt. Mit welchen Taktiken er arbeitet. Und dieses Wissen werden wir zu unserem Vorteil nutzen. Wenn die Bolschewisten etwas aus unserem Land klauen, dann werden wir in Zukunft unseren Teil davon einfordern. Wenn sie Politik, Verwaltung und Wirtschaft besetzen, dann wird einer von uns im Hintergrund die Strippen ziehen. Soll der Esel doch glauben, er bestimme, in welche Richtung es geht. Der Kutscher weiß es besser.« Tosender Beifall und Hochrufe.

»Nun zu dir, Kamerad Heimann. Um in die Hilfsgemeinschaft aufgenommen zu werden, musst du die Taufe ablegen.« Gelächter. »Dafür musst du heute etwas von dir preisgeben, was nicht in deiner Akte steht. Es muss spannend sein, aber auch erheiternd. Danach stimmen alle Kameraden ab. Wirst du von uns aufgenommen, dann erhältst du die Informationen über den Verbleib deiner Frau.«

Heimann blickte in die Runde. Er fragte sich, was er gestern erwartet hatte. Als Schmidt und Müller bei ihm aufgetaucht waren. Die beiden sahen wahrlich nicht aus, als wären sie Kirchenleute oder Mitarbeiter beim Roten Kreuz. Aber sein Urteilsvermögen war durch die Hoffnung beeinträchtigt worden. Hatte er wirklich geglaubt, ein Wunder geschähe und führte ihn zu Hedwig, die er seit mehr als sechs Wochen überall suchte? Er musste sich eingestehen, dass er tatsächlich naiver geworden war. Unvorsichtiger. Er hatte Hunderte sterben sehen. Doch innerlich war er weicher, empfindlicher. Aber warum sollten Menschen sich ändern, nur weil Frieden war? Warum sollten sie ihm etwas ohne Gegenleistung geben, nur weil statt Hitler und Himmler nun Truman und Stalin in Germanien das Sagen hatten? Heimann war bereit, auf das makabre Spiel einzugehen. Nun war allerdings sein Entschluss, den Krieg für sich persönlich etwas zu verkürzen, kaum dazu geeignet, sich unter diesen Leuten Sympathie zu verschaffen. Immerhin hatte er sich rechtswidrig in Hinterpommern von einem zusammengewürfelten Truppenhaufen abgesetzt. Desertion, Landesverrat und noch andere, unschöne Begriffe hätte ein Militärrichter für diese Tat gefunden. Nein, diesen Teil seiner Lebensbeichte behielt er besser für sich.

Heimann blickte in gespannte Gesichter, in denen sich bereits erste Anzeichen von Ungeduld fanden. Schmidt reichte ihm ein Bier. Gierig leerte er das Glas in einem Zug. Es war, als brannte ein Feuer in ihm, das es zu löschen galt.

»Ich war von Anfang an dabei«, begann er zögerlich. »Ab Mai 41 wurden wir in der Polizeischule Pretzsch geschult, und die Einsatzgliederung wurde besprochen. Für kurze Zeit war auch Obergruppenführer Heydrich vor Ort.« Vereinzelt gab es Applaus und anerkennendes Nicken. Schmidt kam mit einem zweiten Bier. »Ich wurde zunächst zweiter Adjutant von Brigadeführer Streckenbach, mit Beginn des Feldzugs war ich dann Obersturmbannführer Fiedler zugeteilt.«

Heimann war jetzt in einen Redefluss gekommen, der durch die Wirkung des Alkohols unterstützt wurde. Er hatte nur wenig gegessen und fühlte sich regelrecht beschwingt. So bemerkte er nicht, dass der Zwischenapplaus während seiner Schilderung immer seltener wurde. Dass einige Männer murrten und mit Zwischenrufen störten. Heimann redete sich etwas von der Seele, das ihn seit vier Jahren belastete. Hier ging es nicht um Hörensagen. Auch nicht um das Verdrehen von Tatsachen oder Unwahrheiten. Hier ging es um das Flehen in Augen, in die er geblickt hatte. Kurz bevor sie brachen. Um das Wimmern und Weinen, das er gehört hatte. Bevor es verstummte. Er schilderte, wie Menschen bettelten und schrien, wenn sie in ihren Häusern verbrannten. Das Kommando Fiedler hatte vorher die Fenster und Türen vernagelt. Der deutsche Sieg zog sich in einer langen Reihe von gekalkten Gruben und Aschehaufen nach Osten.

»Ich bin nicht stolz darauf, dass ich in jedem Dorf die Listen überprüft habe«, sagte Heimann. »Juden, Zigeuner, Schwachsinnige und Krüppel, Politkommissare. Ihr Blut ist so rot wie unseres. Leid und Schmerz spüren sie wie wir. Wir müssen jetzt …«

»Danke, Kamerad Heimann. Danke«, unterbrach ihn der Mann mit den Breeches-Hosen. Kein Applaus. Niemand nickte anerkennend oder schlug Heimann auf die Schulter. Einige Männer hatten sogar den Raum verlassen. »Sehr anschaulich und erfrischend ehrlich. Vielleicht unserer Sache nicht ganz dienlich, vor allem in den Ohren der Siegermächte.« Er sah in Richtung des Küchentrakts. Der Vorhang der Durchreiche war zugezogen. Offenbar hatte dahinter ein Mann gesessen oder gestanden. Denn seitlich war nun ein Arm erschienen. Die Hand war zur Faust geschlossen, nur der Daumen gestreckt. Der Mann, der sich Müller nannte, stand so, dass Heimann nur die Faust sah. Langsam drehte sich der Unterarm. Bis schließlich der Daumen nach unten zeigte.

»Meine Vorstellung kam offenbar nicht gut an.« Er war verunsichert und versuchte zu lächeln.

»Mach dir nichts draus, Kamerad«, meinte Schmidt. »Trotzdem hast du es verdient, zu erfahren, wo deine Frau ist.« Der Mann legte den Feldpost-Umschlag vor Heimann auf den Tisch.

»Und was habe ich dafür zu tun? Ich meine, die Männer waren nicht begeistert. Ich könnte noch einmal …« Heimann öffnete mit zitternden Händen den Umschlag. Am liebsten hätte er das Ding gegriffen und wäre davongerannt. Eine innere Stimme sagte ihm jedoch, dass er nicht weit käme. Er starrte auf ein Foto. Er erkannte Hedwig darauf. In seinem Kopf begann sich alles zu drehen. Ihm wurde übel, als er das Blatt herausnahm, das zum Foto gehörte.

»Gehen wir an die frische Luft, Hauptsturmführer. Sie sehen blass aus«, sagte Schmidt. Er gab Müller ein Zeichen, der Heimann unter die Arme griff und fast mühelos anhob.

Einen kurzen Moment fragte sich Heimann, ob diese Leute ihm etwas ins Bier getan hatten. Die Chemiker des Reichs waren in den vergangenen zwölf Jahren unglaublich erfindungsreich gewesen. Die SS hatte mit Schlafdrogen, Aufputschmitteln, Angsthemmern und Wahrheitsseren experimentiert. Der Abend war angenehm, ein leichter Wind vertrieb die Schwüle. Auf dem Gelände des Gartenvereins gab es einen sichtgeschützten Bereich. Buchenhecken und Krüppelkiefern sollten hier die kalten Ost- und Nordwinde brechen, damit auch empfindliche Pflanzen gediehen. Drei Männer standen dort und gruben ein Beet um. Als Heimann, der immer noch von Müller gehalten wurde, näher kam, sah er, dass es sich um eine Grube handelte. Ein Grab.

Müller griff in die Jackentasche und nahm einen Montagedorn heraus. An dem Werkzeug war ein Holzgriff angebracht, so dass das Teil aussah wie ein übergroßes T. Der Mann stand jetzt hinter Heimann und hielt mit der Linken dessen Arm fest. Schmidt nahm den anderen Arm und presste einen groben Lappen auf Heimanns Mund. Müller schob den Dorn langsam, fast behutsam in das weiche Gewebe am Kieferwinkel. Die Augen ihres Opfers weiteten sich vor Entsetzen und Schmerz. Es war, als spürte Heimann einen kurzen Moment lang alle Qual der Welt. Jene, die er selbst erlitten hatte. Und jene, die er anderen bereitet hatte. Der große, kräftige Mann neben ihm drückte das Metall immer weiter in Richtung Schädelknochen. Am Übergang der Halswirbelsäule zum Schädelinneren gab es diese eine ungeschützte Stelle. Müller konnte den Widerstand spüren, den er mit einem Knirschen überwand, als er den Dorn ruckartig zum Hirnstamm vorstieß. Ein Außenstehender vernahm zunächst nur ein leises Geräusch, gefolgt von einem heftigeren Knacken. Als die Spitze der Waffe das Gehirn erreicht hatte, erstarb augenblicklich jede Gegenwehr in Richard Heimann. Seine Muskeln wurden schlaff, seine Atmung setzte aus. Er konnte nicht mehr verarbeiten, was ihm die Sinne aus jener kalten, äußeren Welt noch meldeten. Letztlich interessierte es ihn gar nicht mehr. Einige Momente seines Lebens liefen vor seinem inneren Auge ab. Wie in einem Ufa-Film sah er seine junge Frau. Sie war sein Licht. Und er sah sich selbst. Frei. Einmal noch; so gern hätte er sie einmal noch umarmt. Dann wäre er bereit für den Abschied.

Da überlebt man den schlimmsten Krieg seit Menschengedenken, um dann in einer beschissenen Gartenkolonie zu sterben. Bei diesem letzten, bitteren Gedanken schwanden Richard Heimann endgültig die Sinne.

3

Wiesbaden, Hannover, August 1945

»Es muss jetzt schnell gehen, Ernst«, sagte der schmächtige Mann. Seine Gesichtszüge erinnerten an einen Vogel. Er trug eine umgearbeitete Wehrmachtsuniform ohne Rangabzeichen, Adler und Kragenspiegel. »Es wird immer schwerer, die Burschen hinters Licht zu führen.« Sein nervöses Magenleiden machte ihm wieder zu schaffen. Der Krieg und erst recht dessen Ende waren eine einzige Belastung für den wenig robusten Generalmajor gewesen. Planung, Stabsdienst und Organisation in der Etappe lagen ihm weit mehr als diese unseligen Kampfhandlungen.

Der andere Mann schnaubte verächtlich. Er war geschmackvoll in einen dunkelblauen, zivilen Anzug gekleidet, trug Lackschuhe und eine teure Junghans-Uhr am Handgelenk. Den unpassend wirkenden, schwarzen Homburg-Hut und eine Aktentasche hatte er vor sich auf den Tisch gelegt. Im Gegensatz zu seinem alten Bekannten war er ein freier Mann. Reinhard Gehlen jedoch war immer noch Kriegsgefangener. Zwar hatten die Amerikaner den Heeresoffizier hier in Wiesbaden recht komfortabel untergebracht und bezeichneten ihn als Gast. Zwei Wachen vor Tür und Haus ließen jedoch keinen Zweifel an seinem wahren Status als Gefangener aufkommen. Und dennoch war es seinem alten Vertrauten Ernst Fiedler auf einfache Weise gelungen, als Rechtsanwalt Dr. Seidel getarnt eine Besuchserlaubnis der Alliierten zu erhalten. Immerhin waren sie in dem Raum allein, so dass sie sich zwar mit gedämpfter Stimme, aber ungestört unterhalten konnten.

Unsere Männer von der Stapo hätten so etwas nicht durchgehen lassen, dachte Fiedler und wunderte sich zum wiederholten Mal, weshalb der Krieg gegen diese Leute eigentlich verloren gegangen war.

»Was soll das bringen, Reinhard?«, fragte er seinen alten Bekannten. »Ich meine, die Sache mit den Informationen über die Russen?«

»Willst du es nicht begreifen? Oder kannst du es nicht?«, ereiferte sich der Mann in Uniform. »Wir müssen diesen Leuten etwas anbieten. Sonst liefern sie uns doch noch an die Russen aus. Schon im *Prisoner Camp* am Schliersee waren einige amerikanische Verhöroffiziere der Meinung, dass man uns einfach beim Iwan loswerden könne. Die Russen wollen jeden höheren Offizier, der im Osten gekämpft hat. Weißt du, was uns da blüht?«

»Da siehst du es, Reinhard«, erwiderte der andere Mann ungerührt. »Die Amerikaner und Russen sind immer noch beste Freunde. Wenn es nicht so wäre, welchen Grund hätten sie, deutsche Soldaten in den Osten abzuschieben? Deine Vermutung, sie würden sich nach Kriegsende schnell entzweien, war schlichtweg Wunschdenken.«

»Nein!«, donnerte der hagere Gehlen mit erstaunlich fester Stimme. »Alle Nachrichtendienste des Reichs wiesen seit drei Jahren auf einen zunehmenden Dissens zwischen den Alliierten hin. Die Allianz hielt nur, solange sie gegen uns zogen. Die Franzosen sind ohnehin nur Marionetten, die Briten Statisten in diesem Spiel. Die Rollen für das politische Stück des nächsten Jahrzehnts werden zwischen Amis und Sowjets vergeben. Vielleicht gibt es sogar einen neuen Krieg. Und für diesen Fall will ich unbedingt auf der richtigen Seite stehen, Ernst.«

»Ist ja gut. Ich habe alles so umgesetzt, wie wir es vor drei Jahren besprochen haben. Zeitweise hatte ich sogar mehr Schreiberlinge und Archivare als Soldaten in meiner Einheit. Es wurde alles gesammelt, fotografiert und nach deinem System geordnet. Alles gut und sicher gelagert.«

»Und die Verschlüsselung? Hast du es gemacht, wie ich es gesagt habe?« Gehlen war bekannt für seine Erbsenzählerei. Und die Neigung, immer alles zu überprüfen.

»Ja«, antwortete Ernst Fiedler mit genervtem Unterton in der Stimme. »Letztlich geht ohne Kennung und Chiffrierschlüssel nichts. Und die gebe ich nicht aus der Hand. Dein System ist sicherer als die letzte ENIGMA. Du siehst, es ist alles so, wie Papa Reinhard es gesagt hat.«

»Hast du deine anderen Aktivitäten eingestellt, Ernst?«, wechselte Gehlen abrupt das Thema. »Wenn die Amerikaner herausfinden, dass wir noch eine Truppe unterhalten, machen sie uns die Hölle heiß.«

»Ich habe alle nach Hause geschickt«, log Fiedler. Du spielst dich auf, als wärst du der neue Heydrich, dachte er erbost. Dabei bist du nur ein unbedeutender Mann im Generalsrang, dem sie ein paar Spitzelaufgaben an der Ostfront übertragen haben. *Fremde Heere Ost*, dass ich nicht lache. Du hast doch nur das über die Russen erfahren, von dem sie wollten, dass du es erfährst. Deine Leute hätten lieber eine Waffe in die Hand und diese verdammten Bolschewiken abknallen sollen, anstatt viele nutzlose Informationen über den Feind zu sammeln. Vielleicht wären dann dieser ganze Kasperkram und das Versteckspiel jetzt nicht nötig gewesen.

»Die militärischen Einheiten sind angewiesen, sich aufzulösen«, sagte Ernst Fiedler. Und wieder war dies eine Lüge.

»Gut.« Gehlen wirkte beruhigt. Seine Vertrauten hatten ihm zugetragen, dass mehrere hundert Offiziere aus SS und Wehrmacht eine Art Untergrundarmee gründen wollten. Er hatte zwar selbst dem Oberkommando knapp vor Kriegsende die *Aktion Werwolf* vorgeschlagen, eine Art Partisanenkampf hinter den feindlichen Linien. Mittlerweile ärgerte es ihn jedoch, dass recht viele Offiziere dem Vorschlag gefolgt waren. Darunter befanden sich einige Draufgänger, die aus purer Abenteuerlust mit einem Krieg im Untergrund weitermachen wollten. Aber es fanden sich auch viele unverbesserliche Nationalsozialisten unter diesen Männern. All dies gefährdete seine eigenen Pläne. Gegenüber den westlichen Alliierten hieß es im Moment, unbedingt die Füße stillzuhalten.

»Wir dürfen die Amerikaner nicht durch unbedachte Aktionen verärgern«, sagte er. »Im Lager Wörgl habe ich erfahren, dass die Amis wohlwollend über eine Zusammenarbeit mit uns denken. In Zukunft werden wir also unsere Sache still und leise durchsetzen. Über administrative und politische Einflussnahme. Da darf es keinesfalls zu Racheaktionen oder Anschlägen unbelehrbarer Elemente kommen.«

»Unbelehrbare Elemente?« Ernst Fiedler schlug mit der flachen Hand auf den Tisch und schien selbst erschrocken. Er senkte die Stimme zu einem gepressten Flüstern. »Du solltest dich hören, Reinhard. Du sprichst über treue Nationalsozialisten! Männer, denen die Bewegung auch nach dem Tod des Führers und der Niederlage wichtig ist. Wir haben an allen Fronten gerungen, den Schmutz aus Deutschland herausgekehrt. Und das ist der Dank? Ein Strick? Das Beil? Die Kameraden verlassen sich darauf, dass Männer wie wir die Amis austricksen. Damit Ruhe einkehrt und damit der nationalsozialistische Geist nicht nur überleben, sondern gedeihen kann.«

Der Mann im Wehrmachtsgrau schüttelte den Kopf. Er hatte sich immer als Funktionsoffizier gesehen. Er erledigte seine Aufgabe dort, wo man ihn einsetzte. Und dabei trieben ihn einfache Motive an. Er wollte vorrangig überleben. Und er wollte seine Familie beschützen. Eine Stellung mit gewissem Ansehen und ein gutes Auskommen wären noch die Sahnehäubchen in einer brutalen Zeit wie dieser. Mehr konnte sich ein Mann kaum erhoffen. Und so vermochte er die verstockte Haltung seines Bekannten nicht zu verstehen. Sie alle mussten jetzt umsichtig handeln. Das Interesse der Amerikaner an den von seiner Abteilung gesammelten Akten war geringer, als er erhofft hatte. Diese Idioten hatten noch nicht erkannt, wie nützlich Ihnen die Arbeit seiner ehemaligen Dienststelle sein konnte. Ein zwielichtiger Offizier hatte ihm sogar unverhohlen gedroht, man würde ihn zwingen, die Verstecke der Akten und Mikrofilme preiszugeben. Er durfte den Westalliierten jedoch nur einen Teil des Archivs, quasi als Appetithäppchen, avisieren, denn sonst gab er seine eigene Verhandlungsposition auf. Er musste die Zeit für sich arbeiten lassen, denn die Diskrepanzen zwischen Ost und West – da war er sicher – nahmen mit jedem Monat mehr zu.

»Ich werde morgen in ein Verhörzentrum gebracht«, sagte Reinhard Gehlen matt. Er fühlte sich müde. »General Sibert will mit mir sprechen. Ich denke, er arbeitet für die *Strategic Services*, aber offiziell ist das natürlich nicht. Da entscheidet sich alles. Wenn er kein Interesse an meinem Angebot hat, dann sitzen wir alle bald in einem Flieger nach Moskau.«

»Du und deine Männer, Reinhard. Ich nicht«, meinte Ernst Fiedler. »Ich habe dir gesagt, dass es eine dumme Idee ist, sich den Kerlen zu ergeben. Ein anderer Name, längere Haare, ein Bart, und du lebst völlig unbehelligt. Glaub mir.«

Und deshalb ist es auch besser, mehrere Eisen im Feuer zu haben, dachte er außerdem. Verhandele du ruhig mit diesen ungehobelten Judenfreunden. Ich halte derweil die alten Kameraden bei der Stange. Wir müssen schlagkräftig bleiben, sonst taugen wir bald nur noch als Apportierhunde dieser amerikanischen Flegel.

*

Ernst Fiedler mochte Norddeutschland nicht. Zu windig, zu nass, zu flach. Als Bayer fand man viele Gründe, jede Region nördlich von Augsburg mies zu machen. War schon Wiesbaden eine Zumutung gewesen, dann wurde Hannover nun für ihn zum Grauen. In der Innenstadt war kaum ein Stein auf dem anderen geblieben. Zwar empfand er als Münchner in fünfter Generation die Schleifung preußischer Städte durch Amis und Briten nicht weiter bedauernswert. Aber durch den Regen und die daraufhin einsetzende, sommerliche Schwüle roch es in der ganzen Stadt nach versotteten Kaminzügen. Seine Wäsche war klamm, und ihm war übel. Unerträglich.

»Es war kein Hotelzimmer zu bekommen«, maulte er seinen jüngeren Kameraden an, mit dem er sich in dem kleinen Park am Leineufer getroffen hatte. Hier waren die meisten Bäume, die die Bombenangriffe überstanden hatten, gefällt worden. Schließlich galt es, die Bretterbuden der Ausgebombten notdürftig instand zu setzen und mit Feuerholz für den Winter zu versorgen. Das Leineschloss am Ufer gegenüber war nur noch eine ausgebrannte Ruine. Der kalte Brandgeruch war auch hier widerwärtig.

»Kein Wunder. Alles von Rang und Namen in dieser Stadt liegt in Schutt und Asche«, erwiderte der jüngere Mann, ein Offizier, der in der *Division Brandenburg* gedient hatte.

»Wie laufen die Arbeiten in der Gemeinschaft?«, fragte Fiedler.

»Einiges ist im Zeitplan, anderes wird durch Verhaftungen erschwert«, antwortete der andere. »Außerdem setzen sich viele Kameraden ab. Da bricht uns die Basis der erfahrenen Männer weg.«

»Wie viele Zellen gibt es im Moment, Matthias?«

Der junge, ehemalige SS-Offizier, der sich jetzt Matthias nannte, verdrehte leicht die Augen. Er hatte sich immer noch nicht an seinen Decknamen gewöhnt. Dabei war die Anweisung, sich falsche Papiere zu besorgen, von eben dem Mann gekommen, der jetzt vor ihm stand. *Friedrich Seidel*. Matthias hatte jedoch über seine Kameraden erfahren, dass es sich in Wahrheit um Oberführer Fiedler handelte. Von seinen Leuten in der Einsatzgruppe hatte er den Namen Vlad verpasst bekommen. Matthias wollte gar nicht wissen, warum. Es kursierten im Moment viele Gerüchte, jeder hatte von jedem irgendetwas gehört. Wenn man sich den ehemaligen Oberführer ansah, kämen einem eher Gedanken an einen Buchhalter, Taubenzüchter oder Briefmarkensammler. Ein Vergleich mit der Nachtgestalt aus den Karpaten schien Matthias lächerlich.

»Der gesamte Osten ist verloren«, meinte Matthias zu seinem Begleiter. »Wir hatten ein paar Kontakte in Prag, Breslau und Budapest. Alle Männer dort wurden verhaftet oder sind untergetaucht. Die einzige große Zelle östlich der Elbe gibt es in Berlin. Die Kameraden wagen es hin und wieder, auch im sowjetischen Teil zu agieren. Gerade erst …«

»Was ist mit Dresden, Magdeburg oder Leipzig?«, unterbrach Fiedler ihn unwirsch.

»Höchstens einzelne Männer. Und die haben die Hosen gestrichen voll. Wollen alle in den Westen«, meinte Matthias. »Über kurz oder lang müssen sie befürchten, dass die Russen sie schnappen.«

»Wie sieht es hier aus?«

»Im Norden, bei den Briten haben wir in fast jeder Großstadt eine Zelle, zehn bis zwanzig Kameraden. Der harte Kern. Dazu noch Helfer in der Verwaltung und …«

»Verdammt, Matthias!«, wurde er wieder unterbrochen. »Wie viele insgesamt?«

»Acht Zellen. Hundert, vielleicht hundertzwanzig Mann.«

Fiedler schnaubte, konnte sich kaum beherrschen. »Das ist zu wenig!«, zischte er. »Allein in München haben wir sechzig verlässliche Kameraden. Hast du hier oben Däumchen gedreht oder was?«

»Es ist nicht so einfach, Herr Seidel.« Den Tarnnamen seines Vorgesetzten presste der Jüngere verächtlich hervor. »Der alte Zwist zwischen den Männern aus SS und Wehrmacht ist wieder ausgebrochen. In den Lagern gab es sogar schon Schlägereien. Und Denunziationen. Der Streit ist heftiger denn je. Alle werfen sich gegenseitig etwas vor. Die einen hätten zu lasch gekämpft, die anderen wären in dreckige Machenschaften verstrickt. Die schauen sich gegenseitig nicht mit dem Arsch an. Wie soll ich diese Leute an einen Tisch bekommen? Oder in einer Zelle führen, ohne dass sie sich die Köpfe einschlagen?«

Fiedler schwieg. Er wusste, dass Matthias recht hatte. Die alte Fehde und der Streit waren ein Jahrzehnt lang allgegenwärtig gewesen. Und hatten im Krieg manchen Erfolg verhindert. Die SS-Leute betrachteten sich als auserwählte Elite. Die Soldaten der Wehrmacht fühlten sich übervorteilt und steckten zudem voller Skrupel. Und diese Lager im Osten, die die Russen leider entdeckt hatten, machten die Sache nicht besser. Die normale Kampftruppe sah sich jetzt beschmutzt durch SS, Sicherheitsdienst und Gestapo.

»Die Herren Generäle sollen sich mal nicht derart zieren«, sagte Fiedler schließlich. »Wir sitzen alle in einem Boot. Polizei, Wehrmacht, SS. Alle haben mitgemischt und die anfallende Drecksarbeit musste ja jemand erledigen.« Er überlegte einen Moment. Dann fuhr er fort: »Wir müssen Männer wie Simon gewinnen. Er ist eine Leitfigur, der sowohl die Soldaten als auch die Leute aus der Schutzstaffel und vom Sicherheitsdienst folgen.«

Matthias hätte am liebsten laut gelacht. Fiedler war in der Truppe bekannt gewesen für seine Ideen und Hirngespinste. Und er fand immer einen Schuldigen, wenn die Dinge nicht so liefen, wie er es wollte. Aber mit Max Simon mochte er vielleicht Recht behalten. Der ehemalige General der Waffen-SS gehörte zwar nicht zu den Vorzeigehelden des Reichs, wurde jedoch allgemein respektiert. Dennoch musste Matthias seinen Gesprächspartner enttäuschen. Er schüttelte den Kopf.

»General Simon wird nicht aus der Internierung entlassen«, sagte er. »Die Anklage gegen ihn wird nach unseren Informationen gerade erst vorbereitet. Es geht um irgendeine Sache in Italien.«

»Sehr ärgerlich«, antwortete Fiedler. Plötzlich kam ihm eine Idee. »Versuchen Sie, ihn dennoch einzubinden. Männer wie Simon verfügen über hervorragende Kontakte. Wenn wir gefangene Kameraden in unser System aufnehmen, geben wir ihnen das Gefühl, nicht vergessen zu sein. Und wir können auf ihr Wissen und ihre Beziehungen zurückgreifen. Erörtern Sie das mit den Zellenführern, Matthias. Und Sie persönlich sind verantwortlich für Simon. Verstanden?«

Sein Gegenüber nickte.

»Gibt es Aktivitäten, von denen ich wissen muss?« Fiedler war mit seinen Gedanken schon bei der Rückreise. In der Nähe von Kassel würde er sich wieder über eine illegale Landroute nach Süden durchschlagen müssen. Das Reisen war den Deutschen im Moment im eigenen Land erheblich erschwert worden.

Ich muss die Sache an jemanden abgeben, dachte er. Zu gefährlich, um selbst durch die Gegend zu fahren. Wenn dieser Matthias sich als nützlich erweist, werde ich ihm die Aufgabe übertragen. Soll der Bursche dann doch nach München kommen.

»… einem geheimen Ehrengericht in Köln. Verrat von Kameraden an alliierte Ermittler. Preisgabe von Reichseigentum. Das Urteil war einstimmig.« Matthias fuhr sich mit dem gestreckten Daumen quer über den Hals. Er hatte bemerkt, dass ihm Fiedler gar nicht richtig zuhörte. »Auch die Hamburg-Zelle plant, ein Exempel zu statuieren«, fuhr er unbeirrt fort. »Ein besonders verwerflicher Fall von Kollaboration. Ein ehemaliger Kripo-Mann, der sein Wissen an die Sonderermittler der Briten weitergegeben hat. Dadurch wurden etwa zwei Dutzend Kameraden verhaftet, die bereits untergetaucht waren. Zudem ging dadurch das Sondervermögen des Reichsführers verloren. Wir müssen unbedingt weiteren Schaden verhindern. Die Liquidation dieses Mannes wird auch die Moral unserer Leute stärken.«

»Nun trennt sich noch einmal die Spreu vom Weizen, Matthias«, sagte der ältere Mann.

»Sehr schön ist noch eine Meldung der Hauptstadt-Zelle«, ergänzte Matthias. »Dort operieren die Kameraden ja unter besonders schweren Bedingungen. Sie sind aber weiterhin aktiv. Bereits sieben Männer wurden dort ausgeschaltet, die Geheimnisträger in der Verwaltung, der Truppe oder der SS waren und als unzuverlässig eingestuft wurden. Bei einem Fall war ich sogar als Juror zugegen. In meiner Stellung als Ihr Stellvertreter dachte ich, dass es gut ist, bei den Kameraden dort Präsenz zu zeigen.«

»Sieben?« fragte Fiedler halbherzig nach. »Gut, gut. Aber die Russen lassen wahrscheinlich jeden Tag hundert erschießen. Wir waren zu nachsichtig mit den Bolschewiken.«

Wenige Minuten später verabschiedeten sich beide Männer voneinander. Matthias war unzufrieden. Ernst Fiedler war kein Anführer. Er ließ sich zu oft von Jähzorn überwältigen. Und auch sonst hatten Kameraden von unschönen Wesenszügen berichtet. Er konnte die Leute nicht mitreißen und von ihrer lähmenden Angst befreien. Er war ein Mann für das, was der Reichsführer Himmler einmal notwendige Drecksarbeit genannt hatte. Mehr nicht. Matthias war sicher, dass ein Mann wie Fiedler das Auseinanderfallen der Bewegung nicht verhindern konnte.

Ich muss mit General Simon darüber sprechen, dachte der junge Mann. Wir brauchen Leitfiguren, keine Erfüllungsgehilfen. Männer, zu denen die Kameraden aufsehen konnten. Flieger-Asse, Kämpfer aus den Spezialeinheiten, Ritterkreuzträger.

4

Hamburg, September 1945

»Ich habe zwei Zeugenaussagen, Herr Druwe, die Ihr Handeln bei Witebsk in ein anderes Licht rücken können«, sagte Kurt Strehler.

Der Anwalt stand in dem Raum, der seit knapp einem Monat Druwes neues Zuhause war. Nun war ein Zuchthaus allerdings keineswegs dazu angetan, dass man sich auch zu Hause fühlte. Immerhin jedoch waren der Latrineneimer und ein grob gearbeitetes Holzbrett mit Waschschüssel, die noch das Flensburger Gefängnis ausgezeichnet hatten, den Anforderungen einer neuen Zeit gewichen. Druwe hatte nun eine Toilette und ein Waschbecken mit Wasseranschluss im Raum. Auf das Fliesenschild waren von den vorherigen – ausschließlich männlichen – Insassen allerlei Sauereien gekritzelt worden. Deren Betrachtung sorgte während Verrichtung der Notdurft immerhin für eine kurzweilige Ablenkung.

»Wir haben zwar oft über den Anklagepunkt drei gesprochen«, fuhr Strehler fort. »Zumeist jedoch waren Ihre Schilderungen und Kommentare eher zynischer Art. Eine Art Mischung aus Schuldbekenntnis und Selbstmitleid. Ich hoffe, Sie sehen mir diese direkte Einschätzung nach. Und werden mir nicht die Nase dafür brechen.«

Druwe wusste sehr wohl, worauf sein Anwalt anspielte. In ihm staute sich seit Monaten Wut auf. Schon in Flensburg, aber auch hier in Hamburg hatten ihn andere Häftlinge immer wieder provoziert. Aus seiner Zeit als Polizist wusste er, dass Zuchthäusler oft massiv frustriert waren. Aus mehreren Scharmützeln war er als Sieger hervorgegangen. Ein Treffer mit seiner Lederfaust schickte die meisten Kontrahenten ins Land der Träume. Druwe war jedoch nicht stolz auf den Ruf, den er sich im Knast von Hamburg-Fuhlsbüttel erworben hatte. Vielmehr ekelte ihn vor der Veränderung, die er an sich wahrnahm. Er verlor zunehmend die Kontrolle über seine Gefühle. Und sein Handeln.

»Sie haben recht, Herr Dr. Strehler«, sagte er. »Es wird Zeit für eine möglichst umfassende Schilderung.«

Druwe schob dem Juristen den einfach gearbeiteten Holzstuhl hin. Er selbst setzte sich auf das Bett, streckte sich jedoch einen Moment später darauf aus.

»Ich hörte, dass die Seelenärzte das so machen.« Er lachte rau. »Ich erzähle die Geschichte einfach so, wie sie mir in Erinnerung geblieben ist. Stellen Sie keine Zwischenfragen, damit ich den Faden nicht verliere. Schreiben Sie besser das Wichtigste mit. Sonst haben Sie später wieder nichts in der Hand.«

Strehler blickte seinen Mandanten skeptisch an, dann nahm er einen Bleistift und einen kleinen Block aus seiner speckigen Ledertasche.

»Ich beherrsche diese neue Kurzschrift. Ungemein praktisch bei Verhandlungen«, sagte er und lehnte sich auf dem Stuhl zurück.

Druwe schloss die Augen. Was anfangs als Scherz gemeint war, entpuppte sich für ihn als ein durchaus gangbarer Weg, geordnet über die Ereignisse bei Witebsk zu sprechen.

»Der Russland-Feldzug ab Mitte 1941 war von Anfang an eine andere Form von Kriegsführung«, begann er. »Als Kripo-Mann war ich vom Frontdienst bis dahin freigestellt gewesen. Ich hatte mich auch geweigert, in die Schutzstaffel einzutreten, obwohl Himmler das eigentlich für alle Polizisten in höheren Positionen vorgesehen hatte. Dadurch bekam ich einigen Ärger mit den Kollegen und wurde auch bei einer Beförderung zurückgestellt. Mein Chef war damals Reichskriminaldirektor Arthur Nebe, der mich unterstützte und deckte. Er wollte mich in höheren Ämtern sehen, obwohl ich selbst eigentlich immer ein Kriminaler auf der Straße bleiben wollte. Eines Tages kam Nebe auf mich zu und eröffnete mir, dass Heydrich meine Entlassung gefordert hatte. Und zwar einzig und allein, weil ich nicht in die SS eingetreten war. Aber Nebe hatte schon eine Lösung für mich parat. Ich sollte mich ein paar Monate im Osten bewähren. Die Strategen in Berlin hatten beschlossen, dass die Wehrmacht im Schweinsgalopp nach Moskau vorrücken sollte. Militärisch eigentlich Wahnsinn, weil ein Vorrücken der Truppen noch lange nicht bedeutet, dass man das Gebiet erobert hat. Dafür hatte man die Einsatzgruppen geschaffen, die im Hinterland für Ordnung sorgen sollten. Arthur Nebe hatte den Befehl über die Gruppe B. Also hat er mich zur Gruppe A hinter den Nordabschnitt der Front geschickt. So konnte uns niemand Kungelei und Vetternwirtschaft vorwerfen. Auf diesem Posten gab es für mich nur wenig zu tun. Ich habe mir die Landschaft angeschaut und verhindert, dass die Einheimischen alle Dokumente aus den Rathäusern verbrannten. Ich habe also eine ruhige Kugel geschoben, wie man so schön sagt. Ein paar Gerüchte über Erschießungen habe ich gehört, aber für Feindpropaganda gehalten.

Dann kam plötzlich meine Versetzung zum Einsatzkommando 9, das zur Einsatzgruppe B gehörte. Das muss Anfang Oktober gewesen sein. Das EK 9 galt als das Vorzeigekommando. Ein Haufen hartgesottener SS-Leute, Heeresoffiziere und Polizisten. Es hieß, dass jeder, der weniger als fünfzig Leute eliminiert hatte, dort als Versager angesehen wurde. Es wurden täglich drei Landkarten bei der Einsatzbesprechung gezeigt. Auf einer Karte waren alle Dörfer verzeichnet, die ›*Frei von Bolschewisten*‹ waren. Auf der zweiten standen die Markierungen für ›*Frei von Zigeunern*‹. Und die dritte zeigte Gebiete, die ›*judenfrei*‹ waren. Der Kartograph konnte gar nicht so schnell zeichnen, wie die Meldungen hereinkamen.«

Druwe hatte sich in eine Art Trance geredet. Seine unzähligen Träume der letzten Jahre schienen die Erinnerung an das Geschehene nicht nur lebendig gehalten zu haben. Es war vielmehr in genau diesem Moment gegenwärtig. Greifbar. Und Jens Druwe war Handelnder und Zuschauer zugleich. Im Hauptquartier des Sonderkommandos 1c.

Operationsgebiet Großraum Smolensk. Unter Befehl von Obersturmbannführer Ernst Fiedler.

»Hauptmann Druwe. Sehr schön, dass Sie uns doch noch mit Ihrer Anwesenheit beehren.« Druwe war nur wenige Sekunden zu spät zur Stabsbesprechung eingetroffen. Nun nahm er Haltung an und grüßte seinen Vorgesetzten vorschriftsmäßig.

»Darf ich vorstellen, meine Herren? Jens Druwe. Aus Berlin. Dort bei der Kripo. Erst bei der Gruppe A eingesetzt. Aber die Damen dort sind etwas zartbesaitet. Nicht wahr, Kamerad Druwe?« Einige Offiziere im Stabszelt lachten.

»Die Säuberung im Norden geht schleppend voran. Jetzt jedoch möchte Hauptmann Druwe bei uns etwas rauere Landluft schnuppern.« Erneut zaghaftes Lachen aus den Reihen der Kameraden. Bei Ernst Fiedler wusste niemand genau, woran er war. Eben machte er noch einen Witz, und im nächsten Moment erschoss er einen Kriegsgefangenen.

»Die sind immer auf der Flucht vor uns«, pflegte er zu sagen. Danach blies er stets theatralisch den Dampf vom Lauf seiner Walther P38, als wäre er der Held einer Western-Show. Obersturmbannführer Fiedler war vor dem Krieg Kriminalrat in München gewesen. Seine Karriere war dort ins Stocken geraten. Er war seit Jahren mit Verwaltungsaufgaben betraut gewesen, hatte sich aber Mitte 1941 für die Planungen zum Aufbau von Polizeibataillonen im neuen Generalgouvernement gemeldet. Nach Vorstellungen Himmlers, dem die gesamte Polizei unterstand, sollten Polizisten Kampferfahrungen sammeln. Vor allem aber sollten sie im Hinterland der kämpfenden Truppe sogenannte kriminelle Elemente aufspüren und beseitigen.

»Nach diesen Einsätzen wird es in Deutschland keine Verbrechen mehr geben.« So hatte es Himmler in einer Rede gesagt. »Denn unsere Polizisten werden fortan in heißem Stahl getauft. Und vor ihnen wird die Welt in Angst und vor Ehrfurcht erzittern.«

Druwe kam sich – wieder einmal – völlig deplatziert vor. Nachdem er sich im Sommer erneut geweigert hatte, in die SS einzutreten, war er auf Anweisung seines höchsten Berliner Vorgesetzten, Arthur Nebe, zur Einsatz-

gruppe A im Norden der Ostfront abkommandiert worden. Eigentlich mochte er Nebe, aber diese Entscheidung hatte er nie verstanden. Er war Kriminalist, kein Frontkämpfer. Er hatte sich der Polizeiarbeit verschrieben, nicht der Ideologie. Auch war er mit seinen 46 Jahren eigentlich zu alt für die Truppe. Aber Nebe wollte ihn in höherer Position sehen. So hatte er es ihm erklärt. Und dafür brauchte Druwe offenbar eine Bewährungsprobe, die ihn in den Augen der Parteigänger unantastbar machte und keine Zweifel an seiner Gesinnung zuließ. Nun waren Druwes eigene Zweifel allerdings in den vergangenen drei Monaten eher gewachsen. Sein Äußeres war hierfür ein augenfälliges Zeichen. Er war in das Feldgrau des Heeres, im Rang eines Hauptmanns, gekleidet. Seine übrigen Kollegen trugen das Schwarz der SS. Himmler hatte fast alle Polizisten in seine Schutzstaffel gedrängt. Aber jeder Kollege musste den Aufnahmeantrag selbst stellen. Quasi als Zeichen der inneren Überzeugung. Und fast alle hatten es getan. Druwe nicht. Nebe hatte ihn erst abgekanzelt, dann sogar freundschaftlich gebeten. Die Kollegen drängten ihn. Seine Frau Inge, selbst Schriftführerin in der NS-Frauenschaft, verachtete ihn für seine Weigerung. Und nun war er hier im Polizeibataillon wieder ein Außenseiter. Seine graue Uniform war ein Makel in den Augen der Kameraden und Vorgesetzten.

»... und ich kann mir für diese letzte Aktion keinen besseren Mann vorstellen als Hauptmann Druwe ...« Ernst Fiedlers schneidende Stimme riss ihn aus seinen Gedanken. »... unseren Nebe-Liebling. Man hört ja nur Gutes von ihm aus Berlin. Man hat ihn sicher bisher nur falsch angepackt. Bei uns aber wird er seinen Beitrag zur völkischen Gesundung unseres neuen Siedlungsraums leisten.«

Plötzlich waren ein Dutzend Augenpaare auf Druwe gerichtet. Er hatte die letzten Minuten nicht zugehört, ging er doch davon aus, dass man ihm hier zunächst wenig Beachtung schenken würde. Nun hatte sich Fiedler direkt an ihn gewandt. Druwe fiel nichts Besseres ein, als instinktiv Haltung anzunehmen. Sogar seine Stiefel knallten eindrucksvoll aneinander.

»Sehr schön.« Obersturmbannführer Fiedler interpretierte seine Reaktion als Zustimmung. »Alles Weitere besprechen Sie mit Hauptsturmführer

Heimann.« Er wandte sich wieder an alle. »Also, an die Arbeit! Bis Weihnachten wollen wir hier fertig sein. Wenn jeder spurt, dann putzt Genosse Stalin zum Neujahrstag die Stiefel des Führers.« Wieder erklang das pflichtbewusste Lachen.

Wenig später nahm Richard Heimann Druwe zur Seite. Er reichte ihm eine Zigarette.

»Nach meinen Informationen waren Sie vorher in der Gruppe A eingesetzt. Oder?«, fragte der Adjutant Fiedlers.

Druwe nickte. »Knapp drei Monate lang. Koordination und Organisation. Aufbau der Polizeidienststellen.« Auf Wunsch Nebes hatte der dortige Kommandeur dafür gesorgt, dass er mit der Drecksarbeit nichts zu tun hatte.

»Bei den Jungs hinter der Heeresgruppe A geht es ruhiger zu als hier«, sagte Heimann. »Wird kein Zuckerschlecken für Sie, Druwe.«

Im Hinterland der vorrückenden Armee sollte zügig eine Polizeistruktur nach deutschem Vorbild aufgebaut werden. Dahinter standen die Bemühungen Himmlers, den politischen Einfluss der Wehrmacht möglichst gering zu halten. Je schneller die Polizei funktionierte, desto fester saß der SS-Reichsführer auch im Osten im Sattel und stärkte seine eigene Position. Die Todesmaschinerie war eben auch ein großes Machtspiel. Die Einsatzgruppen folgten hinter der Heeresfront. Im Norden waren die Truppen bis ins Baltikum vorgedrungen. Vor einer Woche hatte Druwe dann überraschend den Befehl erhalten, dass er fortan im Rahmen einer personellen Neugliederung der Einsatzgruppe B bei Smolensk unterstellt wäre. Insgeheim hatte er da immer noch gehofft, auch hier lediglich Dienstpläne schreiben und Polizeiarbeit abstimmen zu müssen. Jetzt wurde er allerdings eines Besseren belehrt.

»Haben Sie so etwas schon mal gemacht, Druwe?«, fragte Heimann und riss ihn aus seinen Gedanken.

»Was gemacht?«

»Haben Sie nicht zugehört? Ich meine, was Fiedler gesagt hat? Sie werden eine Säuberungsaktion leiten. Haben Sie Erfahrung damit?«

Druwe dachte an den Weg der Einsatzgruppe A durch die neu besetzten

Gebiete. Die sogenannte Befriedung Pleskaus war das reinste Chaos gewesen. Druwe hatte zusammen mit ein paar anderen Wehrmachtsoffizieren gegen die willkürliche Erschießung von Zivilisten protestiert. Er war daraufhin verwarnt worden. Bis sie Riga vor knapp drei Wochen erreicht hatten, war er deshalb nicht mehr an Kampfhandlungen beteiligt gewesen. Er organisierte den Wiederaufbau von Dienststellen und besetzte sie mit Personal. Druwe war schon im Baltikum weder blind noch taub gewesen hinsichtlich der ungeheuerlichen Gewalt, mit der Kampftruppe und Einsatzgruppe vorgingen. Er hatte die Anweisung erhalten, jene Männer mit Polizeiaufgaben im Hinterland zu betrauen, die »nervlich zerrüttet, kaum belastbar und für die Frontverwendung untauglich« waren. Mit einigen von ihnen hatte er auch gesprochen. Und sie berichteten ihm grauenhafte Dinge. Er verstand nicht, wie Fiedler die Einsatzgruppe A für zartbesaitet oder gar zimperlich halten konnte.

Die Versetzung hierher zum Sonderkommando 1c der Gruppe B konnte nur eine Art Strafversetzung sein. Wahrscheinlich hatte sich sein Kommandeur über ihn beschwert. Fiedler galt als unerbittlich. Ein harter Hund wäre immerhin berechenbar gewesen. Man hätte sich auf ihn einstellen können. Ernst Fiedler hingegen ließ Wagner spielen, wenn die Schreie der Eingepferchten aus den Gaswagen zu laut wurden. Er hatte sich als erster Einsatzleiter beim Sicherheitshauptamt gemeldet, als es galt, die Dinger auszuprobieren. Fiedler ließ alte Dorfbewohner grell schminken und vor den Kindern Theater spielen. Um kurz darauf eine Maschinenpistole zu nehmen und alle niederzumähen.

»Das wird hart für Sie.« Heimann schüttelte den Kopf. »Der Obersturmbannführer macht das gern. Neue Leute gleich zur Taufe, wie er es nennt.« Der Hauptsturmführer nahm einen tiefen Zug seiner Zigarette.

»Vor der Scheiße hier war ich auch Kommissar«, fuhr er fort. »In Mannheim. Wir sind also Kollegen. Kurz vor dem Krieg sind meine Frau und ich nach Berlin gezogen. Sie hatte Heimweh. Und ich hatte geglaubt, im Kriminalamt noch etwas aufzusteigen. Stattdessen mache ich seit zwei Jahren diesen Dreck.« Die letzten Worte waren kaum mehr als ein Flüstern.

Druwe verschwieg ihm, dass er vor Kriegsbeginn bereits Kriminalrat auf

Probe geworden war. Damit war er eigentlich auf dem Sprung nach ganz oben. Arthur Nebe hatte ihm den Leckerbissen seiner Beförderung vor einem halben Jahr persönlich überreicht. Und danach doch in diese Hölle gelockt. Der Kerl war einfach undurchschaubar.

»Mit etwas Glück ist die Sache wirklich im nächsten Jahr zu Ende. So wie Fiedler sagt.« Heimann blickte in die Ferne.

Schweigen.

»Was muss ich tun?«, fragte Druwe.

»Sie befehligen zwei Züge. Das Militärische macht Obersturmführer Kranau für Sie. Aber Vorsicht bei ihm. Er ist ein Mann der Waffen-SS und Fiedlers Kettenhund. Scharf, fachlich jedoch Spitze. Mischen Sie sich nicht großartig ein. Es wird aber von Ihnen erwartet, dass Sie dabei sind.« Heimann unterbrach sich und blickte Druwe an, als wollte er sichergehen, dass sein Gegenüber ihn auch verstand. »Und dass Sie den Befehl geben.«

»Dabei? Bei was? Und welchen Befehl?«

»Partisanen. Politkommissare. Kollaborateure. Juden. Nennen Sie diese Leute, wie Sie wollen. Vielleicht sind auch ein paar ganz normale Zivilisten darunter. Fiedler kümmert das nicht. Er will Abschreckung.«

In Druwes Kopf begann es zu rauschen. Er hörte seine eigene Stimme kaum, als er sprach.

»Ich will mit dem Obersturmbannführer sprechen. Das ist nicht mein Aufgabenbereich. Ich organisiere die neuen Kommandostellen und Reviere der Polizei.«

»Hier nicht. Fiedler arbeitet an seinem Ruf als harter Knochen. Was er als Polizist nicht erreicht hat, will er als treuer Kämpfer schaffen. Karriere machen. Die Leitung in München, das will er. Vielleicht sogar Wagner als Gauleiter beerben. Wenn er dafür hier ein paar Juden exekutiert, dann bringt ihn das seinem Ziel nur näher.«

»Bitte, Heimann. Ich muss ihn sprechen.« Druwe merkte, dass seine Stimme zitterte. Als er im Juni zur Einsatzgruppe A abgestellt wurde, war er nur wütend gewesen. Dann hatte er sich mit diesem Intermezzo abgefunden. Jetzt aber war sein Phlegma blankem Entsetzen gewichen.

Richard Heimann zuckte mit den Schultern. Dann verschwand er in einem Nebenraum. Der Stab der Einsatzgruppe hatte im Rathaus von Smolensk Quartier bezogen. Von hier aus leiteten die Kommandoführer ihre Einsätze. Einige Augenblicke später erschien der Hauptsturmführer wieder bei Druwe. Mit einem Nicken gab er ihm zu verstehen, dass Fiedler ihn anhören würde.

»Zwei Minuten.« Als Druwe das Zimmer betreten wollte, fasste ihn der Mann kurz am Ärmel und flüsterte: »Viel Glück, Kollege. Und seien Sie vorsichtig.«

Wenige Augenblicke später stand Druwe wieder vor dem Leiter des Einsatzkommandos.

»Druwe. Was wollen Sie noch?«, fragte Fiedler ungeduldig. »So schwer ist das doch nicht. Sie haben einen guten SS-Kameraden an Ihrer Seite, der wird das Kind schon schaukeln.«

»Obersturmbannführer, bei allem Respekt. Ich möchte bitten, mich von dieser Aufgabe freizustellen. Ich habe nur Erfahrung mit der Verwaltung von ...« Ein kräftiger Hieb Fiedlers auf den Schreibtisch unterbrach Druwe.

»Verwaltung, Verwaltung. Hier herrscht Krieg, mein lieber Herr Druwe. Es geht um den Fortbestand unserer Nation. Um Lebensraum. Und Sie kommen mir mit Verwaltung? Die Zeiten sind vorbei, mein Lieber, in denen wir verhandelt und gebettelt haben. Deutschland nimmt sich jetzt sein ureigenstes Recht. Da ist kein Platz für Schwächlinge. Glauben Sie, ich weiß nicht, dass Nebe Sie auf einen warmen, gemütlichen Hinterland-Posten geschickt hat? Da haben Sie den Versagern dann noch eine Stelle auf irgendeinem Polizeirevier verschafft. Jenem Abschaum, der sich zu fein ist, die Finger schmutzig zu machen. Ja, mein Guter, hier muss Drecksarbeit verrichtet werden. Weil sich hier Dreck eingenistet hat. Bolschewiken, Juden, Adelspack und intellektuelle Aufwiegler. Jetzt geht es ans Reinemachen. Und wir Offiziere haben die Pflicht, die Last auf uns zu nehmen. Das ist unangenehm. Vielleicht wird es uns niemand danken. Aber es muss getan werden. Nein, Druwe, Sie bleiben schön da, wo man Sie hinstellt. Und seien Sie froh, dass Sie auf der richtigen Seite stehen.«

»Ich bin kein Soldat. Die Waffen-SS …«

»Unsinn!«, herrschte ihn sein Vorgesetzter an. »Es gibt kein Taktieren mehr. Ein Mann ist für oder gegen uns. Wo also stehen Sie, Druwe?« Er hielt kurz inne und funkelte seinen Untergebenen an. »Habe ich mich also nicht geirrt. Ihre Uniform sagt alles über Sie. Sie sind ein Unentschlossener, ein Zweifler, auf Sie kann man sich nicht verlassen. Kann der Führer sich nicht verlassen. Sie sind sich wohl zu fein für unser Schwarz, was? Oder warten Sie auf eine persönliche Einladung des Reichsführers zum Tee? Sie können ihm ja dann Ihre Bedenken in Rassenfragen vortragen. Vielleicht aber …« Fiedler grinste boshaft.

»Haben Sie etwa ein bisschen Zigeunerblut in ihren Adern, Druwe?«, fragte er plötzlich. »Oder hat ein kleines Jüdlein vor zwei Generationen Ihre notgeile Großmutter geschwängert? Durften Sie deshalb nicht in unsere SS? Und jetzt stellen Sie es nur so dar, als zierten Sie sich?«

Druwe entgegnete nichts. Der Zorn ließ ihm die Halsvenen anschwellen, so dass er durch den Uniformkragen kaum noch Luft bekam.

»Aha. Er läuft rot an, der Herr Hauptmann. Ich habe wohl einen Treffer gelandet, was?« Wieder sauste die schmale Bürokraten-Faust auf den Schreibtisch. »Mir reicht es. Sie haben Ihre Befehle. Führen Sie sie aus, sonst bringe ich Sie vors Kriegsgericht, Mann. Und nun verschwinden Sie, bevor ich darüber nachdenke, es jetzt schon zu tun.«

Strehler räusperte sich, und Jens Druwe hielt in seinen Schilderungen abrupt inne. Das Laken auf seiner Pritsche war nass von Schweiß.

»Ich glaube, es ist genug für heute«, meinte der Anwalt. »Es strengt Sie unglaublich an, nicht wahr?«

Tatsächlich standen Schweißtropfen auf Druwes Stirn, er zitterte leicht, und seine Augen huschten nervös umher, als suchten sie nach einer Zuflucht. Er nickte nur.

»Juristisch können wir festhalten, dass Sie einen Befehl erhalten haben. Ernst Fiedler. Es wäre gut, wenn wir den Mann auftreiben könnten. Wäre aber sicher eine harte Nuss im Zeugenstand. Noch besser wäre dieser Heimann. Offenbar war er Ihnen wohlgesinnt und könnte bezeugen, dass Sie gegen Ihr Gewissen handeln mussten. Was denken Sie?«

Druwe war zu erschöpft, um zu antworten. Noch immer konnte er die vergangenen Bilder nicht von der Gegenwart trennen.

»Wir werden sehen«, sagte Strehler. »Es ist immerhin ein Anfang. Im Moment behaupten zwar alle, sie hätten nur Befehle ausgeführt, aber bei Ihnen können wir es beweisen. Wenn wir Glück haben.«

*

In den folgenden Tagen versuchte Druwe, seinem Anwalt auch die weiteren Geschehnisse aus seiner Zeit bei der Einsatzgruppe zu schildern. Doch es gelang ihm nicht. Er fühlte sich blockiert, seine Schilderungen waren verwirrend, er unterbrach sich ständig und verwickelte sich in Widersprüche. Es schien, als wäre nach dem Gespräch mit Fiedler der Erinnerungsfaden in ihm gerissen.

»Herr Druwe«, sagte Strehler schließlich nach einer Weile und warf seinen Stenoblock auf den Tisch. »Bei Ihren Äußerungen vermischen Sie ständig Fakten mit Vermutungen, Bewertungen und Selbstvorwürfen. Mit einem ›*Ich glaube, ich wollte das nicht*‹ zerreißt uns die englische Anklage in der Luft. Ihr konfuses Stammeln kommt einem Schuldeingeständnis ziemlich nahe.«

»Es ist, als wäre ich blockiert, Herr Strehler«, entgegnete Druwe. »In meinen Träumen habe ich die Ereignisse schon derart oft durchlebt, dass ich jedes Mal dachte, eine Kamera der Ufa wäre dabei gewesen. Wenn ich aber darüber sprechen soll, dann ist es, als wäre ich gar nicht dort gewesen. Als hätte ich das alles nur von irgendwem gehört. Als säße ich im Theater und blickte mein eigenes Leben an.«

Strehler überlegte. »Wir müssen vorankommen, Herr Druwe. Wir brauchen Heimann. Ich habe Beziehungen spielen lassen. Und auch die Briten sind ganz hilfsbereit, wenn es um die Beschaffung von Beweismaterial oder das Aufspüren von Zeugen geht. Richard Alfred Heimann und seine Frau Hedwig waren zuletzt in Berlin gemeldet. Er hatte dies Ihnen gegenüber ja erwähnt. Ende Mai hat er sich als Kriegsheimkehrer auf einem Polizeirevier in Berlin-Mitte gemeldet. ›*Verwundet und von der Einheit getrennt*‹, hat er dort zu den Umständen seiner Rückkehr angegeben. Verstehen Sie, Herr Druwe, der Mann lebt! Das ist unsere Chance.«

»In Ordnung«, erwiderte Druwe und ließ sich von Strehlers angedeuteter Euphorie anstecken. »Ich habe etwas Geld. Bitten Sie ihn, nach Hamburg zu kommen. Oder laden Sie ihn vor. Was weiß ich, wie ihr Juristen das nennt. Ich erstatte ihm die Kosten.«

»Es gibt leider ein Problem. Heimann hat seit Anfang August keine Marken mehr bezogen. Mittlerweile weiß ich aus einem Brief seiner Frau, dass sie ihn bei ihrer Rückkehr Mitte August in der gemeinsamen Wohnung nicht angetroffen hat. Sie war für einige Wochen von den Russen in die Kommandantur Karlshorst verschleppt worden …«

Druwe schlug seine Prothese gegen das Schalbrett vor der Pritsche. Das Holz knirschte bedenklich.

»Es gibt nur eine Möglichkeit, Herr Druwe«, fuhr Strehler fort. »Jemand muss nach Berlin und mit Heimanns Frau sprechen. Vielleicht kann man vor Ort etwas erreichen. Viele Leute haben immer noch Angst. Vielleicht ist Heimann nur untergetaucht. Immerhin war er ja auch in der Schutzstaffel. Es ist für die Kerle nicht das Schlechteste, wenn die Alliierten glauben, sie wären tot. Ich denke, die Sache lässt sich nur unter vier Augen mit Frau Heimann klären.«

Druwe überlegte. Viele Freunde hatte er nicht mehr. Er kannte einige Leute in Berlin, aber wer wusste schon, wo die jetzt waren? Oberbauer schied in seiner neuen Funktion als Verbindungsmann des britischen Geheimdienstes sicherlich aus. Ludwig war zwar immer noch klapprig, aber eine Bahnfahrt würde er vielleicht überstehen.

»Mein zukünftiger Schwager könnte es machen«, schlug er vor.

Strehler schüttelte jedoch den Kopf. »Erstens war er ein politischer

Gefangener, und so etwas interessiert die Russen ungemein. Mehrere ehemalige deutsche Kommunisten und Sozis sind im Osten bereits verschwunden. Nur Hinflug nach Moskau, wenn Sie verstehen, was ich meine. Und zweitens ist die Stimmung in der östlichen Besatzungszone ziemlich mies. Im Moment könnte jeder Mann in einem Gulag landen, wenn er mit dem Fahrrad nach rechts abbiegt.«

»Also?«, fragte Druwe gereizt. Er hatte den Eindruck, dass Strehler längst einen Vorschlag hatte, jedoch vorsichtig daraufhin arbeiten wollte.

»Ihre Verlobte, Herr Druwe«, erwiderte Strehler trocken.

»Haben Sie heute Morgen ein paar Korn zu viel getrunken?«, fauchte Druwe. »Vielleicht ist Ihnen entgangen, dass Eva in weniger als fünf Monaten ein Kind bekommt?«

»Eben. Die Russen haben vor Schwangeren offenbar einen angeborenen Respekt. Meistens jedenfalls. Für einen Mann aus den Westzonen ist es in der sowjetischen Zone im Moment viel zu riskant. Und auch Frau Heimann wird einer werdenden Mutter gegenüber sehr viel aufgeschlossener sein. Ich habe übrigens schon mit Fräulein Steinfeld gesprochen.«

»Sie haben was?« Druwe war wütend. *Verlobte. Fräulein Steinfeld.* Allein das erzürnte ihn gewaltig. Die britischen Besatzungsbehörden hatten der Heirat eines angeklagten Kriegsverbrechers bisher nicht zugestimmt. Eva hatte deshalb auch einige Nachteile bei den Behörden zu erdulden. Von den Seitenblicken der Nachbarn ganz zu schweigen. Ihr Bauch war bereits jetzt, im fünften Monat, nicht mehr zu übersehen. Und dieser Anwalt wagte es, über seinen Kopf hinweg mit ihr zu sprechen.

»Sie hat zugestimmt«, fuhr Strehler ungerührt fort. »Eine Zugfahrt nach Berlin, ein Treffen mit Hedwig Heimann, eine Übernachtung, Rückfahrt. Alles kein Problem. Sollte die Frau Angaben zum Verbleib ihres Mannes haben, dann können wir das prüfen lassen. Wenn er in Berlin ist, kann Ihre Verlobte vielleicht gleich vor Ort …«

Druwe hörte bereits nicht mehr zu. Wieder einmal schien es ihm, als raste das Leben wie ein Schnellzug an ihm vorbei. Und er hatte versäumt zuzusteigen. Entscheidungen wurden getroffen, aber nicht von ihm. Und er hatte stetig das Gefühl, lediglich ein Spielball von Kräften zu sein, die er nicht kontrollierte. Mit einem zweiten Hieb seiner Prothese brach das Schalbrett seines Bettkastens vollständig entzwei.

*

In den folgenden Wochen war Druwe in der eigenen Sache keine große Hilfe. Ludwig und Hans langweilten ihn mit ihren politischen Monologen. Sein Schwager in spe träumte linke Utopien. Sein Freund und früherer Kollege sang Loblieder auf die englische Lebensart. Und Eva schien sich bei ihren Besuchen eher auf unverfängliche Themen beschränken zu wollen. Ihr Ausflug nach Berlin kam zwischen ihnen zunächst nicht zur Sprache. Druwe wusste, dass sie erst vor drei Tagen von dort zurückgekehrt war. Es schien jedoch, als bestünde eine stille Übereinkunft, über diese Angelegenheit Stillschweigen zu bewahren.

»Du hast dich mit einem neuen Typ Frau eingelassen«, hatte Ludwig ihm bereits vor Wochen gesagt und dabei sorgsam darauf geachtet, dass seine Schwester nicht in Hörweite war. »Eva weiß, was sie will. Sie wird an deiner Seite stehen, aber niemals nur neben oder gar unter dir.«

Sie beließen es bei Gesprächsthemen, die unverfänglich waren. Lebensmittelkarten, Bezugsscheine, Zuweisung von Wohnraum. Eva war es gelungen, eine Wohnung in Ottensen zu bekommen.

»Es stinkt nach Rattenpisse und Schimmel«, dämpfte Ludwig allzu große Erwartungen an eine Familienidylle. »Nebenan hat es gebrannt, weil irgendwelche Schwachköpfe mit etwas Diesel ein Feuer im Herd machen wollten.«

Eva ließ sich jedoch nicht beirren und erzählte von einer Schlafkammer, die sie für ihre gemeinsame Tochter herrichten wollte.

»Es wird ein Junge«, widersprach Druwe tonlos. Er wusste, dass Evas Schilderungen nur Ablenkungsmanöver waren. Sie wollte eigentlich über Berlin sprechen. Und er hatte nicht die Kraft, sich zu streiten. Was hätte es ihm hier drinnen auch gebracht? Sicher, er konnte noch Tisch, Stuhl, Waschbecken oder Kloschüssel zertrümmern. Jedoch durfte er nicht hoffen, dass hierdurch seine Angst nachließ. Denn hinter seiner Wut verbarg sich eigentlich Angst. Eine grausame, tiefsitzende Angst vor der Ungewissheit.

»Du bist nackt, Jens«, hatte Eva einmal kurz vor seiner Verhaftung gesagt. »Die letzten Jahre haben jeden Schutz in dir weggerissen. Und jetzt stehst du vor deinen Abgründen. Dunkel und tief liegen sie vor dir. Du wagst nicht hinzusehen. All deine Wut ist immer nur ein letzter, verzweifelter Versuch, dich deinen Wahrheiten nicht stellen zu müssen.« Er kannte diese Frau seit sieben Monaten. Und sie wusste offenbar mehr über ihn, als er von sich selbst.

*

Strehler berichtete ihm, dass die Briten die Prozesse im Curiohaus, einem gediegenen Veranstaltungsgebäude nahe der Hamburger Innenstadt, durchführen wollten.

»Die meisten höheren Offiziere und Militärrichter wohnen in beschlagnahmten Villen in Harvestehude oder Rotherbaum. Also haben sie es zum Prozessort nicht weit«, hatte Strehler erläutert. »Die ersten Verhandlungen sollen wohl im März beginnen. Ich versuche alles, damit Ihre Sache vorher über die Bühne gehen kann, Herr Druwe. Und es sieht gut aus.« Er zeigte ein beinahe spitzbübisches Lächeln. »Ich habe den Engländern vorgeschlagen, Ihren Fall als eine Art Generalprobe zu sehen. Damit dann in den Hauptverhandlungen alles reibungslos abläuft. Die britische *Control Commission* will gegenüber den Amerikanern möglichst gut dastehen. Schließlich hofft Montgomery auf den erblichen Adelstitel. Auf diese Argumente sind meine englischen Kollegen tatsächlich angesprungen. Vielleicht könnte Ihr Freund Oberbauer noch seine Beziehungen spielen lassen. Dann wäre ein schneller Prozessbeginn möglich.«

Strehler hatte außerdem bei den Briten durchsetzen können, dass Druwe mehr als nur einen Besucher täglich empfangen durfte. An diesem Tag saßen außer ihm und dem Anwalt auch Eva und Ludwig Steinfeld an dem schäbigen Tisch im Speiseraum, der auch für die Häftlingsbesuche genutzt wurde.

Die Wachleute waren seit dem Spätsommer wieder vorwiegend Deutsche. Druwe war nicht auf Ärger aus und galt jetzt als allgemein umgänglich. Kleinere Aussetzer wurden ihm schnell verziehen. Zudem hatte sich herumgesprochen, dass er früher selbst Polizist gewesen war. Den nötigen Respekt bei seinen Mitgefangenen im Gefängnis Fuhlsbüttel hatte er sich – gleich zu Anfang – mit seinem bereits berüchtigten rechten Lederhaken verschafft. Mittlerweile hatte er meist Ruhe. Hinter vorgehaltener Hand wurde Druwes Inhaftierung von einigen deutschen Wachen sogar als englische Schikane und Ausdruck von Siegerjustiz bezeichnet. Ungewollt hatte ihm das eine Menge Vorteile und eine Art Hafterleichterung eingebracht. Tagsüber stand seine Zellentür offen, außer es war eine britische Inspektion angekündigt. Und er konnte sich im Innenhof des Zuchthauses, auf den Fluren und in der kleinen Bücherei frei bewegen.

»Ich habe mindestens drei Kerle wiedererkannt«, sagte Ludwig Steinfeld bei seinem ersten Besuch. »Ein Wärter war ganz in Ordnung, die anderen beiden sind sadistische Schweine. Schon seltsam, auf der anderen Seite zu stehen.« Evas Bruder war gleich nach der Machtübernahme durch die Nazis in das Konzentrationslager gesperrt worden, das sich neben dem Zuchthaus befunden hatte und hinter vorgehaltener Hand nur Kola-Fu hieß.

»Jetzt ist der KL-Häftling frei, und dafür sitzt der Kripo-Mann ein«, fuhr er fort. Für diese Bemerkung kassierte er einen schmerzhaften Seitenhieb seiner Schwester. Offenbar machte ihm die vertraute Umgebung Appetit, denn er kaute ein dünn bestrichenes Schmalzbrot. Ein ambitioniertes Vorhaben, das aufgrund seiner wenigen, verbliebenen Zähne recht viel Zeit in Anspruch nahm.

»Sag nicht, ich hätte dich nicht gewarnt«, erwiderte Druwe. »Einige Burschen prahlen sogar offen damit, dass sie früher viel öfter den Knüppel kreisen ließen, wenn jemand frech wurde.«

Ludwig Steinfeld hatte fast zwölf Jahre in Kolafu verbracht. Er hatte als Politischer gegolten, als unbelehrbarer roter Aktivist. Seine Mitgliedschaften in der KPD, später in der USPD und SPD hatten ihm einen Freifahrtschein ins Zuchthaus und später ins KL beschert. Und dieses Konzentrationslager am nördlichen Stadtrand von Hamburg war für seine äußerst unmenschlichen Haftbedingungen berüchtigt gewesen.

Das Zuchthaus, in dem Druwe einsaß, schien dagegen wie ein Hotel. Es wirkte wie bittere Ironie, dass die Briten jene Einrichtungen nutzten, mit denen die Nazis ihren Terror durchgesetzt hatten. Was sollten sie auch tun? Es gab weiterhin auch herkömmliche Straftäter. Und es gab Leute wie Druwe. Männer, die sich für ihre Taten in den Lagern oder an der Front verantworten sollten. Vielleicht war all das ein Symbol für die kommende Zeit. Vieles wollten die Sieger in Deutschland ändern. Und doch mussten auch sie unweigerlich das Alte und Vorhandene miteinbeziehen.

»Ich habe den vorsitzenden Militärrichter angeschrieben und um die Benennung eines Verhandlungstermins gebeten«, sagte Strehler und blätterte in seiner Akte. »Hier steht: ›*Not before 1946/02.*‹ Also Februar nächsten Jahres. Bis dahin können Sie noch einige Bücher lesen, Herr Druwe.«

Druwe warf den langweiligen Ganghofer-Roman, den ihm ein Wachmann aus der Bücherei gebracht hatte, gegen die Wand und fluchte.

»Das sind noch über vier Monate, Herr Strehler!«, rief er empört.

»Es hätte auch nach den Hauptverhandlungen sein können«, entgegnete der Anwalt beleidigt. »Und ich habe vorsorglich den Antrag eingereicht, dass Ihnen die Haftzeit vor Prozessbeginn auf das Urteil angerechnet wird«, versuchte der Anwalt, Druwe zu beruhigen. »In der angloamerikanischen Rechtsprechung ist das üblich. Ihnen entstünde also kein Nachteil, sofern Sie nicht ...«

»... am Galgen enden?«, ergänzte Druwe den Satz. »War es das, was Sie meinten?«

Eva hielt sich die Hand vor den Mund, um einen Aufschrei zu unterdrücken. Sie stand am Fenster und blickte in den sonnigen Innenhof des Gefängnisses. Sie schien in ihre eigenen Gedanken versunken zu sein, hatte jedoch das Gespräch aufmerksam verfolgt. Ihre Nerven lagen blank, denn die Aufregung in Berlin hatte ihr doch erheblich zugesetzt. Die lüsternen Blicke der betrunkenen, russischen Soldaten, die sich – als sie ihren gewölbten Bauch bemerkten – mit einem verächtlich gelallten »*Tovarishchi uzhe pozabotilis' ob etom!*«[1] abwandten. Sie musste das allein verarbeiten, denn sie wusste, es würde Jens zu sehr belasten.

Nun wandte sie sich um und nahm mit ihrer bereits recht ansehnlichen Bauchwölbung am Tisch Platz. Das Novemberwetter in Hamburg war typisch nasskalt, und sie hatte sich aus zwei leichten Kleidern ein passendes genäht. Darüber trug sie eine speckige Joppe, die jeden Hafenarbeiter neidisch gemacht hätte.

»Fräulein Steinfeld, Ihre Notizen sind sehr hilfreich«, versuchte Strehler das Thema zu wechseln. »Wie ich sehe, konnten Sie Frau Heimann ausfindig machen. Sehr gut. Weiß Sie, wo Ihr Mann ist?«

Eva schüttelte den Kopf.

»Tja. Überaus ärgerlich«, meinte Strehler und rieb sich das Kinn. »Auf den Listen des Roten Kreuzes ist er nicht zu finden. Und wenn ihn die Russen haben, kommen wir nicht an ihn heran. Ein schriftliches Ersuchen unsererseits benutzen sie höchstens als Klopapier.«

Eva Steinfeld schüttelte den Kopf. »So meinte ich das nicht. Frau Heimann wurde nach der Kapitulation drei Monate auf der russischen

1 *»Die Genossen haben sich bereits darum gekümmert!«*

Kommandantur in Karlshorst festgehalten. Und zu gewissen Diensten …« Sie hielt angewidert inne. »Als sie Anfang August nach Hause zurückkehrte, fand sie die Sachen ihres Mannes in der Wohnung. Und einen Brief von ihm, in dem er seine Liebe zu ihr beteuerte. Er hat ihn wohl dort hinterlegt für den Fall, dass sie zurückkehrt, während er unterwegs ist. Das Datum war von Mitte Juli. Und er ist bis heute nicht wieder aufgetaucht. Alle wichtigen Sachen hatte er dort versteckt. Soldbuch, ein Anzug, persönliche Papiere, Geld.«

»Sieht so aus, als hätte Heimann tatsächlich vorgehabt, wiederzukommen.« Ludwig Steinfeld blickte Druwe an. »Tut mir leid, mein Freund. Sieht nicht gut aus.«

»Er ist also mit großer Wahrscheinlichkeit nicht mehr am Leben«, sagte Druwe. »Verdammt!« Ihm war Hauptsturmführer Heimann erst wieder eingefallen, als er sich vor einiger Zeit mit seinem Anwalt unterhalten hatte. Und er hatte große Hoffnungen in ihn gesetzt. Der Mann hatte zu den eher gemäßigten SS-Offizieren im Einsatzkommando gehört. Wenn Strehler ihn als Zeugen vorgeladen hätte, wäre etwas mehr Licht in die Sache gekommen. Mittlerweile wollte Druwe selbst wissen, welche Rolle er eigentlich bei Smolensk gespielt hatte. Es war, als hinderte ihn eine Art Filmriss daran, sich wirklich an das Geschehene zu erinnern. Aber dieses Vorhaben konnten sie wohl jetzt vergessen.

»Hat das etwas mit dir zu tun, Jens?«, fragte Evas Bruder. »Ich meine, der Kerl hätte als Zeuge für dich aussagen können. Also hat man ihn vielleicht beseitigt.«

Druwe sah aus dem Fenster und zuckte nur mit den Schultern.

»Mit Verlaub.« Strehler räusperte sich. »Ich will Ihnen nicht zu nahetreten, Herr Druwe. Aber so wichtig sind und waren Sie nicht, dass ein gedungener Mörder kurz nach dieser ganzen Katastrophe in Berlin sein Unwesen treiben würde, nur um Sie hinter Gitter zu bringen oder verdächtige Spuren zu verwischen. Eine solche Vorstellung ist absurd. Wir müssen davon ausgehen, dass Ereignisse wie in Smolensk keine Einzelfälle waren.«

»Nun machen Sie einen Punkt«, erhob Steinfeld seine Stimme. »So unbedeutend ist mein zukünftiger Schwager nun auch wieder nicht.«

»Lass gut sein, Lupo«, sagte Eva. »Dr. Strehler hat doch recht. Für die Herren Göring oder Heß fänden sich bestimmt eine Menge bezahlte Leute, die Meineide schwören, Urkunden fälschen, Leute einschüchtern oder sogar umbringen würden. Und weißt du, warum? Weil diese Männer selbst Verbrecher sind, Gauner der übelsten Sorte, skrupellose Kerle, die alles tun, um mit sauberer Weste aus der Sache herauszukommen. Mistfliegen zieht es eben zum Mist.«

»Eine sehr diplomatische Antwort, Fräulein Steinfeld«, sagte der Anwalt und deutete eine altmodische Verbeugung an. »Ihre Worte treffen den Sachverhalt sehr gut. Und vielleicht werde ich den Gedankengang in meinem Plädoyer nutzen. Die Engländer lieben solche Sophistereien.«

»Ganz so schlecht steht es in der Sache übrigens nicht«, sagte Eva Steinfeld und blickte verschwörerisch in die Runde. »Frau Heimann hat auf meine Bitte hin alle Papiere ihres Mannes durchgesehen. Er hat zu allen wichtigen Aktionen des Ostfeldzugs, an denen er beteiligt war, eine Art Tagebuch geführt. Aus seiner Erinnerung heraus. Dabei hat er besonderes Augenmerk auf die Verantwortlichen in der Befehlskette und die Details der sogenannten Säuberungen gelegt. Die arme Frau hat einen Weinkrampf bekommen, als sie die Schilderungen mit mir überflogen hat. Und ich war knapp davor.« Eva deutete auf ein Paket, das in Speckpapier verschnürt war.

Strehler öffnete die Schleife der rauen Bastschnur. Als er das Papier zurückschlug, kam ein abgegriffener Aktendeckel zum Vorschein. Und wenig später lag ein Stapel eng beschriebener Blätter auf dem Holztisch. Er überflog einige Seiten und blickte dann ungläubig auf.

»Donnerwetter, Fräulein Steinfeld«, sagte er. »Gegen Sie war Mata Hari ja eine hinkende Hafenhure.«

»Ich nehme das mal als Kompliment.« Eva lachte.

»Können Sie es verwenden, Herr Strehler?«, fragte Ludwig.

»Es ist zwar nicht so gut wie eine konkrete, persönliche Aussage«, erwiderte der Anwalt. »Aber erstens macht es den Briten klar, dass sogar bei den scheinbar willkürlich verübten Kriegsverbrechen oftmals eine lückenlose Befehlskette bestand. Und zweitens sind die Vorgänge in der Gegend um Witebsk sehr genau beschrieben. Wir können das vielleicht zu Ihrem Vorteil nutzen, Herr Druwe. Es stützt zumindest Ihre Aussage.« Strehler sah seinen Mandanten durch die dicken Brillengläser an. »Ich werde das aber erst genau sagen können, wenn ich alle Unterlagen durchgesehen habe.«

5

Hamburg, Oktober 1945

Über der Hansestadt lag ein unangenehmer Dunst. Die ersten Herbsttage waren noch recht angenehm gewesen, jetzt aber nieselte es seit Tagen. Aus der noch warmen Erde und vom Fluss herauf krochen morgens Nebelschwaden, die schweflig rochen und das Atmen erschwerten. Der Rathausplatz in der Hamburger Innenstadt lag bereits im Dunkeln, das Licht der Laternen spiegelte sich im Nass des Straßenpflasters und auf den Metallflächen des leichten Radpanzers, der seitlich zur Mönckebergstraße stand. Die Engländer zeigten auch gut fünf Monate nach Kriegsende militärische Präsenz, als fürchteten sie, dass aus dem dunklen Nebel ihre alten Gegner noch einmal emporsteigen könnten.

»Ich komme morgen erst gegen elf«, rief Hans Oberbauer in Richtung Vorzimmer. Ihm war es ganz recht, eine Ausrede für sein spätes Erscheinen am nächsten Morgen zu haben.

»Eine Besprechung heute Abend, und dann sind noch viele Akten durchzusehen«, log er seine Sekretärin an, die sich soeben ihren Mantel genommen hatte, um sich in den Feierabend zu verabschieden.

Nur eine halbe Lüge, dachte er. Akten würde er zwar nicht wälzen, jedoch wollte er tatsächlich später zu einem Treffen der besonderen Art. Und als Amtsrat der Hamburger Verwaltung war er ohnehin niemandem Rechenschaft schuldig. Er sah auf die Uhr. Noch sechs Stunden Zeit. Er überlegte, ob er nach Hause fahren sollte. Er wohnte mit seiner Familie in der Nähe des Marienkrankenhauses, da seine Frau dort als Krankenschwester tätig war. Es war zwar nicht weit, aber Ruth würde schnell bemerken, dass etwas nicht stimmte. Er würde ohnehin die kommenden Stunden nur nervös auf und ab laufen. Und sie hatte die Gabe, äußerst unangenehme Fragen zu stellen.

Ruth Hansen. Jetzt Ruth Oberbauer. Er lächelte bei dem Gedanken. Hätte ihm jemand vor einem Jahr prophezeit, dass er die Mutter von drei Kindern heiraten würde, er hätte wohl nur mitleidig abgewinkt. Sie hatte ihren Mann und ihren Ältesten verloren. Und war dennoch eine starke Frau geblieben. Und genau dies liebte er an ihr.

»Bevor Sie gehen, Gudrun, rufen Sie bitte bei meiner Frau an. Ich habe vergessen, ihr von dem Besprechungstermin zu erzählen. Sagen Sie, es wird spät.«

Ein privater Telefonanschluss. Nicht selbstverständlich in diesen Zeiten. Nicht einmal für Amtsrat Hans Oberbauer. Für einen Mitarbeiter des britischen Nachrichtendienstes war die Sache jedoch kein Problem. Er hatte sich entschieden. Er blieb im Büro und wollte ein paar englische Zeitungen durchsehen. Und vielleicht ein Nickerchen auf dem Ledersofa versuchen.

Oberbauer hatte sich vorgenommen, Jens in den nächsten Tagen erneut zu besuchen. Seit Druwes Verlegung nach Hamburg hatte er sich nur zu einem einzigen Besuch bei ihm durchringen können. Dabei verdankte er ihm sein Leben. Der Mist in Flensburg hätte böse ausgehen können. Aber Jens hatte ihn nicht auf diesem Hotelflur verrecken lassen. Und indirekt verdankte er ihm, dass er diese wunderbare Krankenschwester kennengelernt hatte. Mit der er jetzt – er konnte es selbst kaum glauben – hier in Hamburg zusammenlebte. Nicht zuletzt hatte er mit Druwes Liste flüchtiger Nazis beim britischen Geheimdienst mächtig Punkte gesammelt.

Der Grund für Oberbauers Zögern und Hinausschieben war einfach. Er schämte sich. Als Amtsrat der Stadtverwaltung Hamburg hatte sich Oberbauer nur drei Monate nach Kriegsende bereits wieder etabliert. Zumindest offiziell. Der Posten entsprach seinem früheren Dienstgrad bei der Polizei. Und ein ordentliches Salär fiel ebenfalls für ihn ab. In Wahrheit jedoch arbeitete er jetzt nur noch für Major Daniel Tanner und die britische *FSS*. Er war deren Verbindungsmann für Norddeutschland, also eine Art Spitzel und Agent. Damit konnte er gut leben, denn im Grunde leistete er ja weiterhin eine andere Form von Polizeiarbeit. Und Druwe in seinem Loch? Der arme Kerl saß mächtig in der Scheiße.

Die ganze Sache haben Druwe nur seine dämliche, übertriebene Aufrichtigkeit und diese Schuldgefühle eingebrockt, dachte Oberbauer. Wo gehobelt wird, da fallen eben Späne. Und auf dem Weg kann man auch mal in Dreck treten. Das hatte sein alter Kollege nie einsehen wollen. Aber sollte das einen Mann davon abhalten weiterzumachen? Nein, nicht zurückschauen, sondern neue Möglichkeiten suchen. Und für sich nutzen. Eine neue Zeit brach an, und Oberbauer würde sich den damit verbundenen Veränderungen nicht verschließen.

Er wies Tanners Sekretärin an, Druwes Verhandlungstage im Curiohaus in Erfahrung zu bringen. So konnte sich Oberbauer wenigstens die lange Fahrt zum Zuchthaus Fuhlsbüttel sparen. Unangenehme Sache. Major Tanner hatte ihm berichtet, dass es bei der Verhandlung nicht gut aussah für seinen alten Kollegen. Es gab erdrückende Beweise. Eine Verurteilung wegen Beihilfe zum Mord brächte Druwe mehrere Jahre ein. Wie oft hatte er seinem ehemaligen Kollegen gepredigt, er möge sich doch absichern. Oberbauer selbst hatte Informationen über seine Vorgesetzten gesammelt. Ein paar Sachen hatte er Tanner gegeben, um seine Loyalität zu unterstreichen. Und ein paar hielt er zurück. Für den Fall, dass ihm selbst jemand ans Bein pinkeln wollte. Es war gut, wenn man zur richtigen Zeit jemanden anrufen konnte. Wie hatte Druwe es genannt? Kompromisse und Gefälligkeiten. Der arme Kerl saß hinter Gittern, weil er nie eingesehen hatte, dass die Welt genau so funktionierte.

Mit der heutigen Aktion wollte Oberbauer sich in Tanners Truppe unentbehrlich machen. Die Briten hatten dank der Amis riesige Ressourcen an Geld und Material zur Verfügung. Aber im Herzen waren sie nun einmal Seeleute. Auf dem Kontinent, speziell in Deutschland, kannten sie sich nicht aus. Oberbauer hingegen wusste, wie hier die Uhr tickte. In der Verwaltung gab es jede Menge Leute, denen der Arsch mächtig auf Grundeis ging. Entweder hatten sie ein wenig übereifrig die nationalsozialistische Idee vertreten. Oder sie hatten sich an der Front etwas zuschulden kommen lassen. Nach kurzer Zeit hatte sich Hans Oberbauer als neuer Amtsrat ein Netzwerk aufgebaut, in dem er jenen Leuten Schutz versprach, die ihn mit wertvollen Informationen versorgten.

Steckenpferd und zugleich Sorgenkind der Engländer waren Verbindungen alter Nazis, die im Verborgenen Anschläge oder Überfälle auf Truppenangehörige planen könnten. Tatsächlich waren Oberbauer Hinweise zugetragen worden, dass im Norden der Ableger einer Art Untergrund-NSDAP agierte. Druwe hatte ihm kurz vor seiner Verhaftung in Flensburg ein Dossier über Ernst Fiedler übergeben. Der Mann hatte mit seinem Einsatzkommando an der Ostfront Angst und Schrecken verbreitet. Und vielen Menschen den Tod gebracht. So sehr Oberbauer auch die Prozesse gegen Göring, Kaltenbrunner und die anderen Hauptverantwortlichen begrüßte, so klar war ihm, dass Männer wie Fiedler die Vollstrecker gewesen waren. Die Mitarbeiter der Abwehr um Admiral Canaris hatten Fiedler überwacht und viele Informationen über ihn zusammengetragen. Oberbauer war erstaunt gewesen, als er erfuhr, dass der unscheinbare Fiedler, der in Polizei und SS keinen hohen Posten innegehabt hatte, unglaublich viele Fäden in der Hand hielt. Offenbar hatte er mit dem Untertauchen einiger alter Kameraden, mit Sabotageakten und vielleicht sogar mit einzelnen Mordfällen zu tun.

Nachdem Oberbauer ein paar Gefallen eingefordert und mehrere belastete Beamte unter Druck gesetzt hatte, stand er nun kurz davor, die graue Eminenz Fiedler und dessen Netzwerk an Major Tanner ausliefern zu können. Ein paar Namen und Dokumente fehlten, aber die wollte er in der Nacht endlich sicherstellen.

Die Nikolaikirche im Zentrum Hamburgs wirkte gespenstisch im Licht der wenigen Laternen. Bombentreffer hatten das Dach des Kirchenschiffs weggefegt, das Innere war ausgebrannt. Der Turm ragte wie ein verkohlter Finger aus den Trümmern. Oberbauer stand vor dem Altarbereich und nahm den immer noch intensiven, kalten Brandgeruch war. Mit dem Glauben stand er zeitlebens auf Kriegsfuß, jedoch spürte er in dem zerstörten Kirchengebäude ein starkes Unbehagen. Er versuchte, sich durch angenehmere Erinnerungen abzulenken.

Es riecht wie ein heruntergebranntes Lagerfeuer am Morgen, dachte er. Er hatte die Sommerlager der *Jugendpflege* im Kaiserreich nie vergessen. Dort hatte er jene Geborgenheit gefunden, die ihm im Elternhaus versagt blieb. Sein Vater war Trinker gewesen, und seine Mutter hatte versucht, mit Gelegenheitsarbeiten das Geld zu verdienen, das der Alte ihr gleich wieder aus den Händen riss. Hans war seitens der Fürsorge als *stark gefährdet durch Verwahrlosung* eingestuft worden. Damals auf der Straße hatte er gelernt, dass man immer selbst einen Trick in der Hinterhand haben musste, damit man im Leben obenauf blieb. Das Spiel musste gewonnen werden. Notfalls mit gezinkten Karten.

»Entschuldigen Sie die Verspätung, Herr Oberbauer. Aber die Ausgangssperre ist schon sehr lästig.«

Oberbauer fuhr herum. In seine Gedanken versunken hatte er den Mann nicht bemerkt, der sich ihm nun näherte. Natürlich hatte der Kerl recht. Die Briten kontrollierten Deutsche streng. Nur mit Ausnahmegenehmigung konnte man sich nach Einsetzen der Dämmerung noch frei in der Stadt bewegen. Für Oberbauer war das kein Problem, Major Tanner hatte ihm den Wisch kurzerhand besorgt.

»Die Waffe können Sie stecken lassen«, sagte der Unbekannte, als er sah, dass Oberbauer in seine Jacke griff. »Ich bin unbewaffnet. Schließlich geht es um ein Geschäft, von dem wir beide profitieren.«

Fünftausend Mark hatte sein Kontakt verlangt. Und einen Satz Blanko-Papiere mit gesiegeltem Meldeschein. Noch vor vier Monaten bekam man eine neue Kennkarte für lächerliche fünfzig Mark. Seit die Briten das Sagen hatten, arbeiteten die Amtsstellen jedoch wieder effizient. Und weitgehend korrekt. Fünftausend Mark für den entscheidenden Namen. Oberbauer sah es als faires Angebot. Er konnte der *Field Security* mit Ernst Fiedler nicht nur einen Verantwortlichen der mittleren NS-Ebene liefern. Wenn er zusätzlich dessen Hintermänner und Verbindungen aufdeckte, wäre seine Nachkriegskarriere gesichert. Vielleicht half er damit sogar Druwe aus der Klemme.

»Also, was haben Sie anzubieten?«, fragte er. Der Schreck war einer Verärgerung darüber gewichen, dass er sich hatte übertölpeln lassen. Sein Gegenüber war es offenbar gewohnt, sich lautlos zu bewegen. Diese Tatsache mahnte ihn zur Vorsicht. Jetzt wollte Oberbauer schnell die Kontrolle über die Situation wiedergewinnen.

»Das Geld?« Der Mann hielt sich noch im Dunkel einer Säule.

Oberbauer griff nach der Ledertasche, die er an der Altarstufe abgestellt hatte. »Geld und Papiere. Aber zuerst bekomme ich die Informationen. Da Sie sich unbemerkt angeschlichen haben, werden Sie vorher sicherlich die nähere Umgebung überprüft haben. Sie wissen also, dass Sie nichts zu befürchten haben. Ich halte mich an meinen Teil der Abmachung.«

»Ja, ich weiß. Sie sind allein.«

»Was wissen Sie über Ernst Fiedler? Für wen hat er die Aktenberge zusammentragen lassen? Er muss doch für jemanden gearbeitet haben!« Oberbauers Schwäche war seine große Ungeduld. Obwohl er die vierzig bereits überschritten hatte, wollte er immer noch mit dem Kopf durch die Wand. Der Krankenhausaufenthalt in Flensburg und die letzten Wochen am Schreibtisch hatten ihn zermürbt; er brauchte unbedingt etwas Konkretes.

»Ernst Fiedler war schon immer ein sadistisches Schwein«, erwiderte der unbekannte Mann. »Bei der Kripo München hat er Zeugen gequält, zwei Verdächtige haben sich seinetwegen sogar in der Untersuchungshaft aufgehängt. Er war also genau der Richtige für …« Der

Mann suchte nach Worten. »… gewisse Aufgaben. Drecksarbeit. *Wetwork* nennen es unsere neuen Freunde.«

»Ja, ja. Weiß ich alles«, rief Oberbauer entnervt. »Erzählen Sie mir keinen Mist. Dafür gibt es nicht eine müde Mark.«

»Dann wissen Sie vielleicht auch, dass sich die beiden großen Nachrichtendienste des Reichs durch kleinkariertes Konkurrenzdenken quasi gegenseitig lahmgelegt haben.«

»Sie meinen Admiral Canaris und Heydrich?« Oberbauer wurde hellhörig. Hatte Fiedler mit einem von beiden zu tun? Die Abwehr unter Canaris hatte ein Dossier über ihn angelegt. Druwe hatte es gerettet und der *FSS* zur Verfügung gestellt. Darin fanden sich viele unschöne Details. Es war also eher wahrscheinlich, dass das Schwein für Heydrich gearbeitet hatte. Beide waren Psychopathen und Sadisten, das passte.

»Canaris und Heydrich. Die beiden schlichen umeinander herum wie Raubkatzen«, entgegnete der Mann. »Jeder hätte den anderen mit seinem Wissen ins KL bringen können. Also hielten sie die Füße still. Canaris und Heydrich haben sich gegenseitig kaltgestellt. Schachmatt für beide Könige. Sogar zu gemeinsamen Klavierabenden trafen sie sich. Und im Hintergrund gedieh unbemerkt eine dritte Kraft.«

»Fiedler?«, fragte Oberbauer mit einigem Erstaunen. Von der Rivalität zwischen der Abwehr und dem Sicherheitsdienst hatte er gehört, aber wer war die dritte Instanz? Dafür schien ihm dieser Fiedler doch eine Nummer zu klein. »Er war der Dritte?«

»Ach was, Fiedler hat nur im Dreck gewühlt und für uns die Trüffel gefunden.« Sein Gegenüber lachte. »Er war ehrgeizig, aber Ehrgeiz macht oft blind. Er wollte nach dem Krieg mindestens Chef der Polizei werden. Und mit diesem Versprechen haben wir ihn geködert. Er hat im Hinterland der vorrückenden Heeresgruppe B alles gesammelt, was man auf Papier oder Film bannen konnte. Über Freund und Feind. Dafür hatte er unzweifelhaft eine Begabung. Jetzt muss der Kram nur noch ausgewertet werden.«

»Uns? Wir?«, horchte Oberbauer auf. »Wer steckt dahinter?« Er fühlte sich, als wäre er im Fieber. Eine dritte Kraft. Und er konnte diese Leute entlarven und der *FSS* eine Unmenge an Informationen sichern. Da musste auch für ihn selbst ordentlich was herausspringen. »Rücken Sie schon damit heraus, Mann. Sonst bin ich mit dem Geld und den Papieren schneller weg, als Sie bis drei zählen können.«

»Ich habe Ihnen eine Liste zusammengestellt. Da wir aus unseren Fehlern gelernt haben, werden keine Protokolle mehr geführt oder Archive angelegt. Die frühere Vielschreiberei wird vielen guten Männern jetzt zum Verhängnis.«

Der Unbekannte zog mehrere Blätter Papier aus der Jackentasche. Sie waren unsauber gefaltet, an einigen Stellen geknickt und wirkten eher wie die Spickzettel eines schludrigen Pennälers. Der Mann trat nahe an Oberbauer heran.

»Aber ich gebe Ihnen die Namen der Kameraden, die noch aktiv sind. Wie Sie sich denken können, haben viele ihre Identität verschleiert. Sie finden hier die Zuordnung der Decknamen. Und den Aufbau der Organisation. Den Rest müssen Sie erledigen.«

Oberbauer verspürte Enttäuschung. Die Arbeit bei der *Field Security* bedeutete, dass sie oft nach handfesten Beweisen in Form von Akten, Gesprächsprotokollen, Beurteilungen und Einsatzbefehlen suchten. Der Mann bot ihm jetzt ein paar Informationen auf einem Handzettel, offenbar aus dem Gedächtnis erstellt. Oberbauer fühlte sich dadurch eher an seine Kripo-Zeit erinnert. Da hatten er und Druwe viele kleine Bausteine zusammensetzen müssen. Natürlich hinterließ ein Raubmörder kein Dossier, in dem er sein Tun auflistete. Man musste ihn vielmehr anhand von Hinweisen, Indizien und Schlussfolgerungen aufspüren. Bei dem Gedanken an die Berliner Zeit entspannte Oberbauer sich ein wenig. Er würde Tanner klarmachen, dass in Zukunft mehr Polizeiarbeit bei der *FSS* nötig war. Sie konnten nicht ewig darauf hoffen, dass Leute wie Göring, Kaltenbrunner oder Frank die Beweise gegen sich quasi mit zur Anklagebank brachten.

Er hatte sich an die Dunkelheit gewöhnt. Vom Fleet aus Richtung der zerbombten Reimersbrücke wehte ein kalter Wind. Am Hopfenmarkt durchbrachen mehrere Laternen mit ihrem Licht die Schwärze. Hans Oberbauer musterte seinen Informanten. Er hoffte, ein Detail oder Merkmal wahrnehmen zu können. Vielleicht konnte er später den Kerl doch ausfindig machen. Der Mann trug eine Landser-Uniform ohne jegliche Rangabzeichen oder Truppenkennung, aber auch ohne Flecken und Risse. Es schien beinahe so, als hätte er sie sich gerade vom Heeresbekleidungsamt abgeholt.

»Kommen Sie.« Der Mann winkte Oberbauer näher zu sich. »Hier in der Ecke können wir kurz meine Lampe nehmen, ohne dass gleich die ganze Innenstadt zuschaut. Sehen Sie sich die Liste an, und entscheiden Sie, ob sie es wert ist.«

Oberbauer folgte ihm in Richtung des ehemaligen Altarraums. Dort reichte ihm der Mann ein Blatt Papier und seine Pertrix-Leuchte. Im matten, roten Lichtschein musterte Oberbauer die Notizen, Namen und Zuordnungen. *Zelle 3* stand als Überschrift ganz oben. Sofort fiel ihm Fiedlers Name ins Auge, daneben ein Pfeil zu einem weiteren Namen, der allerdings mit Bleistift geschrieben war. Im Rotlicht war er nicht lesbar. Dann folgten weitere Namen, die Oberbauer nur vage bekannt vorkamen. Max Simon, Oscar Hans, Johann Schwarzhuber, Karl-Friedrich Höcker und weitere.

»Zufrieden?« Der Uniformierte unterbrach ihn. »Sie sollen einen Blick darauf werfen und es nicht auswendig lernen«, ergänzte er. »Also? Kommen wir ins Geschäft?«

Oberbauer beachtete ihn kaum. Fasziniert sah er, dass von vielen aufgelisteten Personen Pfeile nach oben führten. Dort war ein Name mehrfach dick eingekreist worden.

»Wer …?« setzte er gerade an, als sein Instinkt ihn warnte. Er stand links neben dem Mann in Uniform. Und erkannte, dass er zu leichtsinnig gewesen war. Das Treffen war kein Kaffeeplausch, der Mann war im besten Fall sein Informant, im schlechtesten Fall sein Gegner. Wie zur Bestätigung dafür, dass er einen schweren Fehler begangen hatte, nahm Hans Oberbauer ein kurzes, metallisches Aufblitzen neben sich wahr. Er wollte reagieren, aber er war seit Monaten aus der Übung. Nach der Schussverletzung hatte er nicht mehr trainiert und sogar ein paar Pfunde zugelegt. Der Kerl hatte eben sein Bein angewinkelt, als wollte er sich ein Hufeisen auf die Stiefelsohle setzen lassen.

Ein Messer im Schaft, dachte Oberbauer noch. Und im nächsten Augenblick überflutete bereits eine unerklärliche Hitze seinen Körper. Ein Schwall Blut schoss aus seinen geöffneten Halsadern und lief Hemd und Anzug hinab. Der Schnitt hatte auch den Kehldeckel durchtrennt. Mehr als ein glucksendes Röcheln brachte Oberbauer nicht zustande. Er packte sein Gegenüber mit der rechten Hand. Nun erst trat der brennende Schmerz vollständig in sein Bewusstsein. Sein Griff wurde schon nach wenigen Sekunden schwächer. Noch immer wollte er den Mann niederringen, ihn für diesen schändlichen Verrat strafen. Aber der Kerl stand seelenruhig neben ihm und hielt dem Griff des Sterbenden stand. Er packte Oberbauer nun am hinteren Kragen und ließ ihn regelrecht ausbluten, sorgfältig darauf achtend, dass seine Stiefel nicht bespritzt wurden.

»Nehmen Sie es nicht persönlich, Herr Oberbauer. Es gibt Kameraden, die den Feind weiter bekämpfen werden. Der Krieg wird zwar etwas subtiler sein, aber es ist weiterhin ein Krieg. Sie hingegen, Oberbauer, sind Deutscher. Und Sie machen gemeinsame Sache mit den Engländern. So etwas können wir nicht dulden. Verräter sterben nun einmal.«

Der Mann griff nach dem Papier und entwand es Oberbauers linker Hand. Als wäre es sein letzter Halt in dieser Welt gewesen, sackte der tödlich Verwundete nach vorn auf den dunklen Steinboden der Kirche.

*

Eva nahm Jens Druwe in den Arm. Sie weinte leise und spürte das Beben seines Körpers. Er ließ den Brief mit dem Stempel des *British Forces Post Office* auf den Boden fallen.

I am very sorry I have to inform you that your dear colleague and friend Hans Oberbauer has passed away in performance of his official duties, hatte Major Tanner darin geschrieben.

»Er ist tot!«, schrie Druwe in die Enge der Zelle hinein.

In ihm tobten Höllenqualen. Beide Männer waren sich in Flensburg wieder nähergekommen. Auf eine spröde, leicht distanzierte Art zwar. Aber Druwe spürte, dass da etwas Tieferes hätte wachsen können. Hätten sie nur Zeit gehabt. Hätte er auf Oberbauer gehört und sich ebenfalls Tanners *FSS* angeschlossen. Hätte er die letzten Monate nicht im Zuchthaus verbracht. Hätte …

»Er ist tot«, wiederholte er, jetzt flüsternd, nur für Eva hörbar.

Und es schien, als läge in diesen Worten aller Schmerz, den er in den vergangenen Jahren hatte durchleben müssen. »Jemand hat ihn einfach abgestochen, Eva«, fügte er ebenso leise hinzu. Tränen traten in seine Augen. »Wir waren so oft unterschiedlicher Meinung. Man hätte denken können …« Er verstummte einen Augenblick und unterdrückte ein Schluchzen. »Aber ich mochte ihn, er war immer noch ein Freund. Und ich habe es ihm nie gesagt.«

»Es tut mir leid.« Eva spürte die eigene Hilflosigkeit, fand keine anderen Worte.

»Auch mein Beileid zu diesem Verlust.« Strehler räusperte sich, als wollte er auf seine Anwesenheit hinweisen. Der Brief war ihm ausgehändigt worden, da die Verwaltung alle Post öffnete, die an die Häftlinge gerichtet war. Man hatte ihn kurz zu der Beziehung zwischen Druwe und dem im Brief erwähnten Opfer befragt. Strehler hatte sich daraufhin entschieden, seinem Mandanten die Mitteilung Tanners erst einen Tag später zu übergeben. In der Zwischenzeit hatte er versucht, weitere Informationen zum Fall Oberbauer zu bekommen.

»Bisher weiß man zum Tathergang nicht viel«, fuhr der Anwalt fort. »Ihr Einverständnis voraussetzend habe ich mit diesem englischen Major telefoniert.«

»Hat er etwas zu den Hintergründen gesagt?«, fragte Druwe. »Hans hat angedeutet, dass er zwar offiziell als Amtsrat der Hansestadt tätig war. Dass er aber weiter für Daniel Tanner arbeitete. Ich hatte Ihnen in Flensburg ja von den geheimen Aktionen der britischen Feldpolizei erzählt.«

Strehler schüttelte den Kopf. »Die werden uns natürlich nichts Genaues verraten. Und schon gar nichts, was die Sicherheit des Königreichs berührt. Sie haben vielleicht in den Zeitungen gelesen, Herr Druwe, dass sich die Stimmung zwischen den alliierten Freunden in den letzten Monaten deutlich verschlechtert hat. Die Russen haben aus ehemaligen Nazi-Generälen stramme Kommunisten gemacht, die jetzt im Radio ihrerseits gegen die Amis wettern. Die Briten haben enorme Geldsorgen. Und die Amerikaner sind ganz versessen darauf, deutsche Raketentechniker und Atomfachleute zu finden. Ihr Freund Oberbauer wollte offenbar auf eigene Faust etwas über den Verbleib von bestimmten Personen und Dokumentenarchiven erfahren. Dafür hat er mit dem Leben bezahlt. Tanner schien über die Eigenmächtigkeit Oberbauers nicht begeistert zu sein.«

»Archive?«, fragte Druwe. Er musste sofort an die Akte denken, die er Oberbauer überlassen hatte. »So etwas wie die Canaris-Akten, mit denen ich in Flensburg zu tun hatte?«

»Vielleicht«, erwiderte Strehler. »Aber wie ich sagte, es ist alles viel komplizierter geworden. Die Russen könnten ihren Kollegen auf dem Gewissen haben. Oder alte Nazis. Auch rivalisierende Interessen in den Reihen der Westalliierten würde ich nicht ganz ausschließen. Vielleicht ist Ihr Freund da zwischen alle Stühle geraten. Spekulationen.«

»Ja, das schränkt den Kreis der Tatverdächtigen ungemein ein«, meinte Druwe in bitterem Tonfall.

»Es klingt sicherlich hartherzig. Aber Sie dürfen sich von diesem tragischen Vorfall nicht ablenken lassen, Herr Druwe«, sagte sein Gegenüber. »Herr Oberbauer war ein erfahrener Polizist, das haben Sie selbst einmal gesagt. Wenn er sich jetzt einen schnellen Erfolg verschaffen wollte, um bei den Engländern zu punkten, dann ist er allein für die Folgen seines Handelns verantwortlich.«

Seiner inneren Erregung folgend trat Druwe zwei Schritte auf Strehler zu. Trotz seiner Wut und Trauer erkannte er jedoch, dass der Anwalt recht hatte. Hans war schon in Berlin eher ein Draufgänger gewesen. Immer etwas voreilig und bereit, zu hohe Risiken einzugehen. Eva hielt ihn am Arm fest.

»Es stimmt, Jens«, sagte sie. »Und das weißt du. Von hier drinnen kannst du nichts tun. Du kannst Hans nicht rächen oder seinen Plan zu Ende bringen. Stattdessen wird dich die Beschäftigung mit dieser Sache nur ablenken. Eine unbedachte Äußerung bei der Vernehmung durch die Anklage kann für dich zum Verhängnis werden. Ein nicht erwähntes, entlastendes Indiz kann dir fünf Jahre mehr einbringen.« Sie sah ihm in die Augen. Ihr Gefährte war unruhig und verletzt, das spürte sie deutlich. In seinen Augen schien ein Feuer zu brennen, das ihn verzehrte. »Und wenn du es schon nicht für dich tust. Dann tue es für uns. Für deine Familie.«

Druwe drehte sich zum Fenster und atmete durch. Dann fasste er einen Entschluss. Er musste mit Oberbauers englischem Vorgesetzten Kontakt aufnehmen.

»Denken Sie, dass ich Tanner einen Brief schreiben kann? Ich meine, glauben Sie, dass er zugestellt wird?«, fragte er seinen Anwalt.

»Die Post der Inhaftierten wird auf jeden Fall geöffnet«, erwiderte Strehler. Er überlegte einen Moment. »Ein Brief an einen Nachrichtenoffizier landet sicherlich bei einem anderen Schnüffler. Könnte Ärger für Sie bedeuten. Oder dieser Tanner bricht jeden Kontakt zu Ihnen ab.«

Plötzlich kam ihm eine Idee. »Geben Sie mir den Brief. Meinetwegen in einem dünnen Umschlag, wenn Sie mir nicht vertrauen. Ich sende ihn mit dem Vermerk *Attorney – Personal delivery*. Das hätte die Gestapo zwar einen Dreck gekümmert, aber die Briten nehmen es sehr genau mit ihrem Rechtssystem und dem Postgeheimnis bei Richtern und Anwälten. Und das macht mir diese Leute sympathisch.« Er sah Druwe direkt an. »Allerdings wüsste ich schon gern, was Sie diesem Tanner mitteilen wollen. Zumindest in groben Zügen. Immerhin mache ich mich eines Vergehens schuldig, wenn …«

»Ich will ihn um die Kopie der Ermittlungsakten bitten«, erwiderte Druwe. »Das bin ich Hans schuldig. Außerdem lenkt es mich etwas ab, wenn ich mich mit dem Fall beschäftigen kann.«

Der Anwalt wollte etwas erwidern, Eva warf ihm jedoch einen mahnenden Blick zu. Der Mann war zwar fachlich gut, aber ihm schienen ein paar Antennen für zwischenmenschliche Signale zu fehlen. Anders war nicht zu erklären, dass er offenbar nicht spürte, was doch jedem im Raum klar sein musste. Druwes Entschlossenheit ließ in dieser Sache keinerlei Widerspruch zu.

Die Antwort Tanners kam zügig. Um unangenehme Nachfragen zu vermeiden, tarnte der Major der *FSS* sein Schreiben einfach als Befragung Druwes in der Mordsache Oberbauer. Druwe erhielt eine Zusammenfassung der Ermittlungsergebnisse und Abzüge der Fotografien vom Tatort. Seine Beziehung zu Hans Oberbauer war immer ambivalent gewesen, schon zu Berliner Zeiten, als sie zusammengearbeitet hatten. Sie waren erfolgreich gewesen, weil sie so verschieden im Wesen waren. Und Druwe hatte seinen Kollegen gemocht, weil dieser jene Charakterzüge auslebte, die er selbst mühsam zu beherrschen versuchte. Umso mehr schmerzte es, die Aufnahmen des Leichnams zu sehen.

Der Bericht war knapp gehalten. Strehler hatte ihn gewarnt, nicht enttäuscht zu sein. Die Gewaltverbrechen im Reich hatten nach Kriegsende stark zugenommen. Noch fehlten aber ausreichend erfahrene Kriminalbeamte, da die Engländer weiterhin politisch unbelastete Männer suchten und gerade in diesem Metier kaum fanden. Zudem vermutete Druwe, dass die *FSS* keine Informationen über sich an einen ehemaligen deutschen Kripo-Ermittler preisgab. Er begann zu lesen. Unter der Rubrik *Motiv* fanden sich abstruse Vermutungen, die jeder Grundlage entbehrten.

Möglicherweise Raubmord.

Racheakt (frühere Verbindungen?)

Rivalisierende Bandenkriminalität nicht ausgeschlossen.

Versuch der Bestechung eines höheren Beamten.

Misslungenes Hehlergeschäft denkbar.

Stümperhafte Arbeit, dachte Druwe erbost. Das waren Anfänger oder unerfahrene Beamte aus anderen Bereichen. Derartige Überlegungen konnte man in Dienstbesprechungen anstellen, in die Akte gehörten sie nicht. Bei dem Toten war eine Ledertasche mit einem Haufen Geld gefunden worden. Also hatte sich der Täter offenbar nicht dafür interessiert. Ort und Zeit des Treffens deuteten auf ein brisantes Geschäft hin. Gefährlich für beide Seiten.

Wahrscheinlich hat ihm jemand Informationen angeboten, dachte Druwe. Es war schließlich Oberbauers Aufgabe, für die Engländer Augen und Ohren offen zu halten. Und sein Kollege war bereit gewesen, dafür ein hohes Risiko einzugehen.

Druwe sah die Fotos durch. Zuerst der Tatort. Die ausgebrannte und zerstörte Kirche. Der Bereich im Altarraum. Dort hatte Oberbauer offenbar mit seinem späteren Mörder verhandelt. Die Leiche am Boden. Druwe konnte erkennen, dass die Blutlache im Kopfbereich relativ klein war. Dafür schien Oberbauers Anzug bis zur Hose getränkt zu sein. Er sah sich die Aufnahmen der Forensik an, die für ihn kaum erträglich waren. Er stand dem Opfer einfach zu nahe. Von jeder guten Ermittlung hätte man ihn sofort ausgeschlossen, da er schlichtweg befangen war. Dadurch machte man Fehler.

Das Schwein hat ihn am Hals aufgeschlitzt, dachte Druwe angewidert, als er die Nahaufnahmen betrachtete. Und der Mörder hatte genau gewusst, was er tat.

Der Bericht des Rechtsmediziners bestätigte Druwes Einschätzung:

[...] präzise geführter Schnitt mit sauberen Wundrändern ohne Quetschungen oder Mikrorisse im Gewebe. Es muss sich um ein sehr hochwertiges Messer, wahrscheinlich gefertigt aus Chirurgenstahl mit Sonderschliff, gehandelt haben [...]

Mit einem Messer zu töten war weniger einfach, als es der Laie gemeinhin glaubte. Die erste Verletzung war selten – oder zumindest nicht sofort – tödlich, so dass sich das Opfer wehrte oder zu fliehen versuchte. In der Folge kam es oftmals zu einem Kampf und einer fürchterlichen Sauerei mit weiteren, oft unpräzise gesetzten Hieben und Stichen. Druwe hatte solche Tatorte gesehen.

[...] schräger Eintritt des Messers am linken Halsrand genau unterhalb des Schildknorpels. Inkomplette Durchtrennung der Halsgefäße links. Durchtrennung von Ligamentum und Musculus cricothyroideus. Komplette Öffnung von Arteria carotis communis und Vena jugularis interna rechts [...]

Kein Gelegenheitstäter, dachte Druwe. Also auch nicht nur eine aus dem Ruder gelaufene Verhandlung, sondern eine gezielte Tat. Hans hatte keine Chance. Und es hatte keinen Kampf gegeben. Es war eine Hinrichtung.

[...] Unterbrechung von etwa zwei Dritteln der Blutzufuhr zum Gehirn nach zehn Sekunden. Eintritt des Todes innerhalb von dreißig bis vierzig Sekunden [...]

Druwe war sicher, dass sich Oberbauer mit seinem späteren Mörder zumindest kurz unterhalten hatte. Er hielt es für unwahrscheinlich, dass sein Freund im Altarbereich gewartet hatte und dort überrascht worden war. Der Täter hätte sich über den mit Steinchen, Laub und Schmutz bedeckten, ohnehin körnigen Sandsteinboden nähern müssen. Und ein erfahrener Kripo-Mann hätte sich nicht derart übertölpeln lassen. Nein, Hans war erst nach einer Unterhaltung von der Attacke überrascht worden. Druwe hielt auch einen Streit zwischen den Männern für wenig wahrscheinlich, denn aus einem Kampf heraus hätte der Täter niemals derart genau die Klinge führen können.

Mehr kann ich hier drinnen nicht für dich tun, mein Freund, dachte er resigniert.

Was hatte er auch erwartet? Dass Tanner den Kripo-Haudegen Druwe jetzt für die Mordermittlung auf freien Fuß setzen würde? Damit er den alten Freund rächte? Gerade mühte er sich damit ab, die Akte wieder in den Pappdeckel zu schieben, als sein Blick noch einmal auf das Foto mit der am Boden liegenden Leiche fiel. Das Blut neben Oberbauers Händen war verschmiert. In den dunkleren Bereichen der Schwarz-Weiß-Fotografie glaubte Druwe dort einen hellen Fleck zu erkennen. Eine Spiegelung? Ein Fehler bei der Entwicklung? Er ging zum Fenster. Das konnte nicht sein! Hatten die Kollegen das übersehen? Der Tote hielt etwas in der linken Hand. Hektisch überflog Druwe noch einmal den Bericht, durchwühlte alle Fotografien.

Dann fand er es. Die Kollegen hatten tatsächlich kurz erwähnt, dass Oberbauer ein Stück Papier in der gekrampften Hand gehalten hatte, als man ihn fand. Offenbar abgerissen von einem größeren Blatt. Da Tanner ihm nur eine Abschrift der Akte überlassen hatte, fehlte das Beweisstück natürlich. Aber im Bericht war erwähnt, was darauf zu erkennen war. Vom ersten Wort, das ganz oben stand und offenbar mehrfach eingekreist worden war, ließ sich nur der Buchstabe *D* erkennen. Etwas weiter unten fanden sich die Buchstaben *Fie*. Auch dort fehlte der Rest. Und dazwischen war ein Pfeil gezeichnet.

Fiedler. Für Druwe gab es keinen Zweifel. Oberbauer hatte Informationen über Fiedler beschaffen wollen. Dieses *D* konnte für einen Ort stehen, an dem sich Fiedler jetzt aufhielt. Ein Unternehmen, bei dem er arbeitete. Oder für einen Decknamen, den er nutzte. Vielleicht war es auch ein Mitarbeiter. Nein, eher ein Vorgesetzter, denn das *D* war größer und eingekreist. Und der Pfeil wies zu *Fie* hin. Ganz so, als erhielte Fiedler Anweisungen von *D*.

Alles nur Vermutungen, dachte Druwe resigniert. Vielleicht hat der Täter Hans nur in die Irre führen wollen. Ich weiß einfach viel zu wenig. Damit kann ich keine vernünftige Hypothese aufstellen. Und hier drinnen werde ich ohnehin nichts ausrichten können. Wahrscheinlich will ich die Dinge so hinbiegen, wie sie mir in den Kram passen. Mir geht die Sache einfach zu nahe.

Aber wenn es keine Finte des Mörders war? Wenn er Oberbauer ein paar Namen genannt und deren Verbindungen aufgezeigt hatte? Dann war *D* wichtig. Dann konnte *D* eine wichtige Spur zu Fiedler sein. Das spürte Druwe.

6

Hamburg, November 1945

»Hat der Arzt etwas gesagt?«, fragte Druwe, als Eva ihn besuchte. Er wusste, dass sie bei zwei Ärzten gewesen war, und strich nun besorgt über den riesigen Bauch seiner zukünftigen Frau. Es waren immer noch etwa zehn Wochen bis zur Geburt, aber ein Unbeteiligter hätte wohl vermutet, dass Eva Steinfeld jeden Moment niederkommen musste.

»Sie sagen, die Fruchtblase wäre sehr gespannt. Und sie wollen deshalb nicht am Muttermund untersuchen. Das Kind liegt weit vorn und strampelt ganz normal. Vielleicht ist aber ...« Eva versagte plötzlich die Stimme.

»Was?«, fragte Druwe.

»Der Spezialist hat hinter dem Kind einen Tumor getastet«, fuhr Eva fort. »Ganz sicher ist er sich aber nicht. Es soll wohl recht seltsame Gewächse geben bei manchen Schwangerschaften. Er sagte etwas von Tera...« Sie suchte nach dem Wort, ohne Erfolg. »Irgendein Terading, keine Ahnung. Sie könnten ein Röntgenbild machen, aber das will ich nicht. In einer Zeitschrift habe ich gelesen, dass Kinder später davon Blutkrebs bekommen können. Wenn es nur mich allein beträfe, aber ...«

»Vielleicht ist es nicht gefährlich.« Druwe versuchte sich an einem gequälten Lächeln. Er nahm sie sanft in den Arm. Allerdings wusste er, dass er ein miserabler Seelentröster war. »Wir stehen das durch, Eva. Alles.«

Er wollte ihr gegenüber nicht eingestehen, wie sehr ihn diese Nachricht schockierte. Dass er furchtbare Angst um sie und das Kind hatte. Aber er spürte in diesem Moment auch eine Veränderung an sich. Äußere Belastungen trieben ihn an. Er war ein Mann, der auf eine morbide

Art die Katastrophe brauchte, um zu sich selbst zu finden. In den letzten Monaten hatte er sich immer mehr gehen lassen. Er hatte begonnen, sich für seine Lethargie und sein Selbstmitleid zu verachten. Die Haft und der anstehende Prozess ließen seinen Überlebenswillen verkümmern.

Jetzt schien es, als hätte Evas Nachricht einen Schalter in ihm umgelegt. Er kannte das aus seiner Zeit in Berlin. Tagelang hatte er geraucht und gesoffen, wenn es keinen spannenden Fall gab, in den er sich verbeißen konnte. Er hatte Kaffee literweise in sich hineingekippt und wenig geschlafen. Mehrere Male war er sogar in solchen Nächten von den Kollegen der Sitte festgenommen worden, weil sie ihn für einen heruntergekommenen Luden oder Stricher gehalten hatten. Kam jedoch ein entscheidender Hinweis oder ein Durchbruch bei der Fahndung, dann war er wieder hellwach gewesen. Sein Verstand arbeitete in solchen Phasen präzise und kompromisslos. Sein Körper war eine Maschine, hart und unnachgiebig. Seine Motivation unerschütterlich.

Nein, Jens Druwe war nie ein Schönwetter-Segler gewesen. Ihn reizte der Sturm. Eben jene unheimliche Kraft, die ihn schnell auch ins Verderben ziehen konnte, trieb ihn in seinem Leben auch immer wieder zu seiner Höchstform.

»Die Zeit, um Fiedler, Oberbauers Mörder und auch deren Hintermänner bezahlen zu lassen, wird kommen«, sagte er mehr zu sich selbst. »Aber nicht jetzt. Es geht um uns, Eva. Ich werde mit Strehler noch einmal jeden gottverdammten Namen, jeden Ort, jede Unterhaltung durchgehen. Ich lege alles auf den Tisch. Ich bin es diesen Menschen in Witebsk schuldig. Ich bin es mir – und uns – schuldig. Jetzt habe ich es verstanden, Eva. Ich habe verstanden, was sie in meinen Träumen von mir wollen. Sie sind für immer stumm. Aber ich kann ihnen eine Stimme geben. Wenn ich mich kaputtmachen lasse, erfährt niemand von ihrem Schicksal. Und wenn ich diese Sache nicht überlebe, dann kommen Kerle wie Fiedler auf jeden Fall davon. Also werde ich überleben. So wie immer.«

*

Obwohl das Curiohaus in Hamburg erst vor etwas mehr als dreißig Jahren entstanden war, schien es den Geist einer längst vergangenen Zeit zu verströmen. Schon die Fassade im Mischstil des Bürgerbarock konnte entweder beeindrucken oder aber zum mitleidigen Schmunzeln Anlass bieten. Als Lehrervereinshaus genutzt, bemühten sich hier die Pädagogen der Weimarer Zeit, den Mief von Kaiser, Rohrstock und Karzer auszutreiben. Sie tanzten in den Zwanzigern lieber die Duk-Duk-Tänze Papua-Neuguineas, als über die Haarlänge der Schüler zu diskutieren. Nach nur kurzer Freiheit allerdings trat dann jedoch auch hier das braune Denken in Form des NS-Lehrerbunds auf den Plan. Der Ausschluss nichtarischer »Elemente« von den Hamburger Schulen und Universitäten wurde hier beschlossen. Die Vielfalt wich der Eintönigkeit. Und auf den Gängen trieb der Stechschritt die letzten Erinnerungen an dekadente »Neger«-Tänze aus.

Jens Druwe war froh über die Abwechslung, die sich ihm durch die Verhandlungstage bot. Sie bedeutete für ihn das Ende der Eintönigkeit des Gefängnisalltags. Die Wochen im Flensburger Gefängnis waren anfangs noch schnell vergangen, da er gehofft hatte, seine Angelegenheit würde sich zügig klären. Dann war die Nachricht gekommen, dass die Engländer alle Prozesse gegen Nazi-Verbrecher im Jahr 1946 in Hamburg bündeln wollten. Und auch seit der Verlegung ins Zuchthaus Fuhlsbüttel waren aus Tagen Wochen und aus Wochen Monate geworden. Nach seinem Empfinden war die Zeit immer langsamer vergangen, um schließlich stillzustehen.

Druwe saß mit seinem Anwalt in einem Raum im Curiohaus, den die Engländer nachträglich gesichert hatten. Vor der Tür standen zwei Wachen. Das Schloss war verbessert und das Fenster vergittert worden. Als Fachmann überlegte er, dass es einer gewieften Großstadtbande ohne Probleme gelungen wäre, einen Kumpel aus den Klauen Justitias zu befreien. Fünf Mann, ein paar Scheine für Pförtner oder Hausmeister, zwei oder drei Walther-Pistolen und einige Gummiknüppel hätten gereicht, um die englischen Wachsoldaten zu überwältigen.

Die Monate nach der Kapitulation hatten die Sieger offenbar schon träge werden lassen.

»Der Erste Richter hat eben verkündet, dass Sie nicht aufgrund von Verbrechen gegen die Menschlichkeit angeklagt werden, Herr Druwe«, riss ihn Strehler aus seinen Gedanken. Er blickte Druwe triumphierend an, als wäre der Prozess damit bereits gewonnen. Dann wischte er sich mit einem Taschentuch den Schweiß von der Stirn. Draußen herrschte das typische Hamburger Schietwetter. Aber hier drinnen war es ungewöhnlich heiß. Die Heizkörper in den Räumen schienen zu glühen. Das Fenster war nicht zu öffnen, da man die Gitter der Einfachheit halber innen angebracht hatte. Der Raum befand sich nur wenige Meter vom Verhandlungssaal entfernt. Es roch nach Staub, Mörtel, Bohnerwachs und kaltem Zigarettenrauch.

»Soll ich darüber jubeln?«, fragte Druwe.

»Die Tommys waren bei der Anklageerhebung in Flensburg etwas voreilig«, entgegnete der Anwalt nüchtern. »Sie haben zunächst die Philosophie der Amerikaner übernommen. Sieg der Moral, Rettung der Welt, Aufbau einer neuen Ordnung und so weiter. Wir wissen ja bereits, dass Präsident Truman zumindest in Bezug auf die Russen das Ruder herumgeworfen hat. Die Briten können zudem mit dem Begriff aus der ersten Anklageschrift nichts anfangen. Ein Krieg ist schließlich immer unmenschlich. Die Amerikaner haben ihn erfunden, und er passt nicht in die britische Rechtsvorstellung. Also hat die Anklage den Punkt einfach fallengelassen. So weit die gute Nachricht.«

»Also?«, fragte Druwe. »Wie lautet die schlechte?«

»Es wurde jetzt konkret als Anklage wegen Mordes in zweihundert Fällen ausformuliert. Bestenfalls nur Beihilfe zum Mord.«

»Muss ich etwa nach Flensburg zurück?«, fragte Druwe scheinbar ungerührt. »Wird die Sache jetzt doch dort verhandelt?«

»Nein. Da die Ihnen zur Last gelegte Tat im Rahmen einer Kriegshandlung verübt wurde, muss Ihre Sache hier verhandelt werden«, entgegnete der Anwalt.

»Up!«, fauchte der Sergeant, der im Raum Wache hielt.

Im nächsten Moment trat der Gerichtsdiener ein und forderte die Männer auf, ihm zu folgen. Die Verhandlung fand in einem der ehemaligen Hochzeitssäle neben dem Großen Saal statt. Druwe hatte sich ein Lachen nicht verkneifen können, als er von dem Ort erfahren hatte. Er schrieb sich seit fünf Monaten die Finger wund, um eine Heiratserlaubnis zu bekommen. Sie war ihm und Eva weiterhin verweigert worden. Nun konnte er in einem Hochzeitssaal auf sein Urteil warten. Im Großen Saal fanden die Vorbereitungen für den sogenannten Neuengamme-Prozess statt. Im kommenden Jahr sollten sich hier die Männer des SS-Lagerpersonals und auch Ärzte für ihre Taten verantworten. Der Rummel durch die Umbauten, Inspektionen der Briten und umherlaufendes Gerichtspersonal war derart groß, dass Druwes Verhandlungsbeginn in die späten Nachmittagsstunden verlegt worden war. Für ihn bedeutete dies jeden Tag unerträgliches Warten, da er bereits morgens aus Fuhlsbüttel hergebracht wurde. Die Anspannung der letzten Wochen forderte ihren Tribut. Seine Konzentration ließ nach, und er hatte sich bei der ersten Befragung durch den britischen Ankläger sogar in Widersprüche verstrickt. Zwei Verhandlungstage war es darum gegangen, die drei Anklagepunkte gegen ihn zu verlesen und zu begründen. Am dritten Tag war er zu den Ereignissen befragt worden, wobei ihn der Ankläger eher in eine Art Kreuzverhör nahm. Am Ende hatte Druwe das Gefühl, dass ihn in seiner Zelle sicherlich bereits der Strick erwartete.

Heute, am vierten Verhandlungstag, wollte sein Anwalt endlich in die Offensive gehen. Strehler hatte tatsächlich darauf verzichtet, vor der Verhandlung gegen einzelne Punkte vorzugehen.

»Die Engländer lieben Spiele«, hatte er Druwe erklärt. »Und Sie achten Fair Play. Wenn wir zwei Anklagepunkte aushebeln können, dann wird das Auswirkungen auf den dritten Punkt haben. Wenn man von drei nebeneinanderstehenden Bäumen zwei mit einer Lampe anstrahlt, dann wird immer etwas Licht auf den dritten fallen. Wenn man

Sie in zwei Fällen unfair behandelt hat, könnte das auch beim dritten so sein. So jedenfalls werde ich es darstellen.«

Tatsächlich wurde der vierte Prozesstag zu einem Punktsieg für Druwe. Und zu einer Blamage für den britischen Ankläger, der mehrmals vom Richter zurechtgewiesen wurde. Zunächst wurde in der *Mordsache Kapitänleutnant Hans-Otto Dähler* die eidesstattliche Erklärung eines Stabsarztes verlesen. Der Mann hatte nach dem Schusswechsel auf dem Gelände der Marineschule sowohl Druwe als auch den Toten untersucht. Er bezeugte, dass Dähler bereits vorher gedroht hatte, seinen Kontrahenten zu töten. Zudem beschrieb er die medizinischen Befunde. Auch Druwe war bei dieser Auseinandersetzung angeschossen worden. Die Kopfverletzung des Toten durch Druwes Schuss war derart schwer, dass der Tod auf der Stelle eingetreten sein musste.

»Das angebliche Mordopfer muss also den Schuss, der den Angeklagten Druwe traf, vor – ich betone – *vor* dem Schuss abgefeuert haben, den der Angeklagte abgab. Denn Tote sind bekanntlich nicht mehr in der Lage, eine Waffe abzufeuern.« Strehler genoss jedes Wort. Er sprach Englisch, ein Umstand, der ihm bereits mehrmals ein wohlwollendes Nicken des Richters eingebracht hatte. »Zusammen mit der Aussage des Stabsarztes bedeutet dies, dass der Angeklagte in Notwehr gehandelt hat. Und ich ersuche das Gericht, aufgrund der offenkundigen Absurdität in diesem Punkt nicht weiter zu urteilen. Zur Entlastung aller Beteiligten beantrage ich, diese Anklage gegen meinen Mandanten fallenzulassen.«

Der britische Militärrichter war erkennbar wütend, als er den Anklagevertreter zu sich rief. Die Logik, die im Tathergang lag, ließ offensichtlich keinen anderen Schluss zu. Jens Druwe und sein Anwalt konnten einige Fetzen des nur mühsam gedämpften Gesprächs zwischen den beiden Briten aufschnappen.

»... lasse mich nicht zum Idioten machen!«

»Sir ...«

»... einzig und allein Ihr Versäumnis!«

»Sir!«

»… Ihre Arbeit, oder ich werde Sie nach Indien …«

Druwe, der durch die Lektüre seiner Sherlock-Holmes-Romane ebenfalls gut Englisch sprach, konnte sich ein Lächeln nicht verkneifen. Der britische Jurist hatte ihn herablassend behandelt und bekam dafür nun von Strehler die Rechnung.

»Mylord!«, setzte sein Anwalt gleich zum zweiten Stoß an. »Ist bereits die erste Anklage eine Farce, so ist die zweite der blanke Hohn und eine Beleidigung für jeden ehrbaren, rechtschaffenden Menschen.«

Druwe fragte sich, ob Strehler jetzt zu weit gegangen war. Schließlich wurde niemand gern vorgeführt. Der englische Richter seufzte, warf einen Blick zum Ankläger und bedeutete dem deutschen Anwalt mit einer Handbewegung, endlich fortzufahren.

Strehler nahm Bezug auf ein Protokoll, das der Flensburger Polizeipräsident Druwe vor mehr als einem halben Jahr abgenötigt hatte. Laut der Schilderung war der flüchtige KL-Häftling Ludwig Steinfeld von dem damaligen Inspektor der Ordnungspolizei Glücksburg, Jens Druwe, erschossen worden. Die Nachforschungen der Ankläger mussten äußerst schlampig gewesen sein. Offenbar hatten sie nicht bemerkt, dass der angeblich Tote seither – oft mehrmals in der Woche – bei Druwe zu Besuch war. Beide Männer spielten Schach oder sprachen über die politische Lage. Und demnächst würde das Mordopfer dann auch noch der Schwager des Angeklagten.

Druwes Anwalt legte dem Richter eine Belegungsliste des KL Fuhlsbüttel vor. Darin fanden sich erstaunlich viele Angaben zur Person Steinfelds. Die braunen Bürokraten hatten jede Information festgehalten, derer sie habhaft werden konnten. Strehler legte noch eine Kennkarte zu der Akte.

»This is the dead Steinfeld, Mylord«, sagte er schwülstig und pochte auf das Dokument. Dann bat er, einen Zeugen laden zu dürfen. Richter Fairchild ahnte wohl, dass das Übel seinen Lauf nehmen würde. Es war nicht der beste Tag für die englische Justiz. Im Moment mussten die

Chefankläger auf eher unerfahrene Assessoren und weniger begabte Anwälte zurückgreifen. Und der hier anwesende Vertreter der Anklage, Frank Preston, war beides. Unerfahren und unbegabt. Alles schien klar gewesen zu sein bei diesem Fall Druwe. Drei Straftaten. Ein Urteil, das nur auf dreißig Jahre Zuchthaus oder Tod durch den Strang lauten konnte. Aber der junge, englische Ankläger hatte sich zu sehr darauf verlassen, dass in diesem Land nur noch Vollidioten und verblendete Nazis herumliefen.

Ludwig Steinfeld betrat den Verhandlungssaal und näherte sich dem Richter. Strehler stand neben Druwe und zeigte auf Steinfeld.

»Das Mordopfer, Mylord«, sagte er triumphierend. »Obviously alive«, fügte er trocken hinzu.

Fairchild nickte müde. Das Verhalten des deutschen Anwalts empfand er als unerträglich ordinär. Er gab ja zu, dass die Verteidigung zwei Siege errungen hatte. Wer würde das höher achten als ein Robert Fairchild? Er war Erster Richter des *High Court of Justice* an der Strand in London. Und er wäre es immer noch, hätte ihn dieser unselige Krieg nicht als Militärrichter nach Deutschland verbannt. Trotz der ungeheuerlichen Verbrechen und trotz allen Unbills war er bereit, dem Gegner eine Chance zu lassen. Eine für ihn bindende Verpflichtung war Fairness, die jedoch für beide Seiten zu gelten hatte. Aber diese Deutschen kosteten die Niederlage der anderen Seite offenbar aus. Es lag ihnen wohl im – von ihnen so oft beschworenen – Blut. Richter Fairchild würde dennoch dem Gerichtsschreiber in wenigen Minuten die Einstellung von zwei der drei Verfahren gegen Jens Druwe in das Protokoll diktieren. Heute Abend würde er dann beim Port mit dem Leitenden Anwalt der Anklage sprechen. Frank Preston musste unbedingt abgelöst werden.

Der folgende Verhandlungstag verlief kurz. Mit versteinertem Gesicht trat Fairchild hinter seinen Tisch. Er würdigte den Ankläger keines Blicks, aber auch Strehler warf er nur ein unfreundliches Nicken zu.

»In der Strafsache *Britische Krone gegen Jens Druwe* wird nur noch in einem Punkt weiterverhandelt«, sagte der Richter schließlich laut. »Die Anklage lautet: Mord in mehr als einhundert Fällen im Raum Witebsk/Weißrussland. Die Sitzung wird um genau eine Woche vertagt, um den beiden Parteien Gelegenheit zu geben, sich auf die neue, veränderte Sachlage einzustellen.«

Fairchild ließ seinen Holzhammer auf den Block niedersausen. Damit war der Verhandlungstag beendet. Jeder Widerspruch war sinnlos, galt als Beleidigung der Richterwürde und konnte mit Arrest belegt werden. Druwe beobachtete die Szene aufmerksam. Er war zwar erleichtert, dass zwei Mordanklagen fallengelassen worden waren. Aber sein Anwalt hatte die weitere Verhandlung zu einer persönlichen Angelegenheit werden lassen. Richter und Staatsanwalt würden sich nicht noch einmal auf diese Weise vorführen lassen.

Druwe sah, dass Strehler das Lächeln aus dem Gesicht geglitten war, denn erst jetzt bemerkte der Anwalt offenbar seinen Fehler. Anstatt sich Achtung zu verschaffen, hatte er sich hinreißen lassen, den Richter und das Justizsystem, für das er stand, zu demütigen. Sein englischer Kollege Preston wirkte hingegen wie ein geprügelter Hund und schien zu ahnen, dass seine Karriere einen erheblichen Dämpfer erlitten hatte.

»Was bedeutet das, Herr Strehler?«, fragte Druwe und ahnte die Antwort bereits. Alle hatten sich erhoben, da Fairchild den Saal verließ.

»Sie wechseln den Anwalt aus, der die Anklage vertritt«, antwortete Strehler. »Der neue muss sich erst einarbeiten. Wir dürfen nicht vergessen, dass dieses Gericht doch nicht so unabhängig ist, wie es sich gern gibt. Und außerdem habe ich den Bogen wohl etwas überspannt. Richter Fairchild ist stinksauer.«

»Und ich kann eine weitere Woche die Wanzen zählen«, raunte Druwe.

7

Linz, November 1945

Es wirkte wie eine zynische Laune höherer Mächte, dass die ehemalige Führerstadt Linz nur wenige Kilometer vom größten Leidensort der Ostmark, dem Konzentrationslager Mauthausen, entfernt lag. In dieser alten Kaiserstadt an der Donau war der Diktator bei seinen Besuchen immer wieder rührselig geworden. Schließlich war es die Stadt, in der er seine Jugend verbracht hatte. Und sie war ausersehen gewesen, nach dem großen Krieg sein Altersruhesitz zu werden.

Linz besaß nur sehr wenig Juden. So hatte er in seinem millionenfach verlegten Buch *Mein Kampf* – das doch niemand je besessen haben wollte – in der kennerischen Manier seiner Stammtisch-Anthropologie festgestellt. Und doch hatte das geistig schwüle Klima der Zeit gerade dort so manchen antisemitischen Denker hervorgebracht, dessen Reden der spätere Führer in seiner Jugend gern lauschte. Die mächtigen Wagner-Opern am Ort gaben ihm wohl ein, er wäre zu Größerem berufen.

Und Mauthausen? Eine Ausflugstunde nur entfernt. Hier führte ein Inferno das Regiment, hier trieben Hitlers Blutschergen das Leben aus, alles Schöne und Liebenswerte im Menschen. Bis nichts mehr übrig blieb. Und er, der Weltkriegsgefreite, hatte nun einmal entschieden, dass es besonders schlimm wäre, wenn man Jude war. Zigeuner. Bibelforscher. Homosexuell. Oder aber Kommunist. Die Liste jener, die er für unwert hielt, war lang. Und an diesen Menschen ließ er seinen Hass auf die Welt aus, ließ sie bluten, leiden, verrecken.

Gab es denn da einen Unrat, eine Schamlosigkeit in irgendeiner Form, an der nicht wenigstens ein Jude beteiligt gewesen wäre? Sowie man nur vor-

sichtig in eine solche Geschwulst hineinschnitt, fand man, wie die Made im faulenden Leibe, ein Jüdlein.

Er hatte es alles aufgeschrieben. Lange bevor der Krieg begann.

Simon Wiesenthal hatte als Jude diesen Wahnsinn überstanden, jedoch würde er ihn sein Leben lang nicht überwinden. Er trug jene dunklen Gedanken in sich, die entstehen, wenn die Untat am Menschsein zu groß und der Schmerz für immer unerträglich waren. Er fragte sich, warum ausgerechnet er überlebt hatte. War er besser als Judith, Ariel oder Michael, die neben ihm in den Baracken an Typhus und Fleckfieber verreckt waren? In der Wut über die eigene Vermessenheit riss er sich anfangs die Haare aus, schrie des Nachts seine Verzweiflung in das Kissen. Welche Botschaft gab ihm *HaSchem* mit auf seinen weiteren Weg? Dann, nach Monaten des Zweifels, stand die Antwort auf diese Frage klar vor seinen Augen. Er, Simon, sollte Anwalt der Stummen sein. Die Stimme der Ermordeten. Ihnen musste für die begangenen Taten Gerechtigkeit widerfahren. So hatte ihm sein Glaube, der ihn beinahe verlassen hatte, doch noch den Sinn seines weiteren Lebens gezeigt. Unrecht blieb Unrecht, bis es gesühnt war. Er wollte nicht als Racheengel durch diese Welt ziehen. Er war auch kein Gesandter oder Auserwählter. Das zu glauben wäre Frevel gewesen. Nein, Simon wollte Augen und Ohren öffnen, wo sie geschlossen waren. Dreck blieb so so lange Dreck, bis die Erkenntnis läuterte. Das eigene Überleben war Verantwortung und Weisung für ihn. Zu unfassbar waren die Erlebnisse. Der süßliche Geruch der Krematorien. Der klebrige Ruß, den er von den Gartentischen der Wachleute wischen musste. Damit sie ungestört Karten spielen konnten. Die letzten Atemzüge der Todgeweihten. Die Grube, vor der er stand. Die Kugel, die ihn nicht traf. Nur dem Glück verdankte er sein Leben, weil das Vesperläuten die Schergen zum Essen rief. Wie konnte man mit diesem Wissen leben?

*

»Du versteigst dich zu sehr in die Sache, Sal«, sagte Moshe Kupner zu Cohn. Der junge Amerikaner war seit kurzer Zeit Büroleiter in Simon Wiesenthals Arbeitsgruppe. Salomon Cohn arbeitete als sein Archivar, Bote und Assistent. In ihrem Schreibraum roch es unangenehm. Das Gebäude war nur notdürftig instand gesetzt, und die Hitze des Sommers hatte einen ekelhaften Fäkaliengeruch aus dem Keller ins Erdgeschoss getragen. Danach war im feuchten Spätherbst Modergeruch gefolgt.

»Du bist ein Hitzkopf«, wies Kupner seinen Mitarbeiter zurecht.

»Ein halbes Jahr, Moshe«, sagte Cohn. »Und über viele Männer wissen wir so gut wie nichts! Die Kerle laufen frei herum und trinken einen Kaffee am Prater. Oder sie sind schon nach Spanien abgehauen. Das können wir nicht zulassen.«

Salomon Cohn war das, was Moshe einen »verbissenen Juden« nannte. Er durfte dies ungestraft tun, schließlich war er selbst jüdischer Abstammung. Zwar konnte er die Ungeduld des Mannes verstehen. Wer mochte es Cohn angesichts der Gräueltaten in den Konzentrationslagern verdenken, dass er irgendwie seltsam war? Dass er ganz versessen darauf war, diese Nazis zur Strecke zu bringen. Andererseits wusste Kupner jedoch, dass ihre Tätigkeit bei Wiesenthal kein Spiel oder Abenteuer war. Auch keine Jagd nach billiger Rache. Ihr Büro sollte akribisch alle Fakten zusammentragen, die mit den Verbrechen am jüdischen Volk zusammenhingen. Von der Struktur des Reichssicherheitshauptamts bis hin zum Verbleib des Zahngolds der Opfer.

Moshe Kupner war als amerikanischer GI nach Europa gekommen. Und eigentlich hätte er längst wieder in Boston bei seiner Familie sein können. Er hatte für die *Central Intelligence Group* und die *Army Security Agency* gearbeitet. Schnell war ihm jedoch klar geworden, dass die Amerikaner vor allem an Geheimdienstinformationen, Patenten, Waffen und Maschinen aus dem Deutschen Reich interessiert gewesen waren. Er selbst hatte die größten Konzentrationslager besucht und war seither von dem Wunsch erfüllt, bei der Suche nach den Nazi-Tätern zu helfen. Nach einigen Gesprächen mit Vorgesetzten hatte man ihn mehr oder weniger zu den Briten abgeschoben. Die englische *Field Security Section* war einigen Nazi-Schweinen auf den Pelz gerückt. Und es gefiel Kupner, dass die *FSS* weniger Politik und mehr Ermittlungsarbeit betrieb. Gerüchten zufolge war eine Gruppe um Major Daniel Tanner, der inoffiziell immer noch Kupners Vorgesetzter war, am Lagerkommandanten von Auschwitz dran, der sich im Norden irgendwo versteckt hielt. Kupner wollte bei einer möglichen Verhaftung des Dreckskerls unbedingt dabei sein. Tanner wiederum hatte Kontakte zur amerikanischen Spionageabwehr, dem *Counter Intelligence Corps*. Und in Linz arbeitete nun der ehemalige KL-Häftling Simon Wiesenthal eben für jenes *CIC*. Moshe Kupner wurde angewiesen, den Mann bei seiner Suche nach den Verantwortlichen der NS-Verbrechen zu unterstützen. So schloss sich für ihn der Kreis, der ihn in nur sieben Monaten in fast alle Regionen des besiegten Deutschen Reichs geführt hatte.

»Wir suchen Beweise, damit die Täter in ordentlichen Gerichtsverfahren ihre Strafen bekommen können«, betonte er noch einmal. »Keine Idioten, die abstruse Theorien und Hirngespinste in die Welt setzen.«

»Der Kerl, dieser Liebenfels, behauptet doch allen Ernstes, Hitler habe die meisten Gedanken von ihm«, erwiderte Salomon Cohn. Er rieb sich die narbigen Hände. Er hatte in den Steinbrüchen und Stollen der Lager sehr oft ohne Werkzeug arbeiten müssen.

»Liebenfels nennt sich selbst einen Ariosophen«, fuhr der Mann fort. »Da haben wir hier in Linz einen von denen, die wirklich hinter diesem Kram stecken. Und die mit ihren Gedanken und Verdächtigungen seit jeher die Gehirne der Antisemiten vergiften. Und was sagt Simon? Dass der Kerl nur verrückt sei! Dass es wichtigere Dinge zu tun gibt!« Salomon Cohn nahm Hut und Mantel vom Haken und wandte sich dem Ausgang zu. Das Büro befand sich in der Goethestraße am südlichen Ende der Linzer Altstadt. Ihr Chef hatte die Arbeitsräume gerade erst für seine Arbeit angemietet.

Cohn saß eine halbe Stunde später in einer Lagerhalle am Hafen unweit der Donau-Schleife. Die kleine Straße, die zu dem Versammlungsort führte, war rutschig. Kohlestaub hatte sich zwischen die Katzenköpfe gelegt und wurde bei Regen aufgespült. Jetzt hatte der Herbstnebel den Belag glitschig gemacht. Es roch nach Schwefelbrand, vielleicht kam er von einer Kokerei in der Nähe. In der Halle lagerten seitlich ein paar Relikte aus der Zeit, als die Flussschifffahrt noch Knochenarbeit gewesen war. Als Lastkähne noch flussaufwärts und bergan gezogen werden mussten. Salomons Großvater hatte in der Jugend einige Jahre als Treidelknecht gearbeitet. Der Mann hatte zeit seines Lebens ein Kreuz wie ein Auerochse gehabt.

Für die Versammlung der *Neu-Ariosophischen Gesellschaft* hatte man Stühle herbeigeschafft. Offenbar erwarteten die Veranstalter mehr als hundert Besucher. Außer Cohn hatten sich bisher nur zwei ältere Herren eingefunden, die der ungewöhnliche Ort ebenso verwunderte wie ihn. Er ließ seinen Blick schweifen über die öligen Tampen, die nachlässig zusammengelegt waren. Sie zeigten neben der typischen, hellen Sandfarbe auch schwarze und grüne Flecken. Schimmel.

Die Dinger sind wahrscheinlich derart mürbe, dass sie bei jeder Zugbelastung reißen würden, dachte Cohn.

Ein paar Lastgeschirre für Mensch und Tier lagen ebenfalls noch herum. In solchen Hallen wurden auf der ganzen Welt unterbelichtete Jungfern für ein paar Schillinge bestiegen. Hauchte der Schauermann, Kalfaterer oder Koker noch etwas von Liebe ins Ohr der naiven Maid, dann war das Vergnügen gar umsonst. In Gedanken versunken hatte Salomon nicht darauf geachtet, dass immer mehr Besucher zu den Sitzreihen strömten. Schon begannen die ersten Männer, seitlich zu stehen.

»Es ist gut, dass mit Lanz von Liebenfels noch ein Vertreter des reinen Gedankenguts überlebt hat. Oder, was meinen Sie?«, sprach ihn ein untersetzter Mann von Mitte sechzig an. Sein Dialekt und Auftreten verrieten ihn als Wiener Bourgeois.

»Mmh. Sehr richtig«, erwiderte Cohn unverfänglich.

»Die Piefkes haben es versaut. Aber was konnten wir von denen erwarten? Versuchen Sie einmal, werter Herr, in Berlin a Melange zu bekommen. Oder a Einspänner, a Mokka oder a Schalerl Gold. Die hoam nur a Kaffee, diese Puderer, blosshappade.« Der Mann ereiferte sich, während er sprach. Er spähte nach vorn, um vielleicht den Redner zu entdecken. Dann ließ er den Blick zum wiederholten Mal durch die Halle streifen.

»Enttäuscht bin i scho a bisserl. Des is kei Haus, des is a Heisl.« Er lachte über seinen eigenen Witz, den Cohn erst verstand, als er sich im Stillen den Dialekt übersetzt hatte. Und tatsächlich schien ihm der mundartliche Begriff für *Scheißhaus* für diesen Ort recht passend.

»Aber wo hoab ich meine Manieren!«, rief der Mann aus. »Darf ich mich vorstellen, Geheimer Hofrat und Kommerzialrat Franz Leopold Holzer, Freiherr zu Fronberg-Schwerzbach.« Er hatte sich erhoben, war bei der Nennung seines Namens immer lauter geworden und schlug bei der letzten Silbe die Fersen laut knallend zusammen, so dass wirklich jeder im Saal informiert war.

»Angenehm.« Cohn war verdutzt. »Herr Hofrat.« Er blickte dem Mann in die Augen, der zu warten schien. Dann endlich begriff Cohn und erhob sich ebenfalls. »Sal…« Im letzten Moment unterbrach er sich mit einem Husten. »Saalburg. Peter Saalburg. Ein Vorfahr in meiner Familie war Mundschenk am hessischen Hofe.«

Bei den letzten Worten leuchteten die Augen des Geheimrats. Nicht einen Moment schien er die Wahrheit der Aussage in Zweifel zu ziehen. Er reichte Cohn die Hand. Und offenbar wollte er eine kleine Konversation beginnen, eine scharfe Stimme hielt ihn jedoch davon ab.

»Wenn die anwesenden Herren bitte Platz nehmen würden.« Der Satz war Aufforderung, nicht Frage oder Ersuchen. Ein Mann in Mönchskutte war ans Pult getreten. Obwohl die Kapuze hochgeschlagen blieb, konnte man einen fast kahlen Schädel mit vielen, großen Altersflecken erkennen. Die Augen lagen tief in den Höhlen, die Wangen waren eingefallen, so dass der langen Nase mit Habsburger-Höcker eine prägnante Rolle zufiel. Lanz von Liebenfels stand am Ende seines Lebens. Daran konnte kein Zweifel bestehen.

»Wachsam, werte Gläubige!«, begann er seine Ansprache ohne Begrüßung. »In schweren Stunden darf der Feind nicht obsiegen.« Er hob seinen knochigen Zeigefinger mahnend, als läutete er eine Glocke. Seine Stimme schnarrte, und er verschluckte alle Endungen mit n in einem näselnden Laut. »Es ist dem Juden wieder einmal gelungen, die arischen Menschen zu entzweien. Und durch einen furchtbaren Krieg haben die Guten, die von Gott Berufenen schrecklich gelitten.«

Zwischenbeifall. Salomon Crohn saß wie betäubt. Noch kein halbes Jahr war der Krieg, der Europa verwüstet hatte, vorüber. Kein halbes Jahr war der Mann tot, der mit seiner Nazi-Bande Unrecht und Verderben über alle Menschen gebracht hatte, die in seinen Augen irgendwie anders gewesen waren. Und nun schwadronierte hier ein Greis über Juden, die die arischen Menschen entzweiten! Über das schreckliche Leiden der Guten und Berufenen!

»Der wahre Sündenfall des ersten Menschen ist nicht ein Apfel. Nein, Freunde, der reine Mensch wurde dazu verführt, vom Baum der Sodomie zu kosten!« Raunen in der Halle. Von Liebenfels redete sich in Rage. Sein Blick wurde fahrig, sein Klöppelfinger läutete die nicht vorhandene Glocke immer ekstatischer.

»Es ist der Schoß eines unreinen Weibes, der den Juden aus dem Verkehr mit dem Tier hervorbrachte. Die 666 lebt!«

Cohn nahm geteiltes Echo im Raum wahr. Einige Männer nickten und gaben Beifall. Andere murmelten nur und schienen nicht schlüssig, wie sie mit diesen Thesen umgehen sollten. Er hatte sich vor dem Besuch über Liebenfels informiert. Der Kerl geisterte seit einem halben Jahrhundert durch die judenfeindlichen Kreise des Bürgertums. Dabei geiferte er von Jahr zu Jahr abwegigere Thesen ins Publikum, die er allesamt in ein gärendes Gebräu aus Sendungsgedanken und Wissenschaftslügen einrührte. Cohn hatte auch erfahren, dass dieser Ariosoph seine Vorliebe für männliche – meist jugendliche – Geschlechtsteile gern mit seinen schweren Entsagungen begründete. Das »unreine Weib« war ob dessen Verfehlungen nun einmal nichts für einen heiligen Mann wie Liebenfels. Bisher hatte Cohn solche Schilderungen für eine Übertreibung gehalten. Heute jedoch musste er einsehen, dass die Wirklichkeit noch viel schlimmer war. Salomon Cohn erhob sich. Er wusste nicht, ob er kotzen oder lachen sollte. Er hatte genug gehört. Ihm persönlich war es egal, ob jemand kleine Bildchen, Nutten oder Männer vögelte. Aber es war ihm nicht egal, welche Moral dahintersteckte. Die Antisemiten hatten es geschafft, für jede Sauerei, die in ihren eigenen Gehirnen vor sich ging, den Juden die Schuld in die Schuhe zu schieben. Damit musste jetzt Schluss sein! Solche Leute durften ihr Gift nicht noch einmal unter die Leute bringen. Das mussten Kupner und Wiesenthal doch begreifen! Bereits das Wort war von Übel, nicht erst die Tat.

Als Cohn stand, schaute der geheime Rat ihn verwundert an. Zwei Ordnungspersonen, die seitlich vom Redner standen, warfen ihm böse Blicke zu. Er entschuldigte sich leise und halbherzig. Dann bahnte er sich den Weg zum Ausgang. Dort wurde er aufgehalten.

»Sie verpassen die besten Teile der Rede«, sagte ein Mann am Ausgang und versperrte Cohn den Weg.

»Wir werden den neuen Christus erwecken und den alten Adam abstreifen«, hörte er Liebenfels predigen. »Ich habe unseren Anspruch auf Burg Werfenstein durchsetzen können, Freunde!« Jubel. »... der Beginn einer neuen Zeit ... nicht verstanden ... Schande ausmerzen ... das letzte, von Gott befohlene Ziel erreichen ...«

Salomon Cohn schob sich an dem bulligen Türsteher vorbei. Insgeheim hoffte er, dass der Mann ihn anfassen würde. Am Ärmel, an der Schulter. Vor der Brust. Er war verwirrt. Und stinksauer. Eine ordentliche Prügelei konnte da ein Ventil sein und Abhilfe schaffen. Er kannte das seit Jugendtagen. Etwas archaisch, aber hochwirksam. Der Bulle grinste jedoch nur schmierig und trat zur Seite. Also musste Cohn erst einmal eine Zigarette rauchen. Auch das half gegen diese unerträgliche Spannung. Zumindest etwas. Und danach würde er Simon und Moshe von dieser Sauerei berichten. Solche Leute sollten in Mauthausen Steine klopfen, aber nicht dreckige Reden schwingen. Simon musste das begreifen! Er wollte die Täter verfolgen und sie vor Gericht bringen. Aber man musste auch das Krebsgeschwür im Denken herausschneiden, diese Vergiftung endgültig kurieren. Solche Redner hatten schließlich den Grundstein für alles gelegt. Dieser Liebenfels brüstete sich öffentlich damit, Hitler die Ideen geliefert zu haben. Vielleicht tat er es jetzt wieder. Wer konnte wissen, ob nicht gerade heute Abend ein neuer Hitler im Raum gesessen und diese bescheuerten Theorien in seinen Schädel gesogen hatte?

Cohn nahm eine *Egyptische* aus der Schachtel. Stark mussten sie sein. Nur die orientalischen Marken waren belebend und beruhigend zugleich. Er stand an der Donau, am Ostkai der Tuchhändler, beobachtete die Boote und kleinen Frachter auf dem Fluss. Städte wie Linz kehrten erstaunlich schnell zur Normalität zurück. Man musste einige Bombenschäden beseitigen. Sicher, man sah ein paar neue Gesichter in der Verwaltung und im Magistrat – aber auch viele alte. Hier war der Krieg für die reicheren Leute in den Villenvierteln fast schon Vergangenheit. Und die armen Linzer kämpften gegen den Mangel. Wie zu allen Zeiten. Die Schuster fertigten klobige Halbschuhe aus Kampfstiefeln. Helme wurden zu Schüsseln und Töpfen. Brot wurde gestreckt. Die ekelhafte Kriegswurst aus Blutalbumin und Fleischabfällen war nur erträglich, wenn man knapp vor dem Verhungern war.

Einige Sachen hatten sich aber doch verändert. Dauerhaft verändert. Zum einen fehlten fast alle Juden in der Stadt, aber mancher Bürger dachte sich, dass es um die Taugenichtse unter ihnen nicht schade wäre. Der Mandl war ein Säufer, der Beck hatte bei den Karten betrogen, der Haas ging fremd. Und um die Schaffenden scherte man sich auch nicht. Schließlich nahm der Rosenberg zu hohen Zins, Hirsch vom Amt ließ sich einen Obolus zahlen fürs Siegeln, und beim Goldberger sollten die Wägegewichte ein paar Gramm zu leicht gewesen sein. Jedermann kannte eine Geschichte, mit der er sich »die Sache mit den Juden« schönreden konnte. Und überhaupt, das waren ja die Deutschen, die Piefkes, gewesen!

Eine weitere Sache, an die man sich im neuen Linz gewöhnen musste, war die Teilung. Oben die Russen, unten die Amis. Und dazwischen die Donau. Das Land war besetzt, und Linz wurde wie Berlin oder Wien in Sektoren eingeteilt. Für Cohn war das ein Nachteil, denn er hatte seine Wohnung im Stadtteil Urfahr, der im russischen Sektor der Stadt lag, zugewiesen bekommen. Also musste er jedes Mal über die Nibelungenbrücke, auf der die Grenze eingerichtet worden war.

Cohn fühlte sich zunehmend fremd in einer Welt, die einmal seine eigene gewesen war. Für seinen Kollegen Moshe Kupner hingegen war alles einfacher. Der Mann war Amerikaner und konnte irgendwann in seine Heimat zurückkehren. Welche Heimat jedoch hatte er selbst? Wenn er in die Augen dieser Menschen blickte, dann schien es ihm, als müsse er sich schämen. Sie schienen ihn zu fragen: Bist du es wirklich? Wieso hast du das überstanden? Und aus welchem Grund bist du jetzt hier? Bist du nur gekommen, um uns anzuklagen? Cohn zog bei diesen Gedanken gierig an seiner Zigarette und genoss deren belebende Wirkung.

»Verzeihung, der Herr«, schnarrte eine Stimme hinter ihm. »Hätten Sie Feuer, bitte schön?« Cohn stand in einer Reihe vor dem russischen Kontrollpunkt am nördlichen Brückenkopf. Vom Wasser stieg nun doch etwas kühle Luft auf.

Salomon Cohn kam der Bitte des Unbekannten nach und warf nur einen flüchtigen Blick auf den gut gekleideten Mann, der bereits seine Papiere in der Hand hielt. Als beide Männer den Posten passiert hatten, kamen sie miteinander ins Gespräch. Sie bemerkten, dass sie beide offenbar in Richtung Obere Donaustraße gingen.

Cohns Begleiter stellte sich als Josef Berger vor. »Ich habe bis vor etwa zehn Jahren hier vor Ort Geschäfte getätigt. Dann bin ich in die

Schweiz migriert. Nun muss ich sehen, ob ich einen Teil meiner Habe beanspruchen kann. Und ob es sich lohnt, hier wieder Geschäfte zu machen. Ich war ebenfalls bei der Rede von diesem boshaften Greis. Wie Sie, mein Herr. Ich muss sagen, ich bin entsetzt und abgestoßen. Unter solchen Umständen werde ich keinesfalls …«

Cohn war erfreut, in einem Gespräch etwas Dampf ablassen zu können. Auch er stellte sich vor und bot Berger eine seiner starken Zigaretten an. Er senkte die Stimme, als er seinen Begleiter fragte:

»Sind Sie Jude, Herr Berger?«

Der Mann lachte und lüpfte gespielt seinen Hut. »In dreißigster Generation, Herr Cohn.« Dann wurde er ernst. »Scherz beiseite. Ich bin froh, dass kein arisches Blut in meinen Adern fließt. Denn diese Burschen haben den Scheißkrieg verloren. Und werden jetzt dafür bezahlen.«

Im Stadtteil Urfahr waren mehrere Häuser beschädigt oder zerstört. Da jedoch hier keine kriegswichtigen Betriebe oder Verkehrswege gelegen hatten, waren es meist vereinzelte, irrgelaufene Treffer bei den Fliegerangriffen auf die *Eisenwerke Oberdonau* gewesen.

Mittlerweile hatten die Männer Cohns Wohnhaus erreicht. Die Donaustraße lag ruhig da. Vom Fluss stieg dichter Nebel auf. Die Linzer stöhnten über das heiße Herbstwetter, aber Cohn war anderen Unbill gewohnt. Kälte und Hitze. Er kannte beides, und er hatte darunter nicht nur gelitten. Er hatte sie tief in sich gespürt. Eine Glut, die die Seele verbrannte. Und Frost, der den letzten Willen brach.

Die Nächte in Linz wurden nun empfindlich kühler, und er hoffte, trotz der inneren Anspannung etwas Schlaf zu finden. Warmes Essen würde er sich wohl nicht mehr bereiten können, denn das Gas wurde gegen sieben abgestellt. Die russische Kommandantur hatte angeordnet, die Gasreserven in die Unterkünfte der Besatzer zu leiten. Dort wurden Gelage gefeiert, das Licht brannte die ganze Nacht, und der Nachschub an Wodka und Frauen schien nie zu versiegen.

»Herr Berger, kommen Sie doch bitte noch hinauf in die Stube. Ich habe von einem Mandanten etwas Likör bekommen. Wenn es Ihnen genehm ist, bereiten wir mit kaltem Mokka einen kleinen Nachttrunk.« Cohn bemerkte, dass er immer mehr die Gewohnheiten der Österreicher annahm.

»Aber sehr gern doch, Herr Cohn. Etwas angenehmer als hier unten auf der Straße wird es bei Ihnen droben wohl auch sein.« Berger verbeugte sich leicht.

»Sie sprachen von einem Mandanten. Sind Sie etwa mit der Juristerei befasst? Gar selbst ein Doktor oder Magister?«, fragte er, als er Salomon Cohn in den dritten Stock folgte. Der Fahrstuhl war einer Altmetall-Spende der eifrigen Bürger zum Opfer gefallen.

»Nein, werter Herr Berger. Ich bin ein Kaufmann aus dem Böhmischen«, antwortete er auf die Frage seines Gastes. »Ein paar gute Geschäftsbeziehungen hatte ich mir bereits aufgebaut, dann kam das Abkommen von München und mit ihm gleich die braune Bande. Aus der Traum! Sieben Jahre lang habe ich für die Kerle Steine gehauen. In Mauthausen. Da habe ich Simon …«

Die nächste Stunde wurde für den ehemaligen Häftling und Zwangsarbeiter Cohn recht kurzweilig. Gemeinsam mit Berger konnte er sich ereifern über den viel zu sanften Umgang mit Nazis jeglicher Couleur. Berger erwies sich als aufmerksamer Zuhörer, der liebenswürdig und unverfänglich Fragen stellte. Was Cohn nicht wusste – und auch nie erfahren würde –, Josef Berger hatte bei der Polizei in München gelernt, wie man an Informationen herankam. Für seine leise, gewaltlose Art des Verhörs war er von den Gestapo-Kollegen oft verlacht worden, aber Sturmbannführer Johann Bergmüller alias Josef Berger hatte immer alles bekommen, was er wollte. Nach zwei Stunden kannte Bergmüller sämtliche Mitarbeiter des Büros in der Goethestraße 63.

Und sein Gedächtnis war ausgezeichnet, die Details konnte er sich sämtlich merken, um sie später niederzuschreiben. Cohn erzählte von Kupner, dem amerikanischen Besatzungssoldaten, der offenbar auch für die Briten arbeitete und treue, deutsche Parteigenossen aufspürte.

Simon Wiesenthal war Bergmüller bereits bekannt, jedoch waren es bisher nur Gerüchte gewesen, die er aufgeschnappt hatte. Nun wusste er sogar von Abneigungen und Vorlieben des galizischen Juden. Er würde seinen Kameraden von diesen Kerlen berichten müssen. Sie konnten gefährlich werden. Vor allem dieser Wiesenthal. Cohn verriet Bergmüller sogar die gegenwärtig anlaufenden, getarnten Operationen und die Planungen für die nächste Zeit. Zu groß war seine Freude, einen Landsmann, einen Leidensgenossen, einen Gleichgesinnten gefunden zu haben. Und zu geschickt war Bergmüllers Tarnung. Cohn wollte Rache, und er hatte Wiesenthals Einwände dagegen nie verstanden.

Diese Juden suchen nach unseren Kameraden, dachte Bergmüller nur. Nach den untergetauchten Männern der Bewegung. Er war bei dieser Erkenntnis innerlich nicht aufgebracht. Vielmehr analysierte er nüchtern seine Gegner. Er zollte ihnen sogar einen gewissen Respekt. Die Juden hatten in ihrem kleinen Linzer Büro eine Menge auf die Beine gestellt. Jetzt hieß es, schnell und gezielt zurückzuschlagen. Fast bedauerte Bergmüller, dass er Cohn beseitigen musste.

Einige von denen, wie etwa dieser Cohn, stehen tatsächlich ein wenig über den Tieren, sinnierte er und lächelte. Diese Erwägungen hätte er gern einmal mit dem Führer besprochen. Nach dem dritten Glas *Wiener Blut* ging er unter Verwendung einer Ausrede zu seinem Mantel, der neben der Tür an der Garderobe hing. In der Innentasche steckte ein lederner Totschläger, wunderbar geeignet, um im Ärmel der Anzugjacke verborgen zu werden. Er hatte im Sportraum der Gestapo-Zentrale in Berlin lange geübt, um mit einer schwunghaften Bewegung des Unterarms die beinahe lautlose, flexible Waffe in die Hand gleiten zu lassen. Das Ding sah aus wie ein kleiner Ledersack. Am dünnen Ende wurde es gehalten, während die andere Seite mit kleinen Stahlkugeln gefüllt war. Es erforderte Geschick, die Schlagkraft richtig zu dosieren. Bergmüller hatte in der Prinz-Albrecht-Straße wochenlang an den Luschen geübt. So nannte man bei der StaPo jene Gefangenen, die »ausgelutscht« waren, die alles gesagt hatten, aber niemals wieder freikommen würden. Sie waren die Nullen, die Luschen, zählten nichts mehr. Manchen von ihnen warfen die Kollegen einen Strick in die Zelle, damit sie sich erhängten. Andere ließ man einfach verdursten. Bergmüller verabscheute solche barbarischen Methoden. Er hatte einen Weg gefunden, dem wertlosen Leben dieser Luschen doch noch einen Sinn zu geben. Er übte an ihnen die Wirkung seines Totschlägers. Und er unterwies später sogar Kollegen darin. *Bergmüllers Beutel* nannte man sein Gerät bald. Die Schläge mussten genau platziert sein, und die Wucht musste man gut bemessen. Einige Häftlinge waren danach nur benommen, andere bewusstlos, wieder andere – wenn der Schlag zu heftig gewesen war – tot. Bergmüller wusste nach längerer Übung genau, wohin er schlagen musste, damit keine Platzwunde auftrat. Und wie stark der Schlag sein musste, um nur zu betäuben. Und wie viel mehr es bedurfte, um zu töten. Möglichst ohne eine Schweinerei anzurichten.

Salomon Cohn stand mit dem Rücken zu seinem Gast, als dieser wieder in die Wohnstube trat. Bergmüller empfand wieder einen Hauch des Bedauerns, als er den Unterarm kurz schwang. Augenblicklich glitt die Waffe in seine Hand. Der ehemalige Gestapo-Mann holte aus und schlug zu. Ein dumpfes Klatschen war beim Aufprall auf den Schädel zu hören, gefolgt von einem zarten Knackgeräusch. Darauf hatte er gewartet. Er hatte nichts verlernt, stellte er zufrieden fest.

Wie bei einer Vase oder einem Ei, überlegte er. Die Ärzte der Gestapo hatten in Obduktionen festgestellt, dass bei den getöteten Versuchspersonen Teile des Hirnstamms einfach zu Brei geworden waren. Eine wunderbare Waffe. Der getroffene Cohn stand noch einen winzigen Augenblick, dann fiel er in sich zusammen, als hätte ein Puppenspieler seiner Marionette alle Fäden durchtrennt.

Tut mir beinahe leid, dachte Bergmüller. Aber der Zug fährt ohne dich weiter. Er schüttelte den Kopf über sich selbst. Ich werde weich. Muss wohl das Alter sein.

8

Hamburg, Dezember 1945

Das Verfahren gegen Jens Druwe im Curiohaus hatte sich weitere drei Wochen hingezogen. Die Aufmerksamkeit der Presse richtete sich eher auf den großen Nürnberger Prozess gegen Göring, Keitel und andere NS-Größen. Druwe war froh, dass sich kaum ein Reporter je in den Hamburger Gerichtssaal verirrte. Ein junger Redakteur namens Augstein hatte bei Strehler eine Anfrage gestellt, ob er von diesem ersten Hamburger Prozess berichten und dessen Mandanten befragen könnte. Druwe hatte jedoch abgelehnt. Ihn stieß der aus der Ferne miterlebte Rummel um die Verhandlungen gegen die Hauptkriegsverbrecher ab. Problematisch war, dass auch viele Übersetzer, Gerichtshelfer und Sekretärinnen nach Nürnberg abgezogen worden waren. Dadurch kamen kleinere Verfahren oft ins Stocken.

Wie befürchtet, blieb der britische Richter Fairchild auch im weiteren Verlauf *not amused* darüber, dass die deutsche Seite den Ankläger regelrecht vorgeführt hatte. Nachdem er kurzerhand die Anwälte der Anklage hatte austauschen lassen, waren es nun drei erfahrene Juristen, die fortan jedes Argument oder Beweismittel, das Strehler vorbrachte, förmlich auseinanderrissen.

»Wir können uns nicht auf die typische Verteidigung der unteren Dienstränge zurückziehen«, hatte Strehler angemerkt. Fast alle Beschuldigten versuchten in den Verfahren, sich mit dem Argument, sie hätten nur Befehle befolgt, aus der Affäre zu ziehen.

»Erstens waren Sie zum Zeitpunkt der Tat im Dienstrang eines Hauptmanns«, fuhr der Anwalt fort. »Da können wir nicht einfach darauf plädieren, dass Sie das Geschehene nicht zu verantworten hatten.

Und zweitens wird in Ihrer Prozessakte vor dem deutschen Kriegsgericht in Breslau ganz eindeutig davon gesprochen, dass Sie persönlich den Befehl zur Erschießung geben mussten. Und die über zweihundert Toten, die in den Listen verzeichnet sind, sprechen dafür, dass Sie es wohl getan haben.«

Die drei Anwälte der Gegenseite hatten Richter Fairchild die Übersetzung der deutschen Akte Seite für Seite vorgelegt. Und mit jedem Blatt Papier war ihr Grinsen breiter geworden, während sich Druwes anfängliche Zuversicht in Resignation verwandelt hatte.

Zu allem Überfluss warf ihm die hochschwangere Eva schließlich vor, weiterhin schwermütig und träge zu sein.

»Was willst du eigentlich, Jens? Zwanzig Jahre Zuchthaus? Freispruch? Irgendetwas dazwischen? Wann ist deine Schuld genug gesühnt? Geht das vielleicht gar nicht? Trägst du überhaupt an all dem eine Schuld? Hoffst du, dass der Richter erkennt, dass du ein guter Mensch bist? Ihr habt noch zwei Verhandlungstermine, dann ist es aus, Jens. Wach endlich auf und tritt für das ein, was du willst.«

»Ich kann mich an so wenig erinnern, Eva«, erwiderte er. »Es ist alles nur in den Träumen ganz klar. Nachdem wir diese Menschen erschossen hatten, bin ich zum Lastwagen und habe eine Flasche Wodka in mich hineinlaufen lassen. Wir kamen beim Stab an, und ich war schon sturzbetrunken. Dass ich Fiedler verdroschen habe, bereue ich keine Sekunde. Aber ich kann mich nicht daran erinnern. Und für die Zeit davor ist das Licht ebenfalls aus. Als ob da eine Barriere in meinem Gehirn ist. Die Gruben, unsere Männer, die armen Teufel, die zitternd vor uns standen. Das ist wie in einem Nebel. Ich kann die Erinnerungen nicht greifen. Sie sind wie Schemen, die ich immer wieder verliere.«

»Da muss etwas sein, Herr Druwe«, schaltete sich Strehler in das Gespräch ein. »Diese Verhandlung im Dezember 41 vor dem Kriegsgericht in Breslau bricht uns das Genick, wenn wir nicht höllisch aufpassen. Die Anwälte der Wehrmacht, der Militärrichter und der Prozessbeobachter der Partei haben alles haarklein notiert. Richter Fairchild freut sich jedes Mal wie ein Kind, wenn er wieder einen Teil der Akte bekommt. Eine bessere Beweislage für die Anklage gibt es kaum. Paradoxerweise wird Ihnen gerade das Aufbegehren gegen Fiedlers Methoden zum Verhängnis. Das damalige Verfahren gegen Sie enthält alle wichtigen Details, die die Ankläger jetzt nur übersetzen und vorlesen müssen.«

Druwe saß tatsächlich ziemlich in der Klemme. Sein Verfahren vor dem Kriegsgericht hatte er sich durch den Angriff auf einen Vorgesetzten eingebrockt. Dieser Fiedler hätte ihn am liebsten gleich an Ort und Stelle erschossen. Druwe hatte noch Glück gehabt, dass er nur zu einer kurzen Zuchthausstrafe und Dienst in einem Bewährungsbataillon verurteilt worden war.

Glück, dachte Druwe zynisch, als er auf seine rechte Hand blickte. Fortuna hatte hoffentlich ihren Spaß, wenn sie ihr Horn über den Menschen ausgoss.

»Was ist eigentlich aus der Berlin-Sache geworden? Dieser Mann, der mit dir in derselben Einheit war? Heimann, Richard Heimann. Seid ihr da weitergekommen?«, fragte Eva.

Druwe und Strehler sahen sich an. Der Anwalt begann in der Akte, die recht umfangreich geworden war, zu blättern. »Hier«, meinte er und hielt zwei Blätter hoch. »Das ist in dem ganzen Wust untergegangen. Ich hatte eine Suchanfrage ans Rote Kreuz gesendet und eine Bitte um Amtshilfe an die Russen. Die Berliner Polizei hatte ich um eine Meldebestätigung gebeten. Aber Richard Heimann ist seit über einem halben Jahr spurlos verschwunden. Und keine Stelle hat reagiert. Diese Erklärung von Heimann, die Sie aus Berlin mitgebracht haben, wurde von mir schlicht vergessen. Tut mir leid.«

Strehler überflog die Zeilen zügig. Eva und Jens bemerkten, dass er immer unruhiger wurde. Als er geendet hatte, gab er das Schreiben weiter. »Das lässt alles in einem anderen Licht erscheinen, Herr Druwe.

Ich werde umgehend eine Besprechung mit Richter Fairchild erbitten und um Vertagung ersuchen. Mindestens zwei Wochen.«

Druwe stöhnte.

»Lesen Sie selbst. Ihre Verlobte hat recht. Zwanzig Jahre oder Freispruch. Heimanns Bericht kann darüber entscheiden.«

Jens Druwe nahm die zwei Blätter Papier. Offenbar hatten sich die Seiten zunächst in einem Ordner befunden, aus dem sie herausgerissen worden waren. Sie waren gelocht und mit Lochverstärkung versehen. Heimann hatte wohl ein eigenes Ordnungssystem, denn in der Kopfzeile fanden sich römische und arabische Zahlen sowie Buchstaben.

»Unglaublich«, entfuhr es Druwe.

»Jetzt müssen sie dich freisprechen, Jens«, jubelte Eva und wollte ihm um den Hals fallen, angesichts ihres mächtigen Bauchs ein fast hoffnungsloses Unterfangen. Sie las die für Druwe entscheidenden Abschnitte noch einmal vor:

Leutnant Heger und Untersturmführer Klausen waren mit Hauptmann Druwe vor Ort. Beide berichten übereinstimmend, dass Druwe mit gezogener Waffe vor den Leuten stand. Kurzes Gespräch mit Klausen. Druwe gab keinen Befehl zum Feuern. Stattdessen erteilte Klausen Befehl (von Fiedler für den Fall einer Weigerung Druwes entsprechend angewiesen). Während der Exekutionen hielt Hptm Druwe die eigene Waffe in die Luft und feuerte das Magazin leer.

Konnte mit Leutnant Heger Stillschweigen über Verhalten von Hauptmann Druwe vereinbaren. Untersturmführer Klausen ist Fiedlers Speichellecker. Habe ihn auf seine Blutschande mit polnischer Jüdin in Litowsk ansprechen müssen. Nicht meine Art, aber nur diese Sprache versteht Klausen. Er wird ebenfalls schweigen.

»Beten Sie zu Gott, Druwe. Wenn Sie einen haben«, rief Strehler. »Dieser Heger ist Ihre Fahrkarte in die Freiheit. Oder in die Hölle.«

Druwe nickte. »Wir müssen Heger finden.« Er korrigierte sich. »Ihr müsst ihn finden.«

»Keine Sorge«, erwiderte der Anwalt. »Das Chaos der ersten Monate ist schon fast vergessen. Der deutsche Beamte zählt schon wieder Erbsen, auch wenn es jetzt alliierte Erbsen sind. Und die Herren Politiker haben das Gerangel um rechts und links für sich wiederentdeckt. Nach oben wird gebuckelt, nach unten getreten. Sie sehen, Herr Druwe, es ist fast wieder alles beim Alten.«

*

Tatsächlich traf Claus Heger einige Tage vor Weihnachten in Hamburg ein. Er war im August aus dem Internierungslager Staumühle in seine Heimatstadt zurückgekehrt und arbeitete nun als Kontorist eines Spirituosenhändlers. Strehler hatte ihn durch eine einfache Anfrage bei der britischen Militärverwaltung aufspüren können.

Ludwig Steinfeld war inzwischen mit den früheren Genossen wieder auf Du und Du. Dem alten Gewerkschaftshaus in der Innenstadt sah man nicht mehr an, dass es die braunen Horden erst verwüstet und später für sich vereinnahmt hatten. Zwar wurden immer noch Schriften, Hitler-Büsten, Uniformen und Fahnen in Abstellkammern und Schränken gefunden. Aber solche Relikte waren den Sozis eine willkommene Ablenkung vom gemäßigt verlaufenden, revolutionären Alltag. Allein die Spielarten aller Demütigungen, die der in Gips gefasste Führer über sich ergehen lassen musste, hätten ein Buch gefüllt. Claus Heger kam bei einem Genossen in Altona unter. Dafür hatte Steinfeld gesorgt. Die beiden Männer waren sich auf Anhieb sympathisch. Streitgespräche über marxistische Thesen taten diesem Umstand keinen Abbruch. Dumm nur, dass Heger aus einer streng konservativ orientierten Familie kam.

»Ich war nie Nationalsozialist und nie in der Partei«, sagte er gleich bei der zweiten Buddel Bier. Schulterklopfen und beifälliges Nicken. »National ja, Sozialist nein.« Die Hand wurde von der Schulter genommen. Missmutiges Grummeln. Es folgte ein lauter Abend bei seiner Gastfamilie. Eva und ihr Bruder waren ebenfalls eingeladen und sie hatte mit Heger bisher nur ein paar Worte gewechselt. Sie war froh, dass Ludwig alle Hebel in Bewegung gesetzt hatte, um Heger in Hamburg gut unterzubringen. Draußen tobte wieder einmal ein früher und kalter Winter, und sie fühlte sich zunehmend schwächer. Sie konnte dem Anwalt nicht vergessen, dass er beinahe diesen ungemein wichtigen Zeugen übersehen hätte. Fast schien es ihr ein Beweis dafür zu sein, dass sie sich besser selbst um alle Angelegenheiten kümmerte. Jedoch war sie dafür einfach zu müde.

»Herr Steinfeld, ich meine, Ludwig, ist das nicht deine Schwester?«, fragte Heger gegen Mitternacht. Die Gäste waren gegangen, nur der Rote Ludwig und sein neuer Freund Claus unterhielten sich noch angeregt. Der Hausherr hatte sich verabschiedet, da morgen die Frühschicht bei *Blohm & Voss* anstand. Demontage und Verschrottung.

Ludwig ging leicht schwankend zum Sofa. Er betrachtete seine Schwester liebevoll. Er wünschte ihr so sehr, dass sie ein ordentliches Stück von diesem Leben abbekam. Warum musste sie sich ausgerechnet in einen Polizisten verlieben? Jens schien zwar das Herz am rechten Fleck zu haben. Aber er hatte sich irgendwie aufgegeben, fügte sich in sein vermeintliches Schicksal. Außerdem war er etwas zu alt für Ludwigs attraktive Schwester.

Verdammt, dachte er. Ich höre mich an wie unser Vater. Nein, er schlug auf die Lehne. Ich bin ihr Bruder. Und wenn sie diesem melancholischen Kavalier verfallen ist, was soll es? Wo die Liebe eben hinfällt. Ich bin an ihrer Seite. Wenn der Kerl ihr allerdings wehtut, dann wird er mich kennenlernen. Und außerdem werde ich Onkel. Typisch Eva. Zehn Jahre weigert sie sich, einen arischen Burschen zu freien. Und dann muss sie ausgerechnet diesen Krüppel …

»Eva?«, rief Ludwig Steinfeld plötzlich. Seine Schwester sah unter der dünnen Decke sehr blass aus. Sie hatte eben kurz gestöhnt. Sie hatte Schmerzen und verzog immer wieder das Gesicht.

Heger trat neben ihn und tastete den Puls der Frau, die ihn anfangs nur kurz begrüßt hatte. Offenbar war das die Frau von diesem Druwe, den er mit seiner Aussage vielleicht vor dem Strang bewahren konnte. Er hatte die komplizierten Verhältnisse nicht ganz begriffen. Aber an den Vorfall bei Smolensk erinnerte er sich ganz genau.

»Ganz schwach und unregelmäßig«, sagte er jetzt. »Sie ist schwanger? Wann ist der Termin?« Die Antwort wartete er nicht ab, sondern legte sein Ohr auf Evas Brustkorb und versuchte, ihren Herzschlag zu hören.

Ludwig nickte. »In ungefähr einem Monat. Oder ein bisschen länger.« Dann streichelte er den Kopf seiner Schwester. »Sie ist etwas verschwitzt, aber sie hat kein Fieber«, sagte er dann, als wollte er sich beruhigen.

»Vielleicht ist ihr Körper so schwach, dass er kein Fieber mehr erzeugen kann. Darf ich?« Er schob sich an Ludwig Steinfeld vorbei und zog die Decke zur Seite.

»Was machst du da, Claus? Wonach suchst du?«, fragte Ludwig.

»Vier Semester Medizin. Vor dem ganzen Scheiß«, erwiderte Claus Heger. Er blickte besorgt auf Evas Bauch und betastete ihn. »Das Kind strampelt Polka«, sagte er.

Die Schwangere reagierte kaum, schien in einer Art Delir zu sein, einem Zwischenzustand zwischen Wachsein und Schlaf.

»Ist doch gut, oder?« Ludwig Steinfeld fühlte sich hilflos.

»Kommt drauf an. Verdammt …« Heger verstummte und rieb mit beiden Händen über Evas Bauch.

»Was?« Ludwig Steinfeld wurde langsam hysterisch. Er kannte den Kerl erst seit einigen Stunden. Ja, Heger hatte ein paar Vorlesungen Medizin studiert. Er schien ein aufgeweckter Bursche zu sein. Aber er fummelte jetzt an Eva herum und rieb den Bauch wie Aladin seine Lampe. Und außerdem wählte er *Zentrum*. Solchen Leuten konnte ein guter Sozialdemokrat nicht trauen.

»Es sind Zwillinge!«, rief Heger. »Und zwischen den Beinen deiner Schwester ist Blut. Ludwig, sie muss sofort in ein Krankenhaus.«

Augenblicklich fiel jede Nervosität von Steinfeld ab. Er funktionierte wie ein Uhrwerk. Erst weckte er seinen alten Kumpel Bernd »Billy« Krause, der ihnen hier Unterkunft gewährte.

»Billy, wir brauchen einen fahrbaren Untersatz.«

»Hast du in den letzten Stunden mal einen Blick aus dem Fenster geworfen, Lupo?« Krause hatte die Augen immer noch nicht richtig offen.

»Was?« Steinfeld ärgerte sich über die Verzögerung. Dann schob er halbherzig die Gardine zur Seite und blickte hinab auf eine weiße Stadt. Nur noch vereinzelt ragten aus den Schuttbergen der zerstörten Gebäude die Wand- oder Schornsteinreste aus dem Schnee.

»Ich denke, die Tommys räumen morgen früh wieder mit ihren Panzerwagen. Bis dahin spielen wir eben wieder Russland.« Krause hatte den Ernst der Situation noch nicht erfasst und summte ein Liedchen aus seiner Zeit im Ostfeldzug.

»Im Schnee der dünne Schuh
Im Blech der karge Fraß dazu.
Treue, deutsche Landser
Eure Steinchen gegen Panzer.
Sie stehen da wie Eichensäulen
Frost lässt die Füßchen verbeulen.«

Ganz offiziell war der Text nicht gewesen. Mancher Kamerad hatte ein paar Tage Bau dafür kassiert. Krause schmunzelte. »Für die Kinder ist das doch jetzt, knapp nach Weihnachten, eine tolle Sache.«

Im nächsten Moment packte ihn Ludwig an den Schultern. »Billy! Meine Schwester ist in Gefahr. Claus sagt, es könnte etwas mit Blutungen zu tun haben. Er hat Medizin studiert, er wird es wissen. Also besorge uns etwas, womit wir Eva ins Hafenkrankenhaus bekommen.«

»Tut es nicht auch eine Hebamme?«, fragte Billys Frau, die der Lärm geweckt hatte und die sich jetzt um Eva kümmerte.

Claus Heger schüttelte den Kopf. »Der Bauch ist immer wieder ganz hart. Außerdem sind es Zwillinge. Zusammen mit den Blutungen vor dem Termin würde jede Hebamme abwinken. Deine Schwester braucht einen Arzt, Lupo!«

Wie zur Bestätigung gab Eva noch einmal ein Seufzen von sich, dann kippte ihr Kopf zur Seite. Offenbar hatte sie das Bewusstsein verloren.

»Also gut«, sagte Ludwig erstaunlich ruhig, und niemand hätte in diesem Moment gewagt, ihm zu widersprechen. »Wer nicht spurt, dem versohle ich den Arsch. Billy, sieh zu, dass du einen größeren Schlitten bekommst. Und zwei Mann, die beim Ziehen und Schieben helfen. Dein Sohn soll zu Rütheims laufen, die hatten doch schon damals Telefon. Vielleicht …«

»Lupo«, sagte Krause und wurde von seinem Gast mit einem gereizten Blick bedacht. »Familie Rütheim wurde vor über zwei Jahren abgeholt. Und das Haus ist nur noch ein Trümmerhaufen.«

Fünf Minuten später hatte Krause dennoch alles organisiert. Ein besonders kräftiger Arbeitskollege trug Eva vorsichtig ins Erdgeschoss. Dort stand ein übergroßer Schlitten, der mehrere Kinder oder Säcke mit Kartoffeln und Kohle tragen konnte. Die Frauen hatten für Eva darauf ein Lager aus Decken errichtet. Mehrere auf dem Ofen angewärmte Ziegel sollten dafür sorgen, dass die Ärmste bei zehn Grad unter null nicht erfror.

»Möglichst wenige Erschütterungen«, sagte Claus Heger, und die drei Männer, die den Schlitten zogen, nickten. Ludwig war immer noch spindeldürr und übernahm die Aufsicht. Ab und zu brüllte er den Leuten vorn etwas zu, damit sie langsamer oder vorsichtiger ausschritten. Heger tastete zeitweise nach dem Puls der Bewusstlosen. Die Kindesbewegungen hatten stark nachgelassen, und er wusste nicht, ob das ein gutes oder ein schlechtes Zeichen war.

*

»Wie geht es ihr?« Jens Druwe lief in seiner Zelle auf und ab, ohne die aufmunternden oder beruhigenden Worte seiner Besucher überhaupt wahrzunehmen. »Lupo, sag mir endlich die Wahrheit!« Er hatte seinen Anwalt kurz gegrüßt und war Claus Heger vorgestellt worden. Als Ludwig Steinfeld jedoch von den Komplikationen bei Eva berichtet hatte, waren die beiden anderen Männer augenblicklich vergessen.

»Ich habe dir alles erzählt, was ich weiß«, erwiderte Steinfeld. »Die Ärzte haben sie stabilisiert. Sie hat eine Blutarmut und ist unterernährt. Gerade bei Zwillingen kommt das vor, kann aber bedrohlich für alle werden.«

Zwillinge, dachte Druwe. Deshalb der Medizinball, den Eva seit ein paar Wochen vor sich her trug. Sie war zwar eine robuste Frau, aber in dieser Zeit des allgemeinen Mangels hatte die Schwangerschaft ihr stark zugesetzt.

»Um Eva nicht zu gefährden, wollen sie bei ihr einen Kaiserschnitt durchführen«, fuhr Ludwig fort. »Gleich nach Neujahr. Bis dahin hat sie Bettruhe und hängt an irgendwelchen Schläuchen.«

Jens Druwe brüllte auf wie ein angeschossener Löwe und schlug mehrere Male auf seine Pritsche ein. Während seiner Haftzeit hier in Fuhlsbüttel hatte der Tischler bereits drei Mal das Schalbrett nachfertigen müssen. Die Antwort kam prompt. Denn ein Zuchthaus war niemals still. Und es hörte niemals weg. Mit den Bürgerrechten gaben die meisten Leute am Tor auch ihr letztes bisschen Anstand und Moral ab. Kaum hatte Druwe sein Mütchen etwas gekühlt, setzte aus dem Zellentrakt eine vielstimmige Kakophonie ein. Neben echten oder imitierten Körpergeräuschen waren einzelne Rufe auch zu verstehen.

»Hat deine Süße dich mit einem flotten Tommy betrogen?«

»Oder sind deine Kumpel mit dem Geld über alle Berge?«

»Spürst du schon den Strick um den Hals? Es ist sicher kein Damenstrumpf, das sag ich dir.«

»Die letzte Mahlzeit ist die beste, mein Freund.«

»Nicht traurig sein, Kamerad. Eh alles in Arsch da draußen. Da hast du es hier drin besser.«

Einen Augenblick später trat ein britischer Staff Sergeant an die Zellentür und blickte die Männer grimmig an. Er schwang einen Knüppel und schien förmlich nach einem Anlass zu suchen, ihn zu benutzen.

»Any problems, Ladies?«, fragte er scharf.

Strehler trat zu ihm und redete beschwichtigend auf ihn ein. Als er Evas Schwangerschaft und die Probleme erwähnte, wurde der bärbeißige Unteroffizier etwas verträglicher.

»Sorry for that. But keep him quiet. Otherwise I get him in the brig. Hope you got it.« Der Sergeant wandte sich ab und sorgte im Gang für Ruhe.

»Du hast es gehört, Jens. Der Kerl verfrachtet dich in die Arrestzelle. Keine Besuche, kein Freigang, keine Bücher.« Ludwig Steinfeld legte einen Arm um seinen Beinahe-Schwager.

»Ich mache mir ebenso große Sorgen wie du. Ich wäre bereit, ein Bein oder einen Arm für sie zu opfern.« Er blickte etwas verlegen auf Druwes Handprothese. »Entschuldigung, das war nicht sehr hilfreich. Ich will nur sagen, dass sich viele Leute um Eva sorgen. Und ich verspreche dir, ich werde alles tun, damit die Angelegenheit gut endet.«

Strehler räusperte sich. »Ich würde die Familie ja gern allein lassen. Aber die Zeit drängt. Richter Fairchild hat mehrmals betont, dass er bis Silvester fertig sein will. Für ihn sind Sie ein kleiner Fisch, Herr Druwe. Er wäre sicher gern in Nürnberg dabei gewesen. Jetzt haben Sie ihn hier ganz schön aufgehalten. Der Kerl explodiert fast unter seiner dämlichen Perücke, wenn er uns sieht.«

Am folgenden Tag stellte Strehler dem Gericht seinen letzten Zeugen vor. Claus Heger konnte die Version vom Ablauf der Exekutionen bestätigen. Druwe hatte tatsächlich auf kein einziges Opfer geschossen. Richard Heimann hatte also in seinen Aufzeichnungen nicht gelogen. Der britische Anwalt der Anklage ließ die Übersetzung frustriert über seinen Tisch segeln. Danach ging alles sehr schnell. Verteidiger und Ankläger besprachen sich mit Richter Fairchild, der mehrmals laut wurde. Plötzlich scheuchte er beide Männer zu ihren Stühlen. Dann holte er zu einer langen Rede aus. Er verwies darauf, dass die Völker der Welt alles Recht hätten, Männer wie Druwe für immer und ewig wegzusperren. Dass aber die englische Rechtsauffassung ein solch barbarisches Vorgehen nicht kenne.

»Aid to murder. Beihilfe zum Mord. In mindestens zweihundert Fällen«, verkündete Fairchild mit lauter Stimme.

Druwe atmete tief ein. Der Kerl hatte ja recht, was also hatte er erwartet? Freispruch und Wangenkuss zum Abschied? Er hoffte immer noch auf eine Vergebung von außen; aber diese würde es nicht geben. Niemals.

»Das folgende Urteil ergeht im Namen der Krone: Jens Hannes Druwe, das Gericht verurteilt Sie wegen der Teilnahme an völkerrechtswidrigen Taten sowie Beihilfe zum Mord in über zweihundert Fällen zu zehn Jahren Zuchthaus. Berufung ist in dieser Sache laut *Royal Warrant* vom 14. Juni 1945 nicht zulässig. Ein Gnadengesuch ist frühestens …«

Druwe blickte geistesabwesend an die hohe Decke des Saals. Er meinte, dort eine Spinne entdeckt zu haben. Eben hatte sie eine Fliege in einen Kokon eingesponnen. So würde es für ihn sein die nächsten zehn Jahre. Lebendig eingeschlossen in einen Kokon aus Mauern. Unterdessen schwebte Eva in Gefahr. Und die Kinder. Was konnte er tun? Waren nicht zehn Jahre Zuchthaus gleichbedeutend mit dem Tod? All die kommenden Jahre gefangen in Gedanken. Vielleicht sogar in dem Wissen, dass seine Familie …

Druwe bekam von Strehler einen Stoß in die Rippen, als der Richter noch eine Ergänzung zum Urteil verlas.

»Das Gericht ist bereit, anzuerkennen, dass der Angeklagte bei mehreren Gelegenheiten versucht hat, den Opfern der Einsatzkommandos zu helfen. Dass er offenbar erkannt hat, dass diese Taten Unrecht waren. Dass sein Gewissen und späteres Handeln gegenüber Vorgesetzten ihn in der Terrorjustiz des Deutschen Reichs fast an den Galgen gebracht hätten.« Fairchild sah Druwe jetzt direkt in die Augen.

»Sie sind kein Monster, Herr Druwe. Aber Sie sind auch kein Held. Viele Monate schon zerbreche ich mir den Kopf darüber, was in Leuten wie Ihnen vorging. Was war so verführerisch an Hitlers Versprechungen? Was hat euch Deutsche glauben lassen, ihr wäret die Herren über Leben und Tod? Wissen Sie, was ich denke, Angeklagter?«

Druwe schüttelte nur leicht den Kopf. »Nein«, antwortete er mit belegter Stimme.

»Ein Mensch muss sich gleich zu Beginn entscheiden. Wo stehe ich? Bin ich dafür oder dagegen? Diese Frage muss sich jeder stellen. Wir können und dürfen ihr nicht ausweichen. Später wird es immer schwieriger, noch sauber zu bleiben. Sie können nicht anfangs den Judenstern dulden, aber dann das Morden verurteilen. Sie können nicht Enteignung oder Vertreibung gutheißen, dann aber Entsetzen heucheln angesichts üblerer Taten. Nein, die kleine Schuld wächst sich schließlich immer zum Scheusal aus. Alles wird relativ. Lagerhaft für Andersdenkende, Deportation für Zigeuner und Juden. Ein Vorteil für einen arischen Kaufmann hier, eine Gefälligkeit vonseiten der SS dort. Dann sterben Menschen. Erst wenige, dann Hunderte und Tausende. Wir sind zu klein, um zu erkennen, wo die Grenzen sind. Deshalb müssen wir gleich am Anfang unsere Entscheidung treffen. Die Grenze erkennen, die wir nicht überschreiten dürfen. Solange die Unschuld noch sichtbar ist, müssen wir für ihr Recht eintreten. Bevor der Dreck unserer Taten uns den Blick darauf endgültig verstellt.«

Fairchild hielt inne. Einen Moment lang schien es, als wäre der Augenkontakt zwischen Druwe und ihm eine Art Kräftemessen. Als Druwe den Blick nicht senkte, fuhr der Richter schließlich fort:

»Das gegen Sie von der deutschen Justiz eingeleitete Strafverfahren betrachte ich als Unrecht. Die Ihnen darin auferlegte Haftzeit und Ihr Zwangsdienst in einem Bewährungsbataillon setze ich strafmildernd an. Ihre Haftzeit bis zur heutigen Urteilsverkündung kommt ebenfalls zum Ansatz. Damit gelten drei Jahre und sechs Monate Ihrer Strafe bereits als verbüßt.«

Fairchilds Hammer sauste nieder.

Und Jens Druwe, der einstige Kommissar aus Berlin, war von diesem Augenblick an ein verurteilter Kriegsverbrecher. Lange hatte er sich danach gesehnt, in dieser Frage Klarheit zu haben, reinen Tisch zu machen. Und doch schmerzte jetzt das Unabänderliche.

Sechs Jahre und sechs Monate, dachte Druwe. Er atmete tief durch und versuchte, gegen die Verzweiflung, die in ihm aufstieg, anzukämpfen. Er war das Kämpfen leid. Im Beruf, an der Front. Jetzt würden die schweren Jungs im Knast ihm das Leben zur Hölle machen. Es sprach sich schnell herum, dass ein Häftling vorher bei der Polizei gewesen war. Schlimmer war nur, wenn jemand Polizisten oder Kinder getötet hatte oder schwul war. Gedankenverloren rieb Druwe seine rechte Hand. Das taube, dunkelbraune Ding aus Leder. Es würde noch viel Blut und Spucke sehen, bis es vorbei war.

Mehr als sechs Jahre, dann bin ich fast sechzig, dachte er und ließ sich immer tiefer in seine trüben Gedanken hineinziehen. Evas Kind. Nein, Kinder. Zwillinge. Ihrer beider Kinder. Sollten ihn die beiden überhaupt sehen? Hier, als Häftling? Im Zuchthaus? Und später als alten Mann?

»Herr Druwe!« Strehlers Stimme riss ihn in die Gegenwart zurück. »Ihre Frau! Ich meine, Ihre Verlobte.«

Druwe war sofort hellwach. Er und sein Anwalt saßen noch im Saal. Zwei Gehilfen des Richters räumten Unterlagen beiseite. Strehler war – ebenso wie seine Kollegen von der Anklage – zum Richtertisch gegangen, um sich bei Fairchild zu verabschieden. Jeder Beruf hatte seine Rituale. Danach hatte ihm eine Sekretärin ein Schreiben überreicht.

»Was?«, fragte Druwe. »Strehler, was ist mit ihr?«

»Die Verwaltung hat einen Anruf aus dem Hafenkrankenhaus erhalten.« Strehler nahm den Zettel zur Hand.

»Es gab wohl Komplikationen. Ihre Verlobte ist ins Koma gefallen, und die Ärzte wollen als Notfall entbinden. Offenbar ist jetzt der Kaiserschnitt geplant.«

Druwe packte den Anwalt am Revers des Anzugs. »Was ist passiert? Geht es ihr gut? Und die Kinder? Es ist doch noch zu früh …« Die Spannung war zu viel für ihn. Er spürte, dass ihm Tränen in die Augen stiegen, und dann sackte er auf dem Stuhl zusammen.

»Ich weiß es doch auch nicht, Herr Druwe! Ich habe nur diese wenigen Worte.« Strehler klopfte auf die Notiz.

Richter Fairchild wollte gerade den Raum verlassen, war jedoch stehen geblieben und beobachtete die Szene. Er hatte schon oft die Verzweiflung der Verurteilten gesehen. Nach dem Urteil, das ihnen einen mehr oder weniger großen Teil ihres zukünftigen Lebens nahm. So war das mit Justitia. Sie ließ zwar Unrecht zu. Aber sie forderte später Genugtuung dafür. Fairchild war kein Mensch, der sich darüber freute, Macht über Menschen zu haben. Er kannte Kollegen, die diese Macht genossen und abends bei Zigarre und Brandy darüber sprachen. Ihn beschäftigten vielmehr die Geschichten dieser gefallenen Menschen.

Strehler schaute in seine Richtung. Und im nächsten Moment eilte er auf ihn zu. Sofort stellten sich die beiden Wachposten schützend vor den Richter. Aber Fairchild wies sie an, zur Seite zu treten. Er wollte wissen, worum es ging. Dieser Druwe wirkte eigentlich nicht wie ein Jammerlappen, der durch seinen Anwalt würdelos betteln kam und um Milde flehte.

»Bitte, Richter Fairchild. Gewähren Sie mir eine Minute …« Strehler redete auf den Engländer ein, als ginge es um seinen eigenen Kopf. Und tatsächlich ließ sich der Mann erweichen. Beim besten Willen konnte er in dem Ersuchen Strehlers keine Finte erkennen. Der Verurteilte wurde Vater, das wusste Fairchild. Und dass die Frau sich gerade in der kältesten Nacht entschieden hatte, niederzukommen, hatte eine Tragik, mit deren möglichen Folgen er niemanden in Unwissenheit leben lassen wollte.

»Vier Wachen«, sagte er barsch. »Der Verurteilte wird in Zuchthausketten gelegt. Und ich lasse Befehl geben, ihn beim kleinsten

Hinweis auf eine Fluchtabsicht zu erschießen. Für diesen Fall verlieren Sie Ihre Zulassung, Herr Anwalt, und kommen ebenfalls vor Gericht. Können Sie damit leben, Herr Strehler?«

*

Eva war seit mehreren Tagen ohne Bewusstsein. Als Jens Druwe im Hafenkrankenhaus ankam, wartete dort bereits ihr Bruder auf ihn.

»Ich wollte dich nicht beunruhigen, Jens«, sagte Ludwig mit tränenerstickter Stimme. In seiner Jugend hatte er hart eingesteckt, aber auch ausgeteilt. Selbst die zwölf Jahre in Kola-Fu hatten ihn nicht brechen können. Nichts war ihm jemals so nahegegangen wie der Anblick seiner Schwester in diesem Moment. Sie wirkte so klein in dem riesigen Bett, eingefallen und vorgealtert. Dabei war immer sie die Stärkere der beiden Geschwister gewesen. Mit dem Roten Kreuz, der Hamburger Verwaltung, ja sogar mit der Gestapo hatte sie sich angelegt. Um ihm, Lupo, irgendwie zu helfen. Er hatte den Blick nicht abwenden können von der riesigen Kugel, die unter der Bettdecke zu sehen war. Der Bauch war doch vor zwei Tagen nicht so groß gewesen? Die Ärzte waren wohl ebenfalls ratlos. Zwillinge. Wenigstens diesen Verdacht hatten sie bestätigt. Und diese Zwillinge brachten Eva jetzt vielleicht um! Es war zu viel für ihren geschwächten Körper. Widersprüche marterten Ludwigs Verstand und Empfindungen. Er sorgte sich um seine Schwester. Und hätte sich zugleich in diesem Moment selbst ohrfeigen können. Weil er diese ungeborenen Kinder, seine künftigen Neffen oder Nichten, verantwortlich machte für Evas Zustand. Weil er dem Vater, seinem Beinahe-Schwager, sogar die Schuld dafür gab, ihr das alles in dieser Zeit zugemutet zu haben.

»Ich darf erst in einer Stunde zu ihr«, sagte der Mann in Ketten, der neben ihm auf der Bank des Krankenhausflurs saß. Jens Druwe trug ein Halseisen. Von einem Ring zog sich eine Kette zu Händen und Füßen, die ebenfalls in Eisen lagen. Der Anblick hatte etwas Mittelalterliches. Wenn er stand, musste er sich leicht gebückt halten, da die Kette absichtlich etwas zu kurz war.

Ludwig nickte nur und betrachtete Druwe, der von drei englischen Soldaten bewacht wurde. Der Prozess und die Monate im Gefängnis hatten dem Mann weniger zugesetzt als diese Nachricht. Druwe war blass, und unter den Augen standen dunkle Ringe. Er zitterte leicht und wirkte fahrig, unkonzentriert. Hier saß nicht der harte Polizist, der ihn und die jüdische Familie vor fast einem Jahr auf dem Bauernhof bei Flensburg entdeckt hatte. Das war nicht der Mann, der einen Nazi erschossen hatte. Dieser Druwe war ein Gestrandeter, ein Hilfloser. Das Leben hatte ihm oft einen Schlag verpasst, und er war immer wieder aufgestanden. Aber die Sorge um Eva, die Angst um die Kinder brachte diesen Mann fast um.

»Mehr als sechs Jahre, Ludwig.«

Steinfeld schnappte nach Luft, sagte jedoch nichts. Strehler hatte mit drei, höchstens vier Jahren gerechnet. Sechs! Diese beschissene Welt brach für die Steinfelds und Druwes einfach zusammen. Ein halbes Jahr nach dem Krieg war Schluss für das erhoffte, kleine Glück. Wer sollte für die Familie sorgen? Dieser Mann neben ihm, sein zukünftiger Schwager, war doch uralt, bevor er das erste Mal seine Kinder in Freiheit sah! Die Belastung für Eva wäre unerträglich. Und er selbst konnte seine politischen Ambitionen vergessen. Als Bruder und Onkel musste er für die drei schließlich in Zukunft sorgen. Ludwig Steinfeld stöhnte.

Haben die Schweine es am Ende doch noch geschafft, uns kleinzukriegen, dachte er. Er hatte die Hände zu Fäusten geballt, seine Fingernägel gruben sich ins Fleisch.

»Herr Druwe?« Eine Hebamme trat an die beiden Männer heran.

Ludwig Steinfeld wies mit dem Finger nach rechts. Die Schwester blickte ungläubig auf den Mann in Ketten. Der Vater. Offenbar ein Schwerverbrecher. Jens Druwe sprang auf, und sofort richtete ein Wachposten das Gewehr auf ihn.

»Sie sind der Vater?«, fragte die Hebamme.

Druwe nickte. »Was …?«

»Kommen Sie bitte mit. Der Doktor möchte dringend mit Ihnen sprechen.«

Druwe redete auf seine drei britischen Begleiter ein, konnte jedoch nicht verhindern, dass ein Posten mit ihm ins Arztzimmer kam. Wenigstens senkte er den Lauf des Gewehrs. Ein grauhaariger Arzt, der etwa in Druwes Alter war, begrüßte ihn.

»Mein Name ist Dr. Weinert. Sie sind der Vater?« Als Druwe nickte, fuhr er fort: »Ich bin Oberarzt der Gynäkologischen Abteilung. Und ich habe mich auf Mehrlingsgeburten spezialisiert.«

Aus Druwe wollte eine Flut von Fragen hervorbrechen, aber der Arzt hob beide Hände.

»Gleich vorweg, Herr Druwe. Das Schlimmste ist überstanden«, sagte er. »Ihre Frau war sehr geschwächt. Folge der starken Unterernährung, obwohl ihr eigentlich eine Sonderzuteilung für Schwangere über Lebensmittelkarte zustand. Herr Steinfeld gestand uns, dass sie davon aber wohl einen Teil an andere Personen weitergegeben hat. Und dass es Zwillinge werden, machte die Sache nicht besser. Der Körper hat zu wenig Eisen und bildet deshalb zu wenig Blut. Daher die Blässe und Schwäche Ihrer Frau.«

»Wir wussten bis vor ein paar Tagen gar nicht, dass es Zwillinge sein werden«, sagte Jens Druwe. »Ihr Arzt hatte von einem Tumor gesprochen, der wohl hinter der Gebärmutter zu tasten war.«

»Oh, solche Irrtümer kommen bei unerfahrenen Kollegen vor. Und im Moment sind Mediziner Mangelware. Jetzt operieren sogar Augenärzte schon die Blinddärme. Wilde Zeiten. Gefährliche Zeiten.« Weinert blickte auf die Ketten. »Nun, ich nehme an, die gesamte Familie hatte in den letzten Monaten auch andere Sorgen.« Er räusperte sich verlegen. »Ich kann Sie beruhigen. Beide Kinder bewegen sich munter, und ihr Herzschlag ist regelrecht.«

»Wann wacht meine Frau wieder auf? Was ist mit ihr? Wann wird die

Geburt sein?« Druwe war überwältigt und verängstigt zugleich. Es zerriss ihn innerlich. Wieder wurde seine Wache unruhig, als er sich dem Arzt etwas näherte und bei den vielen Fragen jedes Mal die Stimme erhob.

»Genau darüber müssen wir sprechen. Es ist eine Entscheidung zu treffen, Herr Druwe.«

Weinert wirkte erfahren. Druwe ließ es sich sogar gefallen, dass der Mann die Hand auf seine Schulter legte, als müsste er einem Pennäler die schlechte Note beibringen. Tatsächlich hatte die Geste den Effekt, dass er sich etwas beruhigte. Es bestand offenbar keine Lebensgefahr.

»… wird sie nicht überleben«, beendete Weinert seinen Satz. Er wartete auf eine Reaktion seines Gegenübers, die nicht kam. Dr. Weinert hatte in den letzten Monaten viele Kriegsheimkehrer erlebt. Manche mussten die Tatsache akzeptieren, dass das Kind im Bauch ihrer Frau nicht von ihnen sein konnte. Andere wirkten abwesend, fast apathisch, wenn von Geburt und Kindern die Rede war. Als hätte der Krieg ihren inneren Wertekanon umgeschrieben. Wachsen und Gedeihen schienen keine Konzepte in ihrem Denken mehr zu sein. Die Komposition des Todes kannte einfach keine Akkorde für das Leben.

»Die Kinder oder Eva? Wollen Sie das damit sagen, Herr Doktor?«, fragte Druwe mit matter Stimme. Aus den Tiefen seines Bewusstseins hatte er das eben Gesagte doch noch hervorgeholt.

»Nein, da haben Sie mich nicht richtig verstanden, Herr Druwe«, erwiderte der Frauenarzt. »Wenn wir die Kinder jetzt mit einem Kaiserschnitt holen, dann haben alle eine gewisse Chance. Es bleibt jedoch ein Risiko für alle drei. Wenn wir noch abwarten, dann werden die Chancen für Ihre Frau geringer. Und die der Kinder größer. Ich weiß, es ist schwierig …«

Der Arzt wartete einen Moment, bevor er fortfuhr: »Der Körper Ihrer Frau wird alle Reserven den Kindern zur Verfügung stellen. Das wird sie selbst nicht mehr lange durchhalten können. Anderseits sind die Kinder für eine Geburt zum jetzigen Zeitpunkt noch etwas unterentwickelt. Es besteht also die Gefahr, dass sie noch zu schwach sind.«

»Ich möchte zu ihnen«, sagte Druwe wie in Trance. Es schien ihm, als könnte er diese Entscheidung niemals treffen.

Dr. Weinert nickte verständnisvoll und sprach zu dem Wachsoldaten. Danach verließen sie das Arztzimmer in Richtung Krankenstation. Diesmal blieb der Engländer vor der Tür stehen, als Druwe mit dem Arzt das Zimmer betrat. Er ging langsam zum Krankenbett, um mit den Ketten keinen Lärm zu machen, und blickte auf Eva. Im ersten Moment schien es, als schliefe sie nur. Jedoch waren ihre Wangen unnatürlich eingefallen, die Knochen bildeten sich unter der Haut deutlich ab, die geschlossenen Augen lagen tief in den Höhlen, so dass die Lider beinahe zu groß wirkten. Nein, das war kein Schlaf.

Sie sieht aus wie die Jüdin, die sich auf dem Hof in Kattrup versteckt gehalten hat, dachte er. Dort hatte Eva Steinfeld bis Kriegsende gearbeitet, bis Druwe sie zufällig im Rahmen seiner Mordermittlungen entdeckt hatte. Die jüdische Familie hatte das Grauen dank der Bauernfamilie überlebt. Und diese Frau war auch eine Mutter gewesen. Die Mutter zweier Kinder. Blass, abgemagert, gezeichnet. Aber auch bereit zu kämpfen.

»Bitte lassen Sie mich einen Augenblick allein«, bat Druwe.

Weinert nickte und ging nach draußen.

»Die schwerste Entscheidung meines Lebens, Eva«, sagte Druwe und nahm die Hand der scheinbar Schlafenden. Er streichelte sie unbeholfen.

Es war so einfach, Dinge zu zerstören oder ein Leben zu nehmen. Einen Abzug zu betätigen. Einen Granatwerfer zu bestücken. Die Welt in Brand zu setzen. Man konnte sogar sich selbst kaputt machen. Mit all dem hatte Druwe Erfahrung. Doch auf diesem Feld stand er jetzt allein. Schutzlos. Er spürte, in diesem Moment entschied sich alles. Vorsichtig beugte er sich über Eva und bettete seinen Kopf zwischen ihre Brust und die riesige Bauchwölbung. Er bekam wegen der Halskette kaum Luft, aber es war ihm egal. Er hörte ihr Herz schlagen. Und er spürte die Bewegungen der Kinder.

»Was soll ich tun?«, flüsterte er. Tränen liefen über seine Wangen. »Ich weiß nicht, was richtig ist. Ich glaube, dieses Leben hat jedes Empfinden für Richtig oder Falsch aus mir herausgeprügelt.« Er streichelte mit seiner linken Hand über Evas Bauch. Wieder spürte er die Bewegungen ihrer Kinder. Und plötzlich wusste er, was zu tun war. Abrupt erhob er sich.

»Sie haben ein Leben verdient. Und du hast es ebenso verdient.« Er küsste Eva auf die Stirn und verließ das Zimmer.

»Holen Sie die Kinder«, sagte er zu dem Arzt, der sich mit Ludwig Steinfeld unterhielt. »Und retten Sie meine Frau«, fügte er hinzu.

Weinert nickte nur und ging in Richtung Schwesternzimmer.

»Schwester Maria, bereiten Sie alles vor für eine Sectio«, hörte man ihn rufen. »Ich brauche einen Kinderarzt dabei. Den besten …«

Die Wachsoldaten griffen Druwe an den Oberarmen und zogen ihn in Richtung Ausgang. Er hatte gerade noch Zeit, sich mit einem Gruß von seinem künftigen Schwager zu verabschieden.

II

Hass

ungeduldig
wartet der Hass
implodiert
in meinem Kopf
ätzt sich
durch meine Gedanken
tropft
in mein Herz
vergiftet
mein Gewissen
kämpft
sich frei
schwimmt
zur Oberfläche
befreit
atmet
lebt
und stirbt doch
einen langsamen Tod.

Margot S. Baumann, geb. 1964

9

Zuchthaus Werl, Februar 1946

»Im letzten April haben viele Häftlinge gejubelt, als die Amis in Werl einmarschiert sind. Soll so laut gewesen sein, dass man es bis in die Stadt gehört hat«, meinte Druwes Tischnachbar. »Für manche war das eine tolle Sache.«

»Für so eine Sau wie dich aber nicht«, tönte ein anderer Häftling.

»Hab nichts getan! Die Frauen wollten das.«

Höhnisches Gelächter.

Bereits nach wenigen Tagen hatte Druwe endgültig begriffen, wo er gelandet war. Kein Gefängnis dieser Welt war erfreulich. Aber Flensburg und Fuhlsbüttel waren gegen den Dreck hier beinahe Idyllen. Gleich nach der Kapitulation hatten sich die Amerikaner bemüht, die aus ideologischen Gründen Inhaftierten freizulassen. Dabei war ihnen auch mancher Betrüger und Vergewaltiger durchs Netz geschlüpft.

Unter der Leitung des kanadischen Majors Porrier hatte man begonnen, hier auch verurteilte Nazi-Täter unterzubringen. Insofern eine explosive Mischung, als zusätzlich immer noch Schwerverbrecher hier einsaßen. Nun war die Übergabe an die Briten erfolgt, und Lieutenant Colonel Vickers hatte versprochen, Werl weiterhin mit eiserner Hand zu führen.

»Das Schlimmste ist dieser Polackenabschaum«, tönte der Mann neben Druwe wieder.

Auch ihm war gleich zu Beginn seiner Haftzeit aufgefallen, dass sich unter den Häftlingen eine große Anzahl straffällig gewordener *Displaced Persons* befand. Diese entwurzelten Menschen, vorwiegend aus dem Osten Europas, wussten nicht, wohin sie nach Kriegsende sollten. Und viele verübten aus Hass oder Not Verbrechen an den Deutschen, ihren ehemaligen Unterdrückern.

»Ich will in Ruhe essen«, sagte Druwe. »Halt dein Maul, oder ich stopfe es dir.« Er hatte genug von diesem Gefasel. Der Krieg war kein Jahr vorbei, aber alte und neue Feindschaften hatten eher zugenommen.

»Heil!«, grölte der Mann. »Ihr Nazis habt es ganz schön verbockt. Und nun hängen sie euch auf.«

Der Schlag war nicht heftig, aber er saß genau auf dem Solarplexus. Druwe hatte bereits Gelegenheit gehabt, seine Treffsicherheit zu verbessern. Ihm war klar, dass er in den Bau kommen oder körperlich bestraft würde, wenn er einen anderen Gefangenen nachweislich verletzte. Also setzte er die Lederfaust punktgenau aufs Sonnengeflecht.

»*Don't worry. The man is just choking*. Der Mann hat sich nur verschluckt. Alles in Ordnung, Corporal«, sagte er zu dem Wachmann, der erschienen war. Sein Englisch brachte ihm gleich Pluspunkte. »Nicht wahr, Jungs?«

Die anderen Männer am Tisch nickten. Zumindest war den Rest des Tages Ruhe.

Druwe hatte sich vor der Verlegung gefragt, wie er sich im Zuchthaus verhalten sollte. Er konnte nicht sechs Jahre in Isolation leben, er brauchte Gespräche und Kontakte. Aber welche Leute kamen infrage? Pädophile, Totschläger und andere Schwerkriminelle? Die alten Kameraden, von denen viele abends die Melodie des Horst-Wessel-Lieds pfiffen? Oder doch die »Polacken«? Er war nach längerer Überlegung fest entschlossen, sich zunächst einer vierten Fraktion anzuschließen. Den Bücherliebhabern.

Die Bücherei der Strafgefangenen war neben dem Krankentrakt eingerichtet, und deshalb wurde im Lesesaal zur Schonung der Kranken besonders auf Ruhe geachtet. Druwe langweilte sich oft, da er aufgrund seiner fehlenden Hand nur für wenige Tätigkeiten eingesetzt werden konnte, die meistens nicht den Tag ausfüllten. Trotz der Arbeit blieben nach Schlaf, Körperpflege und Essen meistens noch acht bis zehn Stunden, die irgendwie herumgebracht werden mussten.

Er war gleich nach seiner Ankunft erstaunt gewesen über die reichhaltige Auswahl an Literatur in der kleinen Bücherei. Er schätzte, dass weit mehr als die Hälfte der hiesigen Schriftsteller und Werke von Minister Goebbels und seiner Reichsschrifttumskammer verbannt worden waren. Andererseits war es wohltuend, die Namen der schwülstigen, oft völlig talentfreien Autoren des Dritten Reichs hier nicht zu finden.

Werner Grundt, der die Gefängnisbücherei leitete, versuchte, Druwes Lesegeschmack einzuschätzen. Der Mann war schwerhörig und stark gehbehindert, da beide Sprunggelenke versteift worden waren.

»Mal sehen«, sagte er. »Bist aus dem Norden. Um die fünfzig. Hast die wilden Zeiten in Berlin mitgemacht, Kamerad. Ich schätze also, du magst Döblin, Remarque und Mann. Oder doch lieber etwas mehr Ruhe bei den Klassikern? Einen Kleist vielleicht?« Grundt zog ein Buch aus dem Regal und reichte es Druwe, als wäre es ein Pfund bestes Rindfleisch.

Die Gespräche mit Grundt waren schwierig, denn Druwe musste ihn entweder fast anbrüllen, alles aufschreiben oder sehr deutlich und langsam sprechen, damit der Schwerhörige von seinen Lippen die wesentliche Bedeutung ablesen konnte. Dennoch waren diese Wochen in der Bücherei für Druwe eine große Erleichterung. Er fand sich in den Gefängnisalltag ein, ohne von dessen Rohheit überrollt zu werden. Der Bibliothekar erwies sich als profunder Kenner deutscher Literatur und überraschte Druwe oft, indem er Parallelen zwischen Geschichten aufzeigte, deren Verfasser zwei Jahrhunderte trennten.

Druwe übte sich zudem in der Betrachtung jener Miniaturwelt, die hinter den Mauern ebenso zu betrachten war wie in Freiheit. Hier gab es Führer und Geführte, Ehrliche und Lügner, Sensible und Abgestumpfte. Da war der ungehobelte SA-Schläger, der liebevoll einen Vogel gesund pflegte. Aber auch der frühere SS-Arzt, der mit beißendem Spott und Zynismus gern jüngere Gefangene quälte.

»Ich war Wachmann im KL Bergen-Belsen«, sagte Grundt eines Tages, ohne dass es für eine derartige Beichte einen Anlass gegeben hätte. »Bin nicht stolz drauf.« Er rieb sich über das kurz geschorene Haar. »Nicht mehr.«

Druwe hatte zunächst Schwierigkeiten mit dieser Beichte. Der einzige Mann, der hier drin so etwas wie ein Freund für ihn war, hatte in einem Konzentrationslager gearbeitet.

»Weißt du, was das einzig Gute daran ist?«, fragte Grundt.

Druwe schüttelte den Kopf.

»Es gibt keine Ausrede, Jens. Alles liegt jetzt klar vor mir. Es ist, als hätte sich ein Vorhang gehoben. Ich weiß, was ich – was wir – getan haben.«

Druwe kannte viele Männer, Kameraden, Kollegen, die sich mit irgendeiner Rechtfertigung aus der Verantwortung stahlen. *Da steckten wir doch alle drin. Was hätte ich denn tun sollen? Man hatte eben seine Befehle. Krieg ist immer grausam.* Nicht so Werner Grundt. Er stand als Vertreter dessen hier, was Druwes Ankläger in Hamburg das Böse genannt hatten. Wie konnte Druwe den Mann weiterhin mögen? Mit ihm vertraut zusammensitzen, reden und lachen?

»Du kommst ja irgendwann raus hier. Ich nicht.« Grundt war dichter an seinen Mithäftling herangetreten. »Ich hab dir am Anfang nicht die Wahrheit gesagt. Auf mich wartet nämlich der Strang. Ist nur ein Aufschub hier. Galgenfrist eben. Derzeit haben die Henker einfach zu viel zu tun.«

Druwe war wieder entsetzt, denn bisher hatte Grundt nur von einer langen Haftstrafe gesprochen.

»Du warst doch Polizist vor dem ganzen Scheiß?«

Druwe nickte.

»Ich werde dir ein paar Dinge erzählen, da hältst du Fritz Haarmann für einen Engel.«

Am nächsten Tag konnte es Druwe kaum erwarten, nach Schichtende in die Bücherei zu kommen. Sein Arm schmerzte, da er sechs Stunden lang Etiketten geklebt hatte. Mit der Prothese hatte er drei Mal den Kleister umgeworfen, und zum Schluss saßen alle Aufkleber schief auf den Dosen.

Im Lesesaal herrschte zu viel Betrieb, und beide Männer nahmen sich deshalb Stühle, um zwischen den Bücherregalen zu sitzen. Offenbar war Grundt jedoch nicht nach einem Plausch zumute.

»Ich muss dir ein paar Sachen erzählen, Jens.«

Druwe wurde mulmig. Eben war er fast freudig in den Lesesaal gekommen, und nun sank seine Laune auf einen Tiefpunkt. Er kannte den Tonfall von Leuten, die ein Geständnis ablegen wollten. Und er nahm an, dass der ehemalige KL-Wachmann eine Art Lebensbericht abgeben wollte. Dass er sich die Taten im Lager von der Seele reden würde. Und Druwe wusste nicht, ob er derzeit die Kraft hatte, als Zuhörer in das Grauen der vergangenen Jahre einzutauchen.

»Nur eines vorweg, Jens«, begann Grundt. »Die Bilder aus den Filmen der Briten und Amerikaner entsprechen der Wahrheit. In den KLs war es eher noch schlimmer. Aber darüber wollte ich gar nicht mit dir sprechen.«

Oberscharführer Grundt war bei Sprengarbeiten nahe Belsen im November 1944 schwer verletzt worden. Schädelbruch mit Einblutungen in beide Innenohren. Blindheit auf einem Auge. Trümmerbrüche der Beine und beider Schultern mit dauerhafter Versteifung von Gelenken.

»Die Ärzte haben mich in Hannover zusammengeflickt, aber das Schlimmste war das Gesicht«, fuhr er fort. »Die Haut war in Fetzen aufgerissen und eiterte.«

Druwe war erstaunt. Sicher, Werner Grundt hatte ein paar Narben im Gesicht, aber er selbst hatte kaum weniger.

»Da gibt es aber eine Klinik im Harz. Zwischen Goslar und Altenau. In dem Flecken hängen sich Fuchs und Hase vor Langeweile auf.«

Grundt lachte. »Da haben sie Virtuosen am Skalpell, das sag ich dir. Die haben aus den Trümmern wieder eine Visage für den Film gemacht. Nach den beiden Operationen habe ich mich dort noch bis Februar erholt. Danach war sowieso fast alles vorbei.«

Gut, dass wir darüber gesprochen haben, dachte Druwe etwas gelangweilt, denn Grundts Krankengeschichte interessierte ihn nicht wirklich. Ein Regal weiter raschelte etwas, und er spähte zwischen den Bücherreihen hindurch, ohne etwas zu entdecken. Er fragte sich, warum Grundt wegen dieser Geschichte derart geheimnisvoll getan hatte.

»Da waren einige Leute, die haben sich sogar freiwillig den Arsch aufs Gesicht nähen lassen.« Wieder lachte Grundt.

»Wie meinst du das?«, fragte Druwe, um überhaupt etwas zu sagen.

»Ständig fuhren Wagen vor. Manchmal von der Wehrmacht, aber meistens zivil. Sogar ein Maybach war dabei. Und die Herren schienen mir ganz gesund zu sein. Außer ein paar Sorgenfalten aufgrund des sich verzögernden Endsiegs. Angst vor den Russen, Angst vor den Amis. Angst vor der Geheimen Feldpolizei. Also rein in den OP und eine Woche später mit neuer Nase und ohne Doppelkinn wieder nach Hause. Den Maybach-Menschen habe ich gar nicht wiedererkannt, als er abgefahren ist. Klingelt es, Jens?«

Druwe war zunächst sprachlos. An der Front hatte er davon gehört, dass es hochspezialisierte Chirurgen für Soldaten gab, die im Gesicht entstellt worden waren. Ihm war nie in den Sinn gekommen, dass man eine solche OP freiwillig machen lassen konnte.

»Natürlich.« Druwe sprach mehr zu sich selbst. »Da haben sich einige Kerle ein Unschuldsgesicht verpassen lassen. So mussten sie nicht befürchten, dass sie nach Kriegsende sofort jeder erkennt.«

»Was hast du gesagt?«, brüllte Grundt. Druwe hatte nicht laut genug gesprochen. Dann hatte sich der Mann die Bedeutung jedoch offenbar zusammengereimt. Er nickte.

»Genau, Jens. Neues Gesicht, und dann heißt es: Ich war es nicht! So einfach geht das. Und ich verspreche dir, ich habe noch mehr. Ich habe dort ein bisschen herumgeschnüffelt. Aus Langeweile. Ist ein ganzes Büchlein geworden. Namen von Patienten. Ärzteliste. Pfleger. Wer weiß, wofür es gut ist. Aber in drei Wochen geht es nach Hameln zum Henker. Ich werde dir das Buch vermachen. Gibt mir irgendwie ein gutes Gefühl.«

Wieder hörte Druwe scharrende Geräusche aus einem anderen Gang. Irgendwo fiel ein Buch zu Boden.

»Hallo«, rief eine Männerstimme aus der Richtung. »Jemand da? Ich will dieses verdammte Buch haben. Hallo?«

»Kannst du nicht lesen, Kamerad?«, schnauzte ihn Grundt an. »Bitte läuten!« Er deutete auf die Schiffsglocke und den Hammer. Dann nahm er das Teil, und fast im selben Moment erfüllte den Raum ein infernalisches Getöse.

Zwei Tage später war Werner Grundt tot. Die Häftlinge in Block III hatten Druwe sofort benachrichtigt. Die meisten Männer hier waren normale Häftlinge oder hatten früher der Wehrmacht angehört. Die Leute der Waffen-SS und einige Wachleute aus den Lagern hatten ihre Zellen in Block I.

Es hatte sich herumgesprochen, dass Druwe früher Polizist und zudem mit dem Mann befreundet gewesen war. So schien es ihnen passend, zunächst ihn zu rufen, bevor man überhaupt die Wärter informierte.

»Jens, du solltest in die Vorhalle kommen und dir die Sauerei ansehen«, flüsterte der Mann mit Wischmopp und Eimer. Er war ein notorischer Einbrecher, den die Männer von der SiPo vor fünf Jahren kurzerhand von der Fassade und zum Krüppel geschossen hatten. Nun saß er bei den Tommys den Rest seiner acht Jahre ab.

Druwe blickte auf seine Uhr. Nicht ganz halb sechs. Die erste Schicht in der Werkhalle begann erst in einer Stunde. Vorher wurde dort noch einmal geputzt. Er grunzte, da der Bursche ihn geweckt hatte.

»Geht um deinen Kumpel. Werner. Solltest du dir ansehen, bevor die Wärter kommen.« Der Mann verschwand im Gang, bevor Druwe eine Frage stellen konnte.

Als eine Viertelstunde später die Zellentüren aufgeschlossen wurden, war er bereits fertig angezogen. Um den Schein zu wahren, ging er mit den anderen in Richtung Waschraum, bog dann jedoch zu den Arbeitsplätzen in der Werkhalle ab.

»*Forgot my glasses yesterday*«, sagte er zu dem Engländer, der im Wachraum saß. »Meine Brille, hab sie gestern im Pausenraum liegen lassen.«

Der Corporal schaute nicht einmal von seiner Zeitung auf, und Druwe ging zügig in die Werkhalle, in der das Blech für Konservendosen geschnitten und gefaltet wurde. Im Vorraum stand ein kräftiger Bursche, der vor Schichtbeginn an den Werkplätzen nach dem Rechten sah und Vorbereitungen für einen reibungslosen Arbeitsablauf traf.

»Komm mit«, sagte der Mann nur und wandte sich nach rechts.

Dort lagerten die schweren Rohbleche, die mit Loren zur Weiterverarbeitung an den Schneiden und Pressen gefahren wurden. Druwes Begleiter deutete nach oben.

»In zwanzig Minuten kommen die scharfen Hunde«, sagte der Mann und ließ Druwe stehen.

An der Decke hing ein Körper. Druwe erkannte ihn sofort. Werner Grundt hatte sich offenbar in der Nacht erhängt. Ein Tampen war an einem Deckenhaken befestigt, der manchmal bei schweren Ladungen für die Befestigung von Seilzügen genutzt wurde. Neben dem leblos hängenden Körper stand eine Lore, die zum schnellen Transport größerer Mengen Blech genutzt wurde. Grundt war offensichtlich auf die Lore gestiegen und hatte sie dann zur Seite gestoßen.

Druwe atmete tief durch. Ausgerechnet Grundt, dachte er und verspürte eine irritierende Mischung aus Trauer und Neugier. Da war diese einzigartige, innere Erregung, die so typisch war für einen Fall. Mochte es auch Selbstmord gewesen sein, es war dennoch ein Tatort.

Grundt hat auf seine Weise Frieden gemacht, dachte Druwe. Und er war bereit, den Weg bis zum Schluss zu gehen. Und nun soll er sich einfach erhängt haben? Wie ein Verzweifelter, der sich davonstahl?

Druwe begann dennoch, mit dieser ersten Selbstmord-Hypothese zu arbeiten. Wichtig war, nichts zu glauben oder zu vermuten. Nur Hinweise sammeln, die entweder für oder gegen diese These sprachen. Er ging zu der Lore, die seitlich stand. Es sah aus, als wäre Grundt dort hinaufgestiegen und hätte das Ding später mit seinen Füßen weggestoßen. Druwe untersuchte die kleinen Stahlräder und die Schiene. Dann schob er die Lore zu der Stelle, über der Grundts Körper hing. Wegen der fehlenden Hand musste er sich mit der Schulter gegen das Gefährt stemmen, bevor es sich in Bewegung setzte. Mit einiger Mühe gelang es ihm, auf den hinteren Teil zu steigen, da hier ein kleiner Stahlträger die Wanne überspannte. Er stand jetzt fast neben dem erschlafften Körper. Er tastete vorsichtig nach dem dicken Seil, das um Grundts Hals lag. Zwei Schlaufen. Eine für den Hals. Die andere für den Deckenhaken. Danach untersuchte er Hals und Hände des Leichnams. Und schließlich warf er noch einen Blick auf Grundts abgetragene Schuhe. Danach stieg er langsam von dem Stahlungetüm herunter und sah sich um. Auf einer Werkbank lag ein zweiter Tampen. Sie waren zur Sicherung der Blechplatten notwendig, waren sehr schwer und mussten an den Knoten oftmals mit einer Handsäge durchtrennt werden. Druwe nahm ein kleines Stück und wog es in der linken Hand. Und eben bückte er sich nach einem dünnen Blatt Papier, wahrscheinlich einem alten Frachtschein oder der Abrechnung fürs Rollgeld, als hinter ihm eine barsche, leicht verunsicherte Stimme erklang.

»*What the hell are you doing here?*«

Die Zeit war schneller vergangen, als Druwe lieb war. Aber auch das Phänomen kannte er. Wenn er an einem Fall dran war, vergaß er einfach alles um sich herum. Er hob jetzt die Arme und begann, mit ruhiger Stimme die Situation zu erklären. Er kannte die beiden englischen Unteroffiziere, die entsetzt und mit gezogenen Waffen vor ihm standen. Sie schüttelten ungläubig den Kopf und blickten abwechselnd zu dem an der Decke hängenden Leichnam und zu Druwe.

Er wurde zunächst in dem kleinen Wachraum festgehalten, der neben dem Hallengang lag. Ein herbeigerufener junger Lieutenant befahl, ihm Handeisen anzulegen, jedoch wies der diensthabende Corporal auf Druwes Prothese, so dass ihm diese Demütigung erspart blieb. Der Offizier ließ sich vom Sergeant berichten, was vorgefallen war. Die Corporals unterbrachen und wurden zurechtgewiesen. Draußen auf den Gängen herrschte Chaos unter den Gefangenen, die wilde Gerüchte untereinander verbreiteten. Schnell war eine Stunde vergangen, als eine Trage mit Grundts bedecktem Leichnam in Richtung Krankenstation geschoben wurde. Aus der Ferne erkannte Druwe die Stimme des neuen Anstaltskommandanten von Werl. Der Brite hatte sich erst vor wenigen Tagen mit einer martialischen Rede bei den Gefangenen vorgestellt, die jedoch zunächst zwei Stunden im Hof bei eisiger Kälte auf sein Erscheinen gewartet hatten. Offenbar verschaffte sich der Mann einen Überblick über das Geschehene.

»Haben Sie den Mann nur gefunden? Oder haben Sie ihn auch umgebracht?« Der britische Gefängnisleiter war nach diesen paar Tagen bereits weder für seine Geduld noch für allzu ausgeprägtes Feingefühl bekannt. Zudem galt er als stur und rechthaberisch.

Druwe stand vor seinem Schreibtisch und war nicht gewillt, sich provozieren zu lassen. Zu wertvoll war ihm dieses kleine Intermezzo. Zu wichtig die Erkenntnisse aus seiner Untersuchung. Immerhin hatte man ihn hierher zitiert, also würde er seine Sicht der Dinge vortragen. Wenigstens dies konnte er noch für Werner Grundt tun.

»Meine Männer haben Ihre Mithäftlinge befragt, Mr Druwe«, hob Vickers an, als wollte er sich selbst eine Antwort auf seine Fragen geben. »Ihr Glück, dass es Zeugen gibt. Sonst hätten Sie vielleicht auch bald eine Schlinge um den Hals.«

»Geben Sie mir bitte ein paar Minuten, Sir«, sagte Druwe. »Um meine Meinung in der Angelegenheit darzulegen. Sie wissen, ich war früher bei der Kriminalpolizei.«

»Weiß ich nicht, aber nur zu«, erwiderte der Offizier ruppig. »Die deutsche Polizei war ja bekannt für ihre eigene Weltsicht in Rechtsfragen, nicht wahr? Also, was haben Sie zu der Sache zu sagen? Meine Zeit ist knapp.«

»Werner Grundt. Der Mann in Halle …«

»*Committed suicide.* Es war Selbstmord. *Not worth talking about. File closed.* Erledigt.« Der Lieutenant Colonel wies auf die Tür.

»Es war Mord, Sir«, sagte Druwe ungerührt und machte keine Anstalten zu gehen.

»*What? How dare you?* Sie wagen es?«

»Wie ich bereits sagte, ich war Polizist. Mordkommission Berlin. Dieser Selbstmord ist derart schlecht vertuscht, dass es sogar ihren Jungs auffallen müsste, Sir.« Er biss sich auf die Unterlippe, kaum dass er seinen Satz beendet hatte. Sein loses Mundwerk brachte ihn noch ins Grab.

Vickers sprang auf. Sein Gesicht lief beinahe purpur an.

»Grundt hatte schwere Beinverletzungen und wäre kaum auf die Lore gekommen«, fuhr Druwe fort. »Der Mann war von eher schwächlicher Statur, und nach einer Operation war es ihm kaum möglich, die Arme über den Kopf anzuheben. Er hätte also niemals den schweren Tampen oben zur Decke werfen können.«

Druwe nahm das Stück Seil, das er auf den Tisch gelegt hatte, und wog es in der Hand wie ein Pfund Fleisch.

»An der Stelle, an der er hing, beschreibt die Lorenschiene eine Kurve. Die Stöße dort liegen unsauber aneinander, so dass es einiger Kraft bedarf, das Ding in Bewegung zu setzen. Mit seinen kranken Beinen und am Seil hängend hätte Grundt die Lore niemals wegstoßen können. Ich nehme an, dass …«

Ein Aktenordner flog haarscharf an Druwes Kopf vorbei. Vickers hatte damit seiner Empörung Ausdruck verliehen und stand jetzt mit der Hand am Holster seines Revolvers. Offenbar konnte er sich nur mit Mühe beherrschen, diesen deutschen Häftling nicht über den Haufen zu schießen.

»*Fair play*, Sir. Nicht um meinetwillen, sondern für den Toten.« Druwe sah Vickers direkt in die Augen.

Der Mann schwieg, dann nickte er.

»Die Lore wurde seit der letzten Lieferung von Blechen gar nicht bewegt«, sagte Druwe. »Die Schienen setzen schnell Rost an, da es ziemlich feucht in der Halle ist. Deshalb war das Rad hauchdünn angerostet. Aus diesem Grund ölen wir ja auch die angelieferten Bleche sofort ein. Ich habe diesen Zettel gefunden.« Druwe legte den Frachtschein auf den Schreibtisch. »Er ist in typischer Weise wellig. Als hätte er im Nebel oder Dampf gelegen.«

Der Engländer schien nachzudenken. Schlägereien gab es in seiner Haftanstalt andauernd. Auch schwerere Verletzungen waren nicht selten. Selbstmorde waren lästig und von höherer Stelle unerwünscht, ließen sich aber nicht völlig vermeiden. Aber er hatte strikte Weisung, Racheakte und jede Form von Selbstjustiz unter den deutschen Gefangenen zu unterbinden. Ein Mord würde eine langwierige, unangenehme Untersuchung und viele Fragen nach sich ziehen. Karrieren waren schon an weniger gescheitert.

»Noch etwas, Sir«, meinte Druwe, der sah, dass Vickers mit sich rang. »Ich denke, Sie werden am Hals des Opfers Würgemale finden, die nicht vom Seil stammen. Außerdem überkommt einen Selbstmörder beim Strangulieren immer Panik. Sind die Hände nicht gebunden, so versuchen die Leute, nach dem Hals zu greifen. Der raue Tampen hätte Faserspuren an Grundts Fingernägeln hinterlassen. Und an den Fersen seiner Arbeitsstiefel waren Kratz- und Kalkspuren. Ich denke, der Bewusstlose oder bereits Tote wurde zu der Stelle geschleift, so dass …«

Vickers schlug mit aller Kraft auf seinen Schreibtisch. Er hatte seine Entscheidung getroffen. Die Audienz war beendet. Der Brite rief nach dem Sergeant aus seinem Vorzimmer, der sofort erschien. Dann wandte er sich noch einmal an Druwe.

»*I detest bossy huns, Mr Druwe.*« Er besann sich. »Ja, ich verabscheue euch alle.« Er nahm ein Blatt Papier und griff nach seinem Füllfederhalter. »*Assisted suicide. File closed.* Sergeant Flowers!«

Assisted suicide, dachte Druwe wütend. Also eine Art Selbstmord mit fremder Hilfe. Allerdings mit sehr viel Hilfe. Ignoranter Scheißkerl. Druwe wurde von Flowers und einem Corporal in seinen Block zurückgeführt.

10

Werl, Frühling 1946

»Mein Name ist Kupner«, stellte der Mann sich vor. »Moshe Kupner. Ich arbeite für die Briten. Bei der *Field Security Section*. Wir kennen uns zwar nicht, aber mein Vorgesetzter, Major Tanner, meinte, Sie hätten schon einmal miteinander gesprochen. In Flensburg.«

Kurz nach der Kapitulation hatte Druwe schon einmal Kontakt zur *FSS*, der *Field Security Section*, gehabt. Auf Vermittlung von Oberbauer hatte er Tanner damals eine Liste mit Namen hochrangiger, im Norden untergetauchter Nazis übergeben. Druwe hatte erfahren, dass es sich bei der *FSS* um eine besondere Abteilung der britischen Feldpolizei handelte, die sich mit der Festnahme von Nazi-Verbrechern aller Art befasste. Damals war ihm sogar das Angebot gemacht worden, als deutscher Informant dort mitzuarbeiten. Jedoch hatten sich dann alle Ereignisse überstürzt. Sein toter Freund Oberbauer hingegen hatte tatsächlich bei der *FSS* angefangen.

»Man hatte mir einen amerikanischen Soldaten angekündigt«, entgegnete Druwe misstrauisch.

»Ich bin Amerikaner. Und Jude.« Die Gesichtszüge des Mannes verhärteten sich für einen Augenblick. »*Any problems with this fact?*«, fragte er.

»Sofern Sie mich jetzt nicht sofort erschießen, nur weil ich Deutscher bin, nein.« Druwe versuchte, die Situation zu entkrampfen. Er war selbst erstaunt, dass nach langer Zeit wieder seine Kripo-Instinkte erwachten. In den Verhören versuchten die Leute oft, vom Thema abzulenken. Indem sie sentimental wurden. Verbrüderung vortäuschten. Oder den Ermittler moralisch angriffen. Druwe blickte in die Augen des Soldaten, der Zivil trug. »Nein, Mr Kupner, I got no problems with it. Ich habe nur Probleme mit Leuten, die Arschlöcher sind.« Er hob seinen Stumpf und zeigte die Lederhand. »Und das hat mir selbst dann so manches Problem beschert.«

Kupner lächelte. »Gut. Dann will ich es Ihnen erklären. Es gab Unstimmigkeiten zwischen mir und unserer eigenen *War Crimes Group*. Da ich jüdischer Abstammung bin, habe ich ein gewisses Interesse daran, dass man mit Mördern keine Geschäfte macht. Sie kennen vielleicht die unschönen Gerüchte. Es gab und gibt viele Wissenschaftler und Militärs, die einen Deal gemacht haben mit den Amerikanern. Wertvolle Informationen im Tausch gegen eine neue Identität und Straffreiheit. Was vorher war, soll vergessen sein. Wir Amerikaner lieben nun einmal Geschäfte; das hat uns groß gemacht. Ich habe jedoch darum gebeten, zur *FSS* abgestellt zu werden. Die Briten sind da etwas konsequenter. Um es zusammenzufassen: Vor Ihnen steht ein amerikanischer Jude, der für die Engländer arbeitet, weil er noch ein paar SS-Schweinen den Hintern versohlen will. Da hätte euer Herr Goebbels aber jubiliert.« Der Mann grinste.

»Und?«, fragte Druwe. »Ich bin ein bereits verurteilter Kriegsverbrecher. Alles, was es über mich zu sagen gibt, ist bekannt. Sie werden sicherlich meine Akte gelesen haben. Was wollen Sie also von mir, Mr Kupner?«

»Sie können mir helfen. Und ich helfe Ihnen. Ein einfaches Geschäft, Herr Druwe«, entgegnete der Mann. »Sie wissen ja. Amerikaner und ihre Geschäfte.«

»Wenn Sie es noch nicht bemerkt haben, ich sitze hier in Werl. Mein Handlungsspielraum ist auf acht Quadratmeter, einige Toilettenbesuche und Freigang beschränkt. Da kann ich mir nichts schönreden, Mr Kupner.«

»Sie wissen, wer mit Ihnen einsitzt?«, fragte der junge Amerikaner eher ungerührt.

»Meines Wissens habt ihr hier nur Leute untergebracht, die von einem eurer Militärgerichte für schuldig befunden und zu Haftstrafen verurteilt wurden«, antwortete Druwe. »Eine feine Gesellschaft von Kriegsverbrechern.«

»Sie wissen auch, dass Sie selbst gegen die meisten dieser Männer nur eine kleine Leuchte sind?«

Druwe musste schmunzeln. »Fisch. Es heißt *kleiner Fisch*, Mr Kupner.«

Der Mann zuckte mit den Schultern. »Sie haben schon wie viel Jahre herum, Mr Druwe?« Er zählte spielerisch seine Finger ab. »Sechs?« Er blickte scheinbar enttäuscht. »Oh, wie dumm von mir. Es sind ja erst sechs Monate, nicht sechs Jahre. Genau die haben Sie nämlich noch vor sich.«

Druwe blickte ihn zornig an. Solche Spielchen wären hier drin schon Grund genug für eine Schlägerei. Moshe Kupner schien die aufgestaute Wut zu bemerken.

»Hören Sie, Druwe«, sagte er beschwichtigend. »Sie wirkten anfangs auf mich, als kämen Sie mir mit dieser gelangweilt-fatalistischen Einstellung, die viele Ihrer Kameraden an den Tag legen. Nach dem Motto: Eigentlich waren wir im Recht, nur das böse Schicksal hat es mit uns nicht gut gemeint. Auf diese Haltung bin ich schlecht zu sprechen, Mr Druwe. Aber vielleicht habe ich Sie auch nur falsch eingeschätzt. Wie wäre es, wir beginnen noch einmal von vorn?«

Als Druwe schwieg, fuhr Kupner fort: »Um es kurz zu machen: Die *FSS* ist hinter Nazi-Verbrechern her. Einige sind bereits hinter Gittern. Andere haben kurz vor ihrer Verhaftung den Freitod gewählt. Aber viele von denen laufen immer noch frei herum. Wussten Sie, Mr Druwe, dass die Kerle sich im Norden oft neue Pässe und Kennkarten besorgt haben? Ganz neue Lebensläufe einschließlich der Geburtsurkunden? Solche Leute können jetzt vollkommen unbehelligt ein Baugeschäft eröffnen oder ihr zusammengeraubtes Vermögen verprassen.«

Druwe nickte. »Ich habe es erlebt«, meinte er. »Oben in Flensburg. Plötzlich kamen jede Menge Parteimitglieder, SS-Leute und Militärs in die Meldestuben. Während ihr noch vor der Stadt abgewartet habt, wurde im Polizeipräsidium mehr gestempelt und gesiegelt als in den zwölf Jahren davor. Und als Dönitz mit seiner Regierung in Mürwik saß, ging das munter weiter.«

»Nach unserer Kenntnis waren es über viertausend Männer, die sich auf diese Weise neue Identitäten verschafft haben.« Moshe Kupner nickte. »Und wir wissen verdammt wenig über diese Leute. Sie decken sich gegenseitig. Wir brauchen mehr Informationen über sie. Dazu muss jemand in ihre Kreise eindringen. Der amerikanische Geheimdienst nennt das Prinzip *Infiltration.* Wir wollen unbedingt noch ein paar Schweine kriegen. Aber diese Kerle haben Verbindungen. Freunde. Bis in unsere Zuchthäuser und Internierungslager hinein. Jetzt rekrutieren wir eben ein paar Deutsche, damit sie diese Gruppen unterwandern.«

»Ich soll hier drin für Sie schnüffeln?« Langsam dämmerte Druwe, weshalb der Mann gekommen war.

»Augen und Ohren aufhalten.« Der Mann nickte. »Gerüchte aufschnappen oder in die Welt setzen. Namen, Orte, Zahlen. Alles ist wichtig.«

»Woher wissen Sie, dass Sie mir trauen können, Kupner?«

»Ich habe Erkundigungen über Sie eingezogen, Druwe. Sie sind da im Osten in eine beschissene Sache hineingeraten. Dafür büßen Sie jetzt. Aber Ihre Arbeit als Polizist in Berlin und später in Flensburg ist nicht zu beanstanden. Sie waren nicht in der Partei. Und nicht in der SS. Tanner hat mir einige Sachen erzählt.«

»Er hätte selbst kommen sollen«, sagte Druwe. »Nichts gegen Sie persönlich, Mr Kupner. In diesen Zeiten vertraut man nicht jedem. Schon gar nicht hier drin.«

»Erstens wäre das für einen Mann in seiner Position zu auffällig«, erwiderte der Amerikaner. »Und zweitens werden zurzeit die Strafverfolgung und der Nachrichtendienst umstrukturiert. Das erfordert seine ganze Aufmerksamkeit.«

Tanner. Druwe hatte den Mann nur zwei Mal kurz getroffen, aber er hielt ihn für vertrauenswürdig.

»Der Major bedauert, dass Sie hier einsitzen«, fuhr Kupner fort. »Der Tod Ihres Kollegen Oberbauer hat ihm übrigens schwer zugesetzt. Er zeigt, wie gefährlich diese Leute immer noch sind.« Kupner wartete auf eine Reaktion Druwes, doch der schwieg. »Er hat Sie in hohen Tönen gelobt. Ich soll Ihnen ausrichten, dass er und seine Männer immer noch dran sind an der Liste. Was immer das heißt.«

Die Liste. Jens Druwe war im Rahmen einer Mordsache auf eine Namensliste mit Decknamen und Angaben zu Schließfächern auf norddeutschen Bahnhöfen gestoßen. Natürlich hatten die braunen und schwarzen Herren aus Partei und SS beabsichtigt, mit einem Haufen Geld zu verschwinden. Die Suppe hatte ihnen Druwe kräftig versalzen. Insgeheim war er doch erfreut, dass seine Mitwirkung nicht in Vergessenheit geraten war. Es gab viele Männer in höheren Positionen, die sich schnell mit fremden Federn schmückten. Tanner gehörte offenbar nicht dazu.

»Ihnen verdankt die *Field Security* einen Achtungserfolg, Druwe. Ende Mai letzten Jahres haben unsere Leute Heinrich Himmler geschnappt. Reichsführer SS. So etwas erregt natürlich Aufsehen. Der Kerl wollte sich über Niedersachsen nach Süden absetzen. Da wir durch diese Liste seinen Tarnnamen kannten, haben wir ihn schnell aufgespürt. Da halfen ihm auch der wegrasierte Bart und die Augenklappe nicht.«

»Was genau wollen Sie, Mr Kupner?«, fragte Druwe ungerührt. Für seinen Geschmack war das Gerede etwas zu viel von dem, was die Tommys *Small Talk* nannten. Weniger höflich sagte man in Hamburg Gesülze. Der Mann wollte ihn einwickeln.

»Von meinen Landsleuten wissen wir, dass sich in den Gefängnissen und Lagern für Internierte oder Kriegsgefangene bereits erste Seilschaften bilden«, entgegnete Kupner. »Über Anwälte, Angehörige und Wachpersonal werden Informationen ausgetauscht. Die Familien Inhaftierter werden gut versorgt. Wer entlassen wird, soll zügig wieder bei Freunden in Lohn und Brot kommen. Es ist offenbar geplant, später auch wieder die Stellen in Verwaltung und Regierung mit alten Kameraden zu besetzen. Und die noch frei herumlaufenden Dreckskerle werden durch ein Tarnnetzwerk geschützt.«

Druwes Interesse war geweckt. Tatsächlich war man bereits zwei Mal hier im Militärgefängnis Werl an ihn herangetreten. Er hatte solche Avancen für Hirngespinste der ewig Gestrigen gehalten.

»Und ich soll mich da …« Er suchte nach einem passenden Wort. »Ich soll mich da einschleusen?«

»Sie passen perfekt, Herr Druwe. Keine belastende Stellung bei SS oder Partei. Sie wären also später dadurch nicht kompromittiert. Andererseits haben Sie in deren Augen Ihre Treue gegenüber Führer und Reich ausreichend bewiesen. Zweihundert Juden und Zigeuner liquidiert. Wie hieß der Ort noch gleich? Smolensk? Witebsk? Das ist doch was!«

Druwe spürte, wie die Wut erneut in ihm aufstieg. Der junge Amerikaner überspannte eindeutig den Bogen mit seinem jovialen Tonfall. Der Tod dieser Menschen war gewiss nichts, worauf Druwe stolz war. Der Zweck heiligte eben nicht jedes Mittel. Und selbst hier drin würde er sich nicht mit seinen Taten vor alten Kameraden brüsten.

Kupner bemerkte offenbar, dass er beinahe zu weit gegangen war. Er hob entschuldigend die Hände.

»Ich wollte Sie nicht beleidigen, Herr Druwe«, fügte er deshalb schnell hinzu. »Und das ist ja die Kehrseite. Die schriftliche Zeugenaussage vor Gericht, die belegt, dass Sie damals in die Luft geschossen haben. Ihre Mitwirkung bei der Klärung der Tatumstände. Und dann Ihre verlässliche Polizeiarbeit im Norden. Ganz ohne diesen ideologischen Herrenrasse-Kram. Die Liste, die Sie Tanner übergeben haben. Das sind die Gründe, warum wir von der *FSS* Ihnen vertrauen.« Er unterbrach und korrigierte sich. »Vielleicht vertrauen werden. Sofern wir gemeinsam zu einer Vereinbarung kommen.«

»Was springt für mich dabei heraus?«

Druwe hatte sich an die Regeln von Häftlingen bereits gewöhnt. Geben und Nehmen. Zehn Zigaretten für drei Tage verbesserte Krankenkost. Drei Stück gute Seife für eine Woche Schreibdienst statt Plackerei in der Konservenfabrik. Also musste ihm die *Field Security Section* schon etwas anbieten. Denn die Sache war gefährlich. Seine oftmals immer noch braun gesinnten Landsleute würden die Sache als Verrat werten, wenn sie dahinterkämen. Und ihn würde man dann vielleicht tot auffinden. Ertrunken in der Toilette oder erstickt im Schlaf.

Assisted suicide, dachte er, und plötzlich erinnerte er sich an Werner Grundt. Er wollte nicht an der Decke einer feuchten Werkhalle enden. Mit einem Seil um den Hals. Aber so sahen die Folgen für Spitzel und Verräter aus.

»Ich habe von meinen Vorgesetzten einige Zusagen erhalten«, antwortete Kupner. »Es ist eine Haftreduzierung in mehreren Abstufungen denkbar. Im besten Fall könnten Sie Anfang 48 raus aus diesem Dreckloch. Es liegt bei Ihnen, Druwe. Liefern Sie uns etwas Großes. Und wir holen die Unterschrift vom Kriegsminister für Ihre Begnadigung.«

Druwe war vollkommen überrascht. Das Blut rauschte in seinem Kopf. Kupners Vorschlag bedeutete, dass er im besten Fall in gut anderthalb Jahren hier raus konnte.

Da sind die Kinder erst zwei, dachte er. Vielleicht kann ich danach noch etwas Sinnvolles anfangen. Doch wieder zur Kripo nach Berlin? Oder einfach in Hamburg bleiben. Seine Gedanken überschlugen sich.

Moshe Kupner schien sein Schweigen falsch zu deuten. »Diese Chance bekommen Sie nie wieder. Sie waren ein kleines Rad in dieser ganzen Maschinerie. Kein Schwein wird sich für Sie interessieren. Dass die *FSS* überhaupt an Sie denkt, haben Sie nur Tanner zu verdanken. Im Moment haben Sie die Chance, sich bei den Unverbesserlichen einzuschleichen. Je länger wir warten, umso schwieriger wird es, noch in die Netzwerke hineinzukommen.«

Druwe nickte, immer noch in seine Gedanken versunken.

»In Ordnung, Herr Druwe«, sagte Kupner. »Mein letztes Angebot in dieser Sache: Sie bekommen einmal im Vierteljahr einen Tag Freigang zu Ihrer Familie. Mehr kann ich nicht für Sie tun. Und ich brauche jetzt sofort Ihre Entscheidung.«

Druwe spielte für sein Leben gern Poker. Aber ein britisches Gefängnis mit deutschen Häftlingen bot dafür kaum ein gutes Übungsfeld. Hier drin waren es eher Doppelkopf oder Skat, die gespielt wurden. Nun wirkte es fast so, als hatte er mit dem Ami unfreiwillig ein Spielchen riskiert. Er hatte zwar in dieser Sache gar keine Einsätze gebracht und auch nicht geblufft. Und dennoch hatte er jetzt den ganzen Pott für sich geholt. Dabei war sein Blatt alles andere als gut. Verkürzung der Haft, Freigang zu Eva und den Kindern. Unglaublich! Er musste jetzt nur diese Lethargie ablegen, die sich in den letzten Monaten seiner bemächtigt hatte.

»Ich bin Ihr Mann, Mr Kupner«, sagte er schließlich.

Vom Kripo-Beamten in Berlin zum Dorfpolizisten in der Provinz. Vom desillusionierten Krüppel zum verurteilten Kriegsverbrecher. Jetzt auch noch vom Zuchthäusler zum Informanten der Alliierten. Das Leben hielt eine Menge Überraschungen für Jens Druwe bereit.

*

Nach dem Gespräch mit Kupner musste sich Druwe zunächst über seine eigene Stellung im Gefängnis Werl klar werden. Er galt als Außenseiter und als Mann, dem man besser nicht dumm kam. Unbeteiligte Beobachter konnten meinen, dass die Hierarchien und Regeln im Knast einfach wären. Weit gefehlt. Zwar galten die üblichen Oben-unten-Regeln und das Alphatier-Gehabe, dies war nicht anders als draußen. Viel wichtiger aber war, sich innerhalb des Gefüges eine Rolle zu sichern. Es gab den Schweigsamen, den Anführer, den Intellektuellen, den Spaßvogel, den Berater oder den Finanzexperten. Erstens war man innerhalb des Rudels sicherer als außerhalb. Und zweitens war das Leben als Ausgestoßener und Gemiedener für einen Häftling auf Dauer unerträglich. Jeder Mensch brauchte Kontakte. Jens Druwe hatte sich den Platz des anerkannten Einzelgängers erstritten. Die Männer erwiesen ihm einen gewissen Respekt. Aus der Ferne. Er litt zwar nicht an Aussatz, aber jeder wusste, dass man ihn besser nicht anrührte.

»Ich habe einen Mann gefunden, der für unsere Zwecke ideal ist«, sagte Moshe Kupner bei einem ihrer Treffen.

Sie mussten Druwes Aufgabe in Werl vorbereiten. Jede Woche sollte er in Zukunft Bericht erstatten. Offiziell war er dann für die Reinigung der Latrinen beim Wachpersonal oder für die Beseitigung der Küchenabfälle abgestellt. So war ein unauffälliges Zusammentreffen möglich.

»Jemand, der etwas weiß. Der aber nicht mehr dabei ist. Von ihm können wir sicherlich einiges erfahren«, schlug Kupner vor.

Und dieser Mann war Horst Breitenberg. Der ehemalige SS-Standartenführer war in den ersten Monaten seiner Haft immer mehr zerbrochen. Druwe hatte vor einiger Zeit mehrere Male Kontakt zu ihm, sich dann jedoch schnell abgewandt, da der Kerl beständig nur sein Schicksal zu beklagen schien. Breitenberg hatte im Reichssicherheitshauptamt in der Abteilung IV gearbeitet. Das RSHA war die Zentrale des NS-Terrors gewesen. So viel wusste Druwe. Erst hier in Werl hatte er erfahren, dass in dieser riesigen Organisation auch eine Art Geheimdienst-Zentrale der SS untergebracht war. Die Sicherheitspolizei, viele Kripo-Stellen und später auch die berüchtigten Einsatzgruppen wurden von hier aus geleitet. Somit war sogar Druwe de facto lange Zeit dem RSHA unterstellt gewesen, ohne es zu wissen. Und obwohl er gar nicht in die Schutzstaffel Himmlers eingetreten war.

»Stellen Sie einen Kontakt zu ihm her, Mr Druwe. Der Mann ist nach meinen Informationen meistens allein. Gewinnen Sie sein Vertrauen, und horchen Sie ihn aus. Und sprechen Sie häufiger mit den Offizieren der Wehrmacht und Waffen-SS.«

Kupners Weisungen waren jedoch nicht so einfach umzusetzen. Druwes etablierte Einzelgänger-Rolle würde ihn als plötzlich kameradschaftlich auftretenden Plauderer unglaubwürdig und verdächtig machen. Eher schon war ein unauffälliger Kontakt zu einem Außenseiter wie Breitenberg möglich.

»Nach unseren Informationen ist Gruppenführer Simon das Oberhaupt der hiesigen Zelle«, hatte Kupner ihn instruiert.

»Zelle?«, fragte Druwe.

»Das Ganze ist so etwas wie ein Netzwerk. Eine Organisation, die sich die ehemaligen Angehörigen von Waffen-SS und Allgemeiner SS langsam schaffen«, erklärte Kupner. »Die jeweiligen Zellen arbeiten völlig unabhängig voneinander, lediglich die Leiter kennen sich. Wenn wir eine Zelle ausheben, dann wissen die meisten Mitglieder nichts voneinander. Und nichts von den anderen Zellen. Diese Schweine haben sich das von den Partisanen abgeschaut. Schnappst du einen, kann er die anderen nicht verpfeifen. Einige Bereiche sind sogar offiziell, dann nennen sich die Kerle *Hilfsgemeinschaft* und lassen sich sogar als Verein eintragen. Sie unterstützen sich mit Geld, Wohnraum und bei der Arbeitsbeschaffung. Die Zellen selbst arbeiten jedoch illegal. Ihre eher harmloseren Ziele sind das Untertauchen von gesuchten Kameraden, die Vertuschung der Verbrechen und die Beschaffung falscher Dokumente. Weniger harmlos sind Gerüchte, nach denen sie auch Anschläge auf hochrangige Offiziere der Siegermächte planen.«

»Und wie soll ich da reinkommen?« Druwe konnte kaum glauben, was er da hörte. Viele Offiziere der Wehrmacht und SS arbeiteten jetzt mit sichtlicher Hingabe als Gärtner oder Tischler. Und diese Männer planten Partisanenaktionen oder Meuchelmorde?

»Sie müssen sich das Vertrauen der Leute erarbeiten, Druwe. Simon war Gruppenführer bei der SS, und er hat hier drin mächtig Gegenwind seitens der Wehrmacht. Generaloberst von Falkenhorst und Generalfeldmarschall Kesselring sind die führenden Männer der regulären Kampftruppe. Und sie wollen mit der SS nichts zu tun haben. Sie sehen sich selbst als Kriegsgefangene und Männer wie Simon als Verbrecher. Sie kennen sicherlich die Geige, die da gespielt wird.« Kupner stand plötzlich stramm und versuchte die Stimme Hitlers mit dem typisch tief rollenden R zu imitieren. »Wir haben nur einen gerechten Krieg geführt. Sauber und anständig. Von Massakern oder Todesfabriken haben wir nichts gewusst. Heil!«

»Und dieser Breitenberg?«, fragte Druwe und ignorierte die geschmacklose Revue-Nummer. So etwas gab es auch immer wieder bei den englischen Wachsoldaten, wenn sie sich über deutsche Eigenarten lustig machten.

»Er war im RSHA für die Personalangelegenheiten zuständig. Ist schon bei seiner Verhandlung zusammengebrochen. Ständige Weinkrämpfe und sogar ein Selbstmordversuch. Äußerst labil. Mir wurde berichtet, dass er bei den Filmabenden immer lauthals seine Unschuld beteuert«, erwiderte Kupner.

Amerikaner und Briten versuchten eine Art Umerziehung und Aufklärung, indem sie den Häftlingen Filmmaterial von Lagern und Opfern zeigten. Druwe hatte mehr als einmal erlebt, dass die Unverbesserlichen dabei störten und grölten. Manche Landsleute hielten das Ganze für Propaganda, aber einigen Männern gingen die Bilder wirklich nahe. Oft gab es bei den Aufführungen Tumulte und Prügeleien. Die Engländer wirkten ziemlich hilflos, wenn es darum ging, bei den Verurteilten Einsicht zu wecken. So blieben die meisten Männer der Ansicht, sie wären zu Unrecht hier. Verurteilt durch die Rachegelüste einer Siegerjustiz.

»An den Mann kommen Sie einfach ran, Druwe. Er hat Briefe an das Internationale Rote Kreuz geschrieben und um Auskunft über seinen vermissten Sohn gebeten. Machen Sie ihm Hoffnung. Sagen Sie ihm, dass Sie jemanden beim DRK kennen, der helfen könnte. Dann frisst er Ihnen aus der Hand.«

»Und soll ich ihn dann mit Simon zusammenbringen?«, fragte Druwe. »Wenn ja, wie komme ich an den Kerl heran? Immerhin war er Gruppenführer und General der SS. Warum sollte er sich überhaupt für mich interessieren?«

»Das wird schwieriger«, antwortete Kupner. »Diese Leute sind extrem misstrauisch. Ich organisiere da etwas. Ein kleiner Übergriff auf Simon, und Sie sind dann der edle Ritter, der die Situation klärt. Sie bekommen Bescheid, wenn es so weit ist.«

Druwes Strategie war nun zweigleisig. Für einige Tage suchte er unauffällig die Nähe von Breitenberg, verwickelte ihn in Gespräche. Andererseits musste er an Max Simon herankommen. Als Gruppenführer war der Kerl in der SS hoch aufgestiegen. Generalsrang der Waffen-SS. Diese Leute waren nie einfach. Simon war verantwortlich für Erschießungen von Zivilisten in Norditalien. Eine Vergeltungsaktion. Und er hatte kurz vor Kriegsende drei Männer einer schwäbischen Gemeinde hängen lassen, weil sie einigen Hitlerjungen den Widerstand gegen die vorrückenden Amerikaner verboten hatten. Somit war er eine typische Hassfigur der Wehrmachtsoffiziere.

»Solchen Leuten haben wir den Scheiß hier zu verdanken«, pflegte General Kesselring laut zu sagen, wenn SS-Offiziere in der Nähe waren.

Horst Breitenberg war in seiner Freizeit meistens in der Bücherei anzutreffen. Druwe beobachtete ihn einige Tage und entwickelte ein Gespür für seine Gewohnheiten. Nach kurzer Zeit waren ihm die Wesenszüge und Eigenheiten des Häftlings Breitenberg bekannt. Und so erschien Druwe eine Woche nach dem Gespräch mit Moshe Kupner scheinbar zufällig in der Gefängnisbücherei, als sich Horst Breitenberg gerade neuen Lesestoff ausgesucht hatte. Auf dem Tisch lagen *Schuld und Sühne*, *Emilia Galotti*, *Effi Briest* und *Woyzeck*. Die Auswahl zeigte klar ein Abbild von Breitenbergs seelischem Befinden. Der Mann rang mit seinen Zweifeln und Selbstvorwürfen.

Druwe schob neben ihm – betont unbeholfen – ein größeres Buch ins Regal zurück. Ein zweiter, kleinerer Band fiel ihm dabei wie zufällig zu Boden. Breitenberg, der in der Nähe stand, bemerkte ihn.

»Warten Sie, ich helfe Ihnen.« Er kam auf Druwe zu und griff nach dem Buch, das auf dem Boden lag. »Oh, Kafka. *Der Prozess*. Ein ungewöhnlicher Autor, finden Sie nicht?«

»Sicher. Aber wenn ich mich recht entsinne, kann er sehr gut die inneren Qualen beschreiben, unter denen wir Menschen so leiden. Und da können wir im Moment ein Lied von singen, nicht wahr? Einige Jahre war es ja recht schwierig, Kafka zu bekommen.« Druwe lächelte schief. »Aber man kann nicht an ihm vorbei, wenn es um Zweifel, Scham oder Schuld geht.«

Einen Moment lang fragte er sich, ob er vielleicht zu dick aufgetragen hatte. Aber in Breitenbergs Gesicht erschien die Andeutung eines Lächelns.

»Wirklich?«, fragte er. »Ich bin da bisher eher bei den Klassikern hängen geblieben. Sie meinen, Kafka lohnt sich?« Dann fuhr er sich mit der Hand an die Stirn. »Meine Manieren. Ich verrohe hier drin noch völlig. Darf ich mich vorstellen? Breitenberg, Horst Breitenberg.« Er reichte Druwe die Hand, erinnerte sich dann an dessen Prothese und zog sie schnell wieder zurück, wobei er selbst ein Buch vom Regal fegte. Er stöhnte leise, und seine Stimme zitterte leicht, als er weitersprach. »Entschuldigen Sie. Ich hatte ganz vergessen, dass wir uns bereits kennen. Wir haben ein paar Mal miteinander gesprochen. Sie waren gerade hier angekommen, glaube ich. Ich fürchte aber, ich habe Ihren Namen vergessen.«

Der Kerl ist wirklich mit den Nerven am Ende, dachte Druwe.

Tatsächlich kam er mit Breitenberg in den folgenden Tagen immer öfter zusammen. Der Mann hatte seine Frau und Tochter bei einem Bombenangriff auf Nürnberg verloren. Sein Sohn war verschollen.

»Der dämliche Bengel«, meinte er. »Erst sechzehn. Ich hatte einen Bekannten bei den Flak-Stellungen angerufen. Da hätte er Dienst tun und auf die Amerikaner warten können. Nein, der junge Held muss sich zu den verbliebenen, geordneten Einheiten bei Prag melden. Meine letzte Information lautet, dass er einem Haufen zugeteilt war, der nach Berlin marschieren sollte. Eine halbe Kompanie als Entsatz für die Hauptstadt. Herr Druwe, stellen Sie sich das vor! Der reine Wahnsinn.«

»Mein Junge hat in Berlin fast dieselbe Dummheit begangen.« Jens Druwe spürte bei dem Gedanken daran eine Trockenheit im Mund. Er musste jetzt nicht einmal lügen. Sein eigener Sohn Heiner hatte sich mit fünfzehn zur Flugabwehr gemeldet. Zwei Monate vor Toresschluss. Er wollte unbedingt dem geliebten Führer dienen. Und seine ehemalige Frau Inge war sogar stolz darauf gewesen.

»Ich habe seitdem nichts mehr von ihm gehört«, fügte er hinzu. »Ich habe aber über meinen Anwalt Kontakte zum Roten Kreuz. Besser, man kennt da jemanden, sonst wird die Suchanfrage hinten dran gehängt. Wenn Sie wollen, könnte ich da was arrangieren, Herr Breitenberg.«

Druwe berichtete freimütig von seiner Tätigkeit bei der Kripo und erfuhr im Gegenzug einige Dinge über Breitenbergs Arbeit beim Sicherheitshauptamt. Dabei nutzte er geschickt seine Fähigkeiten aus Vernehmungen und Verhören.

»Vier erforderte eine besondere Zuverlässigkeit und Belastbarkeit«, erläuterte Breitenberg mit einem gewissen Stolz in der Stimme. »Für Einarbeitung und Überwachung war ich zuständig.«

»Was war denn an diesem Amt IV so besonders?«, fragte Druwe. Eine ständige Umbenennung von Dienststellen, Neuorganisation und sogar die Abschaffung ganzer Behörden waren ein beliebtes Spiel der NS-Verwaltungsebene gewesen. Nach kurzer Zeit verlor fast jeder den Überblick.

»Vier war letztlich die Gestapo. Unter der Leitung von Heinrich Müller«, antwortete Breitenberg. »Klar, dass die keine Flöhe in ihrem

Pelz wollten. Die siebten alle Bewerber lieber drei Mal durch, bevor sie jemanden einstellten. Und dann war da auch noch …« Er schwieg und sah sich um.

Die beiden Männer hatten beim Freigang im Innenhof eine Ecke aufgesucht, in der es immer unangenehm roch. Auf der anderen Seite der Mauer lagen die Klärgruben der Haftanstalt. Aufgrund der Vollbelegung in Werl mussten die Saugwagen nun öfter kommen und hinterließen jedes Mal eine ziemliche Sauerei. Naturgemäß war man an diesem Ort eher ungestört.

»Die Verwaltungssache für die Juden hatten sie ebenfalls bei uns untergebracht. Zunächst in Abteilung D 4, später B 4. Offiziell lief das unter Kirchenangelegenheiten«, fuhr Breitenberg nach einer Weile fort.

Druwe blickte verwirrt. »Verwaltungssache?«, fragte er.

»Eichmanns Leute forschten in Kirchenbüchern und den Geburtenregistern. Sie durchforsteten alte Meldelisten, Volkszählungen, Heiratsurkunden und sogar Krankenhaus-Akten«, erwiderte Breitenberg. »Adolf Eichmanns Abteilung war überall auf der Suche nach Juden. Die haben das Ganze wie eine Art Inventur abgewickelt.«

»Eichmann? Gehörte der auch zur Gestapo?« Druwe blickte sich um. Er ahnte, dass beide Männer über ein hochbrisantes Thema sprachen. Für Außenstehende sollte es jedoch wirken, als handelte es sich um einen harmlosen Plausch unter alten Bekannten. Zwischenzeitlich lachte er ohne Grund und schlug seinem Gegenüber auf die Schulter, als hätte der einen guten Witz gemacht.

»Nein.« Breitenberg schüttelte den Kopf. »Oder doch. Keine Ahnung, wem der unterstand. Vielleicht Heydrich persönlich. Oder später Kaltenbrunner. Eichmann lieferte die Listen. Wie ein guter Lagerverwalter. Andere holten die Ware dann ab.«

Druwe schluckte hörbar. Also hatte die Leitung der Gestapo in derselben Abteilung gearbeitet wie diese Listenschreiber. Das war etwas anderes als das scheinbar planlose Töten im Rahmen des Ostfeldzugs.

Er hatte mit ehemaligen Kollegen aus der Polizei gesprochen, die immer angaben, dass die »Juden- und Zigeunersache« eine Art Nebeneffekt dieser brutalen Kriegsführung gewesen war. Frei nach dem Motto: Wo gehobelt wird, da fallen Späne. Wenn jedoch stimmte, was Horst Breitenberg sagte, dann steckte hinter den Tötungen ein perfider Plan. Dann war alles vorbereitet und akribisch durchdacht. Druwe nahm sich vor, Kupner danach zu fragen, ob den Alliierten dieser Sachverhalt bekannt war. Das Amt IV des RSHA hatte offenbar den Tod verwaltet, generalstabsmäßig geplant und durchgeführt.

»Haben Sie das bei Ihrer Verhandlung erwähnt, Breitenberg?«, fragte er.

»Nein, wieso? Hätte mich Kopf und Kragen gekostet, wenn die mich mit dieser Sache in Verbindung gebracht hätten. Bei meinem Prozess ging es um meine Rolle bei der Gestapo und meinen recht kurzen Fronteinsatz. Müller bestand darauf, dass alle Mitarbeiter Erfahrung in der Praxis sammelten. Auch die Angehörigen der obersten Verwaltungsebene. Also steckten sie mich in die Einsatzgruppe D unter Ohlendorf. Während der Aktionen in Simferopol hatte ich einen Zusammenbruch. Die Sache hätte mich wohl Kopf und Kragen gekostet, wenn ich nicht zur selben Zeit eine schwere Diphtherie bekommen hätte. Also haben sie mich nach Hause geschickt.«

Wie sich manche Lebensläufe doch gleichen, dachte Druwe erstaunt. Er war jedoch auch besorgt. Horst Breitenberg war eine Zeitbombe. Der Kerl besaß ein brandgefährliches Wissen, ohne es zu ahnen. Ein falsches Wort, und die alten Kameraden aus der SS würden einen derart unliebsamen, labilen Zeugen schnellstmöglich loswerden wollen. Wieder musste Druwe an den Morgen denken, als er Werner Grundt erhängt aufgefunden hatte. Und er war nun oft mit Breitenberg gesehen worden. Er saß jetzt im selben Boot.

11

Werl, Hamburg, Juli 1946

Die ersten Berichte, die Druwe seinem Verbindungsmann Kupner übergeben hatte, waren bei dessen Vorgesetzten auf großes Interesse gestoßen. Offenbar waren sich die Briten gar nicht klar darüber gewesen, dass sich unter den verurteilten Häftlingen durchaus Leute befanden, die eine Menge mehr wussten, als sie in ihren Prozessen zugegeben hatten. Zudem war es wohl in letzter Zeit auch zu Unstimmigkeiten zwischen den Westalliierten gekommen. Druwe war dieses Geplänkel leidlich egal. Er war froh, dass er Informationen liefern konnte, die für Kupner wichtig waren. Denn nur solches Material machte ihn zu einem wichtigen Mitarbeiter, dem man später auch tatsächlich die versprochenen Vergünstigungen gewähren würde. Und er wollte seine Aufgabe so gut es ging erfüllen, um das langersehnte Ziel zu erreichen.

»Sie haben da in ein Wespennest gestochen, Mr Druwe«, sagte der junge Amerikaner bei einer Besprechung. »Offenbar hat die amerikanische Regierung ihre alliierten Partner über viele Sachverhalte nicht oder nur unzureichend informiert. Tanner hat mit dem britischen Kriegsminister telefoniert, der ziemlich sauer war. Bei den US-Nachrichtendiensten herrscht ein völliges Durcheinander. Zu viele Interessen kommen da zusammen. Die Leute aus dem *Office of Strategic Services* wollen nicht einsehen, dass der Krieg vorbei ist. Irgendwelche Instanzen, *SSU* oder *CIC*, rangeln um ihre Kompetenzen. Ich blicke da selbst nicht durch. Und man munkelt, dass es eine völlig neue Behörde geben soll, die direkt Präsident Truman unterstehen wird. Offiziell heißt es, man will sich auf neue Aufgaben vorbereiten.«

»Jetzt sind die Russen die Feinde«, unterbrach ihn Druwe. Er verfolgte die politische Entzweiung der ehemaligen Verbündeten in den Zeitungen.

»Genau. Dass aber die Engländer wie Freunde zweiter Klasse behandelt werden, denen man nicht alle Geheimnisse anvertraut, stößt in London bitter auf.«

Anfang Juli war es dann so weit. Der Besuch bei seiner Familie in Hamburg stand kurz bevor. Er hatte Kupner unmissverständlich klargemacht, dass die Absprachen null und nichtig wären, wenn die Briten ihr Wort in dieser Sache nicht hielten. Die Genehmigung des ersten Freigangs wurde der Gefängnisleitung gegenüber offiziell mit Komplikationen an seinem Stumpf erklärt. Angeblich konnte nur ein Knochen-Spezialist am Hamburger Universitätskrankenhaus die vermeintlich schwere chronische Ostitis behandeln. Die *FSS* verschwieg das Vorhaben sogar gegenüber der britischen Anstaltsverwaltung in Werl und organisierte alles über einen Arzt in der Krankenabteilung des Gefängnisses.

»Ich denke, Ihnen ist klar, dass Sie keine Dummheiten versuchen sollten, Mr Druwe«, sagte Kupner. Es war knapp nach sechs Uhr. Ein britischer Lazarettwagen sollte den Häftling nach Hamburg bringen. Und Kupner wollte bis zum Zwischenhalt in Soest mitfahren.

»Wenn Sie fliehen, werden wir Sie bis ans Ende der Welt jagen«, fuhr der Amerikaner fort. »Sie müssten für immer untertauchen und würden Ihre Familie nie wiedersehen.« Er zuckte mit den Schultern. »Das soll ich Ihnen von Dan Tanner ausrichten.«

Jens Druwe hörte kaum zu. Das erste Mal seit über einem Jahr wäre er frei. Zumindest für einen Tag. Und er hatte nicht vor, das zu zerstören. Ihm war der Gedanke an eine Flucht überhaupt nie in den Sinn gekommen. Bis eben, als Moshe Kupner diese Option erwähnte.

Eigentlich hätte sich Druwe in diesem Moment, auf der Fahrt nach Hause, unbändig freuen müssen. Stattdessen quälten ihn dunkle Ahnungen und Zweifel. Und er spürte eine große Traurigkeit in sich. Die Kinder waren bereits ein halbes Jahr alt. Nur ein Foto hatte er von ihnen. Die britische Verwaltung hatte schließlich doch einer Heirat zugestimmt, allerdings war Eva noch immer zu schwach gewesen, um selbst nach Werl zu kommen. Auch den Säuglingen war die Strapaze einer fast sechsstündigen Autofahrt nicht zuzumuten. Außerdem, woher hätten sie auch einen Wagen nehmen sollen? Also hatten beide die Form der Ferntrauung gewählt. Die Sache war in etwa so romantisch gewesen wie der Ölwechsel bei einem Panzer. Mehrere Schriftsätze, in denen sich Militärverwaltung, Standesamt und Meldestelle zu der Anfrage äußerten, wechselten Anfang des Jahres hin und her. Schließlich durften die zukünftigen Eheleute auf einem abgegriffenen Formular unten links durch ein Kreuz ihr Einverständnis zur Trauung bekunden. Die rechtskräftige Siegelung erfolgte natürlich erst nach Entrichtung der amtlichen Gebühr.

Nachdem Kupner ausgestiegen war, hing Druwe diesen Gedanken nach. Mit seinen Gefühlen konnte er nur schlecht umgehen. Oftmals hatte er in den Jahren nach den Fronteinsätzen im Osten und seiner schweren Verwundung nur noch ungeheure Wut und Unzufriedenheit verspürt. Alle anderen Empfindungen schienen verschüttet. Dass sich dahinter auch Angst, Scham und Trauer verbergen konnten, hatte er in den vergangenen Monaten mühsam – auch mit Evas Hilfe – wieder lernen müssen.

Er war immer erstaunt, dass er Leuten die Zähne aus dem Gesicht prügeln konnte. Und dass er auch selbst bis zur Unkenntlichkeit einstecken konnte. Dass es aber plötzlich Momente gab, die sein tiefstes Inneres berührten. Die ihn darüber nachdenken ließen, alles hinzuwerfen. Er wollte dann nur dasitzen und seine Frau und die beiden Kinder im Arm halten. Bis zum letzten Tag auf Erden.

*

Vor einem halben Jahr hatte er eine Entscheidung im Krankenhaus getroffen. Für Eva. Für die Zwillinge. Der Kaiserschnitt war gut verlaufen, er hatte dreißig Stunden im Krankenhaus verbracht. Dann endlich hatte er diese beiden winzigen Menschen in den Armen gehalten, die sein Sohn und seine Tochter waren. Zweieiige Zwillinge. Lydia und Jon. Ein Neuanfang, auch bei den Namen. Eva war zu jener Zeit immer noch nicht bei Bewusstsein gewesen. Erst später, als er längst wieder in Fuhlsbüttel einsaß, hatte er von Ludwig erfahren, dass sie drei Tage später aufgewacht war.

Und nun war er zu Hause. In einem Zuhause, das er gar nicht kannte. Seine Frau wirkte immer noch erschöpft, aber zufrieden. Sie hatte eine kleine Begrüßungsfeier vorbereitet und führte Jens nach der ersten stürmischen Umarmung in die Wohnstube. Dort lag eine Bibel auf der Anrichte, die Eva nun feierlich in die Hand nahm.

»Ja, ich will«, sagte sie unvermittelt.

Druwe blickte zunächst verdutzt. Dann begriff er. »Ich auch«, stotterte er unbeholfen. »Ich meine, ja. Ich will.«

Er war wie in Trance die Treppe zur Wohnung hinaufgestiegen. Es war ein neues Zuhause, keine Heimkehr. Hamburg war Evas Geburtsort, ihre Heimatstadt. Nicht seine. Sie und ihr Bruder fühlten sich hier wohl. Druwe selbst war eher ein Entwurzelter. Die vom Amt zugewiesene Wohnung war ihm fremd. So fühlte er sich mehr wie ein Gast, nicht wie ein heimkehrender Familienvater. Durch Evas kleine Geste taute er nun jedoch auf. Das symbolische Ja-Wort schien ihn zu entschädigen für die Seelenqualen der vergangenen Monate. Und dieses Mal wollten sie sich dabei in die Augen schauen und nicht nur auf dem Papier verheiratet werden.

»Sie dürfen die Braut jetzt küssen«, rief Ludwig Steinfeld aus dem abgewetzten Lehnsessel, in dem er saß.

Es war nur eine große Wohnung im Stadtteil Eilbek zu bekommen gewesen, die man aufgrund der Wohnungsnot mit anderen Bewohnern teilen musste. In ihr hausten jetzt die Geschwister nebst den Kindern. Dazu noch die Besitzer, ein geduldiges Ehepaar, und eine Familie, die von den Polen mit Knüppeln und Tritten unsanft zur Umsiedlung überredet worden war. Evas Bruder summte jetzt das Brautlied.

»Dieses Mal keine Eisenketten, nicht einmal Fesseln?«, fragte er belustigt. Er hatte offenbar schon einige Bier gehabt, obwohl es erst Mittag war. »Hast du bei den Tommys jetzt einen Stein im Brett? Bist doch hoffentlich nicht deren Kapo geworden, Jens?«

»Die Kerle haben doch ein gutes Druckmittel«, entgegnete Druwe. Er deutete auf Eva und die Kinder. Übertrieben war das nicht, denn Kupner hatte ihm ja unmissverständlich klargemacht, dass eine Flucht schwerwiegende Konsequenzen für die gesamte Familie haben würde.

»Jetzt bist du wie der Fliegende Holländer«, stichelte Steinfeld weiter. »Kommst alle drei Monate und tauchst dann wieder unter.«

»Der Kerl durfte nur alle paar Jahre an Land«, belehrte ihn Eva. Sie schien im Moment nicht gut auf ihren Bruder zu sprechen zu sein.

»Ich habe immer gesagt, es wird ein Junge«, wechselte Jens Druwe das Thema und jonglierte Jon etwas unbeholfen aus dem Bettchen. Bei nur einer gesunden Hand und einem lebhaft strampelnden Kleinkind war das ein heikles Unterfangen. Eva kam ihm zu Hilfe.

»Nein, ein Mädchen.« Sie grinste und nahm kurz darauf Lydia hoch. Beide Kinder waren gut genährt. Dafür wirkten Eva und ihr Bruder weiterhin dürr und ausgezehrt. Druwe fragte nicht. Er hatte Eva nach der Heirat nur das wenige Ersparte schicken können, das ihm noch geblieben war. Allerdings waren viele Sachen, auch die besseren Lebensmittel, im Moment nur über Bezugsscheine erhältlich. Daneben gab es illegale Märkte, auf denen horrende Preise für Alltägliches verlangt wurden. Und die goldene Uhr seines Großvaters hatte Eva versteckt. Als Notgroschen, wie sie sagte; falls die Kinder etwas benötigten.

»Du glaubst es nicht, Jens. Die Engländer bauen uns glatt *Blohm & Voss* ab«, sagte Steinfeld. Sein Vater hatte auf der Hamburger Traditionswerft geschuftet. »Klar, die Herren Direktoren haben ordentlich mitverdient am Krieg und sollten ordentlich zur Kasse gebeten werden. Aber sie können einer Hafenstadt doch nicht die größte Werft wegnehmen. Arbeiter brauchen nun einmal Arbeit. Sonst werden sie unzufrieden.«

»Sollen deine Arbeiter doch Steine schleppen«, meinte Druwe. Er wollte sich nicht über Politik unterhalten. »Gibt ja genug aufzuräumen.«

Auf dem Weg vom westfälischen Werl waren sie über die Elbbrücken in die Stadt hineingefahren. Später in den Stadtteilen Hamm und Borgfelde hatte er die riesigen Trümmerfelder gesehen. Die Hamburger nannten die schlimmsten Bombennächte des Kriegs den »Feuersturm«. Gerade erst drei Jahre war es her, dass die halbe Stadt zerstört worden war. Über der ganzen Gegend lag bei schwülem Wetter immer noch ein ekelhafter Geruch. Nicht nur nach verbranntem Holz.

»Was gibt es sonst Neues in der Stadt?« Er selbst hatte als junger Kripo-Beamter einige Jahre hier gelebt, bis es ihn Mitte der Zwanziger nach Berlin zog.

»Nichts Genaues weiß man nicht«, murmelte Ludwig. »Noch immer keine eigene Zeitung. Die Genossen organisieren einen Paketversand von Tagesblättern aus anderen Städten. *Aachener Zeitung*, *Der Berliner*, *Der Morgen*, *Süddeutsche*. Es ist, als gäbe es hier in Hamburg keine Leserschaft. Ich bin ebenso von der Welt abgeschnitten wie damals in Kola-Fu. Der Führer könnte noch leben. Oder die Amis wollen zum Mond. Ich würde es nicht mitkriegen.«

Eva verdrehte die Augen und sah Jens vielsagend an.

»Er hatte so große Hoffnungen gesetzt in die Neugründung der SPD hier«, erklärte sie, als Ludwig Steinfeld später zu einer Verabredung verschwand. »Aber die haben ihn einfach kaltgestellt. Es heißt, dass die Amerikaner keine ehemaligen Kommunisten in den Parteien haben wollen. Da müssen sich auch die Briten beugen. Seitdem stänkert er nur noch herum und trinkt zu viel.«

»Ludwig war doch nur anfangs bei der KPD und ist recht früh zur SPD gewechselt.«

»Den Amerikanern offenbar egal. Einmal Kommunist, immer Kommunist«, erwiderte Eva.

Sie hatte irgendwo zwanzig Gramm Earl Grey aufgetrieben. Vor ihnen standen jetzt die abgestoßenen Tassen, aus denen es dampfte. So saßen sie eine Weile schweigend am Küchentisch.

»Lass uns nicht über Politik reden, Jens.« Eva trat an ihren Mann heran und küsste ihn. »Ludwig lamentiert sich bei den Genossen mindestens fünf Stunden die Kehle wund. Und Familie Stecklitz ist in der Frühe zu entfernten Verwandten in Ahrensburg gefahren. Wenn sie heute überhaupt wiederkommen, dann ganz spät.«

Druwe nahm den leichten Lavendelduft an seiner Frau wahr. Die Marseiller Seife. Offenbar besaß sie immer noch ein Stück. Sicherlich, er hatte im mondänen Berlin teurere Parfüms gerochen. Und er hatte gesehen, wie rauchende Frauen mit einem Augenaufschlag ihr Seidenkleid von den Schultern gleiten ließen. Aber als Eva Druwe nun die Schleife der Küchenschürze löste, um danach das schlichte, graue Jute-Baumwoll-Kleid abzustreifen, hätte die Anmut kaum größer sein können. Beinahe wäre der kleine Kriegskuchen, der zu Ehren des Hafturlaubers im Ofen lag, verbrannt. Die Kohlen für den Herd hatte Eva ihren Nachbarn und den Untermietern abgeschwatzt, die Zutaten in den letzten Tagen über dunkle Kanäle getauscht und gekauft. Es war warm in der Küche. Und der Kuchen kam gerade noch rechtzeitig heraus.

Er verzichtete darauf, Eva von der Abmachung mit Kupner und der *Field Security* zu erzählen. Es musste sich in den nächsten Wochen erst zeigen, ob er deren Forderungen würde erfüllen können. Er konnte nur ahnen, was Eva in den letzten Monaten durchgemacht hatte. Ihr jetzt Hoffnung zu machen, um dann eine weitere Hiobsbotschaft folgen zu lassen, schien ihm unverantwortlich.

»Lena hat geschrieben«, sagte er irgendwann nach dem Küchen-Intermezzo, als die beiden wie alte Eheleute am Tisch saßen und wieder ihren Tee tranken.

»Lena?«, fragte Eva. Sie kannte Druwes Tochter aus erster Ehe nicht. Die junge Frau hatte bereits in den Endtagen des Kriegs angekündigt, dass sie von Berlin nach Flensburg kommen würde. »Ich dachte, die ist in Berlin bei ihrer Mutter geblieben.«

»Sie hat sich im Mai letzten Jahres auf den Weg gemacht. Und ist gleich hinter Berlin aufgehalten worden. Erst von der Feldpolizei, weil meine liebe Exfrau Anzeige erstattet hatte. Gegen das eigene Kind.« Jens Druwe schüttelte grimmig den Kopf. »Und dann von den Russen …«, ergänzte er.

»O Gott! Nein«, sagte Eva und hielt sich entsetzt die Hand vor den Mund.

»Sie hat Glück gehabt. Es ist nichts passiert«, meinte Druwe beschwichtigend. »Sie hatte zwei Briefe dabei. Von mir und ihrer Tante aus Hamburg. Die Russen konnten nur wenig Deutsch, und sie hat behauptet, dass sie jetzt dort wohnt. Rotzfrech das Luder. Hat einfach geblufft. Hat sie wohl von ihrer Mutter.«

Eva blickte ihn an, nickte nur wissend, sagte jedoch nichts.

»In Hamburg war dann der Krieg aus. Die Briten haben sie in ein Heim gesteckt, weil sie nicht volljährig war. Und sie wollten klären, ob sie in Straftaten oder Jugendprostitution verwickelt war. Die Sache hat fast drei Monate gedauert, und dann ist sie nach Flensburg.«

»Da warst du aber schon in Hamburg.«

»Eine Odyssee«, fügte Jens hinzu und nickte. Er und seine Tochter verstanden sich gut, aber er hatte sich in die Ungewissheit um ihr Schicksal gefügt. So wie es Millionen andere in diesem Land ebenfalls tun mussten. »Jetzt endlich hat mich in Werl ihr Brief erreicht, den sie im Herbst an mich geschrieben hat. Sie möchte dich kennenlernen, Eva.«

Gegen sechs Uhr klopfte der britische Sergeant, der in seinem Wagen vor der Tür gewartet hatte. Er sagte nichts, sondern blieb an der Türschwelle stehen, bis Jens Druwe sich verabschiedet hatte. Manche Abschiede waren nur mit der Hoffnung auf ein Wiedersehen zu überstehen. In Druwes Fall war es die Aussicht, in drei Monaten zurückkehren zu können. Vielleicht sogar mit einer konkreten Zusage von Kupner.

*

An Max Simon war nur schwer heranzukommen. Er schien immer von einigen Männern umgeben, die als Leibwache dafür sorgten, dass ihm niemand zu nahe auf den Pelz rückte. Sogar die britischen Wachen gingen ihm aus dem Weg. So konnte Druwe ihn zunächst nur aus der Ferne beobachten, seine Gewohnheiten studieren und Kupner darüber Bericht erstatten. Der ehemalige SS-Gruppenführer Simon wirkte eher wie ein lustiger Familienvater und Geschichtenerzähler. Er trug eine einfache Nickelbrille, die seinem Gesicht eine zugleich schelmische wie intellektuelle Anmutung gab. Auf dem Haupt waren die letzten Haare von der Seite über die kahle Fläche gekämmt. Und wenn er lachte, dann schlossen sich seine Augen, da er die Wangen stark nach oben zog. Als hätte er zu sauer gegessen. Sein Mund wirkte dann verschmitzt, ohne dass er die Zähne zeigte. Kurzum beobachtete Druwe einen sympathisch und entspannt wirkenden SS-Mörder, dem in Werl niemand krumm kam. Die einzige Ausnahme waren die ständigen Konflikte mit den Häftlingen von der Wehrmachtsseite. Druwe hatte die aufkeimende Feindschaft zwischen den ehemaligen SS-Leuten und regulären Soldaten zwar beobachtet, jedoch nicht richtig verstanden, worum es dabei ging. Für ihn war ein Toter ein Toter. Ob der nun durch SS oder Wehrmacht ins Gras gebissen hatte, war im Ergebnis ohne Belang.

»Die oberen Dienstgrade aus der Schutzstaffel sind weiterhin sehr von sich eingenommen«, hatte ihm Werner Grundt anfangs erklärt.

»Obwohl Himmler ja alle Standesdünkel abschaffen wollte, sehen sie sich als Elite. Gibt kaum jemanden, der etwas bereut oder Einsicht zeigt. Die Kerle denken, wir haben den Krieg verloren, weil das Heer und die Luftwaffe versagt haben.«

Tatsächlich gaben sich die ehemaligen SS-Offiziere in Werl so, als wären sie die einzig wahren Deutschen. Natürlich kannte Druwe solches Gebaren noch aus der Glanzzeit des Dritten Reichs. Dass sie sich auch hier im Zuchthaus für überlegen hielten, wirkte auf ihn jedoch äußerst befremdlich. Diese Männer waren fest überzeugt, dass der Krieg gewonnen worden wäre, hätte es mehr von ihrer Art und Gesinnung gegeben.

Auf der anderen Seite pflegten die Offiziere der Wehrmacht eine fast unerträgliche Attitüde der Unschuld. Ihrer Ansicht nach hatten sie nur einen normalen Krieg geführt. Sie fühlten sich zu Unrecht hier eingesperrt. Wie konnten die Alliierten es überhaupt wagen, Soldaten der regulären Truppe anzuklagen und zu verurteilen? Krieg war nun einmal Krieg. Und der forderte zu allen Zeiten Opfer. Auf allen Seiten.

So musste Druwe lange auf seine Chance warten, sich Simon zu nähern. Auf Kupners Geheiß provozierten ihn englische Wärter zwei Mal, und es kam sogar zu abgesprochenen, vorgetäuschten Handgreiflichkeiten. Druwe sollte sich als ein Offizier geben, der schnell in seiner Ehre gekränkt war. Es fiel ihm nicht leicht, dieses Theater mitzuspielen. Dafür hatte er zu viel Elend gesehen und auch selbst zu viel Dreck gefressen. Auf den Straßen Berlins hatte er erlebt, wie die Not der Wirtschaftskrise jede Form von Ehre hinwegfegte. Und in den Kriegswirren war ihm der letzte Glaube daran in Rotz, Blut und Schreien ausgetrieben worden.

»Ein Tropfen unseres Blutes ist mehr wert als euer ganzes, beschissenes Königshaus!«, rief Druwe laut im Speisesaal, als ein Staff Sergeant ihn angeschnauzt hatte.

»Selbst ein verwundeter Deutscher schlägt erbarmungsloser zu und hat mehr Ehre im Leib als ihr Dreckspack!«, brüllte er ein anderes Mal im Gang, in dem auch Simon untergebracht war. Dabei schwang er seine Lederprothese.

Beide Male kassierte er eine ordentliche Abreibung durch die Wachsoldaten. Da hatte Kupner wohl vergessen, entsprechende Anweisungen zu geben. Er sah, dass einige Leute anerkennend nickten. Aber es reichte nicht, um näher an den SS-General heranzukommen. Zwar gab es hier und da ein Schulterklopfen und auch erste Gespräche mit den Leuten der SS-Fraktion, doch dabei handelte es sich um die unteren Dienstränge. Das Interesse drohte auch schnell abzuebben, als die Männer erfuhren, dass Druwe gar nicht in ihrer Organisation gewesen war. Er und Kupner mussten sich schnell etwas einfallen lassen.

Moshe Kupner kam schließlich auf die Idee, eine geplante Entlausungsaktion für Simons Zellentrakt als Anlass für einen fingierten Übergriff zu nutzen. Ein Sanitätshelfer stellte sich dabei bewusst derart dumm an, dass er dem SS-Offizier eine große Ladung des weißen Puders direkt ins Gesicht sprühte. Damit war ein Grund gegeben, den jammernden Mann für Augenspülungen in den Krankentrakt zu verlegen. Zwar protestierten Simons Männer in den Nebenzellen, aber der Gefangene war derart um sein Sehvermögen besorgt, dass er keinen Verdacht schöpfte und sich ohne Begleitschutz dorthin führen ließ.

»Nicht weiter schlimm, Herr Simon«, sagte der Arzt kurz darauf. »Johann wird jedes Auge drei Mal spülen, und wir beobachten Sie bis heute Abend.«

Druwe wurde gerade aufgrund seiner Blessuren, die er sich bei seinen Provokationen zugezogen hatte, hinter einem Vorhang in der anderen Raumecke behandelt. Eigentlich waren bereits alle Prellungen und Blutergüsse abgeheilt, aber er brauchte einen nachprüfbaren Grund für seine Behandlung auf der Krankenstation. Eine Tür wurde plötzlich aufgestoßen, und lautes Rufen erklang.

»*Bastardo assassino!*«

Das Possenspiel nahm seinen Lauf, als zwei südländisch aussehende

Männer in den Ruhebereich stürmten. Sie gestikulierten wild und riefen offenbar italienische Schimpfwörter. Druwe hatte den Vorhang neben seiner Krankenliege etwas zur Seite geschoben, um die Szene besser beobachten zu können. Hinter einem Wandschirm kam es zu einer lautstarken Auseinandersetzung zwischen den beiden Männern und Simon. Druwe vernahm dessen erregte Stimme, mal sprach er Deutsch, mal Italienisch. Mehrmals fielen die Worte *Marzabotto* und *Macellaio*. Plötzlich hörte Druwe den Aufschrei des Anstaltsarztes, das verabredete Zeichen, einzugreifen. Er sprang von seiner Liege und eilte dem bedrängten Simon zu Hilfe. Der Mann stand zwischen Wand und Krankenbett und hielt sich die Arme vor das Gesicht, während die beiden Italiener auf ihn eindroschen. Es waren zwar keine schweren Schläge, der Offizier schien jedoch keine Erfahrung mit Kneipenschlägereien und Straßenkämpfen zu haben. Seine Brille lag am Boden, ein Glas war zerbrochen. Und am linken Ohr musste er einen Treffer eingesteckt haben, denn dort blutete er. Druwe war in seinem Beruf dreißig Jahre immer wieder in Raufereien verwickelt gewesen. Er wusste, wie man mit Schlägern umging. Schwieriger war es in dieser Situation, alles echt aussehen zu lassen. Einem Haken seines Gegners wich er geschickt aus, einen Körpertreffer steckte er demonstrativ ein. Wie verabredet, ging er mit einem Schrei zum Angriff über und ließ seine Lederfaust theatralisch auf einen rollbaren Beistelltisch niedersausen. Verbandszeug, Augendusche und Tupfer flogen durch den Raum. Die Angreifer flüchteten aus der Sichtweite Simons. Druwe folgte ihnen und schlug mehrere Male hinter dem Wandschirm auf die Matratze des am Fenster stehenden Bettes ein, jeweils begleitet von einem dumpfen Stöhnen der gedungenen Attentäter. Dann öffneten sie ein Fenster und sprangen ins Freie. Druwe kehrte keuchend zu Max Simon zurück, der ziemlich konsterniert seine Brille aufhob.

»Danke, Herr …«, begann der Mann. Er hatte sich schnell gefasst und wirkte jetzt nicht mehr hilflos, sondern eher überrascht.

»Lassen Sie Ihr Ohr verarzten«, erwiderte Druwe. »Ihre Augen sehen auch übel aus. Da sind wir schon im Lager, und es ist gefährlicher als draußen.« Er gab sich bewusst bärbeißig. Ein zu schneller Kontakt wäre verdächtig. Der Mann würde ihn schon finden. Weglaufen konnte Druwe schließlich nicht. Ohne ein weiteres Wort verschwand er in Richtung Aufenthaltsraum.

Er sollte Recht behalten. Drei Tage später übergab ihm ein Hüne, der zu Simons Bewachung gehörte, einen Zettel. Und am folgenden Tag saßen Simon und Druwe an einem Tisch in der Gefängnisbücherei. Für alle anderen Häftlinge war eine halbe Stunde lang geschlossen.

»Ich bin kein Mann, der lange um den heißen Brei redet«, begann Simon, der einen leichten schlesischen Akzent hatte. »Sie wissen, wer ich bin. Und ich weiß mittlerweile, wer Sie sind, Herr Druwe. Also, zunächst danke ich Ihnen. Aber bilden Sie sich nichts darauf ein. Dankbarkeit ist eine Hure, die Sie für fünf Mark an den Nächsten verrät. Für mich zählt nur Loyalität.«

Druwe schwieg. Der Kerl war ihm nicht geheuer.

»Eine Feuerprobe haben Sie bestanden. Wenn auch ungeplant«, fuhr der frühere SS-General fort. »Ich habe mich erkundigt. Einsatzgruppe B. Respekt, Druwe. Harte Sache damals, aber wie sagte unser guter Heinrich immer: Es muss Männer geben, die das aushalten. Die den Dreck ertragen.«

»Herr General, kann ich etwas für Sie tun?« Druwe zog den militärischen Dienstgrad der Waffen-SS vor.

Simon ließ sich im Gefängnis Werl – sehr zum Verdruss der Wehrmachtsoffiziere – oft mit diesem Rang anreden, obwohl er auch Gruppenführer der Schutzstaffel gewesen war.

»Oder wollten Sie mir nur danken?« Druwe hob die Schultern. »Ich könnte jetzt von Pflicht und Ehre reden. Aber ich bin ein Mann fürs Gröbere.«

»Guter Mann!«, jubelte Simon. »Ehrlich und frei heraus. Wenn es doch außerhalb der Staffel noch mehr wie Sie gegeben hätte.« Er lachte.

Dann beugte er sich zu Druwe vor und sprach sehr leise weiter. »Eine zweite Feuerprobe, Druwe. Wenn Sie die bestehen, dann sind Sie mein Mann. Verstehen Sie? Wir sind dabei, einen …« Er gab vor, nach den richtigen Worten zu suchen. »Nennen wir es Verein. Wir sind dabei, einen Verein treuer Kämpfer zu bilden. Jeder hilft, und jedem wird geholfen. Ganz einfach. Wir müssen nur aufpassen, wen wir aufnehmen. Geschlossene Gesellschaft, verstehen Sie, Druwe? Deshalb die Prüfungen.«

»Alle Ihre Männer haben solche Prüfungen abgelegt?«

»Selbstverständlich nein«, erwiderte Simon. »Ich kenne viele Männer persönlich. Oder andere Getreue verbürgen sich für sie. Aber Sie, Druwe, kennt hier niemand. Wären Sie nicht Polizist und bei den Einsatzgruppen gewesen, würde ich keinen Gedanken an Sie verschwenden. Zumal Sie auch nicht in der Staffel waren. Nein, Druwe, Sie sind hier der einsame Wolf. Und müssen sich mir gegenüber erst beweisen.« Simon lachte wieder.

»Was muss ich tun?«, fragte Druwe. Er versuchte, nicht zu interessiert zu wirken.

»Breitenberg.« Der SS-General zog den Daumen an der eigenen Kehle entlang, als führte er ein Messer. »Der Mann ist unzuverlässig und gefährlich. Und er redet zu viel. Uns ist natürlich aufgefallen, dass Sie offenbar einen guten Draht zu ihm haben.«

Druwe ahnte, was Simon meinte. Breitenberg war in letzter Zeit immer labiler geworden und mehrmals beim Essen oder bei der Arbeit zusammengebrochen. Und die wenigen Details, die er von dem Abteilungsleiter im RSHA erfahren hatte, waren schon hochbrisant gewesen. Simon befürchtete offenbar, dass Breitenberg sein Wissen früher oder später an die Alliierten weitergeben würde.

»Ich musste einige Informationen über ihn einholen. Der Kerl war unter Kaltenbrunner ein guter Offizier«, fuhr Max Simon fort. »Aber seit Klarheit über den Tod seiner Frau besteht und sich Monat um Monat keine Nachricht von seinem Sohn einstellt …« Er zuckte mit den Schultern. »Jeder Mann hat seine Schwachstelle. Wer wüsste das besser als wir? Und die Briten werden das früher oder später ausnutzen.«

»Lektion oder Endstation?«, fragte Druwe und tat gelassen.

»Endstation.«

12

Werl, August 1946

Moshe Kupner zeigte sich keineswegs begeistert von Druwes Plan.

»Sie wollen ihn tatsächlich beseitigen, Mr Druwe?«, fragte er ungläubig.

Druwe nickte. »Ja. Ich meine, nein. Nicht wirklich. Ich erwürge ihn nur. Es ist eine spezielle Technik aus der Mandschurei. Habe ich mir sagen lassen.«

Kupner war entsetzt. »Das geht nicht, Druwe«, rief er aufgebracht. »Dann wären wir nicht anders als …«

»Nur die Ruhe, Mr Kupner. Ich will ja nicht zum Mörder werden«, beruhigte Druwe ihn. »Wenn man es richtig macht, atmet der Mann für kurze Zeit nicht mehr. Simon wird einen Zeugen, einen Beweis haben wollen. Wahrscheinlich schickt er seinen Leibwächter. Nachdem Breitenberg scheinbar hinüber ist, kann ich den Kerl hoffentlich loswerden. Danach muss ich nur genügend Luft in die Lungen des vermeintlich Toten blasen. Dann setzt seine Atmung wieder ein.«

Allerdings nur, wenn man es gut kann, dachte Druwe, schwieg jedoch.

»So etwas lernt man bei der Polizei in Berlin?«, fragte Kupner erstaunt. »Ist die Sache denn sicher? Ich meine für Breitenberg?«

»Kommen Sie, Kupner, was haben Sie denn gedacht? Dass Simon mich zum Kaffee einlädt, weil ich zwei halbgare Italiener verjagt habe? Sehen Sie es so: Dadurch hat Breitenberg eine Chance. Simon hat erkannt, dass der Mann gefährlich für ihn und seine Aktivitäten draußen sein könnte. Wenn Breitenberg hier bleibt, ist er spätestens in einem

Monat tot. Wenn Sie ihn jetzt einfach rausholen, lässt Simon ihn draußen aufspüren. Das Ergebnis ist dasselbe. Außerdem zählt er vielleicht eins und eins zusammen und weiß, von wem diese Information stammt. Und in dem Fall bin ich dran.«

Druwe wurde jetzt ernst. »Sie, Kupner, wollten doch dieses Spiel! Also halten Sie sich gefälligst an die Regeln. Kneifen Sie nicht, nur weil jetzt die unangenehm harten Bandagen kommen. Bieten Sie Breitenberg Unterstützung bei der Suche nach seinem Sohn und eine Verkürzung der Haft an. Und natürlich einen neuen Namen. Sie gewinnen im besten Fall zweifach. Ein Mitarbeiter aus dem RSHA wird vor einem britischen Ausschuss plaudern oder sogar als Zeuge gegen die großen Fische aussagen. Und ich kann endlich das Vertrauen von Max Simon gewinnen. Also?«

Kupner nickte. Er war bleich geworden.

Fast unmerklich hatte sich das Kräfteverhältnis zwischen beiden Männern verschoben. Konnte der Amerikaner bisher als moralisch überlegener Gönner und Lenker in Erscheinung treten, so hatte in der jetzigen Situation Druwes Erfahrung die Oberhand gewonnen. Das hier war kein Planspiel auf dem Reißbrett. Das hier war das Leben.

»Noch etwas«, fuhr Druwe fort. »Die Beseitigung des Körpers muss glaubhaft wirken. Die Fabrik hier füllt doch auch Säuren und Laugen für irgendein Batteriewerk bei Hannover ab. Neben einer Tonne müssen am nächsten Tag Breitenbergs Klamotten gefunden werden. Kriegen Sie das hin, Kupner?«

Moshe Kupner nickte. Bisher war Druwe für ihn ein Häftling gewesen, der sich als Informant Vorteile verschaffte. Vom Alter her hätte der Amerikaner Druwes jüngerer Assistent sein können. War er bis dato klar in der Vorhand gewesen und hatte die Weisungen erteilt, so war es nun der mit allen Wassern gewaschene Kriminalkommissar, der diese Aktion plante, ja sogar leitete. Kupner verspürte eine Mischung aus Unbehagen und Bewunderung.

Druwe sollte Simon Bescheid geben, wenn es so weit war. Tatsächlich wollte ihm der SS-Offizier einen Mann an die Seite geben, der ihm später Bericht erstatten würde. Druwe hatte Breitenberg in mehreren Gesprächen darauf vorbereitet, sich den Briten als Informant zur Verfügung zu stellen. Kupner hatte dann dem Gefangenen das Angebot unterbreitet, ihn unter falschen Namen in ein Gefängnis der Amerikaner zu verlegen. Außerdem wollte er ihn bei der Suche nach seinem Sohn unterstützen. In zwei Jahren konnte er vielleicht mit einer Entlassung auf Bewährung rechnen. Sowohl Druwe als auch Kupner verschwiegen dem Mann jedoch die wahren Gründe und die näheren Umstände der geplanten Aktion.

Jetzt musste Druwe einen günstigen Zeitpunkt für die vermeintliche Beseitigung des Mannes finden. Mitte August war es unerträglich heiß geworden, und die Gefangenen arbeiteten unkonzentriert in den Fabrikhallen. Es war zu Unfällen gekommen, und die Anstaltsleitung hatte angeordnet, dass gefährliche Tätigkeiten während der Hitzeperiode ab ein Uhr mittags ruhen sollten. Die Halle mit den Chemikalien stank bei über fünfunddreißig Grad bestialisch und lag folglich nachmittags verlassen da. Niemand würde Verdacht schöpfen, wenn Druwe am frühen Abend mit einem Handkarren in Richtung der Säurefässer unterwegs war.

»Was muss ich tun?«, fragte Breitenberg leise am Morgen des gewählten Tags. Sie saßen im Speisesaal beim Frühstück. Druwe hatte ihm den Plan bereits drei Mal erklärt. »Soll ich mich tot stellen?«

Druwe stöhnte. »Nein, Horst. Ich sorge dafür, dass es echt aussieht.« Er hatte den Mann nicht völlig in den Plan eingeweiht. Insbesondere die Einzelheiten des angeblichen Erwürgens hatte er ausgespart. Und jetzt war er froh darüber. Er sah zu der Gruppe um Max Simon hinüber. Die Leute beobachteten ihn. »Heute um drei beim Sani. Sag, es juckt im Schritt. Das ist das verabredete Zeichen. Dann bringt der Mann dich in den Raum, in dem wir die Sache durchziehen. Klar? Ich muss dir leider eine verpassen. Aber was sind schon Kopfschmerzen gegen eine neue Zukunft?«

»Sicher«, erwiderte Breitenberg. »Danke, Jens. Vielleicht finden sie meinen Jungen doch noch. Und …«

»Ist gut, Horst.« Jens Druwe befürchtete, dass Breitenberg in Tränen ausbrechen oder ihm vor allen Leuten um den Hals fallen könnte. Es war erstaunlich, zu sehen, wie weich ein Mensch wie Horst Breitenberg im Grunde war. Er hatte von drei Seiten einige unschöne Dinge über dessen Tätigkeit beim RSHA gehört. Laut Simon hatte er an zentraler Stelle für Umsiedlung und Transport von unerwünschten Gruppen aus dem Reich gesorgt. Was immer dies auch heißen mochte, es hörte sich für Druwe nicht sonderlich gut an. Breitenberg selbst hatte ihm einige Einzelheiten erläutert. Rassisch minderwertige Elemente sollten in den Osten transportiert werden, um dort in Lagern zu arbeiten oder an eigens dafür vorgesehenen Orten zu leben.

»Es ging vornehmlich um Juden«, hatte Moshe Kupner es dann konkretisiert. »Sie nannten es eine Endlösung. Und leben sollten die Leute nur so lange, bis sie sich fast zu Tode geschuftet hatten und bis man Möglichkeiten und Kapazitäten hatte, sie umzubringen.«

Umso erstaunlicher schien es Druwe, in Breitenberg einen Mann zu sehen, der das letzte Bild seiner Frau immer wieder streichelte. Der der Toten Gedichte schrieb. Der sich ein wenig in der Welt auskannte und von Norwegen, Spanien und sogar von Marokko schwärmte. Und dieser Mann hatte einem Apparat gedient, der den Mord an vielen Menschen zumindest vorbereitet hatte? Von ihm waren Vorschläge zur Steigerung der Effizienz und Vermeidung von Standzeiten in den Lokomotiven gekommen? Er hatte vorgeschlagen, den Wachsoldaten guten Gehörschutz zu genehmigen, damit sie die Schreie der durstigen Menschen aus den Waggons nicht hörten?

Druwe fragte sich, was er wohl mit Breitenberg anstellen würde, wenn er selbst jüdischer Abstammung wäre. Wenn er in einem Lager gequält worden wäre und Angehörige verloren hätte. Würde er sich freuen über einen SS-Schergen unter seinen Händen? Sich darüber wundern, dass auch diese Mörder einen Herzschlag hatten und atmeten? Er wusste es nicht.

Horst Breitenberg erschien wie vereinbart gegen drei Uhr im Krankentrakt und gab vor, an einem unangenehmen Juckreiz zu leiden. Der britische Sanitätsgefreite führte ihn daraufhin in das hintere Zimmer. Von hier gab es eine Verbindungstür zur Fabrikhalle. Arbeitsunfälle konnten auf diese Weise schnell versorgt werden. Da aufgrund der Hitze dort nicht gearbeitet wurde, konnte Druwe das Zimmer unbemerkt betreten. Und auf demselben Weg würde er später Breitenberg nach draußen geleiten.

»Und nun?«, fragte Breitenberg, als Druwe im Raum erschienen war. Der Mann war derart nervös, dass er zitterte.

Anstelle einer Antwort traf ihn im nächsten Moment ohne Vorwarnung Druwes Faust. Nicht mit voller Wucht, aber es reichte, dass er schlaff zusammensackte. Ein kurzer Pfiff und Simons Vertrauter, der blonde Hüne, kam in das Krankenzimmer. Druwe trat an den Bewusstlosen heran. Er hatte in Berlin zwei Mal von dieser Art Scheintod gehört, der eintrat, wenn das Opfer auf eine bestimmte Weise gewürgt wurde. Bereits in seiner Hamburger Kripo-Zeit waren ihm im dortigen Chinesenviertel Gerüchte über eine solche Methode zu Ohren gekommen. Als Oberbauer und er die Bande aus dem Wedding damals hochgenommen hatten, war er von einem Ganoven, der als sein Spitzel gearbeitet hatte, in diese Kunst eingeweiht worden. Dass er jetzt vor mehreren Problemen stand, hatte er Kupner verschwiegen. Erstens war der Anschauungsunterricht gut fünfzehn Jahre her. Und zweitens hatte er die Technik nie selbst ausprobiert. Seine Behinderung machte die Sache auch nicht einfacher.

Verzweifelt blickte Druwe auf seine Lederprothese, und er wusste, dass der Hüne ihn genau beobachtete. Wichtig war es, an einer bestimmten Stelle unterhalb des Kehlkopfes zuzudrücken, erinnerte er sich. Druck über und direkt auf dem Kehlkopf führte fast sofort zu

Schwellungen, die später das Wiedereinsetzen der Atmung oft unmöglich machten. Auch ging es nicht vorrangig darum, nur die Luftzufuhr zu unterbinden. Vielmehr mussten durch Zeigefinger und Daumen die Halsschlagadern abgedrückt werden. Im Gegensatz zum normalen Erwürgen lief das Gesicht des Opfers bei richtiger Durchführung nicht bläulich an, sondern wurde blass. Also tat Druwe so, als drückte er seine Lederhand auf den Hals. In Wahrheit übte nur seine Linke Druck aus. Er betrachtete Breitenbergs Brustkorb. Was hatte damals der Halbchinese gesagt? Den letzten Atemzug abpassen und noch genau zehn Sekunden weiter drücken. Nicht mehr. Druwe begann zu schwitzen. In dem Zimmer mussten vierzig Grad sein. Da. Der Mann atmete nicht mehr. Zehn Sekunden. Druwe ließ los und drehte sich um. Simons Leibwächter trat an den leblosen Körper heran. Er hielt eine Hand vor Breitenbergs Nase, stieß den Körper an und fühlte schließlich am Hals. Der Chinese hatte gesagt, der Puls wäre in diesem Moment derart schwach, dass nur ein Arzt feststellen konnte, ob das Herz noch schlug.

»Gut«, knurrte das Muskelpaket. »Sieh zu, dass du den Kerl los wirst.« Er erhob sich und verließ langsam den Raum.

Druwe war derart erleichtert, dass er Breitenberg darüber fast vergaß. Dann aber beugte er sich zu dem reglosen Körper und versuchte, sich zu erinnern.

Was war zu tun?

Luft in die Lungen blasen!

Seinen Ekel überwindend legte er seinen Mund an die Lippen des Bewusstlosen. Vorher atmete er tief ein und stieß die Luft heraus. Er hörte ein lautes Gurgeln und Glucksen. Und die Atemluft kam nicht zurück! Was war passiert?

Ganz ruhig, dachte er. Einfach noch einmal. Er wollte gerade wieder Luft holen, da fiel ihm ein kleines Detail ein, von dem der Chinese berichtet hatte. Den Kopf strecken, als würde das Opfer in den Himmel schauen. So oder ähnlich hatten seine Worte gelautet. Druwe mühte sich ab, mit einer Hand und einer tauben Prothese den Kopf des immer noch bewusstlosen Breitenberg nach hinten zu überstrecken. Eben war der Mann nur bleich gewesen, jetzt wirkte er kalkig weiß mit einem Hauch von Blau.

Höchstens zwei Minuten, erinnerte sich Druwe. Dann war es zu spät.

Endlich hatte er den Kopf da, wo er sein sollte. Er holte Luft und blies sie in Breitenbergs Mund. Dessen Brust hob sich. Noch einmal. Es war, als atmete der Mann wieder. Nein, doch nicht. Und noch einmal. Druwe überkam ein leichter Schwindel. Er hatte es versaut. Er hatte einen Menschen getötet. Breitenberg hatte ihm vertraut. Er nahm seine letzte Kraft zusammen und versuchte weitere fünf oder sechs Mal, die Luft in Breitenbergs Körper zu bekommen. Plötzlich kam ihm ein Widerstand entgegen. Breitenberg atmete! Und hustete. Druwe sank neben seinem Mithäftling zusammen.

Nach einigen Minuten gelang es Druwe, sich zu erheben. Breitenberg wirkte, als ob er schliefe. Seine Gesichtsfarbe war normal, und sein Atem ging regelmäßig. Druwe war froh, dass der Mann noch bewusstlos war. Es ersparte ihm die Diskussionen. Allerdings musste er den Körper jetzt allein auf den Handkarren wuchten. Kupner hatte dafür gesorgt, dass das Ding aus dem Lager hierhergebracht worden war. Druwe verbarg den Körper unter einer groben LKW-Plane und ging danach auf den Flur hinaus, der zur Werkhalle führte. Sollte ihn jemand beobachten, konnte er behaupten, er hätte Farbdosen, Papierrollen und Lappen in die Fabrik gebracht.

Die Nebentür zum Werksgebäude war nicht verschlossen, und wenig später verschwand Druwe mit dem Karren in Richtung Hallenausgang. Zwei als Aufseher getarnte Mitarbeiter der *FSS* erwarteten ihn und nahmen den immer noch benommenen Mann in Empfang. Sie pferchten ihn in eine Holzkiste und verließen ohne Gruß den Raum. Vorher bekam Druwe noch einen Beutel ausgehändigt, in dem sich ein paar persönliche Gegenstände und die Häftlingskleidung Breitenbergs befanden. Er betrat das *Werk II*, in dem Teile von Blei-Akkumulatoren gefertigt wurden. Der typische Geruch von Chemikalien schlug ihm entgegen, der aus den vielen Metallfässern aufstieg. Bewusst achtlos warf er das Bündel in eine Abfalltonne neben einem Laugenfass. Schließlich war es Teil des Plans, dass die Kleidungsstücke gefunden wurden.

*

»Sehr gute Arbeit, Kamerad Druwe.« Max Simon hatte ihn an seinen Tisch gewinkt. Druwe hatte eine fürchterliche Nacht hinter sich. Die Hitze. Das schlechte Gewissen. Körperliche Erschöpfung und Zweifel am Fortgang der Sache. Keine guten Voraussetzungen für einen erquicklichen Schlaf.

»Joachim hat mir bestätigt, dass Sie ordentlich zugepackt haben.« Simon warf einen kurzen Blick zu dem Hünen, der Druwe begleitet hatte. Zur Bestätigung kam ein Grunzen.

»Sehr professionell. Deutsche Polizeiarbeit eben«, ergänzte er. »Und dann haben Sie das Material entsorgt. Man hat nur die Kleidungsstücke neben den Säurefässern gefunden. Bravo, Herr Druwe, bravo! Säure, darauf hätte ich kommen müssen.« Simon zeigte wieder dieses fast sympathisch kindliche Grinsen.

»Lauge, Herr General«, korrigierte Druwe. »Es war Lauge. In Säure kommt jeder Zersetzungsprozess irgendwann zum Stillstand. In Lauge hingegen bleibt nichts übrig. Das Material ...« In Druwe stieg bei dem Wort Übelkeit auf. Er verbrachte derart viel Zeit mit diesen Männern, dass er sich bereits ihren Sprachgebrauch angewöhnte. »Das Material wird spurlos vernichtet.«

Simon lachte auf. »Das werden wir uns merken, Herr Druwe. Für das nächste Mal. Nun aber willkommen in der Gemeinschaft!« Er klopfte Druwe auf die Schulter.

Er hatte es geschafft. Er war drin.

»Joachim wird Sie ein wenig unter seine Fittiche nehmen.« Er wies auf seinen Leibwächter, der auch Zeuge von Breitenbergs vorgetäuschter Beseitigung gewesen war. »Wir haben hier drin unsere Regeln. Schließlich sind wir nicht bei den Hottentotten.« Wieder lachte er.

Joachim Meyer war ein ehemaliger Sturmbannführer vom Sicherheitsdienst. Unter Simons Befehl hatte er an mehreren Einsätzen gegen Partisanen in Italien und Jugoslawien teilgenommen. Offenbar hatte es auch gegen Kriegsende immer noch Sonderaktionen gegen sogenannte rassisch Minderwertige gegeben, an denen Meyer ebenfalls beteiligt gewesen war. Er besaß das Vertrauen des SS-Generals und sorgte für dessen Sicherheit in Werl. Druwe musste feststellen, dass es sich bei Meyer keinesfalls um einen blutgierigen Henker handelte. Er war zwar blond und hochgewachsen, aber keineswegs verbohrt oder gar dumm. Vielmehr sprach auch er von einer Art Notwendigkeit, die ihn und Tausende andere Männer in den Dienst der Sache gestellt hatte. Er bedauerte diese Notwendigkeit sogar.

»Natürlich ist es nicht schön, eine Mutter und ihre Kinder zu eliminieren«, sagte er in einem Gespräch zu Druwe. »Aber wer Ungeziefer zertritt, darf kein Mitleid mit dem Geschmeiß haben. Also haben wir uns das gleich als Erstes abgewöhnt.« Die Beiläufigkeit, mit der diese Leute über das Morden sprachen. Die Normalität und Banalität, die sie ihrem Tun beimaßen. Fast schienen sie sich als die eigentlichen Opfer zu sehen, die es zu bedauern galt, da sie diese Last auf sich genommen hatten.

Druwe verspürte den unbändigen Wunsch, dem Kerl seine Rechte kosten zu lassen. Er war sicher, wenn der Schlag gut saß, dann wäre auch dieser Riese gefällt. Andererseits kamen ihm auch Zweifel. Was gab ihm das Recht, über Meyer zu urteilen? War er nicht selbst so gewesen? Zumindest gleichgültig gegen das Geschehen? Eva hatte ihm berichtet, dass viele Deutsche glaubhaft entsetzt gewesen waren, als sie von den Massentötungen erfuhren. Manche leugneten diese Taten, hielten sie für Propaganda der Sieger. Andere wollten schlichtweg nichts davon wissen. Aus. Vorbei. Ruhe jetzt und nach vorne schauen. So lautete bei vielen Leuten die Devise.

Immer mehr schien sich auch die Haltung durchzusetzen, dass man es selbst ja nicht gewesen ist. Dass die kleinen Leute wieder einmal nur von »denen da oben« benutzt worden waren. Die wahren Täter und Anführer sollten die Alliierten ruhig bestrafen, aber danach musste endlich Schluss sein mit der Hasenjagd.

»Sie werden sehen, dass wir alle voneinander profitieren können«, sagte Max Simon einige Tage später.

Für Außenstehende wirkte es, als spielten die beiden Männer nur Schach. Eine beliebte Art, ungestört miteinander reden zu können. Die Wärter hielten Abstand, um die Konzentration der Spieler nicht zu stören. Sie dösten meistens in der Ecke auf Stühlen, froh über eine Schicht ohne Ärger. Der Freizeitraum glich eher einer Halle, die im Schatten großer Bäume lag. Im Winter war es arschkalt, im Sommer jedoch angenehm. Einige Häftlinge übten sich in Kraftsport, andere lasen oder unterhielten sich.

»Wie muss ich mir das vorstellen, Gruppenführer?«, fragte Druwe.

»Zunächst ist es wichtig, die Disziplin zu erhalten«, erklärte Simon. »Die Befehlskette bleibt also bestehen. Dieses Vorgehen hat sich bereits in den Internierungslagern bewährt. Die Männer brauchen Orientierung. Außerdem bewahren wir auf diese Weise unseren Wertekanon. Es ist ganz einfach. Die Regeln, die vorher galten, haben weiterhin Bestand. Egal ob inhaftiert, auf der Flucht oder unbehelligt in Freiheit. Alle haben etwas davon. Die gefangenen Kameraden haben ein Auge auf Verräter oder mögliche Umfaller. Wie Breitenberg. Solche Männer können nämlich eine Menge Leute hinter Gitter bringen, wenn sie plaudern. Draußen bereitet man indessen alles vor für eine abgesicherte Zukunft. Wir haben bereits einige Polizisten und Richter in unseren Reihen, die wieder unbehelligt ihren Dienst tun. Gleiches gilt für einige Unternehmer, denn unsere Organisation braucht Geld. Und einige Männer wollen sogar zu den Zeitungen und in die Politik.«

Druwe wollte den ehemaligen SS-Offizier nicht unterbrechen. Jede

Frage konnte auffällig sein. Interesse wurde schnell als Neugier gedeutet, Neugier als Aushorchen.

»Sie haben ja noch ein bisschen Zeit vor sich, Druwe«, fuhr Simon fort. »Aber sie sollten anfangen, Kontakt zu Ihren alten Kollegen aufzubauen. Die Übernahme der Polizei durch unsere Bewegung war der Todesstoß gegen die bolschewistisch-jüdische Demokratie. Das muss uns erneut gelingen.«

»Wie stellen Sie sicher, dass wir nicht auffliegen, wenn ein Kamerad verhaftet wird und den alliierten Ermittlern ein Lied vorsingt?« Druwe brauchte konkretere Informationen. Bisher hatte Max Simon lediglich Gerüchte bestätigt.

»Wir nennen unseren Dachverband *Zelle 3*. Wir planen, mehrere Zellen aufzubauen, und halten uns dabei an die Strukturen der Reichsgaue. Unsere Zelle umfasst das Gebiet Nordwest, unter anderem mit den ehemaligen Gauen Weser-Ems, Westfalen und Köln-Aachen.« Simon schob einen Läufer vor.

»Nicht einmal ich kenne alle Leiter in den Zellen«, fuhr er fort. »Und ähnlich halten wir es mit den Unterzellen. Wir nennen sie die U-Zs. Nach meiner Entlassung werde ich *U-Z Westfalen-Nord* führen. Bis dahin habe ich dort einen Stellvertreter, der von mir Weisung erhält. Derzeit gibt es vier Hauptzellen, jedoch sind die Untereinheiten noch im Aufbau. Dazu kommt noch eine Hilfsgemeinschaft zur Unterstützung der Familien gefallener und inhaftierter Kameraden. In den Unterzellen kennt man sich zwar, aber über die Leitung und die anderen Einheiten wird Stillschweigen bewahrt. Auf diese Weise wollen wir sicherstellen, dass die Organisation niemals vollständig zerschlagen werden kann, nur weil ein paar Dominosteine umgefallen sind.«

*

»Wir wissen immer noch zu wenig, Mr Druwe.« Moshe Kupner war dieses Mal mit zwei vorgesetzten Offizieren zum Treffen gekommen, einem Major und einem Captain. Druwe war in der Küche eingesetzt, um die Kochfelder zu reinigen. Für die anderen Mitarbeiter war eine medizinische Untersuchung angeordnet worden, so dass er jetzt mit den drei Offizieren ungestört an einem Tisch saß. Weiterhin übergab er jede Woche Kupner oder einem Vertreter die Namen, Angaben zu Dienststellungen und Einsätzen sowie Verbindungen zu anderen Personen oder Organisationen. Langsam konnte er sich ein Bild von der Struktur machen, die Simon und andere hochrangige Offiziere offenbar aufbauen wollten. Zwar hatte er die Weisung erhalten, alle Notizen an die *Field Security* auszuhändigen, jedoch schien es Druwe ratsam, über das Wesentliche ein eigenes Gedächtnisprotokoll anzufertigen. Seine Aufzeichnungen hatte er sicher in der Bücherei verwahrt, in einem Versteck, das ihm Werner Grundt gezeigt hatte.

»General Simon und sein Adlatus Meyer sprachen von einem *Unternehmen Weizenkorn*, das Offiziere des Sicherheitsdiensts noch vor Kriegsende ersonnen haben«, erläuterte Druwe. »Wenn ich es richtig verstanden habe, soll – bildlich gesprochen – jetzt die Saat in die Erde, die später aufgeht. Die Leute der *Zelle 3* wollen die Basis schaffen für ihren Einfluss in der Armee, Polizei, Justiz und Politik.«

Druwe hoffte, mit dieser neuen Information das Interesse der Briten zu wecken. Er nahm allerdings nur an wenigen Treffen der Zelle teil. Er hatte Simon angeboten, beim Aufbau der Polizei mitzuwirken, aber offenbar hatte das Thema derzeit keine Priorität in der Organisation. Im Laufe der letzten Wochen hatte er immer weniger Neuigkeiten aufschnappen können. Meist ging es dabei um unbedeutende Kontakte nach draußen, um die Unterstützung der Offiziersfamilien und um die Vermittlung von Arbeitsstellen oder Anwälten für verhaftete und angeklagte Kameraden. Es gehörte offenbar zu Simons Taktik, dass nur wenige Männer in die jeweiligen Vorgänge eingeweiht waren. Moshe Kupner hatte sich bereits enttäuscht darüber gezeigt, dass es seit dem

Hochsommer nur schleppend voranging. Druwe begann, um seinen Handel mit den Briten zu fürchten.

»Ich vermute, dass einige Inhaftierte mit einer wesentlich früheren Haftentlassung rechnen«, sagte er nun. »Sie planen bereits sehr konkret für die Zeit in Freiheit. Und andere Kontaktleute in den Westzonen sollen offenbar Vorbereitungen dafür treffen.«

»Andere. Mehrere. Offenbar. Sie vermuten zu viel und wissen zu wenig, Mr Druwe.« Der zweite Offizier, ein Major in vorgerücktem Alter, trommelte nervös mit den Fingern auf der Tischplatte. »Wir brauchen genauere Angaben. Worum genau handelt es sich bei *Weizenkorn*, und wer ist beteiligt?«

Druwe wurde ungehalten. »Was glauben Sie denn, Herr Major? Dass Simon einen ehemaligen Polizisten, der noch nicht mal in Himmlers Schutzstaffel war, in seine geheimsten Pläne einweiht? Dass wir abends beim Weinbrand noch über Fluchtrouten und Deckidentitäten der schlimmsten SS-Täter plaudern? Keine zwei Monate, nachdem so etwas wie eine Vertrauensbasis geschaffen wurde? Mir scheint, Sie leben in einem Traumland, in dem laut Handbuch die Informationen direkt vom Himmel fallen. Eine gute Infiltration, wie Sie es nennen, braucht Zeit. Viel Zeit. Das weiß jeder Kripo-Ermittler.«

Der Major der *FSS* lief hochrot an und hatte offenbar eine Zurechtweisung parat. Doch der Mann im Rang eines Captains, der bisher geschwiegen hatte, hielt ihn sanft am Arm fest und redete ruhig in seiner Muttersprache auf ihn ein.

»*It's okay, Blake. Calm down, he's not worth it*. Ein Hunne eben. Aber leider hat er recht. Max Simon ist für ihn eine Nummer zu groß. Für uns alle. Der Kerl ist gut aufgestellt. Der verrät sich nicht selbst. Und er wird auch nicht von anderen verraten. Jedenfalls nicht von den Kerlen, die wir hier haben.«

»Ist was dran«, murmelte der Major. Dann wandte er sich wieder an Druwe. »Wissen Sie, welche Leute wirklich wichtig sind?«

»Was soll die Frage? Selbstverständlich sind Männer wie Max Simon wichtig. Und die anderen Leute, die in ähnlicher Position waren. Die Schlüsselfiguren eben«, entgegnete Jens Druwe gereizt.

»Irrtum, Druwe.« Kupners Vorgesetzter grinste überlegen. »Natürlich waren diese Leute *früher* wichtig. Weil sie an den Schalthebeln der Nazi-Zentralen saßen. Aber jetzt, Mr Druwe, sind sie nichts. Sie sind auf der Flucht oder bereits in Haft.« Er holte aus der Brusttasche seiner Uniform eine dicke Zigarre hervor. Offenbar hatte er sie bereits angeraucht. Sein ganzes Verhalten zeigte keine Spur des viel gerühmten britischen Understatements.

Das Abziehbild eines Staatsmanns, dachte Druwe amüsiert. Ein kleiner Churchill ohne wirklichen Geschmack. Eine ordinär dicke Rauchwolke kam ihm wie zur Bestätigung entgegen, hinter der ein Sträfling in aller Ruhe seine Flucht hätte planen und ausführen können.

Druwe hatte oft den Eindruck, dass sich die Dinge auf seltsame Art immer anders entwickelten als gedacht. Wenn es schien, als steuerte sein Leben gerade in ruhigere Bahnen, dann funkte irgendetwas dazwischen. Und in den Gesprächen verhielt es sich nicht anders. Er hatte etwas inneren Abstand gewonnen und seine Selbstbeherrschung zurückerlangt. Auch in Besprechungen schienen dieselben Regeln wie im Krieg zu gelten. Man musste die Absichten, Stärken und Schwächen des Gegners auskundschaften. Einkreisen, Hinterhalte, Bauernopfer, Finten und selbst der frontale Angriff waren gängige Taktiken auch der Rhetorik. Alles war erlaubt. Nur schien Druwe der Krieg oftmals ehrlicher zu sein als das gesprochene Wort.

»Mr Druwe«, sagte der Mann hinter den Rauchschwaden. »Wir brauchen die Männer der zweiten und dritten Reihe. Und zwar diejenigen, die weiterhin unbehelligt herumlaufen. Entweder weil wir ihnen bisher nicht auf die Schliche gekommen sind. Oder weil sie ihre Spuren gut verwischt haben. Diese Leute sind jetzt wirklich wichtig, nicht die ganz großen. Wir müssen unser Vorgehen ändern und versuchen, mehr Informationen über Leute wie Breitenberg zu bekommen.« Der Major unterbrach sich und paffte drei Züge. »Simon hat aus alten Münchner Tagen einen Duzfreund, der ihm sehr am Herzen liegt. Und wir nehmen an, dass dieser Mann viele Einzelheiten über Männer wie Max Simon kennt, die wir noch nicht einmal erahnen.«

»Wer ist das?« Druwe musste sich eingestehen, dass die Überlegungen des Briten durchaus ihren Sinn ergaben. »Ist er hier in Werl? Dann könnte ich Kontakt mit ihm aufnehmen.«

»Nein, Mr Druwe«, antwortete Kupner für seinen Vorgesetzten. »Wir wissen nicht, wo der Kerl steckt. Wir vermuten, dass er sich in der amerikanischen Zone aufhält.«

»Wer zum Teufel ist es?«

»Sie kennen ihn«, antwortete der Major. »Sehr gut sogar. In gewisser Weise verdanken Sie ihm den Mist hier. Und wir von der *FSS* geben Ihnen die Chance, zwei Fliegen mit einer Klappe zu schlagen. Sie gehen mit dem Kerl in eine zweite Runde, bekommen also Ihre Revanche. Und wir sind quasi die Buchmacher, die den Gewinn aus dem Rückkampf einstreichen. In Form der unschätzbaren Informationen, über die der Mann wahrscheinlich verfügt. Ist doch ein faires Angebot, Mr Druwe.«

Druwes Augen weiteten sich, als er begriff, von wem der Offizier sprach.

»Ernst Fiedler«, sagte er mit belegter Stimme.

Kupner nickte.

13

Oberharz, August 1946

Charlie Morris gehörte zu den Menschen, die im Leben meist auf der Verliererseite standen. Seine Frau war mit einem leitenden Angestellten durchgebrannt, während er gegen diese beschissenen Nazis gekämpft hatte. Drei wunderbare Andenken an den Ausflug nach Europa zierten jetzt in Form hässlicher Narben seinen Körper. Sein bester Freund war kurz nach der Landung in der Normandie gefallen. Und nun, da er in diesem verfluchten Land ein bisschen Spaß mit Bier und Frolleins haben konnte, hatte ihn ein betrunkener Russe über den Haufen gefahren. Die Folge war ein komplizierter Beinbruch mit einer Entzündung des Knochenmarks.

»Seien Sie froh. Noch vor anderthalb Jahren hätten wir Ihnen das Bein abgenommen. Wird schon heilen, aber ein Humpeln kann bleiben, Sergeant Morris«, hatte der Doc im Lazarett Hannover gesagt. »Aber Glückwunsch, mit Ihrer Dienstzeit ist es zu Ende. Wir lassen die Sache hier ausheilen, dann bringt Sie die *RAF* nach Hause.«

Blöder Arsch, hatte Charlie gedacht. Er wollte nicht nach Hause. Was sollte er denn dort? Wieder als Hilfsschlosser auf der Werft in Glasgow arbeiten? Sich vom Vorarbeiter anschnauzen und abends volllaufen lassen?

Charlie hatte also die Rückkehr nach England immer wieder hinausgezögert. Irgendwie hatte er Angst vor dem, was ihn dort erwartete. Immer wieder fiel ihm noch etwas ein. Es schmerzte hier, es kribbelte dort. Dann schob er noch eine nervliche Zerrüttung vor. Ein letztes Mal hatte ihn der zuständige Militärarzt jetzt in den Oberharz geschickt. Kein Sanatorium, sondern private Unterbringung und Heilkur in der Höhenluft. Im September wäre dann endgültig Schluss. Freiflug zurück. Oder er blieb in Deutschland. Ohne Sprachkenntnisse, Arbeit und Sold.

Charlie fühlte sich im Harzer Land wohl. Die Leute waren schrullig. Wie zu Hause. Hier hatte es früher Bergbau gegeben. Wie zu Hause. Das Bier schmeckte leicht nach Metall. Wie zu Hause. Nur an ein Mädchen kam er hier nicht heran. Die Bauern hielten die Scheunentore verschlossen und die Weiber ihre Röcke unten. Aus Langeweile entschied er sich deshalb an einem Sommermorgen, eine Wanderung zu unternehmen. Das Bein war gut verheilt. Er brauchte zwar einen Stock, aber es war erstaunlich lange belastbar. Dennoch hatte dieser dämliche Gutachter entschieden, ihn auszumustern. Weil er ein paar Tests nicht bestanden hatte. Er war in Zukunft also ein *Disabled Veteran*, durfte im Königreich sogar umsonst Bahn fahren. Da fühlte er sich doch gleich besser. Auf seine Bitte hin hatten die Leute ihm eine bescheidene Mahlzeit zu geben. Da spuckte er drauf. *Disabled*. Er war ein Krüppel. Nun wollte er nicht auch noch zum Bettler werden.

Morris machte sich an einem strahlendem Sommermorgen auf in Richtung Goslar. Die fünfzehn Kilometer konnte er schaffen, dann wollte er zur dortigen Kommandantur und seinen Ausweis vorlegen. Er würde angeben, sich verlaufen zu haben und die freie Fahrt zurück genießen.

Er hatte etwa zwei Drittel der idyllischen Strecke hinter sich gebracht, als er gegen Mittag ein kleines Sanatorium entdeckte. Davon gab es im Harz erstaunlich viele. Nerven, Lunge, Knochen, diese Deutschen schienen ein wehleidiges Volk zu sein. Er hätte die Klinik nicht als solche erkannt, wenn nicht auf drei Dächern der Gebäude immer noch große Rot-Kreuz-Bemalungen zu sehen gewesen wären. Haupthaus und zwei Nebengelasse fügten sich zwischen zwei niedrigen Kämmen in die Landschaft. Die einzige Straße führte an einem Flüsschen leicht bergan zu einer Ortschaft.

Wenn schon Krüppel, dann richtig, dachte Morris grimmig und schritt in Richtung Klinik. Das Bein tat jetzt doch arg weh, und die Schmerzen hatten ihm die Laune verdorben. Er konnte ausruhen und sich ein Mittagessen schnorren. Zur Not brachte ihn eben der Krankenwagen wieder zurück nach Altenau. Für das Sanatorium *Harzblüten*, vor dem er jetzt stand, galt, was für die gesamte Gegend zutraf. Man hatte hier recht wenig vom mörderischen Treiben in Europa mitbekommen. Viele Familien hatten zwar ihren Blutzoll in Form eines oder mehrerer Söhne gezahlt, vor Fliegern und Artillerie waren die Dörfer jedoch verschont geblieben. Erstaunlich oft war es den Großbauern und Bergbaubetreibern auch gelungen, sich für ihre Nachkommen eine Unabkömmlichkeit bescheinigen zu lassen. Wegen angeblich kriegswichtiger Tätigkeit zur Rohstoffbeschaffung.

Legenden rankten um diese Region. Charlie hatte die Geschichten gehört. Kameraden hatten gehofft, am Rhein den Nibelungenschatz zu bergen. Die Amis sollen in den Alpen auf Goldberge und Kunstschätze der Nazi-Führer gestoßen sein. Und unter dem Harzgebirge verbargen sich angeblich die gefürchteten Geheimwaffen des Führers. Alle hatten daran geglaubt, dass Hitler noch ein Ass im Ärmel hatte. Raketen, Flugzeuge ohne Propeller, Bomben mit riesiger Sprengkraft. Charlie Morris war in der Gegend um Altenau auf die Suche gegangen, hatte jedoch außer einsturzgefährdeten, muffigen Stollen aus alter Zeit nichts gefunden. Sein Vater, der Hauer im Berg gewesen war, hätte gewusst, ob und wie man in die Gänge kommt, aber ihm war das Ganze zu unsicher.

Zu seinem Erstaunen musste er feststellen, dass sich vor dem Klinikgebäude kein einziges britisches Fahrzeug befand. Solche Objekte wurden fast immer von der Militärverwaltung beschlagnahmt. Diese Einrichtung hatte man wohl übersehen. Morris trat durch die schwere doppelflügelige Tür, die eher zu einem Gutshaus gepasst hätte. Seine Augen mussten sich erst an das Dämmerlicht gewöhnen, das dahinter herrschte. Das mächtige Hämmern der Tür, verbunden mit einem Quietschen der Angeln, hatte ihn offenbar angekündigt. Eine ältere Frau trat auf ihn zu, die in seinem Heimatland als Gouvernante aus höherem Haus hätte durchgehen können. Und sie benahm sich auch entsprechend.

»Haben Sie einen Termin? Die Sprechzeiten von Chefarzt Professor Schlemming sind erst am Donnerstag. Natürlich ist ein Oberarzt zugegen. Für Notfälle«, schnarrte sie und betrachtete ihn abschätzig. »Oder sind Sie etwa Besucher? Heute ist kein Besuchstag. Nur mit Ausnahmegenehmigung von Herrn …«

Vielleicht hätten wir sie doch alle umbringen sollen, dachte Sergeant Morris.

Obwohl er seit über einem Jahr in diesem Land war, verstand er nicht einmal die Hälfte von dem, was diese alte Schreckschraube gerade absonderte. Aber das reichte ihm bereits. Er nahm seinen Ausweis hervor und hielt ihn demonstrativ dicht vor die Nase der Empfangsgouvernante.

»Lesen!«, herrschte er sie an.

Sie nahm das Dokument und studierte es kurz. »Oh, Sie sind ein …« Zu ihrem Glück fand sie ein anderes Wort. »… ein Verwundeter. Ja dann.« Sie wirkte derart hilflos, als erführe sie erst jetzt, dass es bei diesem Krieg auch Tote und Verletzte gegeben hatte. »Da muss ich erst Professor. Ach herrje, der ist ja nicht da.«

Morris kannte die Gerüchte in seiner Heimat, dass in einsamen Gegenden zu oft innerhalb der Familien geheiratet wurde. Man sagte, es führe zur Verblödung. Vielleicht trafen solche Gerüchte ja auch auf einige Landstriche in Deutschland zu.

»Fräulein Ennenberg!« Ein adretter Vierziger kam auf die beiden zugeeilt. Er trug einen langen, weißen Kittel, der aussah, als wäre er eben gebügelt worden. Den Vormittag musste der Mann damit verbracht haben, die Silberknöpfe zu polieren, die das standesmäßige Kleidungsstück zierten. Auf den Dingern erkannte Morris den deutschen Reichsadler. Und darunter hatte wohl jemand etwas mit einer Feile abgeschliffen. Und er ahnte, was es war.

»Ein Gast. Wie schön!«, fuhr der Arzt fort. »Ein Soldat der siegreichen Alliierten, nicht wahr?« Er wandte sich an die Sekretärin. »Geben Sie bitte in der Küche Bescheid, dass sie ein Gedeck mehr auflegen.«

Während des Essens – es gab Kohlrouladen mit – natürlich – Kartoffeln und Kraut – bemerkte Morris an den anderen Tischen mehrere Gestalten mit Verbänden im Gesicht. Einige konnten nur eine Suppe schlürfen.

Oberarzt Dr. Gerold Ruhling, der den Briten empfangen hatte, registrierte seine neugierigen Blicke. Immerhin konnte er sich mit seinem Gast verständigen, da er zwei Jahre in London gearbeitet hatte.

»Ja, der Krieg wird uns noch lange beschäftigen. Diese armen Männer sind für ihr Leben entstellt. Granaten, Minen und die anderen Segnungen des Krieges. Ein Querschläger reicht aus, um einem Soldaten das halbe Gesicht wegzureißen. Dann noch die Brandverletzungen, wenn sie aus den Panzern oder Mannschaftswagen …«

»It's enough. Stop it, Doctor«, meinte Morris, dem gerade der Appetit auf die dritte Roulade verging. Er wusste, wovon der Arzt sprach. Manche seiner im Gesicht verstümmelten Kameraden hatten sich lieber umgebracht, als jeden Tag das Monstrum im Spiegel zu sehen, das sie fortan waren.

»Dachte, Sie seien nur ein Sanatorium«, fuhr er fort. »Dass Sie auch operieren, wusste ich nicht.«

»Nur ein wenig. Professor Schlemming ist der Experte. Leider haben wir von alliierter Seite noch keine offizielle Zulassung, da unsere Fallzahlen zu gering sind. Aber die Herrschaften hier sind mit unserer Arbeit meistens sehr zufrieden.«

»Eigentlich wollte ich nach Goslar weiter«, sagte Morris, der sich fragte, ob er nach dem üppigen Essen um eine hochprozentige Verdauungshilfe bitten sollte. »Aber das Bein schmerzt zu sehr. Ich habe mich übernommen. Ich muss telefonieren. Vom Standort Goslar wird die Fahrbereitschaft einen Wagen schicken.«

Ruhling schien von der Idee wenig begeistert zu sein. Er wirkte plötzlich reservierter.

»Ich kann veranlassen, dass Sie von unserem Sanitätswagen gefahren werden, Sergeant.«

Morris dachte an seine Vorgesetzten. Wenn er ihnen von diesem Ort erzählte, würde man ihm wieder nicht glauben. Sollten die Jungs aus Goslar doch herkommen und es mit eigenen Augen sehen.

»Ich lasse mich lieber von meinen Leuten abholen«, sagte er kurz angebunden.

»Wie Sie wünschen, Sergeant. Unser Fräulein Ennenberg kann den Anruf tätigen. Die lästige Vermittlung …«

»Nein, nein. Muss ich selbst ran«, erwiderte Charlie Morris. »Name, Dienstnummer, Heimatstandort, Kennungsziffer aus dem Versehrtenregister. Denen fällt immer etwas ein, was Sie fragen.«

»Gut, dann erledigen Sie das bitte zügig«, gab sich der Arzt geschlagen. »Am besten sofort.«

Der *British-Army*-Standort Goslar kündigte Morris an, dass er mit drei Stunden Wartezeit rechnen müsse, bis ein Fahrzeug einträfe. Drei Stunden! Für lächerliche sieben Kilometer. Morris war zur Untätigkeit verdammt, aber er wollte sich gegenüber Ruhling keine Blöße geben. Ihm ging langsam die Atmosphäre in dieser seltsamen Klinik auf die Nerven. Weder drinnen noch draußen fand er ein Schild, das auf ein Krankenhaus und dessen Tätigkeiten hinwies. In den Fluren und Zimmern waren Teppiche ausgelegt, und er konnte sich nicht vorstellen, dass das für eine Klinik normal war. Es gab offenbar einen Trakt für frisch Operierte und akut Verletzte. Dort hatte man ein Zimmer recht unprofessionell zu einem Schwesternzimmer umgebaut. Im Flur trennte eine ebenfalls stümperhaft gesetzte Zwischentür diesen Bereich von den übrigen Zimmern des Sanatoriums. Alles wirkte so, als hätte man es vor nicht allzu langer Zeit improvisiert. Die Gebäude waren offenbar vorher privat bewohnt gewesen, denn in zwei Zimmern fand er edles Mobiliar, das bis zur Decke gestapelt war.

Von zwei Schwestern wurde er unsanft und mit Flüchen davongejagt. Niemand sprach ein Wort mit ihm. Alle Patienten machten mit den Händen ein Zeichen, als wäre ihr Mund verschlossen worden, und zuckten dazu mit den Schultern. Selbst diejenigen, die nur einen Augen-, Nasen- oder Ohrenverband trugen. Schließlich streifte der Sergeant durch den Garten der Klinik. Trotz des schönen Wetters saß niemand draußen. Lediglich die zwei Krankenschwestern, die er schon kannte, kamen zum Rauchen hinaus. Morris hatte noch ungefähr eine halbe Stunde, bis der Wagen eintreffen sollte. Er ging noch einmal um den gesamten Gebäudekomplex herum. Plötzlich vernahm er eine gedämpfte Stimme. Ein Hilferuf. Er sah sich um, jedoch lagen die bewohnten Räume sämtlich im Hochparterre, so dass er durch kein Fenster blicken konnte. Sie waren auch sämtlich verschlossen.

»Hier unten. Rechts von Ihnen. Nein, schauen Sie nach unten«, vernahm er die Stimme erneut.

An einem Kasematten-Fenster schien sich etwas zu bewegen. Charlie Morris ging vorsichtig näher und spähte durch das verschmutzte Glas. Drinnen gab es einen groben Vorgang, der sich bewegte.

»Helfen Sie mir, Mann. Ich bin gefesselt. Ich muss hier schnellstens weg.« Die Stimme kam von seitlich. Der Mann war von dem Vorhang verdeckt.

»Sie sind gefangen?« Charlie Morris bemühte sich um sein bestes Deutsch. »Wo kann ich helfen? How do I get … Wie komme ich zu der Raum?«

Der Mann antwortete zunächst nicht, als überlegte er, wie ein Brite überhaupt hierherkam.

»Ist eine Einheit von Ihnen hier? Dann holen Sie Ihre Männer. Bitte, es ist äußerst wichtig«, rief er.

»Just took a walk. Ich bin allein. Sorry«, erwiderte Morris, immer noch misstrauisch.

»Gehen Sie in den Eingang von Haus zwei, dann kurz links halten. Da ist die Treppe in den Keller. Unten müssen Sie nach rechts, dann wieder rechts. Muss die dritte oder vierte Tür sein. Beeilen Sie sich. Sie kommen jeden Moment.«

Charlie Morris gehörte nicht zu den schlausten Menschen. Und er war auch kein Held. So brauchte er eine Weile, um abzuwägen, was er tun sollte. Dann kam er zu dem Entschluss, dass ihm hier nicht viel passieren konnte. Er war Engländer, und niemand würde wagen, einen alliierten Soldaten zu bedrohen. Seine Jungs würden hier in einem solchen Fall jeden Stein auseinandernehmen und das Dorf dazu. Dämlich waren die Deutschen, aber nicht dumm. Als er endlich die Treppe zum Keller erreicht hatte, waren einige Minuten vergangen. Und Morris hatte vergessen, in welche Richtung er gehen musste.

Right, right, left, versuchte er, sich zu erinnern. No, left, right, right. Damn, bloody huns!

Er wandte sich nach links und stieß nach etwa fünfzehn Metern gegen eine große Tür. Mühsam entzifferte er ein Schild an der Wand: *Schutzraum 2, Belegung 10 Personen, RUHE BEWAHREN, Kein offenes Feuer erlaubt.* Offenbar ein Luftschutzraum.

Dann ist es wohl doch rechts gewesen, dachte er und ging zügig zurück. Nach einer weiteren Minute stand er in dem Gang, den der Mann beschrieben hatte.

»Sind Sie da? Hallo? Warum antworten Sie nicht?«, hörte er die vertraute Stimme.

Morris folgte dem Klang der wiederholten Rufe und hatte endlich die vierte Tür erreicht. Er war verblüfft, denn es gab kein Schloss, nur einen schweren Riegel, der vorgelegt war. Das Türblatt war aus deutscher Eiche und die Angeln aus Krupp-Stahl gefertigt. Selbst fünf Riesen würden die Tür von innen nicht aufhebeln oder eintreten können. Sehr seltsam für einen einfachen Kellerraum. Morris legte den Riegel um und trat in das dunkle Verlies.

»Gott sei Dank! Wo waren Sie denn so lange?«, fragte ein Mann, der in der Ecke des Kellerraums kauerte. Es stank fürchterlich nach Kot und Urin. Morris suchte benommen den Lichtschalter. Dann erkannte er, dass der Gefangene mit dicken Seilen an einem Ring in der Wand festgemacht war. Zudem waren Hände und Füße derart gefesselt, dass nur kleine Bewegungen möglich waren. Wenn der Mann mit den Armen nach vorn wollte, musste er mit den Beinen näher an die Wand. Und umgekehrt.

Das waren Profis, dachte der Sergeant.

Jetzt wusste Morris, warum es hier drinnen bestialisch stank. Der Kerl musste ihn draußen gehört oder beobachtet haben. Er hatte den Eimer für die Fäkalien umgeworfen bei dem Versuch, den Bügelgriff herauszuhebeln. Mit dem Ding hatte er dann an der Scheibe gekratzt und den Vorhang bewegt.

»Schnell, Mann. Machen Sie mich los.«

»*Hey, Jerry! Calm down*«, herrschte Morris ihn an. »Woher weiß ich, wer du bist? Ist eine Klinik hier. Vielleicht bist du einfach durchgedreht und hast die Leute angegriffen. Und zur Sicherheit haben sie dich hier eingesperrt.« Er musste sich eingestehen, dass er selbst nicht daran glaubte. Der Kerl sah krank und mager aus. Draußen war Frühsommer, und der Gefangene war weiß wie ein Leichentuch. Morris war sicher, dass der Mann hier schon einige Wochen gefangen gehalten wurde.

»Sie sind Engländer. Ich habe Informationen für euch. Ihre Vorgesetzten werden Sie belobigen, wenn Sie mich mitnehmen. Diese Klinik! Haben die Schweine Ihnen auch erzählt, dass sie Kriegsverletzungen operieren? Ja?« Verzweiflung mischte sich in die Stimme des Mannes. »Ich packe aus. Ich weiß ein paar Sachen über die Leute hier. Mein Bruder hat mir Dinge berichtet, bevor er verhaftet wurde. Operationen. Die Leute bekommen hier neue Gesichter.«

Der Engländer sah den Mann verständnislos an. *New faces*? Wahrscheinlich hatte die Haft dem Kerl die Birne weich gemacht.

»Er hat alles aufgeschrieben. Über Ärzte, Patienten und auch über die Hintermänner. Ich wollte sehen, ob da etwas dran ist. Und habe hier ein wenig herumgeschnüffelt. Wir brauchen Werners Notizbuch. Wenn Sie das lesen, stehen Ihnen die Haare zu Berge.« Er sah auf die Glatze des Briten. Zu einer anderen Zeit an einem anderen Ort hätten beide Männer vielleicht gelacht. »Diese Kerle wollen mich loswerden. Vorher wollen sie noch erfahren, wer noch davon weiß. Bisher habe ihnen nichts gesagt. Aber jetzt kommen Müllers Leute. Verstehen Sie?« Er sah Morris an, als hätte er es mit einem Schwachsinnigen zu tun. »Heinrich Müller. Ge-sta-po.«

Morris hatte höchstens die Hälfte von dem Gestammel verstanden. Zu allem Überfluss hatte der Gefangene noch einen Akzent. Aber bei dem letzten Wort wurde Charlie Morris hellwach. Gestapo. Die Geheimpolizei der Nazis war doch längst verboten worden. Die Schweine hatten Verdächtige aus ihren Wohnungen geholt, sie hatten sie verhört und gefoltert. Und sie waren auch bei den Mordaktionen dabei gewesen, durch die Juden und Zigeuner beseitigt worden waren.

»Gestapo? Unsinn!«, sagte er. »Den Drecksladen haben wir aufgelöst, und von einem Miller habe ich nie gehört.«

Der Gefangene stöhnte. »Müller! Heinrich Müller. Der Kerl lebt. Und seine Leute arbeiten jetzt verdeckt im Untergrund. Sind alle mit neuen Namen abgetaucht.«

»*Underground*?«, murmelte Morris und sah ihn verständnislos an.

Der Gefangene verdrehte entnervt die Augen. »Verdammt, binden Sie mich los.«

Draußen war ein Wagen zu hören, dessen Reifen auf dem Kies der Auffahrt zum Haupthaus knirschten. Gleich darauf wiederholte sich das Geräusch.

Endlich, dachte der Brite. Wurde auch Zeit. Dann zögerte er. Er horchte. Da, es wurden eindeutig vier Türen zugeschlagen. Zwei Fahrzeuge. Mindestens vier Leute. Eine solche Eskorte, nur um ihn wieder nach Altenau zu bringen? Ungewöhnlich. Nein, unwahrscheinlich. Sehr schwach waren kurze Befehle zu hören. Die Männer sprachen unverkennbar Deutsch.

»Sie sind da!« Panik klang aus der Stimme des Gefesselten. »Haben Sie ein Messer? Schneiden Sie die Seile durch.«

Morris griff an sein Koppel. Natürlich hatte er ein Messer. Und eine Trinkflasche. Und einen Kompass. Nur den Revolver hatte er abgeben müssen. Wo war das verdammte Ding? Dann fiel es ihm wieder ein. Er hatte alles nach einem Picknick in dem kleinen Marschrucksack verstaut, der jetzt bei dieser Empfangsdame stand. Charlie trat an den Gefangenen heran. Der Mann roch stark nach Schweiß und Urin. Es kostete Überwindung, ihn zu berühren. An den Handgelenken hatte er Abschürfungen und Blutergüsse. Der Engländer zog kräftig an den Seilenden, erkannte jedoch schnell, dass die Knoten von einem Fachmann gelegt worden waren. Sie ähnelten den komplizierten Gebilden, die er in den Häfen von Glasgow und Liverpool bei den Seeleuten immer bewundert hatte. Zog man am richtigen Ende, löste sich alles von Geisterhand, zog man am falschen, dann wurde alles noch fester. Der Gefesselte sackte plötzlich zusammen.

»Es hat keinen Sinn. Es ist zu spät.« In seiner Stimme lag Resignation. »Bringen Sie sich in Sicherheit. Denen ist völlig egal, dass Sie Engländer sind. Sie landen stückweise im Heizofen. Das können die, glauben Sie mir.«

Charlie Morris rüttelte ein letztes Mal an den Seilen.

»Gehen Sie!«

Aus der Ferne war ein Lachen zu hören. Morris vermutete, dass die Leute aus den Autos jetzt in der Vorhalle waren.

»Sie können den Dreckskerlen eins auswischen. Ich war in den ersten zwei Wochen oben untergebracht. Im Haupthaus. Zimmer siebzehn. Ich habe mich als Patient hier reingeschlichen.« Er zeigte auf Narben an Stirn und Nase, die sich leicht entzündet hatten. »Dann haben sie mich an den Aktenschränken erwischt und unter Arrest gestellt. Sie denken, ich arbeite für die Amis.«

Morris grübelte über den Worten des Deutschen. Er verstand kaum etwas.

»Nach dem zweiten Verhör haben sie mich hierher verfrachtet. Aber ich hatte vorher die meisten Sachen aufgeschrieben. In ein kleines Buch mit Ledereinband, das ich versteckt habe. Das Fensterbrett im Zimmer ist locker. Sie können es an der linken Seite von unten hochdrücken. Im Spalt finden Sie es zusammen mit den Notizen meines Bruders, die in einer Mappe stecken. Zimmer siebzehn.« Der Mann horchte und sah sich mit gehetztem Blick um.

»Wie heißen Sie?«, fragte er.

»Sergeant Charlie Morris.« Aus reiner Gewohnheit nahm der Brite bei dieser Antwort leicht Haltung an.

»Mein Name ist Udo Grundt. Oberleutnant Udo Grundt. Ich war bei der Wehrmacht, Heeresgruppe Süd. No SS«, betonte er schnell. »Holen Sie unsere Notizen und finden Sie jemanden, der etwas damit anfangen kann. Meinen Bruder haben die Schweine schon erwischt. Er wollte, dass ich seine Aufzeichnungen einem Polizisten gebe. Druwe heißt der Mann.« Grundt geriet zunehmend in Panik, sprach immer hektischer.

»Druwe«, wiederholte er. »Merken Sie sich den Namen!«

»*True … be*?« Morris brach sich fast die Zunge an dem deutschen *W*.

»Druwe!« Der Gefangene ließ Morris den Namen mehrmals wiederholen. »Genau, Druwe. Ihre Leute werden ihn sicherlich ausfindig machen können. Er war mit meinem Bruder in Werl, bis … Ihm können Sie vertrauen. Werner, mein Bruder, schrieb mir kurz vor seinem Tod. Er hat diesem Druwe alles erzählt. Vielleicht können Sie zusammen … Dann war das hier nicht umsonst.«

Morris stand unschlüssig herum. Der Krieg war vorüber. Er war Besatzungssoldat im Harz. Welche Gefahr sollte ihm drohen? Und dennoch beschlich ihn eine Ahnung. Etwas riet ihm, sich in Sicherheit zu bringen. Und dieser Instinkt hatte ihm im vergangenen Jahr mehrmals das Leben gerettet.

»Verschwinden Sie«, rief der Gefangene. »Los jetzt, sehen Sie zu, ob ein anderer Kellerverschlag offen ist.«

Morris nickte und lauschte in den Gang. Stiefelabsätze waren zu hören. Er hatte nur ein paar Sekunden. Die nächste Tür hatte ebenfalls einen Riegel, den er vorsichtig anhob. Er huschte in die Dunkelheit gerade in dem Moment, als zwei Männer um die Ecke bogen.

Charlies Fahrgelegenheit kam fast eine halbe Stunde zu spät. Der Sergeant wusste nicht, ob er sich darüber ärgern oder freuen sollte. Als er in seinem Verhau gesessen hatte, waren ihm einige Gedanken durch den Kopf gegangen. Ein nettes Tänzchen mit den Gestapo-Schweinen, das hätte ihm gefallen. Andererseits war später nur ein dicklicher Kamerad aus dem Fahrzeugkorps erschienen, der wahrscheinlich seine Waffe zuletzt aus Freude über den Sieg abgefeuert hatte. Nein, es wäre glatter Selbstmord gewesen, sich den vier Deutschen zu stellen. So hatten die Männer Udo Grundt mitgenommen. Offenbar schlugen sie den Gefangenen ein paar Mal, denn anfangs redete der Mann auf sie ein, dann hörte Morris nur noch ein Röcheln. Den Geräuschen nach wurde Grundt danach aus der Kellerzelle geschleift. Wenige Minuten später schlugen wieder Autotüren zu, und die beiden Wagen fuhren davon.

Morris warf vorsichtig einen Blick aus seinem Versteck, aber er war jetzt sicher. Aus reiner Neugier öffnete er noch zwei weitere Kellerräume, aber dort fand er nur verschimmelte Akten, ausgemusterte Schreibmaschinen und kaputtes Mobiliar. Nur der Raum, in dem sich Grundt befunden hatte, war als Gefängniszelle hergerichtet worden. Der Sergeant schlich sich zurück ins Erdgeschoss und schlenderte dann zum Haupthaus. Zimmer siebzehn. Und wenn es belegt war? Oder verschlossen?

Manchmal hatte auch ein Charlie Morris lichte Momente. Dann beschien die Sonne eines klaren Urteils seinen Geist. Er legte sich eine einfache Taktik zurecht. Eigentlich war es eher die spontane Eingebung, einen Überraschungsangriff zu wagen. Er trat ins Sekretariat und herrschte Fräulein Ennenberg in bester Besatzermanier an.

»Mein Fahrer kommt jeden Moment. Geben Sie ihm meine Weisung weiter. Er soll den Wagen wenden und mit laufendem Motor auf mich warten. Ich suche noch eine Örtlichkeit auf. Haben Sie das verstanden?«

Er wusste nicht, ob die Dame rot wurde, weil er sie derart angeschnauzt hatte. Oder ob die Erwähnung der Örtlichkeit die alte Jungfer aus dem Gleichgewicht gebracht hatte. Jedenfalls konnte sie nur nicken, als er seinen kleinen Rucksack griff. Sofort begab er sich auf die Suche nach Zimmer siebzehn. Als er es gefunden hatte, ging er zurück zum Treppenhaus und blickte zur Auffahrt. Endlich stand dort ein Jeep. Der Wagen kam aus Goslar, wie Morris an dem Truppenkennzeichen erkannte. Der Fahrer, ein offenbar recht rundlicher Corporal, saß am Steuer und rauchte. Er hatte den Wagen gedreht, wie es ihm ausgerichtet worden war.

Na bitte, dachte Morris. Die alte Jungfer braucht nur eine strenge Hand, dann spurt sie. Er grinste.

Nun kam der zweite Teil seines Plans, der kaum so genannt werden konnte. Er marschierte zu dem Zimmer und riss die Tür auf. Es war komfortabel eingerichtet, eine Mischung aus Kranken- und Hotelzimmer. Offenbar für jene Herrschaften, die nach der OP schon wieder Suppe löffeln konnten. Im Bett saß ein am Kopf bandagierter Mann und las. Morris kümmerte sich nicht um ihn, sondern marschierte ohne Zögern zum Fenster.

»Was fällt Ihnen ein? Was wollen Sie? Ich werde die Schwester rufen!« Bereits ein Einheimischer hätte Probleme gehabt, den Mann zu verstehen. Ein Oberkiefer-Verband ließ ihn näseln und Nähte an Mundwinkel und Kinn verhinderten, dass er den Mund richtig öffnen konnte.

Morris schlug derweil zwei Mal von unten gegen das Fensterbrett, das sich schnell löste. Er griff in den entstehenden Spalt und zog ein etwa handgroßes, in Leder gebundenes Notizbuch hervor. Der Mann hatte sich erhoben und saß an der Bettkante.

»*Get down! Be quiet!*«, brüllte Morris ihn an und lief in den Flur. »Alle Deutschen still! Verhaftet!«

Der Patient war vollkommen überrumpelt, gehorchte und kniete sich vor den Schreibtisch. Die Hände verschränkte er hinter dem Kopf.

Sie können es noch, dachte Charlie erleichtert und erinnerte sich an die endlosen Reihen am Boden hockender, deutscher Soldaten bei Kriegsende. Dann lief er, so schnell es seine Hüfte zuließ, nach unten.

Einige Augenblicke später gab Corporal Jones Gas und fegte vom Platz, dass der Kies seitlich in die Rabatten spritzte. Charlie Morris blätterte in dem Buch. Ein Tagebuch. Diverse Namen, Skizzen einer Landkarte mit Ortsbezeichnungen und Nummern. Den Text konnte er kaum lesen. Morris schob es auf die eigenwillige Handschrift des Verfassers. Dieses Mal würde er nicht einfach zu seinem Vorgesetzten gehen. Diese Sache war eine Nummer größer als die Karte, die er auf dem Bauernhof gefunden hatte. Er brauchte Leute, die sich mit so etwas auskannten. Er würde die Ohren aufhalten und jemanden finden, den die Sache interessierte. Und vielleicht sprang ja ein Job für ihn dabei heraus.

14

Werl, Januar 1947

»Hallo, Vati.« Lena Druwe standen Tränen in den Augen. Ihr Vater stand stocksteif im Besuchersaal, konnte es kaum glauben. Zwar hatten Eva und seine Tochter ihm geschrieben, dass Lena jetzt in Hamburg bei ihrer Tante wohnte. Aber er wusste bis gestern nichts davon, dass sie ihn im Zuchthaus besuchen kam. Erst heute Morgen hatte ihm der Wärter die Nachricht überbracht.

»Vor fast zwei Jahren hast du schon geschrieben, dass du mich besuchen kommst. Lange Reise«, sagte er lächelnd. Dann nahm er sie in die Arme. So standen sie einige Minuten nur da, ohne zu sprechen.

Familienbande waren besondere Bande. Und in Gefangenschaft wurde es den meisten Männern schmerzhaft bewusst, wenn sie keine Besuche oder Briefe erhielten. Druwe hatte seine Tochter beinahe drei Jahre nicht gesehen. Er hatte ihr Heranwachsen zur jungen Frau verpasst. Und er war in diesen unruhigen Zeiten nicht an ihrer Seite gewesen. Noch vor ein paar Monaten hätten diese Gedanken Bitterkeit in ihm aufsteigen lassen. In diesem Augenblick der Intimität jedoch nahm er alle Eindrücke einfach in sich auf, sog sie ein. Zeitlos, ohne Groll und Eifersucht gegen das Schicksal.

»Bist ja auch häufiger umgezogen«, erwiderte sie. Lena war schon immer schlagfertig gewesen.

Sie betrachtete seine Handprothese. Zwar hatte er seine Frau Inge und die Kinder nach Stalingrad noch einmal besucht, aber das Ganze hatte in einem Desaster geendet. Lena kannte seine Verwundung, und dennoch schien der Gedanke, einen dauerhaft versehrten Vater zu haben, sie zu belasten.

»Tut es noch weh?«, fragte sie und strich behutsam über den rechten Unterarm.

»Nicht mehr körperlich«, antwortete er.

Sie unterhielten sich eine Weile, bis Druwe endlich den Mut fand, ein wichtiges Thema anzusprechen.

»Lena, du weißt, dass ich ein verurteilter Verbrecher bin. Ein Kriegsverbrecher. Ich habe schlimme Dinge getan. Und dass mich die Engländer dafür vor Gericht gestellt haben, ist nur gerecht. Das hat nichts mit Willkürjustiz zu tun, wie wir sie unter Hitler kannten. Ich will, dass du das weißt. Und wenn das nicht erträglich ist für dich, dann kann ich es verstehen, wenn du den Kontakt zu mir abbrichst.«

»Eva hat mir alles erzählt«, sagte Lena. »Sie meinte, ich wäre alt genug dafür, um es zu erfahren. Ich weiß aber auch, dass du ein guter Mensch bist. Dass du darum kämpfst, es wiedergutzumachen.«

»Die Strafe kann es nicht ungeschehen machen. Sie ändert nichts daran, dass diese Menschen tot sind. Und keine Zukunft mehr haben«, entgegnete Druwe.

»Das Vergangene können wir nicht ungeschehen machen«, erwiderte seine Tochter. »Aber durch unser Verhalten können wir das gestalten, was kommt. Es besser, sicherer, lebenswerter machen. Dann war der Tod dieser Menschen doch nicht umsonst.«

Jens Druwe lächelte. Er hörte Eva aus diesen Worten heraus. Lena war gerade erst achtzehn. Er hatte als Vater vielleicht doch nicht alles falsch gemacht. Sie saßen noch eine Weile zusammen. Lena hatte Gebäck mitgebracht, das eher als Waffe getaugt hätte. Aber Druwe biss sich im wahrsten Sinn hindurch, ohne ein Wort zu verlieren. Die braune Brühe, die hier ausgeschenkt wurde, hieß draußen in den Lokalen nur noch *Heißgetränk*. Hier drinnen erdreistete sich die Küche, das Zeug Kaffee zu nennen, obwohl wirklich keine Bohne mehr darin war. Seltsamerweise gab es aber Zucker im Überfluss, so dass Vater und Tochter drei Löffel davon nahmen.

»Musst du wirklich noch mehr als fünf Jahre hier drin ...« Lena kamen wieder die Tränen.

Er überlegte. Nur Eva wusste bisher von der Chance, die es für ihn gab. Er hatte ihr bei seinem zweiten Besuch von der Abmachung mit Kupner erzählt. Nun musste er auch Lena einweihen. Wenn er es nicht tat, dann wäre später der Vertrauensverlust nicht mehr gutzumachen.

»Was ich dir jetzt erzähle, muss unter uns bleiben«, sagte er. »Mein Leben hängt davon ab. Lena, vielleicht habe ich schon angefangen mit der Wiedergutmachung. Ich arbeite für die Engländer.« Er blickte sich aufmerksam um. In Werl hatten die Wände Ohren. »Für eine Organisation, die diese Verbrecher jagt. Kriegstreiber, Mörder, Lagerführer, aber auch die Planer und Buchhalter hinter den Schreibtischen.«

»Und wie geht das hier drinnen?«, fragte Lena ungläubig.

»Es ist kompliziert. Manche Gefangene haben Beziehungen nach draußen. Und hier gibt es mittlerweile eine eingeschworene Gemeinschaft. Die meisten Männer kommen aus der SS, manche waren wichtige Parteifunktionäre, nur wenige sind Zivilisten oder aus der Wehrmacht. So wie ich. Ich horche sie aus, führe Protokolle über ihre Treffen. Ich schnappe Namen auf, manchmal auch ehemalige Einsatzorte. So bekommen die Briten heraus, wer zu welchem Zeitpunkt an welchem Ort gewesen ist. Daraus soll eine riesige Kartei werden, damit die Kerle sich nicht herausreden und gegenseitig decken können.«

»Wer sind diese Leute?« Lena sah ihn an und schwieg eine Weile. »Die Engländer benutzen dich vielleicht nur, Vati. Du trägst das ganze Risiko. Ich finde es gut, dass es den Verantwortlichen an den Kragen geht. Aber es ist gefährlich für dich.«

»Nur so kann ich wieder schlafen«, entgegnete ihr Vater leise. »Und wenn ich das Risiko nicht eingehe, vergammle ich hier noch fünf weitere Jahre.«

»Und was haben sie dir dafür als Gegenleistung versprochen?«, fragte sie. Lena hatte schnell begriffen, wie die Dinge liefen. Vielleicht lag es daran, dass das normale Leben außerhalb der Gefängnismauern mittlerweile denselben Regeln gehorchte.

In kurzen Worten schilderte Druwe die Zusammenhänge. Er sah das Strahlen in ihren Augen, als sie begriff, dass er viel früher entlassen werden konnte. Wenn alles gut ging.

*

»Ihre Tochter ist eine sehr nette, junge Dame«, sagte Moshe Kupner fröhlich, als am nächsten Tag ihr wöchentliches Treffen anstand.

Druwe zuckte reflexartig zusammen. Unter Hitler war es immer von Nachteil gewesen, wenn jemand die Familie ins Spiel brachte. Familie zu haben bedeutete, verletzbar zu sein.

»Was haben Sie denn? Habe ich etwas Falsches gesagt?«, fragte der britische Offizier, der Druwes Anspannung bemerkt hatte.

»Sie überwachen mich«, stellte Druwe fest. »Hätte ich mir denken müssen. Ich bin ja schließlich nur ein dämlicher Hunne, der als Kriegsverbrecher in einem eurer Gefängnisse sitzt.«

»Was ist denn los, Druwe? Klar, ich bekomme mit, wer Sie besucht. Aber es ist keine Überwachung. Ich war gestern schon hier, weil ich mit dem Leiter einige Dinge besprechen musste. Da habe ich diese junge Frau gesehen, die wegen des verdammten Schneeregens gerade den Bus verpasst hatte. Da habe ich sie nach Soest zum Bahnhof gefahren. Erst auf der Fahrt habe ich erfahren, dass sie Ihre Tochter ist. Und wenn Sie es wissen wollen, wir haben kein Wort über Sie gesprochen, Druwe. Jetzt entspannen Sie sich und akzeptieren Sie, dass Sie nicht der Mittelpunkt der Welt sind. Und dass sich nicht jeder gegen Sie verschworen hat.«

Druwe musste zugeben, dass er etwas überreagiert hatte. Lena war zu einer attraktiven, jungen Frau geworden. Und es waren gefährliche Zeiten. Für manche Besatzungsoffiziere waren deutsche Frauen immer noch Freiwild. Andererseits musste er dankbar sein, dass sie nicht allein auf der Landstraße unterwegs gewesen war. Aber er gestand sich zu, wenigstens ein klein wenig besorgt sein zu dürfen, weil sie neben diesem smarten, amerikanischen Leutnant im Wagen gesessen hatte.

Verdammt schwer, Vater zu sein, dachte er nur.

Kupner verschwand aus dem Pausenraum für das Küchenpersonal, in dem sie sich meistens trafen. Wenig später kehrte er mit einem vierschrötigen Mann in ziviler Kleidung zurück. Druwe schätzte ihn auf Anfang dreißig. Er kannte solche Typen aus Berlin. Arbeiterhände. Breite Schultern. Als er auf dem Stuhl Platz nahm, stöhnte der Stoff unter der allgemeinen Muskelspannung. Alles an ihm wirkte, als wäre er ein kleiner Ganove aus einfachsten Verhältnissen, der zu etwas Geld gekommen war.

»Darf ich vorstellen?«, gab sich Kupner förmlich. »Charles Morris, ehemaliger Staff Sergeant. Offiziell aus dem Dienst entlassen. Inoffiziell ist er nun ziviles *Information Staff Member* bei der *FSS*.«

»Aha. Freut mich.« Druwe fühlte sich überrumpelt.

»*G'day.*« Morris tippte sich ungezwungen an die Stirn. Er war stolz auf die Grußformel, die er bei Seeleuten in Glasgow aufgeschnappt hatte.

»Mr Morris hat eine kleine Odyssee hinter sich«, begann Kupner. »Seiner Beharrlichkeit ist zu verdanken, dass wir ein paar wertvolle Informationen erhalten haben.«

»Und die haben mit mir zu tun?«, fragte Druwe.

»Teilweise, ja«, erwiderte Moshe Kupner. »Am besten ist es, wenn Sergeant Morris selbst berichtet. Sie beherrschen allerdings unsere Sprache besser als er Ihre. Bitte, Mr Morris.«

Wenig schüchtern begann der ehemalige Sergeant von seinen Erlebnissen beim Vormarsch in den Harz zu berichten.

»Da überlebt man die Strände der Normandie und ist bis zur Kapitulation dabei«, holte er weit aus. »Um dann von einem besoffenen Russen an der Demarkationslinie über den Haufen gefahren zu werden ...«

Mehrmals wies ihn Kupner zurecht, aber Morris ließ sich nicht beirren. Schließlich kam er dann doch zur Schilderung seiner Erlebnisse in einer versteckt gelegenen Klinik.

»Ganz komische Sache«, meinte er. »Mir schmerzte nur das Bein, und anfangs waren die ganz freundlich. Es gab Kohlrouladen und Kartoffeln. Und einen Branntwein. Dann habe ich zufällig im Keller diesen Gefangenen gefunden. Uwe Grundt. Armes Schwein. Ich denke, den haben sie …«

»Grundt?«, unterbrach Druwe ihn.

»Ja, deshalb bin ich doch hier«, entgegnete der Engländer. »Der Kerl sagte, sein Bruder wäre schon mal dort gewesen. Offenbar gab es in dem Krankenhaus einige Dinge, die ihm aufgefallen waren. Operationen an Gesichtern von gesunden Leuten.« Morris tippte auf eine Mappe, die Kupner aus einer Aktentasche genommen hatte. »Steht alles da drin. Und der Mann hat gesagt, ich soll die Sachen Ihnen geben, Mr Druwe.«

»Danke, Charlie«, schnitt ihm Kupner jetzt das Wort ab. »Geh eine rauchen und lass dir in der Küche vom guten Braten geben. In Ordnung?«

»Aye, Sire.« Morris grüßte militärisch, und Druwe meinte zu sehen, dass dabei die Naht des Jackenärmels in der Achsel leicht aufriss.

»Unheimlich netter Bursche«, sagte Kupner, als sie allein waren. »Zwar brennen nicht sonderlich viele Kerzen in der Stube.« Er zeigte mit dem Finger an die Schläfe. »Aber er hat eine Begabung. Wir nennen solche Leute *truffle pigs*. Stöbern irgendwo herum und stolpern über Verstecktes. Morris hat bei einem Bauern eine Karte entdeckt, die beweist, dass das Oberkommando der Wehrmacht von den Mordaktionen im Hinterland wusste. Die Offiziere des OKW haben das immer geleugnet. Und später geht Mr Morris spazieren und findet die Aufzeichnungen von Werner und Uwe Grundt.«

Werner, dachte Druwe. Noch immer verfolgten ihn die Bilder des Erhängten. Er war sicher, dass eben die Leute aus *Zelle 3* für seinen Tod verantwortlich waren, mit denen er seit Monaten fast täglich zu tun hatte. Einen Beweis hatte er nicht, und Kupner hatte ihm später geraten, aus taktischen Gründen die Füße stillzuhalten. Er hatte Kupner zwar von Grundt und dessen Andeutungen erzählt, aber die Spur war kalt geworden, ohne dass Kupners Nachforschungen etwas ergeben hatten. Bis jetzt.

»Mindestens dreißig Personen haben sich bis Kriegsende an ihren Gesichtern verändern lassen«, sagte Kupner. »Uwe Grundt fand Hinweise, dass auch nach der Kapitulation noch solche Operationen durchgeführt wurden. Wir schätzen, dass es im letzten Jahr zehn oder fünfzehn Männer waren.«

»Neue Gesichter?«, fragte Druwe ungläubig. Es schien ihm doch etwas abwegig, dass irgendwo im Harz eine Art *Cabinet des Dr. Caligari* existieren sollte, wo man an Gesichtern herumwerkelte.

»Nein, wir nennen es Modifikationen. Es gibt einige interessante Untersuchungen aus dem *Army Psychological Centre*, die zeigen, dass kleine Änderungen im Gesicht ausreichen. Die meisten Menschen erkennen dann die Zielperson nicht mehr. Das fängt harmlos mit Frisur und Bart an. Und geht weiter zur Augenpartie, den Brauen und Nasenflügeln. Etwas mehr Aufwand erfordern Eingriffe an Wangenpartien und Ohrstellung sowie die Kinnstraffung.«

»Schön und gut«, meinte Druwe. »Aber was hat Grundt nun genau herausgefunden? Wer solchen Aufwand betreibt, muss doch ein hohes Tier gewesen sein. Oder eine Menge auf dem Kerbholz haben.«

»Der bekannteste Name auf der Liste ist Heinrich Müller«, sagte Kupner in derart beiläufigem Ton, als verkündete er die Wetternachrichten.

»*Der* Müller?«

Druwe erinnerte sich an die Gespräche mit Breitenberg, der ihm ein paar Details zum Leiter der Geheimen Staatspolizei anvertraut hatte. Der Mann war an fast allen Verbrechen des RSHA irgendwie beteiligt gewesen, galt aber seit Kriegsende als verschollen.

»Leider haben wir bisher nicht klären können, ob die Angaben stimmen«, meint Kupner. »Es gibt mehrere Hundert Personen mit dem Namen in Deutschland. Und wenn es der gesuchte Müller war, hat er sicherlich noch andere Hebel in Bewegung gesetzt, um unentdeckt zu bleiben.

Wir konnten jedoch drei Männer festnehmen, da Werner Grundt in seinen Notizen gute Beschreibungen und auch deren neue Namen angegeben hatte. An anderen Leuten sind wir noch dran. Offenbar waren einige so dreist, sogar in die russische Zone zu verschwinden. Aber ich erzähle das eigentlich nur aus einem Grund. Ernst Fiedler hat sich ebenfalls in der Klinik aufgehalten.«

Plötzlich war Druwe voll konzentriert. »Habt ihr die Akte?«, fragte er aufgeregt. »Weiß man, wie er jetzt aussieht?«

»Leider nein«, antwortete Kupner. »Er war Ende 44 dort, als noch alles recht ruhig und geordnet ablief. Fiedlers Patientenakte wurde wahrscheinlich vernichtet, die befragten Ärzte können sich angeblich nicht erinnern. Nur das OP-Buch blieb erhalten. Und daraus hat Werner Grundt alle Namen mit dem Vermerk *o. I.* notiert. Es sind Eingriffe, die *ohne Indikation*, also nur auf Wunsch der Patienten durchgeführt wurden.«

Druwe wusste nicht, ob er sich über diese Neuigkeiten freuen sollte. Fiedler tauchte wie ein Geist hier und da auf, ohne dass die Hinweise wirklich handfest waren. Er war sicher, dass man den Kerl in Friedenszeiten zügig geschnappt hätte. Aber es schien, als gälten da draußen im Moment andere Regeln. Der Mann hatte alte Freunde, knüpfte neue Kontakte, vielleicht sogar zu den Alliierten. Und das Ganze mit verändertem Aussehen und unter anderem Namen. Und Druwe waren in Werl die Hände gebunden. Erst Oberbauer, dann Grundt. Was konnte er schon tun? Ein paar Überlegungen anstellen, die sowieso niemanden interessierten.

*

»Ihre Aufgabe hier ist bald abgeschlossen, Mr Druwe«, wechselte Kupner das Thema. »Ihnen ist sicherlich aufgefallen, dass seit einiger Zeit kaum neue Informationen zu uns durchdringen. Wir wissen so ziemlich alles über die Zelle, die Simon leitet. Jetzt warten diese Leute auf neue Rekruten, also Gefangene, die sie anwerben können. Und natürlich auf die Haftentlassungen. Erst dann kommt das Netzwerk voll zum Tragen. So lange können wir nicht warten. Wir möchten Sie an anderer Stelle einsetzen, Druwe.«

»Ich soll verlegt werden?«

Moshe Kupner nickte. »Und bevor Sie wieder einen Wutanfall bekommen, darf ich Ihnen dieses Schreiben zeigen.«

Druwe griff nach dem Schriftstück. Er fand sich schnell in den etwas altmodischen Duktus des amtlichen Englisch ein. In dem Schreiben lobten Kupner und Tanner gegenüber dem Kriegsminister Druwes Arbeit und betonten, dass sie diese als hinreichenden Beleg für dessen erfolgreiche Entnazifizierung und sogar Rehabilitation ansahen. Sie empfahlen zudem eine Prüfung der Haftzeit.

Natürlich hatte Druwe von den Verfahren zur Entnazifizierung gehört. Amerikaner und Briten wollten politisch belastete Personen aufspüren und hatten eine Art Netz über ihren Zonen ausgespannt. Fragebögen mussten ausgefüllt werden. Es fanden Vernehmungen statt. Spruchkammern urteilten darüber, ob man unbelastet, Mitläufer oder Täter war. Und die Deutschen wurden nicht müde, sich gegenseitig zu bestätigen, dass sie niemals wirklich an diesen Hitler geglaubt hatten.

»Nett von Ihnen, Kupner«, sagte Druwe. »Aber solange es keine Antwort von hoher Stelle gibt, bleiben das nur schöne Worte.«

»Sie sind ein furchtbar ungeduldiger Mensch, Druwe.« Moshe Kupner reichte ihm mit triumphierendem Blick ein zweites Schreiben.

… sofern sich die Zusammenarbeit mit WD4 weiterhin gut gestaltet und die Kooperation in den nächsten Monaten zum Erfolg führt, kann Ihrem Ersuchen entsprochen werden. Ein naher Angehöriger sollte im September ein Gnadengesuch beim Kriegsministerium einreichen. Der Herr Kriegsminister wird – den Vorschlägen entsprechend – eine Begnadigung von WD4 zum 01. 01. 1948 aussprechen. Um ein Mittel zur Lenkung der besagten

Person in der Hand zu behalten, wird der Rest der Strafe jedoch lediglich zur Bewährung ausgesetzt werden. WD4 hat eine Vereinbarung zu unterzeichnen, die die Geheimhaltung aller Vorgänge fordert. Bei Zuwiderhandlung …

»*WD4?*«, fragte Druwe verwirrt.

»Das sind Sie«, antwortete Kupner. »W wie Werl. Druwe, der vierte Agent mit D in unseren Reihen. WD4 eben. Dient Ihrem Schutz und macht das Ganze so wunderbar geheimnisvoll.« Kupner legte theatralisch den Zeigefinger auf die Lippen. Offenbar hatte er auch Freude an seinem Beruf und nahm nicht alles bierernst.

»Und wo soll es jetzt hingehen?«, fragte Druwe etwas später.

»Ja, das ist der Druwe, wie ich ihn kenne. Bärbeißig und geradeaus. Gern geschehen übrigens, keine Ursache«, meinte Kupner schmunzelnd und legte das offizielle Schreiben des Kriegsministeriums zurück in seine Aktenmappe. »Freuen Sie sich bitte nicht zu sehr. Es könnte Ihrem Ansehen schaden. Sie sind so was von knochentrocken, Mr Druwe. Da wachsen eher Kartoffeln in der Wüste, als dass Sie mal aus sich herauskommen.«

»Danke für das Kompliment. Also, wohin geht es?«

»Bad Nenndorf und danach Hameln«, antwortete Moshe Kupner.

»Wie erkläre ich das Simon und seinen Leuten?«

»Gar nicht. Sie werden von uns mit einem großen Geschrei abgeholt. Tun Sie überrascht, und brüllen Sie laut herum. Wir richten es so ein, dass Simon und seine Leute Sie sehen. Wenn er vorher wüsste, dass es nach Nenndorf geht, wären Sie in Gefahr.«

Druwe blickte ihn fragend an.

»In dem unscheinbaren Ort wurde ein *Interrogation Centre*, ein Verhörzentrum der *British Army* eingerichtet«, erklärte der Amerikaner. »MI 5, MI 9, MI 14, alle haben irgendwie ihre Finger da drin. Keiner kennt die genauen Befehlsstrukturen. Es geht darum, dass sich einige

Leute profilieren wollen, indem sie möglichst schnell möglichst viel Wissen aus wichtigen Nazis herauspressen.«

»Hm. Die wichtigsten habt ihr doch schon aufgehängt«, sagte Druwe in sarkastischem Tonfall. Die Urteilsvollstreckung gegen Göring und andere Angeklagte im Nürnberger Prozess war gerade erst im vergangenen Herbst erfolgt.

»Im Ernst, Druwe. Uns sind Dinge aus Nenndorf zu Ohren gekommen, die wir nicht tolerieren können. Einige Offiziere haben offenbar jede Form von Zurückhaltung abgelegt. Es heißt, dort wird sogar gefoltert. Mit Methoden und Werkzeugen, die wir aus euren Lagern kennen.«

»Ich soll also nach Nenndorf, um eure Leute zu beobachten?«, fragte Druwe ungläubig. »Es geht nicht um Deutsche? Nicht um SS oder Gestapo? Ich soll als Häftling meine britischen Bewacher ausspionieren?«

Kupner nickte. »Es ist kompliziert, Mr Druwe, aber das trifft den Sachverhalt. Die *Field Security Section* verliert an Boden. Der neue Feind sind die Russen. Sie glauben nicht, welche Töne zwischen denen und den Westalliierten angeschlagen werden.« Er überlegte. »Na, Sie lesen ja selbst Zeitung. Leider wird die Verfolgung von Nazi-Verbrechern immer mehr zur Nebensache. Oder wenn, dann sollen wir sie nur kriegen, damit die Russen sie nicht bekommen. Es werden sehr ekelhafte Geschäfte gemacht, Mr Druwe.«

»Lassen Sie sich nicht alles aus der Nase ziehen, Kupner«, sagte Druwe. »Wenn ich in diesem Zentrum für Sie arbeiten soll, muss ich wissen, was gespielt wird.«

»Männer, die etwas Wertvolles für uns haben, verkaufen es an uns oder die Amerikaner. Die großen Fische haben sich die Amis und Russen schon geschnappt. Raketentechniker, Ingenieure aus dem Flugzeugbau, Chemiker, Atomphysiker. Nun hat das Empire entschieden, dass auch wir ein Stück von dem Kuchen wollen. Und in Nenndorf sammelt unser Geheimdienst Sekundärinformationen.«

»Was ist denn damit nun wieder gemeint?« Druwe ging dieses geheime Getue langsam auf die Nerven.

»Informationen minder wichtiger, also sekundärer Personen führen zu den gesuchten Primärpersonen. Das können dann wertvolle Leute sein, mit denen wir einen Handel abschließen. Oder Leute, die Dreck am Stecken haben. Dann machen wir ihnen den Prozess. Wie gesagt, das letztere Ziel wird in dem Spiel immer weniger relevant.«

Spiel. Primärpersonen. Druwe ließ die letzten Bemerkungen Kupners auf sich wirken. Er hatte plötzlich das Gefühl, dass er hier in Werl eine Menge verpasste. Er war abgeschnitten von dem, was da draußen geschah. Bisher hatte ihn vor allem betrübt, dass er seine Familie viel zu selten sah. Ihm war allerdings in letzter Zeit auch aufgefallen, dass sein Schwager über Dinge sprach, die er nicht so recht verstand. Da gab es plötzlich die Bi-Zone, den Kalten Krieg, Gerede über ein Wettrüsten, Erstschlag und die Wiederbewaffnung Deutschlands. Das waren Schlagworte, die er aufschnappte, wenn von den Wachen eine uralte *Daily Mail* oder eine Ausgabe des *Observer* liegen gelassen worden war. Wenn er bei Eva war, verspürte er allerdings keine Lust, sich mit seinem Schwager über Politik zu unterhalten. Ludwig hatte sich verändert, trank viel und wurde oft unerträglich, wenn man nicht seiner Meinung war.

In diesem Gespräch mit Kupner wurde ihm jetzt schmerzlich klar, dass er vielleicht mit der Welt da draußen nicht mehr zurechtkam, wenn er entlassen würde. Und diese Erkenntnis machte ihm Angst. Zeit seines Lebens hatte er immer wieder neu beginnen müssen, hatte sich auf alle Veränderungen eingestellt, sich angepasst. Als das alte Kaiserreich zusammengebrochen und er aus dem Krieg nach Hause gekommen war, hatte er seine Bestimmung bei der Polizei gefunden. Danach hatten die Unsicherheiten zu Beginn und am Ende der Republik viel Kraft gekostet. Und schließlich musste er mit Repressalien und Terror der Hitler-Zeit fertig werden. Dann musste er sogar noch einmal in einen Krieg und kehrte als Krüppel zurück. Wie sollte er jetzt noch einmal von vorn beginnen? Bei diesen Gedanken verspürte er eine bleierne Müdigkeit und den Wunsch, irgendwann in seinem Leben einmal anzukommen.

Moshe Kupner sah ihn an. Als hätte er seine Sorgen erahnt, sagte er schließlich: »Ich habe mit Tanner gesprochen. Vielleicht können wir Ihnen einen Job anbieten. Ich meine, für die Zeit nach Ihrer Entlassung. Natürlich müsste uns das *War Office* eine Genehmigung erteilen, aber Colonel Tanner glaubt, das sei kein Problem.«

Druwe überlegte. Diese Perspektive war durchaus verlockend. Er war sicher, dass jeglicher Polizeidienst für ihn nicht mehr infrage kam. Schließlich war er vorbestraft. Ein Verbrecher. Damit kam er noch nicht einmal am Pförtner eines Präsidiums vorbei. Zudem die Sache mit der rechten Hand. Höchstens eine Schreibtischarbeit hätte man ihm noch gegeben, aber keine Waffe und keine Tätigkeit als Ermittler. Er musste sich eingestehen, dass er gar nichts anderes konnte. Er war ein Kriminaler. Das wollte er immer sein.

»Da nehme ich Sie beim Wort, Mr Kupner«, sagte er. »Die Sache muss euch ja wirklich wichtig sein, wenn ihr dafür später sogar einen Kriegsverbrecher in eure Reihen nehmen würdet.« Er lächelte gequält. »Was Sie da in Nenndorf für mich haben, klingt nach gefährlicher Drecksarbeit. Wenn ich das mache, sind Sie mir etwas schuldig.«

15

Bad Nenndorf, April 1947

Drei Monate nach dem Gespräch mit Kupner erhielt Druwe von der Anstaltsleitung die offizielle Nachricht, dass er in ein britisches *Interrogation Centre* verlegt werden sollte.

Er wurde in einem alten Dodge Carrier aus amerikanischen Armeebeständen nach Bad Nenndorf gefahren. Es war nicht mehr so lausig kalt wie die vergangenen Wochen. Sie kamen nur langsam voran, da das Tauwetter die unbefestigten Wege in Schlammpisten verwandelt hatte. Zwei weitere deutsche Häftlinge, die Zivilkleidung trugen, wurden unterwegs abgesetzt, sie hatten offenbar ihre Zeit abgesessen. Druwe war als Einziger in Handschellen gelegt. Die beiden Wachen hatten wegen der Kälte die Plane nach unten gezogen, aber durch einen seitlichen Spalt konnte Druwe in die Frühlingslandschaft hinaussehen. Die Fahrt ging in Richtung Hannover.

Bad Nenndorf war offenbar Lazarettstadt gewesen. Ein umgekipptes, im Dreck liegendes Holzschild, auf dem noch der alte Reichsadler und eine zerkratzte Swastika zu erkennen waren, zeigte das große rote Kreuz auf weißem Grund. Tiefflieger hatten in der zweiten Phase des Kriegs immer wieder auch kleinere Dörfer aufs Korn genommen. Und die Nähe zur Großstadt hatte die immerwährende Gefahr heraufbeschworen, dass ein Bomberpilot sein Ziel verfehlte, seine tödliche Fracht etwas außerhalb abwarf.

Insgesamt hatte Nenndorf jedoch Glück gehabt. Es gab nur wenige kriegsbedingte Schäden. Allerdings schien es, als befände sich die gesamte Gemeinde im Ausnahmezustand. Gleich hinter dem Ortsschild gab es die erste Militärkontrolle, dahinter folgten zwei weitere Wachposten. Hinter der Kirche begann eine Absperrung, die offenbar den Ortskern vom übrigen Bereich abtrennte. Druwe sah hier keine deutschen Zivilisten mehr, stattdessen wurden die kleinen Landvillen von der Militärverwaltung und zu Wohnzwecken für Offiziere genutzt. Druwe war erstaunt. Er hatte zwar gehört, dass die Alliierten die Haftanstalten und auch militärischen Gebäude in Deutschland einfach weiter nutzten. Stabsoffiziere und Generäle residierten in den feinsten Privathäusern. Aber dass eine ganze Ortschaft zur Haftanstalt umgebaut worden war, überraschte ihn doch.

Nachdem der Dodge gehalten hatte, wurde Druwe aufgefordert, abzusitzen. Obwohl er sofort gehorchte, trafen ihn mehrere Stockhiebe. Zwei Soldaten trieben ihn danach im Laufschritt zum Verwaltungsgebäude, einem ebenfalls umgebauten, privaten Wohnhaus. Dort wurde er in einen Verhörraum gebracht, der den Gestapo-Räumen in der Berliner Prinz-Albrecht-Straße nicht unähnlich war.

Wahrscheinlich sehen die überall auf der Welt bei Polizei und Armee ähnlich aus, dachte Druwe.

Er saß an einem einfach gearbeiteten Tisch, auf dem eine Schirmlampe stand, deren Licht ihm direkt in die Augen schien.

Hundert Watt reichten für einfache Verhöre, erinnerte sich Druwe. Und die neuen Dampflampen wurden für die schweren Fälle genutzt. Wer das Gefühl hatte, vor einem heißen Flak-Scheinwerfer zu sitzen, dessen Licht sich ins Schädelinnere bohrte, begann oft schnell zu reden. Er hatte die Stapo-Männer prahlen hören, dass nach zwei Stunden viele Gefangene Augenschäden und Verbrennungen im Gesicht gehabt hatten.

»Ich habe mir zur Aufgabe gemacht, alle Befragungen von deutschen Offizieren zunächst selbst durchzuführen«, erklang plötzlich eine Stimme von seitlich. Der Mann sprach fast ohne Akzent. »Um mir ein Bild zu machen.«

Druwe konnte erkennen, dass der Mann Colonel war. Er wunderte sich, denn ein Offizier im Oberstrang machte sich normalerweise nicht mehr die Hände schmutzig.

»Colonel Robin Stephens«, stellte sich der Engländer vor. »Ich bin Commander dieses Zentrums.« Bevor Druwe etwas erwidern konnte, hob der Mann die Hand. »Erste Regel: Sie sprechen nur, wenn es Ihnen ausdrücklich erlaubt wird. Zweite Regel: Wir wissen bereits alles über Sie. Dritte Regel: Was wir nicht wissen, bekommen wir aus Ihnen heraus. Daraus leitet sich die vierte Regel zwanglos ab: Machen Sie es sich nicht unnötig schwer, sondern sagen Sie bei den Befragungen alles.«

Druwe erkannte plötzlich, dass Kupners Plan, ihn hierher zu schicken, eine gefährliche Lücke aufwies. Er hatte nichts, was er dem Colonel anbieten konnte. Zumindest hatten sie in dieser Hinsicht nichts abgesprochen. Das erste Verhör drehte sich um seine Vergangenheit. Und tatsächlich wusste Stephens fast alles über Druwes Werdegang bei der Polizei, über dessen Einsatz im Osten und die Verurteilung. Im zweiten Verhör kam die Flensburger Zeit zur Sprache, und Druwe hoffte, mit einigen Details zu den Fluchtplänen höherer Nazi-Bonzen oder zu den Canaris-Akten punkten zu können.

»Kalter Kaffee.« Der Offiziers winkte ab. »Ich will neue Informationen, Druwe.«

Im dritten Verhör wurde es ernst. Stephens schien zwar von Tanners Arbeit in Werl zu wissen. Auch Kupner kannte er. Offenbar fehlten jedoch einige Teile in diesem Puzzle. Druwe saß in der Klemme. Wenn er seine Beziehungen zu Simon und dessen Nazi-Zelle offenlegte, dann war die Arbeit eines Jahres verloren. Was würde der Colonel mit diesen Informationen anfangen? Für wen arbeitete er? Vielleicht brachte ihn die Sache sogar in Gefahr. Stephens konnte schließlich auch annehmen, dass Druwe für die Leute um Simon arbeitete. Wenn er jedoch Details verschwieg, von denen Stephens bereits erfahren hatte, dann würde es hier drinnen sehr unangenehm für ihn. Er versuchte, seine Antworten immer so zu formulieren, dass sie gleichzeitig ein Herantasten an das bereits Bekannte waren. Der Engländer war jedoch Profi und ließ sich auf solche Spielchen nicht ein. So beschränkte sich Druwe auf allgemeine Aussagen und gab sich als Außenseiter in Werl, dem niemand viel erzählt hatte.

»*Well*, Druwe«, meinte Colonel Stephens am Ende dieses dritten Zusammentreffens. Er wirkte unzufrieden, hielt jedoch an seiner aufgesetzten Freundlichkeit fest. »Drei Chancen bekommt jeder. Sie hatten Ihre. Ab jetzt wird es unschön.« Er schnippte mit den Fingern, und zwei Unteroffiziere traten aus dem Schatten.

»Sieh zu, dass du stehen bleibst, *bloody bastard*«, sagte der Corporal, der ihn in der Zelle ankettete. Die Eisenringe für die Handgelenke waren etwas über Kopfhöhe angebracht. Die beiden Männer hatten ihn zu dem grauen Betonklotz in der Mitte des Areals gebracht. Ein Emailleschild wies es als Badehaus aus. *Wincklerbad*. Statt Badeerfrischungen erwartete die Häftlinge hier ein Trakt gefliester Räume, die mit Türen, Eisenstäben an den Fenstern und Befestigungsringen an den Wänden ausgestattet worden waren.

Es gibt Schlimmeres, dachte Druwe. Einen Moment lang überlegte er, ob er sich aus der Handprothese würde befreien können. Aber wahrscheinlich handelte er sich bei dem Versuch nur einen blutigen Stumpf ein. Und links wäre er immer noch angekettet.

»Wenn du einschläfst und nach unten sackst, werden sich deine Lungen mit Wasser füllen«, sagte der Unteroffizier. »Ziemlich qualvolle Sache. Überall um dich herum ist Luft, und du kannst sie nicht einatmen. Also bleib wach, Mann.« Der Soldat grinste hämisch. »In zwölf Stunden komme ich zurück. Vielleicht willst du dann mit dem Colonel reden. Wenn nicht, komme ich nach zwölf Stunden wieder. Und so weiter und so weiter.«

Drei Mal kam der Mann. Und drei Mal schwieg Druwe. Er wusste nicht, was die Leute überhaupt von ihm wissen wollten. Es schien ihm keineswegs sicher, dass Stephens Informationen über die *FSS*, Kupner,

Tanner oder Simon haben wollte. Und was käme, wenn er alles gesagt hatte?

Sein linkes Handgelenk schmerzte höllisch. Rechts hatten sich die Bänder der Prothese ins Fleisch vom Unterarm gegraben. Aber er hielt durch. Im Grabenkrieg an der Somme hatte er gelernt, immer nur wenige Minuten zu schlafen und sich dann selbst zu wecken. Offenbar wurden aber seine Schlafphasen immer länger. Tatsächlich fiel ihm das Atmen schon schwerer. Plötzlich bewegte sich der dünne Lichtstreifen unter der Tür. Wie eine Schlange kroch die Helligkeit durch den Raum auf Druwe zu. Und explodierte vor seinen Augen.

»Zwei Tage. Wärst du nicht als deutsches Schwein geboren, hätte ich sogar Respekt vor dir.«

»Hören Sie auf, Higgins! Der Mann muss ja denken, wir wären Barbaren.« War das Colonel Stephens? Druwe konnte den Mann im grellen Licht nicht erkennen. Aber er meinte, die Stimme zu erkennen. »Bringen Sie ihn zum Doktor«, befahl er.

Ein weiterer Soldat kam herein. Sie lösten die Eisen um Druwes Handgelenke, griffen unter seine Arme und schleiften ihn aus dem Raum. Nach ein paar Metern konnte Druwe wieder etwas laufen. Zumindest linderte es das Gefühl, ihm würden beide Arme ausgerissen werden. Sie mussten mindestens zwei Meter lang sein.

Der Sanitätsraum war noch greller beleuchtet als die Flure. Auch er war bis zur Kopfhöhe gefliest. Druwe wurde zu einer Trage gezerrt und legte sich dankbar darauf. Im nächsten Moment griffen die beiden Männer seine Arme und drehten sie nach oben, wo sie sie erneut fesselten. Druwe begann, sich zu wehren, und trat um sich. Aber er war vollkommen erschöpft, so dass er nach zwei kräftigen Ohrfeigen jede Gegenwehr aufgab. Mit einem Ledergurt wurde er auch an den Beinen festgemacht.

»Na bitte, es ist doch viel angenehmer, zu liegen«, sagte Stephens, der ebenfalls in den Raum getreten war. »Nicht wahr, Mr Druwe? Ruhen Sie sich ein wenig aus. Der Arzt ist gleich hier.«

Einige Minuten später kam ein untersetzter Mann in den Raum, der über seiner Uniform einen weißen Kittel trug. In der Hand hielt er ein modernes Stethoskop. Er schob Druwes Hemd nach oben und untersuchte die Lunge.

»*His lungs are filling up, Sir*«, meinte er zu dem Colonel, der etwas abseits stand. »*By tomorrow, he could develop pulmonary edema.*«

Wasser in der Lunge, dachte Druwe. Wie der Corporal vorhergesagt hatte. Mit dem Begriff *pulmonary edema* konnte er nichts anfangen, aber es hörte sich nicht gut an.

Der britische Offizier trat an Druwes Krankenliege heran und schüttelte in gespieltem Bedauern den Kopf.

»Mr Druwe«, sagte er. »Wir wissen beide, dass der Krieg einen hohen Preis fordert.« Stephens fuhr mit den Fingern beinahe zärtlich über Druwes rechte Hand. »Wo ist das passiert?«

»Stalingrad«, murmelte Druwe.

»Ach, euer Stalingrad. Diese Stadt wird wohl ewig ein Symbol für eure große Niederlage bleiben. Obwohl mir persönlich missfällt, dass sie zu Ehren des neuen Sterns am Tyrannen-Himmel benannt ist. Es ist wie mit einem verstopften Abfluss. Beständig quillt Unrat hervor. Erst Hitler, jetzt Stalin. Wussten Sie, dass er ein kleiner Bandit aus Georgien war, der dort zur Zarenzeit Bomben geworfen hat?«

»Unsere Propaganda war nicht untätig, Colonel«, entgegnete Druwe matt.

»Sicher. Hinkebein Goebbels hat die Sache natürlich in seiner unnachahmlichen Art ausgeschlachtet.« Der Kommandeur nickte und lachte heiser.

Ein weiterer Mann trat in den Raum. Er trug einen nicht mehr ganz weißen Kittel über seiner Uniform. Offenbar ein weiterer Arzt. In seiner Brusttasche steckten Holzspatel, in der rechten Seitentasche ein altmodisches Hörrohr und ein gelber Gummischlauch.

»Captain Smith! Schön, dass Sie Zeit für uns finden konnten. Mr Druwe ist bereits neugierig, von Ihren Studien zu erfahren.« Die

Stimme des Colonels war voller Verachtung. Dann wandte er sich wieder an Druwe. »Sie müssen wissen, dass unser Medical Officer ein Fachmann hinsichtlich der Auswirkungen des Alkohols ist.«

Der Arzt trug eine Brille und machte den Eindruck eines nervösen Wiesels, das den Raum mit seinen Blicken absuchte. Er stellte seine Ledertasche auf einen Stuhl und nahm eine Glasspritze daraus hervor. In einem kleinen Metallkasten hatte er die passenden Kanülen dafür. Er zitterte leicht, als er eine klare Flüssigkeit aus einer Flasche aufzog. Als Druwe mühsam den Kopf anhob, erkannte er die Beschriftung *Ethanol 94 %* darauf. Beinahe reiner Alkohol. Was hatten die Kerle vor? Wollten Sie ihn betrunken machen? Hofften Sie, er würde ihnen dann sagen, was er nach zwei Tagen Stehen in Ketten immer noch verschwieg?

»Wussten Sie, dass Alkohol ein Nervengift ist?«, fragte der Kommandeur mit derart zuckersüßer Stimme, als böte er seiner Geliebten das Dessert an. Er nahm die Flasche in die Hand. »Man muss sich nur die armen Kerle ansehen, die dreißig Jahre täglich saufen. Deren Hirn ist nur noch eingelegte Sülze. Aber ich meine etwas anderes. Injiziert man das Zeug direkt an einen Nerv, dann stirbt er ab. Wie nennt man das noch gleich, Doc?«

»*Neurolysis*«, antwortete der Mann.

»Richtig. Und unter der Achsel gibt es ein Nervengeflecht, das für den gesamten Arm zuständig ist. Wird es zerstört, etwa durch eine Schussverletzung, dann ist er für immer gelähmt. Wussten Sie das?«

Druwe wurde unruhig. Er hatte sich bereits gefragt, warum man ihm die Arme nach hinten oben gebunden hatte. Es war eine denkbar ungünstige Position, um ein Mittel in die Adern zu spritzen.

»Ich sehe, Sie beginnen zu verstehen, Mr Druwe. Captain Smith wird Ihnen zwanzig Kubik in diesen Nervenknoten spritzen. Es brennt anfangs, aber dann haben Sie Ruhe. Es entzündet sich nicht, es gibt keine Wunde. Wir nehmen natürlich den linken Arm, denn die rechte Seite wurde ja bereits genug in Mitleidenschaft gezogen.«

In welcher Hölle war er hier gelandet? Druwe zweifelte nicht einen

Augenblick am Ernst der Situation. Der Arzt hatte mit einem Tupfer und brauner Flüssigkeit die Achsel desinfiziert und dabei die Nase gerümpft. Druwe war klar, dass er derart streng roch, dass eine Horde Wildschweine Reißaus genommen hätte. Andererseits konnte er die Fahne des Briten auf einem Meter Entfernung riechen. Brandy und Magensäure. Der Mann war angetrunken und wich seinem Blick aus.

»Ich werde jetzt auf meine Uhr sehen, Mr Druwe. Sie haben eine Minute, um sich zu entscheiden. Entweder kooperieren Sie, oder Sie verbringen den Rest Ihres Lebens als totaler Krüppel. Sogar den Arsch wird man Ihnen abwischen müssen.« Er nahm seine Taschenuhr aus der Jacke. »Eine Minute.«

Eine Minute. Druwe hatte begonnen, hektisch zu atmen. Was gab es zu überlegen? Der Mann drohte, ihm den letzten gesunden Arm zu nehmen. Und das Ganze für diesen Kupner und seine beschissene *Field Security Section*? Niemals. Er hatte nicht begriffen, was hier eigentlich gespielt wurde. Wer hier mit wem Bündnisse schloss. Ob es gegen alte Nazis oder neue Kommunisten ging. All das war ihm herzlich egal. Nur eins wäre ihm noch wichtiger gewesen als sein Arm. Eva und die Kinder. In diesem *Interrogation Centre* hatte man sich offenbar vieles von Sicherheitsdienst und Staatspolizei abgeschaut. Diese Leute würden erfahren, was sie wissen wollten. Es gab kein Taktieren und Verhandeln. Jetzt ging es einzig darum, möglichst heil aus diesem Mist herauszukommen. Es ging darum, zu überleben. Druwes alter Kripo-Vorgesetzter in Berlin hatte immer gepredigt, dass der Ermittler sich den Respekt vor den Verdächtigen und Tätern bewahren musste. Schläge und Demütigungen waren ihm zuwider. Und er hatte Erfolg gehabt mit seiner Methode eines humanen Verhörs. Diese Zurückhaltung hatten dann die Nazis völlig abgelegt, und auch Colonel Stephens und seine Männer hatten keinerlei Respekt vor einem kleinen, beschissenen Leben. Für sie war er nur ein *Hun*, ein Hunne und Nazi. Im besten Fall ein verdeckt arbeitender Kommunist.

Moshe Kupner hatte ihm erzählt, dass viele Männer aus Heydrichs

Sicherheitsdienst jetzt für die Amerikaner und Briten arbeiteten. Vielleicht weil sie sich so gut mit der Menschenjagd auskannten? Jetzt suchten sie eben Kommunisten, denn Juden gab es ja keine mehr. Druwe entschied, dass die Sache es nicht wert war, dafür Opfer zu bringen. Der Fisch stank vom Kopf her. Dafür würde er nicht seinen Arm geben.

»Hören Sie auf, Stephens. Sie haben gewonnen! Ich erzähle Ihnen alles, was Sie wissen wollen.«

Der Medical Officer hatte sich der Achselhöhle bereits mit der Spritze genähert und tastete mit zwei Fingern im Gewebe herum. Auf ein Zeichen des Colonels hielt er inne und entleerte den Inhalt auf dem Boden.

»Lieutenant Langham wird jetzt übernehmen«, sagte Stephens. »Er spricht eure Sprache ebenfalls fließend. Ihm entgeht nichts. Sollte ich erfahren, dass Sie ihm etwas vorenthalten oder dass Sie ihn anlügen, dann gibt es beim nächsten Mal keine Minute Bedenkzeit mehr, Druwe. Verstanden?«

Druwe nickte nur, nachdem ihn ein Corporal losgebunden hatte. Die innere Anspannung entlud sich nun in einem heftigen Zittern. Er wurde von zwei Männern zu einer Badezelle am Ende des Gangs geführt. Dort musste er sich entkleiden und wurde mit eiskaltem Wasser abgespritzt. Immerhin bekam er ein Stück Seife, das er mehrmals fallen ließ. Nach dem Waschen fühlte er sich besser, und tatsächlich bekam er auch noch einen Becher Tee gereicht. Er war für diese Leute keine Bedrohung, keine Herausforderung mehr. Sie hatten ihn gebrochen. Und dabei hatte er kaum einen Kratzer am Körper, abgesehen von den Schürfungen am linken Handgelenk. Druwe wusste, dass er sich fortan im Spiegel mit einem Anflug von Verachtung betrachten würde. Gestapo-Müller wäre stolz auf diese Männer gewesen.

Etwas später saß er wieder in einem Verhörraum. Das einzige Mobiliar waren ein Tisch und zwei Stühle. Wieder schien ihm eine Lampe direkt ins Gesicht, eine kleinere diente dem Verhöroffizier als Lichtquelle für die Aufzeichnungen. Immerhin hatte man darauf verzichtet, ihn zu fesseln. Sein Stumpf und das Leder der Prothese waren nass geworden und juckten fürchterlich. Druwe löste die Riemen und wickelte die feuchten Bandagen ab. Der junge Leutnant wirkte irritiert. Offenbar hatte er derartige Verstümmelungen noch nicht gesehen.

Grün hinter den Ohren, dachte Druwe. Der Kerl war bestimmt nicht an der Front gewesen. Wahrscheinlich immer weit hinten bei den Befragungen. Sicher und warm, weil sein Vater zu Hause ein hohes Tier ist.

Druwe bat um etwas Salbe für die wund gescheuerten Areale. Immerhin bekam er Lederfett. Der Lieutenant beobachtete ihn, als er den Stumpf damit einrieb. Bewusst auffällig spielte Druwe dabei mit den spitzen Knochenenden von Elle und Speiche, die er gegeneinander bewegte. Ein wenig erinnerte ihn dies immer an eine Krabbenschere. Der Offizier wirkte fasziniert und angeekelt zugleich. Und seltsamerweise genoss Druwe dieses bisschen Macht, das er über die Situation zurückgewonnen hatte.

Ein klobiger Kasten nahm fast die Hälfte der Tischfläche ein. Darauf waren zwei Scheiben befestigt, zwischen denen eine Art dünner, brauner Schnur lief. Druwe kannte die Dinger von der Firma *Telefunken*. Ein Tonbandgerät. Im Präsidium Berlin waren sie für besonders wichtige Verhöre eingesetzt worden. Vor ihm und dem Offizier stand jeweils ein Mikrofon, das viel kleiner war als die, die er aus der *Wochenschau* oder aus den Berliner Varietés kannte.

»Mein Name ist Lieutenant Langham«, stellte sich der Mann vor. »Wir werden jetzt nach einem vorgegebenen Protokoll Ihre Vernehmung durchführen. Es ist also kein Plausch, bei dem Sie sich herausreden oder vom Thema ablenken können. Eine Menge wissen wir bereits durch Dritte. Anhand dieser Fakten können wir schon im Lauf des Gesprächs prüfen, ob Sie uns etwas verschweigen oder lügen. Für diesen Fall wird die Vernehmung sofort abgebrochen, und Sie haben mit ernsten Konsequenzen zu rechnen. Glauben Sie mir, Herr Druwe, die meisten Häftlinge wünschten sich danach, Sie hätten die Wahrheit gesagt.

Tun Sie sich den Gefallen, und ersparen Sie uns das. Dann komme ich rechtzeitig zum Tee. Und Sie kriegen eine ordentliche Portion Corned Beef. Können wir beginnen?«

Druwe musste sich eingestehen, dass Lieutenant Langham etwas von seinem Metier verstand. Kriegserfahrung hin oder her, der Kerl wusste, wie man Fakten erfragte, ordnete und auf innere Widersprüche prüfte. In den folgenden zwei Stunden antwortete Druwe gewissenhaft auf jede Frage. Sein Dienst im Reichspolizeihauptamt. Die besondere Vertrauensstellung bei Arthur Nebe, dem Chef der Kripo. Seine Aufgaben in den Einsatzgruppen im Osten. Die sogenannten Säuberungen in den Dörfern und Liquidationen, aus denen er sich meistens herausgehalten hatte. Bis auf dieses eine Mal bei Witebsk, als Ernst Fiedler ihn gezwungen hatte, daran teilzunehmen. Zu Fiedler musste er alles berichten, was er wusste, ebenso zu dessen Stab. Dann beschrieb er, wie er Fiedler in volltrunkenem Zustand angegriffen hatte. Und schließlich das Verfahren vor dem deutschen Militärgericht und die Versetzung in ein Strafbataillon. Der Einsatz vor Stalingrad und die Verwundung. Druwe war erstaunt, dass dieses ganze Leben in etwas mehr als einer Stunde erzählt war.

»Hegen Sie Groll gegen Ihre früheren Vorgesetzten? Gegen das Rechtssystem, das Sie verurteilt hat? Oder gar gegen Ihre damalige Regierung?«, fragte Langham.

»Was soll diese Frage?« Druwe erhob seine Stimme. »Groll? Sicher, ich war und bin stinksauer auf diese ganze Bande. Nebe, Fiedler und die Regierung. Der Führer. Ja, Lieutenant, ich hege Groll. Sogar großen Groll, um bei Ihrer Wortwahl zu bleiben.«

»Bande?«, fragte Langham. »Sie gehörten doch dazu. Haben fleißig mitgemacht. Sie haben gedacht, als Polizist könnten Sie sich fernhalten von dem Dreck. Dabei waren Leute wie Sie doch die Steigbügelhalter für die Verbrecher.«

Druwe schwieg. Der Mann hatte eben auf den Punkt gebracht, was ihn seit Jahren in seinen Träumen und Schuldgefühlen verfolgte.

»Könnte es sein, dass Ihr Groll so weit ging, dass Sie auch mit dem Feind sympathisierten?«, fragte der Brite. »Sind Sie heute vielleicht eher Kommunist als Nationalsozialist?«

»Was fragen Sie da eigentlich? Ja, ich verabscheue den Nationalsozialismus. Ich war nie in der Partei und nie in der SS. Ihre Akten bestätigen das sicherlich.«

»Ja, das wissen wir«, sagte der Lieutenant ungerührt. »Und genau das bereitet uns Kopfzerbrechen. Vielleicht gibt es da etwas in Ihrer Vergangenheit, was Ihre Behörden und die Partei wussten. Vielleicht waren Sie zu Zeiten der Republik bereits auffällig. Ein Kommunist?«

Nur Polizist, dachte Druwe resigniert. Aber das ist in dieser Zeit wohl nicht glaubwürdig genug. Er konnte sehen, dass Langham in eine Zeile drei Fragezeichen setzte. Darunter kam ein Wort, das er dann dick unterstrich. *Unreliable* – unzuverlässig.

Nach einer kurzen Pause ging es weiter mit den Ereignissen, die zu Druwes Verhaftung in Flensburg führten. Auch hier schien es ihm ratsam, alles ungeschönt zu berichten. Er ließ auch die Canaris-Akte nicht aus, die er Oberbauer in Flensburg ausgehändigt hatte. Natürlich waren den Briten aus den Akten die meisten Fakten bekannt. Schnell konzentrierte sich Langham deshalb auf den Kontakt zu Tanner und zur *FSS*.

»Hat Colonel Tanner Sie damals angeworben?«, fragte Langham.

»Wie war Ihre Beziehung zu Herrn Oberbauer?«

»Wussten Sie, dass Oberbauer ein Informant in Tanners Diensten war?«

»Wurden Sie in Flensburg oder während Ihrer Haft von politischen Gruppen kontaktiert, die mit Moskau sympathisieren?«

»Sie sind mit der Schwester eines ehemaligen KPD-Mitglieds verheiratet. Beeinflusst diese Tatsache Ihre Einstellung zu den Westalliierten?«

»Natürlich wissen wir von Ihrem Versuch, sich über die Arbeit bei der *FSS* Vorteile zu erkaufen. Erzählen Sie mir alles über Lieutenant Kupner.«

»Kupner hat also das erste Mal im *National Prison* in Werl Kontakt mit Ihnen aufgenommen?«

Druwe antwortete auf alle Fragen. Er war zu müde, um zu taktieren. Und er sah keine Veranlassung, für irgendjemanden den Kopf hinzuhalten. Hier ging es um Machtspiele zwischen einzelnen Nachrichtendiensten. Aus den Zeitungen hatte er erfahren, dass man jetzt eher von *Geheimdienst-Aktivitäten* sprach. Der Begriff *Spionage* war den Herren wohl zu anrüchig, zumal viele Offiziere zügig politisch aufstiegen. Und wer wollte schon einen Spion als Berater? Selbst unter Hitler waren die Kompetenzen der Nachrichtendienste nie klar geregelt. Heydrichs Sicherheitsdienst wetteiferte mit der Abwehr von Admiral Canaris. Und sogar die einzelnen Truppengattungen hatten ihre eigenen Abteilungen für die Feindaufklärung und Spionage gehabt. Jetzt war also Kupners *Field Security Section* mit einem anderen Verein der *British Army* aneinandergeraten. Dunkel erinnerte sich Druwe an Kupners Erwähnung der *Military Intelligence* mit den Abteilungen *MI5* und *MI6*, die um Informationen und Einfluss buhlten. Aber was kümmerte ihn das? Warum sollte es bei den Briten anders sein als im Reich?

»Womit hat Sie Kupner beauftragt?«, fragte Langham.

Eine innere Stimme riet Druwe jetzt, seine Karten in dieser Sache nicht sofort und ohne Gegenleistung aufzudecken. Stephens und seine Leute wussten eben nicht alles. Sonst müssten sie ihn ja nicht befragen. Also wollte Druwe einen Bluff wagen. Obwohl er wieder einmal gar kein Blatt auf der Hand hatte.

»Augen und Ohren aufhalten«, antwortete er vage. »Ich sollte ihm Bericht erstatten, sofern ich auffällige Aktivitäten bemerkte.«

»Kupner hat Sie also nicht gebeten, höherrangige Inhaftierte auszuhorchen? Männer der Wehrmacht oder der Schutzstaffel«, fragte Langham geschickt.

»Doch, hat er. Aber offenbar war ich weder für die eine noch die andere Gruppe interessant oder glaubwürdig genug.« Druwe nahm an, dass Langham wenig oder nichts über Simon und dessen Zelle wusste.

»In der Wehrmacht war ich nur der Form halber für meine Einsätze an der Ostfront. Und die Aufnahme in Himmlers SS habe ich nie beantragt. Dafür habe ich teuer bezahlt.«

Demonstrativ hob er seinen Stumpf und spielte mit der Krabbenschere. Nichts von dem, was er sagte, war gelogen. Und dennoch lenkte er damit geschickt von den Fragen ab. Durch Langhams Reaktion wäre es ihm nun möglich, auf dessen Wissen zu schließen.

»Was haben Sie für Kupner gemacht?«, fragte der Offizier. »Kommen Sie, Mann. Er war oft in Werl. Sie müssen ihm doch etwas geliefert haben!«

Er weiß nichts, dachte Druwe.

»Wir haben uns nicht so oft getroffen«, log er. Er hoffte, dass Kupner auch noch andere Kontakte in dem Gefängnis unterhielt. Dieser Versuchsballon konnte ihn teuer zu stehen kommen. »Ich habe Listen geschrieben, die Männer beobachtet. Wer mit wem befreundet war. Wer sich aus dem Weg ging. Interessen, politische Äußerungen. Solche Dinge.«

Lieutenant Langham sah ihn an. »Sie sind eine traurige Gestalt, Herr Druwe. In Ihrem Beruf sind Sie Straßenpolizist geblieben. Dann haben Sie sich in diesen Nazi-Dreck hineinziehen lassen, ohne davon zu profitieren. Trotzdem baden Sie jetzt alles aus. Und selbst für diesen Vollidioten Kupner sind Sie zu unwichtig, als dass er Sie für etwas Sinnvolles einsetzen könnte.« Er schwieg einen Moment. »Für uns übrigens auch.«

Druwe sah, dass der Mann die Zahl Fünf unter sein Protokoll setzte und mehrmals dick einkreiste. Langham verließ das Zimmer, ohne sich zu verabschieden. Kurz danach führte ihn ein Wachsoldat in eine Zelle, in der eine Pritsche stand. Und als Druwe einen Teller Corned Beef bekam, wusste er, dass ihm wieder einmal ein Bluff den Hintern gerettet hatte.

Er verlor jegliches Zeitgefühl. Einmal meinte er, dass ein Mitgefangener um den Besuch eines Geistlichen zu Pfingsten bat. Die Kälte, die aus dem Betonboden in die Knochen kroch, ließ nach. Eine erste Sommerhitze wurde in den engen Zellen schnell unerträglich. Häftlinge schrien und wimmerten. Druwe jedoch zog sich zurück. Er hatte ein Bild vor Augen. Während der zweiten Flandern-Schlacht war es trocken gewesen. Er hatte im Schützengraben gestanden und Schnecken beobachtet, die sich tief in ihr Haus zurückgezogen hatten. Später hatte er sich oft gefragt, ob diese Tiere das kleine bisschen Mensch in ihm bewahrt hatten, das nach dem Krieg noch übrig gewesen war. Auch er überstand das Unerträgliche, indem er es ausblendete und sich tief in sein Inneres zurückzog.

Es waren die Geräusche, die Schreie, das Wimmern und Betteln in diesem Folterhaus, die Druwe in Erinnerung blieben. Die größte Leere im Menschen entstand dann, wenn er erkannte, dass es um ihn herum keine Hoffnung mehr gab. Dass er selbst bedeutungslos war. Leid und Qualen zuzufügen war offenbar kein Privileg der Nazis. Jeder war dazu fähig. Es war lediglich eine einfache Entscheidung für oder gegen das Böse. Familienväter, Büchernarren, Sportler, Forscher und Pferdeliebhaber. Deutsche, Amerikaner, Briten. Sie alle konnten zu Bestien werden, die diese Befehle gaben oder ausführten. Es brauchte nur einen Schritt.

Die Offiziere des *Interrogation Centre* ließen Druwe in Ruhe. Er war für sie uninteressant. In seiner Zelle musste er weiterhin auf dem Boden schlafen, allerdings hatte er eine Decke erhalten. Einmal in der Woche wurde der Dreck mit dem Wasserschlauch von ihm und den Zellenwänden gewaschen. Das Essen war karg, reichte aber für einen Gefangenen, der sich kaum bewegte. Druwe versuchte, sich mit Sportübungen beweglich zu halten. Da Unterhaltungen verboten waren, führte er leise Selbstgespräche.

An einem Vormittag, als er gerade seinen Frühstücksbrei gelöffelt hatte, drang Lärm an seine Ohren. Die Geräusche waren anders als bei den Neuankömmlingen, die sich manchmal wehrten. Das waren auch keine Zelleninspektionen, die immer mit großem Geschrei durchgeführt wurden und die reine Schikane waren. Denn er gab nichts zu inspizieren. Offenbar gaben Männer von außerhalb den Soldaten Anweisungen, und kurz darauf kamen sie ins Bade- und Zellenhaus.

»God damn …«, fluchte einer. Den Rest verstand Druwe nicht, da der Mann sich beim Sprechen offenbar einen Jackenärmel vor Mund und Nase hielt.

»*Scotland Yard! Who is in charge here? And where is Colonel Stephens?*«, rief eine weitere Stimme.

Druwe war vollkommen überrascht, als jemand seine Zellentür öffnete. Der Mann trug zivil und war recht jung. Er mühte sich mit der deutschen Sprache ab.

»Wir aus Polizei. Kommst draußen«, sagte er unbeholfen.

Druwe trat vorsichtig ins Licht. In den Gängen war ein vollkommenes Chaos ausgebrochen, weil jetzt offenbar vier Gruppen anwesend waren. Die Wachsoldaten des Verhörzentrums standen hilflos herum, als wären sie selbst gerade aus einem Albtraum erwacht, in dem sie die Henker gespielt hatten. Die Polizisten vom Yard dirigierten souverän das Geschehen, obwohl es gar nicht allzu viel Männer waren. Dann wankten noch die gepeinigten Gestalten ins Freie. Druwe schätzte, dass es mindestens fünfzig waren. Manche so mager, dass man Schulterblätter, Hüftknochen und Wirbelsäule unter der dünnen Haut sah. Fast alle hatten Hautausschläge und Verletzungen. Und zu guter Letzt waren da noch die Leute vom Roten Kreuz, meistens Frauen, die zwar schockiert wirkten, sich aber sofort um die Gefangenen kümmerten. Er bekam einen Becher Tee, ein Arzt warf einen Blick auf ihn und rief einer Krankenschwester etwas zu, die ihn daraufhin zu einer Gruppe von Häftlingen schob, die in recht guter Verfassung waren. Kurz darauf kam ein Wagen, der Druwe ein wenig an Gennats berühmtes Mordauto in Berlin erinnerte. Offenbar hatte die Spurensicherung in aller Welt dazugelernt. Als sich die hintere Tür öffnete, sprangen zwei Männer heraus, die kurz darauf eine Kameraausrüstung mit Stativen, Blitzlichtern und Reflektorschirmen ins Badehaus schleppten. Ein weiterer

Fotograf kam mit einer Handkamera auf Druwes Gruppe zu. Er schoss einige Fotos, um sich dann den interessanteren Motiven der schwer Misshandelten zuzuwenden.

Immer mehr Wagen, Jeeps und Lorries, drängten auf das Gelände. Druwe hatte auf einer Bank Platz genommen. Die fünf anderen Männer, die ebenfalls äußerlich unversehrt wirkten, sprachen nicht miteinander. Er genoss die Wärme der Vormittagssonne und die frische Luft.

»*What a torture*, Druwe!« Ein Mann stand im Gegenlicht, dessen Stimme er kannte. Kupner. Er zerrte ihn fast von den anderen weg zu seinem Fahrzeug. »Ich habe das nicht gewusst, Mr Druwe. Das müssen Sie mir glauben. Bitte.«

Er hatte sich mehrmals vorgestellt, was er dem Mann von der *Field Security* sagen würde, was er mit ihm anstellen würde, wenn die Sache vorbei wäre. Aber Kupners Entsetzen und seine Anteilnahme waren aufrichtig, das spürte er. Zudem war er viel zu müde und erschöpft, um irgendeinen klaren Gedanken fassen zu können.

»Ich bringe Sie in ein Krankenhaus«, sagte Kupner. »Da gibt es bestes Essen, gute Luft und bildhübsche Schwestern.«

Ein weiches Bett reicht völlig, dachte Druwe nur.

*

Nachdem Druwe fast drei Tage geschlafen hatte, kam Moshe Kupner an sein Krankenbett. Er fühlte sich, als hätte er tagelang gesoffen. Der Schädel brummte, das Herz raste und er hatte derartigen Durst, dass er eine Viehtränke hätte leeren können.

»Wo sind wir?«, fragte er.

»In Bad Lauterberg. Das beste Sanatorium weit und breit. Sie werden hier auf einige hohe Tiere von uns stoßen. Wenn die böse fragen, was Sie hier treiben, dann sagen Sie, Sie hätten sich im Dienst für Seine Majestät King George verletzt. Dann werden die meisten schweigen.«

»Und wie geht es weiter?«

»Sie erholen sich zwei oder drei Wochen«, erwiderte Kupner. »Und keine Sorge, das wird Ihnen als Haftzeit angerechnet. Danach werden wir zwei Wochen in Hamburg sein, um Ihre Vernehmung durchzuführen. Tanner persönlich will das machen. Wir müssen alles über Nenndorf wissen. Vielleicht sind Sie in der Sache der wichtigste Zeuge, da Sie ja für uns gearbeitet haben. Den anderen Gefangenen wird man vorwerfen, sie seien Nazis.«

»Warum haben Sie mich darin fast verrotten lassen?« Wut stieg in Druwe auf. »Wir hatten vereinbart, dass Sie mich nach ein paar Wochen herausholen.«

»Dieser Stephens wurde durch einige Leute ganz oben gedeckt«, antwortete Kupner zerknirscht. »Unsere Anfragen wurden abgeblockt, und man sagte uns einfach, dass Sie nie in Nenndorf angekommen wären.«

»Ich will meine Familie sehen«, meinte Druwe matt.

Der Brite nickte. »Drei Besuche sind von Tanner genehmigt. Während wir in Hamburg sind. Und Sie können Ihrer Frau dann sagen, dass Sie jetzt das Gnadengesuch an den Kriegsminister stellen kann.« Er sah Druwe an. In seinen Augen spiegelte sich Mitgefühl. »Sie haben eine Menge dafür durchgemacht, Mr Druwe. Ich weiß nicht, ob es Sie tröstet, aber nach dieser Sache wird man dem Gesuch sicher stattgeben. Wie es aussieht, sind Sie im nächsten Jahr ein freier Mann.«

Druwe hatte gedacht, dass er sich über eine solche Nachricht mehr freuen könnte. Aber er verbuchte es in seinem Inneren wie eine Gasrechnung oder das Schustergeld. Nenndorf hatte eine Menge in ihm zerstört. Nicht seinen Willen oder die Reste seiner Selbstachtung, sondern die Überzeugung, es gäbe eine andere Seite. Klar umrissen und gut. Eine Seite, zu der man nur hinüberwechseln müsse, um selbst allen Dreck abzulegen. Aber der Faden, der einen durch das Dunkel führte, war dünn. Und allzu oft riss er. Wenn man dann glaubte, die rettende Seite erreicht zu haben, dann hatten einen die Sirenen bereits in die nächste Falle gelockt.

»Nach der Klinik noch ein paar Wochen Hameln«, fuhr Kupner fort, der offenbar etwas mehr Begeisterung erwartet hatte.

Druwe stöhnte. Hameln. Er hatte angesichts der Ereignisse in Nenndorf verdrängt, dass ihm diese Aufgabe noch bevorstand.

»Keine Sorge«, schien Kupner seine Befürchtungen entkräften zu wollen. »Die Verhältnisse dort sind nicht mit dem Verhörzentrum zu vergleichen. Sie sollen Kontakt zu einem Strafgefangenen aufbauen, ihn aushorchen, das ist alles.«

»Wie kommen Sie darauf, dass ich das in relativ kurzer Zeit schaffe?«, fragte Druwe.

»Zum Tode verurteilte Männer sind eine seltsam aufeinander eingeschworene Gemeinschaft«, entgegnete der Offizier, ohne mit der Wimper zu zucken.

Druwe verschüttete seinen Kaffee. Er wusste, dass im Zuchthaus Hameln viele Männer einsaßen, die der Strang erwartete. Es waren diejenigen, die sich nicht hatten herausreden können. Denen die Justiz eindeutig ihre Taten – Morde oder Tötungsbefehle – hatte nachweisen können.

»Offiziell gelten auch Sie Hameln als zum Tode verurteilt. Wir haben einen Teil Ihrer Akte gefälscht und den Rest Ihrer Geschichte belassen.«

Die Sache wird immer besser, dachte Druwe. Hoffentlich verwechselt mich dort niemand, sonst kann sich Eva das Gnadengesuch sparen.

»Leider ist die eigentlich interessante Figur bereits tot«, fuhr Kupner fort. »Brigadeführer Schöngarth. Sagt Ihnen der Name etwas, Druwe?«

Obwohl er tatsächlich eine vage Ahnung hatte, zuckte Druwe mit den Schultern.

»Ein hohes Tier bei Polizei, Gestapo und Sicherheitsdienst«, erläuterte Kupner. »Hat offenbar als Vertreter der Polizei an einem Treffen mit Heydrich und mehreren Regierungsbeamten in Berlin-Wannsee teilgenommen. Dort ging es darum, wie man schnell und effizient alle

Juden beseitigen könnte. War an vielen Aktionen gegen polnische Juden, Intellektuelle und Militärs beteiligt. Man konnte ihm aber nichts nachweisen.«

Wannsee. Zum wiederholten Mal hörte Druwe von diesem Treffen in der Berliner Seenlandschaft.

»Schöngarth ist tot?«, fragte er.

»Todesurteil, vollstreckt vor einem Jahr. Weil er einen *Air-Force*-Piloten hinrichten ließ.« Kupner schüttelte den Kopf. »Seltsam, nicht wahr? Da ist jemand für den Tod von Zehntausenden verantwortlich, aber nur eine Sache kann man ihm wirklich nachweisen. In gewisser Weise ist es sogar ärgerlich, denn sein Wissen über diese Zusammenkunft am Wannsee wäre sehr wertvoll gewesen.«

»Und was soll ich tun? Nachschauen, ob er ein paar Geheimnisse an seine Zellenwand gekritzelt hat?«

»Ich kann verstehen, dass Sie nach der Sache in Nenndorf wenig Lust verspüren, auch noch nach Hameln zu müssen«, sagte Kupner. »Vielleicht wird es Sie aber interessieren, dass Schöngarth mit einem Mann zusammengearbeitet hat, den Sie gut kennen.«

Druwe stöhnte auf. »Fiedler.«

Die Zeit in Bad Lauterberg verging wie im Flug. Einerseits war Druwe froh darüber, weil er demnächst seine Familie wiedersehen konnte. Auf der anderen Seite hatte er seit seiner Zeit im Heimatlazarett Damp, als er seine Verwundung auskurierte, nicht mehr derart viel Muße und Langeweile gehabt. Gelegentlich geriet er mit dem einen oder anderen grimmigen, britischen Frontoffizier aneinander, der ihn am liebsten in der Hundehütte gesehen hätte. Dann sagte er jedoch sein einstudiertes King-George-Sprüchlein auf, und die Männer ließen ihn in Ruhe.

Gut erholt fuhr er Anfang September mit Kupner nach Hamburg. Sein Vorgesetzter wollte Druwe hier treffen. Über den Elbbrücken lagen links die zerstörten Hafenanlagen, rechts die Trümmerfelder von Industrieanlagen und Wohngebäuden. Je mehr sie sich der Innenstadt näherten, umso mehr ließ jedoch das Chaos nach. Rund um die Alster in den edlen Wohnvierteln waren die meisten Häuser unzerstört geblieben. Aus ihren Fenstern hing jetzt oftmals die britische Flagge. Über die Lombardsbrücke ging es in Richtung Dammtor. Vor dem *Victory Club* brachte Kupner den Wagen schließlich zum Stehen.

»Wir müssen schließlich zeigen, dass wir gewonnen haben.« Er grinste und ahmte Churchills Victory-Zeichen mit den Fingern nach. »Im Ernst, der Laden ist nichts Besonderes. Ein ordinärer Fress- und Sauftempel, aber Tanner meint, dass man sich am besten versteckt, wenn man sich unter diejenigen mischt, vor denen man sich verbirgt.«

Ganz eingängig schien Druwe diese Logik zwar nicht, aber offensichtlich freute sich der Mann auf sein *German Beer*. Kupner führte ihn in den Salon für die Offiziere. Hier im ersten Stock war es ein wenig ruhiger als im Erdgeschoss, das für Mannschaften und Unteroffiziere Platz bot.

»Mr Druwe!«, begrüßte ihn ein sichtlich gealterter Daniel Tanner, der mittlerweile zum Colonel aufgestiegen war.

Die zwei Jahre waren wohl anstrengend, dachte Druwe. Als er ihn bei Kriegsende in Flensburg kennengelernt hatte, war ihm der damalige Captain noch blutjung erschienen.

»Glückwunsch«, erwiderte er und wies mit dem Kinn Richtung der Rangabzeichen an Tanners Uniformjacke.

»Habe ich ja auch Ihnen zu verdanken. Himmler und Höß. Zwei große Fische, die uns durch Ihre Liste ins Netz gegangen sind.«

»Höß?«, fragte Druwe.

»Der Kerl war Kommandant eines Lagers in Auschwitz, in dem ihr …« Tanner räusperte sich. »In dem die Nazis systematisch Menschen umgebracht haben. Nachdem wir ihn geschnappt hatten, wurde er den Russen übergeben. Der Kerl ist vor ein paar Monaten in Polen gehängt worden. Dann waren da noch einige Leute aus der zweiten Reihe, die unsere *Field Security* fassen konnte. Es reichte für die zusätzlichen Winkel.« Er lachte. »Und Ihr Kontakt zu den SS-Leuten in Werl wird uns ebenfalls nutzen. Jetzt schnappen wir uns Männer wie diesen Fiedler«, fügte er sehr leise hinzu.

Sie aßen die gereichten Sandwiches und schwiegen eine Weile. Druwe konnte zufrieden sein, dass seine Informationen die Briten auch auf Fiedlers Spur gebracht hatten. Und dennoch war es, als wäre eine Sache unausgesprochen. Ungeklärt.

»Das mit Ihrem Freund tut mir leid«, brach Colonel Tanner schließlich das Schweigen. »Wir gehen davon aus, dass er zu unvorsichtig war. Seine Neugier und die Hoffnung auf einen schnellen Erfolg wurden ihm zum Verhängnis.«

Oberbauer. Für Druwe war der ehemalige Kollege in den vergangenen Monaten immer stille Mahnung geblieben. Die Sache war eben kein Spiel, sondern tödlicher Ernst.

»Konnten Sie mit den Angaben, die ich Ihnen zukommen ließ, etwas anfangen?«, fragte er. »Ich meine dieses Stück Papier. Es ist klar, dass *Fie* nur Fiedler sein kann. Aber wer ist *D*? Gibt jemand im Hintergrund die Weisungen? Wenn ja, dann ist der Kerl sehr wichtig für uns.«

Tanner schüttelte den Kopf. »Unsere Nachforschungen liefen ins Leere, Mr Druwe. Ich bedaure das. Und leider behindern sich unsere Abteilungen im Moment gegenseitig, so dass wir vom *Secret Service* keine Unterstützung bekommen. Von den Amerikanern sowieso nicht.«

Und erst recht nicht, um den Mord an einem Deutschen aufzuklären, dachte Druwe, sagte jedoch nichts.

Endlich konnte er eine Frage loswerden, die ihn seit der Haft in Nenndorf beschäftigt hatte. Immerhin hatte er dort viel Zeit zum Grübeln gehabt.

»Was bringt es Ihnen, wenn ich entlassen bin?«, fragte er. »Wäre ich nicht wertvoller für Sie, wenn ich inhaftiert bliebe?«

Tanner schüttelte den Kopf. »Sie würden dann wohl kaum noch mitspielen, nicht wahr? Und tatsächlich können wir den besten Trumpf erst ziehen, wenn Sie entlassen sind. Erkläre es ihm, Moshe.«

»Wir schleusen Sie draußen in die Organisation ein, Mr Druwe«, erläuterte Kupner. »In *Zelle 3*. Sie haben das Vertrauen von Max Simon. Über Kontakte wird man bei ihm nachfragen, wenn Sie sich irgendwo vorstellen. Ein paar seiner Handlanger werden demnächst ebenfalls entlassen. Die Kerle führen Listen mit den Namen von Leuten, denen sie trauen können. Wenn wir geschickt vorgehen, kommen wir über Sie an diejenigen heran, die einfach untergetaucht sind. Beamte der NS-Verwaltung, Richter, Anwälte, Ärzte, Mitarbeiter von SD und Gestapo. Falsche Identität, eine gut vernetzte Deckung, und die Männer bleiben unentdeckt. Ich werde Sie einem Bekannten vorstellen, der es sich zur Aufgabe gemacht hat, diese Schweine zu enttarnen und vor Gericht zu bringen. Ein Architekt aus Galizien. Er hat das KL Mauthausen überlebt. Ich habe kurze Zeit in Linz für ihn gearbeitet.«

»Mr Kupner, Sie wechseln Ihre Arbeitgeber wie Ihre Socken, scheint mir. US-Army, dann dieser Österreicher, jetzt die *Field Security*. Der Krieg ist doch gerade erst zwei Jahre vorbei«, meinte Druwe.

»Sie haben es gerade nötig, Mr Druwe.« Kupner zeigte sich gespielt empört über die Bemerkung. »Ihre Laufbahn der letzten fünf Jahre passt auch nicht auf einen Briefbogen.«

»Interessant, wie sich die Dinge ändern«, warf Tanner ein und blickte versonnen ins Goldgelb seines Scotchs. »Eben waren Sie noch Polizist im Reich, Mr Druwe. Und jetzt werden Sie für einen Juden arbeiten. Sofern Sie zustimmen.«

Druwe hatte in den vergangenen Tagen über seine Zukunft nachgedacht. Nach seiner Haftentlassung würde es für ihn beruflich trübe aussehen. Von einer Versehrtenrente, sofern sie ihm nach einer Verurteilung überhaupt zustand, konnte niemand leben. Und in den Zeitungen waren die Verordnungen der Besatzer abgedruckt, nach denen alte Nazis – zu denen man ihn zweifellos zählen würde – nicht in öffentlichen Ämtern beschäftigt werden durften. Für einen verurteilten Kriegsverbrecher würden sie wohl kaum eine Ausnahme machen. Was konnte er tun? Als Handelsvertreter für Damenwäsche von Tür zu Tür huschen? Sollte er Versicherungen verkaufen? Oder mit Werbeschildern auf der Brust durch die Trümmerstädte wandern? Tanner und Kupner boten ihm nun eine Perspektive. Etwas, wofür er brannte. Letztlich war es auch bei der *FSS* eine Art Ermittlungsarbeit, die auf ihn zukam. Und er konnte auf diese Weise vielleicht endlich die alte Rechnung mit Fiedler begleichen.

»Die Einzelheiten arbeiten wir noch aus«, meinte Tanner. »Bezahlung, Kontaktleute, Status und so weiter. Ich wollte nur hören, ob wir Ihre Zusage haben.«

»Sehr witzig, Colonel«, erwiderte Druwe. »Wenn ich ablehne, bleibe ich weitere vier Jahre im Bau. Nein, nein. Ich bin Ihr Mann.«

16

Hameln, Herbst 1947

Der Aufenthalt in Hameln war zunächst eine Enttäuschung. In den ersten Wochen fühlte sich Druwe als Fremdkörper. Die meisten Gefangenen saßen bereits länger ein, so dass sich Gemeinschaften gebildet hatten, zu denen er nicht durchdringen konnte. Zudem war das Gefängnis an der Weser von den Briten mit vielen Häftlingen belegt worden, die zum Tode verurteilt worden waren. Natürlich wusste Druwe bereits aus der Zeit der Republik, womit er es hier zu tun hatte. Auch in der Demokratie waren besonders abscheuliche Verbrechen mit dem Tode bestraft worden. Unter Hitler hatten die Richter dann gewütet wie Höllenhunde und nach Gutdünken für kleinste Vergehen den Strang vorgesehen. Druwe hatte als Kripo-Ermittler mehrmals solche Männer befragt, und es war immer ein äußerst befremdliches Gefühl gewesen, mit den zum Tode Verurteilten zusammenzukommen. Und nun saß er selbst als Häftling ein, der angeblich auf die Vollstreckung seiner Strafe wartete. Im Halbschlaf wälzte er sich manche Nacht hin und her, unfähig, Wirklichkeit und Täuschung auseinanderzuhalten.

Hier in Hameln gab es drei Arten von Häftlingen. Zum einen waren da die Unverbesserlichen, die nichts einsahen, nichts bereuten und selbst die Engländer für Untermenschen hielten. Dann waren da die Bekehrten, die Gott oder eine andere Wesenheit gefunden und plötzlich die Moral für sich entdeckt hatten. Sie schienen nicht zu verstehen, wie sie überhaupt in diese Sache hineingeraten waren. Und schließlich gab es noch die Stillen und Stummen, die kaum aßen oder sprachen und denen ihre Angst in den tief liegenden Augen stand. Sie hatten bereits von der Ahnung jenes Todes gekostet, den sie durch ihr Handeln so vielen anderen gebracht hatten.

Druwe musste Kupner nach drei Wochen schließlich berichten, dass bei den Leuten wenig zu holen war. Die einen schwiegen aus Hass und Verbitterung. Die anderen, weil sie bereits mit einer anderen, höheren Instanz haderten. Und die dritte Fraktion schwieg sowieso.

»Schöngarths Sekretär ist hier«, sagte Kupner unbeeindruckt, der offenbar einen neuen Plan ausgearbeitet hatte. »Walter Zierl. Er ist Österreicher. Ein typischer Verwaltungsmann. Er hat Schöngarths Ideen akribisch auf ihre Umsetzbarkeit geprüft und seinem Vorgesetzten dann Vorschläge für die Praxis unterbreitet.«

»Wieso ist er hier?«, fragte Druwe. »Was konntet ihr ihm nachweisen? Wenn ich das richtig verfolgt habe, dann kommen die Schreibtisch-Leute in euren Prozessen doch recht glimpflich davon.«

»Leider wahr«, gestand der junge Amerikaner. Dann lächelte er wissend. »Zierls Geschichte wird Sie interessieren, Mr Druwe. Er war bei Fiedler. Und da hat er bei Kriegsende einen schweren Fehler gemacht. Als Sturmbannführer hat er die Exekution von evakuierten Lagerinsassen befehligt und geleitet. Dabei hat er mit einer anderen, dubiosen Figur zusammengearbeitet. Einem gewissen Eichmann, den wir aber bisher nicht finden konnten. Eine aufgefundene, schriftliche Order hat Zierl vor Gericht dann das Genick gebrochen.« Er zögerte kurz. »Oh, eine etwas unglückliche Wortwahl.«

Druwe wäre vor Überraschung fast vom Stuhl umgekippt, als er die Namen hörte. »Walter Zierl? Der Name sagt mir nichts. Muss vor oder nach meiner Zeit bei der Einsatzgruppe gewesen sein.« Aber von diesem Eichmann hatte bereits Breitenberg in Werl gesprochen. Der Mann war eine Art Strippenzieher in der Verwaltung gewesen.

»Ihre letzte Aufgabe hier, Druwe. Bauen Sie einen Kontakt zu Zierl auf. Wir werden einen Aufschub seiner Vollstreckung erwirken. Offiziell auch bei Ihnen. So etwas schweißt zusammen. Zudem waren sie beide bei Ernst Fiedler. Damit können Sie Vertrauen aufbauen. Wir brauchen unbedingt mehr Informationen über Fiedler. Er ist eine Art Gespenst. Immer wieder taucht sein Name in Vernehmungsprotokollen auf. Niemand weiß etwas. Er muss auch auf dem Rückzug aus dem Osten unter der Bevölkerung und den Kriegsgefangenen gewütet haben wie ein Berserker. Aber ab Mitte 1944 verlieren sich seine Spuren. Finden Sie heraus, ob Zierl etwas weiß. Vielleicht hat er über seinen Chef Schöngarth mehr erfahren. Immerhin war sein Meister auch Leiter der Sipo und des SD im besetzten Polen.«

»Und auf welcher eurer Listen steht Fiedler?«, fragte Druwe mit einem bitteren Unterton. »Wollt ihr ihn schnappen, um ihn vor Gericht zu stellen? Oder gehört er zu denjenigen, mit denen ihr Geschäfte macht? Ich habe versucht, euch monatelang klarzumachen, dass der Kerl mehr war als nur ein fanatischer, kleiner Fisch.«

Moshe Kupner nickte. »Wir haben Fiedler lange unterschätzt. Andere Männer hatten Priorität.«

»Und dadurch hatte der Kerl zwei Jahre Zeit, seine Spuren zu verwischen.« Druwe seufzte. »Also gut. Ich finde heraus, was Zierl über Fiedler weiß.«

»Sie haben noch knapp drei Monate Zeit, Druwe«, meinte Kupner. »Offiziell werden wir Ihr Todesurteil Mitte Dezember vollstrecken. Das bedeutet, wir holen Sie vor Weihnachten hier heraus. Das Empire ist nicht kleinlich hinsichtlich der letzten Tage Ihrer Haftzeit. Sie werden also die Feiertage schon bei Ihrer Familie verbringen können.« Kupner lächelte. »Als Trostpreis.«

So ganz konnte sich Druwe nicht über diese Nachricht freuen. Sie hatte einen unerfreulichen Beigeschmack.

*

Walter Zierl, ehemaliger Sturmbannführer der Waffen-SS, war ein hagerer, hochgewachsener Mann. Mit seinem dunkelblonden Haar, der Adlernase und dem markanten Kinn konnte er zwar als typischer Arier durchgehen. Im Gegensatz dazu standen jedoch seine dünne Stimme und der weiche Händedruck. Schnell erkannte Druwe, dass der Mann unter beinahe krankhaftem Heimweh litt. Und er gehörte zu den Stummen, jenen Häftlingen, bei denen die Erwartung des baldigen Todes eine durchaus nachvollziehbare Verzweiflung und innere Erstarrung auslösten.

In einem ersten, recht einsilbigen Kontakt hatte Druwe erfahren, dass Zierl aus der Region Vorarlberg stammte. Er ließ sich von Kupner einen Reiseführer von *Baedecker* besorgen und frischte seine Erinnerungen an eine frühere Urlaubsfahrt auf. Im Sommer 36, vor den Olympischen Spielen, hatte er für sich, Inge und die Kinder eine Reise beim Veranstalter *Kraft-durch-Freude* gebucht. Zehn Tage Allgäu, Bodensee und Vorarlberg-Region. Sein längster Urlaub.

»Wir hatten ein enormes Glück mit dem Wetter, Herr Zierl«, begeisterte sich Druwe beim Mittagessen. Er hatte gewartet, bis scheinbar zufällig nur noch Platz neben dem Österreicher war. »Einfach atemberaubend, der Blick von der Hohen Kugel zum Rheintal hinunter.«

Tatsächlich begann der Mann aufzutauen. Er schwärmte nach kurzer Zeit von dem uralten Kulturland, der Besiedlung noch weit vor der römischen Zeit und mokierte sich über die Überfremdung des Landstrichs seit dem Zusammenbruch Österreich-Ungarns.

»Und dennoch hat es Sie nach dem Anschluss ans Reich in die weite Welt gezogen?«, fragte Druwe vorsichtig.

»Ein Mann meiner Qualifikation wird nicht gefragt, sondern an die passende Stelle befohlen, Herr Druwe«, antwortete Zierl. »Das müssten Sie doch wissen.«

Bei dem Mann schien eine gewisse Vorsicht geboten. Er wirkte schwächlich und deprimiert. Aber die Standesdünkel und die Glaubenssätze der SS hatte er verinnerlicht. Immerhin hatte er im Rang eines Majors eine Rangstufe über Druwe gestanden. Und dieser war zudem nicht in der Schutzstaffel gewesen.

»Wie kommt es, dass Sie nicht bei uns eingetreten sind?«, fragte

Zierl misstrauisch. »Ich meine, Sie waren bei der Kripo. Damit also Sicherheitspolizei. Der Reichsführer hatte ausdrücklich den Wunsch, dass alle Polizisten in die Staffel eintreten sollten.« Er unterbrach sein Essen und blickte seinen Gesprächspartner genauer an. »Waren Sie ein Roter? Oder etwa rassisch belastet?«

»Nein, nein.« Druwe sprach jetzt leise, als wäre es ihm peinlich, darüber zu reden. »Meine Frau«, log er und blickte Zierl mit hochgezogenen Brauen an. »Die Prüfung hatte ergeben, dass …«

Viele Ehen mit Partnern, die nicht den Anforderungen des Rasseamts genügten, wurden zwar geduldet. Sofern es Kinder gab. Aber diese Beamten galten für höhere Aufgaben als diskreditiert.

»Sie wissen schon, Herr Zierl. Und ich wollte mich erst von ihr trennen, wenn die Kinder groß genug wären.« Er konnte nicht umhin, sich insgeheim darüber zu freuen, dass er ausgerechnet seine ehemalige Frau Inge, die überzeugte Nationalsozialistin und Vorzeigearierin, als Grund vorgeschoben hatte. Sie wäre sicherlich vor Wut geplatzt.

»Sentimentalität, Herr Druwe«, erwiderte der Mann. »Aber ja, ich kann Sie verstehen. Die Familie ist wichtig.«

In den nächsten Tagen und Wochen entwickelte sich eine Art freundschaftlicher Umgang zwischen den Männern. So sehr sich Druwe auch vorgenommen hatte, Walter Zierl aufgrund seiner Vorgeschichte mit innerem Abstand zu begegnen, musste er sich doch eingestehen, dass er Sympathie für ihn empfand. Zierl erwies sich als profunder Kenner der politischen Lage und Augur der kommenden Zeit. Er verstand sich auf deutsche Literatur und Philosophie, liebte französische und russische Komponisten. Druwe, der zwei Jahrzehnte kaum etwas anderes als seine Polizeiarbeit gekannt hatte, lauschte den Vorträgen seines Mithäftlings gebannt und etwas neidvoll. Andererseits musste er sich immer wieder ins Gedächtnis rufen, dass Zierl die rechte Hand Schöngarths gewesen war. Der hingerichtete Brigadeführer war der Befehlshaber der Polizei in Polen und später in Holland gewesen. Moshe Kupner hatte ihm Kopien der Akten beider Männer überlassen, die ein völlig anderes Bild von Walter Zierl zeichneten. Er war in Kriegszeiten ein eiskalter Planer gewesen, der die Auslöschung von ganzen Dörfern nach rein strategischen Gesichtspunkten empfohlen hatte. Ein Mann, der Juden nach einem von ihm ersonnenen System erfassen und abtransportieren ließ. Der brutale Vergeltungsmaßnahmen gegen Partisanenfamilien für sinnvoll hielt. Der seinen Chef auf eine Konferenz am Berliner Wannsee begleitet hatte, auf der mit Heydrich eine *Endlösung der Judenfrage* erörtert worden war.

»Die Hand habe ich einem gewissen Fiedler zu verdanken«, meinte Druwe, als ihn Zierl nach einiger Zeit das erste Mal nach der Verwundung fragte. Er sah, dass der Österreicher bei der Nennung des Namens zusammenzuckte.

»Er hat mich unvorbereitet in eine Sonderaktion geschickt, in der ich falsch reagiert habe.« *Sonderaktion*. In den Gefängnissen hatte Druwe den Eindruck gewonnen, dass die Nazis für jede Schweinerei und jedes Unrecht einen recht harmlosen Namen gefunden hatten. *Schutzhaft, Endlösung, Sonderbehandlung, Einsatzgruppe*. Harmlos klingende Worte mit grauenvoller Bedeutung.

»Sehr interessant«, meinte Zierl gedehnt. Er beobachtete Druwe, schien aber zu dem Schluss zu kommen, dass dieser seine Amputation kaum vorgetäuscht haben konnte. »Sie sprechen von Ernst Fiedler, Herr Druwe?«

»Obersturmbannführer Fiedler, ja. Kennen Sie ihn?«, fragte Druwe scheinbar überrascht.

Walter Zierl nickte. »Standartenführer Fiedler, als ich ihn kennenlernte. Später meines Wissens Oberführer und knapp vor der Beförderung in den Generalsrang.«

Die miesesten Schweine kommen bis ganz nach oben, dachte Druwe.

»Fiedler war ein Sadist«, fuhr Zierl fort. »Er wollte seine Opfer nicht einfach nur töten. Er wollte sie vorher zerstören. Er hat Leute gequält, bis sie entweder innerlich zerbrachen. Oder bis sie ausrasteten. Und das galt nicht allein für die Feinde des Reichs. So etwas wäre ja noch tolerierbar gewesen. Nein, er demütigte regelmäßig Kameraden und Untergebene.«

Da war ich wohl nicht der Einzige, stellte Druwe im Stillen fest.

»Dieses Vorgehen war nicht im Sinne des Reichsführers«, ergänzte Zierl. »Die Beseitigung unwerter Elemente und das Freimachen von Lebensraum waren Aufgaben, die es nüchtern zu betrachten und zu organisieren galt.«

Druwe deutete einige Geschehnisse in Witebsk an.

»Mich wollte er durch den Befehl über ein solches Kommando bei Lemberg in Misskredit bringen. Ich habe mich geweigert.« Walter Zierl sah Druwe an. »Schließlich gab es Männer, die dafür vorgesehen und ausgebildet waren. Sie können keinen Klavierspieler ins Sägewerk schicken. Ich habe ihm seelenruhig alle Verordnungen heruntergebetet, die meine Verwendung in dieser Funktion untersagen. Er hat eine Art Tobsuchtsanfall bekommen und mich am nächsten Tag wieder zu meinem Vorgesetzten Schöngarth abgeschoben.«

»Wie lange waren Sie bei Fiedler?«

»Etwa sechs Wochen. Später habe ich ihn dann noch im Raum Galizien wiedergesehen. Ich habe ein paar Einsatzpläne geschrieben und mich vor allem gewundert, wie bei dem ganzen Chaos überhaupt noch ein Feldzug zustande kommen konnte«, erwiderte der Österreicher.

»Unglaublich, dass ein Mann wie Fiedler nur von seinem Hass und seiner sadistischen Ader getrieben sein kann«, merkte Druwe fast beiläufig an.

»Da war mehr, Druwe«, entgegnete Zierl. »Wussten Sie, dass er vor dem Krieg bei der Kripo in München war?«

Natürlich wusste Druwe davon, aber er tat jetzt erstaunt.

»Kriminalrat«, murmelte Zierl. »Nirgendwo gut gelitten. Ein Intrigant und Speichellecker. Es wurde damals gemunkelt, dass er eine Schwachstelle hatte. Er mochte Männer. Sehr junge Männer.«

Druwe war überrascht. »In Berlin zu Zeiten der Republik wäre das kein Problem gewesen«, meinte er, als er sich gesammelt hatte. »Sofern sie volljährig waren.«

»Wir sprechen von München, Druwe«, meinte Zierl. »Im Süden des Reichs werden solche Abartigkeiten noch anders gesehen. Und mit Hitler wurde es noch schwieriger für ihn.«

Tatsächlich wurden Homosexuelle im Reich verfolgt und in die Lager gesperrt. Allerdings gab es viele Gerüchte, dass die Gemeinschaften von SA und SS bei den Männern mehr förderten als lediglich den Sinn für Kameradschaft. Schließlich war auch Hitlers früher Weggefährte Ernst Röhm ein warmer Bruder gewesen. Und auch Julius Streicher, Gauleiter von Franken, schien Gefallen an jungen Kriegern gefunden zu haben.

»Fiedlers großes Problem war, dass er immer und überall den Saubermann herausgekehrt hat. Er hat dann seinen eigenen Weg gefunden, mit der Sache umzugehen. Seine früheren Liebhaber sind nach unserer Machtübernahme alle verschwunden. Die Strichjungen sowieso. Keine Beweise. Und er hatte irgendwie jeden in der Hand, der davon wusste.«

»Inwiefern?«, fragte Druwe.

»Informationen«, antwortete sein Gegenüber. »Er hat schon früh alles gesammelt. Über Politiker, Verwaltungsbeamte, die Regierung in München, Konkurrenten in der Polizei. Er ließ er sich noch zu Zeiten der Republik eine Fotoapparatur aus dem damaligen, preußischen Landeskriminalamt kommen. Damit konnte er schnell jede Akte, jeden Vorgang, jede Weisung abfotografieren und auf Film archivieren. Er hat einmal geprahlt, dass die Dokumente des gesamten Polizeiarchivs München als Filmkopien in einen großen Koffer passten. Und das Beste ist …« Er schaute Druwe geheimnisvoll an. »Die Ausrüstung hat er auch in den Osten mitschleppen lassen.«

»Wozu das?«, fragte Druwe.

»Einmal war er stark betrunken, als ich ihn aufsuchte. Er hat davon gesprochen, dass er Nebe beerben will.«

»Er wollte Leiter der Kriminalpolizei werden?«, fragte Druwe ungläubig.

Von den Münchner Bestrebungen Fiedlers wusste er bereits. Aber dass er sogar Reichskriminaldirektor in Berlin werden wollte, war ihm neu. Mit dieser Stellung wäre er in den engeren Führungskreis um Hitler aufgestiegen. Das waren Ambitionen, die über bloßes Karrieredenken hinausgingen.

»Er hatte sich bei der Heeresgruppe Mitte unentbehrlich gemacht. Er war eine Art Nachrichtenoffizier, der die Arbeit von Geheimer Feldpolizei und Gestapo mit den Heeresstellen verband und koordinierte. Jeder Offizier der Wehrmacht und SS hatte Angst vor ihm. Er kannte all ihre Schwachstellen. Die Beurteilungen für seine Beförderungen hat er sich selbst geschrieben.«

»Als ich ihm unterstellt war, hat er auch Informationen über die einheimische Bevölkerung gesammelt. Wussten Sie das?«, fragte Druwe.

»Ja«, antwortete Zierl. »Einwohnerlisten aus den Rathäusern, Mitgliedsbücher der KPdSU, Verhörprotokolle hoher russischer Offiziere und enttarnter GPU-Agenten, Namenslisten und Fotos sowjetischer Politkommissare, Kollaborateure, Bürgermeister, Kriegsgefangener. Zwei Unteroffiziere und ein Leutnant waren nur damit beschäftigt, Akten heranzuschaffen, zu kopieren und wieder wegzubringen.«

Informationen, dachte Druwe. Worum ist es in diesem Krieg überhaupt gegangen? War es wirklich ein Kampf um Lebensraum? Um die Abwehr einer Bedrohung aus dem Osten? Oder aus dem Westen? Ging es um rassenideologische Fragen? Oder hatten sich einfach einige hohe Herren an Kunstschätzen und Edelmetallen bereichert? Hatte die Schwerindustrie am Krieg verdienen wollen? Und was hatte es mit diesem Sammeln von Fakten auf sich? Was waren solche Informationen noch wert, nachdem der Krieg verloren war?

Offenbar war es eine Art Lieblingsbeschäftigung vieler Offiziere und Amtsstellen gewesen, alles über vermeintliche Widersacher zu sammeln. In Flensburg war Druwe an einen Teil der Akten von Admiral Canaris geraten. Canaris hatte als Leiter der Abwehr einerseits Spionage im Ausland betreiben lassen. Andererseits hatte er auch Informationen über fast alle wichtigen Personen in Deutschland gesammelt. Sein Gegenspieler war Reinhard Heydrich gewesen, der berüchtigte Leiter des Sicherheitshauptamts. Der seinerseits ebenfalls einen SS-Nachrichtendienst unterhielt. Und in Werl hatte Druwe schließlich erfahren, dass jede größere Truppeneinheit der Wehrmacht für eine Art von Aufklärung und Spionage verantwortlich war. Eine undurchschaubare Gemengelage.

»Wo wurde das Zeug denn gelagert?«, fragte Druwe. »Für derart viele Akten ist doch der Reichstag zu klein.«

»Ich sagte doch, durch die spezielle Art der Archivierung mittels Film passen alle Unterlagen letztlich in mehrere Dutzend große Koffer«, sagte Zierl gönnerhaft. »Verstehen Sie, Druwe? Er hat alles auf Film abfotografieren lassen. Dann brauchte er dafür nur ein sicheres Versteck zu finden. Der Kerl hat etwas gefunden, was mehr wert ist als alles Gold. Wissen.«

Druwe überlegte. Die Kenntnis über Gewohnheiten, Aufenthaltsorte und Kontakte war auch für gute Kripo-Arbeit enorm wichtig. Er vermochte jedoch kaum abzuschätzen, was das Wissen über Befehle, Besprechungen, Einsatzorte und Dienstpläne für einige Politiker, Unternehmer, Offiziere und Etappenhengste bedeutete. Sicherlich war es für einige hohe Herren eine Art Zeitbombe. Wer irgendwie Dreck am Stecken hatte, musste befürchten, dass es irgendwann ans Tageslicht kam. Er war mehr oder weniger in Fiedlers Hand.

»Der Mann ist gefährlich, Zierl. Für einige Leute sogar lebensgefährlich. Und er ist zugleich wertvoll. Für alle Seiten. Für manche Fakten könnte er alles verlangen.«

»Sofern er die Informationen noch hat«, sagte Zierl. »Wenn das Zeug in Berlin oder im Osten versteckt ist, wird es schwierig, an den Russen vorbeizukommen. Und er muss sich zunächst vor denen in Acht nehmen, für die seine Kenntnisse gefährlich sind. Vielleicht legt er sich eine neue Identität zu, oder er baut sich eine Art Leibwache auf.

Danach muss er sehen, dass er die Informationen an den Meistbietenden verkauft. Dafür muss er sie aber auch tatsächlich in Besitz haben. Das ist die gefährliche Phase für ihn.«

Die Angaben Zierls passten gut zu dem, was Kupner und Druwe über Fiedler in Erfahrung gebracht hatten. Sein Wissen war für viele Männer gefährlich, deshalb hatte er sich offenbar sogar einer Operation unterzogen. Und für ihn war es gegen Kriegsende sicherlich leicht gewesen, neue Papiere und einen untadeligen Lebenslauf aus dem Hut zu zaubern. Jetzt musste er versuchen, Akten und Fotografien zu seinem Vorteil zu nutzen. Fiedler hatte eine Ware. Und er suchte ganz sicher Käufer dafür.

»Da wir aber nicht wissen, wo er ist, bleibt das Ganze eine schöne Theorie«, sagte Druwe nur. »Es gibt Idioten wie uns, die hängen. Und ein Drecksack wie Fiedler stirbt in dreißig Jahren in seinem Bett.« Er musste die Verbitterung, die er bei diesen Worten empfand, nicht großartig vortäuschen, als er auf seine Handprothese blickte.

Zierl nickte stumm, und Druwe nahm ein Flackern in den Augen des Mannes wahr. Er hatte es schon oft bei Menschen gesehen, die sich in ausweglosen Situationen befanden.

In den kommenden Wochen entwickelte sich zwischen Druwe und Zierl eine Art unsichtbares Band. Beide Männer schienen einander Kraft zu geben, die jedoch nicht einem verbohrten Festhalten an dem alten Gedankengut entsprang, das einige Insassen demonstrativ zur Schau stellten. Eine Kraft, die sich auch nicht aus der Bitterkeit jener vom Schicksal Missverstandenen entwickelte. Sie hatten akzeptiert, dass ihr Handeln, aber auch ihr Schweigen und Wegsehen immer Konsequenzen hatte. Seltsamerweise kam Jens Druwe gerade durch diesen Kontakt zu jener Ruhe, die er in den letzten Jahren nicht gefunden hatte. Zu einer Art Demut, die ihn Trägheit und Verzweiflung vergessen ließ. Das menschlich Unausweichliche würde für Zierl Realität werden. Ihm gab es paradoxerweise eine neue Kraft.

»Hast du mal darüber nachgedacht, den Engländern dein Wissen über Fiedler anzubieten?«, fragte Druwe eines Tages zaghaft. Die Zeit drängte. Es war Ende November. Und er hatte von Zierl in den letzten zwei Wochen kaum etwas erfahren können. Der Österreicher zeigte jedoch eine Mischung aus Phlegma und Unbelehrbarkeit, die Druwe letztlich abstieß.

»Ich habe wirklich an die Sache geglaubt, Jens«, sagte Zierl und schüttelte den Kopf. »Und tue es auch jetzt noch. Der Nationalsozialismus passt zu Deutschland. Es wurden wohl strategische Fehler begangen, der Krieg zu früh begonnen, der Westen verprellt. Aber an der Führungsrolle des Reichs in Europa gibt es keine Zweifel. Vielleicht sehe ich die Rassenfrage jetzt etwas anders, andererseits hat die deutsche Sache erbbiologische Feinde. Und da musste eine Entscheidung getroffen werden.«

Wut stieg in Druwe auf. Verblendung war kein Privileg der Dummen.

»Nein, Jens. Ich werde jetzt nicht schachern. Dann treffe ich doch nur wieder auf solche Schweine wie Ernst Fiedler. Das könnte ich nicht ertragen.«

Druwe sah seinen Mithäftling an. Er hatte zu viel von dem Dreck gesehen, um sich von Parolen oder Verheißungen verführen zu lassen. Er war selbst zu weit unten gewesen. Noch heute hörte er das Schreien und Flehen in den Dörfern, auf den Schlachtfeldern. Und er sah die Toten in den Gruben liegen, schmeckte den Kalk, der über sie gekippt wurde, auf den Lippen. Nein, es gab keinen guten Nationalsozialismus. Hass und Erniedrigung waren darin bereits angelegt. Sie waren das Evangelium Hitlers gewesen, dessen Gift seine Anhänger gierig in sich aufgenommen hatten.

In der folgenden Zeit erfuhr Druwe noch weitere Details, die zu der Schreckensherrschaft des Polizeichefs in Polen gehört hatten. Schöngarth und andere hatten dort gewütet und offenbar nach Gutdünken geplündert, gebrandschatzt und gemordet. Druwe musste immer wieder um eine Unterbrechung bitten, da die Einzelheiten oftmals nur schwer erträglich waren. Auf diese Weise konnte er auch die von Zierl erwähnten Namen, Dienststellen und Orte niederschreiben.

Drei Tage vor Heiligabend schien es zunächst, als würden er und Zierl als Schicksalsbrüder zur Richtbank gehen. Die Zellen für jene Häftlinge, deren Urteilsvollstreckung kurz bevorstand, waren vom übrigen Gefängnistrakt getrennt. Beide Männer wurden um vier geweckt und um halb fünf vor die Zellentür gebracht. Es war lausig kalt im Gang. Ihrer beider Hände waren auf den Rücken gebunden, so dass sich Zierl und Druwe nur zunicken konnten. Offenbar war der Direktor erst kurz vorher von der *Field Security* informiert worden, denn anfangs sah es so aus, als gingen beide Männer denselben Weg. Eine leichte Unruhe beschlich Druwe, als sich die Tür zu dem größeren Raum öffnete, in dem sich ein Galgen befand. Drei Männer konnten hier gleichzeitig gehenkt werden.

Plötzlich aber trennten sich ihre Wege. Walter Zierl wurde in den Raum geschoben. Auf Jens Druwe traten von hinten zwei Unteroffiziere heran und führten ihn zu einer Nebentür.

Kupner hat Nerven, dachte Druwe, der trotz der Kälte schwitzte.

Zierl drehte sich noch einmal um, und ihre Blicke trafen sich. Druwe würde den Moment bis zu seinem Lebensende nicht vergessen. Walter Zierl war kein Freund, aber er hatte ihm vertraut. Die Augen des Mannes weiteten sich, als er begriff. Nur ein weiterer Verrat in einer Welt, die aus den Fugen geraten war. Vertrauen, das enttäuscht wurde. Mit diesem Wissen würde Zierl sterben müssen. Und Druwe leben. Einen Moment lang fragte er sich, was schlimmer war.

III

Das ist wahre Meditation. Ganz von vorne anfangen, ohne etwas zu wissen. Wenn Sie mit Ihrem Wissen beginnen, enden Sie beim Zweifel.

Krishnamurti, 1895–1986

17

Hamburg, Weihnachten 1947

Der Weihnachtsbaum in der Hamburger Wohnung war von Eva aus drei verwachsenen Tannen irgendwie zusammengeflickt worden. Er wirkte wie fast alles in dieser Zeit. Ein Behelf. In einer versehrten Welt.

Da passe ich doch gut hinein, dachte Druwe. Er hatte sich so sehr auf diesen Tag gefreut. Und doch klang sein Lachen nun hohl, seine Umarmungen waren hölzern steif.

Immerhin war es ein Baum. Sogar Kugeln und Kerzen hatte seine Frau organisiert. Organisieren. Fast jeder Satz, der leise gesprochen wurde, enthielt dieses Wort. Es machte jede Handlung wichtig. Und zugleich anrüchig. Und so fühlte sich bald jeder Spießbürger wie ein Ganove, der von Hausecke zu Hausecke huschte und irgendetwas organisierte. Druwe sollte bald erfahren, was genau es damit auf sich hatte. Aber nun war Heiligabend.

»Scheinheiligabend«, rief Ludwig Steinfeld in den Raum. Er war leicht betrunken. »Religion beruhigt das schlechte Gewissen und hemmt das Denken.«

»Marx, Lenin, Trotzki? Oder von welchem Idioten stammt das?« Eva war stinksauer. »Lupo, noch ein blödes Wort, und ich werfe dich raus! Dann kannst du mit den Nutten am Hansaplatz saufen.«

Druwe versuchte, sich aus dem Streit herauszuhalten, und tat so, als beaufsichtige er die Kinder. Er konnte nicht fassen, was seine Frau alles auf die Beine gestellt hatte, um ein normales Weihnachtsfest zu feiern. Ein Vogel war zwar nicht im Ofen, aber es würde Klöße und eine echte Soße mit echten Fettaugen geben. Natürlich organisiert. Denn zweihundert Gramm sehniges Fleisch auf Karte reichte nicht für fünf Personen.

»Wie bist du an diese Wohnung gekommen, Eva?«, fragte er immer noch ungläubig. Die Familie wohnte jetzt im Stadtteil St. Georg in einem durchaus edlen Gebäudekomplex der Jahrhundertwende. Sie hatten drei Zimmer einer großen Wohnung zur Verfügung, die einem Ehepaar gehörte, das im amerikanischen Generalkonsulat auf der anderen Alsterseite arbeitete. Die drei Zimmer waren Räume für die ehemaligen Bediensteten und völlig separat von der Hauptwohnung gelegen. Alles möbliert, dazu eine Küche und ein Badezimmer.

»Die Schmidts haben ihren Einfluss beim Konsul genutzt, um eine Beschlagnahmung durch die Engländer zu verhindern«, erwiderte Eva stolz. »Außerdem wollten sie nicht Wildfremde einquartiert bekommen. Ich kannte jemanden, der jemanden kennt. Und dann habe ich Gerti ein gutes Angebot gemacht.«

»Gerti?« Druwe verstand gar nichts.

»Frau Schmidt«, erläuterte Eva gedehnt und verdrehte die Augen. »Im Moment machen wir Frauen einfach die besseren Geschäfte.«

»Steinzeitkapitalismus«, rief Ludwig von hinten. »Mauschel-Wirtschaft.«

»Halt den Mund! Ich warne dich zum letzten Mal, Ludwig«, ermahnte ihn seine Schwester. »Er ist in den letzten Wochen unausstehlich«, flüsterte sie ihrem Mann zu. »Er zweifelt an seinen Idealen und macht alles madig.«

»Jeder braucht eben eine Aufgabe.« Druwe zuckte mit den Schultern. Er war mit seinen Gedanken ganz woanders. Endlich in Freiheit! Die ersten zweieinhalb Friedensjahre hatte er verpasst. Seine Kinder wussten zwar, dass er ihr Vater war. Aber er merkte doch, dass sie scheu Abstand hielten. Er war ein Fremder in der eigenen Familie. Im eigenen Land.

Die Woche bis Neujahr war für ihn nicht einfach. Ab halb sechs konnte er nicht mehr schlafen, horchte auf die Pfeife des Wachoffiziers. Ab acht langweilte er sich. Der große Hansaplatz, die Menschenmenge am Hauptbahnhof und der weite Blick über die Außenalster ängstigten ihn. Er war zu einem Zuchthäusler geworden. Enge und Ordnung hatten Besitz ergriffen von seinem Geist, sie beruhigten ihn. Und die Freiheit schien ihm nur ein Chaos zu sein, in dem er versank. Kupner hatte zugesagt, sich bei ihm zu melden. Erst musste er jedoch klären, ob eine Stelle für Druwe frei war. Dann hatte er ihm zehn Pfund und einen Zettel in die Hand gedrückt.

»Die Regierungsstellen arbeiten bei uns ebenso langsam wie bei euch«, hatte er gesagt. »Und ich muss noch meinen Bekannten in Wien informieren. Könnte sein, dass ich mich erst im Frühjahr melde. Wenn Sie Arbeit brauchen, melden Sie sich unter dieser Adresse.«

Aber Druwe wollte aus eigener Kraft eine Anstellung finden. Es gelang ihm, sich nach Neujahr bei der Bahnpolizei und der Hamburger Verwaltung vorzustellen. Die erste Hürde konnte er jeweils nehmen, als es im Bewerbungsbogen um seine Vorbeschäftigung ging. Offenbar waren die Fragen von den Briten vorformuliert, denn das Deutsch wirkte gewunden.

Beschreiben Sie im genauen Detail Ihre Anstellungen für den Zeitraum vom Januar 1933 bis September 1939. Dabei hat die Aufzählung lückenlos zu sein.

Waren Sie Mitglied in der NSDAP und/oder einer anderen nationalsozialistischen Organisation? Wenn ja, seit wann?

Waren Sie Mitglied in der Schutzstaffel (SS) oder Sturmabteilung (SA)? Seit wann?

Beschreiben Sie im Detail Ihre Tätigkeiten für den Zeitraum vom September 1939 bis Mai 1945.

Haben Sie im Zeitraum 1933 bis 1945 in einem Lager (Internierung, Fremdarbeiter, Schutzhaft) gearbeitet?

Diese und noch ein paar weitere Fragen konnte Druwe noch in der Hoffnung beantworten, sich für eine Stelle zu eignen. Dann folgte jedoch ein Fragebogen, der die Vorstrafen des Bewerbers erfasste. Erst das Militärgefängnis Breslau und dann das Zuchthaus Werl. Selbst wenn er

Nenndorf und Hameln verschwieg, musste das jede Einstellung verhindern. Druwe ahnte bereits Böses, als beide Bögen eingesammelt wurden, ohne dass überhaupt nach den beruflichen Qualifikationen gefragt wurde. Prompt hielt er eine Viertelstunde später ein Schreiben in der Hand, das ihm bescheinigte, dass er *Für eine Verwendung in der Öffentlichen Verwaltung nicht tauglich* war. *Weitere Bewerbungen auf Stellen dieser Art sind Ihnen untersagt. Bei Zuwiderhandlung* ... Alles nach Vorschrift. Widerspruch zwecklos. Es hatte sich in den letzten Jahren offenbar gar nicht so viel verändert in diesem Land.

In den folgenden Tagen begann Druwe, sich ein Bild der näheren Umgebung zu machen. Er zwang sich, die Bahnhofshalle zu betreten, obwohl dies Beklemmung auslöste. Er ging in die Kneipen des Stadtteils und versuchte, die lärmende und quirlige Nähe seiner Mitmenschen wieder zuzulassen. Nebenbei erfuhr er auf diese Weise, dass sich das Leben in der Stadt stark gewandelt hatte. Da er seine Zivilkleidung über die letzten Jahre zwangsweise geschont hatte, sah er nicht derart abgerissen und verarmt aus wie einige seiner Mitmenschen. Sehr oft wurde er kurz angestoßen, und man raunte ihm einzelne Worte zu.

»Zigaretten, die guten Marken.«

»Damenstrümpfe, nur zweimal repassiert.«

»Sahnekännchen, 925er Silber.«

»Lederschuhe, Vorkriegsware.«

Kuchengabeln, Bügelbretter, Autoreifen. Und natürlich alles, was der hungrige Bauch begehrte, vom Ei bis zum halben Schwein. Es gab nichts, was es nicht gab. Spannend war die Tatsache, dass die angebotenen Dinge nie zu sehen waren. Es schien ein Markt ohne Auslagen zu sein, so dass Druwe anfangs glaubte, die Leute hätten vielleicht durch Entbehrung und Kälte den Verstand verloren. Und trauerten nun den schönen Dingen von früher nach, indem sie sie unablässig anpriesen. Eva klärte ihn schließlich auf.

»Alles ist auf Marke«, sagte sie und tippte auf einen Bogen aus hellblauem Papier, der aussah, als wären es hundert Briefmarken. Statt

Pfennigbeträgen waren jedoch Angaben wie *Fett 10 Gramm, Wurst 20 Gramm, Brot 50 Gramm, Mehl 25 Gramm* aufgedruckt.

»Und die Händler geben auf Marke auch nur genau diese Menge ab. Außerdem ist das Zeug meistens minderwertig. Normal kaufen kannst du fast nichts. Und leben kann man von den paar Kalorien auch kaum. Das Geld ist praktisch wertlos. Dabei weiß ich von der Aushilfe bei Fleischer Heinze, dass schon wieder Waren da sind. Auf Marke bekomme ich den sehnigen Dreck, und hinten lagert er die Koteletts für die Kantinen der Engländer und Amis. Denn die zahlen mit Pfund oder Dollar.«

Druwe erinnerte sich an die Jahre nach dem ersten Krieg. Damals war er als junger Kriminalassistent in Hamburg tätig gewesen und hatte die Hyperinflation miterlebt. Er besaß sogar noch einen Geldschein mit dem aufgedruckten Wert von einer Billion Reichsmark. Dafür hatte man damals noch ein Ei bekommen. Da niemand etwas für wertloses Geld verkaufen wollte, hatte es bald keine Nahrungsmittel mehr gegeben. Und ab Herbst 1922 waren dann sogar die Ratten der Stadt auf den Tellern der Leute gelandet.

»Keine Bange, Jens.« Eva hatte sein besorgtes Gesicht bemerkt. »Man muss eben organisieren, was man braucht. Handeln und Tauschen, Feilschen und Anpreisen. Was der eine hat, braucht der andere. Und umgekehrt.«

Schwarzmarkt, dachte Druwe. Er hatte das Wort in den Kneipen aufgeschnappt.

»Eigentlich kann man mit allem handeln«, fuhr Eva fort. »Aber es gibt ein paar Sachen, die sind einfach Gold wert. Zigaretten, Alkohol, Seidenstrümpfe, Schuhe, Medikamente. Sind gut zu lagern und verderben nicht.«

Druwe versuchte in der Folgezeit, sich auf die Situation einzustellen. Er begriff schnell, dass der »Markt ohne Ware« auf Tauschgeschäften beruhte. Auf der Straße signalisierte der Käufer sein Interesse. Danach huschte man in Hauseingänge, manchmal auch in die Kneipen. Hinterer Tisch, den Eingang im Auge, schnell zum Hinterhof raus. Die »Währung« auf diesem Markt waren Dollars, Gold, Wertsachen oder jede andere begehrte Ware, die ein Verkäufer akzeptierte. Kupners zehn Pfund waren schnell ausgegeben. Druwe langweilte sich und fühlte sich zunehmend nutzlos. Er war zu stolz, dem Amerikaner zu schreiben oder sich für die von ihm angebotene Hilfsarbeit zu melden.

Beim Bier mit seinem Schwager Ludwig kam ihm eines Abends eine Art Geschäftsidee. Am nächsten Tag verteilte er kleine Zettel unter den Kneipenwirten und Türstehern rund um das Viertel am Hauptbahnhof. Das Ehepaar Schmidt besaß eine Schreibmaschine, die er sich kurzerhand ausgeborgt hatte. Darauf schrieb er seinen Text:

Sicherheitsmann sucht neue Tätigkeit. Erfahrung mit Schutz von Personen und Waren in Hamburg und Berlin. Treffpunkt jeden Abend um sieben Uhr. Hauptbahnhof am Ausgang Spitalerstraße. Rotes Tuch an der Hutkrempe.

Bereits am dritten Abend wurde er angesprochen. Ein abgemagerter Mann kam auf ihn zu und lud ihn zu einem Bier in die *Georgsklause* ein.

Wenn das der Wohlstand des Schwarzmarkts ist, dachte Druwe und betrachtete das dürre Männchen, in dessen Mantel vier seiner Sorte gepasst hätten.

»Was kannst du?«, kam der Kerl nach dem ersten Schluck Bier zur Sache.

»Einschüchtern und auf die Nuss«, entgegnete Druwe trocken.

»Mit dem Ding da?« Der Dürre zeigte auf Druwes Handprothese.

»Soll ich dir die Zähne richten, damit du merkst, dass diese Faust aus Eisen ist?« Druwe hatte sich schnell wieder an den Straßenjargon gewöhnt. Er ließ zur Bestätigung die Hand auf den Tisch donnern.

»Zur Not auch Knarre«, fügte er hinzu. Damit wagte er sich weit vor, denn deutschen Privatpersonen war das Tragen von Schusswaffen bei Androhung drakonischer Strafen verboten.

Sein Gegenüber lachte und zeigte dabei, dass es nicht viel zu richten gab in seinem Mund. Druwe legte noch seine alte Dienstmarke auf den Tisch. Er hatte sie trotz aller Wirren behalten. Er kannte den Grund dafür selbst nicht. Vielleicht war es Nostalgie. Und die Briten hatten ihm die Marke bei der Haftentlassung ohne Kommentar wiedergegeben. Der Dürre sprang sofort auf, aber Druwe hielt ihn fest.

»Ganz ruhig«, sagte er. »Ist doch nur eine alte. Wirkt aber Wunder, wie du siehst. Ich halte euch unliebsame Konkurrenz und die Polente vom Leib. Für zwei Stangen die Woche.« Die Forderung schoss er einfach ins Blaue. Er kannte die Preise für solche Dienstleistungen nicht.

»Muss ich besprechen. Komm morgen wieder her.«

Im nächsten Moment war das Klappergestell im Mantel verschwunden. Druwe erschien am Folgetag wie besprochen. Dieses Mal hatte der Hagere einen Begleiter Marke Schlägertyp dabei. Der Kerl entpuppte sich aber als freundlich und durchaus gebildet.

»Der Boss will, dass ich dir auf den Zahn fühle«, sagte er. »Nimm es nicht persönlich.« Danach stellte er Druwe einige Fragen, die geschickt formuliert waren.

Der Mann hat Erfahrungen mit Verhören, dachte Druwe. Vielleicht war er in der Wehrmacht entsprechend ausgebildet worden. Oder war in der SiPo. Oder Schlimmeres. Offenbar hatte Druwe die Prüfung jedoch bestanden, denn plötzlich nahm der Hagere eine Brottüte unter dem Tisch hervor.

»Zwei die Woche«, sagte er. »Hier die Vorauszahlung. Sei morgen aufm Kiez. Vier Uhr vorm *Allotria*. Kapiert?«

Druwe nickte nur und erhob sich. Er drehte sich noch einmal zu dem Kräftigen um. »Damit das klar ist. Ich bin für den Schutz zuständig. Ich steige nirgendwo ein, raube niemanden aus und lege auch keinen still.«

»Wo denkst du hin?« Der Angesprochene grinste. »Wir sind ehrbare, hanseatische Kaufleute.«

Von Eva erfuhr Druwe, dass die Familie mit acht Stangen Zigaretten im Monat ein gutes Auskommen hatte. Die *Lucky Strikes* waren Gold wert. Es war ein eigenartiges Gefühl, das sich bei ihm einstellte. Das erste Mal, seit seine erste Frau Inge mit ihrer Tochter schwanger gewesen war, fühlte er sich wieder zu etwas nutze. Privat hatte ihn seine Exfrau damals an der kurzen Leine gehalten, ständig kritisiert und immer mehr von ihm gefordert. Daraufhin hatte er sich nur noch tiefer in die Arbeit bei der Kripo vergraben.

Nun war er gerade aus dem Knast gekommen und hatte etwas auf die Beine gestellt. Zwar war es nur eine Anstellung als Leibwächter und Türsteher, aber die Dinge konnten sich ja noch entwickeln. Diese Zeit hatte ihren eigenen Reiz. Er war auf der anderen Seite angekommen. Denn tatsächlich war er jetzt einer jener Kleinganoven, die er in seiner Berliner Zeit gern als Informanten genutzt hatte. Und nun verstand er auch, warum diese Leute so gern redeten. Die meiste Zeit war die Arbeit als Aufpasser nämlich todlangweilig. Manchmal hoffte er fast auf Ärger, um der Eintönigkeit seiner Aufgabe zu entkommen. Er stand herum, beobachtete die Umgebung und war froh, wenn ihn jemand ansprach.

Dann lieber Seife kochen, Tüten kleben oder Seile binden, dachte er oft. Dabei waren bereits die Arbeiten im Zuchthaus einfach nur öde gewesen.

Die ersten Frühlingstage überzogen die Stadt mit typischem Schietwetter, als Druwe nach einem ereignislosen Abend gegen Mitternacht nach Hause zurückkehrte. Er hatte ein schlechtes Gewissen, denn auf dem Heimweg hatte er sich noch zwei Bier und Korn genehmigt. Er würde wieder mit dem Saufen beginnen, wenn sich in seinem Leben nicht bald etwas änderte. Und diese Erkenntnis ärgerte ihn.

»Du hast Post«, sagte Eva tonlos. Dunkle Ringe waren um ihre Augen zu erkennen. Die Kinder hatten hartnäckigen Husten und schliefen wenig.

Er öffnete den Brief, und seine Stimmung besserte sich. Moshe Kupner bat ihn um ein Treffen. Dann stutzte Druwe.

»Er will private Dinge mit mir besprechen«, sagte er.

»So?« Evas Reaktion klang ein wenig zu ahnungslos für seinen Geschmack, aber er schob diesen Eindruck auf seine eigene, gereizte Stimmung.

»Er fragt an, ob ich übermorgen zum Mittagessen in die Straßburger Straße komme.« Dann sah er Eva ungläubig an. »Hausnummer 32. Da wohnen doch …«

»Ja«, meinte seine Frau. »Deine ehemalige Schwägerin.« Sie lächelte nachsichtig. »Und Lena.«

»Du … ich … Kupner«, stotterte er. »Ich meine, sie …« Druwe war völlig verwirrt. Plötzlich verstand er. Wieder einmal schien das Leben einfach über ihn hinweggerauscht zu sein. Er fühlte sich plötzlich kraftlos. Und alt.

»Seit wann?«

»Die beiden sind seit Mitte Januar ein Paar«, sagte Eva. »Lena wollte dich erst einmal ankommen lassen in deinem neuen Leben. Sie hat mich gebeten, nichts zu sagen. Es war nicht böse gemeint.«

Moshe Kupner und meine Lena. Ein englischer Amerikaner. Mein kleines Mädchen, dachte Druwe verwirrt. Der Kerl hat die Fahrt mit ihr durch den Schnee vor über einem Jahr schamlos ausgenutzt. Und mich rücksichtslos hintergangen. Dem werde ich … Das war ja schlimmer als in einem Groschenroman.

*

Straßburger Straße, Stadtteil Dulsberg. Ein einfaches Mietshaus von der Art, wie es sie in allen Arbeitervierteln in allen Städten gab. Die Bomben der alliierten Flugzeuge und der Feuersturm waren nicht bis hierher gekommen, so dass die Menschen schon wieder so etwas wie ein normales Leben führen konnten. Es gab Wasser, Strom und Kohle. Und das Dach war dicht. Hilde Schönberg, die Schwester von Druwes erster Frau, hatte also Glück gehabt. Zumindest in dieser Hinsicht, denn ihr Mann und ihr Sohn waren gefallen. Da sie jedoch ihre Nichte Lena aufgenommen hatte, war sie von weiterer Einquartierung verschont geblieben.

Das Mittagessen verlief in angespannt stiller Atmosphäre. Es war, als könne jeden Moment ein Orkan losbrechen. Jens Druwe stocherte in seinem Essen herum und wirkte unaufmerksam. Hildegard war vom Wesen her völlig anders als ihre Schwester Inge. Sie hatte immer mehr zu ihm und Lena gehalten. So war der Kontakt zwischen ihnen auch nach der Scheidung von Inge nie abgerissen. Druwe war dankbar, dass Lena nach ihrer Odyssee von Berlin über Flensburg nach Hamburg hier untergekommen war. Seine Tochter wollte ein selbstständiges Leben führen, und ihre Tante hatte sich um sie gekümmert, als es ihm und Eva unmöglich gewesen war.

Lena hatte ihren Vater mit der üblichen Herzlichkeit begrüßt. Er achtete auf jede Regung bei seiner Kleinen, wie er sie immer noch nannte. Die nun bald zwanzig wurde.

Diese Röte auf den Wangen ist neu, dachte er. Sie ist doch sonst immer ein recht blasses Mädchen gewesen, hat Lebertran und Rote-Bete-Saft bekommen. Und wo überhaupt ist jetzt dieser Don Juan, der es gewagt hat, sich meiner Tochter zu nähern? Der feige Kerl zieht es offenbar vor, im Hintergrund zu bleiben, bis die Frauen die Schlacht geschlagen haben.

»Moshe sagte, er kommt erst später«, zwitscherte seine Lena mit Unschuldsmiene, als hätte sie seine Gedanken erraten.

»Und du benimmst dich, wenn er kommt«, schob Eva gleich hinterher und musterte ihren Mann streng.

Auch nach dem Essen war es still am Tisch, obwohl Druwe den Eindruck hatte, die Frauen verständigten sich in einer geheimen Sprache, die er als Einziger nicht verstand. Endlich, nach dem Birnenkompott läutete es an der Tür. Eva schenkte ihm einen doppelten Klaren ein. So etwas tat sie sonst nie freiwillig. Seine einstige Schwägerin trat nach kurzer Zeit mit Moshe Kupner in die Küche. Und Lena wurde noch etwas röter im Gesicht. Der Amerikaner wirkte sehr adrett in seiner britischen Uniform. Und er hatte offenbar den Sprung zum Captain geschafft, wenn Druwe die Winkel an den Ärmeln seiner Uniformjacke richtig zählte.

»Papa … Mr Druwe …«, stotterten seine Tochter und Kupner zugleich.

»Ja, Mr Kupner?« Obwohl er ja schon Bescheid wusste, wollte Druwe den Kerl leiden lassen. Er genoss es, zu sehen, wie der Offizier seine Mütze knetete und sich auf die Lippen biss.

»Ich … Ihre Tochter und ich wollen heiraten …«, schoss es aus Kupner heraus, als wäre ein Ballon in ihm geplatzt.

»… und wir bitten dich um deine Erlaubnis«, ergänzte Lena sofort.

Aha, ich werde wenigstens gefragt, dachte Druwe amüsiert. Die Angelegenheit begann, ihm Spaß zu machen. Ändern konnte er ohnehin nichts. Aber er konnte so tun, als ob. Vielleicht war es der Doppelkorn, der wirkte.

»Wir werden sehen«, sagte er gedehnt. »Zuerst gibt es da die Zeit der Probe für das künftige Paar. Das ist Tradition in unserer Familie. Ein Jahr der Verlobung, in der ihr keusch bleibt …« Ein Tritt von Eva traf ihn am Bein. Dann brach er in schallendes Gelächter aus.

Tatsächlich wurde aus dem Familientreffen nun eine große Verlobungsfeier. Kupner hatte Kameraden eingeladen, die brav auf der Straße gewartet hatten wie Pennäler bei ihrer ersten Verabredung. Der junge Offizier trat ans Fenster und stieß einen Pfiff aus, das verabredete Zeichen. Alles war offenbar abgesprochen gewesen.

Nur einer hat von nichts gewusst, dachte Druwe, dem bereits der zweite Doppelkorn gereicht worden war.

»Vati, wir möchten im Herbst heiraten«, sagte Lena.

Druwe rang mit sich. In seinem Inneren tobte eine seltsame Mischung aus Freude, Rührung und Entfremdung. Er ließ sich nichts anmerken und nickte nur. Danach zog er es vor, die Whiskey-Sorten zu verkosten, die Kupners Freunde als Geschenke mitgebracht hatten.

Auch Lena hatte Freundinnen um sich versammelt, so dass die Wohnung bald gerammelt voll war. Moshe Kupner nahm seinen künftigen Schwiegervater wenig später zur Seite, bevor dieser zu betrunken für ein vernünftiges Gespräch war.

»Für eine Entschuldigung ist es jetzt zu spät, mein Lieber«, sagte Druwe betont rau und beobachtete, wie sich Kupner in Verlegenheit wand.

»Ich spare mir die üblichen Worte des Brautvaters an den zukünftigen Schwiegersohn. Nur so viel: Wenn du meine Kleine enttäuschst, finde ich dich. Und dann steigen wir beide in den Ring.« Er tätschelte Kupner Wange mit der Lederfaust, so wie es einst Schmeling bei Joe Louis getan hatte, bevor er ihn zu Boden schickte.

»Und darauf trinken wir, Moshe!«

Kupner wirkte verlegen. »Mr Druwe ...« Er räusperte sich. »Jens, wir sind Fiedler auf der Spur.«

Mit einem Schlag war Druwe nüchtern. Den Lärm, der aus der Stube drang, blendete er aus und versuchte, die ganze Bedeutung des eben Gehörten zu erfassen.

»Ihr habt ihn noch nicht?«, fragte er.

Moshe Kupner schüttelte den Kopf. »Aber wir wissen, wo er ist. Eine lange Geschichte. Die Canaris-Akte und ein etwas vierschrötiger Sergeant, der unbedingt Agent werden will, haben uns auf seine Fährte geführt. Später mehr dazu. Im Moment jedenfalls kommen wir nicht an Fiedler heran.«

»Wieso? Ihr seid die Alliierten, die Sieger. Geht hin und verhaftet das Schwein.«

»Die Welt hat sich verändert in den letzten zwei Jahren, Jens«, meinte Kupner leise. »Alte Freunde sind jetzt neue Feinde.«

»Ja, die Russen haben sich nicht beliebt gemacht. Aber was hat das mit den Westmächten zu tun?«

»Meine Landsleute sind ganz paranoid. Es wundert mich, dass sie nicht jede Frau mit rotem Lippenstift verhaften. Truman sieht überall

Kommunisten und Verschwörer. Ein Senator hat öffentlich erklärt, dass ihm ein ehrlicher Nazi lieber sei als ein verlauster Stalinist. Und ein paar schlaue Offiziere aus Wehrmacht und SS haben das genutzt und verkaufen jetzt Informationen an die Geheimdienste.«

»Und die Briten?«, fragte Druwe ungläubig.

»Haben Angst, dass sie bald gar keine Rolle mehr spielen«, antwortete der Offizier. »Tanner wurden die Kompetenzen beschnitten. Und offiziell gibt es die *FSS* nicht mehr. Wir verdanken es nur Tanners guten Kontakten zu Churchill, dass wir noch weiterarbeiten können. In der Politik spielt die Ergreifung alter Nazis schon keine große Rolle mehr. Die Gelder für unsere Truppe wurden gekürzt. Der *Secret Service* und *MI-6* sind groß im Kommen. Und denen ist die Schuhgröße Stalins wichtiger als irgendein Todeslager der Nazis.«

Auslandsspionage, dachte Druwe. Und diese Leute arbeiten offenbar gern mit den Informationen der ehemaligen Nazi-Dienste. Er hatte bereits in Flensburg, kurz nach der Kapitulation, die Erfahrung gemacht, dass der *MI-6* eher an wertvollem Wissen über Patente, Waffenlager und den Verbleib von Wissenschaftlern interessiert war.

»Tanner meint, dass jetzt die Zeit gekommen ist, deine Kontakte zu nutzen, die du über Max Simon geknüpft hast.« Kupner hielt kurz inne. »Aber zuerst musst du nach Linz.«

»Linz? Was soll ich denn da?«, fragte Druwe. Er war zwar erfreut über die Aussicht, seine öde Arbeit in Hamburg aufgeben zu können. Andererseits bedeutete es offenbar, dass er wieder von seiner Familie getrennt wäre.

»Wir haben letztes Jahr darüber gesprochen«, antwortete Kupner. »Der Mann, mit dem du zusammenarbeiten sollst. Er will dich kennenlernen. Er heißt Simon Wiesenthal und hat das KL Mauthausen überlebt. Ich habe gleich nach dem Krieg kurz für ihn gearbeitet. Im letzten Jahr hat Wiesenthal eine Art Informationszentrum zur Aufdeckung von Nazi-Verbrechen gegründet. Da sammelt er alles über Täter, Opfer, Zeugen und Tatorte.«

»Er kennt meine Vorgeschichte?«, fragte Druwe skeptisch. Er erinnerte sich an das Gespräch mit Tanner im Herbst. Jedoch hatte er angenommen, die Sache wäre im Sande verlaufen.

»Alles.«

»Und dennoch will er mich treffen?«

»Gerade deshalb. Simon hat die Protokolle deiner Verhandlung gelesen. Und er sagt, ein ehrlicher Täter wäre ihm lieber als ein heuchlerischer Pharisäer. Seine Worte.«

»Ich muss meine Familie versorgen …«, erwiderte Druwe zögerlich.

Der Kontakt mit Kupner war immer ungezwungen gewesen. Gleich zu Beginn ihrer Bekanntschaft hatten beide Männer geklärt, dass es keine Rolle spielte, dass der Amerikaner jüdischer Herkunft war. Aber Moshe Kupner war kein Opfer. Hingegen hatte dieser Wiesenthal den Terror durchlebt. Druwe fragte sich, ob es zwischen ihnen überhaupt so etwas wie ein normales Arbeitsverhältnis geben konnte.

»Du meldest dich beim Gewerbeamt als Privatdetektiv an. Die Zustimmung der britischen Verwaltung haben wir bereits eingeholt.« Kupner gab Druwe ein Dokument, das auf typisch grau-gelblichem Notpapier ausgestellt war. Dann nahm er einen Zettel zur Hand, auf dem er sich Notizen gemacht hatte. »Wir besorgen dir ein kleines Büro an der Steinstraße. Nichts Auffälliges. Wenn du längere Zeit nicht in der Stadt bist, wird niemand Verdacht schöpfen. Bist eben unterwegs zu Ermittlungszwecken. Du bekommst neue Papiere von uns. Als Jens Druwe bist du hier ein unbedeutender Detektiv. Unter der neuen Identität bist du Wiesenthals neuer Mitarbeiter. Wenn jemand zufällig auf den Namen stößt, kann er nicht sofort die Spur zu dir zurückverfolgen.«

»Ganz wasserdicht ist das nicht«, erwiderte Druwe. »Aber es wird wohl reichen.« Dann fiel ihm noch eine wichtige Sache ein. »Wir müssen über die Bezahlung sprechen, Moshe. Ich gebe immerhin eine hochbezahlte Anstellung in ehrbaren Kreisen auf.«

»Die Abteilung der ehemaligen *Field Security* zahlt alles«, sagte Kupner. »In Britischen Pfund oder in Dollar. Wie du willst. Ein paar Wochen müssen wir noch vergehen lassen, damit alles glaubhaft wirkt. In der Zwischenzeit werde ich alle Unterlagen zu Fiedler sichten und ordnen.«

Jagdsaison, dachte Druwe. Die Zeit des Wartens hatte ein Ende.

*

Im Frühsommer hatte er sich endlich in seine Rollen in Familie und Beruf eingefunden. In seiner Detektei hatte er sogar einige Fälle bearbeitet, die sich jedoch auf eher niedrigem, kriminalistischem Niveau abspielten. Ehebruch, Vermisstenanzeigen, Unterschlagung. Immerhin rostete sein Verstand durch diese Beschäftigungen nicht vollkommen ein. Kupner wollte sich melden, sobald dieser Wiesenthal zu einem Treffen bereit wäre. Offenbar hing dies von weiteren Erkenntnissen zur Person Fiedlers ab. Druwe hatte eine Veränderung an sich bemerkt. Noch vor einigen Monaten hatte er bei jedem Gedanken an den Mann einen unbändigen Hass verspürt. Nun jedoch hatte er den inneren Abstand eines Kripobeamten zurückgewonnen. Er wollte Fiedler fassen, jedoch nicht mehr allein aus persönlichem, sondern auch aus beruflichem Interesse. Er war wieder zu einem Spürhund geworden.

Er genoss die warmen Tage in Hamburg und beobachtete mit Genugtuung, dass er im Hinblick auf seine halblegale Tätigkeit als Muskelmann für die Hehler rechtzeitig die Kurve bekommen hatte. Der Schwarzmarkt war heiß gelaufen. An jeder Ecke fühlte sich das älteste Mütterlein berufen, in das große Geschäft einzusteigen. Durch seine Kontakte hatte Druwe erfahren, dass die großen Bosse fast alle ausgestiegen waren. Sie horteten jetzt Franken oder Dollar und warteten ab, was die nächsten Monate brachten. Nur die Kleinganoven wurden immer waghalsiger. Und flogen immer häufiger auf.

Eines Tages, Ende Juni, läutete das Telefon, das er durch die Vermittlung Kupners erhalten hatte. Druwe schreckte aus seinen Gedanken auf, da der schwarze Apparat meistens still war. Viele Menschen konnten sich gar kein Telefon leisten, und seine Kunden kamen meist direkt vorbei oder schrieben einen Brief. In Erwartung eines erneuten Ehebruchfalls, den es zu beweisen oder widerlegen galt, nahm er den Hörer ab.

»Es geht los. Morgen Abend, mit dem Nachtzug nach München. Dann weiter über Salzburg. Er erwartet dich übermorgen zum Abendessen.«

Kupner. Sie hatten verabredet, am Telefon keine Namen zu nennen, aber Druwe wusste Bescheid. Wiesenthal wollte ihn in Linz treffen. Und das bedeutete, er hatte Neuigkeiten zu Fiedler. Druwe nahm sein auf der Schreibmaschine getipptes Schild und hängte es an die Bürotür. *In Ermittlungsfragen außerhalb der Stadt unterwegs. Hinterlassen Sie eine Nachricht*. Ein Pfeil deutete auf den Briefschlitz. Er verschloss die Tür und ging nach Hause, um seinen kleinen Koffer zu packen. Ein echter Fall wartete auf ihn. Drei Jahre war es her, dass ihn der englische Major in Flensburg überrumpelt und verhaftet hatte.

I'm back, dachte Druwe. Man musste eben mit der Zeit gehen.

18

Linz, Juni 1948

Getarnt als Walter Steinberg saß er am nächsten Abend im Zug nach München. Er gab vor, ein kleiner Unternehmer aus Norddeutschland zu sein, der mit Wolle handelte. Als solcher konnte er sich natürlich ein eigenes Abteil leisten, und so verlebte Druwe eine recht angenehme Reise im ansonsten völlig überfüllten Zug. Durch den Zusammenschluss der britischen und amerikanischen Zonen zur Bizone wurde noch nicht einmal eine Passkontrolle auf dem Weg nach Süden durchgeführt. Beinahe war es ihm, als reiste er in einem normalen Deutschland zu einer fast normalen Zeit. Durch Verspätungen und Kontrollen wurde die Weiterfahrt jedoch erschwert. Überall wurde gebaut und instand gesetzt, an der Bahnstrecke entstanden Werkhallen, und neue Fabriken wurden errichtet.

Auch Österreich war von den Alliierten besetzt und geteilt. Und eben genau durch Linz verlief mit der Donau die Grenze zwischen sowjetischer und amerikanischer Zone. So kam es, dass auch die eher unbedeutende Stadt in zwei Teile gespalten war. Ähnlich der Hauptstädte Berlin und Wien. Moshe Kupner hatte Druwe ein Zimmer im ehemals berühmten Hotel *Weinzinger – Erzherzog Karl* reserviert. Druwe fragte sich, ob diese Wahl beabsichtigt gewesen war, denn gleich nach seiner Ankunft erzählte ihm der Portier leise, aber mit gewissem Stolz, dass Adolf Hitler hier den Anschluss Österreichs als Gesetz unterzeichnet hatte. Das Haus an der Linzer Donaulände hatte zwar seine besten Tage längst gesehen, für Druwe war es jedoch eine andere Welt, in die er eintauchte. Nobel, mondän – und irgendwie unzeitgemäß.

Am Abend wurde dieser Eindruck noch bestätigt, als er sich mit Simon Wiesenthal im Restaurant *Alte Zeit* in der Nähe des Hauptplatzes traf. Er war etwas zu früh dran und wurde vom Oberkellner an den reservierten Tisch geführt. Es schien, als wollten die wohlhabenden Österreicher in solchen Lokalitäten unbedingt an eben jene alten Zeiten anknüpfen, als sie noch eine weltgeschichtliche Bedeutung gehabt hatten. Einige Herren saßen im Frack an den Tischen, den Zylinder und die Handschuhe hatten sie am Empfang gelassen. Die Damen trugen aufwendige Kleider, die schon längst aus der Mode waren. Als Kulisse für einen Stummfilm von 1912 hätte die Szenerie wohl hervorragend getaugt.

»Ich mag dieses Kaffeehaus«, sagte der Mann, der plötzlich neben Druwe stand. »Es ist hier so, wie man sich die Gesellschaft der alten K.-u.-k.-Monarchie vorstellt. Ein wenig Melancholie hält die Erinnerung wach. Finden Sie nicht, Herr Steinberg?« Er streckte die Hand aus. »Simon Wiesenthal.«

Er hatte dunkles Haar, das am Haupt bereits schütter wurde. Die Ohren und die Nase wirkten zu groß, der Schnauzbart sah irgendwie kümmerlich aus. Unwillkürlich suchte Druwe nach Spuren der jahrelangen Haft im KL. Jedoch schien sich Wiesenthal in den vergangenen drei Jahren zumindest körperlich von den Qualen erholt zu haben.

Während sie aßen, erfuhr Druwe viele Einzelheiten über das Zentrum, das Wiesenthal gegründet hatte.

»Ich bin Architekt, aber in diesem Beruf kann ich nicht mehr arbeiten. Das wurde mir eines Tages im Steinbruch klar«, sagte der Mann beim Mokka. »Nach allem, was geschehen ist, scheint es mir nicht richtig, etwas Lebloses zu planen und zu errichten. Ich habe fast meine gesamte Familie in den Lagern der Nazis verloren. Ich bin es ihr und allen Opfern schuldig, dass die Untaten nicht vergessen werden. Dass die Verantwortlichen gefunden und zur Rechenschaft gezogen werden.«

»Ich habe …«, setzte Druwe an, aber er wurde unterbrochen.

»Ich weiß«, erwiderte Simon Wiesenthal. »Moshe hat vor drei Jahren einige Monate für mich gearbeitet. Wir sind beinahe so etwas wie Freunde. Er hat mir alles über Sie erzählt. Und er hat mir sogar eine Kopie Ihrer Akte zur Einsicht überlassen.«

»Ich wollte nur reinen Tisch machen«, entgegnete Druwe. »Meine Arbeit bei der Kripo bestand immer darin, die Geheimnisse von Tätern, Mitwissern und deren Komplizen aufzudecken. Aber eigene Versteckspiele und Intrigen unter Kollegen oder Mitarbeitern liegen mir einfach nicht. Ich kann nicht für Sie arbeiten, ohne sicher zu sein, dass Sie meine Geschichte kennen.«

Druwe sah dem Mann direkt in die Augen. Er wollte diesem Blick unbedingt standhalten, der auf seltsame Weise leer und zugleich voller Leben war.

»Ich kann nicht leugnen, dass ich verabscheue, was Sie bei den Einsatzgruppen getan haben«, sagte Wiesenthal. »Und ich bin nicht die Instanz, die Sie von irgendeiner Schuld freisprechen kann. Jedoch sehe ich den Willen, sich dazu zu bekennen. Sie haben in der Gerichtsverhandlung Ihre Tat nicht geleugnet. Nicht ein einziges Mal. Wie auch immer die Umstände aussahen, die zu Ihrem Handeln führten, Sie waren und sind offenbar bereit, die Konsequenzen zu tragen. Richten wird Sie einst ein anderer.«

In den Worten Wiesenthals lagen keine Anklage oder Härte, die über deren Bedeutung hinausging. Druwe fühlte sich sogar erleichtert, denn jedes von ihm geäußerte Bedauern oder jede Entschuldigung hätte falsch geklungen.

»Wie sieht meine Aufgabe aus, Herr Wiesenthal?«, wechselte er das Thema. »Ich habe keine Ahnung von dem, was hier draußen vor sich geht. Bei meiner Verhaftung war der Krieg erst zwei Wochen vorbei. Dann fast drei Jahre hinter Gittern. Jetzt musste ich erst einmal in mein privates Leben zurückfinden.«

»Wem sagen Sie das, Herr Steinberg? Es ist, als wäre man bei *Rigoletto* eingeschlafen und wunderte sich dann über den Schluss. Den Anschluss verpassen. Ich kenne das, glauben Sie mir.«

»Ein Krüppel bin ich ja in der Tat«, erwiderte Druwe in Anspielung auf die Titelfigur der Oper. Er wusste nicht recht, wie er mit der Feinsinnigkeit des Mannes umgehen sollte.

»Verzeihen Sie, aber so war es nicht gemeint. Das wissen Sie sicher, Herr Steinberg.« Wiesenthal lächelte. »Fiedler ist verschwunden«, fuhr er dann fort, den Plausch abrupt beendend.

»Untergetaucht oder ins Ausland?« Druwe hatte in den englischen Zeitungen gelesen, dass eine größere Zahl von SS-Offizieren und Nazi-Bürokraten nach Südamerika geflohen war. Und Tanner hatte vermutet, dass mindestens ebenso viele in Deutschland geblieben waren und hier mit falscher Identität unbehelligt lebten.

»Nach unseren Quellen weder das eine noch das andere«, entgegnete Wiesenthal. »Und das macht uns Sorgen. Seine Spur verliert sich vor etwa sechs Monaten im Raum München. Dabei sammeln wir akribisch alle Daten über Personen, die uns interessieren.«

Er erläuterte Druwe die genaue Arbeitsweise seines Dokumentationszentrums.

»Jede Information, die wir bekommen, setzen wir nach einem von mir entwickelten System in Beziehung zu anderen Fakten. Nehmen Sie die Farbe Blau, Herr Steinberg. Woran denken Sie? Vielleicht an den Himmel. Und an Flugzeuge. Oder an das Meer und Segelboote? An die Augen Ihrer Frau? Ein Ölgemälde, das Sie irgendwann gesehen haben? Sie sehen, die Farbe kann uns im Geist zu ganz unterschiedlichen Orten führen. Und ebenso verfahren wir mit dem Wissen, das wir aus Akten, Zeugenbefragungen und Verhören erhalten. A bringt uns zu B, damit kommen wir zu C. Und schließlich können wir irgendwann Z verhaften lassen, weil sich D bei A einmal verplappert hat.«

»Und Fiedler?« Druwe wollte konkreter werden.

»Es ist, als wären alle Fäden, die zu ihm führen könnten, durchtrennt«, antwortete Wiesenthal. »Wir haben nur eine letzte Spur, und auch die wird schon kalt.«

Er schob Druwe einen Umschlag zu. Darin befand sich ein einzelner Schlüssel.

»Ein Bankschließfach?«, fragte Druwe und drehte den typischen, flach ausgeformten Schlüssel mit zwei Bärten in der Hand. Er kannte die Teile, da er Ende der zwanziger Jahre an den Ermittlungen bei Berliner Banküberfällen beteiligt gewesen war. Viele Tresore hatten hinter Stahltüren als sicher gegolten, aber die Banden hatten oft nur Tunnel gegraben und dann alle Fächer ausgeräumt.

»In der Schweiz.« Wiesenthal nickte. »Wir haben Fiedlers letzte, bekannte Wohnung in Würzburg auseinandernehmen lassen. Moshe empfahl mir einen talentierten Mitarbeiter, der ein Geheimversteck gefunden hat. Hinter einem Wandbrett war der Schlüssel verborgen.«

Morris, *the truffle pig*, dachte Druwe belustigt. Er betrachtete den Schlüssel. Keine Gravur, keine Plakette. Nicht einmal die Nummer des Schließfachs war aufgedruckt. Typisch für viele Schweizer Fächer.

»Da werden wir aber ein paar Jahre brauchen, um alle Banken der Schweiz abzuklappern.« Er konnte eine Enttäuschung nicht verbergen.

»Tanners Leute waren ganz dicht dran«, erwiderte Simon Wiesenthal. »Im britischen Einflussbereich wäre er mit mehr Männern angerückt. Aber bei den Amis muss er vorsichtig sein. Vier Männer, doch jemand hatte Fiedler gewarnt. Der Kaffee in der Küche war noch heiß. Sie haben auch noch das hier gefunden.« Er warf ein kleines, schwarzes Buch auf den Tisch. »Hat uns eine Woche gekostet, es auszuwerten.«

Druwe nahm das Notizbuch. Da war wieder dieses Kribbeln. Fiedler war kein Phantom. Ein Mensch aus Fleisch und Blut, der Kaffee trank. Endlich.

»Eine Codierung darin weist mit Sicherheit auf diesen Schlüssel hin«, fuhr Wiesenthal fort. »Wir kennen jetzt die Bank und die Nummer des Schließfaches. Und wir nehmen an, dass Fiedler dort wichtige Dokumente verwahrt, die für ihn eine Art Lebensversicherung darstellen. Vielleicht ein paar Akten, die er ja offenbar so gern gesammelt hat. Oder diese Fotografien, von denen Moshe sprach. In einem einzigen Schließfach könnten leicht Mikrofilme von mehreren Hundert Dokumenten lagern. So etwas hat man ja auch bei Himmler und Göring gefunden.«

»Und Sie vermuten, dass es sich um Informationen handelt, die jetzt für die Amerikaner interessant sind? Über die Russen?«

»Vielleicht«, antwortete Wiesenthal. »Oder über ein paar alte Kameraden, über wichtige Wissenschaftler. Ich weiß es nicht.«

»Wird Ernst Fiedler die Sachen nicht schon längst abgeholt haben?«, fragte Druwe. »Es gibt vielleicht einen zweiten Schlüssel. Oder er hat die Bank aufgesucht, sich ausgewiesen und die Öffnung des Fachs verlangt.«

»Nein, nein«, sagte Wiesenthal. »Ohne Schlüssel öffnet die Bank diese spezielle Art von Fach nicht. Da könnte Papst Pius persönlich vorbeikommen. Aber die Anzahl der Schlüssel bei Schweizer Konten ist tatsächlich unterschiedlich. Einen hat immer die Bank. Die Anzahl weiterer Schlüssel bestimmt der Kunde.« Wiesenthal seufzte resigniert. »Die Tatsache, dass er aufgeflogen ist, dürfte Fiedler verunsichert haben. Aber je mehr Zeit verstreicht, desto eher wird er aktiv werden. Wenn er irgendwo einen zweiten Schlüssel hat, wird er ihn holen und sein Wissen in Sicherheit bringen wollen.«

»Warum haben Sie noch nicht nachgesehen? Ich meine, Linz und die Schweiz liegen nicht so weit auseinander.«

»Wir werden überwacht«, entgegnete Wiesenthal. »Von den Russen, den Amerikanern, selbst von den Briten. Die Siegermächte wollen genau wissen, wem wir ans Bein pinkeln. Es gibt da ein paar unschöne Verbindungen der Nazis zu Uncle Sam und ins Königreich. Um rechtzeitig darüber Bescheid zu wissen, schauen sie uns eben auf die Finger. Deshalb habe ich Moshe gebeten, mir einen Mann zu schicken, der bisher auf dem Spielfeld nicht in Erscheinung getreten ist.«

Die Nachspeise gab Druwe eine willkommene Gelegenheit, über die Angelegenheit nachzudenken. Die Schweiz war neutral und hatte im Krieg gute Geschäfte mit allen Seiten gemacht. Offenbar hatte es in Zürich ein munteres Stelldichein von Amerikanern, Deutschen und Russen gegeben. Teilweise tranken die Agenten der verfeindeten Länder in denselben Cafés ihren Kognak.

»Sagt Ihnen der Name Allen Dulles etwas?«, fragte Wiesenthal, als der Kuchen verzehrt war.

Druwe schüttelte den Kopf. »Nie gehört. Amerikaner?«

»Ja«, antwortete Wiesenthal. »Ein zwielichtiger Bursche, der beim Präsidenten einen Stein im Brett hat. Operiert seit längerer Zeit von der Schweiz aus und zieht die Strippen für eine neue Ordnung in Europa. Natürlich unter amerikanischer Führung.«

Druwe war bereits in den Zeitungsartikeln aufgefallen, dass Reporter, Politiker und Unternehmer alles anpriesen, was aus den Staaten kam. Vom Kaugummi bis zur Atombombe.

»Es heißt, dass sich Dulles anfangs sogar alle Optionen mit Nazi-Deutschland offengehalten hat. Bis zum Kriegseintritt 41 beobachtete man in den USA das Geschehen in Europa genau und lavierte herum. Danach arbeitete Dulles dann mit deutschen Widerstandsgruppen und diesem undurchschaubaren Canaris zusammen. Aber letztlich ging es ihm bei allem Tun immer nur um Einfluss und Informationen. Ich würde mich nicht wundern, wenn der Kerl mit Leuten wie Fiedler irgendeinen Kuhhandel abgeschlossen hat.«

»Dann weiß er sicherlich von dem Verlust des Schlüssels«, gab Druwe zu bedenken.

»Vielleicht.« Wiesenthal wiegte den Kopf. »Vielleicht nicht. Fiedler wird sich nicht einfach auf Gedeih und Verderb den Amis ausliefern. Irgendetwas behält er in der Hinterhand, um nicht plötzlich im Regen zu stehen. Möglicherweise ist das, was bei dieser Bank lagert, eine Art Rückversicherung.«

»Also sollten wir uns möglichst zügig ansehen, was es ist«, sagte Druwe.

»Dulles ist gerissen«, erwiderte Wiesenthal. »Wenn seine Leute herausbekommen, dass wir oder die Engländer dort tätig werden, wird er eine Protestnote an die Schweizer Regierung richten. Dann kocht die Sache hoch, und Fiedler ist wieder gewarnt. Vielleicht verschwindet er dann doch noch ins Ausland.« Er sah Druwe eindringlich an. »Kann ich auf Sie zählen? Wir brauchen eine neutrale, unauffällige Person, die vorgibt, bei dieser Bank ein Konto eröffnen zu wollen. Und zufällig werden Sie noch ein paar andere Sachen aus einem anderen Fach abholen wollen. Es passt perfekt, Herr Steinberg. Es ist alles eingefädelt, ein deutscher Woll-Unternehmer will seine Ersparnisse in Sicherheit bringen und in Zürich ein paar Kontakte zu italienischen Tuchhändlern knüpfen. Eine einfache Geschichte, aber eine gute Tarnung.«

»Unauffällig? Im Ernst? Sie meinen nicht wirklich mich, Herr Wiesenthal?«, fragte Druwe ungläubig. Sein Gesicht war von Narben überzogen, und seine Handprothese war ebenfalls kaum zu übersehen.

»Nein.« Sein Gegenüber lächelte. »Moshe meinte jedoch, dass Ihre Frau für diese Aufgabe hervorragend geeignet sein könnte. Sie hat wohl in Berlin eine Sache mit Bravour gemeistert. Er hat sie offiziell als Teilhaberin in Ihrem Geschäft eingetragen lassen. Und wer vermutet schon etwas Ruchloses, wenn eine Frau ins Spiel kommt?«

19

München, Zürich, Juli 1948

Es kam, wie es kommen musste. Moshe Kupner hatte Druwes Familie tatsächlich durch Charlie Morris nach München bringen und in einer etwas außerhalb gelegenen Gemeinde unterbringen lassen. Die Kinder waren von der Zugfahrt begeistert gewesen, und Lena wollte sich in der Landpension um ihre Geschwister kümmern, solange die Eltern ein bisschen die Schweiz erkundeten. Alles wirkte, als wäre es ein netter Ausflug oder gar Urlaub. Allein Druwe war und blieb mit dieser Regelung unzufrieden.

»Es kommt nicht infrage, dass du dich in Gefahr begibst«, polterte er zum wiederholten Male los. Das Paar hatte die Angelegenheit am Telefon nicht besprechen können. Kupner hatte sie gewarnt, dass derzeit fast alle Leitungen von irgendwem abgehört wurden.

Eva war von Kupners Vorschlag begeistert und nicht von der für sie vorgesehenen Rolle abzubringen.

»Darf ich bitte diese Entscheidung selbst treffen?«, meinte sie in spitzem Tonfall.

»Aber du trägst Verantwortung, Eva«, versuchte ihr Mann ein anderes Argument. »Für die Kinder. Was ist, wenn …«

»Ach.« Eva wurde wütend. »Aber der Herr Vater darf in den Krieg ziehen, sich die Hand und auch fast den Kopf wegschießen lassen, um schließlich im Zuchthaus mit diesen braunen Verbrechern anzubandeln. Ja? Und warum? Etwa, weil er keine Verantwortung trägt?«

Druwe musste sich eingestehen, dass seine Einwände sämtlich haltlos waren. Schließlich versuchte er, sich einzureden, dass es nur um eine Art Botendienst ging, den Eva erledigen sollte. Eine Fahrt nach

Zürich war keine Überwachung von Schwerverbrechern, kein Ausheben einer Spielhölle oder eines Koks-Klubs. Mit derartigen Argumenten versuchte er, sich zu beruhigen.

Moshe Kupner hatte für sie ein todschickes Kabriolett Peugeot 402 besorgt, das mehr kostete, als Druwe jemals in seinem Leben verdienen würde. Damit sollte Eva nach Zürich fahren und dieses Schließfach öffnen. Alles ganz legal. Oder wenigstens halblegal.

»Du hast doch gar keinen Führerschein«, startete Druwe einen letzten, lahmen Versuch, sie von ihrem Vorhaben abzubringen.

Eva hielt triumphierend ein graues Papier in die Höhe. »Doch, einen englischen«, erwiderte sie triumphierend. »Hat Moshe ausstellen lassen. Und morgen bringt er mir das Fahren bei.«

In einer Hinsicht setzte sich Druwe dann gegenüber Kupner und seiner Frau dennoch durch. Er bestand darauf, sie zum Schutz zu begleiten. Allerdings machte dies die Sache ziemlich kompliziert. Sein künftiger Schwiegersohn ging davon aus, dass Dulles oder die Russen den Unternehmer Steinberg bereits auf dem Schirm hatten.

»Es sollte nicht sofort klar werden, dass du mitfährst«, sagte Kupner.

Sie einigten sich darauf, dass Eva ihn am Stadtrand von München abholen würde. In der Pension musste er vorgeben, dass er sich mit Rückenschmerzen ins Bett zurückziehen wollte. Dann konnte er über die Hintertreppe schleichen und zu Kupner in den Wagen steigen.

»Euch geht es doch nicht gut. Kindische Räuberpistolen sind das«, sagte Eva und schüttelte den Kopf.

»Was fangen wir mit den Dokumenten an, wenn wir sie bekommen?«, fragte Druwe und ignorierte Evas Bemerkung. Er saß mit ihr und Moshe am Vorabend der geplanten Fahrt im Englischen Garten. Die Grünanlage an der Isar hatte ihren Charme bereits trotz der umliegenden Trümmergebäude zurückgewonnen; sie tranken dort Bier und Brause.

»Wiesenthal hofft, dass du später deine Kontakte zu dieser Nazi-Zelle nutzen kannst«, sagte Kupner. »Vielleicht spielen wir denen ein paar weniger bedeutsame Unterlagen zu. Es geht ja nur darum, dass sich Fiedler wieder aus der Deckung wagt. Er wird es nicht dulden, wenn sich ein anderer mit seinen Federn schmückt. Zumindest hoffen wir das.«

»Wie könnt ihr sicher sein, dass er nicht bereits in Argentinien sitzt?«, hakte Druwe nach.

»Wir haben in allen Häfen und bei den Behörden Informanten«, meinte Kupner. »Wir wüssten zumindest, wenn er dort angekommen wäre. Er wurde aber weder in Spanien noch in Italien oder dem Vatikan gesichtet. Ärgerlich ist nur, dass wir dort die Spuren dieser Leute schnell verlieren, weil es für sie unglaublich einfach ist, an falsche Papiere zu kommen.« Er blickte auf einen Bombenkrater in der Ferne. »Nein, wir sind ziemlich sicher, dass Fiedler Deutschland nicht verlassen hat.«

Druwe war die Sache nicht geheuer. Er fühlte sich wie ein Soldat an der Front, der den Kopf auf Befehl aus der Deckung heben sollte, um nach dem Rechten zu sehen. Bei so etwas kam man schnell zu Schaden.

*

Eva und er erreichten Zürich von Südosten über Bregenz und St. Gallen. Der Wagen schien unter den Steigungen schwer zu leiden, und bergab glühten die Trommelbremsen. Die Seestraße in der Schweizer Hauptstadt war rege befahren, das Bankhaus *Bernasconi, Wäckerlin & Cie* lag jedoch in einer ruhigen, schmalen Straße, die parallel zur Hauptstraße verlief. Druwe hatte sich etwa fünfhundert Meter entfernt absetzen lassen, da Eva allein bei der Bank auftauchen sollte. Zuerst war er zügig ausgeschritten, schlenderte jetzt aber durch die Gassen, als wäre er ein gelangweilter Besucher. Dabei hielt er unauffällig Ausschau nach Hinweisen für eine Überwachung der Bank.

Eva steuerte derweil ihren Peugeot selbstbewusst auf die Kiesfläche vor dem Villenanwesen. Stolz trug ein großer Findling die in Blattgold gefassten Lettern *B&W* sowie die Zahlen des Gründungsjahrs, *1765*. Kupner hatte sie am Vorabend noch ein wenig auf die Schweizer Eigenarten eingestimmt.

»Auf ihre Wehrhaftigkeit, Neutralität und ihr Bankenwesen lassen die Eidgenossen nichts kommen«, hatte er erklärt. »Käse, Uhren und Schokolade sind nur Beiwerk.«

Eva Druwe war dennoch verwundert, dass sie hier tatsächlich eine Bank vor sich hatte. Das Gebäude war zwar groß, und es schien in den Hügel aus Granit regelrecht eingelassen zu sein. Aber es war doch eher eine Villa, zumal die Aussicht auf den See wirklich atemberaubend war. Einen reichen Unternehmer mit Familie und Hund hätte sie hier eher vermutet. Kaum hatte sie die Wagentür geöffnet, erschien bereits ein Angestellter des Hauses und geleitete sie durch das Portal. Hier erkannte Eva, dass der gesamte Eingang durch ein Stahlgitter verschlossen werden konnte. Das doppelflüglige Tor war aus einem Glas, das sie noch nie gesehen hatte. Zentimeterdick und mit feinem Drahtgeflecht versehen, wirkte es dennoch edel. Das Türschloss bestand aus drei armdicken Schließern, die offensichtlich elektrisch betrieben wurden.

Der Angestellte begleitete sie in einen Raum, der hinter einer dick mit Leder beschlagenen Tür lag. Der Raum selbst war modern eingerichtet. Der Tisch schien fast nur aus Glas zu bestehen, das von dünnen Metallrohren gehalten wurde. Die Sessel glichen geöffneten Muscheln.

»Dr. Wäckerlin wird in ein paar Minuten bei Ihnen sein«, sagte der Mann und verbeugte sich.

Mittlerweile hatte Jens Druwe Gewissheit. In München hatten Kupner und er keine Beobachter oder Verfolger bemerkt. Auf der Fahrt nach Zürich hatte er sich immer wieder umgedreht und war sich nach einiger Zeit vergeblichen Spähens recht dämlich dabei vorgekommen. Er hatte nun am Hang oberhalb der Seestraße einen winzigen Park gefunden. Dort gab es ein Rondell mit herrlichem Blick auf den See. Und zufällig auch auf den Bereich an der Hauptstraße und den Parkplatz vor dem Bankgebäude.

Die Leute, die *Bernasconi, Wäckerlin & Cie* observierten, waren Profis. Es hatte eine Weile gedauert, bis Druwe ihr System durchschaut hatte. Die vier Männer waren mit zwei Autos gekommen. Erst hielt der eine an der Promenade, fuhr dann durch die kleine Straße an der Bank vorbei und verschwand wieder. Dafür schlenderte hier nun ein Mann, der dann zur Uferstraße ging. Dann kam ein Mann aus dem ersten Wagen zu Fuß und löste ihn ab. Der erste Mann wurde von einem anderen Fahrzeug abgeholt. Und schließlich wiederholte sich alles. Wäre Druwe nicht darin geschult gewesen, eigenhändig gute Überwachungen zu planen, er hätte sich von diesem System wohl täuschen lassen.

Die Sache ist aufwendig und kostet eine Menge Geld, dachte er. Und wer weiß, wie lange die Kerle das schon machen? Die Dinge, die in Schweizer Schließfächern lagern, müssen für einige Leute wirklich wichtig sein.

»Frau Steinberg?« Ein untersetzter Mann mit weißem Haarkranz war ins Büro getreten und begrüßte Eva.

Kupner hatte sie unter diesem Namen telefonisch ankündigen lassen. Für den Fall, dass jemand im Handelsregister nach einer Firma *Steinberg – Wolle Import/Export* nachforschte, hatte alles seine Richtigkeit. Aber offenbar kümmerte sich hier niemand um wahre Identitäten.

»Herr Dr. Wäckerlin! Es ist mir eine Freude, Sie kennenzulernen.« Eva ließ ihre behandschuhte Hand nach vorn gleiten, und Wäckerlin hauchte einen Kuss darauf.

In der folgenden Stunde wurden die Formalitäten für ein Nummernkonto erledigt. Alles wirkte so, als wäre das Ehepaar Steinberg doch sehr um sein anwachsendes Vermögen besorgt. Nummernkonten waren ideal, um in Zukunft die Anonymität des Geldes zu gewährleisten. Nur dem Bankier und wenigen Mitarbeitern wäre es möglich, die Verbindung zwischen den Steinbergs und ihrem gehorteten Geld herzustellen. Zwei Angestellte huschten mit Ordnern hin und her. Und der Direktor ließ heiße Schokolade und Gebäck bringen.

»Es ist mir sehr unangenehm, Sie heute wegen einer vergleichsweise kleinen Summe aufzusuchen«, sagte Eva. »Mein Mann muss noch einige Vermögensangelegenheiten regeln, bevor wir dann bei Ihnen ...« Sie schwieg. »Sie wissen, die Währungsreform wirft Fragen zu Altvermögen auf. Dann noch die Diskussionen um einen Lastenausgleich. Da kann man schuften, und es bleibt nichts.«

»Natürlich, Frau Steinberg«, erwiderte Wäckerlin. »Wir haben dieser Tage einige Kunden aus dem Reich. Alles etwas unsicher dort. Und da sind wir hier die richtigen Partner. Sicher, diskret, verschwiegen.«

Natürlich ging es dem Bankinhaber nicht um die Summen, die bei ihm gelagert wurden. Lukrativ waren für ihn die Jahresgebühren, die für Konto und Schließfach anfielen. Wäckerlin war es egal, ob der Kunde dann Kartoffeln darin einlagerte oder alle Fabergé-Eier dieser Welt. Eva deutete auf einen winzigen Koffer, in dem sich lediglich Kieselsteine befanden, die die Kinder am Tag zuvor zusammengesammelt hatten.

»Die Erbstücke der Familie«, sagte sie mit einem Hauch Melancholie. »Im Moment sind sie bei Ihnen sicherer.«

Wäckerlin rechnete und schrieb. »Eintausend Dollar für die Einrichtung und eintausend als Jahresgebühr, zahlbar jetzt in bar und zwei Jahre im Voraus. Dazu eine erste Einzahlung in Höhe von zweitausend Dollar. Das Schließfach erhalten Sie zu Ihrer sofortigen Verfügung. Die Nummer Ihres Kontos wird Ihnen mitgeteilt. Natürlich sind die Ausstellung von Cheques und Wechseln sowie jeglicher bare und unbare Zahlungsverkehr dann erst bei ausreichender Deckung möglich.«

Eva wurde leicht schwindelig, als sie an die Summe dachte. Dieser fette Kerl verdiente dreitausend Dollar damit, dass er ein paar Formulare ausfüllte und ein winziges Fach in seinem Tresor vermietete. Damit dreckige Geschäfte von noch dreckigeren Leuten gemacht werden konnten. Moshe Kupner hatte die üblichen Kosten der Schweizer Banken offenbar bereits gekannt und ihr eintausend Dollar mitgegeben.

»Sie finden auf der Zugangsberechtigung alle Angaben zur Entrichtung des Mietzinses. Entweder bar hier oder als anonyme Anweisung unter Angabe der Nummer. Wird die Miete für sechs Monate nicht entrichtet, sind wir berechtigt, das Konto aufzulösen. Die entstehenden Kosten …« Wäckerlin führte seine Liturgie des Geldverkehrs noch fort, aber Eva hörte bereits nicht mehr zu.

Dann löst ihr in zwei Jahren ein Konto mit lauter Kieselsteinen auf, dachte sie und musste schmunzeln. Sie vermutete, dass Tanner und Kupner jedoch bis dahin eine andere Verwendung für diese Bankverbindung finden würden. Sie bekam einen Schlüssel ausgehändigt und das Dokument, das ihr den Zugriff auf das Konto ermöglichte.

»Denken Sie daran, Frau Steinberg. Die von Ihnen gewählte Variante benötigt Schlüssel und Legitimation für den Zugriff.«

»Gut, dass Sie es erwähnen, Herr Dr. Wäckerlin. Als eine gute Bekannte von meiner Fahrt hierher erfuhr, bat sie mich, ihr eine Kleinigkeit aus dem Schließfach der Familie zu holen. Die Ärmste wohnt in Berlin. Der Mann ist gefallen. Das Haus zerstört. Und dann noch russischer Sektor.«

»Ja, wirklich schwere Zeiten«, seufzte der Mann. »Sie haben den Schlüssel erhalten?«

Eva nahm den Schlüssel hervor. Sie hielt kurz den Atem an, als der Bankdirektor darauf blickte.

»Ah, die vollkommen diskrete Variante«, sagte er dann mit Kennermiene. »Passen Sie gut auf ihn auf. Ansonsten können wir nur mit Dokument, eidesstattlicher Erklärung und nach einer Karenzzeit von drei Monaten öffnen. Sehr unangenehm.«

»Natürlich. Ich möchte nicht drängen, aber mein Mann bat mich, heute noch zurückzufahren.«

»Es ist bereits alles veranlasst«, meinte Wäckerlin. »Bitte gehen Sie zum Kassenschalter, und entrichten Sie dort Ihre Gebühr. Danach wird Giuseppe Sie in den Sicherheitsraum begleiten.«

Eva verabschiedete sich und zahlte schweren Herzens die ersten tausend Dollar Gebühr. Sie wurde zu Giuseppe Farinis Büro begleitet, der sie kurze Zeit später in die Kellerräume der Bank führte.

»Alles absolut sicher bei uns«, schwärmte er. »Direkt in den Berg eingelassen. Feinster Schweizer Granit. Hier hätten die Brüder Sass keinen Tunnel graben können.« Er führte Eva in eine Seitenkammer und zeigte auf einen Knopf. »Ich schließe gleich die Tür hinter Ihnen. Klingeln Sie, wenn Sie fertig sind.« Er deutete eine Verbeugung an und verließ den Tresorraum.

Eva blickte einen Moment auf die vielen Reihen kleiner Metalltüren. Die meisten Fächer waren kaum größer als zwei nebeneinander gehaltene Handflächen.

Für ein paar Goldbarren und etwas Geschmeide reicht es allemal, dachte sie.

Einige Fächer waren von doppelter Größe und wenige schienen für Koffer oder Kisten ausgelegt zu sein. Eva fand schnell das Fach 3712, zu dem sie den Schlüssel besaß. Ein paar Augenblicke später lag ein schicker Schmuckkoffer voller wertloser Steinchen in dem Schließfach. Fortan Eigentum der britischen Regierung.

Danach wandte sich Eva ihrem eigentlichen Ziel zu. Sie hatte es geschafft. Dieser ganze Aufwand, um an ein paar Unterlagen zu kommen. Das Auto. Die Fahrt. Dreitausend Dollar. Und ihr Mann kasperte da draußen herum und sah Gespenster. Sie hätte einfach hier reingehen, den Schlüssel vorlegen und Einlass verlangen können. Fertig. Fast schon etwas ungehalten, schloss sie die kleine Tür des anderen, etwas größeren Schließfachs auf. Es entsperrte sich ein Mechanismus, der es erlaubte, das Fach wie eine Schublade auf Metallschienen herauszuziehen. Darin lag eine weitere Schatulle, die ebenfalls über ein Schloss verfügte. Eva erschrak, da sie keinen weiteren Schlüssel besaß. Dann jedoch bemerkte sie, dass er hinter die Kassette gelegt worden war.

Es handelte sich um eine Dokumentenkassette, geeignet, um Ordner oder Akten zu verwahren. Sie hatte ähnliche Dinger auf den Schreibtischen bei Ämtern und der Stapo-Stelle Hamburg gesehen.

Wahrscheinlich hatte man auch dort brisantere Papiere auf diese Weise gesichert. Ungeduldig klappte Eva den Deckel auf und traute ihren Augen nicht. Sie konnte froh sein, dass die Stahltür keine Geräusche aus der Kammer nach außen dringen ließ. Sonst hätte sich Giuseppe Farini wohl sehr über das laute, leicht hysterisch anmutende Lachen im Inneren gewundert.

*

Druwe beobachtete, wie Eva nach etwa einer Stunde wieder in den Peugeot stieg. Sie hatten einen Treffpunkt vereinbart, der ihm nun einen strammen Fußmarsch in Richtung Zürcher Innenstadt abverlangte. Mehrmals schlug er einige Haken in Seitengassen hinein und betrachtete scheinbar die edlen Villenhäuser. Dabei achtete er jedoch genau auf seine Umgebung. Erst als er sicher war, dass er nicht verfolgt oder beobachtet wurde, begab er sich zu dem Kaffeehaus, in dem Eva auf ihn wartete.

»Was ist es?«, fragte er und konnte nur mühsam seine Aufregung unterdrücken. »Dokumente? Fotos? Ein Tagebuch?«

»Nichts«, antwortete Eva. »Nur heiße Luft.« Zur Bestätigung öffnete sie ihre Tasche. »Dreitausend Dollar für die Katz. Nur ein Blatt Papier mit Zahlen und Buchstaben drauf. Und ein Maßband, das bei neunzig Zentimetern abgeschnitten wurde. Sieht aus, als wäre einem Pimpf der HJ langweilig gewesen.«

Druwe zerdrückte das kleine Gebäckstück, das er zu seinem Kaffee bekommen hatte. Seine innere Spannung war kaum noch erträglich. Aber er musste sich zusammennehmen. Plötzliches Aufspringen, ein Faustschlag auf den Tisch oder ein Wutschrei wären Reaktionen gewesen, an die sich Zeugen später gut erinnerten. Jetzt nur nicht auffallen.

»Was haben wir uns dabei gedacht?«, fragte Eva. Sie hatte bereits Zeit gehabt, sich zu beruhigen. »Ein obskurer Schlüssel bedeutet nicht, dass wir im Schließfach genau das finden, was wir uns ausgemalt hatten. In meinem Fach liegt jetzt eine billige Pappschachtel mit hundert

Steinchen drin. Dafür das ganze Theater. Selbst wenn es wirklich Fiedlers Fach ist, hätte er auch seine getragenen Socken darin lagern können. Wie konnten wir annehmen, dass darin nach drei Jahren noch wichtige Unterlagen zu finden wären? Wir sind reinem Wunschdenken aufgesessen, Jens! Und weshalb? Weil Moshe und dieser Wiesenthal Fiedlers Spur verloren haben. Dilettanten!«

Druwe hatte seine Frau selten derart aufgebracht gesehen. Er nickte. Sie hatte recht. Ernst Fiedler war vielleicht ein sadistischer Dreckskerl, doch er war nicht dumm. Er war untergetaucht, aber keineswegs inaktiv. Er war nicht der Typ, der jetzt unter falschem Namen im Bayrischen Wald Holz hackte. Alles deutete darauf hin, dass er nach Kriegsende einen Haufen Informationen besessen hatte. Und Druwe vermutete, dass er im Moment viele Interessenten dafür finden würde.

»Wenn Fiedler mit dem britischen oder amerikanischen Nachrichtendienst Kontakt aufnehmen wollte, dann war er sicherlich vorsichtig«, sagte Druwe. »Drei Jahre. Einerseits ist das genug, um Aktenverstecke auszuräumen und Dokumente an wirklich sicheren Orten zu lagern. Andererseits läuft ihm aber auch die Zeit davon.«

»Inwiefern?«, fragte Eva.

»Die Informationen werden alt«, antwortete Druwe. »Leute sterben. Offiziere und Politiker sind auf anderen Posten. Ganze Landkarten verändern sich.« Plötzlich kam ihm eine Idee.

»Zeig mir noch mal die Sachen, die in dem Fach waren«, bat er.

»Das Papier war abgeheftet, siehst du?«, stellte er mehr fest, als dass er fragte. »Die Lochung ist eingerissen.«

»Und was bedeutet das?«, fragte Eva.

»Es gab oder gibt wahrscheinlich noch mehr Bögen«, meinte ihr Mann. »Niemand heftet ein einzelnes Blatt in einen Aktendeckel. Und man hat dieses Stück wohl in aller Eile entnommen, es wurde nämlich herausgerissen.«

»Ja, und? Bringt uns das weiter?«

»Diese Buchstaben und Zahlen erinnern mich an etwas.« Druwe

liebte diese Art der Ermittlungsarbeit. Stein um Stein. Und vielleicht entstand daraus ein Gedankengebäude.

»Könnten Koordinaten sein«, fuhr er fort. »Da muss sich Moshe drum kümmern.« Er nahm das Maßband in die Hand. Ein billiges Ding, wie man es für Schneiderarbeiten benutzte. »Bei dem Band bin ich überfragt. Keine Notiz oder Markierung drauf. Bei einundneunzig Zentimetern sauber abgeschnitten.«

Bestes Wetter machte die Rückfahrt in Richtung Appenzeller Land zum Vergnügen. Druwe war guter Laune. Zwar hatten sie nicht das Erhoffte vorgefunden. Sie kamen aber auch nicht mit leeren Händen zurück. Bei der Betrachtung der Landschaft hatte sich Druwe an einen Vortrag des Berliner Alpenvereins erinnert. Dorthin war er einige Male in Vorfreude auf seinen Urlaub in Vorarlberg gepilgert.

Mit Inge und den Kindern, dachte er. In einem anderen Leben.

»Natürlich!«, rief er plötzlich derart laut, dass Eva vor Schreck beinahe das Steuer verriss. »Die Angaben auf dem Papier sind Daten und Streckenangaben unter Bezug auf geodätische Punkte.«

»Aha. Und diese Erkenntnis ist es wert, dass ich den Wagen über die Böschung ins Tal setze?«, schimpfte seine Frau. »Was ist das überhaupt?«

»Vermessungsangaben, wenn du so willst. Auf diese Weise lässt sich jeder Punkt auf der Welt wiederfinden. Auch nach Jahrzehnten und von ganz anderen Leuten.«

Druwe dachte daran, dass im Russlandfeldzug derart viele Karten falsche Angaben enthalten hatten, dass die Wehrmacht wahrscheinlich an Moskau vorbeigezogen wäre, ohne es zu merken.

»Fiedler hat da etwas versteckt, da gehe ich jede Wette ein«, jubelte er. »Schau auf die Straße! Du fährst, ich denke.«

»Gib es ruhig zu, Jens«, rief Eva über den Fahrtwind hinweg. »Ich bin ein Naturtalent. Wahrscheinlich werden Frauen in Zukunft die besseren Automobilisten sein.«

»Wo hast du das Wort denn her?« Druwe war fest überzeugt, dass er zuletzt in den Zwanzigern von *Automobilisten* gehört hatte. Er musste sich eingestehen, dass er die Rückfahrt wesentlich entspannter erlebte. Ja, dass er sie genoss. Auf dem Weg nach Zürich hatten seine Beine noch nervös gezuckt, wenn er Evas Kupplungs- und Bremsarbeit instinktiv nachahmte. Auch hatte sie ihm mehrmals gedroht, ihn aus dem Wagen zu werfen, da er sich teils lässiger, teils bissiger Kommentare zu ihrem Fahrstil nicht hatte enthalten können.

Vor ihnen tauchte hinter einer Kurve plötzlich ein Pferdegespann auf, das kaum Schritttempo schaffte. Die Schweizer Bauern waren der Ansicht, sie könnten auch die modernen Überlandstraßen mit allerlei langsamen, klapprigen und gefährlich überladenen Vehikeln nutzen. Eva reagierte sofort, jedoch blockierten die Bremsen. Druwe wurde nach vorn gerissen und hob schützend seinen Arm, um nicht gegen die Frontscheibe oder das schmale Armaturenbrett zu schlagen. Der Kontakt von Gesicht und Lederprothese erwies sich jedoch nur als unmerklich weicher. Er ahnte, dass die ungleich wirkenden Trommelbremsen den Wagen nach rechts in Richtung Wiesenhang zogen. Eva konnte ihm auch später nicht erklären, wie sie auf eine Eingebung hin den Fuß von den Pedalen nahm. Die Kupplung rückte wieder ein, Getriebe und Motor jaulten vorwurfsvoll auf. Der Rechtsdrall ließ augenblicklich nach, und Eva lenkte den Wagen haarscharf an einer Heugabel, die vom Hänger des Gespanns ragte, vorbei.

»Caracciola hätte es nicht besser machen können.« Druwe zitterte leicht und nickte anerkennend. »Halt an. Sofort.«

Er stieg mit weichen Knien aus dem Peugeot. Er und Eva hätten seit einer halben Minute tot sein können. Da musste er sich Luft machen. Mit energischen Schritten ging er die vielleicht dreißig Meter zurück. Der Bauer schien die Sache gar nicht bemerkt zu haben. Er zog an einer langen Pfeife, die er in der Rechten hielt. Mit der Linken führte er die Zügel seines Kaltbluts. Eva konnte kaum verstehen, was ihr Mann dem Alten ins Gesicht brüllte. Er hatte sogar seinen früheren Dienstausweis hervorgeholt, aber dies kümmerte das Schweizer Urgestein ebenso wenig wie die erhobene, rechte Faust. Eva überlegte, beschwichtigend einzugreifen, als Jens dem Mann die Pfeife wegnahm und ins Gebüsch warf. Nun fand der Gescholtene doch zu seiner Sprache und bemühte alle Schimpfworte, die ihm einfielen. Als er sich bückte, um die Pfeife aufzuheben, trat ihm Jens Druwe mit derartiger Wucht in den Hintern, dass der Mann die Böschung hinabrollte.

»Der Idiot weiß sogar, dass er hier nicht mit seinem Karren fahren darf. Faselte etwas davon, dass der andere Weg ein *Viärtel* länger wäre.« Er äffte die Tonlage des alten Landwirts nach.

»Musstest du ihn unbedingt treten?«, fragte Eva.

»Ja«, antwortete Druwe bockig. »Ja. Er hat mich einen *Schnuderi* genannt. Das konnte ich nicht ungestraft durchgehen lassen.«

»Schnuderi?« Eva lachte. »Und was bedeutet das denn?«

»Keine Ahnung.«

Sie umarmten sich. Und zu ihrer Erleichterung sah Eva, dass der Schweizer keuchend den Abhang hinaufkam. Sie befürchtete bereits, er könnte den Streit fortsetzen wollen. Dann sah sie, wie er seine Pfeife aufhob und sorgfältig betrachtete. Offenbar zufrieden mit dem Ergebnis, entzündete er ein Streichholz und lehnte sich paffend an den Wagen.

In diesem Augenblick schoss ein dunkler Mercedes um die Kurve. Unbeteiligte hätten verwundert die Köpfe geschüttelt, denn nun wiederholte sich, was einige Minuten zuvor bereits geschehen war. Nur hatte der Fahrer des Wagens offenbar weniger Glück – und Geschick – als Eva. Das Quietschen der Reifen auf dem Asphalt. Blockierende Räder. Der Mercedes brach nach rechts aus. Und rutschte über den Hang.

»Schnell«, rief Druwe. »Sieh im Kofferraum nach, ob es eine Decke gibt. Vielleicht ist jemand verletzt.« Er lief zu der Unglücksstelle. Der Bauer stand an der Straße und blickte zur Wiese hinunter. Offenbar hatte der Fahrer die Geschwindigkeit soweit drosseln können, dass der Wagen nur wenige Meter nach unten gerutscht war. Er hatte sich nicht überschlagen, war nirgends gegen geprallt und schien auch sonst intakt.

»… faare wine Sidian … Zirpegigu …«, hörte Druwe den Bauern murmeln, der keine Anstalten machte, zu helfen.

»Sind Sie verletzt?«, rief er, als er sich durch das Gestrüpp in Richtung Mercedes vorwagte.

Offenbar saßen zwei Männer in dem Unfallwagen. Der Fahrer lag schlaff über dem Lenkrad. Der Beifahrer torkelte in diesem Moment aus der Wagentür.

»Sind Sie …?«, wiederholte Druwe, als er das Metall in der Hand aufblitzen sah. Reflexhaft ließ er sich fallen und suchte Sichtdeckung hinter einem Gebüsch. Er hatte nicht zwei Kriege, die Straßen Berlins, das Strafbataillon Dirlewanger und drei Gefängnisse überlebt, um sich auf einem Feld im Schweizer Nirgendwo abknallen zu lassen. Im nächsten Moment hörte er auch schon den Schuss. Er fummelte an seinem Mantel herum, den er nur wegen der Fahrt im offenen Kabriolett anbehalten hatte. Die gute, alte Mauser. Da war sie. Schwerfällig, aber wenigstens hatte er gelernt, sich damit nicht selbst zu verletzen. Die linke Hand taugte einfach nicht zum Schießen. Wieder ein Schuss. Diesmal vernahm er ein peitschendes Geräusch neben sich, als das Projektil offenbar in die steinige Erde einschlug und leicht abprallte.

Der dritte sitzt, dachte Druwe. Er riss die Mauser C96 hoch und feuerte vier Mal in Richtung Mercedes. Stille.

Der alte Trick?, fragte er sich. Ich hebe den Kopf, und der Kerl verpasst mir ein Loch? Nicht mit mir. Oder ich habe das Schwein wirklich getroffen. Im Kastenmagazin waren noch drei Kugeln. Wenn ihm der Mann jetzt auflauerte, dann reichte das nicht für eine Flucht unter Feuerschutz. Und wenn der andere noch aufwachte, dann wäre es aus. Plötzlich vernahm Druwe von der Straße ein Rumpeln.

»Vorsicht, Jens!«, rief seine Frau.

Er blickte den Hang hinauf, und plötzlich schien durch das Dickicht rechts von ihm ein wilder Eber durchzubrechen. Dann erkannte er, dass es kein Tier war. Eva hatte offenbar den kleinen Handkarren, der hinten an den Heuwagen des Bauern gebunden gewesen war, über den

Straßenrand geschoben. Nun sauste das Ding direkt auf den Mercedes zu.

Druwe wusste, dass er diese Chance nicht noch einmal bekommen wurde. Zehn, vielleicht fünfzehn Sekunden blieben ihm, um die Verwirrung des Gegners zu nutzen. Und drei Schuss gaben ihm noch etwas mehr Zeit. Er rannte los. Wieder einmal wurde er schmerzhaft an sein Alter erinnert. Wie oft hatte er sich in der Haft vorgenommen, härter zu trainieren. Es hatte eine Menge Boxer und Kraftsportler in Werl gegeben, die sich mit einfachen Mitteln bei guter Gesundheit hielten. Jetzt verwünschte sich Druwe für seine Trägheit, die ihn nun im wahrsten Sinne auf dem Weg nach oben behinderte. Jeden Moment erwartete er einen Schmerz im Rücken, als er keuchend den Hang emporrannte. Ohne sich umzudrehen, feuerte er zwei weitere Schüsse ab.

Eva hatte Deckung hinter dem Wagen gesucht, war jetzt aber zur Böschung geeilt, als sie ihn sah.

»Zum Wagen«, keuchte Jens Druwe. Er glaubte, jeden Moment umzukippen. Seine Lungen brannten. Sein Herz raste. Beide liefen auf der anderen Straßenseite in Richtung des Peugeot. So waren sie außer Sicht des Schützen. Druwe fasste sich an die Brust, als er ins Auto sprang. Er stöhnte. Kalter Schweiß lief ihm von der Stirn.

»Was ist?« fragte Eva besorgt, als sie den Motor startete. »Bist du verletzt? Hat er dich erwischt?«

»Nein«, stammelte Druwe. »Ich wusste nur nicht, dass Atemnot derart wehtun kann. Fahr, Eva. Fahr!« Er sackte auf dem Sitz zusammen, die Mauser lag auf seinem Schoß.

Eva war dermaßen schockiert, dass sie erst in Bregenz einen Halt wagte. Ihr Mann starrte aus dem Fenster, schien seine Umgebung kaum wahrzunehmen. Plötzlich kam ihr ein fürchterlicher Gedanke.

»Ich habe gelesen, dass eine Schussverletzung manchmal nicht gespürt wird«, meinte sie fast panisch. Zudem hatte sie Schuldgefühle, dass ihr dieser Gedanke erst jetzt gekommen war.

»Nein«, erwiderte Jens Druwe knapp. »Es ist nur … Wenn du allein gefahren wärst … Ich hätte es mir nie verziehen.« Im Stillen dachte er, dass eine Person wohl auch nicht derart viel Aufsehen in Zürich erregt hätte.

»Es war meine Entscheidung, zu fahren. Und deine Entscheidung, mich zu begleiten. Hilft doch nichts, jetzt zu jammern«, meinte Eva. »Gut, dass du die Waffe dabei hattest. Ich dachte, das ist Deutschen verboten.«

»Moshe hat mir eine Genehmigung beschafft. Und außerdem hat die Schweiz mehr Waffen als Einwohner, Eva«, entgegnete er matt. »Offiziell trägt zwar kein Ausländer eine bei sich. Inoffiziell kommt aber jeder Besucher mit mindestens einer Pistole ins Land. Bestraft werden allerdings nur Deutsche und Österreicher. Sofern man sie erwischt.« Er krümmte sich wieder und stöhnte.

»Was ist los?«, fragte Eva besorgt.

»Fahr zu einer Apotheke und hol mir ein Schmerzmittel. *Aspirin.* Kein *Eukodal.* Bitte. Ich gehe kurz runter zum See. Die Sache hat mich mehr mitgenommen, als ich dachte.«

In Druwes Ohren rauschte es im Takt seines Herzschlags. Er hatte etwa eine halbe Stunde am Ufer des Bodensees gesessen, als Eva mit einer Rolle Aspirin-Tabletten, belegten Broten und Wasser zurückkehrte.

»Ich jage einem Phantom hinterher«, sagte Druwe, als er zwei Tabletten mit Wasser geschluckt und gierig in die Stulle gebissen hatte. »Und das Phantom bin ich, Eva.«

Sie blickte ihn fragend an.

»Ich suche den alten Druwe«, fuhr er fort. »Verstehst du? Ich wünschte, es wäre wieder so wie früher. Und dabei mische ich bei etwas mit, das ich nicht mehr verstehe. Ich dachte, dass es nach Hitler einfacher werden würde. Die Alliierten spüren die Schuldigen auf und bestrafen sie. Basta. Stattdessen ist alles nur verwirrend.«

Eva sagte nichts, sah ihren Mann nur an. Sie kannte diese Phasen des Selbstzweifels und der Melancholie nur zu gut. Und so seltsam es klang, sie liebte ihn auch gerade dafür. Er leugnete nichts, deutete nichts zu seinem Vorteil um. Er war fast brutal ehrlich. Aber diese Ehrlichkeit tat verdammt weh. Gerade in Augenblicken wie diesen.

»Ich fühle mich, als wäre ich fünfzehn Jahre älter. Nicht nur drei«, sagte er und blickte nach Westen über die spiegelnde Wasserfläche. In der Nähe des Südufers waren in der Ferne viele weiße Segel zu erkennen. Im nördlichen Teil des Sees sah man sie nur vereinzelt. Sieger und Besiegte. Allerorten.

»Ich bin müde, Eva. Und ich weiß nicht einmal mehr, was ich mit diesem ganzen Irrsinn bezweckt habe.« Sein Tonfall war verächtlich. »Hier kommt Druwe, der neue Stern im Dunkel der Nachrichtendienste!«

»Hör auf, dich zu zerfleischen, Jens.«

Eva sah ihn an. Vom See wehte ein kühler Abendwind herüber, aber Druwe schwitzte immer noch.

»Moshe und dieser Tanner sind nette Jungs«, sagte er. »Aber die meisten, die ich in diesem Geschäft kennengelernt habe, sind einfach nur ekelhafte Schweine. Die Zeit von Gut und Böse ist vorbei. Ab jetzt gibt es nur noch Gewinner oder Verlierer. Nützliche und entbehrliche Leute. Und Kerle wie Fiedler ziehen daraus Vorteile.«

»Hast du wirklich geglaubt, dass es einfach wird, Fiedler aufzuspüren?«, fragte Eva. »Dass er jetzt einfach reumütig ankommt und sich von dir festnehmen lässt? Der Kerl ist nicht irgendein Hehler oder Schläger. Und andere Leute werden auch eine Rechnung mit ihm offen haben.«

»Mir fehlt mein Beruf.« Druwe blickte Eva direkt an. »Mir fehlt meine Hand. Ich habe derart viele Teile von mir verloren, dass ich schon gar nicht mehr weiß, ob ich überhaupt noch lebe. Ich weiß, dass ich jetzt sagen sollte, meine Familie und meine Freiheit reichen mir. Aber das wäre eine Lüge.«

Er versuchte sich an einem Lächeln, jedoch hatte der Schmerz in Schulter und Rücken nicht nachgelassen.

»Ich habe es dir schon einmal gesagt, Jens. Hör auf, dich in Selbstmitleid zu wälzen. Was geschehen ist, ist geschehen. Und du hast dafür bezahlt.«

Sie saßen noch einige Minuten schweigend an der Uferpromenade.

»Lass uns ein Hotel suchen«, schlug Eva vor. »Du musst dich ausruhen. Und wir wären heute erst um Mitternacht zurück in München. Wir rufen dann vom Hotel aus Moshes Dienststelle an. Soll er es doch als außergewöhnliche Spesen buchen. Die Briten haben *Blohm & Voss* fast vollkommen abgebaut, da können sie uns auch eine Nacht am Bodensee spendieren.« Sie lächelte vielsagend.

Druwe war zu erschöpft, um zu protestieren. In einem unbeobachteten Moment nahm er weitere vier Tabletten. Der Seelenschmerz ließ in Evas Armen nach, der Rückenschmerz nicht.

Die Pension *Altes Kaiserbad* in der Innenstadt von Bregenz verdiente ihren Namen nicht, lag jedoch wenigstens zentral. Ein angebotenes Abendessen schlug Druwe aus. Er fröstelte weiterhin und verlangte unwirsch, dass eine Glühdrahtheizung ins Zimmer gestellt wurde. Eva gelang es schließlich trotz der vorgerückten Stunde, einen Arzt rufen zu lassen.

Der Mann musste die achtzig überschritten haben, war halb taub und benutzte ein hölzernes Hörrohr, das schon um die Jahrhundertwende veraltet gewesen war.

»Prellungen der Wirbelkörper und nervöse Erschöpfung bei neurasthenischer Konstitution«, lautete seine Diagnose. »Bettruhe für drei Tage und später eine Kur an der Höhenluft«, war die Empfehlung.

Druwe bekam eine Schlaftablette, die er wohl nicht gebraucht hätte. Denn kaum lag er auf dem stockfleckigen Leinen, war er auch schon eingeschlafen.

*

Am nächsten Tag brachen sie erst spät auf. Druwe ging es nach einem kleinen Frühstück mit viel Kaffee etwas besser, und er fühlte sich reisefähig. Er rief Kupner an und kündigte sich für den frühen Nachmittag an.

»Die Höhenluft hier reicht mir«, sagte er zu Eva. »Wenn Moshe nichts Konkretes hat, dann fahren wir nach Hause.«

Sie trafen sich mit ihrem Schwiegersohn zum Mittagessen. Eva erzählte von ihren Erlebnissen im *Bankhaus Wäckerlin*, und Druwe berichtete von dem Überfall auf der Rückfahrt.

»Habt ihr erkannt, wer die Kerle waren?«, fragte Kupner.

»Ihre Anzüge und ihr Wagen könnten zu den Leuten passen, die die Bank in Zürich überwacht haben«, meinte Druwe. »Oder zu tausend anderen Kerlen, die in der Schweiz herumlaufen. Aber welchen Sinn hätte es denn überhaupt, uns auszuschalten?«

»Ohne den Überfall auf euch hätte ich vermutet, dass nur Dulles und seine Leute für die Schnüffelei im Bankenviertel verantwortlich sein können«, erwiderte der junge Amerikaner. »Nur die US-Dienste haben genügend Personal für derartig umfangreiche Überwachungen. Und die nötigen Geldmittel.« Kupner rieb sich das Kinn. Er überlegte. »Aber ehrlich, die Sache mit der Schießerei auf offener Straße ist nicht die amerikanische Art. Außer bei Alphonse Capone vielleicht.«

»Alfons wer?«, fragte Druwe. »Noch ein hohes Tier, das ich nicht kenne?« Den Namen hatte er noch nie gehört.

»Vergiss es«, erwiderte Kupner. »Ich meine, die US-Jungs hätten euch leise verschwinden lassen. Oder sie hätten euch einfach verhaftet. An Ort und Stelle. Uncle Sam schert es nämlich einen Dreck um die Regeln, die auf diesem Kontinent gelten. Daran müsst ihr euch gewöhnen.«

»Wer war es dann?«, fragte Eva. »Du sagst ja, dass die Briten mit ihrer Zone schon überfordert waren und eigentlich nur noch Gehilfen der Amerikaner sind.«

Kupner nickte. »Für Ermittlungen in der Schweiz fehlen den Abteilungen des *Intelligence Service* im Moment einfach die Gelder. Und die Leute.«

»Also waren es vielleicht die Russen?« Eva war besorgt, als ihr eine weitere Möglichkeit in den Sinn kam. »Oder etwa diese Nazi-Seilschaften, von denen Jens in Werl erfahren hat?«

»Am ehesten Letzteres«, meinte Kupner. »Die Russen müssen in der Schweiz ganz vorsichtig sein. Sie wollen nämlich immer noch an das Geld der Adligen aus der Zarenzeit heran. Viele Familien sind während der Revolution von den Bolschewiken komplett ausgerottet worden. Und der Schweizer Staat hätte sicher gern einen Anlass, das Vermögen als eine Art Schadenersatz für ungesetzliche Handlungen auf seinem Gebiet zu beschlagnahmen. Eine Hälfte bliebe dann in Zürich, die andere ginge nach Washington. Nein, ich denke, die Russen hätten die Angelegenheit eher hier in München oder Hamburg geregelt, um nicht zu viel Aufsehen zu erregen.«

»Anders sieht es bei den alten Nazi-Kameraden aus«, meinte Eva. »Würden diese Leute nicht gerade im Ausland operieren? Man würde dann eher an Machenschaften der Alliierten denken. Jede Aktion in Deutschland würde nur unnötigen Verdacht auf ihre Organisation lenken.«

Druwe stöhnte. Eva sah ihn voller Sorge an, aber er winkte ab. »Schon gut. Ich kann das nur nicht mehr hören. Wer wo mit wem. Und das Warum haben dann alle in dem Durcheinander schon vergessen.«

»Ich schaue, ob ich etwas in Erfahrung bringe«, meinte Kupner. »Und setze Tanner darauf an. Irgendjemand muss von solch einer Aktion gehört haben. Und immerhin muss jemand die Spuren beseitigt haben. Bis wir etwas Genaueres wissen, müssen wir davon ausgehen, dass ihr in Gefahr seid.«

Den weiteren Nachmittag verbrachte Druwe mit einem Stadtbummel durch München. Eva war bei den Kindern geblieben. Ein beinahe voyeuristisches Interesse trieb ihn zu den Schauplätzen der frühen Jahre der NSDAP. Hitler hatte nach dem ersten Krieg viele Jahre in München als kleines Licht einer Splitterpartei gewirkt. Und auf politischen

Versammlungen sein Profil geschärft, Reden und die typischen Gesten eingeübt.

Da die Pension, in der die Großfamilie Druwe nebst Anhang untergekommen war, in der Gemeinde Markt Schwaben lag, ließ er sich zunächst zum berühmt-berüchtigten *Bürgerbräukeller* in der Rosenheimer Straße fahren. Hitler hatte von hier aus Anfang der Zwanziger einen dilettantischen Putschversuch unternommen. Wenn man die Geschichte las, konnte man glauben, betrunkene Studenten hätten sich einen Streich ausgedacht. Aber der Führer – der damals noch keiner war – hatte es durchaus ernst gemeint mit seinem Marsch auf Berlin. Dieser war dann jedoch früh ins Stocken geraten. Der *Bürgerbräukeller* war für Deutsche nicht zugänglich. Die Amis hatten sich dort mit einer Kantine eingenistet. *Military staff only*.

Druwe ging in Richtung Ludwigsbrücke und überquerte die Isar in Richtung *Hofbräuhaus*. Das Gebäude hatte es übel erwischt, jedoch war die Schwemme fast unzerstört geblieben. Und getreu dem Motto *Gsuffa wiad imma* hatte ein findiger Wirt die Bombenruine zügig wieder zum Leben erweckt. Noch vor Kurzem wurde für deutsche Währung oder gegen Bezugsmarken nur Dünnbier ausgeschenkt, aber nun gab es für neue D-Mark eine Maß Starkbier. *A Hoibe* war Druwe am frühen Nachmittag jedoch bereits genug. Er fühlte sich schnell benommen, was er den vielen Medikamenten zuschrieb, die er genommen hatte. Schließlich zog es ihn noch zur *Feldherrnhalle* in der Nähe des Hofgartens. Hier waren die Putschisten um Hitler und Ludendorff nach ihrem später stilisierten Marsch von der Polizei aufgehalten worden.

Seltsam, dachte Druwe. Ringsum liegt alles in Trümmern und dieses hässliche Ding steht noch. Noch nicht einmal die beiden dämlichen Löwen hatten die Amerikaner geklaut, die sich sonst gern manches Erinnerungsstück für ihre Ranch in Texas sicherten.

Druwe spürte eine leichte Übelkeit. Ihm trat plötzlich der Schweiß auf die Stirn, und ein stechender Schmerz zog von der linken Flanke zum Schulterblatt. Er hielt sich an einem Laternenpfahl fest.

Das Bier, vermutete er einen Augenblick lang. Wohl zu hastig und zu kalt. Ich vertrage auch gar nichts mehr.

Im nächsten Moment schlug er wie ein gefällter Baum auf das Straßenpflaster.

*

»Was machst du denn für Sachen, Jens?« Moshe Kupner trat mit einem riesigen Weidenkorb ins Krankenzimmer. Das Ding war vollgestopft mit Flaschen und Paketen aller Art.

Druwe erkannte einen guten Kognak, Schokolade und Pasteten. Kaugummi und Luftballons hielt er für überflüssig, aber vielleicht konnte man das Zeug für Lydia und Jon aufheben.

»Da hast du dich aber ins Zeug gelegt, Schwiegersohn«, meinte er.

»Ach was«, winkte Kupner ab. »Die Truppenversorgung nennt sie *Recovery Packages*. Genesungswünsche auf amerikanisch. Kann man fertig kaufen für zwanzig, fünfzig und hundert Dollar.«

»Hundert war ich dir wohl nicht wert?«, witzelte Druwe.

Dafür erhielt er den bereits berüchtigten Seitenhieb seiner Frau, die neben seinem Krankenbett saß.

»Ich darf mich nicht aufregen«, fuhr er fort und setzte eine gequälte Miene auf. »Schlagen ist ebenfalls verboten.«

»Du hast wohl Glück gehabt«, sagte Kupner. »Der Arzt glaubt, dass es nur ein kleiner Infarkt war.«

»Schön, dass du so ohne Weiteres Auskünfte über mein Befinden bekommst«, sagte Druwe leicht verärgert.

»Erstens sind wir die Sieger.« Sein Schwiegersohn grinste. »Zweitens bist du nur auf Bewährung draußen. Und drittens bin ich vor Tanner für dich verantwortlich.«

»Und jetzt willst du mich mit Whiskey, Schweineschmalz und Rauchwurst endgültig umbringen?« Der Arzt hatte Druwe bei der Visite erklärt, er sollte in Zukunft gesünder leben. Wenn er sich an diese Vorschriften hielt, konnte er jedoch den Korb gleich weiter verschenken.

Druwe wollte gerade bei der Wurst zugreifen, als Eva die Sachen resolut vom Bett nahm. Statt Wurst bekam er nur einen Getreidebrei und Salat gereicht.

»Hast du etwas herausfinden können, Moshe?«, fragte er einige Minuten später.« Das Krankendasein wurde ihm bereits langweilig.

»Du sollst dich schonen. Anweisung des Doktors«, ging Eva dazwischen.

»Die Pumpe schwächelt, aber dem Verstand geht es gut.« Druwe lächelte zwar. Aber wer ihn kannte, wusste, dass er diese Sache keineswegs so leichtnahm, wie es den Anschein hatte.

Passt verdammt gut ins Bild, hatte er oft in den vergangenen zwei Nächten gedacht, wenn er nicht einschlafen konnte. Erst die Hand, später das Saufen und die Tabletten. Seine Gelenke schmerzten bei Belastung, und er kam schnell außer Atem. Jetzt also auch das Herz. Ihm schien es, als wären die letzten Jahre eine Art Hinrichtung auf Raten gewesen. Einer kurzen Erholung folgte immer ein noch tieferer Absturz.

»Tanner hat seine Beziehungen spielen lassen«, überging Kupner Evas Einwand. »Es ist ziemlich sicher, dass im Bankenviertel in und um Zürich vor allem die amerikanischen Dienste herumlungern. Die Schweiz ist das Revier von Allen Dulles. Der Kerl hat früher für die *OSS* gearbeitet, ist dann aber etwas aufs Abstellgleis geraten.«

Druwes Aufmerksamkeit war abgelenkt, da er dauernd zur Wurst und den anderen Leckereien schielte.

»Da sind aber auch Burschen gesichtet worden, die nicht ins Bild passen«, fuhr Kupner fort. »Erstens gibt es offenbar Leute, die sich anwerben lassen, um als Mittelsmänner die geheimen deutschen Konten leer zu räumen. Sie arbeiten im Auftrag der alten Kameraden. Oft Spanier, aber auch Belgier und Franzosen. Diese Männer nennen sich Vermittler und kassieren eine ordentliche Provision für ihr Tun. So kommen die Nazi-Dreckskerle doch noch an ihr Geld und können sich ein bequemes Leben machen. Vielleicht seid ihr auch denen in die Quere gekommen.«

»Und zweitens?«, fragte Druwe.

»Es gibt kleine, militante Gruppen, die offensiver und gewaltbereiter sind«, sagte Kupner. »Sie geben sich nicht damit zufrieden, nur unentdeckt und unbehelligt zu bleiben. Sie wollen Einfluss nehmen und an die Hebel der Macht zurückkehren.«

»Du meinst, Gruppen wie *Zelle 3*«, stellte Druwe fest.

Kupner nickte.

»Ich denke, dass Männer wie Simon und Fiedler gehofft haben, es könnten mehr derartige Gruppen entstehen«, sagte er. »In Wahrheit sind es nur wenige Leute, die noch aktiv sind. Es ist viel einfacher, sich anzupassen. Einige Elemente in *Zelle 3* sind aber noch aktiv. Und gefährlich.«

»Weshalb?«, fragte Eva.

»Sie haben frühzeitig Kontakt zu Elitesoldaten aus Wehrmacht und SS gehabt«, antwortete Kupner. »Männer aus Verbänden wie den *Brandenburgern* und den *Windhunden.*«

»Die Kerle haben sich immer für etwas Besseres gehalten«, sagte Druwe, der Soldaten aus der *Division Brandenburg* kennengelernt hatte. Diese Männer waren bestens ausgebildet und ausgerüstet gewesen. Und viele von ihnen hatten eine Art Enthusiasmus für den Krieg entwickelt.

»Sie haben sich nicht nur für etwas Besseres gehalten«, entgegnete Kupner. »Als Soldaten waren sie es, Jens. Der absolute Albtraum der Alliierten. Hitler wollte perfekte Kämpfer, die eine zehn Mal höhere Schlagkraft besaßen. Im Hürtgenwald haben wir zu spüren bekommen, was das heißt.«

»Und diese Männer sind jetzt alle in *Zelle 3*?«, fragte Eva mit Besorgnis in der Stimme.

»Nein«, antwortete Moshe Kupner. »Nur wenige. Sie scharen sich um eine ihrer Ikonen, Otto Skorzeny. Der Mann wurde von den Nazis als Befreier Mussolinis gefeiert. Skorzeny hat sich mit seinem *Schutzkorps Alpenvorland* und dreihundert SS-Männern erst zehn Tage nach der Kapitulation ergeben. Wurde vom *Counter Intelligence Corps* vernommen und zögert durch irgendwelche Taktiken seinen Prozess hinaus. Sehr dubiose Figur. Sitzt zwar in Haft, aber er zieht die Strippen ähnlich wie Simon. Vielleicht arbeiten die beiden auch zusammen.«

*

Eine Woche später war Druwe als Patient derart unerträglich geworden, dass ihn der Chefarzt persönlich zurechtwies und seine Entlassungspapiere unterschrieb.

»Wenn Sie nicht kürzertreten, Herr Druwe, dann richten Sie sich zugrunde«, sagte er. »Ihr Herzmuskel ist geschädigt, und die Adern zeigen das, was wir Plaque-Bildung und Stenose nennen. Der Volksmund spricht hier von Verkalkung. Bei Überanstrengung kann ein erneuter Infarkt folgen. Ich habe in den Bericht aufgenommen, dass ich Sie hierüber aufgeklärt habe. Sie sind ein sturer und uneinsichtiger Patient. Beides Eigenschaften, die Sie umbringen werden.«

Guter Arzt, dachte Druwe. Hat das Wesentliche erkannt.

Im Vorraum wartete Kupner auf seinen Schwiegervater. Er klopfte enthusiastisch auf seine Aktentasche.

»Endlich wissen wir, was es mit diesen Geodaten auf sich hat.« Er strahlte und zeigte Druwe eine Karte, nachdem sie in einen vor dem Eingang wartenden Wagen gestiegen waren. »Unsere Spezialisten in der Army haben sogar Fachleute in Oxford und Bletchley Park kontaktiert. Zuerst haben sie sich fast die Zähne daran ausgebissen. Es ist nämlich zweifach verschlüsselt.«

»Und wie?«, fragte Druwe.

Er war ungeduldig. Das Nichtstun war nach kurzer Zeit zur Tortur geworden.

»Komm, lass dir nicht alles aus der Nase ziehen, Moshe!«

»Es handelt sich um geodätische Angaben. Das haben wir schnell erkannt. Aber das Referenzsystem wurde verändert.«

»Tatsächlich?« Druwe war kurz davor, seinem Schwiegersohn die Papiere aus der Hand zu reißen. »Moshe, verdammt!«

»Ist ja gut. Also, das sogenannte geodätische Datum bezieht sich nicht auf das übliche Erdkoordinatensystem. Es hat seinen Referenzpunkt in Braunau. Am Inn.« Kupner lächelte triumphierend.

»Hitlers Geburtsort«, sagte Druwe. »Wenig subtil.«

»Und dennoch muss man erst einmal darauf kommen. Wenn man also alle Angaben darauf ausrichtet, dann liegen sämtliche Orte im Salzkammergut. Es stellte sich heraus, dass die Koordinaten zu Wiesenrändern und Waldabschnitten führen. Dort vermuteten wir also die Verstecke für Fiedlers Archiv. Als wir jedoch graben ließen, fanden wir nichts.«

Druwe glaubte nicht recht an einen Fehlschlag. Hierfür war sein Schwiegersohn viel zu aufgekratzt.

»Du sagtest, es waren zwei Verschlüsselungen«, stellte er fest.

»Das Maßband, Jens«, erwiderte Kupner. »Einundneunzig Zentimeter. Es hatte uns gewundert, dass zu den Geopunkten noch Abstandsangaben zugefügt waren. *Zwanzig Meter Nordwest. Fünfzehn Meter Süd.* Oder so ähnlich.«

»Eigentlich unnötig, wenn man die Orte schon derart verschlüsselt angegeben hat,« sagte Druwe.

»Eben. Irgendein Schlaumeier aus der Krypto-Abteilung kam dann auf die Idee, dass wir das Maß in Bezug zu hundert setzen müssen.«

»Einundneunzig zu hundert. Oder hundert zu einundneunzig.«

»Ja, genau«, bestätigte der Amerikaner. »Wir brauchten danach nur zwei Probegrabungen, um herauszufinden, dass es die letzte Variante war. Der Rest ist einfachste Mathematik. Wir haben sechs kleine Fässer gefunden, Jens. Mit Teer versiegelt, in zehn Lagen Ölpapier eingewickelt. Hätte jahrelang gehalten.«

»Was war drin?«, fragte Druwe nervös.

»Colonel Tanner bestand darauf, die Sachen zuerst selbst in Augenschein zu nehmen. Er hat jedem verboten, auch nur einen Blick darauf zu werfen. Wir haben das Zeug erst einmal mühsam in den britischen Einflussbereich bringen müssen. Versteckt zwischen Gemüsekisten. Schließlich war die Sache höchst illegal. Funde in der amerikanischen Zone. Freunde hin oder her. Meine Jungs hätten den Engländern die Hölle heißgemacht.«

»Also, was war es nun?«, fragte Druwe noch einmal.

»Tanner hat es mir bisher nicht gesagt«, antwortete Kupner frustriert. »Niemandem. Topsecret. Er hat nur bestätigt, dass es mit Fiedler zusammenhängt. Mehr weiß ich nicht.«

Druwe schnaubte verächtlich. »Das kann er nicht tun! Wir brauchen diese Informationen. Und wir haben dafür unseren Arsch riskiert!«

»Tanner meinte, dass es sich um höchst brisantes Material handelt. Material, das gefährlich für die Amerikaner und somit für den Zusammenhalt der Westallianz ist.« Moshe Kupner seufzte. »Wenigstens hat er mir versprochen, uns Angaben zu überlassen, die zu Fiedler führen können.«

»Kleinkram, Brosamen!«, schnaubte Druwe wütend. »Wir machen die Arbeit und halten die Köpfe hin. Und plötzlich ist die Angelegenheit *Geheime Reichssache*? Moshe, ihr seid nicht viel besser als unsere Leute damals.«

»Wenn du dich noch länger so aufregst, können wir gleich zurück in die Klinik fahren.«

Eine halbe Stunde später saßen beide Männer auf der Terrasse der Hotelpension in dem Örtchen Markt Schwaben.

»Eva und die Kinder müssen nach Hamburg zurück«, sagte Kupner mit fester Stimme, die keinen Widerspruch zuließ. »Hier unten braut sich im Moment eine seltsame Suppe zusammen. National gesinnte Gruppen liebäugeln mit den alten Kameraden aus Partei und Wehrmacht. Der Süden hat relativ wenig Schäden zu beklagen, mal abgesehen von den Städten. Und es gibt Stimmen, die sich für eine süddeutsche Separation aussprechen.«

Druwe wusste, dass die Belastung der Bizone durch Umsiedler und Flüchtlinge enorm war. Hinzu kamen immer mehr Unzufriedene aus Berlin und der Sowjetischen Zone, die nach Westen drängten. Und im Süden des ehemaligen Reichs wurden Stimmen laut, dass man hier unten nicht für den Norden und Osten mitbezahlen wollte.

»Diesen Leuten passt die amerikanische Hysterie im Hinblick auf die Russen gut in den Kram«, fuhr Kupner fort. »Meine Landsleute unterstützen jede Form eines strammen Anti-Kommunismus und wären wohl mit einem kleinen Teildeutschland einverstanden. Hauptsache, es wird nicht rot regiert.«

»Und was soll die politische Predigt, Moshe?«, fragte Druwe, den Tanners Haltung immer noch ärgerte. »Du weißt, ich habe diese Ränkespiele schon immer verabscheut.«

»Du willst es nicht begreifen, oder? Wir wissen im Moment nicht, wer mit wem, wann und wo ins Bett steigt. Ein Menschenleben ist da allen Seiten völlig egal. Sieben Morde in München, nur in diesem Monat. Siebzehn in Wien. Diese Spiele, wie du sie nennst, können dich umbringen. Oder Eva und die Kinder gefährden.«

»Ich spreche mit Eva«, entgegnete Druwe. »Sie hat sich für ihr Studium in Hamburg eingeschrieben. Vielleicht ist es wirklich besser, wenn sie, Lena und die Kinder früher zurückfahren.«

»Fiedler wird mittlerweile wissen, dass ihm jemand auf die Spur gekommen ist«, wechselte Kupner das Thema.

Druwe nickte. »Er hat sicherlich Freunde im Salzkammergut, die ihm von eurer Schatzsuche berichtet haben. Oder er hat es von den Männern erfahren, die Eva und mir ans Leder wollten. Spitzel, Freunde, alte Kameraden. Es würde mich nicht wundern, wenn die auch wieder auf bedeutenden Posten sitzen.«

»Er kann aber nicht wissen, wer gebuddelt hat«, meinte Kupner mit einem triumphierenden Lächeln. »Da gibt es viele Möglichkeiten: dieser Dulles und seine Leute, die Ermittler aus den Resten vom *OSS* oder

CIC, der britische *MI-6*, Wiesenthals Gruppe. Vielleicht sogar alte Kameraden, die ihn unter Druck setzen wollen. Da bleiben für Fiedler einige Fragen offen. Ich denke, er schläft dieser Tage nicht besonders gut.«

»Dieses Verwirrspiel gibt uns etwas Zeit«, sagte Druwe. »Und die müssen wir nutzen. Ich nehme Kontakt zu Max Simon in Werl auf«, schlug er vor. »Ich erzähle ihm ein bisschen von meiner Geschichte und von dem Zwist mit Fiedler. Vielleicht weiß er mittlerweile sogar davon. Ich behaupte, dass ich Kamerad Fiedler lediglich zur Rede stellen wollte. Und ich werde Simon erklären, dass mir Ungereimtheiten aufgefallen sind, als ich versucht habe, den Kerl aufzuspüren. Und dass ich den Verdacht hege, Fiedler könnte beabsichtigen, alte Kameraden übers Ohr zu hauen, um sich bei den Amerikanern lieb Kind zu machen. Ganz falsch liege ich da sicher nicht.« Er überlegte einen Moment. »Als Beweis zeige ich ihm den Schlüssel der Schweizer Bank.«

»Könnte klappen«, erwiderte Moshe Kupner. »Die inhaftierten Nazis haben eine Heidenangst, dass die Kameraden in Freiheit sie hängenlassen oder übers Ohr hauen könnten. Vielleicht hat Simon Hinweise zu Fiedlers Verbleib. Einen Versuch ist es wert.«

»Max Simon und seine Leute sind nicht dumm«, gab Druwe nach kurzer Überlegung zu bedenken. »Er wird mehr sehen wollen als den Schlüssel.«

»Ich fahre zu Tanner«, schlug sein Schwiegersohn vor. »Vielleicht kann er uns aus dem Fund ein paar unverfängliche Dokumente geben. Oder wir könnten ein paar Akten fälschen lassen. Lebensläufe, Fotos, Karteikarten und so weiter. Wir erfinden ein paar Fakten von Leuten, die General Simon bekannt sind. Und bringen sie in Verbindung mit Fiedler.«

Druwe nickte. Er hatte in seinem Leben schon mit weitaus schlechteren Karten geblufft.

20

Werl, September 1948

Die Rückkehr ins Gefängnis Werl fiel Druwe nicht leicht. Er kam zwar dieses Mal als Besucher, aber er fühlte sich dennoch wieder als Gefangener. Manche Erfahrung prägte sich offenbar ins Gehirn wie ein Brandzeichen. Mit jedem Schritt auf den Gängen roch er den Muff, das billige Bohnerwachs, den Schweiß, die Kernseife, den Kantinenfraß. Er hörte das Klappern der Töpfe aus dem Küchentrakt, lautes Rufen des Wachpersonals und die schlurfenden Schritte der Gefangenen.

»Hauptmann Druwe. Ich freue mich, Sie zu sehen!« Max Simon betrat den Besucherraum.

»General.« Druwe erhob sich, deutete eine knappe Verbeugung an. Ihm missfiel diese Ehrbezeugung, aber Kupner hatte ihm berichtet, dass die Hierarchie hinter Gittern weiterhin sehr ernst genommen wurde.

»Sehr schön, Druwe. Mir ist zu Ohren gekommen, dass Sie sich in Hamburg eine Detektei aufgebaut haben. Einmal Schnüffler, immer Schnüffler, was?« Er lachte und blies den Rauch seiner *Lucky Strike* über den Tisch. Die Zigarettenpackung hatte er demonstrativ auf den Tisch gelegt, als wollte er seine Rolle hier drinnen betonen. Viele höherrangige Offiziere hatten mittlerweile Eingaben an Politiker und sogar offene Briefe an Zeitungen geschrieben, in denen sie sich als politische Gefangene bezeichneten und ein Ende des gegen sie begangenen Unrechts forderten.

»Ich denke, Druwe, dass ich hier noch ein oder zwei Jahre Gast bin«, fuhr er fort. »Und dann ergeht es mir wie Ihnen, und ich bin draußen.« Er senkte die Stimme. »Ihre Aufträge für die Gruppe haben Sie ebenfalls zur Zufriedenheit erfüllt. Sehr gut.«

Druwe hatte nach seiner Entlassung mehrere kleine Botengänge und die Übermittlung von Nachrichten für Simons Zelle übernommen. Kupner hatte natürlich alles überwacht und die Angaben als harmlos eingestuft.

»Selbstverständlich, General«, erwiderte Druwe.

»Und nun kommen Sie, um einem Kameraden die Zeit zu vertreiben?« Max Simon schmunzelte und wirkte dabei, als hätte er gerade ein lustiges Märchen erzählt.

»Ist es hier sicher?« Druwe wies mit einer ausladenden Armbewegung auf den Raum. »Ich meine, können wir sprechen?«

Der ehemalige SS-General nickte. »Unsere Männer haben es überprüft. Wir sind für die Briten nicht mehr ganz so böse. Außerdem sind die Kerle hoffnungslos überfordert. Demnächst werden sie uns aus purer Verzweiflung noch die Leitung der Haftanstalt übergeben.« Er zwinkerte Druwe zu. »Vor zwei Jahren waren Mikrofone sogar in den Abortschüsseln angebracht. Haben wir alles beseitigt. Und das Rote Kreuz hat bestätigt, dass es völkerrechtswidrig war, uns derart zu überwachen.«

Druwe nahm einen größeren Umschlag aus der Aktentasche.

»Was haben Sie da für mich?«, fragte Simon mit ernstem Gesichtsausdruck.

Druwe schilderte in den nächsten Minuten seine Beziehung zu Ernst Fiedler. Er achtete dabei auf das Mienenspiel seines Gegenübers, aber Max Simon ließ sich nichts anmerken.

»Dem Kerl habe ich letztlich das hier zu verdanken.« Zur Bestätigung hob er grimmig die Lederfaust.

»Ja, Brigadeführer Fiedler hat immer nach seinen eigenen Regeln gespielt«, sagte Simon mehrdeutig.

»Ich habe lange nicht mehr an den Mann gedacht«, fuhr Druwe fort. »Bis ich den Brief eines Kameraden erhielt«, log er. »Darin schreibt er etwas über Fiedler. Wenige Tage später war mein ehemaliger Bekannter dann tot.«

Druwe wartete. Er befand sich auf dünnem Eis. Simons Miene verriet nicht, wie er über den Brigadeführer dachte. Ob er etwas über die Akten oder über den Verbleib des Mannes wusste. Ein falsches Wort, eine falsche Betonung und Druwe flog auf. Zudem schmerzte es, Oberbauers Schicksal in dieser Art umzudeuten. Er kam sich schlichtweg schäbig vor.

Der SS-Offizier drückte die Zigarette aus. »Da stechen Sie in ein Wespennest, Druwe. Ernst Fiedler ist ein großes Problem. Und eigentlich nichts für Ihre Besoldungsgruppe.« Er sah aus dem Fenster in den Innenhof.

»Wir suchen ihn seit gut einem Jahr«, fuhr er nach einer Weile fort. »Mal ist er in Bremen, dann Frankfurt oder München. Offenbar kocht er sein eigenes Süppchen. Vielleicht will er die Führung unserer Zelle beanspruchen. Ich weiß es nicht. Er ist untergetaucht, aber dadurch nicht weniger gefährlich.«

»Gefährlich für wen?«, fragte Druwe. Er zögerte. »Für uns?«

Simon nickte. »Für alle. Wenn es stimmt, was die Männer berichten, die für ihn gearbeitet haben, dann hat er Informationen über unsere Leute. Und er weiß jede Menge über die Russen.«

»Er wird bei den Amis untergetaucht sein.« Druwe wagte einen Schuss ins Blaue.

Max Simon schüttelte den Kopf. »Dann wären eine Menge mehr von unseren Leuten in Haft oder bereits am Galgen. Glauben Sie mir, Druwe.« Er überlegte, dann bot er Druwe eine Zigarette an. »Sie gehören jetzt zum engeren Kreis. Wenn Sie sich als unwürdig erweisen, hat das fortan ernste Konsequenzen.« Er fixierte Druwe durch seine runden Brillengläser. »Haben Sie das verstanden?«

Druwe nickte.

»Unsere Bewegung spaltet sich«, fuhr Simon fort. »Ein Teil bleibt der Sache treu. Der Kampf geht weiter. Es gilt, Verräter und Kollaborateure zu beseitigen und den Schaden für uns gering zu halten. Manche Männer müssen abtauchen, bis sich alles beruhigt hat und ihre Dienste wieder gebraucht werden. Andere können in die neuen Strukturen hineinwachsen. Verwaltung und Justiz. Öffentlichkeit und Politik. Es gibt viele Felder.«

»Und die andere Seite?«, fragte Druwe.

»Dient sich den Amerikanern an, manchmal auch den Russen. Diese Leute verraten ihre Kameraden, verscherbeln unsere Technik, unsere Waffen und entehren sich und das Reich. Mir persönlich wäre es sogar egal, wenn Informationen über die Kommunisten an die Westalliierten weitergegeben werden. Dann aber zu einem guten Preis! Amnestie für alle Kameraden. Wiederbewaffnung der Truppe. Einsetzung einer deutsch-nationalen Regierung. Abzug aller Besatzungstruppen. Stattdessen geben diese ehrlosen Verräter alles weg, nur um die eigene Haut zu retten.«

»Und Fiedler verfügt über brisantes Material, das die treu gebliebenen Kameraden gefährdet?«, fragte Druwe.

»Wichtige Männer könnten verhaftet werden. Anderen droht, dass ihre Strafen heraufgesetzt werden.« Simon nickte.

Druwe wusste, dass der General selbst nur aufgrund von juristischen Tricks dem Tod durch den Strang entgangen war. Seine Einheiten hatten bei Kriegsende in Norditalien ein Massaker angerichtet, aber sein Anwalt hatte es so aussehen lassen, als wäre General Simon nur zufällig vorbeigekommen und an der Sache völlig unschuldig.

Nun hatte er also Gewissheit. Fiedler konnte den alten Kameraden gefährlich werden. Und er hatte Informationen über die Russen. Somit war er für fast alle Seiten interessant. Und offenbar schien er vor allem sein eigenes Süppchen zu kochen. Wo aber steckte er dann jetzt?

»Kann ich in der Sache etwas tun, General?«, fragte er nach einer Weile des Schweigens.

»Nichts für ungut, Druwe«, entgegnete Simon. »Aber Kameraden höherer Ränge werden gar nicht mit Ihnen sprechen. Sie müssen sich zunächst einige Sporen verdienen.« Plötzlich kam ihm eine Idee. »Sturmbannführer Klausen. Ich werde einen Kontakt mit Klausen herstellen lassen. Sie müssten ihn kennen. War Fiedlers langjähriger Wasserträger. Bis der ihn geschasst hat.«

Druwe nickte gequält. Natürlich kannte er den Mann. Klausen war im Osten Fiedlers Auge und Ohr gewesen. Ein ekelhafter Denunziant und Speichellecker. Simons Vorschlag stellte ihn vor ein Problem. Der Kerl würde sich ebenfalls an Druwe erinnern. An seine Weigerung, die Liquidationen auszuführen. An seinen Ausraster gegenüber Fiedler. Wenn es zu einem Treffen mit Klausen kam, dann flog alles auf.

»Peter Klausen lebt in Hannover. Hat dort eine nette Stelle bei der Postdirektion.« Simon lächelte. »Sie können sich irgendwo in der Lüneburger Heide treffen. Sonntagsausflug. Ich überlege mir eine Strategie, und Klausen wird Kontakt mit Ihnen aufnehmen.«

Druwe sah ein, dass ihn jede Ausrede verdächtig machen würde. Er saß in der Falle und konnte das Treffen nur hinauszögern. Keinesfalls durfte Klausen schon vorher seinen Namen erfahren.

»Eine Bitte, General. Zur Sicherheit meiner Familie teilen Sie Herrn Klausen zunächst einen Decknamen mit. Ich operiere als Detektiv gern unter dem Namen Walter Steinberg. Falls etwas schiefgeht ...«

»Sehr gut, Druwe. Sie denken schon wie ein Nachrichtenmann. Kein Funkspruch ohne Verschlüsselung. Kein Kontakt ohne Tarnung. Sie hören von uns. Wegtreten, Kamerad.«

21

Hamburg, September 1948

Nach dem Treffen mit Max Simon kehrte Druwe nach Hamburg zurück. Bei ihrem letzten Zusammentreffen vor einem Dreivierteljahr hatte der General zwar souverän, aber auch nachdenklich gewirkt. Jetzt war sein Auftreten beinahe jovial gewesen. Zwei Mal hatte er die Wachleute zusammengestaucht, als wäre er deren Vorgesetzter. Er fühlte sich offenbar wie ein Duodezfürst an seinem Hof. Es war offenbar kein Makel mehr, wenn man sich dazu bekannte, Nazi gewesen zu sein.

Druwe besprach die Angelegenheit am Abend mit Eva und Moshe. »Ich durchschaue die Sache nicht mehr. Fiedler könnte doch sehr nützlich sein für die alten Kameraden. Er weiß offenbar eine Menge über Stalins Jungs. Auf so etwas seid ihr Amis doch ganz wild. Und jetzt hörte es sich so an, als wollte Simon ihn am liebsten verschwinden lassen.«

»Die Zeit, als die Welt noch einfach war, ist endgültig vorbei, Jens«, erwiderte Kupner. »In Zukunft turtelt jeder mit jedem, ganz nach Vorlieben und Befinden. Hauptsache, es dient dem eigenen Vorteil. Nazis und Allied Forces. Das gibt es bald nur noch in Kinderspielen. Anpassung ist das neue Zauberwort. Und ständige Veränderung.«

Eva nickte. »War doch schon zu Hitlers Zeiten so. Unter dem Führer gab es überall ein Hauen und Stechen um Macht, Geld und Ansehen. Die Ideologie war nur Mittel zum Zweck. Fiedler mag zwar eingefleischter Parteigänger gewesen sein, aber vor allem ist er jetzt ein Geschäftsmann. Und er ist seinen ehemaligen SS-Freunden ein Dorn im Auge, weil sie befürchten, er könnte sein Wissen über sie verkaufen.

Dann wäre er selbst aus dem Schneider und hätte zugleich alle unliebsamen Konkurrenten und Mitwisser ausgebootet.«

»Aber hätte er es bereits getan, dann wären längst ein paar Köpfe gerollt«, meinte Druwe. »Dann säße Simon nicht in Werl, als wäre das seine Villa.«

»Ich habe mich bei *Crowcrass* erkundigt«, sagte Kupner. »Da gibt es keine gravierenden Auffälligkeiten.«

»*Crowcrass*? Was ist das denn?«, fragte Druwe.

»Das Zentralregister der Amerikaner für Kriegsverbrecher«, antwortete sein Schwiegersohn. »Wenn Ernst Fiedler aufgetaucht wäre und etwas verkauft hätte, dann hätte es dort einen plötzlichen Anstieg der Fallzahlen geben müssen. Gab es aber nicht.«

»Also hat er sein Wissen noch nicht verkauft«, sagte Druwe.

»Oder er hat an jemanden verkauft, der kein Interesse hat, dass die Leute verfolgt werden«, entgegnete Eva. »Zumindest noch nicht. Wäre das denkbar, Moshe?«

»Ich kann es nicht ausschließen. Im Moment scheint es so, als ob jeder, der ansatzweise lesen und schreiben kann, einen Geheimdienst gründet. Völlig undurchschaubar, welche Interessen diese Gruppen verfolgen. Wenn ich mit einem Zettel *I am hunting communists* ins Weiße Haus ginge, bekäme ich sofort fünf Millionen Dollar Etat genehmigt und könnte meinen eigenen Verein gründen.«

»Fassen wir zusammen, was wir wissen«, meinte Druwe und versuchte, das Gespräch wieder auf das Konkrete zu lenken. »Fiedler ist nicht bei den alten Nazis untergekrochen. Sonst wüsste Simon davon. Er ist auch nicht zum Menschenfreund geworden und hat die Akten dem Schwedischen Roten Kreuz oder den *War Crimes Groups* überlassen. Dann hätten wir längst etwas davon gehört. Zumindest du, Moshe.«

»Also irrt er noch da draußen herum?«, fragte Eva.

»Unwahrscheinlich«, meinte Moshe. »Die Informationen verlieren mit der Zeit an Wert. Ich glaube eher, er hat neue Freunde gefunden.«

»So sehe ich das auch. Und diese Leute decken ihn. Genau die müssen wir finden. Dann haben wir auch ihn«, schloss Druwe. Er klang allerdings nicht sehr zuversichtlich.

»Wir haben übrigens eine Nachricht von Frau Heimann aus Berlin erhalten«, meinte Moshe Kupner plötzlich.

»Ihr Mann ist nicht wieder aufgetaucht?« Druwes Frage war mehr eine Feststellung.

Kupner schüttelte den Kopf. »Er wurde offiziell für tot erklärt. Und als sie den Nachlass durchgesehen hat, ist ihr ein weiterer Ordner mit Notizen und offiziellen Dokumenten in die Hände gefallen. Dort befand sich auch ein Brief ihres Mannes, in dem du erwähnt wirst. Und da sie Eva kennt, will sie nur mit dir reden. In einer Order geht es auch um diesen Klausen, mit dem du dich treffen sollst.«

»Das Problem musst du in den Griff bekommen, Moshe. Ich kann mich nicht mit Klausen treffen. Der erkennt mich sofort, und dann waren drei Jahre Arbeit umsonst.«

»Wir können ihn nicht einfach verschwinden lassen«, sagte Kupner. »Wenn aber der Ordner, den Heimann über ihn angelegt hat, genügend Beweise enthält, dann schieben wir das Schwein einfach zu den Polen und Russen ab.«

»Ich soll also nach Berlin?«, fragte Druwe wenig begeistert. »Die Russen haben doch alles dichtgemacht.«

»Uncle Sam bringt dich mit dem Flieger rüber«, meinte Kupner gönnerhaft.

Druwe dachte nach. Seit drei Monaten waren die westlichen Sektoren der Stadt abgeriegelt. Kein Laster, kein Zug, kein Binnenschiff kamen rein oder raus. Die Russen wollten ganz Berlin und versuchten es mit Belagerung. Dass nicht wieder ein Krieg tobte, glich einem Wunder. Stattdessen versuchten die Westalliierten, die Stadt über den Luftweg zu versorgen. Nicht nur Druwe hielt dieses Unterfangen für aussichtslos. Spätestens im Winter würde das frierende Berlin unter den verlausten, russischen Pelz kriechen. Vielleicht schon früher. Und dann wollte er keinesfalls in dieser Stadt sein.

»Ich bin nicht scharf drauf, einer von Stalins Knechten zu werden«, murmelte er.

»Du bist ein Schwarzseher, Jens. Einfach hin, Dokumente sichern und dann zurück. Eine Kleinigkeit. Und es macht sich gut in deiner Akte. Ich weiß aus zuverlässiger Quelle, dass es eine ganze Abteilung mit Deutschen geben wird, die für uns arbeiten. *Foreign National Employees*. Vielleicht kannst du da sogar später eine leitende Funktion übernehmen. Eine Agententätigkeit im eingeschlossenen Berlin ist eine tolle Story für Briten und Amerikaner. Da sammelst du Pluspunkte.« Moshe Kupner schmunzelte.

»Wieso Agent? Ich soll doch nur ein paar Notizen sichern.« Druwe schien von den eigenen Worten wenig überzeugt.

Eva verfolgte das Gespräch der Männer, ohne sich einzumischen. Zu sehr belastete sie die Erinnerung an die Ereignisse in Süddeutschland und in der Schweiz. Der Überfall, die gesundheitlichen Probleme ihres Mannes. Er verfiel, ohne es zu merken. Die Suche nach Fiedler, die Verstrickung in diese Geheimniskrämerei und sein ewiger Ehrgeiz wühlten ihn auf, kosteten unnatürlich viel Kraft. Natürlich hätte sie ihm Predigten halten können wegen des Herzinfarkts oder Vorhaltungen machen wegen seiner ständigen Abwesenheit. Sie tat es nicht. Aber eine Sache musste sie unbedingt ansprechen.

»Was wirst du tun, wenn Fiedler vor dir steht?«, fragte sie.

Vor sich selbst war Druwe dieser Frage bisher ausgewichen, hatte sie verdrängt. *Das überlege ich mir, wenn es so weit ist*. Natürlich hätte er diese Antwort geben können. Aber es wäre billig gewesen. Die Wahrheit war einfach. Er wusste es nicht. Sein Beruf als Kripomann war ausgerichtet gewesen auf die Ergreifung von Tätern. Und die Suche nach Beweisen. Die Verurteilung überließ er anderen. Aber diese Sache war anders. Mit Fiedler hatte er eine persönliche Rechnung offen. Und die konnte nur beglichen werden, wenn er den Kerl nicht nur aufspürte. Nein, Druwe wollte auch Richter sein. Er wollte verhindern, dass Fiedler sich herausredete oder irgendwo unterkroch. Wollte er Genugtuung? Gerechtigkeit? Oder doch nur Vergeltung?

»Er muss bezahlen für das, was er getan hat«, presste er hervor.

»Wird sich dadurch irgendetwas in ihm ändern? Wird es das ungeschehen machen, was er getan hat?«

»Ich weiß nicht«, entgegnete Druwe. »Er darf nicht ungestraft davonkommen. Tausende hat er auf dem Gewissen, Eva. Und das hier …« Er hielt seine Rechte empor.

»Aber ich weiß, dass du dich verändern wirst, wenn du ihn tötest, Jens.« Eva traten Tränen in die Augen. »Denn du wirst dadurch wie er. Welchen Unterschied macht es, ob jemand tötet, weil er den Befehl dazu hatte? Oder weil er von Hass erfüllt ist? Oder weil er ein schlechter Mensch ist? Oder ob jemand tötet, weil er Rache will?«

Druwe schwieg. Er wusste keine Antwort.

»Diese Grenze darfst du nicht noch einmal überschreiten. Denn dieses Mal findest du nicht zurück.«

22

Berlin, September 1948

Die Hauptstadt im Frühherbst. Druwe hatte Berlin anders in Erinnerung. Er hatte die Stadt vor sieben Jahren verlassen. Zu einer Zeit, als die Euphorie der Blitzkriege die Volksgenossen in ihren braunen Bann gezogen hatte. Als der Russlandfeldzug den Beginn des Untergangs einläutete. Nun blickte er auf die Trümmer einer einstigen Weltstadt.

Er war mit einer Sondergenehmigung in einer amerikanischen Maschine von der *Rhein-Main Air Base* nach Tempelhof geflogen. Und dabei war er selbst kaum mehr als Gepäck gewesen, denn sein Sitz wurde notdürftig zwischen Kisten und Säcken festgezurrt. Da alle Wege zu den westalliierten Sektoren Berlins abgeriegelt waren, versuchten die Amerikaner und Briten tatsächlich, die halbe Stadt über den Luftweg zu versorgen. Ein wahnwitziges Unterfangen.

Als er das Flughafengelände orientierungslos verließ, hakte sich sofort eine junge Dame bei ihm unter. Sie war grell geschminkt, der altbackene Rock war um mehr als die Hälfte gekürzt, so dass er freie Aussicht bis fast ganz nach oben gewährte. Fiel der Blick dann auf die nur halb geschlossene Bluse, so musste jedem klar sein, dass hier körperliche Zuneigung gegen harte Währung angeboten wurde.

»Kein Interesse«, sagte Druwe. »Wenn du dich beeilst, erwischst du die Piloten am anderen Ausgang.«

Enttäuscht ließ die Frau von ihm ab und stöckelte etwas unbeholfen in Richtung der Nebeneingänge.

Der Mensch wurde nach seinem Äußeren beurteilt. Wann galt das mehr als in Krisenzeiten? Die wenigen Taxifahrer vor der Ankunftshalle des Flughafens würdigten Druwe keines Blicks. Er wirkte zwar nicht direkt schäbig, jedoch waren Anzug und Hut nicht von bester Qualität. Und sein Koffer war noch Vorkriegsware, die zudem sieben Haftanstalten überstanden hatte. Die ersten Gehaltszahlungen des britischen Nachrichtendiensts hatte er vollkommen Eva überlassen, damit sie zunächst für sich und die Kinder sorgen konnte. Somit war von den britischen Pfund kein Penny für ihn geblieben. Nun aber hatte ihm Kupner zweihundert Dollar in die Hand gedrückt, und Druwe wedelte mit einigen grünen Scheinen in Richtung der Fahrer. Sofort stürmten mehrere Männer auf ihn zu und umgarnten ihn mit ausgesuchter Höflichkeit. Fast musste er bei dem Gerangel um den Koffer befürchten, dass das altersschwache Ding seinen Inhalt auf dem Trottoir verteilen würde.

»Tauentzienstraße 17«, rief er dem Fahrer zu, als sich der Aufruhr gelegt hatte und er endlich auf dem Beifahrersitz des notdürftig instand gesetzten Opels saß.

»Haben Se da eene Verabredung, meen Herr?«, fragte der Mann, bevor er den Motor zu röchelndem Leben erweckte. Abgase stiegen in den Innenraum. Und es roch plötzlich nach Mäuseurin. »Die Tauentzien is nich mehr dat, wat se mal war. Ick kenn da een paar flotte Lokale uffm Wedding. Jute Molle und warme Schenkel für een paar Grüne.«

Druwe lehnte ab.

Die Tauentzienstraße war vor dem Krieg Berlins Babylon gewesen. Hier wuchsen die Laster – Spiel, Hehlerei und Prostitution – in Germanias Himmel und gediehen neben einem Hauch von Kultur. Selbst die Nazis hatten den Sündenpfuhl nicht völlig trockenlegen können. Oder wollen.

»Verabredung«, murmelte er.

Der klapprige Opel Olympia setzte sich in Bewegung. Die Wohnhäuser nördlich des Tempelhofer Felds waren arg mitgenommen. Die Fassaden ähnelten mit ihren zerstörten Fensterfronten oft den Gesichtern blinder Seher, die in eine düstere Zukunft blickten. Verwaiste Mauerreste ragten zerklüftet in die Höhe, als hätte Zahnfäule sie zerfressen. Überall waren Lücken in den Häuserzeilen zu erkennen, einige Bauten schienen von einem riesigen Messer halbiert oder geköpft worden zu sein. Je näher sie der Innenstadt kamen, umso schwerer wurden die Schäden. Einige Straßenzüge um den Nollendorfplatz waren völlig ausradiert. Schuttberge lagen auf vielen Grundstücken, während auf anderen Behelfsheime standen. Druwe sah kurz die zerbombte Ruine des Anhalter Bahnhofs rechter Hand. Auf den Straßen fuhren fast nur Militärfahrzeuge und uralte, klapprige Vorkriegslaster. Das gesamte Treiben schien dem Warentransport zu dienen. Manche LKW wurden bewacht, und Druwe vermutete, dass es sich um Lebensmittel handelte. Andere Güter wurden auf Handkarren bewegt, die von ausgemergelten Arbeitern gezogen wurden. Bauholz, Steine, Kohle, Tuch und Mörtel wurden zu den Baustellen gebracht.

»Dat KaDeWe haben se ooch umgehaun«, sagte der Fahrer, als sie am Wittenbergplatz vorbeikamen. »Wollen se wieder aufbauen, hab ick jehört. Mit de neue Mark jehts jetzt so richtig los.«

Zwischen Nürnberger und Marburger Straße kam der Wagen zum Stehen.

»Sechs Märker oder zwee Grüne, der Herr.«

Druwe zahlte und stieg aus. Die Herbstsonne wärmte ihn, obwohl er innerlich fror. Die Gedächtniskirche am Ende der Tauentzien lag in Trümmern. Die Straße selbst war geflickt und vom Schutt geräumt. Nur jede dritte oder vierte Laterne stand noch. An einigen waren vergilbte und zerrissene Zettel zu sehen. Nachrichten für Angehörige, die nach Hause kamen und ihre Welt in Trümmern fanden. Wer die Notiz schrieb, hatte noch Hoffnung. Wer sie las, fand sie vielleicht wieder.

Das Gebäude Tauentzienstraße 17 war relativ intakt. Schon das Nebenhaus wirkte allerdings wie ein hohles, abgenagtes Gerippe, durch das der Wind pfiff. Druwe war sich nicht sicher, ob er Ende der dreißiger Jahre als Kripo-Ermittler hier zu tun gehabt hatte. Er erinnerte sich, dass es um einen Hehler gegangen war, der mit ehemals jüdischem Besitz Geschäfte machte. Da das Ganze offenbar mit Duldung von oben geschah, war die Sache im Sand verlaufen. Druwes Verstand weigerte sich beharrlich, ein genaues Bild der vergangenen Zeit abzurufen. Vielleicht schien ihm der Kontrast zur Gegenwart allzu schmerzhaft.

Er trat zum Hauseingang und fand ein Zettelchaos im Bereich der Klingelschilder. Druwe schätzte, dass es vielleicht acht Wohnungen gab, aber offenbar wohnten hier mindestens fünfzig Personen oder Familien. Es dauerte einen Moment, bis er den Namen fand, den er suchte. Hedwig Heimann wohnte im dritten Stock. Die Haustür war nicht verschlossen, und Druwe trat in den kühlen, dunklen Treppenhausflur. Die Wohnung im Erdgeschoss rechts wurde gerade umgebaut. Er wusste sofort Bescheid. Hier hatte der Haus- und Blockwart gewohnt. Man hatte für die Wohnung eine Art Erker geschaffen, so dass diese unterste Stufe der Führerhierarchie nach allen Seiten hin unbemerkt hatte spitzeln können. Und nun sollte diese Erinnerung an alte Zeiten wohl getilgt werden. Ein ungefähr Sechzigjähriger schoss – als wollte er Druwes Überlegungen bestätigen – aus besagter Wohnung, kaum dass Druwe in den Hausflur getreten war.

»Sind Se wieder so een Einquartierter?«, fragte er in herrischem Tonfall.

Es reicht nicht, nur den Spitzelerker zu beseitigen, dachte Druwe verärgert und antwortete nicht, sondern schritt an dem Mann vorbei.

»He, Sie! Ick hab Se wat jefragt! Aus dem Osten, wa? Keen Benimm. Dat hätt es früher …« Der Mann schwieg, als er merkte, dass er sich vergaloppiert hatte.

Im dritten Stock gab es zwei Wohnungstüren, und wieder musste Druwe suchen, bis er Hedwig Heimanns Namen gefunden hatte. Er klopfte, und nach eine Weile öffnete eine Frau, die er auf Mitte vierzig schätzte. Sie war außergewöhnlich attraktiv, obwohl sie nur einen Arbeitskittel und einfache Holzschuhe trug. Die Frisur war gepflegt und das Gesicht mit den einfachen Mitteln der Zeit aufgehübscht.

»Ich suche Frau Heimann. Mein Name ist Jens Druwe. Ich bin Privatermittler aus Hamburg und mit der Dame verabredet.«

»Herr Druwe! Ja, natürlich.« Die Frau reichte ihrem Gast die Hand.

»Das bin ich. Es freut mich, dass Sie es trotz der misslichen Lage einrichten konnten. Kommen Sie herein.«

Hedwig Heimann war von den Behörden erst im Berliner Osten und später hier in der Tauentzien einquartiert worden.

»Ich habe für mein Leben genug von den Russen«, erklärte sie mit bitterem Unterton. »Eine Woche nach der Kapitulation haben sie mich in die Kommandantur verschleppt. Und nachdem sie mich aus ihren …« Sie sah einen Moment aus dem Fenster ihres kleinen Zimmers. »… Diensten entlassen hatten, wollte ich eigentlich in die Westzonen. Da hätte ich jedoch meinen Mann nicht suchen können. Also bin ich in der Stadt geblieben und schließlich hier gelandet.«

Druwe schauderte. Er hatte einen Zeitungsbericht gelesen, in dem es hieß, dass eine halbe Million Berliner Frauen von den russischen Soldaten missbraucht worden waren. Er wechselte das Thema, allerdings mit wenig Fingerspitzengefühl.

»Ihr Mann wurde inzwischen für tot erklärt, Frau Heimann?«

Sie nickte. »Nachbarn konnten bezeugen, dass er im Sommer nach der Kapitulation eine Zeit lang in den Ruinen unseres alten Hauses gewohnt hat. Dann aber ist er plötzlich verschwunden.« Sie schwieg eine Weile. »Ich hätte den Bescheid schon letztes Jahr erwirken können, aber ich wollte es nicht wahrhaben«, antwortete sie, und Druwe bemerkte den Schimmer in ihren Augen.

»Können Sie sich vorstellen, wie es ist, einen Menschen mit einem Schriftstück, einem behördlichen Vorgang auszulöschen? Kein Abschied, keine noch so kurze Zeit der gemeinsamen Trauer. Kein Leichnam, dem man eine letzte Ehre erweist. Und kein echtes Grab, an dem ich meinen Schmerz ausweinen darf.«

Druwe schluckte trocken und schwieg. Eva hätte in dieser Situation sicherlich etwas zu sagen gewusst. Er hingegen war vollkommen hilflos.

»Das Schlimmste ist dieses Gefühl der Unerfülltheit«, fuhr Hedwig Heimann fort. »Jeder Mensch hat doch ein Ziel, eine Bestimmung. Richard und ich hatten noch so viel vor. Er träumte davon, nach Skandinavien zu gehen. In Schweden suchen sie Ingenieure. Jetzt werden dort Dinge gebaut, an deren Entstehung er hätte mitwirken können. Ein Krieg zerreißt das Leben wie die Musik eines Grammophons, dessen Nadel man von der Schallplatte fegt. Das Stück bleibt ungehört, das Werk für immer unvollendet. Obwohl man weiß, dass da noch etwas gekommen wäre. Diese Vorstellung ist unerträglich.«

»Es tut mir leid«, sagte Druwe.

»Eine Kleinigkeit kann ich in Richards Namen noch tun. Ich dachte, ich hätte damals Ihrer Frau bereits alles gegeben.« Sie hielt in der Bewegung inne, als brauchte sie Zeit, sich zu erinnern. Schließlich griff Hedwig Heimann nach einer Pappschachtel in ihrem Schrank.

»Als ich aus der russischen Kommandantur entlassen wurde, bin ich zurück zu unserer alten Wohnung in Friedrichshain. Das Haus war halb zerstört und einsturzgefährdet. Ich durfte nicht hinein, aber die Feuerwehr hat aus den intakten Räumen noch persönliche Sachen herausgeholt. Einen Teil habe ich erst jetzt nach der Todeserklärung erhalten. Ich verstehe nicht viel davon, habe mich aber daran erinnert, dass mich ihre Frau vor fast drei Jahren aufgesucht hat. Sie war damals hochschwanger.« Sie lächelte. »Eine resolute Person. Ich hoffe, es geht ihr und dem Kind gut.«

In Druwe löste sich die Beklommenheit ein wenig. »Es sind Zwillinge. Und ja, es geht ihnen gut.«

»Nehmen Sie diese Unterlagen. Vielleicht war Richards Tod nicht ganz umsonst. Es scheint, als hätte er Notizen über schlimme Dinge gemacht, die im Krieg geschehen sind. Er hat Sie darin auch direkt erwähnt. Deshalb bin ich auf die Idee gekommen, es Ihnen auszuhändigen. Ich will davon nichts mehr wissen.«

Druwe nahm die Schachtel an sich. Es war ein grauer, flacher Karton mit Stockflecken, dessen Deckel mit Paketband gehalten wurde. Er entschied sich, ihn erst in seinem Hotel zu öffnen.

»Ich habe einem Bekannten von Ihnen erzählt«, sagte Frau Heimann plötzlich. »Über ihn bin ich überhaupt erst an die Adresse von diesem Herrn Kupner gekommen. Er ist ebenfalls Amerikaner und würde Sie gern kurz treffen.«

Druwe zuckte zusammen, als wäre eine Tür laut ins Schloss gefallen. Und schalt sich fast sofort einen Narren. Zweifel, Misstrauen und Vorbehalte nahmen bei ihm langsam krankhafte Züge an. Als Mitarbeiter der Nachrichtendienste wurde man offenbar schnell von einer Art Paranoia und Verfolgungswahn gepackt.

»Ich habe diesen Mann vor einigen Monaten in einem Lokal kennengelernt«, fuhr Hedwig Heimann fort. Sie deutete seine Reaktion offenbar falsch und versuchte, sich zu erklären. »Nicht, was Sie denken, Herr Druwe. Er ist Arzt und arbeitet im Gefängnis Spandau. Er liebt mich, und er will mich heiraten. Sowie die Militärverwaltung ihr Einverständnis gibt, gehe ich mit ihm in die Staaten. Von meinem alten Leben bleibt dann nur mein Vorname.«

»Und Ihr zukünftiger Mann möchte mich sprechen?«, fragte Druwe.

Sie schüttelte den Kopf. »Nicht er. Sein Kollege und ehemaliger Vorgesetzter. Ein gewisser Kelley. Er hat einige der Nazi-Größen vor dem Nürnberger Prozess betreut und sie auf ihre geistige Gesundheit hin untersucht.«

Sie reichte Druwe einen Zettel mit Namen und Telefonnummer. »Rufen Sie meinen Verlobten bitte an. Er wird den Kontakt zu Kelley herstellen. Verstehen Sie es als Gegenleistung für die Überlassung der Akten.«

Druwe hatte sich entschieden, ein Hotel zu nehmen, das auch von Angehörigen der alliierten Truppen genutzt wurde. Der westlich gelegene Teil Charlottenburgs war durch die Bombennächte weniger in Mitleidenschaft gezogen worden. Das *Grand Hotel Spreeblick* versprach im Namen zwar mehr, als es hielt, war jedoch durchaus angenehm. Die ganz großen Adressen am Potsdamer und Pariser Platz lagen ohnehin in Schutt und Asche. Und im Osten der Stadt hatten die russischen Besatzer alles abtransportiert, was nicht untrennbar mit dem Bauwerk verbunden war.

Druwe war es leid, als Mensch zweiter Klasse betrachtet zu werden. Noch am Flughafen hatte man ihn in der Schlange warten lassen, bis alle Amerikaner und Briten abgefertigt waren. Sein Hotelzimmer gehörte zu dem für Deutsche reservierten Kontingent, war entsprechend klein und lag zur Straßenseite, so dass er dem Puls der Stadt lauschen durfte. Berlin hatte schon vor dem Krieg immerzu gebaut. Es baute auch während des Kriegs. Und jetzt baute es wieder.

Er nahm den Aktenkarton, den ihm Frau Heimann überlassen hatte, aus seiner Aktentasche. Er stand jetzt mehrfach in der Schuld dieses Ehepaars. Heimanns Aufzeichnungen über die Ereignisse bei Witebsk waren entscheidend gewesen für sein eher mildes Urteil. Und nun hatte er noch diese Dokumente bekommen. Insgesamt mochte es weniger als ein halber Ordner sein. Jedoch waren diese Fakten sehr aufschlussreich. Sie wirkten auf den ersten Blick langweilig, aber in Druwe regten sich die Instinkte des erfahrenen Ermittlers. Was er hier vor sich hatte, waren Hintergrundinformationen. Viel zu oft hatten sich Briten und Amerikaner bei der Verfolgung von Nazi-Verbrechen nur mit den allzu offensichtlichen Fakten beschäftigt. Sie versuchten, die Verantwortlichen zu finden, die sich dann – ganz im Einklang mit der Rechtsauffassung der Sieger – damit herausredeten, dass man ihnen keine direkte Tatbeteiligung nachweisen konnte. Die bisherigen Prozesse waren vorwiegend gegen die erste Reihe der Täter gerichtet. Die Kommandanten der Lager. Die Befehlshaber der Spezialkommandos, die an Kriegsverbrechen beteiligten hohen Offiziere, die SS-Ärzte aus den Todeslagern. Die Verantwortlichen im Hintergrund, die vielen Planer, Zuträger und Übermittler waren unbehelligt geblieben.

Bei der Kripo hatte Druwe oftmals auf die Verhaftung kleinerer Ganoven verzichtet, wenn sie ihn zu den wirklich wichtigen Hintermännern führten. Als er jetzt die Akten überflog, bemerkte er mit Entsetzen, dass in den vergangenen drei Jahren diese Art von Tätern gar nicht beachtet worden war. Heimann hatte aus den Akten, die sein Vorgesetzter Fiedler zusammengetragen hatte, und offenbar auch aus vielen

Gesprächsnotizen und Protokollen eine Art Zusammenfassung gefertigt. Öfter fielen darin die bekannten Namen Reinhard Heydrich und Ernst Kaltenbrunner. Aber viele unbekanntere Männer hatten im RSHA gearbeitet: Schöngarth, Zierl, Breitenberg, Eichmann. Figuren, die die Maschinerie ersonnen und gelenkt hatten.

Druwe nahm sich die Zeit, einige Seiten zu lesen. Hier war die Rede von einer Gestapo-Abteilung, einem Referat IV beim Reichssicherheitshauptamt. Er war sicher, dass Horst Breitenberg diese Abteilung erwähnt hatte. Oder war es Zierl gewesen? Es fanden sich Namen mit Dienstgraden und kurzen Lebensläufen. Gerstein, Günther, Brunner, Eichmann, Pfannenstiel, Dannecker, Krumey. Bereits nach kurzem Lesen erwiesen sich die Zusammenhänge in der Organisation als sehr verwirrend. Es gab Verbindungen zu pharmazeutischen Betrieben, zu Banken und Unternehmern. Die SS zog offenbar einen riesigen wirtschaftlichen Nutzen aus den deportierten Gefangenen. Und die genannten Männer spielten auf der Landkarte eine Art Vernichtungsschach. Sie verschoben Gelder, Menschen und Ressourcen, als wären es Holzfiguren auf einem gigantischen Spielbrett.

Druwe war erschöpft, als er drei Stunden später die Akten zur Seite legte. Heimann hatte nur einen winzigen Teil jenes Wissens kopiert, über das Ernst Fiedler verfügt hatte. Was musste sich also in den Verstecken befunden haben? Kupner hatte ihm berichtet, dass Tanner sich weiterhin weigerte, Einzelheiten daraus preiszugeben. Die gesamte Sache war nun *topsecret*. Benommen läutete Druwe nach dem Hotelpagen und ließ sich zwei Tabletten Luminal bringen. Gern hätte es auch Kognak sein dürfen, aber er spürte, dass ihn das in einen Abgrund reißen konnte. Aber er brauchte etwas Schlaf.

Nach einer unruhigen Nacht erwachte Druwe mit Kopfschmerzen. Ihn sorgte jedoch vor allem ein neuerliches Druckgefühl in der Brust. Als er in der Schweiz knapp dem Tod entronnen war, hatte er es ignoriert. Jetzt wollte er keinesfalls, dass sein Herz wieder schlappmachte. Nach drei Tassen Kaffee und zwei Zigaretten ließ das Stechen endlich nach. Das Hotel verfügte über zwei Telefonzellen, und Druwe verlangte über die Vermittlung eine Verbindung zu Lieutenant Colonel MD Douglas Kelley. Hedwig Heimann hatte ihm berichtet, dass ihr Verlobter und Kelley beim *Medical Corps* der Berlin Brigade arbeiteten. Im Moment hielten sich die Ärzte im Gefängnis Spandau auf, in dem die Hauptkriegsverbrecher ihre Strafen absaßen.

»*Druwe? Yeah, fine. Heddy already informed me.*« Der Mann klang müde, hatte jedoch eine sympathische Stimme. »Bringen Sie das Paket um halb eins nach Spandau. Die Adresse kennen Sie ja.« Er legte auf.

Druwe war zunächst verdutzt, begriff jedoch schnell. Kelley hatte die Befürchtung, dass die Leitungen abgehört wurden. *Das Paket*. Das war er selbst. Wer wie Druwe Kripo-Arbeit kannte und zwölf Jahre Gestapo-Spitzelei erlebt hatte, wusste, dass der Mann nur vermeiden wollte, dass am Telefon irgendwelche wichtigen Informationen preisgegeben wurden.

Das Hotelangebot zum Frühstück war üppig. Die neue D-Mark verfügte offenbar über geheime Zauberkraft, denn plötzlich waren überall Dinge zu haben, die die Deutschen drei Jahre lang nicht gesehen hatten. Zwar galt die Reform der Währung, die im Juni in den Westzonen stattgefunden hatte, offiziell noch nicht in Berlin. Jedoch war für die alte Rentenmark fast nichts mehr zu bekommen. Die Leute wollten Dollar oder eben neue D-Mark.

»Keene ordentliche Märker? Dann mach 'ne Mücke«, pflegte man dieser Tage auf den Berliner Straßen oft zu hören.

Druwe hatte viel Zeit und schlenderte den Kurfürstendamm in Richtung Osten. Das Gelände des Großen Tiergartens war recht kahl. Die Bäume, die die Schlacht um Berlin überstanden hatten, waren kurz danach in die Öfen der frierenden Leute gewandert. Rechts und links der Charlottenburger Chaussee waren Wellblechbauten zu sehen. Diese Nissenhütten prägten das Bild vieler zerstörter Städte in Deutschland. Blechhaube, Lüftung, Tür und Bollerofen. Vierzig Quadratmeter für mindestens acht Personen. Noch Jahre nach dem Krieg brachte diese Tristesse Menschen in ihrer Verzweiflung dazu, sich am Gestänge der Rückseite solcher Behausungen aufzuhängen. Druwe musste an die Pracht denken, die sich hier den Besuchern der Olympischen Spiele vor zwölf Jahren geboten hatte. Ein Meer aus Fahnen aller Nationen. Gereinigte Sandsteinfassaden, die in warmem Gelb strahlten. Sonnenstrahlen, die auf Spree und Havel tanzten. Damals hatte der große Verführer alle eingewickelt. Der spröde, deutsche Charme war einem Moment der Offenheit und Freude gewichen. Das Vegetieren und Überleben im Berlin von heute hatte mit dem Gefühl von damals rein gar nichts zu tun.

Bereits gegen halb zwölf winkte sich Druwe ein Taxi heran. Er hatte nicht gewagt, sich dem Brandenburger Tor zu nähern. Zwar war keine echte Grenze zu erkennen, jedoch hatten russische Einheiten den Platz davor in einem Halbrund besetzt. Gut möglich, dass ein Westberliner von einem Ausflug auf den Pariser Platz nicht zurückkehrte. Das zerbombte Reichstagsgebäude und der halb zerstörte Lehrter Bahnhof konnten Druwes Stimmung ebenfalls nicht heben.

»Ich muss um viertel nach zwölf in der Haftanstalt Spandau sein. Fahren Sie ein bisschen herum, damit ich nicht zu früh bin«, wies er den Fahrer des Taxis an.

Spandau war ein etwas verschlafener Vorort am westlichen Havelufer. Letztlich hatte Potsdam immer schon Glanz und Gloria des Kaiserreichs auf sich vereint, für das benachbarte Spandau blieben die Kasernen und Zuchthäuser. Das Festungsgefängnis lag an der Wilhelmstraße und schüchterte durch das Eingangstor nicht nur künftige Insassen ein. Eine wuchtige Mauer und zwei schmale Backsteintürme hatten in moderner Zeit zwar keine militärische Funktion mehr, jedoch war der psychologische Effekt recht stark. Hier also saßen die Kriegsverbrecher des Nürnberger Hauptprozesses ein, die nicht am Galgen geendet waren. Druwe erinnerte sich an die Namen Dönitz, Speer und Heß. Männer, die vor einigen Jahren noch an der Spitze des NS-Staats gestanden hatten, waren jetzt Sträflinge. Beim Wachposten nannte er seinen Namen und wurde umgehend zu einer Art Wartebereich hinter dem Haupteingang gebracht. Einige Minuten später erschien ein Mann, der in den Dreißigern sein mochte. Sein Gesicht war etwas aufgedunsen, er wirkte erschöpft.

Ohne Tabletten findet der nicht in den Schlaf, dachte Druwe, als er dem Mann, der sich als Dr. Douglas Kelley vorstellte, die Hand schüttelte. Da kenne ich mich aus.

»Falls Sie sich wundern, dass ich in Zivil bin«, sagte Kelley, als ahne er Druwes Frage. »Ich wurde vom US-Oberkommando demobilisiert und bin nur noch Militärarzt der Reserve. Da ziehe ich einen guten Anzug vor.«

Der Mann führte seinen Gast durch einige Gänge zum Verwaltungstrakt des Gefängnisses. An einer Tür stand sein Name: *Douglas M. Kelley, M. D., Psychiatrist.* Als Druwe ins Zimmer trat, stand ein weiterer Mann in einer Ecke des Raums, der sich offenbar an Getränken bediente.

»Zunächst möchte ich Ihnen kurz meine Aufgabe während der Kriegsverbrecherprozesse erklären. Dann verstehen Sie auch mein Interesse an …« Er suchte nach Worten. »… den Versteckspielen der Nazi-Mörder. Ich habe über meine Untersuchungen eine Abhandlung und mehrere Fachartikel geschrieben.« Kelley hatte hinter dem wuchtigen Schreibtisch aus Eichenholz Platz genommen. Nun schob er Druwe ein Buch über den Tisch. Der Umschlag zeigte einen schwarzen Rand mit einem Loch, als hätte eine Abrissbirne eine Wand zerschlagen. Ein Mann blickte als Schattenriss zu einem in Rot gehaltenen Gitter. *22 Cells in Nuremberg* lautete der Titel.

»Ich habe den Geisteszustand Görings, Streichers und der anderen Angeklagten untersucht«, fuhr der Psychiater fort. »Dabei war von Interesse, ob es eine Art Veranlagung im Erbgut oder Störung im Gehirn sein könnte, die Menschen dazu bewegt, derartige Verbrechen zu begehen. Etwas, das wir in Zukunft besser und früher erkennen könnten. Wie eine Krankheit.« Der Arzt wirkte nach der kurzen Erläuterung noch erschöpfter. »Jetzt will ich eine Untersuchungsreihe folgen lassen, die sich mit Reue und Schuldgefühlen bei den noch lebenden Verurteilten befasst.«

»Und was hat das Ganze mit mir zu tun?«, fragte Druwe.

»Bei meinen Vorträgen wurde ich immer wieder von Studenten und Politikern gefragt, ob sich meine Studienergebnisse auch auf den kleinen Mann übertragen lassen. Auf Angestellte der Rüstungsbetriebe, Verwaltungsleute der SS, Beamte der Gestapo und so weiter. Da kommen Sie und Mister Morris ins Spiel.« Kelley nickte in Richtung des Mannes, der in der Ecke seinen Mittagswhiskey genoss. »Sie kennen sich?«

»Charlie Morris?«, rief Druwe überrascht. »Was machen Sie denn hier?« Charlie, das Trüffelschwein, in Berlin.

»Mr Druwe, *nice to see you*«, erwiderte Morris. »Ist eine Art Freistellung für Dr. Kelleys Projekt.« Sein Deutsch war nun doch etwas besser geworden.

»Mr Morris steckt seine berühmte Nase ein wenig in die Angelegenheiten der mittleren Nazi-Dienstebenen«, erläuterte Kelley. »Ich will mit diesem Wissen meine Forschungsarbeit ausbauen. Dann kann mir nicht mehr zum Vorwurf gemacht werden, dass ich nur die Großen befragt hätte. Als dann mein Kollege Steven mit Heddy Heimann anbandelte, war es nur eine Frage der Zeit, bis Ihre Geschichte mit Ernst Fiedler zur Sprache kam. Morris wusste Bescheid über Sie. Und Hedwig erinnerte sich, dass Ihre Frau vor knapp drei Jahren deshalb hier war. Ihr Mann hatte Unterlagen über Fiedler gesammelt. Nur helfen mir Akten nicht, Mr Druwe. Für meine Arbeit muss ich die Leute direkt befragen. Meine psychologische Arbeit lebt von Interviews und Zeugenaussagen.«

»Warum haben Sie Hedwig nicht aufgefordert, die Unterlagen an die US-Behörden zu übergeben?«, fragte Druwe.

Dr. Kelley lächelte nachsichtig. »Wir wissen beide, dass das Interesse meines Landes an ehemaligen Nazis abgeebbt ist. Natürlich wird man weiterhin die übelsten Schlächter wie Knöchellein oder Dietrich jagen und verurteilen. So etwas beruhigt die öffentliche Meinung. Ein Mann wie Ernst Fiedler könnte es jedoch schaffen, sich freizukaufen. Durch Preisgabe seiner Informationen. In einem solchen Fall lässt unser *Counter Intelligence Corps* gern mal ein paar unschöne Fakten unter den Tisch fallen. Und ich werde bestimmt nicht mein Renommee aufs Spiel setzen, um dieses zugegeben etwas ekelhafte System zu ändern.«

Kelley nahm sich eine Zigarette und bedeutete seinen Gästen, sich ebenfalls zu bedienen. Morris entschied sich jedoch für einen weiteren Whiskey.

»Charlie«, sagte der Psychiater. »Also, Mr Morris wird mein Verbindungsmann zur britischen Seite sein. Sofern wichtige Männer der mittleren Ebene verhaftet werden, erfahre ich davon. Und von Ihnen, Mr Druwe, erbitte ich bevorzugte Behandlung, was Ernst Fiedler angeht. Wenn Sie ihn haben, dann melden Sie sich so schnell wie möglich bei mir. Es geht nur um Befragungen in ähnlicher Art, wie ich sie schon mit Göring und den anderen durchgeführt habe. Fiedler wäre ein perfektes Studienobjekt. Sozusagen die mittlere Ebene in diesem teuflischen Spiel. Ich muss wissen, wie solche Leute denken und fühlen. Welche Motive sie antreiben. Schreiben Sie mir nicht hierher. Rufen Sie auch nicht an. Das landet alles als Kopie in Moskau und Washington. Und wer weiß, wie diese unselige Berlin-Sache ausgeht. Schreiben Sie am besten der Außenstelle von *OMGUS* in Frankfurt. Dann kommt die Post sicher innerhalb von drei Tagen bei mir an. *Das Paket liegt zur Abholung bereit*. Etwas in der Art. Ich melde mich dann bei Ihnen.«

Druwe willigte ein. Zwar waren ihm diese psychologischen Thesen, die neuerdings immer moderner wurden, nicht geheuer. Aber Kelley erschien ihm sympathisch. Und er war dem Arzt etwas schuldig.

Zum Abschied lud Kelley beide Männer noch zum Mittagessen ein, jedoch war Druwe mit seinen Gedanken bereits woanders. In seinem Kopf rauschte es. Mittlerweile war er nicht mehr sicher, ob Kelley recht hatte. War Fiedler tatsächlich nur eine Figur der mittleren Tatebene gewesen? Oder hatte er sich nach dem erhofften Endsieg zu etwas Großem berufen gefühlt? War er vielleicht für jemand ganz oben der Schattenmann und Einflüsterer gewesen? Eine Art Richelieu für Kaltenbrunner oder sogar Bormann? Hatte er dafür fleißig alles gesammelt, was sich archivieren und abfotografieren ließ? Um dann im Angesicht der drohenden Niederlage wiederum die Strategie zu wechseln und seine Informationen an den Meistbietenden zu verkaufen?

In Gedanken versunken trat er eine Stunde später durch das Tor des Spandauer Gefängnisses. Er wollte bereits umdrehen und den Wachhabenden nach einer Verbindung in die Innenstadt fragen, als er am Straßenrand gegenüber einen recht gepflegten W 24 Wanderer bemerkte. Ruiniert wurde der Wagen, da er am Heck einen Holzvergaser aufgesetzt bekommen hatte, der leicht vor sich hin räucherte. An den Seitenfenstern waren Schilder angebracht, die das Fahrzeug als Taxi auswiesen. Druwe eilte auf den Mann zu, der gegen die Motorhaube gelehnt die Nachmittagssonne genoss.

»Kudamm«, rief er und winkte wieder mit einigen Dollarscheinen.

Wenig später setzte sich der Wagen auf der Wilhelmstraße Richtung Süden in Bewegung. Auf der Gatower Straße kamen sie an das idyllische Havelufer. Das Panorama wurde zunehmend ländlicher.

»Ich sagte Kudamm, guter Mann«, wandte Druwe sich an den Fahrer.

»Ja, ich weiß. Aber heute sprengen sie die Reste vom *Spandauer Bock*. Alles gesperrt. Totales Chaos. Wir nehmen eine Strecke, die nur die Kutscher kennen. Vertrauen Se mir. Kost nüscht extra.«

Spandauer Bock, erinnerte sich Druwe. Er war vor dem Krieg ein paar Mal dort gewesen. Eine gute, alte Schankwirtschaft am Spandauer Damm. Offenbar auch hinüber.

Er döste vor sich hin. Linker Hand wurde die Havel immer breiter, Schwanenwerder und kurz darauf die Pfaueninsel kamen in Sicht. Hier war Berlin dörflich. Sakrower Straße. Plötzlich war er hellwach. Der Wanderer schoss mit stark überhöhter Geschwindigkeit durch den kleinen Ort.

»Sind Sie verrückt?«, rief er. »Fahren Sie langsamer!«

Dann geschah es. Am Straßenrand standen einige britische Soldaten. Sie kümmerten sich nicht sonderlich um den Wagen, der auf die Absperrung zuraste. Ein kleines Wachhaus war nicht besetzt, schließlich gab es derzeit keinen Grenzverkehr zwischen den Zonen. Die Schranke der britischen Seite war geöffnet. Ob aus Nachlässigkeit oder anderen Gründen vermochte Druwe nicht zu sagen. Und eben in diesem Moment wurde die sowjetische Absperrung zur Seite geschoben. Mit fast achtzig Stundenkilometern fegte der schwarze Wagen durch die Grenzanlage. Und Druwe befand sich nun in der sowjetischen Besatzungszone. Er war stinksauer und zu allem bereit. Notfalls wollte er aus dem fahrenden Wagen springen.

»Ganz ruhig, Herr Druwe.« Der Fahrer hielt jetzt eine glänzende *Tokarew* auf seinen Gast gerichtet und lenkte nur mit einer Hand. Ein Schuss in dieser Enge wäre mit Sicherheit ein übler Treffer. Bauch oder Lunge.

Druwe biss sich auf die Lippen. Gern hätte er den Kerl mit einem Schwinger seiner Rechten ausgeschaltet. Die Aussicht auf eine verirrte Kugel oder einen schweren Unfall war jedoch nicht verlockend.

»Bleiben Sie einfach ruhig sitzen«, sagte der Fahrer, ohne ihn anzusehen. »Wenn Sie hier herausspringen, wird man Sie abschießen wie einen Eber. Wenn Sie mich angreifen und verletzen, dann werden Sie sich wünschen, Sie wären nie zur Welt gekommen. Entspannen Sie sich, und genießen Sie die Fahrt durch die künftige Sowjetrepublik Deutschland.« Der Mann lachte.

Druwe musste zugeben, dass seine Aussichten, zu fliehen, mit jeder Sekunde geringer wurden. Je weiter sie im russischen Sektor waren, desto geringer war die Chance, heil in die Westteile Berlins zurückzukehren. Sie umfuhren Berlin in einem weiten, südlichen Bogen über Potsdam, Zossen und kamen über Müggelsee und Köpenick wieder nach Berlin. Druwe ahnte, dass es zum Hauptquartier der russischen Besatzungstruppen ging. Als der Fahrer den Wagen auf der Treskowallee nach Norden steuerte, hatte er Gewissheit.

»Willkommen in Karlowka, Herr Druwe.« Der Mann strahlte, als wäre dies der größte Kulturschatz des russischen Reichs.

An einer Straßenkontrolle hielt er an und zeigte einen Ausweis vor. Druwe betrachtete die Häuserreihen, die allesamt eine sowjetische Beflaggung oder Stalinbilder aufwiesen. Karlshorst war vor dem Krieg ein bürgerlich geprägter Stadtteil gewesen. Vor drei Jahren hatten die Russen fast alle Deutschen aus ihren Häusern vertrieben, da sie Wohnraum für ihre Offiziere und deren Angehörige brauchten. Und natürlich hatte das Gebiet auch eine symbolische Bedeutung, denn hier war die bedingungslose Kapitulation des Reichs unterzeichnet worden.

»Herr Druwe, verzeihen Sie die etwas rüde Art der Einladung.« Ein russischer Major betrat den Raum, in den man Druwe geleitet hatte, nachdem er das Gebäude der Militär-Administration betreten hatte. »Mein Name ist Kusnezow. Ich bin Verbindungsoffizier der Roten Armee bei der Kommandantur und vertrete dort den Genossen Kotikow.«

Druwe sprang auf. »Einladung? Kein Wunder, dass Ihre Armee einen solchen Ruf hat, Herr Major. Wenn ihr eure Frauen auch so galant umwerbt, dann ist das russische Volk bald ausgestorben.« Er musste sich einfach Luft machen, auch auf die Gefahr hin, es zu bereuen. »Woher kennen Sie eigentlich meinen Namen?«

Der sowjetische Offizier lächelte nachsichtig. »Glauben Sie wirklich, wir wären so weit gekommen, wenn wir nur laut schreien und mit dem *Mosin-Nagant* ballern könnten?« Er legte eine Aktenmappe, die er unter dem Arm getragen hatte, auf den Tisch und deutete mit dem Finger darauf. »Da drin steht alles Wichtige über Sie, Herr Druwe. Ihr Leben ist quasi ein offenes Buch für uns.

Und natürlich kennen wir Frau Heimann, die uns noch einen Gefallen schuldig war«, fuhr er fort. »Auf diese Weise haben wir sie ganz ohne Zwang hierher bekommen.«

»Aha«, meinte Druwe. »Ich nenne eine Entführung nicht zwanglos!«

»Kommen Sie, Herr Druwe. Erzählen Sie mir nicht, dass Ihre Leute das anders machen.«

»Meine Leute …?« Druwe hielt kurz inne. Er musste sich eingestehen, dass der Mann durchaus recht hatte. Die Russen und Amerikaner waren jetzt böse aneinandergeraten. Und selbstverständlich sammelten die Agenten jeder Seite alle Arten von Informationen über den neuen Feind. Sicherlich hatten der britische *MI-6* und das amerikanische *Army CIC* auch eine *Akte Kusnezow* angelegt.

Ich bin zwar nur ein kleines Licht bei der *Field Security*, aber für die Russen bin ich damit der Gegner, dachte Druwe frustriert. Und jetzt? Arbeitslager in Sibirien?

»Was wollen Sie von mir?« Er riss sich zusammen. »Ich bin ein Hilfsarbeiter bei den Briten. Sie würden mich nicht mit Chauffeur hierherfahren lassen und persönlich empfangen, wenn da nicht etwas wäre.«

Der Major schlug eine Seite der Akte auf und las einen Abschnitt vor. »*Brillanter Analyst. Planung und Kontrolle im Vordergrund. Niedrige Frustrationsschwelle. Ausgeprägtes Gerechtigkeitsempfinden. Gehemmt impulsiv, aber nicht konfliktscheu.* Ich glaube, unser Militärpsychologe aus dem Volkskommissariat hatte mit seiner Einschätzung recht.«

»Blödsinn!« Druwe wurde laut. »Das trifft doch auf jeden dritten Mann zu! Allgemeine Floskeln. Was soll das? Sagen Sie mir endlich, was Sie wollen.«

»Wissen Sie, dass Sie eigentlich seit fast drei Jahren tot sind?«, fragte Kusnezow mit einem Lächeln auf den Lippen.

Druwe war wie vor den Kopf gestoßen und musste sich einen Moment lang sammeln.

»Ich hatte zwar mehrmals ein Rendezvous mit dem Sensenmann, habe aber bisher jede weitere Intimität abgelehnt«, sagte er dann. »Was meinen Sie damit, Herr Major?«

Die Zeiten waren derart seltsam, dass Druwe mehr als einen dummen Scherz hinter der Aussage des Russen vermutete.

»Oberbauer«, entgegnete der Offizier trocken. »Die Männer, die ihn töten ließen, dachten damals, Sie wären es. So etwas passiert, wenn die Planung schlecht ist. Wenn die Fakten nicht stimmen. Dann macht die Exekutive Fehler. Gut für Sie, schlecht für Ihren Freund.«

»Wie? Wer?«, stotterte Druwe. »Ich meine, ich saß in Haft und habe auf die Verhandlung gewartet.«

»Es geschah auf Veranlassung des Mannes, den wir alle suchen. Ernst Fiedler hatte an ein verdecktes Kommando aus alten Kämpfern den Befehl gegeben, Sie zu beseitigen. Ihm war wohl zu Ohren gekommen, dass Sie in Flensburg tätig waren. Ihretwegen sind damals einige gute Kameraden aufgeflogen. Und dann haben Sie diesem Tanner noch die Akte über Fiedler gegeben. Er musste sichergehen, dass Sie keine Gefahr mehr darstellen.«

Druwe schwieg. Er hatte in Werl immer befürchtet, dass ihn ein Mitarbeiter Fiedlers erkennen könnte. Nun war klar, dass der Mann ihn für tot gehalten hatte.

»Irgendein Idiot bei denen schnappte etwas von einem ehemaligen Polizisten auf, der aus Flensburg nach Hamburg kommen sollte. Frisch verheiratet. Kontakte zu den Briten. Dummerweise trafen die Angaben auch auf Oberbauer mit seiner neuen Flamme zu. Er war zwar ebenfalls auf der Suche nach Fiedler, aber ihm galt der Anschlag gar nicht. Damals ging eben alles drunter und drüber. Wie gesagt, Glück für Sie.«

Wieder einmal hatte das Schicksal mit Druwe Roulette gespielt. Und Oberbauer hatte an seiner Stelle verloren. Diese Erkenntnis war kaum erträglich. Benommen hörte er zu, als Kusnezow in der folgenden Stunde etwas Licht ins Dunkel dieser Geschichte brachte.

»Viele Nazis der zweiten und dritten Reihe hofften in den ersten Monaten nach Kriegsende auf ein Fortbestehen oder eine Wiederbelebung der alten Strukturen. Es bildeten sich Seilschaften in SS und Wehrmacht. Die Engländer wollten sie sogar in eine solche Gruppe einschleusen. Aber das wissen Sie natürlich.«

»*Zelle 3*«, sagte Druwe und nickte. Er sah überhaupt keine Veranlassung, seine Arbeit für die Briten zu verschweigen. Der Russe schien sowieso alles zu wissen.

»Richtig«, entgegnete Kusnezow. »*Zelle 3*. Anfangs mag das sogar ein guter Plan gewesen sein. Wie gesagt, viele Nazis waren frustriert und glaubten an diesen Quatsch vom im Hinterhalt liegenden *Werwolf*. Dann sind immer mehr Männer ausgestiegen, weil sich das Leben für sie doch recht schnell normalisierte. Nun gibt es noch im Wesentlichen drei Fraktionen, die wir in den Westzonen beobachten.«

»Wenn Sie alles wissen, was wollen Sie von mir, Herr Major?« Druwe hatte schon als Kriminalbeamter festgestellt, dass der Kontakt mit Russen oft schwierig war. Sie waren in einem Moment noch freundlich und unverbindlich, dann plötzlich wurden sie brandgefährlich.

»Also, drei Gruppen«, fuhr der russische Offizier ungerührt fort. »Da sind die Reste von *Zelle 3*. Vielleicht insgesamt zweihundert Mann. Ausgerüstet und gewaltbereit. Sie weigern sich, die neuen Realitäten anzuerkennen. Simon gehört dazu. Einige Ikonen der Nazi-Bewegung wie Skorzeny oder Galant ebenso. Dazu noch ein paar Elitekämpfer. Die haben übrigens auch Ihren Freund Oberbauer auf dem Gewissen. Dann gibt es eine Gruppe, in der die Leute sich gegenseitig wieder in den Sattel helfen wollen. Unternehmer, höhere Beamte, Richter, Polizisten. Man kennt sich und sorgt füreinander. Und die dritte Fraktion stellen diejenigen, die etwas anzubieten haben. Das sind Ingenieure, Raketentechniker, Flugzeugbauer, Kryptographen oder Atomphysiker. Diese Leute haben ihren Verstand, den sie zu ihrem Vorteil nutzen wollen. Wir und die Amis haben sie uns aufgeteilt. Andere Männer bieten ihr Wissen über Armeestärken, Bewaffnung, Strategien, Politik und vieles mehr an.«

»Und zur letzten Gruppe zählt Fiedler«, stellte Druwe fest.

»Fast richtig.« Kusnezow lächelte wissend. »Fiedler spielt in allen drei Gruppen mit. Er gaukelt *Zelle 3* vor, dass er für die Auferstehung Nazi-Deutschlands kämpft. Er mischt bei den Unternehmern und Richtern mit und pflegt Kontakte. Und natürlich verkauft er das Wissen über uns an die Amerikaner. Das sind die vielen Gesichter des Ernst Fiedler.«

Der Russe ließ sich von einem Wachmann zwei Gläser und eine Flasche bringen. »Etwas Wodka?« Er schenkte ein.

Druwe war zu schockiert, um sich über seine guten Vorsätze Gedanken zu machen, und stürzte ein Glas hinunter. Danach gleich das zweite.

»Bereits Anfang 1946 zerbrach *Zelle 3*, dieses erste Netz, allmählich. Die einfachen Helfer sprangen ab. Die Leute merkten, dass man recht schnell in ein normales Leben eintauchen konnte, obwohl man bei der SS oder Gestapo gewesen war. Für die Wehrmachtssoldaten galt das ohnehin. Plötzlich standen die Drahtzieher weitgehend nackt da. Auch Fiedler hatte seine kleine Mannschaft verloren. Daraufhin wechselte er die Taktik, ohne aber die Verbindungen zu den Resten von *Zelle 3* abzubrechen. Er hatte eine durchaus erkleckliche Sammlung von Informationen aufgebaut. Schon in München vor dem Krieg, später im Angriffskrieg gegen unser Land und schließlich bei der Verwaltung im RSHA in Berlin. Das Ganze ist nicht so groß wie bei Canaris oder Heydrich, aber durchaus interessant.«

»Wissen Sie, wo er ist?« Druwe hatte sich immer noch nicht ganz gefangen.

Kusnezow schüttelte den Kopf. »Wir wissen nur, dass er nicht bei uns ist. Die politische Lage hat sich leider derart verändert, dass sie Leuten wie Fiedler in die Hände spielt. Er kann sein Wissen ohne Risiko an die Westalliierten weitergeben. Zum Preis seiner eigenen Sicherheit und eines guten Auskommens.«

»Dann wird er das doch schon längst getan haben«, sagte Druwe. »Der Krieg ist über drei Jahre her.«

»Und ein neuer Krieg ist gerade erst ausgebrochen«, erwiderte der Russe. »Diesmal wird er an Schreibtischen entschieden, in politischen Reden, über die Zeitungen und durch das Wissen um die Schwächen des Gegners. Und Männer wie Fiedler verfügen über solches Wissen.«

»Sie meinen, er hat Informationen über russische Generäle, Politkommissare, Verwaltungsstrukturen und ähnliche Sachen, Herr Major«, stellte Druwe fest. »Fiedler ist also eher eine Bedrohung für Sie, nicht für die Amerikaner. Also noch einmal die Frage: Was genau wollen Sie von mir?«

»Ich gebe Ihnen Akten mit, die Sie Fiedlers Archiv hinzufügen werden«, antwortete Kusnezow. »Sie werden den Wert seiner Informationen mindern und ihn bei den Amerikanern in Misskredit bringen.«

»Warum schnappen Sie ihn sich nicht einfach? Neulich habt ihr doch diesen Panzergeneral in Wien einfach entführt. Ich schätze, er klopft jetzt Steine für euch.«

»Fiedler ist mittlerweile gut geschützt«, entgegnete der Offizier. »Es war wahrscheinlich eine wesentliche Bedingung für die Herausgabe seiner Informationen, dass man ihm eine neue Identität verschaffte. Und zwar eine gute. Wir können ihn erst für seine Taten zur Rechenschaft ziehen, wenn ihn die Amerikaner fallen lassen.«

Druwe begann zu verstehen. Hier drehte sich das Spitzel-Karussell derart schnell, dass einem schwindlig wurde. Die Russen fühlten sich als verschmähte Geliebte, die den Bräutigam dazu brachte, die Braut zu verstoßen, indem sie falsche Gerüchte über deren Keuschheit in Umlauf brachte.

»Was springt für mich dabei heraus?«, fragte er abgebrüht.

»Ihr Leben.«

»Da muss mehr drin sein.« Der Pokerspieler in Druwe meldete sich zurück.

Der Major lachte schallend und goss die Gläser voll. »Die Einschätzung unseres Militärpsychologen stimmt auch in dieser Hinsicht. Einen Wesenszug, den er Ihnen zugewiesen hatte, habe ich Ihnen verschwiegen. Sie sind ein Hasardeur.«

Druwe schwieg. Der Mann hatte recht. Er hatte bei vielen Kripo-Einsätzen, aber auch später an der Front gehandelt, als gäbe es für ihn kein Morgen. Aber er war nicht allein. Nicht mehr.

»Sie bekommen eine Fotografie von Fiedler«, sagte der russische

Major, der sein Schweigen als Aufforderung interpretierte. »Der Kerl hat sich in drei Jahren mächtig verändert. Sie werden staunen.«

Druwe wusste von den operativen Veränderungen im Gesicht. Und es waren fast sieben Jahre vergangen, seit er ihn das letzte Mal gesehen hatte. Er hielt jetzt eine Fotografie in Händen, die Kusnezow ihm über den Tisch gereicht hatte. Und er hätte den Mann darauf ausgelacht, wenn dieser sich als Ernst Fiedler vorgestellt hätte. Die Nase war nicht mehr fleischig, die Augenlider schienen leicht angeschrägt. Keine Spur von Tränensäcken. Kinnpartie und Jochbogen verändert. Dazu graues Haar, das wahrscheinlich auf natürlichem Weg schütter geworden war, und ein kleiner Wangenbart. Autoverkäufer, Bankangestellter, mittlerer Beamter. Unscheinbar und durchschnittlich. Druwe stieß einen Seufzer der Überraschung aus.

»Drehen sie es um«, forderte ihn der Major auf.

Auf der Rückseite der Fotografie stand ein Name. *Friedrich Seidel.*

»Seit Kriegsende schon nutzt der Mann diesen Decknamen«, fuhr er fort. »Zumindest für einige Aktivitäten im Raum Süddeutschland. Sofern Ihre Leute nicht zu lange warten, sollte man ihn aufspüren können. Was denken Sie?«

Druwe versuchte, seine Überraschung zu verbergen. Fiedler saß nicht zitternd in irgendeinem Kellerloch. Er wühlte nicht in der Erde Südamerikas herum. Stattdessen war er der nette *Herr Seidel* von nebenan und las die Morgenzeitung bei Bohnenkaffee und Semmeln.

»Was habt ihr dabei zu gewinnen?«, fragte er Kusnezow und versuchte, sich zu sammeln. »Zwar ist der *NKWD* bekannt für seine Menschenfreundlichkeit und Nächstenliebe, aber irgendetwas wollen Sie doch als Gegenleistung, Herr Major.«

»Eine kleine Gefälligkeit«, antwortete der Russe. »Ich möchte, dass Sie uns helfen, den Mann zu diskreditieren, der hinter Fiedler steckt. Der ihn deckt und beschützt. Er braucht einen Schuss vor den Bug.«

»Ich arbeite nicht als Doppelagent«, erwiderte Druwe sofort. »Ich habe Familie und hätte gern noch ein paar Jahre.«

»Wir wissen, dass die *Field Security Section* dank Ihrer Hilfe ein paar Dinge – im wahrsten Sinn – ausgegraben hat«, fuhr Kusnezow ungerührt fort. »Fiedlers kleines Versteck im Ausseer Land. Es handelt sich um Informationen, die den Mann belasten, von dem ich spreche. Er ist für ein paar unsaubere Aktionen in der Schweiz während des Krieges und danach verantwortlich. Jetzt will er Direktor einer neuen US-Nachrichtenbehörde werden. Und eben auf diesem Posten wollen wir ihn nicht sehen. Wenn die Machenschaften bekannt werden, kann er seine Ambitionen vergessen. Und genau dabei werden Sie mir helfen.«

»Wer ist es?«, fragte Druwe ungeduldig.

»Er heißt Dulles. Allen Dulles«, antwortete Kusnezow.

Druwe wusste nicht, ob das Ohrrauschen durch den Wodka kam, zu dem er sich hatte verleiten lassen. Oder ob sein Verstand jetzt derart auf Hochtouren arbeitete.

Natürlich!, dachte er und hätte sich gern an die Stirn geschlagen. Dulles. Der Mann zog von der Schweiz aus die Fäden für die amerikanischen Interessen. Nur ein Amerikaner konnte im Moment derart viel Einfluss haben, dass ein Mann wie Fiedler unter seinen Fittichen sicher war. Dulles war das *D* auf diesem Stück Papier, das der tote Oberbauer in der Hand gehalten hatte. Und Fiedler war schlau genug gewesen, ein paar Trümpfe in der Hand zu behalten. Informationen, die Dulles gefährlich werden konnten. Tanner, Kupner und er hatten die kleinen Fässer mit den Akten aufgespürt. Jetzt hatten sie Dulles in der Hand.

»Unterschätzen Sie den Mann nicht«, sagte der russische Offizier, als hätte er Druwes Gedanken erraten. »Schlau wie ein Fuchs. Skrupellos wie ein Assassine. Die englische Regierung würde die Informationen über ihn verschwinden lassen. Aus Angst, die Unterstützung des großen Onkels in Washington zu verlieren. Wenn Sie selbst damit an die Öffentlichkeit gehen würden, säßen Sie ganz schnell wieder in Werl. Und da fände man Sie an der Decke baumelnd.«

Druwe wusste, dass es hier nichts weiter zu verhandeln gab. Kusnezow hatte ihm für einige Zusammenhänge die Augen geöffnet. Mit Genugtuung nahm er zur Kenntnis, dass viele Leute hinter Fiedler her waren. Und nun waren bei der Jagd sogar die Russen seine Verbündeten. Er nahm sich vor, Kupner und Wiesenthal nochmals nach diesem Dulles zu befragen.

Nachdem Druwe bei einem bescheidenen Abendessen zugestimmt hatte, die ihm zugedachte Aufgabe zu übernehmen, ging alles recht schnell. Kusnezow übergab ihm eine vorbereitete Aktentasche.

»Darin finden Sie die Papiere, die Sie Fiedler unterschieben können«, meinte der Offizier, als sie einen weiteren Wodka getrunken hatten. »Wie Sie das machen, überlasse ich Ihrem Geschick. Je besser es gelingt, umso eher vergessen wir, dass es Sie gibt.«

Druwe konnte nicht umhin, die feine, russische Art, Drohungen auszusprechen, zu bewundern. Kusnezow begleitete ihn vor die Kommandantur und verabschiedete sich. Derselbe Wagen, der ihn gebracht hatte, fuhr Druwe nun zurück in die Innenstadt. Diesmal gab es jedoch keine Umwege. Der Fahrer steuerte geradewegs durch Berlin-Mitte. Am Pariser Platz nahm er das Gas etwas weg und kutschierte Druwe seelenruhig an den russischen Schützenpanzern und Sperren vorbei. Offenbar war der Fahrer hier allen Soldaten bekannt. Niemand machte Anstalten, den Wagen anzuhalten und Papiere einzusehen. Druwe staunte. Das Brandenburger Tor war zwar lädiert und zeigte überall Einschusslöcher. Aber immerhin, es stand noch. Und im Gegensatz zu Napoleon hatte Stalin immerhin nicht die Quadriga gestohlen.

Kurz hinter dem Tor hielt der Wagen, und Druwe stieg aus. Mit immer noch leicht mulmigem Gefühl schritt er in Richtung der britischen Grenzwachen. Natürlich gab es Ärger. Wer kam derzeit schon ohne böse Absichten aus dem Osten? Drei Stunden verbrachte er in der Wachstube, bis ihn ein telefonisch übermittelter Befehl Tanners endlich erlöste. In seinem Hotel angekommen, schlief Druwe zwölf Stunden.

IV

Wenn die Liebe dir winkt, folge ihr, sind ihre Wege auch schwer und steil. Und wenn ihre Flügel dich umhüllen, gib dich ihr hin, auch wenn das unterm Gefieder versteckte Schwert dich verwunden kann.

Khalil Gibran, 1883–1931

23

München, Oktober 1948

Kurz nach Druwes Rückkehr zur amerikanischen Basis in Frankfurt war eine Nachricht Kupners eingetroffen, der ihn in München treffen wollte. Schweren Herzens hatte er sich also in einen Zug nach Süden gesetzt.

»Der Kerl wusste alles über mich, Moshe«, sagte Druwe.

Er und Kupner saßen im Café des Theatinerhofs in der Münchner Altstadt. Nur langsam fiel die innere Spannung von ihm ab. Er war entsetzt, wie einfach es gewesen war, ihn über die Zonen- und Sektorengrenze zu entführen. Auch entsetzt darüber, dass die Welt auf beiden Seiten schon derart verschieden war. Eben noch geeint im Kampf gegen einen fürchterlichen Gegner, standen sich erneut zwei Lager unerbittlich gegenüber. Druwe wusste, er hätte leicht in einem sowjetischen Gulag landen können. Stattdessen hatte ihn Major Kusnezow zum Abendessen eingeladen. Ein schier unerträgliches Wechselbad der Gefühle lag hinter ihm.

»Wir haben lange unterschätzt, dass Aufklärung und Spionage für eine Zeit nach dem Krieg wichtig sind«, erwiderte sein Schwiegersohn. »Die Russen waren da seit zwanzig Jahren viel weiter. *NKWD*, *GUGB*, *NKGB* und jetzt *MGB*. Da steigt keiner durch, wer wo für wen herumspitzelt. Sei froh, dass du das überlebt hast. Eva verschweigst du den Ausflug besser, sonst verlangt sie, dass du Gärtner wirst.«

Druwe nahm aus einer großen Mappe eine Vielzahl von Dokumenten hervor. Er selbst hatte bereits Schwierigkeiten, die echten und gefälschten Angaben auseinanderzuhalten. Und er legte das Foto, das er von Kusnezow erhalten hatte, auf den kleinen, runden Tisch.

»Friedrich Seidel«, sagte er. »Wenn der Name noch stimmt, dann haben wir ihn, Moshe.«

Kupner betrachtete das Bild. Er kannte Fiedler nicht persönlich und sah keinerlei Ähnlichkeiten mit Fotos aus den Personal- und Parteiakten.

»Meinst du, es könnte wirklich unser Mann sein?«, fragte er.

»Je länger man es betrachtet, desto mehr zeigt sich das Gesicht dahinter«, erwiderte Druwe. »Sofern man ihn schon vorher kannte. Wir sollten überprüfen, ob irgendwo in den Städten ein Mann mit diesem Namen aufgetaucht ist«, schlug er vor. »Und wir müssen entscheiden, was wir mit diesen Dokumenten machen.«

»Tanner hat vor zwei Jahren eine *Leica*-Kamera bei den Russen gekauft«, sagte Moshe Kupner, als er den Stapel betrachtete, den Druwe von Kusnezow erhalten hatte. »Halber Preis, aber hundert Prozent echter Nachbau.« Er lachte. »Fälschen, das können diese roten Brüder.«

»Wir dürfen nur Heimannns Aufzeichnungen trauen«, stellte Druwe fest. »Die russischen Fälschungen müssen wir gezielt unter die Leute bringen. Ergibt allerdings nur Sinn, wenn wir Fiedler damit direkt schaden.«

»Ich schlage vor, dass Tanner einen Teil jetzt schon weitergibt«, meinte sein Schwiegersohn. »Er musste sich einigen unangenehmen Fragen stellen wegen der Grabungen in Österreich. Die Sache ist nicht unbemerkt geblieben. Er wird froh sein, wenn er etwas hat, das er meinen Landsleuten anbieten kann. Amerikaner können so penetrant sein.« Beide Männer lachten.

»Du willst wirklich die falschen Angaben an den US-Geheimdienst weiterleiten?«, fragte Druwe eher ungläubig.

»Natürlich. Dieser Russe hat vollkommen recht. Die lassen Fiedler nur fallen, wenn sich herausstellt, dass seine Informationen Mist sind. Erst danach können wir ihn uns greifen.«

»Sofern die Russen ihn sich nicht früher schnappen. Oder die alten Kameraden von *Zelle 3*. Oder, oder …« Druwe klang resigniert. »Was läuft hier, Moshe? Jeder gegen jeden. Und bei den Geheimdiensten hat offenbar eine Medaille immer mehr als zwei Seiten. Wie blickt ihr da noch durch?«

»Gar nicht, Jens«, erwiderte Kupner. »Wir leben quasi von der Hand in den Mund. Was eben noch zählte, ist morgen unwichtig. Alte Freunde sind die Feinde von heute. Und die Toten von morgen. Das Ganze ist zu einem großen Match, einem Showdown geworden. Tanner hat es selbst so genannt.«

»Ein Spiel?« Druwe war derart laut geworden, dass man ihn von anderen Tischen vorwurfsvoll anblickte. Er dämpfte seine Stimme. »Ich will diese Schweine kriegen, deshalb bin ich zu euch gekommen. Fiedler kann uns wahrscheinlich vieles über den Verbleib seiner untergetauchten Kameraden sagen. Wir könnten ein ganzes Rattennest ausheben. Und du sprichst von einem Spiel?«

»Viele Leute sehen es mittlerweile anders. Stell dich der Realität, Jens! Dem amerikanischen Präsidenten sind zehn Nazis lieber als ein Kommunist. Wir müssen eben sehen, dass wir beides hinkriegen. Es ist ein verdammter Eiertanz zwischen der Jagd nach Fiedler und den Interessen der US-Nachrichteneinheiten.«

»Was ist mit Colonel Tanner? Kann er vielleicht seinen Einfluss bei eurem Premierminister geltend machen?«, fragte Druwe.

»Churchill ist im Moment abgemeldet«, antwortete Kupner. »Und die *FSS* ist offiziell aufgelöst. Wir sind jetzt in dezentralen *Intelligence Corps* organisiert. Tanner verliert an Einfluss. Ich habe gehört, dass sie ihn nach Palästina abschieben wollen.« Er zeigte auf den kleinen Aktenberg, den beide Männer durchgesehen hatten. »Neulich hat ein Agent aus Ostberlin pikante Details über zwei SS-Generäle an uns weitergeleitet. Die Kerle waren seelenruhig an ihre Schreibtische zurückgekehrt. Weißt du, was der Leiter in Hannover antworten ließ, als er davon erfuhr?«

»Ich kann es mir denken«, sagte Druwe, schüttelte jedoch den Kopf.

»*Irrelevant. Anything about the bolsheviks?* So läuft das, Jens. Wach endlich auf!«

*

Der Mann, der sich jetzt Friedrich Seidel nannte, war nicht schwer aufzuspüren. Eine Anfrage Kupners bei der Münchner Meldestelle ergab, dass Seidel im Landkreis gemeldet war. Als Beruf hatte er *Leitender Direktor* angegeben und sogar eine Verwertungsgesellschaft in Pullach als Arbeitgeber benannt. Südlich der Großstadt hatte er im Vorort Grünwald eine geräumige Villa bezogen. Plötzlich schien es ganz einfach, ihn zu finden. Umgekehrt wollte Druwe nicht daran denken, wie vielen Nazis auf solche Weise ein Untertauchen gelungen sein mochte. Nur durch einen einfachen Namenswechsel.

Nun sah die Sache bei Fiedler doch etwas komplizierter aus. Der Mann hatte sein Aussehen stark verändert. Nicht durch billige Theatertricks, sondern durch eine Operation.

»Habt ihr eigentlich dieses Krankenhaus im Harz gefunden?«, fragte Druwe.

»Tanner hat einige Männer bewilligt, die zusammen mit Charlie Morris dort aufgeräumt haben«, erwiderte Kupner. »Es gab sogar ein kleines Feuergefecht, weil die Schweine ihre verbliebenen Krankenblätter verbrennen wollten. Verhöre haben ergeben, dass drei Ärzte bei Kriegsende nach Schweden geflohen waren. Viele Dokumente gab es auch nicht mehr.«

»Denkst du, es hat viele Kliniken dieser Art gegeben?«

»Eher nicht«, antwortete der Amerikaner. »Erstens braucht man dafür Spezialisten, und die sind rar. Zweitens haben sich solche Fachleute nach der Kapitulation sofort den Alliierten angedient. Im Harz waren ein paar Chirurgen untergekommen, die in den Konzentrationslagern Versuchsreihen an Gefangenen durchgeführt haben.«

Druwe zeigte wieder auf die Fotografie, die den neuen Ernst Fiedler zeigte. »Das ist ein völlig neuer Mensch. Ohne meinen Ausflug nach Karlshorst wäre es sehr schwer für uns geworden, ihn zu finden.«

Kupner nahm seinen Notizblock und blätterte darin. »Seidel ist Angestellter bei einer Firma namens *Süddeutsche Industrie-Verwertungsgesellschaft mbH*. Vorher soll er Prokurist in einer Schokoladenfabrik,

Verkäufer für Beton und Steine sowie selbstständiger Kaufmann gewesen sein. Ein scheinbar unauffälliger Mann. Das Finanzamt München weist fünftausend Mark Einkommen aus. Sogar bei der Universität München haben wir etwas gefunden. Einen Antrag Seidels auf Anerkennung eines akademischen Doktorgrades. Warum auch immer.«

»Sehr glaubhaft, dass er sich dann eine Villa leisten kann«, raunte Druwe. »Das Schwein will auch in seinem neuen Leben in die feinen Kreise der Gesellschaft.«

»Ich schlage vor, du machst dir ein Bild vor Ort. Für eine Observierung bist du unser bester Mann. Im Moment ist unser Personal knapp und den Leuten vom *CIC* traue ich nicht. Uncle Sam baut außerdem sein gesamtes System um.«

Druwe war darüber informiert, dass bei den Amerikanern eine völlig neue Behörde, die *Central Intelligence Agency*, entstanden war. Sie sollte fortan den Auslandsgeheimdienst schlagkräftiger machen. Allen Dulles hatte da irgendwie seine Finger im Spiel gehabt.

»Dieser neue Haufen beim *CIA* ist eine Mischung aus profilierungssüchtigen Sesselstrategen und inkompetenten Paranoikern«, schimpfte Kupner. »Wollen alles an sich reißen. Und jeder von denen träumt davon, mal Präsident zu werden.«

Druwe war in seinem Element. Die Arbeit auf der Straße hatte ihm schon immer besser gelegen als Planungen und Besprechungen. Fiedler im Raum München mithilfe von Kupners Angaben aufzuspüren war zwar eher eine Hilfsarbeit. Es war jedoch etwas anderes, den genauen Tagesablauf des Mannes auszukundschaften, ohne entdeckt zu werden. Kupner hatte ihm eine kleine Holzbox ausgehändigt, in der eine Minox-Kamera lag. Die klassische Spionage-Kamera. Patenträuber pflegten damit Bauplänen und Skizzen zu fotografieren. Und manches Geheimdokument war nach seiner Ablichtung nicht mehr geheim gewesen. In einer Manteltasche war das Ding gerade so groß wie eine Zigarettenschachtel.

»Ihr Krauts habt schon einiges auf die Beine gestellt«, sagte Moshe Kupner und deutete auf die winzige Kamera. »Klasse Objektiv, saubere Verarbeitung und mit dem richtigen Film ist es die perfekte Kamera für Observationen. Zu meinem Bedauern muss ich dir sagen, dass jetzt die Amerikaner eure Patente haben.« Als er den skeptischen Blick seines Schwiegervaters sah, fügte er noch hinzu: »Bedenke, Jens, je mehr Fotos du machst, umso weniger musst du später in den Bericht schreiben.«

Druwe fuhr nach Süden. Die Schäden an den Gebäuden ließen nach, je weiter Druwe sich von Münchens Zentrum entfernte. Grünwald war ein malerischer Ort, in dem die Leute bereits wieder Sinn für Blumenschmuck und Stuckarbeiten hatten. Überall schien es solche Eliten zu geben, die schon wieder Champagner tranken, wenn andere noch mit dem Eimer zur Wasserstelle liefen.

Er lenkte seinen Wagen auf der Grünwalderstraße an der Isar entlang. Der Perlacher Forst brachte kühlen Wind in den Fahrgastraum. Die Heizungsregler waren festgerostet, so dass es unangenehm warm im Inneren war. Gleich hinter dem Ortsteil Geiselgasteig musste er sich rechts halten, um in die kleinen Straßen der Wohnanlage am Isarufer zu gelangen. Er fand die Adresse von Fiedlers Haus und fuhr zunächst daran vorbei. Die Überwachung reiner Wohngebiete war nie einfach. In den Menschenmengen der Innenstädte musste man aufpassen, die Zielperson nicht aus dem Auge zu verlieren. Dafür blieb man selbst leicht unentdeckt. In Vororten wie diesen jedoch fielen Fremde sofort auf. Druwe hatte Glück, da die schönen Tage des Herbstes offenbar genutzt wurden, um noch Ausbesserungen an den Häusern oder Pflegearbeiten in den Gärten durchführen zu lassen. Überall in den Gassen standen Handkarren, Tempo-Dreiräder oder kleine Hanomag-Laster. Es wurde gehämmert, gerührt, gesägt. Da fiel ein Mann im Trenchcoat kaum auf. Jeder würde ihn für einen Unternehmer halten, der nach dem Rechten sah. Oder über den Erwerb eines guten Grundstücks nachdachte.

Druwe schlenderte zur Herrenwiesstraße zurück, in der sich Fiedlers Wohnhaus befand. Kupner hatte ihm geraten, eine Zeitung unter dem Arm zu tragen, so dass er unauffällig mit der Kamera hantieren konnte. Das Ganze erwies sich jedoch als schwierig, da das Weiterspulen des Films für ihn einen ziemlichen Aufwand bedeutete. Er beschränkte sich deshalb zunächst auf ein Foto der Straße und eine Frontalaufnahme des Hauses. Er schätzte, dass er höchstens drei Mal vorbeigehen konnte, ohne aufzufallen. Zu seiner Überraschung stand vor dem Eingang ein kräftiger Kerl, der knapp zwei Meter groß sein mochte. Er trug einen etwas altmodischen Hut und einen Kleppermantel, der seit Kriegsende eher selten zu sehen war. Immerhin hatte er zum typischen Kleidungsstil der Gestapo-Beamten gehört.

Hier macht man sich offenbar wegen solcher Kleinigkeiten keine großen Gedanken, überlegte Druwe. Ein prächtiger, deutscher Bursche als Wachhund vor dem Haus, was will man mehr?

Es gelang ihm, von dem Mann ein Foto zu machen, als er scheinbar den Duft einer späten Rosenblüte genoss. Gerade hatte er mühsam das Rädchen gedreht, um erneut für einen Schnappschuss bereit zu sein, als drei Männer unter dem überdachten Eingangsbereich erschienen. Einen erkannte Druwe als den Mann auf dem Foto. Friedrich Seidel alias Ernst Fiedler. Sofort schoss ihm das Blut in den Kopf. Er verspürte wieder ein Kribbeln dort, wo seine rechte Hand gewesen war. Mühsam unterdrückte er den Wunsch, auf den Kerl sofort loszugehen und ihn zur Rede zu stellen. Druwe konzentrierte sich auf seine Atmung, spannte seine Muskeln und ließ sie wieder locker werden. Ein Begleiter Fiedlers schien der Chauffeur zu sein, denn er eilte geradewegs auf die Garage zu und öffnete das Tor. Hinter einer Säule trat jetzt ein dritter Mann vor. Das Gesicht lag noch im Schatten verborgen. Er scherzte mit Fiedler. Druwe konnte einige Worte aufschnappen.

»... meine Rückkehr erwarten«, sagte der Unbekannte. »... müssen alle wichtigen Posten besetzen ... im Glauben lassen ...« Gelächter auf beiden Seiten.

Fiedler trat zur Auffahrt und rief seinem Gast zu, er sollte ihm folgen. »Kommen Sie, Otto. Ich muss rüber nach Pullach, dann bringt Herbert Sie zum Bahnhof.«

Jetzt trat der Mann aus der Deckung hervor. Er war makellos gekleidet und trug einen mittelgroßen Lederkoffer, der ihm jetzt von Fiedlers Leibwächter abgenommen wurde. Druwe drückte auf den Auslöser seiner Minox. Es schien ihm, als müsste das leise Klicken in der ganzen Straße zu hören sein. Das Blut rauschte in seinen Ohren, seine Hand fühlte sich taub an. Der Gast war niemand anderes als der Befreier des Duce, Otto Skorzeny. Der Ritterkreuzträger war in der NS-Propaganda derart oft und heldenhaft stilisiert worden, dass es damals selbst eingefleischten Parteigängern unangenehm aufgefallen war. Postkarten mit seinem Konterfei, Klebebilder für die Pimpfe, Hunderte von Artikeln über ihn. Skorzeny hatte monatelang als verwegener Abenteurer die Goebbels-Propaganda befeuert. Und dennoch wusste Druwe nicht viel über den ehemaligen SS-Offizier. Der Kerl war in einem Prozess wegen Verstoßes gegen die Haager Konvention freigesprochen worden. Dennoch empfand Druwe es als höchst merkwürdig, dass hier im Süden Münchens zwei alte Kameraden offenbar ihre Zukunft planten. Skorzeny gehörte laut Kupners Informationen eher zum harten Kern der Reste von *Zelle 3*. Dass die beiden Männer sich hier so herzlich trafen, konnte nur bedeuten, dass Fiedler tatsächlich auf mehreren Hochzeiten tanzte.

Zügig ging Druwe zu seinem Wagen zurück, den er in der nächsten Seitenstraße abgestellt hatte. Fiedlers dunkler Mercedes rauschte über die Straße, als er gerade den Motor angelassen hatte. Mit etwas Abstand folgte er dem Wagen in Richtung Süden. Wenn sie nach Pullach wollten, dann mussten sie über den Fluss. Und da gab es hier nur die Grünwalder Brücke. Also ließ sich Druwe etwas Zeit und hielt einen größeren Abstand. Der Mercedes bog ab, und hinter der Brücke ging es nach Norden. Schließlich fuhr Fiedlers Wagen in die Heilmannstraße und kam vor einem Gebäudekomplex zum Stehen, der eindeutig aus der Hitler-Zeit stammte. Die Gebäude verströmten den Charme typischer Kasernenkultur, die Zufahrt war mit zwei seitlichen Mauerbereichen in der Art eines militärischen Sicherheitsbereichs angelegt. Die Relikte nationalsozialistischen Größenwahns waren noch zu erahnen. Zwei alte Reichsadler griffen mit ihren Klauen ins Leere, da man ihnen die Swastika genommen hatte. Mehrere Reliefs waren zerschlagen worden, und Druwe ahnte, dass auch ein Bild des Führers den Steinmetz-Arbeiten zum Opfer gefallen war. Jetzt wiesen nüchtern gehaltene Schilder an den beiden Pfeilern der Zufahrt den Ort jedoch als *Süddeutsche Industrie-Verwertungsgesellschaft mbH* aus. Druwe täuschte ein Abwürgen des Motors vor, und es gelang ihm, noch ein Foto von Fiedlers Mercedes zu machen, der die lange Auffahrt Richtung Hauptgebäude entlangfuhr. Für ihn war hier Schluss, denn eine Schranke versperrte die kleine Straße, und in einem Wachhaus las ein Uniformierter offenbar Zeitung. Druwe entschied sich, nicht auf Skorzeny zu warten. Er gab Gas und fuhr zurück zu Kupners Büro.

*

»Otto Skorzeny?«, fragte Moshe Kupner überrascht, als Druwe in ihr Hotel zurückgekehrt war. »Der Kerl soll sich eigentlich noch mal vor Gericht verantworten. Im ersten Prozess hat er sich herausgewunden. Aber ich wusste nicht, dass man ihn auf freien Fuß gesetzt hat.« Er beruhigte sich ein wenig. »Na egal, da frage ich bei Tanner nach. Aber diese Unverfrorenheit ist schon auffällig. Ein prächtiges Beispiel dafür, dass die Gemeinschaften der ehemaligen Kameraden funktionieren. Wahrscheinlich hat Fiedler dem Kerl eine Anstellung verschafft, und jetzt soll Skorzeny für ihn etwas erledigen.«

»Skorzeny hielt sich etwas im Hintergrund«, meinte Druwe. »Aber es wirkte nicht so, als huschte er im Dunkel von Baum zu Baum.«

»Andere *Intelligence Groups* berichten ebenfalls, dass diese Leute immer dreister werden«, bestätigte Kupner. »In Syrien und Ägypten verscherbeln alte Nazis plötzlich Waffen aus deutschen Wehrmachtsdepots. Sogar an die IRA in Nordirland haben sie geliefert! Wir müssen das im Auge behalten, Jens. Fiedler und Skorzeny, ich habe das für ein Gerücht gehalten. Aber jetzt haben wir Gewissheit.«

»Zunächst kümmern wir uns um Fiedler, dann sehen wir weiter«, sagte Druwe. »Wir müssen uns auf eine Sache konzentrieren, Moshe. Diese Männer wenden eine Art Partisanentaktik an. Mal handeln sie als Einzelpersonen, dann sind es Gruppen und Netzwerke. Sie haben Verbindungen untereinander, operieren aber auch autonom. Nicht zu vergessen die Kontakte zu den alten Gegnern. Da tappen wir durch Nebelwände, Moshe. Halten wir uns an Fiedler.«

»Was schlägst du vor?«, fragte Kupner und nickte.

»Simon Wiesenthal hat das Ganze mal mit einem Spinnennetz verglichen«, meinte Druwe. »Gehen wir frontal vor, dann verfangen wir uns darin. Oder wir zerreißen bestenfalls ein paar Fäden, die repariert werden. Nein, wir müssen stattdessen die Haltefäden des Netzes finden und kappen. Wenn wir erst Leute wie Fiedler fassen, dann fällt das Netz an den entscheidenden Stellen zusammen.«

»Zu dieser Verwertungsgesellschaft, die da in Pullach sitzt, habe ich nicht viel gefunden«, sagte der Amerikaner. »Sie ist im Münchner Handelsregister eingetragen. Beim Finanzamt weist man eine Bilanzsumme von etwas mehr als einhunderttausend Mark aus. Der Geschäftsführer ist ein gewisser Dr. Schneider. Ein Friedrich Seidel alias Fiedler taucht in den Angaben nicht auf.«

»Da muss es doch mehr gegeben!«, sagte Druwe. »Es ist ein Unternehmen. Die fallen auf, haben Partner, Zulieferer. Sie werden ja nicht mit Luft ihr Geld verdienen.«

»In der amerikanischen Zone sind keine Informationen zu bekommen«, meinte Kupner. »Aber sie haben mehrere Zweigstellen, auch im Norden, etwa die *Hamburg Handelsgesellschaft Agro*. Beim dortigen Finanzamt liegt gar keine Bilanz vor. Eine Anfrage bei der Stadtverwaltung ergab, dass die Firma einzig und allein mit ihrem Hauptsitz in

Pullach Handel betreibt. Sie haben nie auch nur einen Passierschein beantragt.«

»Das stinkt doch zum Himmel«, sagte Druwe. »Die großen Schieber und Ganoven im Berlin vor Hitler haben so etwas auch gemacht. Sie kauften kleine Firmen, die angeblich mit irgendetwas handelten. Und sie selbst und ihr Geld wurden plötzlich sauber.«

»Mit dem Unterschied, dass es hier nicht um Geld geht«, entgegnete Kupner. »Zumindest nicht nur.«

»Ich gehe nach Linz und treffe Wiesenthal«, sagte Druwe plötzlich. »Im Moment scheint er mir der einzige Mensch zu sein, der ähnliche Ziele hat wie ich. Nichts für ungut, Moshe. Aber du bist Amerikaner, arbeitest für die Engländer und bist zu sehr in diesen ganzen Geheimdienstkram verwickelt. Ihr durchschaut euer Treiben ja schon selbst nicht mehr. Vielleicht bekomme ich durch ein Gespräch mit Wiesenthal den Kopf wieder frei.«

Er und Kupner entwarfen einen Plan, wie Simon Wiesenthal sie unterstützen konnte. Das anfängliche Entsetzen und Mitgefühl der Alliierten angesichts der Verbrechen am jüdischen Volk war einem politischen Kalkül und einer Reserviertheit gewichen. Dennoch hatte Wiesenthal an seinem Plan festgehalten, eine umfassende Dokumentation über die Nazi-Verbrechen zu erstellen. Kupner arbeitete zwar nicht mehr für den Mann, war ihm jedoch weiterhin freundschaftlich verbunden. Und er unterstützte das Linzer Zentrum nach Kräften.

»Wiesenthal hat vor einiger Zeit ein paar Andeutungen über Allen Dulles gemacht«, sagte Druwe. »Oberbauer hatte diesen Fetzen Papier in der Hand, als er starb. *D.* Ich bin sicher, es ist Dulles, der hinter Fiedler steckt. Er hat offenbar in unserem Netz viele Fäden gesponnen. Und dass Fiedler derart ungeniert auftreten kann, bedeutet, er wird von oben gedeckt. Wenn es wirklich Dulles ist, kann mir Wiesenthal vielleicht weiterhelfen. Die Briten haben ja die Hosen gestrichen voll vor den Amerikanern.«

»Ich telefoniere mit Simon Wiesenthal und deute ihm ein paar Vorschläge an«, sagte Kupner. »Er hat es im Moment nicht leicht. Mehrere Politiker haben ihm bereits vorgeworfen, er wäre nicht bereit, einen Schlussstrich zu ziehen. Auch von meinen Landsleuten bekommt er Gegenwind.«

24

Linz, November 1948

Das Haus in der Goethestraße hatte sich verändert. Linz hatte sich verändert. Der russisch besetzte Teil der Stadt jenseits der Donau existierte in der Wahrnehmung der Leute kaum noch. Er war wie eine Narbe, über die man unbewusst hinwegsah. In der amerikanischen Zone liefen die Geschäfte hingegen wieder. Es wurde gebaut, getrunken, gehurt und betrogen. Das offizielle *Zentrum für jüdische historische Dokumentation*, das Wiesenthal mit wenigen Mitarbeitern aufbaute, war jetzt eine Mischung aus Erinnerungsstätte, Anlaufstelle für späte Vertriebene, Archiv und inoffizielle Ermittlungsbehörde.

Der Österreicher erwartete seinen Gast in seinem engen Büro. Das Haus roch nach frischem Mörtel, feuchtem Keller und Akten. Druwe fand, dass altes Papier einen eigenartigen Geruch verströmte. Es schien, als hätte es auch alle nichtstofflichen Eindrücke der Jahre in sich aufgenommen. Es schien zu fühlen, zu leben, und seine Ausdünstungen ließen oft dunkle Ahnungen aufsteigen.

»Es ist mir eine Freude, Sie wiederzusehen, Herr Druwe. Einen Mokka?« Simon Wiesenthal hatte an Umfang zugelegt. Er wirkte eher wie ein versierter Anwalt, nicht wie ein Nazi-Jäger. Und gar nicht mehr wie ein noch vor vier Jahren geschundenes Opfer.

»Moshe hatte mich unterrichtet, dass die Angelegenheit in der Schweiz letztlich doch einigen Erfolg brachte«, fuhr der Mann fort. »Nachdem es anfangs so ausgesehen hatte, als wären Sie mit leeren Händen zurückgekommen.«

Druwe berichtete von den Ereignissen der letzten Wochen. Er hatte Vertrauen in diesen Mann. Vertrauen hing immer auch von den Motiven ab, die man bei anderen vermutete. Und die Motive der Amerikaner und Russen, der Nachrichtendienste und Politiker waren einfach zu komplex, zu undurchschaubar, als dass er sie vorbehaltlos annehmen konnte.

»Wir haben uns schon gedacht, dass einige SS-Ebenen nur in Deutschland und Österreich verbleiben konnten, weil sie an ihrer Identität gravierende Veränderungen vorgenommen haben.« Wiesenthal trank seinen Kaffee. »Natürlich wussten wir von einfachen Verfahren wie Brille, Frisur und Meldepapieren. Dass Operationen durchgeführt wurden, war bisher nur ein Gerücht. Bitte geben Sie mir unbedingt die Adresse dieses Sergeant Morris in Berlin. Ich möchte ihn als Zeugen befragen. Vielleicht können wir weitere Ärzte aufspüren, die daran beteiligt waren.« Er seufzte. »Manchmal ist es kaum auszuhalten, Herr Druwe. Das Ausmaß der Verbrechen erschüttert die Grundfesten unseres Lebens. Ärzte, Priester, Verwandte, Freunde. Überall kann sich ein Täter verbergen. Nichts gibt uns Sicherheit und Halt.«

Druwe schwieg eine Weile. Jede Erwiderung musste schal klingen, wenn sie aus dem Mund eines Mannes kam, der auch ein Täter gewesen war.

»Wir wissen jetzt eine Menge«, sagte er schließlich. Er nahm Fiedlers Akte hervor, die Kupner komplett hatte kopieren lassen. Er schlug den Aktendeckel auf und zeigte auf zwei Fotografien. »Früher und heute. Aus Ernst Fiedler wurde Friedrich Seidel. Angeblich ein mittlerer Angestellter in einer Firma südlich von München. Wohnt in einer schönen Villa, fährt Mercedes mit Chauffeur. Moshes Recherche hat ergeben, dass das Unternehmen irgendetwas verwertet und verkauft. Nur weiß niemand, womit sie dort handeln.«

»Blödsinn!«, rief Wiesenthal und schlug mit der Handfläche derart heftig auf seinen Schreibtisch, dass der kleine Mokkalöffel von der Untertasse sprang. »Südlich von München entsteht seit letztem Jahr eine deutsche Einheit der US-Geheimdienste. Der Krieg war noch kein Jahr zu Ende, da haben sie schon die *Operation Rusty* ins Leben gerufen. Es ging dabei um die Nutzung der NS-Geheimdienstinformationen und die Rekrutierung deutscher Nachrichtenoffiziere.« Wiesenthal unterbrach sich und hob einen Finger, um den folgenden Worten Nachdruck zu verleihen.

»Wohlgemerkt«, fuhr er dann fort. »Es geht um die Arbeit deutscher Fachleute unter der Federführung der Amerikaner. Zuerst saßen die feinen Herren bei Frankfurt, jetzt bauen sie ihr Zentrum in diesem Pullach auf.«

Druwe war erstaunt über dieses detaillierte Wissen. Die Sache war also nicht nur der Versuch einiger weniger Männer, ihren Kopf aus der Schlinge zu ziehen.

»Wieso wusste Kupner nichts davon?«, fragte er. »Der englische Geheimdienst muss doch …«

Er konnte sich des Verdachts nicht erwehren, dass sein Schwiegersohn doch nicht alles Wissen der Briten an ihn weitergegeben hatte.

»Erstens haben die Kerle lange Zeit geschlafen und sich am Siegestaumel erfreut«, meinte Wiesenthal. »Zweitens ist München amerikanisches Gebiet, und drittens fehlen den Engländern einfach die Mittel für groß angelegte Aufklärung und Spionage. Was denken Sie, warum die Bizone geschaffen wurde? Die Herrschaften in London sind pleite. Und jetzt tanzen Sie nach der Pfeife der Amerikaner. Und sie wissen eben nur, was sie wissen sollen.«

Druwe mochte den Österreicher. Seine offene Art war eine Wohltat nach den Monaten der Doppeldeutigkeiten und des Versteckspiels.

»Also arbeitet Fiedler bei dieser Dienststelle in München«, sagte er. »Dort kann er seine Informationen hervorragend nutzen, um unliebsame ehemalige Kameraden über die Klinge springen zu lassen. Um Leute als Kommunisten anzuschwärzen. Oder um nützliche Kameraden zu decken. Wie diesen Skorzeny.«

Wiesenthal nickte. »In erster Linie geht es ihm um sich selbst. Er ist fast dort angekommen, wo er hinwollte.«

»Fast?« Druwe blickte seinen Gastgeber fragend an.

»Nach meiner Kenntnis ist er nicht der Leiter dieser neuen Einheit«, entgegnete Wiesenthal. »Und ich denke, dass er genau das gern wäre. Diese Tatsache dürfte mächtig an ihm nagen. Aber vielleicht können wir uns diesen Ehrgeiz ja zunutze machen.«

»Inwiefern?«, fragte Druwe. Wiesenthals Erklärung schien ihm passend. Im Handelsregister war ein gewisser Dr. Schneider als Vorstand eingetragen. Kein Friedrich Seidel. Und Fiedler war ganz sicher kein Mann, der sich mit den hinteren Plätzen zufriedengab.

»Geben Sie mir etwas Zeit, um über eine geeignete Strategie nachzudenken«, entgegnete Wiesenthal.

Er lud Druwe am Abend zu einem gemeinsamen Essen in seine Wohnung ein. Druwe verspürte eine starke Befangenheit, als er die Privaträume des Österreichers betrat. Fast schien es ihm unmöglich, dass der Mann über ein Leben jenseits seiner selbst gewählten Aufgabe verfügen konnte. Bedeutete Privates doch immer auch Nähe. Er, der Deutsche, kam dem Juden nahe. Verstärkt wurde dieses Empfinden, als Wiesenthal ihm alte Fotos zeigte. Er hatte nur wenige Bilder der eigenen Familie wiederfinden können. Also hatte er begonnen, auch Fotografien von Bekannten oder völlig Fremden zu sammeln.

»Es ist alles *eine* Geschichte«, sagte er. »Wenn ich sie nur weit genug fasse, dann ist es auch *meine* Geschichte. Die Eltern, die Geschwister, die Verwandten, die Freunde. Das Dorf. Die galizischen Juden. Kollegen, Österreicher. Menschen, die Welt. Es löst sich alles im Ganzen auf, um wieder zu dem einen Punkt zurückzukehren. Auf diese Weise fühle ich mich wieder als Teil von etwas. Bin nicht nur ein Stück Fleisch, das zufällig alles überstanden hat.«

Druwe stocherte in den Stampfkartoffeln herum. Er ahnte, dass Wiesenthal ihm gerade etwas sehr Intimes offenbart hatte. Die Strategie seines Überlebens.

»Ich kann dazu nichts sagen«, meinte er betroffen. »Es scheint, als wäre es zu viel für meinen kleinen Verstand. Ich bin nur sprachlos.«

»Diese Sprachlosigkeit wird auch in Zukunft zwischen uns stehen.« Als er den fragenden Blick des Gastes sah, ergänzte Wiesenthal: »Ich meine, sie wird zwischen den Deutschen und den Opfern dieser unsäglichen Tragödie stehen. Schweigen ist die Fortsetzung der Gewalt. Erst raubt es das Verständnis füreinander, dann auch das Mitgefühl.«

Er hob das Glas wie zu einem Trinkspruch.

»Dabei waren sich das deutsche und das jüdische Volk nie so nahe wie heute.«

Druwe glaubte, sich verhört zu haben. Auch er hatte aus Höflichkeit das Glas Wasser angehoben, hielt jedoch mitten in der Bewegung inne. Wiesenthal lächelte, als hätte er das Unverständnis erwartet.

»Mein Volk hat nie wirklich einen Platz gefunden in dieser Welt. Es war immer geächtet und verachtet. Und Ihr Volk, Herr Druwe, hat nun sein Recht auf einen solchen Platz verspielt. Die Deutschen werden spüren, wie es ist, geächtet und verachtet zu sein.«

Wiesenthal sprach ohne Verbitterung oder Häme in der Stimme. Ein Umstand, der es Druwe noch schwerer machte, die Worte zu ertragen. Obwohl er wusste, dass der Mann recht hatte.

»Vielleicht liegt darin eine Chance«, fuhr Wiesenthal fort. »Wie ich anfangs sagte: Aufgehen im Ganzen, um schließlich zum Anfang zurückzukehren. Alle Schrecklichkeit ausloten und erfahren, um sie zu überwinden.«

Druwe sagte nichts.

»Sie denken vielleicht, ich wäre naiv, Herr Druwe. Aber würde ich nicht auf eine solche Entwicklung hoffen, wäre mein Leben …« Wiesenthal schwieg für einen Moment. »Dann wäre mein Überleben am Ende sinnlos gewesen.«

Während sie aßen, versuchten sich beide Männer in der nächsten halben Stunde in zwangloser Konversation. Erst nach zwei Zigaretten löste sich dann jedoch die Spannung.

»Wollen Sie für mich arbeiten? Ich meine, dauerhaft?«, fragte Wiesenthal unvermittelt. »Sie sind ein Jagdhund, das spüre ich. Und Sie haben viel zu lange nicht gejagt. Sie haben Fehler gemacht in Ihrem Leben. Aber wer hat das nicht? Ich spüre Ihre Qual, Herr Druwe. Lassen Sie sich nicht von ihr zerstören, sondern nutzen Sie sie.«

Druwe zögerte. Instinktiv spürte er, dass er hier richtig war, dass sich gerade eine Weiche in seinem Leben neu stellte. Beide Männer verband etwas. Sie hatten sich auf tragische Weise dem Leid genähert. Jeder von einer anderen Seite. Beide waren an dieser Erfahrung fast zerbrochen. Aber eben nur fast.

»Ich möchte die Sache mit meiner Frau besprechen, Herr Wiesenthal«, antwortete er. »Wir leben mit unseren Kindern in Hamburg, wie Sie wissen. Sie studiert …« Er kam sich schäbig vor, diesem Mann gegenüber von Familie zu sprechen. »Ich kann mir gut vorstellen, für Sie tätig zu sein. Geben Sie mir einfach etwas Bedenkzeit.«

»Gut. Über Einzelheiten können wir sprechen, wenn Sie sich entschieden haben.« Wiesenthal hatte eine winzige Menge Likör eingegossen und hob nun sein kleines Kristallglas.

»Ich habe mir Gedanken darüber gemacht, wie wir Fiedler am besten zu Fall bringen«, meinte er etwas später. »Wir müssen ihn sowohl bei den Amerikanern als auch bei seinen alten Nazi-Kameraden in Verruf bringen. Wenn beide Seiten glauben, dass er ein falsches Spiel spielt, dann lassen ihn alle fallen.«

»Die beiden Schlüsselfiguren sind Dulles und Skorzeny«, sagte Druwe. »Wir müssen sie gegen Fiedler aufbringen.«

Wiesenthal nickte. »Nach meinen Quellen hält der Amerikaner seine Hand über Fiedler. Und Skorzeny dürfte bei den Resten dieser *Zelle 3* eine herausragende Rolle spielen. Wenn Fiedler ihn verprellt, dürfte er bei den Kameraden unten durch sein. Und wie Sie durch Ihre Haftzeit und den Tod Ihres Freundes wissen, machen diese Leute kurzen Prozess, wenn sie sich bedroht oder hintergangen fühlen.«

»Es gibt Material, das Fiedler in Misskredit bringt«, meinte Druwe.

»Von Tanner haben wir nur wenig, aber die Russen haben mir eine Menge hervorragender Fälschungen überlassen. Und in den Akten, die mir Kusnezow ausgehändigt hat, finden sich viele falsche Hinweise darauf, dass Fiedler munter seine Kameraden verraten hat, um den eigenen Kopf zu retten. Die Sache ist so gut gemacht, dass ich nicht sagen kann, ob die Informationen erfunden oder wahr sind. Jedenfalls wird man in *Zelle 3* nicht begeistert sein, davon zu erfahren. Ich könnte den Kram über diesen SS-General Max Simon, der in Werl einsitzt, verbreiten lassen.«

»Ich werde dafür auch meine Kontakte hier im Süden nutzen«, sagte Wiesenthal. »Sie müssten mir nur passende Abschriften zur Verfügung stellen.«

»Wie aber kommen wir an Dulles ran?«, fragte Druwe.

»Das sollte nicht allzu schwer sein«, erwiderte sein Gastgeber. »Allen Dulles ist ein Januskopf. Er steckt auf allen Seiten mit drin. Er will unbedingt Chef des neuen *CIA* werden. Dafür ist er bereit, alle Kräfte zu nutzen. Er kann dabei auch auf alte Kontakte zu Nazis zurückgreifen. Zudem hat er die Leute anwerben lassen, die nützliches Wissen haben. Und mit den Opfern, vor allem uns Juden, will er sich ebenfalls gut stellen, weil so etwas sein Renommee als Menschenfreund stärkt.«

»Ich weiß nicht viel über die Akten, die Fiedler im Ausseer Land vergraben hatte«, meinte Druwe. »Moshe hat jedoch angedeutet, dass diese Informationen Dulles schaden könnten. Vielleicht können wir dieses Wissen zu unserem Vorteil nutzen.«

»Ich denke, Allen Dulles weiß längst davon«, sagte Wiesenthal. »Er wird Tanner und die britische Regierung unter Druck setzen, ihm alles belastende Material auszuhändigen.«

»Wir sollten mit ihm sprechen. So schnell wie möglich. Warum sollte er Fiedler weiter schützen, wenn wir ihm signalisieren, dass der nichts mehr in der Hand hat? Und dass er ein doppeltes Spiel spielt?«

Der Leiter des Dokumentationszentrums nickte.

»Ich habe mir erlaubt, hier und in Wien meine Kontakte zu den Russen zu nutzen. Im Rahmen der allgemeinen Hysterie werden die Leute nur allzu oft als saufende und unfähige Barbaren dargestellt. Das Gegenteil ist der Fall, kann ich Ihnen versichern. In der russischen Kommandantur werde ich höflicher empfangen als beim amerikanischen Befehlshaber.«

»Können uns diese Leute nützlich sein?« Druwe dachte an den durchaus respektvollen Umgang mit Kusnezow. »Der Vorhang ist doch seit dem Beginn der Berlin-Blockade vollkommen dicht.«

»Ich habe in den letzten Monaten oft mit russischen Agenten zu tun gehabt«, erwiderte Wiesenthal. »In Wien tummeln sich zurzeit mehr Geheimdienstler als Einwohner.«

Nicht nur dort, dachte Druwe und verdrehte die Augen.

»Da die Handlungsbereitschaft der Amerikaner hinsichtlich der Festsetzung von Nazi-Tätern etwas nachgelassen hat, bin ich vermehrt auf die Hilfe meiner russischen Freunde angewiesen. Ein Foto, ein Name, eine Adresse, und plötzlich geht es für irgendein Schwein im Kofferraum eines russischen Diplomatenwagens nach Osten.«

»Sie denken, wir könnten Fiedler durch die Russen entführen lassen?«, fragte Druwe.

»Auch die Russen sind vorsichtiger geworden.« Simon Wiesenthal schüttelte den Kopf. »Die Entführung eines Mannes wie Fiedler könnte schwere politische Beben verursachen. Die meisten Leute wissen es nicht, aber wir stehen knapp vor einem neuen Krieg. Ein Zündfunke noch, und es knallt.«

»Moralisch einwandfrei wäre das Ganze nicht.«

»Wohl wahr«, erwiderte Wiesenthal. »Ich habe den Weg vor allem deshalb gewählt, damit sich die alten Seilschaften nicht plötzlich vollkommen sicher fühlen. Die Schlächter und Mörder sollen misstrauisch und ängstlich bleiben. Sie sollen glauben, dass es unter ihnen Verräter gibt. Es soll nur so aussehen, als ob wir die Russen mit ins Boot holen. Dann entsteht viel Unruhe. Verstehen Sie?«

Druwe nickte.

»In Ordnung. Ich besorge einige Dokumente, die Fiedler in den eigenen Reihen als Verräter dastehen lassen«, fasste er den Plan zusammen. »Sie stellen Kontakt zu Dulles her und lassen ein paar Gerüchte streuen, die Russen wären hinter dem Kerl her.«

25

München, Pullach, Dezember 1948

»Wir brauchen einen direkten Kontakt in Pullach«, sagte Druwe. Seine Stimme klang wesentlich entschlossener, als er es war.

»Du meinst …?«, fragte Kupner erstaunt. »Jemand von uns soll da als Mitarbeiter anfangen?«

Druwe hatte seinen Schwiegersohn über das Treffen mit Simon Wiesenthal in Kenntnis gesetzt. Er spürte, dass ihm der junge Mann nun mit einer Mischung aus Respekt und Misstrauen entgegentrat. Die Karten waren neu gemischt. Beide Männer arbeiteten jetzt auf Augenhöhe miteinander. Druwe spürte, dass seine Zeit als Handlanger und Botenjunge vorbei war.

»Was soll das bringen?«, fragte Kupner weiter.

»Wir zerstören Fiedlers Glaubwürdigkeit, Moshe. Die gefälschten und erfundenen Akten jubeln wir dem Archiv in diesem Pullacher Zentrum unter. Wenn das auffliegt, ist Fiedler geliefert.«

»Woher sollen wir so schnell einen Mann dafür bekommen, Jens? Weißt du, wie lange es dauern wird, bis derjenige in eine verantwortungsvolle Position aufsteigt?«

»Nicht *der*jenige«, meinte Druwe. »*Die*jenige. Lena ist Bürogehilfin. Mit Brief der Handelskammer. Sie beherrscht Stenographie und kann Schreibmaschine schreiben.«

»Bist du völlig übergeschnappt?« Moshe Kupner sprang auf. »Ich schicke doch meine Frau nicht in diese Nazi-Höhle!«

»Beruhige dich, Moshe. Pullach ist weder ein Bordell noch ein Konzentrationslager. Es ist nur eine geheim operierende Informationszentrale, in der viel Papier beschrieben und eine Menge Akten sortiert werden. Da brauchen sie immer geschulte Sekretärinnen.«

»Kommt nicht infrage!«, wetterte Kupner. »Ich …«

»Wie wäre es, wenn ich auch gefragt werde?« Druwes Tochter stand plötzlich in der Tür. Das Licht fiel durchs Fenster auf das blonde Haar, das Gesicht zeigte eine Mischung aus der früheren Schönheit ihrer Mutter und dem energischen Willen ihres Vaters. Beiden Männern war in diesem Moment klar, dass die Entscheidung gefallen war. Sie hatten in dieser Angelegenheit nichts mehr zu sagen.

»Du hast alles mit angehört?«, fragte ihr Mann beschämt.

»Ich denke, es war bis zur Frauenkirche zu hören. Ihr Strategen solltet etwas leiser sprechen.« Lena sah die Männer an. »Ich will in dieser Sache nicht nur Kindermädchen sein. Ich möchte dir helfen, Vati.«

Kupner und Druwe erwiderten nichts.

»Ihr müsst mir eine Meldebescheinigung ausstellen lassen für einen Wohnort in der Nähe von Pullach. Glaubt sonst keiner, dass ich da arbeiten will«, ergänzte die junge Frau resolut.

Druwe grinste. Seine Tochter.

»Kein Problem«, sagte er zufrieden. »Das kriegt Moshe schon hin. Dazu noch ein ordentliches Gehalt von seiner Truppe mit Gefahrenzulage. Da ist ein schöner Wintermantel drin. Nicht wahr, Moshe?«

»Und was soll sie genau machen?«, fragte Kupner.

»Eine Sekretärin kommt fast überall hin. Eine hübsche erst recht …« Druwe zwinkerte Lena zu. »Sie klärt für uns die Arbeitsweise dieser Einrichtung. Was machen sie dort? Und wie machen sie es? Mit wem arbeiten sie zusammen? Welche Funktion hat Seidel alias Fiedler? Vielleicht kommt sie sogar an diesen Dr. Schneider ran. Später entscheiden wir, ob und wo wir die passenden Akten platzieren können, damit Fiedler auffliegt.«

»Wir machen sie in der Kennkarte fünf Jahre älter, sonst darf sie nur Dienstpläne abschreiben«, meinte Kupner. »Berlin können wir als Geburtsort lassen, aber wir erfinden noch zwei Zeugnisse aus früheren Anstellungen. Natürlich beste Noten.«

Bereits drei Tage später setzte Druwe seine Tochter am nördlichen Ende der Heilmannstraße ab. Sie zeigte in ihrer Aufmachung jene gediegene Zurückhaltung, die der Bewerbung angemessen war. Dennoch gelang es ihr, die Vorzüge, die eine junge Bewerberin nun einmal hatte, ausreichend zur Schau zu stellen. Als zielstrebige Sekretärin *Margarete Kern* gab sie eine gute Figur ab.

»Pass auf dich auf«, flüsterte ihr Vater, als Lena Kupner aus dem Wagen stieg. Sie nickte nur und lächelte.

Aus gebotener Entfernung konnte Druwe erkennen, dass sie bereits am Pförtnerhaus Aufmerksamkeit erregte und dass ein blutjunger, pickliger Botenjunge sie nach einem kurzen Gespräch in Richtung Verwaltungsgebäude begleitete. Lena musste dort etwa eine halbe Stunde auf den Fluren warten, bis sie zur Büroleiterin des Archivs vorgelassen wurde.

»Wann können Sie anfangen, Fräulein Kern?« Chefsekretärinnen waren wie alte Krähen. Sie saßen auf ihrem Ast, wussten, dass ihre Zeit nur noch geborgt war, und hackten alles weg, was hübsch und begabt war. Diese Frau war laut Schild an ihrer Tür die *Leiterin Schriftverkehr und Protokoll.*

»Sobald es Ihnen passend erscheint«, entgegnete Lena, ohne eingeschüchtert zu sein. Sie hatte sich ihre Geschichte gut zurechtgelegt. Eine Mischung aus Wahrheit und Märchen. »Mein Bruder ist in russischer Gefangenschaft. Er wird wohl bald entlassen, und unsere einzige lebende Verwandte wohnt hier. Ich habe es in Berlin nicht mehr ausgehalten. Ständig die Belästigungen der Soldaten. Und sie haben …« Es gelang ihr, einige Tränen zu verdrücken.

Tatsächlich taute die alte Schreibhexe auf und hustete verlegen. »Ach, meine Liebe. Es sind schwere Zeiten. Leider immer noch. Kopf hoch, hier im Süden ist es besser. Sie werden sehen, unsere Männer wissen sich noch zu benehmen. Also, sagen wir Montag um acht, Fräulein Kern?« Ihr Lächeln war der misslungene Versuch, ihre neue Untergebene zu trösten.

»Ich habe die Personallisten heimlich kopiert«, sagte Lena drei Wochen später bei einem Treffen mit ihrem Vater und Moshe. Sie war jetzt bei der Gesellschaft in Pullach auch für die Archivpflege zuständig und traf sich sonntags mit beiden Männern in der Münchner Innenstadt. Die englischen *Intelligence Corps*, bei denen ihr Mann arbeitete, hatten in der amerikanischen Zone keine offiziellen Büros. Das etwas zwielichtige Odeon-Casino in der Nähe der Feldherrnhalle war zwar immer noch ein Trümmerhaufen, aber es wurden kurzzeitig Zimmer für Geschäftsleute im unzerstörten Gebäudeteil vermietet. Druwe ahnte, was in den anderen Räumen getrieben oder worüber dort verhandelt wurde. Seine Tochter trug vorsichtshalber eine Perücke und eine dunkle Sonnenbrille.

»Unglaublich!«, entfuhr es Moshe, als er die Liste der Mitarbeiter betrachtete. »Es werden zwar viele Decknamen dabei sein, und einige Leute wie Fiedler tauchen da sicher nicht auf, aber trotzdem …« Er küsste Lena auf die Wange. »Endlich wissen wir, wer da arbeitet. Wir werden jeden Einzelnen überprüfen.«

»Es kommt noch besser«, ergriff Lena wieder das Wort. »Ich habe einen guten Draht zu Seidels Sekretärin. Sie kommt aus Berlin, und wir weinen zusammen. Seidel bzw. Fiedler ist wohl ein ziemliches Schwein. Er demütigt seine Mitarbeiter, lässt sie mit ihren Aufgaben bewusst auflaufen und wird dann oft zynisch und laut.«

»Spätestens jetzt wissen wir, dass er es ist«, meinte Druwe.

»Seidel ist mit Dr. Schneider schon oft in Streit geraten«, fuhr Lena fort. »Seidel hat seinem Chef öfter Inkompetenz und Unterwürfigkeit vorgehalten. Ich habe vor einigen Tagen gehört, wie er zu ihm sagte: *Kriechen Sie denen ruhig weiter in den Arsch, Reinhard! Irgendwann sehen*

Sie bestimmt wieder Licht. Sie haben derart laut geschrien, dass es alle in der Abteilung mitgekriegt haben.«

»Jeder normale Angestellte kann sich nach einer derartigen Bemerkung eine neue Firma suchen«, meinte Kupner.

»Gibt es Protokolle von Sitzungen?«, fragte Druwe.

»In Pullach archivieren sie nur die Schriftsätze der belanglosen Sachen.« Lena schüttelte den Kopf. »Alle klassifizierten Protokolle kommen in einen Panzerschrank und werden einmal in der Woche zu den Amerikanern gefahren.«

»Und von den Besuchern? Da werden doch sicherlich Einträge gemacht«, vermutete Kupner.

»Klar. Von Seidels und Schneiders Kontakten habe ich eine Abschrift. Ist aber nicht viel. Vermutlich treffen sich diese Leute außerhalb. Es wäre zu auffällig, wenn in dem kleinen Ort ständig die dicken Wagen vorfahren würden.«

Druwe nickte und betrachtete die kurze Liste mit Namen. Er kannte keinen dieser Männer. Er wollte das Papier zur Seite legen, als ihm auffiel, dass nur ein Name auf beiden Besuchslisten auftauchte: *Rolf Steinbauer*. Aber auch dieser Mann war ihm unbekannt.

»Kannst du aus den Schreiben, die du anfertigst, erkennen, dass irgendetwas bevorsteht? Ein wichtiges Treffen? Themen, die besprochen werden sollen? Eine Konferenz?«, fragte er.

Lena schüttelte den Kopf. »Auch firmenintern gibt es nur recht wenige Besprechungen. Eine Hälfte der Mitarbeiter beschäftigt sich mit Aktenauswertung. Ganze Abteilungen, die nur alte Dokumente sichten. Und davon kommen immer wieder neue an. Manchmal mit einzelnen Boten, manchmal ganze Lastwagen voll. Andere beschäftigen sich mit der Befragung von Leuten. Oft sind es ehemalige Soldaten, manchmal auch typische Bürohengste. Es geht immer darum, wer wen wo gesehen oder getroffen hat. Was man wann gehört und gelesen hat. Unglaublich viele Fakten. Diese ganzen Sachen werden in einem abgeschirmten Trakt von Ingenieuren bearbeitet. Von einer amerikanischen

Firma. *IBM* heißt sie, glaube ich. Dort werden die Angaben aus einer Befragung auf Pappkarten mit vielen kleinen Löchern übertragen. Dann rattern da Maschinen, in die sie die Dinger hineinstecken. Richtig gespenstisch ist das.«

Kupner nickte. »Hollerith-Maschinen. Benutzt man seit einigen Jahren, um Informationen schnell zu sortieren.«

Die beiden anderen blickten ihn fragend an.

»Nehmen wir an, wir suchen einen Mann, der blaue Augen hat«, erläuterte er. »Da ist es nützlich, wenn eine Maschine alle Leute mit anderer Augenfarbe und alle Frauen mit blauen Augen aussortiert. Ist er groß oder klein? Dunkle, helle oder gar keine Haare? Über fünfzig oder jünger? Das macht man so lange, bis am Ende nur einer übrig bleibt. Unser gesuchter Mann. Das können diese Maschinen.«

»Dafür müssen aber möglichst alle im System …« Druwe suchte nach einem passenden Wort. »… gespeichert sein. Wenn der Gesuchte nicht drin ist, findet man ihn auch nicht.«

»Eben, Jens«, erwiderte sein Schwiegersohn. »Deshalb benötigt man so viele Daten wie möglich. Die Zukunft gehört den Erbsenzählern. Einige Leute bei der Wehrmacht, beim SD, bei der Abwehr haben nur Informationen gesammelt. Jede Kleinigkeit. Sie wussten oft gar nicht, was sie damit machen sollten. Aber sie haben sie zusammengerafft wie Hamster, die den Winter erwarten. Jetzt kommt ihre große Zeit. Erst jetzt wird dieses ungeordnete Wissen nutzbar gemacht. Auch durch solche Maschinen.«

»Na, hoffentlich hört das bald wieder auf«, meinte Lena. »Ich will nicht, dass so ein Ding irgendwann alles über mich weiß.«

»Und was wollen wir tun?«, fragte Druwe. »Die Archive zerstören oder diese Maschinen?«

»Nein. Viel zu auffällig, Jens. Dann könnten sie reagieren. Sie würden sich noch besser schützen. Außerdem brächten wir uns alle in Gefahr.«

»Was schlägst du vor?«

»Wir legen Rattenköder in ihr Futter«, sagte Kupner. »Die gefälschten und umgearbeiteten Akten. Erfundene Dokumente, Protokolle von Besprechungen, die nie stattgefunden haben. In kleinen Mengen, aber überall und an den richtigen Stellen.« Er wandte sich an seine Frau. »Genau diese Stellen musst du in den nächsten Wochen finden, Lena.«

26

Wien, München, Januar 1949

Druwe verbrachte die zweite Dezemberhälfte in Hamburg bei seiner Familie. Mehrmals schon hatte er mit Eva über seine beruflichen Chancen gesprochen.

»Es würde mich schon reizen, für Wiesenthals Zentrum zu arbeiten«, sagte er. »Ich mag Moshe, aber dieser ganze Kram mit den Geheimdiensten geht mir auf die Nerven. Da wird mir zu viel unter den Teppich gekehrt. Und diese Detektivarbeit hier in Hamburg ist doch eine Farce. Kläffende Hunde und schimpfende Nachbarn, wenn ich einen untreuen Gatten observiere. Ehrlich, das ist nichts für mich.«

Eva nickte. »Bist du denn sicher, dass du im Norden arbeiten kannst? Die dauernden Trennungen ertrage ich nicht. Wir könnten natürlich auch in den Süden ziehen, aber Ludwig wird das nicht mitmachen. Ihn und die Hamburger SPD verbindet eine seltsame Hassliebe.«

»Wiesenthal sieht da genügend Aufgabenfelder«, erwiderte ihr Mann. »Hamburg, Hannover, vielleicht mal nach Berlin oder in die Benelux-Länder. Ich denke, das wäre in Ordnung.«

»Und was sollst du tun?«

»Meine alte Spürnase wiederbeleben. Kontakte herstellen, Ermittlungen führen, Schlussfolgerungen ziehen. Ich kenne eine Menge Leute, Eva. Die Reste von *Zelle 3*. Tanner und seine Nachrichtenjungs. Moshe. Meine früheren Kripo-Verbindungen. Wiesenthal plant, die Mörder und Schinder auf eigene Faust zu jagen. Letztlich ist es doch auch nur Verbrechensaufklärung. Von der Kripo-Arbeit gar nicht so verschieden.«

Sie schwiegen eine Weile.

»Seltsam, oder?«, sagte er dann. »Keine deutsche Behörde würde mich noch nehmen. Aber ein Jude fragt mich, ob ich für ihn arbeiten möchte.«

»Du würdest helfen, die Männer zu finden, die alles abstreiten«, entgegnete Eva. »In diesem Land laufen noch viele Fiedlers herum, und es geht ihnen bestens. Sie mussten niemals ihre Schuld und Verantwortung eingestehen oder für ihre Taten büßen.« Sie umarmte ihren Mann. »Ruf diesen Mann an. Meinen Segen hast du.«

Kurz nach Neujahr erhielt er schließlich eine Nachricht von Simon Wiesenthal, dass sie sich mit Allen Dulles in Wien treffen konnten.

»Übrigens, ich nehme Ihr Angebot an, Herr Wiesenthal.« Druwe saß in seinem kleinen Büro in der Nähe des Chile-Hauses. Überall in der Umgebung war Baulärm zu hören.

»Sehr gut. Dann bleibt es hoffentlich nicht nur bei diesem Fiedler-Intermezzo. Ich könnte Sie nach dem Treffen mit Herrn D gleich in ein paar andere Projekte einweihen, an denen wir am Zentrum gerade arbeiten.«

Sie hatten sich darauf verständigt, am Telefon nur Decknamen zu verwenden.

»Ihr Schwiegersohn wird ebenfalls hier sein. Dann bekommt das Ganze einen offizielleren Anstrich. Wir müssen unsere Taktik unbedingt vorher absprechen, Herr Druwe. Dieser D ist undurchschaubar. Wenn wir ihn verprellen, landen Sie wieder hinter Gittern. Und mir werden die Mittel gestrichen.«

*

Das Wiener *Hotel Kummer* in der Mariahilfer Straße war bereits wieder gut besucht. Neben den höheren Offizieren der Siegermächte logierten immer öfter auch Industrielle in dem vornehmen Haus. Unangenehm fielen vermögende Bauunternehmer auf, deren Wohlstand sich zwar zügig mehrte, deren Benehmen jedoch oft noch ihrer sozialen

Herkunft entsprach. Bis vor Kurzem hatte das Hotel den Franzosen als Hauptquartier gedient, die nun – bedeutungsschwer, wie sie es liebten – in das *Hotel de France* umgezogen waren. Der fünfstöckige Bau im historistischen Stil fügte sich gut ein in die Zuckerbäcker-Architektur der alten Hauptstadt.

Druwe und Kupner hatten sich für einen Treffpunkt im französischen Sektor entschieden, da sie sich hier eine gewisse Neutralität erhofften. Die Franzosen waren so etwas wie der Blinddarm der Siegermächte. Zwar vorhanden, aber eigentlich unnötig. Dieser Umstand nagte ebenso stark am Selbstbewusstsein der Grande Nation wie die Tatsache, dass man sie nur mit sehr viel Wohlwollen als Siegermacht bezeichnen konnte. Viele französische Generäle gifteten sich immer noch an, wer von ihnen während der deutschen Besetzung tiefer in den Allerwertesten der verhassten *Boches* gekrochen war.

»Dulles ist brandgefährlich«, flüsterte Kupner, als beide Männer an der Bar des Hotels saßen und einen süßlichen Likör tranken. »Bitte halte dich mit Bemerkungen und Wutausbrüchen zurück. Und sag ihm bloß nicht, was du von ihm hältst.«

»Du hörst dich an wie mein Vater«, knurrte Druwe. »Ja, ich kämme mir die Haare und rülpse nicht. Zufrieden?«

»Im Ernst, Jens. Der Kerl ist eine graue Eminenz bei den Amis. Alle haben Angst vor ihm, weil er überall seine Finger drin hat, jeden kennt, alle betrügt und austrickst. Eben ein waschechter Politiker.«

»Sehr sympathisch, Moshe. Warum sollte ich ihm dann sagen, was ich von ihm halte? Er ist doch nur wie jeder Amerikaner.« Druwe lachte. »Dich natürlich ausgenommen.«

»Er hatte schon ganz früh Beziehungen zum deutschen Widerstand. Aber auch zu Nazi-Generälen. Mit Karl Wolff hat er eine vorzeitige Kapitulation der Deutschen in Italien ausgehandelt. Und er hat eine US-Geheimdienststelle in Bern geleitet.«

Druwe stöhnte. »Ich kann es nicht mehr hören.«

»Es heißt, er sei ziemlich angepisst, weil er in diesem neuen Verein, der *CIA*, keinen hohen Posten bekommen hat. Stattdessen hat er ein bisschen auf eigene Faust agiert. In Frankreich und Italien hat er die kommunistischen Gewerkschaftsflügel geschwächt. Dabei war er sich nicht zu schade, mit der Mafia und auch geflohenen Alt-Nazis ins Geschäft zu kommen. Er lässt übrigens Memos ausarbeiten zu der Frage, ob die Nazi-Erfahrungen der Staatsführung auf demokratische Systeme übertragbar sind.«

»Ja, wirklich einnehmend, der Mann.«

Statt Likör hätte Druwe jetzt am liebsten zwei Wodka gekippt. Jeder Tante-Emma-Laden war im Moment offenbar ein konspiratives Unternehmen. Jeder Schuhverkäufer schmuggelte Papiere in den Absätzen seiner Kunden. Er nahm sich vor, in Zukunft die Margarine auf geheime Nachrichten hin zu untersuchen.

»Hörst du mir überhaupt zu?«, fragte Kupner plötzlich etwas lauter. »Wir müssen Dulles davon überzeugen, dass Fiedler sein Projekt in Pullach gefährdet. Wenn er den Kerl fallen lässt, haben wir ihn.«

Eine halbe Stunde später gesellte sich Simon Wiesenthal zu ihnen. Er hatte darauf bestanden, bei dem Treffen dabei zu sein.

»Ich habe Mr Dulles ein paar Andeutungen gemacht«, sagte er, nachdem er die beiden Männer begrüßt und einen Kaffee bestellt hatte. »Er weiß bereits, dass Fiedler nichts mehr gegen ihn in der Hand hat. Diese Dokumente in Aussee waren wohl doch recht verfänglich. Das Problem ist jedoch, dass er keinen Grund sieht, Seidel alias Fiedler fallen zu lassen. Der Kerl hat sich wohl bei ihm lieb Kind gemacht.«

»Da haben wir ein paar schwer verdauliche Köder für ihn ausgelegt, Simon«, erwiderte Moshe Kupner.

Plötzlich drang Unruhe vom Eingangsbereich zu ihnen herüber. Mehrere fein gekleidete Herren mit Sonnenbrille und Fedora-Hüten betraten den Raum. Druwe staunte über die lässige Autorität, die die Männer verbreiteten. Ohne ein Wort zu sagen, schienen sie den anderen Gästen auf magische Weise klarzumachen, dass die Luft draußen besser für sie war. Nach kaum einer Minute waren Barbereich und die Tische geräumt.

»Bourbon mit Eis«, wies der Älteste den Barmann an.

Dann winkte er Druwe, Kupner und Wiesenthal mit einer Handbewegung zu einem Ecktisch. Wenig später saßen sie auf den Stühlen mit dem Rücken zum Raum. Der Mann, der jetzt an den Tisch trat, konnte eher als Schriftsteller durchgehen denn als knallharter Agentenchef. Das Haar war schütter und mit etwas Pomade fein gescheitelt. Seine Lippen waren schmal, und die Mundwinkel wiesen nach unten, was ihm einen strengen, fast verkniffenen Gesichtsausdruck verlieh. Sein Mitarbeiter und Leibwächter hatte den Whiskey vor ihn auf den Tisch gestellt. Zwei Eiswürfel klingelten, als er trank. Dann nahm er seine Pfeife, stopfte sie gekonnt umsichtig und entzündete sie schließlich. Für einen Augenblick waren alle am Tisch in einer dichten Rauchwolke verschwunden. Nachdem der Mann auf diese Weise unmissverständlich klargestellt hatte, was er von seinen Gesprächspartnern hielt, ergriff er das Wort.

»Ich hoffe wirklich sehr, dass Sie nicht meine Zeit verschwenden. Allein der Fürsprache von Mr Wiesenthal haben Sie es zu verdanken, dass ich hier bin.«

Druwe spürte wieder seinen Stumpf. Dieser Kerl trank diesen widerwärtigen Mais-Whiskey. Mit Eis. Dennoch fühlte er sich überlegen und degradierte seine Gesprächspartner durch sein Verhalten zu billigen Laufburschen. Druwe versuchte, ein Lächeln aufzusetzen, und tastete insgeheim mit den Augen jene Körperpartien dieses Arschlochs ab, die er gerne etwas bearbeitet hätte. Sein Schwiegersohn spürte die Anspannung, die im Raum lag, und ging auf die provokante Eröffnung des Gesprächs nicht ein.

»Mr Dulles, ich bin amerikanischer Staatsbürger und arbeite als Berater für die britischen Nachrichten-Verbände«, sagte er.

»Und?«, fragte Dulles beinahe amüsiert. »Sie glauben, ich weiß das nicht? Ich weiß alles. Sie haben Ihren Begleiter gar nicht erwähnt, Mr

Kupner. Als deutscher Staatsbürger und verurteilter Kriegsverbrecher unterstreicht er die Expertise Ihres Anliegens ungemein.« Der Sarkasmus war fast greifbar. »Aber lassen wir das. Ich habe Simon versprochen, Ihnen zehn Minuten meiner Zeit zu schenken. Jetzt sind es noch neun.«

Das Kribbeln an Druwes Stumpf nahm deutlich zu.

»Es geht um Pullach, Sir«, begann Moshe Kupner, bevor sein Schwiegervater Dummheiten machen konnte.

»Sagt mir nichts.« Der Mann verzog keine Miene. »Was soll da sein?«

»Bitte, Sir. Halten Sie uns nicht für dämlich.« Kupners Stimme wurde eine Spur schärfer. »Sie kennen Dan Tanner. Ehemals bei der *FSS*. Ich arbeite für ihn, und wir machen auch unsere Hausaufgaben.«

Er sah seinem Landsmann jetzt direkt in die Augen.

»In Pullach hat eine als *Industrie-Verwertungsgesellschaft* getarnte Nachrichtenzentrale ihren Sitz. Ihr Leiter ist ein ehemaliger Generalmajor der Wehrmacht, Reinhard Gehlen. Als Dr. Schneider leitet er die Unternehmung. Mit Industrie hat das Ganze nichts zu tun, wohl aber mit Verwertung. Und Auswertung. Wir wissen, dass dort Zehntausende Datensätze verarbeitet werden.«

Dulles klatschte theatralisch Beifall.

»Ist Ihnen klar, mein junger Freund, dass Sie für derartige Spekulationen im Osten ein Arbeitslager erwarten würde?«, fragte er. Dann legte er plötzlich seine Maske gespielter Freundlichkeit ab. Seine Gesichtszüge wirkten versteinert und kalt, als er weitersprach.

»Nehmen wir einmal an, Sie hätten recht. Dann wäre diese Dienststelle von nationaler Bedeutung für die Sicherheit der Vereinigten Staaten. Und wir würden die Leute dort und deren Arbeit mit allen Mitteln schützen. Denn der Kampf gegen den Kommunismus duldet keine weitere Verzögerung. Keine Unwissenheit. Kein Taktieren oder Spekulieren. Ich ahne, dass Sie hinter irgendwelchen Spitzbuben aus der Hitler-Zeit her sind. Sonst säße Mr Wiesenthal nicht hier am Tisch. Aber ich sage Ihnen, dass wir keine wichtigen Funktionsträger einem veralteten Ideal opfern. Ja, manche dieser Männer haben Verfehlungen begangen. Und wir haben die schlimmsten Mordbrenner ihren Strafen zugeführt. Die übrigen tun Buße, indem sie Uncle Sam zu Diensten sind. Kämen Stalins schlimmste Schlächter in diesem Moment zu mir und böten sie mir ihre Hilfe im Kampf gegen den roten Terror an, so würde ich nicht zögern, ihnen zu vergeben. Das ist unsere christliche Pflicht.«

Druwe verspürte Übelkeit. Er winkte den Barmann zu sich und bestellte zwei Obstbrände.

»Es geht nicht darum, Ihnen etwas wegzunehmen, Mr Dulles«, ergriff er das Wort. »Wir wollen auch nicht moralische Standpunkte hinterfragen. Wir möchten Ihnen vielmehr ein Geschäft vorschlagen.«

Dulles war derart überrascht, dass ihm fast die Pfeife aus dem Mundwinkel glitt.

»Was könnten Sie mir schon bieten? In den *Intelligence Corps* und bei Wiesenthal habe ich meine Leute. Ich bekomme schon alles, was ich will.« Er erhob sich und warf zehn Dollar auf den Tisch. »Ich sehe, Sie haben meine Zeit doch verschwendet.«

Druwe nahm mit den Fingerspitzen vorsichtig ein Aktenblatt aus der Innentasche seines Mantels. »Vielleicht sollten Sie noch bleiben.«

Dulles warf einen Blick darauf und nahm wieder Platz. »Woher haben Sie das? Diese Unterlagen sind geheim.«

»Nicht nur Sie haben Männer überall, Mr Dulles«, meinte Druwe süffisant.

»Geheimnisverrat, vielleicht Hochverrat«, murmelte der Mann. Er prüfte das Dokument aus Pullach auf seine Echtheit hin. Stempel, Unterschriften, Quervermerke. Es schien alles zu stimmen.

»Ihre Einrichtung ist am Ende, Mr Dulles«, meinte Kupner.

»Wegen ein paar Unterlagen, die herausgeschmuggelt wurden? Dass ich nicht lache.«

»Nein, Sir«, erwiderte Druwe. »Wegen der Unterlagen, die noch dort sind.«

Dulles schlug mit der Faust auf den Tisch. Zwei Leibwächter waren sofort zugegen, aber er scheuchte sie mit einer unwilligen Handbewegung fort.

»Raus mit der Sprache. Ihr habt dreißig Sekunden, sonst lasse ich euch Kasper in den Rinnstein werfen. Mit Kugeln in den dummen Visagen. Und es wird wie Selbstmord aussehen.« Nun schien der Teufel auch den Rest seiner Maskerade abgelegt zu haben.

»Sehen Sie den winzigen roten Strich in der oberen linken Ecke?«, fragte Druwe. »Von derartigen Akten gibt es im Moment etwa fünfzig in Ihrer Pullach-Zentrale. Nehmen Sie es als Zeichen unseres guten Willens, dass wir Ihnen dieses Geheimnis verraten. Lassen sie die fünfzig Dossiers suchen, und sortieren Sie sie aus. Denn die Informationen darin sind allesamt falsch, ungenau oder irreführend.« Er schwieg einen Moment, bevor er die Bombe platzen ließ. »Wir können weitere zweitausend Akten platzieren, die nicht markiert sind.«

Druwe verfügte nur über die bereits von Lena eingeschleusten Akten. Ab hier musste er also wieder einmal bluffen. Selbst einhundert Akten würden sie nicht zusammen bekommen. Geschweige denn zweitausend. Aber für den Ami schien es genau die richtige Zahl zu sein. Mit Genugtuung sah er, dass sich die Pupillen des Mannes weiteten.

»Ihre Hollerith-Maschinen werden diese Angaben fressen«, fuhr er fort. »Und nach kurzer Zeit weiß niemand mehr, was wahr oder falsch ist. Sie ersticken in Ihrer eigenen Datenflut, Mr Dulles.«

Dulles starrte gebannt auf das Schriftstück, als er die Gefahr erkannte, die von dieser Desinformation ausgehen konnte. Druwe hatte diese Momente immer genossen. Wenn bei seinen Widersachern aus Überheblichkeit Einsicht wurde, manchmal gefolgt von blankem Entsetzen.

»Woher … Wie … Ich werde …«, stotterte der Amerikaner.

»Gar nichts werden Sie, Mr Dulles«, schnitt ihm Druwe das Wort ab. Aus seinen Vernehmungen wusste er, dass er jetzt dranbleiben musste. Der in die Enge Getriebene durfte keine Zeit finden, sich zu sammeln. »Nur ich kenne die Vorgänge bis ins Detail. Ich habe zwei Kriege überlebt, war in Stalingrad, in Zuchthäusern und habe sogar die Folterzentrale in Nenndorf überstanden. Sie können nicht zerstören, was schon kaputt ist. Wenn Sie mich verhören lassen, werde ich nicht ein Wort sagen und dabei wissen, dass Ihre Drecksbande im falschen Sandkasten spielt.«

Einen kurzen Moment lang sahen sich die beiden Männer in die Augen, als wollten sie abschätzen, welches Blatt der andere auf der Hand hielt.

»Was wollen Sie?«, fragte Dulles nach einer gefühlten Ewigkeit. Er hatte sich gefangen. Natürlich ahnte er, dass ein Deal möglich war. Schließlich musste es einen Grund für dieses Treffen geben.

»Mein Kollege ist manchmal etwas aufbrausend«, sagte Kupner beschwichtigend. »Wir Amerikaner wissen, dass es für alle Probleme eine Lösung gibt. Beide Seiten wären damit zufrieden und gingen friedlich ihrer Wege.«

»Wir wollen einen Mann«, warf Druwe ungeduldig ein.

»Einen Mitarbeiter aus Pullach«, ergänzte Kupner. »Er ist ein Mörder und immer noch mit seinen alten Nazi-Kameraden aktiv.«

»Aha«, meinte Dulles lakonisch. »Da könnte wohl jeder infrage kommen. Wer ist es?«

»Friedrich Seidel, Ihr Direktor ohne Geschäftsbereich«, antwortete Kupner. »Ihr Protegé und der Widersacher von Dr. Schneider.«

Dulles hatte ein in Leder gebundenes Buch hervorgeholt und machte sich nun einige Notizen.

»Seidel«, sagte er schließlich.

»Ganz recht, ich kenne ihn als Fiedler«, bestätigte Druwe.

»Ein sehr geschickter Mitarbeiter«, fuhr Dulles fort. »Der Kerl hat einige Informationen über die Arbeit der amerikanischen Diplomatie im Krieg. Informationen, die bei Bekanntwerden erhebliche Verwicklungen auslösen könnten.«

»Sie meinen, er weiß ein paar heikle Dinge über Sie, Mr Dulles«, stellte Druwe fest. »Ich kann Sie beruhigen. Wir haben seine Aktenverstecke in Österreich ausgehoben. Nicht wahr, Kupner?«

Moshe Kupner nickte.

»Ich weiß«, meinte Dulles nachdenklich. »Meine britischen Freunde werden diese unangenehme Sache sicherlich zu meiner Zufriedenheit regeln.«

Druwe begriff, dass sein Gegenüber wieder Oberwasser bekam. Er musste reagieren.

»Selbstverständlich besitzen wir einige Kopien dieser Dokumente«, log er. »Und es gäbe eine Menge Leute, die das interessieren würde.«

Wieder bemerkte er bei Dulles eine leichte Veränderung der Pupillenweite. Offenbar war es ihm gelungen, zumindest Zweifel in dem Kerl zu säen.

»Fiedler selbst hat nichts mehr gegen Sie in der Hand, Mr Dulles«, fuhr er fort. »Er spielt viele falsche Spiele. Zeit für ihn, von der Bühne zu gehen. Überlassen Sie uns den Mann. Und diese Akten verschwinden in der Brandtonne.«

Dulles sog an der erkalteten Pfeife, blickte abwechselnd zu Druwe und Kupner.

»Wollen Sie für mich arbeiten, Mr Druwe?«, fragte er unvermittelt und lächelte in einer Weise, die Milch gerinnen ließ.

»Sie erwarten nicht wirklich eine Antwort, Mr Dulles«, erwiderte Druwe. »Also? Fiedler für uns. Und Ihr Zentrum in Pullach bleibt sauber. Die für Sie verfänglichen Unterlagen verschwinden in englischen Kellerarchiven.«

»Sie bewegen sich auf dünnem Eis, meine Herren. Ich könnte Fragen stellen, deren Beantwortung Sie als Hochverräter dastehen lässt. Infiltration, Zusammenarbeit mit den Sowjets. Mir fällt da eine Menge ein. Von wem haben Sie diese gefälschten Unterlagen? Woher wissen

Sie von Seidels Vergangenheit? Die Angelegenheit stinkt doch förmlich nach kommunistischer Einmischung. Noch vor einem Jahr hätte ich Sie beide einfach in einer Steinwalze verschwinden lassen. Aber nun wird es bald ein souveränes Westdeutschland geben. Die Engländer sind angepisst, weil sie sich kaum noch über Wasser halten können und wir die alleinige Führung übernommen haben.«

Er rieb sich das markant vorspringende Kinn. Druwe beobachtete fasziniert, dass die kleine Falte dort nervös zuckte. Ebenso schlecht fürs Pokern wie die Reaktion seiner Pupillen. Aber ansonsten schien das Gesicht des Mannes in Stahl gegossen.

»Da wäre es nicht schlau, Aufsehen zu erregen und zu viele Fragen aufzuwerfen.« Dulles tippte auf sein Notizbuch. »Nun gut. Ich lasse alles prüfen. Sie hören von mir, sobald ich eine Entscheidung getroffen habe.«

Auf ein energisches Winken hin umringten ihn seine Begleiter. Er warf einen Zehn-Dollar-Schein auf den Tisch und ging, ohne sich zu verabschieden.

»Wirklich ein netter Kerl«, merkte Druwe leise an. »Ein Menschenfreund. Für so etwas habe ich ein Gespür.«

»Ja«, bestätigte Kupner. »Solche Leute hattet nicht nur ihr Deutschen. Wir müssen vorsichtig sein, Jens. Der Mann geht über Leichen wie andere Leute über die Wiese. Leute verschwinden einfach oder landen im Osten. Oder er macht sie auf andere Weise fertig.«

»Das alte Europa hat sich sein eigenes Grab geschaufelt«, murmelte Wiesenthal. »Und jetzt bekommt es eben einen Nachlassverwalter, den es verdient hat. Damit musste man rechnen. Wie viele falsche Akten hat Ihre Frau denn tatsächlich unterbringen können, Moshe?«

»Etwa drei Dutzend«, antwortete Kupner. »Aber das wird reichen. Wenn die Leute nur eine finden, dann wissen sie, dass wir nicht geblufft haben.«

Druwe lachte laut auf. »Nicht geblufft? Du bist gut, Moshe. Ein paar Akten, und wir hoffen, dass dieser Eisenfresser seinen zweiten Mann in Deutschland fallen lässt. Du hast Nerven.«

»Der amerikanische Geheimdienst ist nervös, Jens. Es gibt Gerüchte, dass die Russen jetzt auch die Atombombe haben. Die Roten werden mit ihren Drohungen und Forderungen immer unverschämter.« Kupner ereiferte sich. »Der Kontrollrat ist nur noch eine Farce. Und Dulles hat es angesprochen. Jetzt kriegen die Westzonen bald eine eigene Regierung. Wenn dann seltsame Akten auftauchen, wird er befürchten, bald keine Verbündeten in Europa mehr zu haben.« Er lächelte Druwe an. »Er wird so etwas im Keim ersticken wollen, glaub mir.«

*

Am folgenden Tag trafen sich Druwe und Wiesenthal in dessen Hotel. Der Mann freute sich aufrichtig über die Zusage des Deutschen, für seine Organisation zu arbeiten.

»Ich muss noch klären, wer Ihre Stelle bezahlt. Einzelheiten besprechen wir im Sommer«, sagte er. »Es stehen einige politische Veränderungen an. Greifen wir denen nicht vor. Auf dem neuen Parkett gibt es dann viel zu tun für uns.«

Druwe dankte dem Österreicher für seine Fürsprache bei Dulles. Er war sicher, dass der Amerikaner ohne Wiesenthals Vermittlung zu keinem Treffen bereit gewesen wäre.

»Ich war dabei nicht ganz uneigennützig«, gestand der Mann. »Wir müssen lernen, solchen Leuten die Stirn zu bieten, Herr Druwe. Sonst nehmen sie uns nicht ernst. Oder um es in der amerikanischen Bildersprache auszudrücken: Wir müssen Player auf dem Spielfeld sein. Nicht bloß Zuschauer.«

Wiesenthal schob eine dünne Mappe über den kleinen Schreibtisch.

»Meine Leute haben übrigens diesen Skorzeny aufgespürt«, sagte er.

Druwe bewunderte die Fähigkeit dieses Mannes, die kleinsten Hinweise mit den Hunderten von Fällen zu verbinden, die sein Dokumentationszentrum bearbeitete. Von dieser Fähigkeit Wiesenthals hing im Moment der Erfolg seiner Mission gegen die untergetauchten Nazis ab. Der frühe Enthusiasmus der Sieger, Aufarbeitung und Verfolgung der NS-Verbrechen zu unterstützen, hatte spürbar nachgelassen. Im Gegenteil, Wiesenthal bekam zunehmend Gegenwind aus den Westzonen in Deutschland und Österreich. Selbst den Alliierten war er zu einem Klotz am Bein geworden. Die Gelder flossen seltener, das Zentrum hatte Mitarbeiter entlassen müssen.

Druwe blätterte in der Akte und überflog die Angaben.

»Otto Skorzeny hat sich also einer weiteren Verhandlung entzogen«, murmelte Druwe. »Besser gesagt, er ist geflohen. Lassen Sie ihn einfach verhaften.«

Wiesenthal schüttelte den Kopf. »Der Mann ist nur das, was Bäcker einen Hefefurz nennen. Eine Luftblase im Teig.«

Druwe erinnerte sich dunkel an die Propaganda des Dritten Reichs. Otto Skorzeny, der Draufgänger und Abenteurer. Befreier des Duce. Danach hatte er selbst Legenden um seine Figur befeuert, sprach von Wunderwaffen und geheimen Truppen in Spanien, im Kongo und in Indien, die sich gegen das britische Empire stellen würden. Letztlich alles heiße Luft. Ein Hefefurz eben. Druwe schmunzelte über den Vergleich.

»Ein Angeber und Gockel«, erwiderte er. »Aber angeblich hat er Kriegsgefangene erschießen lassen. Dafür sollte ihm doch der Prozess gemacht werden.«

»Er ist für uns alle von größerem Wert, wenn er auf freiem Fuß bleibt«, erwiderte Wiesenthal. »Im Nazi-System der Vernichtung war er nur ein kleiner Fisch. Aber durch seine vorlaute Art und seine Begabung, sich wichtig zu machen, hat er viele Verbindungen.« Der Leiter des Dokumentationszentrums lächelte hintergründig. »Wir dulden die Mäuse im Garten, damit die Ratten sich sicher fühlen.«

»Und Skorzeny ist offenbar eitel genug, um anzubeißen. Er wird glauben, er wäre nur zu gerissen, um sich fangen zu lassen.«

Druwe sah Wiesenthal in die Augen, der bereits wieder mit anderen Dingen beschäftigt schien und nur geistesabwesend nickte.

»Und was soll ich mit ihm anfangen, Herr Wiesenthal? Sie geben mir die Akte doch nicht als Bettlektüre?«

»Wahrscheinlich wird sein Untertauchen vom *CIA* gedeckt. Ich denke, sie wollen ihn als eine Art Doppelagent nutzen. Und Dulles hat es immer noch nicht verwunden, dass er nicht Chef des neuen Nachrichtendienstes geworden ist. Nach meinen Informationen hat auch er Verbindungen zu Skorzeny.«

Wiesenthal unterschrieb einige Briefe. »Es gibt Hinweise, dass Skorzeny für Max Simon quasi die rechte Hand in der Freiheit ist. Er lenkt *Zelle 3* hier draußen. Oder das, was davon übrig ist. Wie es aussieht, wird der SS-General wohl noch ein paar Jahre in Werl sitzen. Um sein Netzwerk zu erhalten, muss er einen bei den Kameraden geachteten Mann vorweisen.«

»Ich sehe, ob ich etwas herausfinde.«

Druwe erhob sich. Er musste nochmals Kontakt zu Max Simon aufnehmen. Schließlich sollten die verbliebenen Mitglieder von *Zelle 3* glauben, Fiedler hätte ein falsches Spiel mit ihnen gespielt. Dafür hatten er und Kupner einige russische Verhörprotokolle herausgesucht. Kusnezow hatte sie so umarbeiten lassen, dass es aussah, als wären darin viele Hinweise enthalten, die nur von Fiedler stammen konnten. Das Schwein würde jede Unterstützung durch Simon, Skorzeny und die anderen Kameraden verlieren. Er würde sich in seinem eigenen Netz verfangen.

»Darf ich Sie etwas Persönliches fragen, Herr Wiesenthal?«, fragte er.

»Sie werden ja merken, ob ich antworte, Herr Druwe«, sagte sein Gegenüber.

»Wie schaffen Sie es, diese ganzen Fakten einzuordnen? In Ihrem Zentrum lagern mehrere Tausend Akten. Und Sie scheinen jede zu kennen.«

»Tabula rasa. Die Nazis haben versucht, da oben …« Er tippte an seine Stirn. »… alles auszulöschen. Sie wollten uns Juden nicht nur das Leben nehmen. Sie wollten jede Erinnerung an uns und in uns tilgen. Ich habe mich dagegen zur Wehr gesetzt, indem ich mir ganz einfache Dinge eingeprägt habe. Namen, Haarfarbe, Schuhgröße, Geburtsorte meiner Mithäftlinge. Mengenangaben für die Transportlisten im Steinbruch, Weglängen, Wetter. Ich habe alles miteinander verknüpft. Auf diese Weise habe ich verhindert, dass sie meinen Geist auslöschen.«

Wiesenthal sah aus dem Fenster.

»Wissen Sie, Herr Druwe, wie am 12. März 1945 das Wetter in Mauthausen war?« Er schwieg einen Moment. »Nein? Mittags sieben Grad, leichter Regen mit Graupel, heftiger Wind von West, abends aufklarend.«

Druwe zweifelte nicht einen Moment daran, dass die Angaben stimmten.

*

Wiesenthal hatte eine Abschrift der Akte Skorzeny anfertigen lassen, so dass Druwe die Bahnfahrt zurück nach München nutzen konnte, um sie gründlich durchzuarbeiten.

Skorzeny war gelernter Maschinenbauer aus Wien und bereits frühzeitig aktiv in der österreichischen NSDAP. Lange vor dem Anschluss ans Deutsche Reich war er in die SS eingetreten. Fasziniert las Druwe die Beurteilung eines Vorgesetzten aus dieser Zeit.

S. kann als überzeugter Nationalsozialist gelten. Zwar werden seine Entscheidungen und sein Auftreten in erheblichem Maße von persönlichem Geltungsdrang bestimmt, jedoch hat seine Pflichterfüllung darunter nie gelitten. Offenbar kaufmännisch sehr geschickt. Ich empfehle S. daher für eine entsprechende Verwendung zu Propaganda-Aufgaben und/oder in Geschäftsfeldern der Organisation.

Der Kerl hatte sich für viele Einsätze im Krieg freiwillig gemeldet. Und diese Berichte lasen sich tatsächlich wie die Abenteuer-Groschenhefte, die Druwe in seiner Jugend verschlungen hatte. Frankreich, Russland, Balkan. Skorzeny war fast überall aufgetaucht. Eine Art Kara Ben Nemsi der Nazi-Strategen. Oftmals handelte es sich dabei um Handstreich-Operationen, Sabotage-Akte oder Einsätze hinter den feindlichen Linien. Als der Krieg ins Stocken geriet und die Verluste der deutschen Truppen höher wurden, wollte er sich offenbar ein Standbein in der SS-Verwaltung schaffen. Druwe traute seinen Augen nicht, als er die Angaben über die Verbindungen Skorzenys zu den Nachrichtendiensten überflog. Halb Europa schien seit einigen Jahren in Spionage-Tätigkeiten verwickelt zu sein.

Im April 1943 erfolgte Versetzung ins RSHA. Dort war S. im Amt VI (Nachrichtendienst Ausland) tätig. Vermutet wird der Aufbau eines geheimen Archivs zur besonderen Verwendung Ernst Kaltenbrunners (Leiter Sicherheitsdienst und RSHA). Dokumente verschollen.
S. wurde Leiter für Sabotage- und Kommandoaktionen der SS. Sonderverbände operierten unter seiner Leitung auf dem Balkan und in Italien.

Rabauke, Spion und Propaganda-Liebling. Millionen Tote auf den Schlachtfeldern, und hinter dem Vorhängen wurde Possen-Theater um Fakten gespielt.

Im September 1943 spektakuläre Befreiung Benito Mussolinis (Unternehmen »Eiche«). Anteil S. an der Aktion eher gering, jedoch von der NS-Propaganda wirksam inszenierte »Duce-Befreiung« in einem Lastensegler von einem Bergmassiv aus.

Druwe hatte die damaligen Bilder der *Deutschen Wochenschau* noch vor Augen. Otto Skorzeny, der heldenhafte Befreier, der die alten Männerfreunde Hitler und Mussolini wieder zusammengebracht hatte. Viele Menschen hatten vor Rührung geweint.

```
Weitere Aktionen S. bis Kriegsende waren wenig erfolg-
reich. Entführung des jugoslawischen Partisanenführers
Tito fehlgeschlagen. Inszenierung eines Staatsstreichs
in Ungarn selbst in nationalsozialistischen Kreisen um-
stritten und militärisch sinnlos. In der Ardennen-Of-
fensive 1944/45 spektakuläre Militäreinsätze unter Lei-
tung S., die jedoch allesamt scheiterten.
```

Druwe blätterte nervös weiter. Skorzeny wurde nach dem Krieg von den Alliierten verhaftet und beschuldigt, er hätte Kriegsgefangene ermordet bzw. die entsprechenden Befehle gegeben. In dieser Sache verstanden die Amis keinen Spaß. Eher konnte sich noch ein sadistischer Lagerkommandant oder Gauleiter herausreden. Aber die Exekution abgestürzter amerikanischer Flieger oder anderer Kriegsgefangener endete für die Verantwortlichen meist am Galgen. Wie hatte sich also diese schillernde Figur dem Gericht entzogen? Aus einem Internierungslager in Darmstadt war ihm unter ungeklärten Umständen die Flucht gelungen.

Der Kerl spaziert seelenruhig durch einen Münchner Vorort, dachte Druwe. Und er ist weder verkleidet noch wirkt er gehetzt.

Mitarbeiter des britischen MI-6 berichteten, S. habe sich unter dem Decknamen *Rolf O.S. Steinbauer* in München eine Wohnung genommen. Treffen mit mehreren Personen (Identitäten unbekannt) in der Öffentlichkeit sowie in Privaträumen. Zudem Anmeldung eines Gewerbes in München: *Gerüstbau Steinbauer*. Steuernummer …

Jemand legte entweder seine schützende Hand über Skorzeny. Oder der ehemalige SS-Mann verfügte – wie so viele andere – über brisante Informationen, die ihm als Lebensversicherung dienten.

Unfassbar, dachte Druwe. Name, Anmeldung, Wohnung, Gewerbe, sogar Steuernummer. Jeder Sechsjährige mit nur ein wenig Verstand konnte diesen Mann finden. Sofern er wollte. *Rolf O. S. Steinbauer.* Druwe stutzte. O. S.? Natürlich, Otto Skorzeny. Dreister ging es fast nicht. Dieser alte Nazi fühlte sich derart sicher, dass er die Initialen seines Namens in den Tarnnamen eingefügt hatte. Der Kerl strotzte vor Selbstgewissheit. Oder er war dumm wie Stroh.

Zurück in München begab Druwe sich sofort zu der Adresse, die in der Akte angegeben war. Keplerstraße. Das Wetter war gut, und Druwe entschloss sich deshalb, über den Marienplatz und die Maximiliansanlagen zu Fuß in Richtung Bogenhausen zu gehen. Die imposante Mehrfamilien-Villa aus der Gründerzeit entsprach sicherlich der Bedeutung, die Skorzeny alias Steinbauer seiner Person beimaß. Und tatsächlich fand Druwe fast sofort das Messingschild mit Skorzenys Decknamen. Da er nun vor dem Haus stand, wusste Druwe nicht recht, was er nun tun sollte. Die Geschichte war derart unglaublich, dass er sich mit eigenen Augen hatte überzeugen müssen. Und jetzt fehlte ihm ein konkreter Plan. Eine Dame in Pelzmantel, die ihren Spitz ausführte, blickte ihn abfällig an, als sie die Vordertür aufschloss.

»Hausieren und Betteln verboten«, keifte sie, und Druwe musste sich eine scharfe Erwiderung verkneifen.

Tatsächlich wurde es jedoch Zeit, dass er sein Äußeres etwas aufpolierte. Weiterhin schickte er fast alles Geld, das er verdiente, an seine Familie in Hamburg. Viele Auslagen wie Reisekosten musste er zudem selbst tragen. Die zwei Anzüge, der Mantel und die Hemden aus Friedenszeiten waren nicht mehr in allerbestem Zustand. Noch vor zwei Jahren war er damit als deutscher Durchschnitt durchgegangen. Aber nach der Währungsreform hatten die Deutschen die Mode wieder entdeckt, und man pflegte einen gewissen Stil. Druwe war jedoch auf der sozialen Leiter – zumindest dem Aussehen nach – gleich zwei Stufen nach unten gefallen.

»Ach«, sagte er mit Wehmut in der Stimme, ohne sich direkt an die alte Ziege zu wenden. »Damals in Berlin beim Sicherheitshauptamt hatte mein Vorgesetzter ebenfalls einen Spitz. Ein so nettes Tier.«

»Oh, Sie kommen aus der Reichshauptstadt? Und Sie waren beim Hauptamt? Mein Hugo ...« Plötzlich war die Frau freundlicher. »Aber lassen wir das. Suchen Sie jemanden?«

»Nicht direkt«, log Druwe. »Ich bin im Auftrag des Meldeamts hier. Wir prüfen in Stichproben, ob die eingetragenen Adressen stimmen.« Er klopfte vielsagend auf die Akte, die er sich unter den Arm geklemmt hatte. »Wird Zeit, dass mal wieder Ordnung ins Land kommt.«

Die alte Frau strahlte, und ihr Gesicht verlor einen Moment lang die Ähnlichkeit mit ihrem Hund. »Da haben Sie recht. Das Lotterleben der Amerikaner muss hier ein Ende haben. Wenn Deutschland erst einmal eine neue Reichsregierung hat, dann werden wir denen ...«

»Sagen Sie, das Gewerbeamt hat einen Herrn Steinbauer mit seiner Privatanschrift hier eingetragen. Kennen Sie den Herrn zufällig?«

»Steinbauer?« Sie schien nachzudenken. »Wohnt erst seit Kurzem hier. Seltsamer Mensch. Schaut so auf andere herab, als wäre er etwas Besseres.«

»Ist er häufig im Hause?« Druwe wollte nicht zu offensichtlich schnüffeln. »Wir haben leider so viele Leute, die drei oder vier Meldungen gemacht haben und auf diese Weise wertvollen Wohnraum blockieren«, schob er schnell hinterher.

»Quartieren Sie hier bloß keine Polacken ein«, keifte die Alte plötzlich wieder.

»Nein, nein«, beschwichtigte Druwe. »Mit dem Einquartieren ist es vorbei. In ordentlichen Stadtteilen sollen jetzt wieder ordentliche Leute wohnen.«

Die Frau strahlte. Dann schien sie zu überlegen. »Herr Steinbauer ist manchmal für einige Tage unterwegs. Und ruhig ist er auch. Und gepflegt. Eigentlich will ich mich nicht beklagen. Nur leider hat er recht häufig Besuch von Amerikanern.«

»In Uniform, also Soldaten?« Druwe war überrascht. Offiziell wurde Skorzeny immerhin auf der Fahndungsliste von *CROWCASS* geführt.

Sie nickte. »Putzen sich nicht einmal die Stiefel ab. Und Juden sind auch dabei.« Sie sprach jetzt leise. »Ich meine, ich habe nichts gegen die«, fügte sie schnell hinzu.

»Ach ja? Woran haben Sie denn bemerkt, dass ...« Druwe tat jetzt verschwörerisch.

»Die erkennt man ja. Nasen, Wangenknochen. Haben wir ja alle in den Zeitungen ... Ich meine, damals ...« Sie zögerte, aber als sie sah, dass Druwe keine Miene verzog, fuhr sie fort. »Und diese Männer haben sich mit ihren Vornamen angesprochen. Levi, Ariel und David.« Sie schwieg. »Also, denken Sie nicht, ich spioniere. Aber sie haben sich sehr laut unterhalten. Natürlich angetrunken. Sogar ein Kaugummi habe ich gefunden. Wie diese Amerikaner halt so sind.«

Mehr wusste die Frau nicht zu berichten, aber Druwe war zufrieden. Es galt jetzt nur noch, die Alte zur Verschwiegenheit zu bewegen.

»Wir müssen alle unseren Beitrag für ein ordentliches, neues Deutschland leisten. Ich werde Sie lobend bei der Stadtverwaltung erwähnen, Frau ...?«

»Else Hinrick. Mit ck.« Ihre Augen leuchteten.

»Frau Hinrick, wir suchen im Moment nämlich verlässliche Volksgenossen ...« Druwe tat, als hätte er sich versprochen. »Ich meine natürlich, wir suchen verlässliche Bürger, die auf alles ein wenig achtgeben. Es gibt zu viele zwielichtige Elemente. Wichtig ist dabei jedoch absolute Diskretion. Kann ich mich da auf Sie verlassen, Frau Hinrick?«

»Ja, aber selbstverständlich. Mein Hugo war ja hier im Block der ...« Sie unterbrach sich wieder. »Kein Wort wird über meine Lippen kommen.«

Druwe wusste nur zu gut, was Hugo Hinrick in diesem Block gewesen war. Mit einem verschwörerischen Augenzwinkern verabschiedete er sich von der Dame, die ihren Spitz zärtlich küsste.

»Wir melden uns in etwa einem Monat bei Ihnen.«

Bis dahin ist dieser Mist hoffentlich vorbei, dachte er und winkte kurz.

*

»Dir ist klar, dass wir die Angelegenheit jetzt abschließen müssen, Moshe?« Druwe biss zufrieden in ein Honigbrot. Der Kaffee aus den *Community-Shops* der US-Soldatensiedlungen, den sein Schwiegersohn besorgt hatte, war immer noch besser als die berühmte »Sibirische Bohne«, die der deutsche Käufer bekam. Die fünfzehn Mark für ein Pfund ordentliche Qualität waren zudem sündhaft teuer.

Er hatte Kupner von Skorzenys Wohnung und den leutseligen Offenbarungen der Frau des ehemaligen Blockwarts berichtet.

»Wir kommen unserem Ziel näher«, meinte sein Schwiegersohn beschwichtigend. »Ich habe veranlasst, dass Simon in Werl von den russischen Akten erfährt. Und ich denke, wir sollten Skorzeny alias Steinbauer in ein paar Tagen direkt ansprechen. Er wird dann über seine Verbindungen in *Zelle 3* davon in Kenntnis gesetzt sein. So zieht sich die Schlinge um Fiedler langsam zu.«

»Ist das nicht riskant?«, fragte Druwe. »Offenbar verstehen sich Fiedler und Skorzeny gut. Er könnte unsere Zielperson warnen.«

»Du hast doch eben selbst gesagt, dass wir jetzt handeln müssen«, erwiderte Kupner. »Soll Fiedler doch ruhig wissen, dass ihm die Felle davonschwimmen. Umso eher wird er Fehler machen. Es wird jetzt brandheiß unter seinen Füßen. Vielleicht sind wir gar nicht diejenigen, die ihn schnappen werden. Und nicht die, vor denen er sich wirklich fürchten muss.«

»Wie meinst du das, Moshe?«

»Ein neuer Spieler ist auf dem Spielfeld«, entgegnete der Amerikaner. »Die Israelis und ihr Geheimdienst. Das passt zu den Leuten, die die Alte bei Skorzeny gesehen hat.«

»Amerikanische Soldaten«, meinte Druwe. »Juden, sagte sie. Ich meine, du bist auch Amerikaner und jüdischer Abstammung. Was ist dabei besonders?« Er wusste, dass vor nicht ganz einem Jahr in Palästina der Staat Israel gegründet worden war. Dessen Politiker hatten erklärt, dass nach Beendigung der Konflikte mit den arabischen Nachbarn die Jagd nach den Nazi-Tätern ein vorrangiges Staatsziel sein würde.

»Ich bin mir ziemlich sicher, dass diese Männer verdeckt operierende israelische Agenten waren«, sagte Kupner. »Wir nehmen an, dass der Mossad Skorzeny benutzt, um an wichtige Personen heranzukommen. Wahrscheinlich versucht unser Held nur, seinen Kopf zu retten. Oder die Israelis bezahlen ihn sogar. Er verfügt über gute Kontakte zu Waffenhändlern.«

»Dann wäre er eigentlich in den Augen seiner Kameraden der Verräter. Und nicht Fiedler.« Druwe spürte eine Mischung aus Wut und Verzweiflung in sich aufsteigen. Dieses perfide Karussell der Doppeldeutigkeiten und verdeckten Interessen drehte sich zunehmend schneller. »Es wird wirklich Zeit, den Sack zuzumachen, Moshe. Sonst verlieren wir selbst noch den Überblick und halten diese Kerle am Ende noch für Widerstandskämpfer.«

»Machen wir das Beste daraus«, sagte Kupner. »Skorzeny ist ein Windei. Meine Landsleute müssen selbst entscheiden, ob sie ihn für seine Taten zur Verantwortung ziehen. Eine große Nummer in den Lagern oder ein Strippenzieher am Schreibtisch war er jedenfalls nicht. Aber Fiedler ist wichtig. Und wir haben gute Chancen, ihn jetzt zu erledigen.«

»Und die ganzen Verbindungen, die wir über Fiedler, Simon und Skorzeny aufdecken konnten? Netzwerke wie *Zelle 3*. Was machen wir mit diesen Informationen?«, fragte Druwe.

»Wir geben sie Wiesenthal«, schlug Kupner vor. »Er wird über Verbindungen nach Israel verfügen. Er kennt vernünftige Leute beim *CIA*, beim *MI-6* und *CROWCASS*. Er wird wissen, wem er vertrauen kann und wem er die Sachen überlässt.«

Druwe schwieg. Er war seinem Ziel, Fiedler zu fassen, so nahe wie nie. Und doch schmeckte der Sieg bitter. Er und Kupner hatten nicht nur Staub aufgewirbelt. Nein, sie hatten beinahe überall den übelsten Schmutz vorgefunden. Noch vor vier Jahren schien es, als habe ihn sein eigenes Versagen bei Witebsk wenigstens eine Lektion gelehrt. Er glaubte damals an ein Gut und Böse, ein Recht und Unrecht, wie er es schon als Polizist getan hatte. Jedoch hatte er einsehen müssen, dass es diese klare Unterscheidung nicht gab. Durch die Erfahrungen im Gefängnis und seine Arbeit für die Briten war der Kontrast zwischen Schwarz und Weiß immer geringer geworden. Immer wieder hatte er sich dieselben Fragen gestellt: Wie viel Unrecht war zulässig, um das Recht durchzusetzen? War nicht bereits der erste Schritt in eine solche Richtung wie eine Infektion? Die immer mehr Bereiche befiel und schließlich unheilbar war? Druwe war sicher, die Wahrheit wurde zur Hure, wenn sie sich für billige Erfolge allzu leicht verkaufte.

»Konzentrieren wir uns auf Fiedler.« Sein Schwiegersohn deutete das lange Schweigen als Unentschlossenheit. »Und den Rest geben wir Wiesenthal, einen Teil vielleicht Tanner.«

»Dulles hat uns gedemütigt, Moshe. Und er ist ein Schwein«, sagte Druwe grimmig. »Ich werde Kusnezow ein paar Details über ihn verraten. Viel weiß ich zwar nicht über die Ausseer Akten, aber die Russen werden sich freuen. Sollen sie doch ihre Spione in euren Archiven stöbern lassen.«

»Wir können nicht die Welt retten, Jens.« In Kupners Stimme lag jetzt auch Zuneigung. Er spürte offenbar die innere Not seines Schwiegervaters. »Du hast schon genug getan. Durch deine Arbeit in Werl und Nenndorf konnten wir die Struktur dieser Nazi-Zellen verstehen. Das ist mehr als genug.«

»Ich sehe immer noch ihre Gesichter, Moshe«, flüsterte Druwe.

»Ich weiß«, entgegnete Kupner. Eva und Lena hatten ihm erzählt, dass sein Schwiegervater immer noch von Albträumen heimgesucht wurde. »Und es wird vielleicht niemals aufhören. Weil du eine Grenze überschritten hast. Das ist mehr, als ein Mensch ertragen kann. Dein großes Verdienst ist, dass du es dennoch versuchst. Für die Menschen, die du liebst.« Er bot Druwe eine Zigarette an. Dann ging er zu einer Glasvitrine, nahm zwei Gläser und eine Flasche heraus.

»Keine Sorge. Kein Mais-Whiskey. Kubanischer Rum.«

»Ich trinke nicht mehr«, sagte Druwe matt.

»Das hier ist kein Trinken. Das ist medizinische Versorgung. Glaub mir.« Kupner schenkte die dunkelbraune Flüssigkeit ein. »Wir kriegen Fiedler. Der Rest steht in den Sternen.«

Beide Männer entwarfen in den folgenden zwei Stunden ihren Plan. Sie kannten zwar Fiedlers Adresse im Süden Münchens, aber sie konnten ihn nicht einfach verhaften. Wie würde Allen Dulles reagieren? Hatten seine Leute die markierten Akten entdeckt? Würden sie erkennen, dass es sich quasi um gefälschte Fälschungen handelte? Vielleicht zog Dulles Fiedler sogar ins Vertrauen. Dann hatte der Mann Gelegenheit, die Verdächtigungen zu entkräften. Oder würde der Amerikaner seinen Nazi-Schützling tatsächlich einfach fallen lassen? Welche Rolle spielte der Leiter des Zentrums in Pullach, dieser Wehrmachtsoffizier Reinhard Gehlen alias Dr. Schneider? Wie würde er sich verhalten? Die Gleichung hatte mehr Unbekannte als das Alphabet Buchstaben.

»Also, wir warten ab, was Dulles sagt«, meinte Kupner. »Alles andere ist Spekulation. Wenn er Fiedler absägt, dann schnappen wir ihn uns. Sollen sich andere mit Skorzeny und seinen Verbindungen befassen. Ich denke, dass in dem Netz, das die Kerle in vier Jahren gesponnen haben, noch ein paar fette Fliegen hängen.«

27

München, Februar 1949

Reinhard Gehlen hatte es geschafft. Seine Karriere in der Wehrmacht war nicht ganz so glanzvoll verlaufen, wie er sich das erhofft hatte. Erstens war er nicht mit den richtigen Leuten befreundet gewesen, um schnell nach ganz oben zu kommen. Und zweitens war Hitlers Feldzug nach Osten von einigen Pannen begleitet gewesen, die ein längeres Warten auf Beförderungen am Ende unmöglich machten. Gedanken an die dritte Möglichkeit, er könnte schlicht fachlich nicht zu höheren Weihen berufen gewesen sein, entsprachen nicht seinem Wesen. Er selbst hielt sich für einen sehr fähigen Offizier. Schließlich war er bei Kriegsende dann doch recht froh gewesen, dass er es nur bis zum »kleinen« General gebracht hatte. Als Generalmajor gehörte man noch zum Fußvolk und zog nicht allzu große Aufmerksamkeit der Alliierten auf sich.

Als Leiter der Abteilung *Fremde Heere Ost* hatte er es sich bei der Wehrmachtsführung gemütlich eingerichtet. Ein Schreibtischposten erster Güte. Nahe genug an der Front, um als gedienter Kämpfer zu gelten. Weit genug entfernt, um nicht der verirrten Kugel einer Tokarew zum Opfer zu fallen. Und am Ende des Kriegs hatte er Zugriff auf ein riesiges Archiv von Informationen über Russland, Polen, die baltischen Länder, die Ukraine sowie die Balkanstaaten. Wichtige Daten waren zwei Monate vor der Kapitulation von seinen Mitarbeitern verschlüsselt, auf Mikrofilm kopiert und in Kisten im österreichischen Alpenvorland vergraben worden. Fast traten sich dort zu jener Zeit die kleinen Pioniertrupps gegenseitig auf die Füße. Die Alpenfestung galt als uneinnehmbar, so dass manche Kostbarkeit in der Erde oder auf dem Grund der Seen verschwunden war. Gehlen hatte im Osten keine

Kunstschätze geplündert. Sein Vermögen waren Akten. Nur er kannte alle Verstecke und das Archivsystem.

Die Sieger hatten ihm deshalb gleich nach Kriegsende einen Zwangsurlaub in den USA spendiert, der sich als gewinnbringend für beide Seiten erweisen sollte. Gehlen und seine wichtigsten Mitstreiter wurden aus allen Fahndungslisten gestrichen. Wenn nötig erhielten die Leute neue Dokumente. Im Gegenzug sollte der Ex-General den Amerikanern seine Sammlung von Dokumenten über den Osten zur Verfügung stellen. Sie hofften, auf diese Weise schnell ihr gravierendes Wissensdefizit bezüglich des ehemaligen sowjetischen Partners ausgleichen zu können. Sicherheit vor Strafverfolgung, ein gutes Gehalt, ein ehrbarer – wenn auch geheimer – Posten. Reinhard Gehlen war zu Beginn des Jahres 1949 wirklich zufrieden mit sich.

Sein Telefonapparat summte, und das rechte Lämpchen blinkte aufgeregt. Seine Sekretärin. Wenn das wieder eine unwichtige Sache war, dann würde er sie versetzen lassen. Vor zwei Tagen hatte sie die Beschwerde eines Lieferanten direkt zu ihm durchgestellt.

»Habe ich mich nicht klar ausgedrückt?«, schnauzte er in den Hörer, als er abgenommen und die Taste neben der Lampe gedrückt hatte. »Nach 15 Uhr keine Gespräche mehr.«

»Ein englischer, nein, ein amerikanischer Offizier, Herr Dr. Schneider«, stotterte die Frau in der Leitung.

»Ja, was denn nun? Nach mehr als drei Jahren sollten selbst Sie in der Lage sein, die Uniformen auseinanderzuhalten.«

»Der Herr sagt, dass er direkte Weisung aus London hat, mit Ihnen zu sprechen. Er selbst ist jedoch Amerikaner.«

London? Reinhard Gehlen wurde unsicher. Unangemeldeter Besuch verhieß nie etwas Gutes. Vielleicht sollte er sofort Dulles anrufen? Andererseits war der Mann immer ungehalten, wenn man ihn wegen Belanglosigkeiten störte. Gehlen beschloss, die Sache selbst zu regeln.

»Die Herren bestehen darauf, Sie zu sprechen. Es wird nicht lange dauern, sagen sie«, fügte seine Sekretärin hinzu.

»Herren? Erst sagten Sie, es sei ein Engländer. Oder Amerikaner. Jetzt sind es schon Herren. Steht vielleicht eine ganze Fußballmannschaft in meinem Vorzimmer, Liesl?«

»Nein, nur zwei Herren.«

Gehlen überlegte. Es war keine Inspektion der Amerikaner angekündigt. Und die Briten hatten für sich genommen nichts mehr zu melden. Schon gar nicht in Pullach. Wozu also die Geheimniskrämerei? Andererseits konnte es Ärger bedeuten, wenn er sie abwies. Und andere Stellen würden vielleicht eher erfahren, was sie wollten. Das konnte zu seinem Nachteil werden. Also gab es nur eine logische Handlung.

»Bitten Sie die H-e-r-r-e-n um fünf Minuten Geduld.« Er dehnte das Wort genervt. Er würde sein Radiokonzert um vier verpassen. »Und Johann soll seinen Hintern hierher bewegen. Nur für alle Fälle. Er bleibt aber draußen. Verstanden?« Johann Gaubner war sein persönlicher Leibwächter. Es konnte nicht schaden, ihn in der Nähe zu haben.

Als Kupner und Druwe fünf Minuten später in Gehlens Büro geführt wurden, staunten sie nicht schlecht. Der Mann lebte als Leiter der neuen westdeutschen Nachrichten-Zentrale, die nach außen als *Industrie-Verwertungsgesellschaft* auftrat, wirklich nicht schlecht. Er brauchte den Kognak und Whiskey nicht in einem Schrank verstecken, denn diese Marken waren für sich schon Zierde für jedes Herrenzimmer.

»Wie sind Sie am Pförtner vorbeigekommen?«, fragte Gehlen ungehalten, nachdem sich die beiden Besucher vorgestellt hatten. Er hatte die Wachmannschaft aus Männern seiner alten Truppe ausgewählt. Und die Pförtnerloge glich eher einem Kasernenzugang.

»*British Intelligence Corps Northern Europe*«, erwiderte Moshe Kupner betont steif und zeigte Gehlen seine Kennmarke.

»*Wiesenthal Dokumentationszentrum*, Linz«, ergänzte Druwe.

»Außerdem haben wir ein Schreiben von Mr Dulles, das bei Ihren Leuten mächtig Eindruck machte. Sie kennen ja den guten Allen, Herr Gehlen-Schneider. Ihm schlägt man keine Bitte ab.« Kupner grinste.

Er legte eine knappe Mitteilung aus dem Büro von Allen Dulles vor Gehlen auf den Tisch. Darin wies der Amerikaner seinen deutschen Mitarbeiter an, Kupner zu empfangen.

»Was wollen Sie?«, fragte Gehlen.

»Wen? Wen wollen wir? Das ist die passende Frage«, sagte Druwe. »Wir wollen Ernst Fiedler. Oder Seidel, wenn Sie wollen. Viele Ihrer Männer hier scheinen ja einen zweiten Namen zu tragen.«

»Das ist unerhört!«, ereiferte sich Reinhard Gehlen. »Die gesamte Einrichtung untersteht direkt dem amerikanischen Hauptquartier. Englische Ermittler haben hier keinerlei Befugnisse. Und deutsche Beamte erst recht nicht.«

Das Telefon läutete wieder.

Genau im Zeitplan, dachte Druwe. Dulles hatte ihn und Kupner nach Pullach eskortieren lassen. Seine Männer mussten sich über ein Funkgerät bei ihm melden, sobald die beiden die Zufahrt passiert hatten.

»Wollen Sie nicht abnehmen, Herr Direktor Schneider«, fragte Druwe. »Wir können warten.«

Gehlen griff nach dem Hörer und rammte wütend den Finger auf den Bakelit-Taster.

»Herr Direktor Schneider. Ein Alpha-Gespräch auf Leitung eins.« Die Stimme seiner Sekretärin klang jetzt beinahe hysterisch.

Leitung eins. Abhörsicher. Nur wenige Personen durften diese Verbindung nutzen.

Diese beiden Männer. Unangekündigt. Das Schreiben aus dem Büro von Allen Dulles. Jetzt ein Gespräch auf Leitung eins. Das kann nur eines bedeuten, dachte Gehlen.

»Ich muss Sie bitten, im Vorzimmer auf mich zu warten«, forderte er seine Besucher auf. »Dieses Gespräch duldet keinen Aufschub.«

Druwe und Kupner verließen das Büro. Die schwere, mit Leder beschlagene Tür schluckte jedes Geräusch. Als er allein war, griff Gehlen nach einem Stenografieblock. Er musste alles mitschreiben, denn ein

Alpha-Gespräch bedeutete, dass die Nachricht verschlüsselt übermittelt wurde. Kauderwelsch, das er dann mit einem speziellen Code lesbar machen musste.

»Stellen Sie durch«, sagte er nach einigen Sekunden.

Paranoide Amis, fluchte Gehlen im Stillen, ließ sich jedoch nichts anmerken. Es folgte eine Minute, in der eine scheinbar sinnlose Abfolge von Worten durch den Apparat drang. Gehlen beschrieb zwei Seiten, horchte noch einen Moment auf das Knistern in der Leitung und legte dann auf. In dem Panzerschrank, der sich hinter einem Bücherregal verbarg, lag das Buch für die Entschlüsselung. Nach einem vereinbarten System übermittelten sich die Gesprächspartner eine nur für diese Übertragung gültige Verschlüsselung.

Er begann, den vermeintlichen Unsinn zu dechiffrieren. Die Amis hatten sich die Methode, die von der deutschen Abwehr entwickelt worden war, angeeignet und verbessert. Gehlen war darin geübt und hatte nach einigen Minuten den lesbaren Text vor sich. Der Inhalt versetzte ihn derart in Erstaunen, dass er ihn zwei Mal lesen musste.

Prüfung Ihres Archivs Delta Drei ergab, dass wenigstens ein Dutzend Akten gefälscht bzw. unbekannter Herkunft sind. Quelle ist umgehend zu identifizieren! Kontamination des gesamten Datenbestands nicht ausgeschlossen! Leiten Sie interne Ermittlungen ohne Wissen und ohne Beteiligung von Direktor Seidel ein. Erwarte aussagekräftigen Bericht über stichprobenartige Horizontal- und Vertikalanalyse ihres gesamten Aktenbestands bis Freitag, 12.00. Eintreffen Montag, 14.00. A. D.

Weniger erfahrene Männer in Führungspositionen wären bei dieser Nachricht in Panik verfallen. Gehlen jedoch war abgebrüht genug, um die beiden wichtigsten Informationen sofort zu erfassen. *Ein Dutzend Akten gefälscht. Direktor Seidel.*

Na und?, dachte er. Wahrscheinlich stammt die Hälfte aller Informationen im Pullacher Archiv aus dubiosen Verhören oder von russischen Kollaborateuren, die sich mit erfundenen Geschichten anbiedern wollten. Das Oberkommando wollte ständig Fakten, also hatten sie Gehlens Männer notfalls erfunden.

Bericht über Horizontal- und Vertikalanalyse. Auch das war zu bewerkstelligen, zumal das seine Leute machen würden. Nein, wichtig war für Gehlen eine fast beiläufige Bemerkung.

Ohne Wissen und ohne Beteiligung von Direktor Seidel. Das konnte nur eines bedeuten. Seidel war in Ungnade gefallen, oder er stand kurz davor.

»Liesl!« Gehlen tippte auf die Büroleitung. »Schicken Sie die beiden Herren wieder hinein. Und bitte Kaffee mit drei Tassen.«

Druwe konnte ein Schmunzeln kaum unterdrücken. Plötzlich war Direktor Reinhard Gehlen sehr umgänglich.

»Entschuldigen Sie meine anfängliche Skepsis«, sagte er und lud beide Männer zur ledernen Sitzgruppe.

»Wir wissen von Dulles, dass Ihnen Ihr Kollege Seidel hier das Leben schwermacht«, sagte Druwe. »Er säße wohl gern auf Ihrem Sessel. Wir bieten Ihnen die Möglichkeit, den Kerl loszuwerden.«

Er berichtete von den vielen Machenschaften, in die Fiedler verwickelt zu sein schien. Natürlich verschwieg er, dass ein Großteil dieser Anschuldigungen auf falschen Fährten und Fallstricken beruhte, die er und Kupner ausgelegt hatten. Gehlen wirkte keineswegs überrascht oder gar entsetzt. Im Gegenteil rieb er sich mehrmals zufrieden die Hände.

»Ich werde die Anschuldigungen natürlich prüfen müssen«, sagte er, nachdem Druwe zum Ende gekommen war. »In der Tat wurde ich gerade auch durch Mr Dulles davon in Kenntnis gesetzt. Sofern diese Vorwürfe zutreffen, wäre dies nicht entschuldbar und mit einer Weiterbeschäftigung von Herrn Seidel unvereinbar.«

Es schien Druwe, dass Gehlen seine Freude über das eben Gehörte kaum verbergen konnte. Der Mann genehmigte sich einen doppelten Weinbrand. Kupner hatte in Erfahrung gebracht, dass Fiedler und Gehlen seit langer Zeit in Konkurrenz zueinanderstanden. Gehlen hatte sich offenbar früh aus den Machenschaften um *Zelle 3* herausgehalten. Fiedler hingegen war bis zum Schluss zweigleisig gefahren. Dulles wollte Nutzen aus beiden Männern ziehen und hoffte, dass sie sich in Pullach gegenseitig in Schach hielten. Dass sie sich weiterhin nicht grün waren, hatten ja auch Lenas Beobachtungen bestätigt.

*

Bereits drei Tage später hatte Reinhard Gehlen Gewissheit. Er ließ besagte Analysen durchführen, und seine Leute stießen auf mehrere verdächtige Akten. Alle trugen einen hauchfeinen roten Strich am oberen Deckelrand. Und alle gehörten zu dem Bestand, den Fiedler zu verantworten hatte. Eine Inhaltsprüfung hatte ergeben, dass maßgebliche Daten darin falsch oder zu ungenau waren. Ganze Passagen und sogar Lebensläufe von Personen schienen schlichtweg erfunden zu sein. Gehlen hatte daraufhin Allen Dulles informiert. Der Amerikaner ordnete an, umgehend die Verarbeitung aller Daten, die aus dem *Sonderbestand Friedrich Seidel* stammten, zu stoppen.

Gehlen wusste, dass sein alter Wegbegleiter und Kontrahent in den Augen der Amerikaner als Falschspieler entlarvt war. Im besten Fall. Im ungünstigsten Fall würden sie ihn des Hochverrats und der Kollaboration mit den Kommunisten bezichtigen.

Ich habe es dir gesagt, Ernst, dachte Gehlen und beobachtete einen Handwerker, der das Namensschild an Fiedlers Büro entfernte. Neue Zeiten brauchen neue Methoden. Wer das nicht erkennt, für den ist das Spiel aus.

*

Etwas stimmte nicht. In den Augen seiner Haushälterin lag Angst. Und für Angst hatte er ein natürliches Gespür.

»Da sind einige Herren für Sie, Herr Seidel. Sie sagen, sie kämen von der Firmenleitung und wollten Sie sprechen. Jetzt sofort. Es sind

Amerikaner«, sagte die ältere Frau kleinlaut. Seidel hatte sie eingestellt, weil sie zusammen mit dem Gärtner auf seinem Anwesen eiserne Disziplin walten ließ. Traudl Rönner war zuverlässig, verschwiegen und selbstbewusst. Und nun stand sie wie eine Fünftklässlerin vor ihm.

Amerikaner?, fragte sich Fiedler. Unangemeldet? Die Kerle benahmen sich wie Proleten; sie prahlten, soffen, hurten, stahlen. Und das verkauften sie den Deutschen als neue Lebensart. Aber durch ihre Verblendung, ihre Mission, ihren *Way of Life*, wie sie es nannten, ließen sie sich leicht hinters Licht führen. Fiedler schmunzelte. Der Krieg ist keine vier Jahre her, und ich bin fast da, wo ich hinwollte. Ohne Adolf, Hermann, Joseph und die anderen. Wer hätte das gedacht? Nur Reinhard muss ich noch loswerden. Aber der ist schwach.

Im nächsten Moment traten drei Männer in den Raum, den Ernst Fiedler als heimisches Büro eingerichtet hatte. Er war erleichtert, als er Dulles erkannte. Mit diesem Kerl konnte er umgehen. Die Wesensart beider Männer ähnelte sich. Sie beurteilten Menschen danach, ob sie nützlich waren. Sie leisteten sich keine Gefühlsduselei und Empfindsamkeiten. Zudem kannte Fiedler einige pikante Details aus Dulles' Schweizer Zeit als Sonderdiplomat. Der Amerikaner hatte in geheimen Kontakten mit der deutschen Regierung ausgelotet, wie eine transatlantische Zusammenarbeit nach dem Endsieg hätte aussehen können. Solches Wissen war Gold wert, und Dulles hatte zugestimmt, Fiedler in absehbarer Zeit zum Leiter in Pullach zu machen.

Fiedler dachte an die schlechten Manieren des Mannes, die seltsamen Stiefel und das aufdringliche Rasierwasser. Vielleicht kam Dulles vorbei, um ihm mitzuteilen, dass die Universität München ihm die langersehnte Doktorwürde zuerkannt hatte. Zudem wollten sie eigentlich den Zeitplan zur Ablösung Gehlens besprechen. Nach Gründung des neuen, westdeutschen Staates sollte es so weit sein.

»Mein lieber Allen!«, rief er aus und breitete die Arme für eine freundschaftliche Umarmung aus. »Hätten Sie anrufen lassen, wäre der Tisch mit Traudls Haxn und Obatztern vorbereitet. Warum …?« Er hielt inne, als sich ein Leibwächter zwischen ihn und den Amerikaner stellte.

»Was ist los?«, rief er verdutzt. Also hatte ihn sein erstes Gefühl doch nicht getrogen. Irgendetwas stimmte nicht.

Dulles nickte einem anderen Begleiter zu, der eine dunkelbraune Aktentasche öffnete und eine Mappe hervorholte. Der Mann warf die Mappe auf den Tisch.

»Unterschreiben Sie das, Mr Fiedler«, sagte Dulles in kaltem Tonfall.

»Was ist das?« Fiedler konnte kaum die aufsteigende Angst verbergen.

»Ihr Antrag auf Entlassung aus dem Dienstverhältnis«, erwiderte der Amerikaner. »Und Ihr Geständnis.«

»Entlassung?« Aus der Angst wurde Panik. »Geständnis. Allen! Ich meine, Mr Dulles. Wieso … Was …?«

»Wir erledigen das wie Männer. Also hören Sie auf, wie ein geprügelter Hund zu winseln, Fiedler. Sie gestehen, dass Sie von den Russen gezwungen wurden, gefälschte Dokumente in unsere Zentrale zu schmuggeln. Ich werde mich vor Gericht für Sie verwenden. Einige Ihrer Ideen und Informationen waren ja durchaus brauchbar. Wenn Sie unterschreiben, dann bleiben Sie Friedrich Seidel und wandern lediglich ein paar Jahre in den Bau. Danach können Sie Damenunterwäsche verkaufen oder eine reiche Witwe heiraten. Mir egal.«

»Da haben Sie aber etwas vergessen, Mr Dulles.« Fiedler gewann einen kurzen Moment seine kalte Gelassenheit zurück. »Ich könnte umgehend ein paar Dokumente in Umlauf bringen, die …«

»Irrtum«, schnitt ihm Dulles das Wort ab. »Ihr kleines Versteck in den Alpen haben wir ausgehoben. Außer ein paar Löchern werden Sie in Bad Aussee nichts mehr finden. Also, unterschreiben Sie das Geständnis.«

»Ich habe mit den Russen nie Kontakt gehabt«, schrie Fiedler jetzt fassungslos. »Was soll ich also gestehen?«

»Wenn Sie nicht unterschreiben, dann liefere ich Sie an *CROWCASS* aus. Oder aber es geht gleich hinüber in die Ostzone. Oberführer Fiedler, der gesuchte Kriegsverbrecher. Wir haben eine Menge Unterlagen über Sie. Die Polen und Russen wären hocherfreut. Meine Abteilung würde die Sache dann noch als Erfolg verbuchen. Ich werde eidesstattlich erklären, dass wir Sie nur benutzt haben, um an andere Nazis heranzukommen. Und danach, Fiedler, geht es an den Galgen. Ich an Ihrer Stelle würde unterschreiben.«

Ernst Fiedler sackte auf dem Stuhl zusammen. Hatte Reinhard ihn angeschwärzt? Hatte die Schlange Dulles plötzlich ihr Gewissen entdeckt? Wer hatte es auf ihn abgesehen? Er wusste, dass einige seiner Aktenverstecke im Ausseer Land gefunden worden waren. Aber nach seinen Quellen war es nicht Dulles gewesen, der das Zeug entdeckt hatte.

»Ich werde auspacken!«, rief er. »Jawohl, ich erzähle dem Richter alles. Ihre krummen Geschäfte, Ihre Machenschaften hinter dem Rücken Ihrer Vorgesetzten. Und ich verkaufe die Geschichte an die *Quick*, die *ZEIT* oder den *Spiegel*. Ich kenne ebenfalls ein paar wichtige Leute, Mr Dulles. Glauben Sie nicht, ich wäre untätig gewesen in den vergangenen Jahren.«

»Niemand wird Ihnen zuhören. Dafür sorge ich.« Dulles wandte sich zum Gehen. »Ein Kriegsverbrecher, der das Blaue vom Himmel lügt. Ihnen glaubt keiner, Fiedler. Unterschreiben Sie jetzt. Dann gebe ich Ihnen vierundzwanzig Stunden, um zu packen und sich zu verabschieden. Unterschreiben Sie nicht, dann nimmt Sie Randolph sofort fest. Ihre Entscheidung, Mr Fiedler. Ich rauche beim Wagen eine Zigarette. So lange haben Sie Zeit.«

Ein Tag, dachte Fiedler entsetzt. Er versuchte, sich zu beruhigen. Immerhin. Vielleicht kann ich bei Skorzeny einen Gefallen einfordern. Und ich werde Richter Treusch anrufen. Otto Treusch war ein guter

Freund aus alten Tagen. Er war am NS-Staatsgerichtshof in Leipzig tätig gewesen, hatte sogar bei Freisler seine Sporen verdient. Nein, es gab noch Wege, wie ihm in dieser Sache Gerechtigkeit zuteilwurde. Er hatte so viel für die Kameraden getan. Dieser dreckige Ami konnte hier nicht einfach auftauchen und sein Leben zerstören.

Mit zitternder Hand nahm Fiedler seinen Füllfederhalter und unterschrieb die beiden Dokumente.

*

»Otto, ich flehe dich an! Du musst mir glauben. Ich habe damit nichts zu tun!«

»Ernst, du kannst froh sein, dass unsere Kameraden vom SD nicht mehr das Sagen haben. Die würden dich abknallen wie einen räudigen Politruk.« Otto Skorzeny schüttelte den Kopf. »Ich kann dir nicht helfen. Die Beweise gegen dich sind erdrückend. Simon war außer sich. Er hat sogar deine sofortige Liquidation angeordnet. Aus alter Freundschaft bin ich bereit, dir etwas Zeit zu verschaffen.«

»Welche Beweise?«, fragte Ernst Fiedler. Er war mit seinem Mercedes in der Keplerstraße vorgefahren, weil er hoffte, über Skorzeny und die Zelle eine Zeit lang untertauchen zu können. Er war keinesfalls bereit, ins Gefängnis zu gehen.

»Du hast uns verraten«, sagte Skorzeny. »Immer wieder hast du Kameraden ans Messer geliefert, um bei den Amerikanern gut dazustehen. Den Kerlen Informationen über die dreckigen Bolschewisten zu geben, ist eine Sache. Das haben wir geduldet, und es war unserer Sache dienlich. Aber gute SS-Männer an die Amis und ihre Kettenhunde zu verraten, das ist dreckig, Ernst.«

»Das ist nicht wahr, Otto! Du musst mir glauben. Ja, ich habe ein paar Männer geopfert«, verteidigte sich Fiedler. »Um mit den Amerikanern ins Geschäft zu kommen. Ein paar entbehrliche Leute aus den niederen Chargen. Für uns ohne Bedeutung ...«

»Hörst du dich eigentlich reden?«, fragte Skorzeny erbost. »Seit wann entscheidest du, wer entbehrlich ist? Und über dreihundert Kameraden sind für mich mehr als ein paar Männer.«

»Wieso dreihundert? Nein, niemals! Ich bin kein Verräter. Da legt euch jemand rein, Otto.«

»Für dich ist kein Platz mehr in der Zelle«, sagte Skorzeny. »Du hast mir geholfen, für einige Zeit zu verschwinden. Deshalb missachte ich Simons Anweisung. Nur dieses eine Mal, Ernst. Wenn ich dich noch einmal erwische, mache ich dich kalt.«

»Über dich weiß ich auch eine Menge.« Ernst Fiedlers Stimme zitterte. Sein pomadiertes Haar hing jetzt seitlich in dicken Strähnen herab. »Ich packe aus, Otto. Die Anweisung an die Brandenburger, Partisanen umgehend zu liquidieren. Die Befehle, in Feinduniform zu operieren. Die Sache mit den amerikanischen Piloten. Du bist erledigt.«

»Hast du die letzten zwei Jahre verschlafen, Ernst?« Otto Skorzeny lachte herzhaft. »Ich habe jetzt bei den Amis mehr Freunde als jemals zuvor. Eine Illustrierte will meine Memoiren haben. Selbst die Israelis …« Er schwieg, als er merkte, dass er sich in seiner Prahlerei zu weit vorgewagt hatte.

»Du machst gemeinsame Sache mit den Juden?«, fragte Fiedler ungläubig.

Er spuckte Skorzeny vor die Füße und verließ die Wohnung.

*

Dulles hatte Kupner von seinem Ultimatum an Fiedler in Kenntnis gesetzt. Immerhin bot es dem Mann die Möglichkeit zur Flucht. Der junge Amerikaner hatte daraufhin dessen Haus überwacht. Völlig übermüdet hatte er sich am nächsten Morgen bereits gegen fünf mit seinem Schwiegervater im Hotelzimmer getroffen.

»Jens, er hat sein Haus verlassen«, sagte er. »Ich bin ihm bis zum *Regina-Palast-Hotel* am Maximiliansplatz gefolgt. Ich vermute, er hat sich dort ein Zimmer genommen. Ein Portier hat jedenfalls seinen Mercedes zum Parkplatz gefahren. Ich denke nicht, dass er da lange bleibt. Wenn du ihn dir persönlich vorknöpfen willst, hast du vielleicht nur diese eine Chance. Aber mach keine Dummheiten. Meinetwegen schlag ihm alle Zähne aus. Oder breche ihm ein paar Knochen. Das geht als Unfall durch. Alles andere …«

Druwe verließ Kupners Zimmer, ohne ein Wort zu sagen. Endlich war es so weit. Er war dankbar, dass sein Schwiegersohn die nächtliche Observation übernommen hatte. Er fühlte sich ausgeruht. Übermüdung konnte zu schweren Fehlern führen. Als er zu Fiedlers Hotel fuhr, spürte er seltsamerweise nichts. Wie oft hatte er versucht, sich diesen Moment vorzustellen! Wie oft hatte sich seine Wut auf Fiedler dann entladen. Einmal hatte er derart heftig auf eine Tischplatte eingedroschen, dass der Prothesenbauer die Stützhölzer neu anfertigen musste. Jedoch schien es nun, als wäre der innere Schmerz abgeklungen. Und einer Distanz gewichen. Fiedler war für ihn zu einem Fall geworden. Keine Häme, kein Triumphgefühl durchströmten ihn. Es war eine Art Genugtuung, die Druwe empfand. Er fuhr jetzt die Ernte einer langen Arbeit ein. Nicht mehr, nicht weniger.

»Herrgott noch mal, es war Krieg!«, schrie Fiedler. Druwe hatte ihn noch vor dem Frühstück in seinem Zimmer abgepasst. Das *Regina* war ein Nobelhotel. Und er hatte die Erfahrung gemacht, dass man in dieser Preisklasse ebenso gern wegsah wie in den billigsten Absteigen. Zehn Mark am Empfang und er wusste, welches Zimmer der Herr mit Backenbart und Mercedes bezogen hatte. Auch das Gerangel im dritten Stock, als er Fiedler nach hinten drängte, interessierte hier offenbar niemanden.

»Wir hatten unsere Befehle«, fuhr der Mann fort. »Was denken Sie, wie viele Ukrainer die Russen vor zwanzig Jahren abgeschlachtet haben? Kräht irgendein Hahn danach? Von den Menschen in den Dörfern hinter der Front ging damals Gefahr aus. Fragen Sie mal die Stabsoffiziere der Wehrmacht, was das OKW alles von uns forderte. Wir sollten alle zwielichtigen Elemente beseitigen. Und wo kämen wir hin, wenn im Krieg jeder zartbesaitete Offizier erst seine Einwände vorbringen möchte? Nein und nochmals nein! Die Welt kann froh sein, dass es jetzt weniger Juden- und Zigeunerpack gibt. In fünf oder zehn Jahren wird man die ehemaligen Fachleute aus dem RSHA wieder brauchen. Wenn die russischen Horden uns überrennen wollen …«

»Halten Sie den Mund, Fiedler«, sagte Druwe tonlos.

Er musste diesem Mann gar nicht drohen, nicht die Stimme erheben oder mit der Waffe fuchteln. Denn aus jeder Pore Fiedlers drang die schiere Angst.

Druwe dachte an Evas Worte. *Dann bist du wie er*. Dieser Mann hatte ihm Jahre seines Lebens geraubt, seine Gesundheit ruiniert und ihn Qualen leiden lassen. Die Gesichter der Dörfler in den Träumen, ihre Stimmen in seinem Kopf. Wie oft hatte er danach selbst den Tod gesucht? Stalingrad, der vereiterte Stumpf, der Suff und die Pistole an der Schläfe. Er war dabei gewesen, sich selbst hinzurichten. In Flensburg hatte er sich gewünscht, die Kugel, die Oberbauer schwer verwundet hatte, wäre für ihn bestimmt gewesen. Dann war sein Freund in Hamburg regelrecht abgeschlachtet worden. Dabei hatte der Anschlag ihm selbst gegolten. Und auch in Werl hatte er sein russisches Roulette gespielt. In Nenndorf hatte er gehofft, sie würden ihn endlich erlösen.

Es gibt keine Erlösung. Wieder hörte er Evas Worte. *Nicht hier*.

»Ich werde jetzt alles zu Ende bringen«, sagte er mit kalter Stimme. Hier und jetzt konnte alles enden. Fiedlers Tod wäre der krönende Abschluss dieser versauten Jahre.

Danach bin ich wirklich ein Mörder, dachte Druwe. Keine mildernden Umstände. Keine Ausreden. Und dennoch schien eben genau dieses Finale so zwingend, so logisch.

»Hören Sie, Druwe.« Fiedler spürte die Unentschlossenheit und die innere Zerrissenheit seines Gegenübers. Er hatte schon ganz andere

Burschen kleingekriegt. Die Schwachstelle finden und brechen. Leute benutzen und wegwerfen. Mit diesen Maximen hatte er sich zwar nicht beliebt gemacht. Aber wozu brauchte man Zuneigung, wenn man herrschen konnte?

»Die Sache mit dem Anschlag in der Schweiz tut mir leid«, fuhr er fort. »Wirklich. Es war nie beabsichtigt, ihrer Frau etwas anzutun. Die deutsche Frau ist uns Kameraden immer noch heilig. Das müssen Sie mir glauben. Leider hat Steinbauer …« Er unterbrach sich. »Skorzeny ist ein eitler Gockel. Er hört nicht richtig zu. Da hat er seinen Männern wohl falsche Befehle erteilt. Ich werde darauf drängen, dass er sich bei Ihnen entschuldigt.«

Unmerklich hatte sich in Druwe etwas verändert. Eben noch hatte er die Reste seines Hasses gespürt. Vielleicht wäre er doch dazu bereit gewesen, einen kaltblütigen Mord zu begehen. Jetzt aber wich dieses Gefühl einem Ekel. Dieser Mann hatte keinen Halt, der über Äußerlichkeiten und Macht hinausging. Wenn man ihm jede Bedeutung nahm, dann war er nichts.

Er leidet mehr, wenn er weiterlebt. Geächtet und bedeutungslos. Druwe war damals im Gespräch mit Eva nicht bereit gewesen, es zu verstehen. Aber in diesem Augenblick spürte er, was sie damit gemeint hatte. Ein Leben ohne die Macht über andere Menschen wäre für Fiedler schlimmer als jeder Tod und jede Verdammnis.

»Wir haben bereits Kontakt mit Skorzeny aufgenommen.« Druwe sprach langsam und ruhig. Und er registrierte, wie sich die nackte Furcht in Fiedlers Augen schlich.

»Wir? Mit wem …?« Fiedler geriet ins Stottern. »Skorzeny? Sie haben ihn bereits …? Ich verstehe nicht …«

»Natürlich verstehen Sie nicht, Fiedler.« Druwe ließ die Mauser sinken. »Weil Sie sich nicht vorstellen können, dass andere ebenso skrupellos ihre Haut retten wollen wie Sie. Nur hat Skorzeny weniger auf dem Kerbholz und wesentlich bessere Kontakte zu den alten Kameraden. Verstehen Sie jetzt? Er hat einige Verbindungen spielen lassen.

Ein Brief nach Buenos Aires, Ferngespräche mit Madrid und Rom. Niemand wird sie haben wollen, Fiedler. Sie können nirgendwo hin. Die alten Kameraden hassen Sie, für die Alliierten sind Sie ein gesuchter Verbrecher. Nehmen Sie Ihr Geld, und sehen Sie zu, wie lange Sie damit auskommen. Immer auf der Flucht, immer in Angst. Sie werden ein Niemand sein.«

»Na und?« Fiedler versuchte, sich zu sammeln. »Die Politiker der neuen deutschen Regierung haben bereits erklärt, dass die Zeit der Denunziation, des Ausspähens und Aufrechnens vorbei sein muss. Deutschland blickt nach vorn, Druwe. Ein paar tote Juden bringen mich nicht zu Fall.«

»Aber dann vielleicht die lebenden«, erwiderte Druwe trocken. Als Fiedler ihn wieder verblüfft ansah, fuhr er fort: »Sicher sagt Ihnen der Name Ben-Gurion etwas?«

Fiedler lachte beinahe hysterisch auf. »Dieser kleine Scheißer, der sich Präsident eines jüdischen Staates nennt? Kommen Sie, Druwe. Wenn Sie mir Angst machen wollen, dann versuchen Sie es doch mit dem Kohlenmann. Aber die nächsten sechs Millionen Jüdlein werden von den Arabern …«

»Ben-Gurion hat in einer Direktive angeordnet, dass sich der Staat Israel von nun an in der Rolle der ersten Exekutive bei der Verfolgung der ehemaligen Nazi-Straftäter sieht.« Druwe sah Fiedler direkt in die Augen. Er wollte wissen, was in ihm vorging, wenn er sein Blatt aufdeckte. »Racheakte und Attentate sollen in Zukunft eher vermieden und die Verantwortlichen vor ordentliche Gerichte in Israel gestellt werden. Zur Sühne der Taten soll ein großer Teil der Verurteilten lange Haftstrafen verbüßen, anstatt ihnen die Gnade einer Hinrichtung zu erweisen.«

»Israel?« Die Maske des Unbeteiligten fiel von Fiedler ab. Auch er hatte mitbekommen, dass sich der junge Staat wider Erwarten militärisch gegen die arabischen Nachbarn behauptet hatte. Und Skorzeny hatte ebenfalls davon gesprochen, dass sich die Juden plötzlich für alle Art von Informationen interessierten.

»Die Zionisten hatten schon seit langer Zeit eine Untergrundorganisation«, erklärte Druwe mit Genugtuung. »Daraus soll jetzt ein schlagkräftiger Geheimdienst werden. Und Ben-Gurion will, dass diese Leute Nazis jagen. Meine Verbindungsleute werden ihnen gleich den ersten liefern können.«

Fiedler war am Ende. Vor Druwe stand jetzt ein Mann, der in zwei Minuten geschrumpft zu sein schien. Er hatte seine Kraft aus dem Leid gezogen, das er anderen antat. Nun litt er selbst.

»Über Skorzeny konnten wir die Lücken in Ihren Akten schließen, Fiedler. Vielleicht haben Sie Glück und enden am Galgen. Aber ich habe einen Freund, der alles daransetzen wird, Ihnen einen langen Erholungsurlaub im Gefängnis von Ramla zu buchen. Es soll angenehm heiß dort sein, und viele Sehenswürdigkeiten … Ach nein, die werden Sie frühestens nach fünfundzwanzig Jahren …« Druwe tat, als müsse er eine komplizierte Rechnung lösen. »Ich schätze, 1974/75 können Sie dann eine Stadtbesichtigung buchen. Es soll dort eine tausend Jahre alte Pfarrkirche der Kreuzfahrer geben.«

»Ich habe Geld.« Fiedler schwitzte. Seine Augenlider flatterten, und Druwe registrierte, dass er sich zur Kommode bewegte, die im Flur einige Schritte rechts von ihm stand. »Hunderttausend Mark, wenn Sie mir eine Woche Zeit lassen. Sie können sagen, ich hätte Sie ausgetrickst. Ich bin danach für immer verschwunden, und Sie leben mit Ihrer Frau in einem netten Haus im Norden. Wir Deutsche müssen zusammenhalten. Was sagen Sie?«

Ein ohrenbetäubender Knall hallte durch den Raum. Druwe hatte mit seiner Rechten ausgeholt und die riesige Vase, die auf dem Wohnzimmertisch stand, zertrümmert. Eine Hand aus Fleisch und Blut wäre wohl nur noch Brei gewesen. So aber beobachtete Druwe seelenruhig seinen Widersacher, der einen kurzen Moment lang einen Schuss vermutet hatte. Beinahe erstaunt schien Fiedler nach dem ersten Schreck zu bemerken, dass er unverletzt war.

»Kommen Sie weg von dem Schrank, Fiedler«, schrie Druwe ihn an.

»Ich bin ein hervorragender Schütze«, log er. Der Klang seiner Stimme veränderte sich, er flüsterte fast. »Wenn du auch nur versuchst, an die Waffe zu kommen, dann verpasse ich dir drei Dinger, die du nie vergisst. Weil sie für immer schmerzen. Da kenne ich mich gut aus.«

Fiedler brach schluchzend zusammen.

EPILOG

München, 23. Mai 1949

Der Stachus lag verlassen da. Viertel vor zwölf Uhr. Drei Glockenschläge, vielleicht von der Dreifaltigkeitskirche her. Ein Mann irrte ziellos durch das Dunkel, und es schien, als gäben ihm die bekannten Straßenzüge und Gebäude einen letzten Halt. Er hatte im *Hotel Königshof* geheiratet. Jetzt erinnerten nur Mauerreste an den einstigen Prachtbau. Marianne, mein Sternderl, dachte er. Sie war so wunderschön gewesen in dem Kleid. Zehn Jahre später hatten sie ihr den Magen ausgepumpt. Sie hatte in ihrem Erbrochenen gelegen. War daran erstickt. Am Boden eine einzige, gelblich-weiße Soße. Zwanzig oder dreißig Luminal darin. Der Stern leuchtete nun nicht mehr.

Ich hab das alles nur für euch getan, Sternderl, dachte Ernst Fiedler.

»Für uns?«, hatte sie ihn am Vorabend ihres Freitods hysterisch angelacht. »Du denkst doch nur an dich. Für dich gibt es kein Wir.«

Es hatte tagsüber geregnet und war noch etwas kühl für Ende Mai. Die dunklen Straßen waren kurz vor Mitternacht wie ausgestorben, obwohl es schon längere Zeit keine Ausgangssperre mehr gab.

Heute beginnt ein neuer Abschnitt in der wechselvollen Geschichte unseres Volkes, hatte am Nachmittag der einstige Oberbürgermeister von Köln auf unnachahmliche Art ins Radio geschnarrt. *Heute wird die Bundesrepublik Deutschland in die Geschichte eintreten.*

Adenauer, dieser Graupenkönig, Jesuiten-Knecht und verhinderte Spekulant, dachte Fiedler. Auch über ihn gab es eine Akte in seiner Sammlung.

Wer die Jahre seit 1933 bewusst erlebt hat, der denkt bewegten Herzens daran, dass heute, mit Ablauf dieses Tages, das neue Deutschland entsteht.

Das Akademische in Graz hätte mir bei dieser Wortwahl die Matura verweigert, lächelte der Mann in sich hinein. Es beginnt also wieder von vorn. Die Weimarer Speichellecker und Friedensapostel sind zurück. Und dieses Mal wird uns niemand herausführen aus dem Sumpf. Das neue Deutschland? Lächerlich. Ein Dorf als Hauptstadt. Das Reich als Verwaltungsmündel der Sieger. Machtlos. Bedeutungslos.

Fiedler erreichte wenig später die Feldherrnhalle. Hier hatte es vor über einem Vierteljahrhundert begonnen. Der Mann, die Bewegung, der Marsch. Die alten Kämpfer.

Was hätte ich gegeben, wäre ich nur dabei gewesen, dachte er.

Trotzig starrten die Löwen am Eingang in die Dunkelheit. Als wollten sie sagen: Seht her! Zehntausend Tonnen Bomben, aber wir stehen unbeirrt.

Ein Gottesurteil, da war sich Fiedler, dem immer noch der Sinn nach großem Pathos stand, sicher. Deutschland in Trümmern, aber das Symbol unserer nationalen Bewegung, das Symbol des Hitler-Putsches steht.

Er griff in seine Jackentasche. Er fror. Im Alpenvorland hatte es sogar geschneit. Es wurde Zeit. Zeit, aus einer Zeit zu gehen, die nicht mehr seine war. Kein Jude würde ihn in einem Hundekäfig nach Palästina bringen. Die letzten Wochen waren fürchterlich gewesen. Alle paar Tage hatte er die Unterkunft gewechselt. Diese unverschämten Bauern hatten Unsummen für Bett und Mahlzeit verlangt. Sein Geld bei mehreren Banken war beschlagnahmt worden. Nein, er würde niemanden um sein Leben anflehen. Dulles, Gehlen, Skorzeny. Zum Teufel mit diesen Kerlen.

Ein Schuss. Den Bruchteil einer Sekunde vielleicht mochte Überraschung die letzte Empfindung sein, zu der sein verwundetes Gehirn fähig war. Dann zuckten Blitze vor Fiedlers Augen, und Hitze floss wie Lava durch seinen gesamten Körper. Noch einen Moment funkten die

Nerven des Hirnstamms weiter, gaben verzweifelt, unkoordiniert Impulse an Muskulatur, Herz und Atmung des Sterbenden. Noch einen letzten Augenblick lang stand der tödlich Getroffene.

Es ist vollbracht, schienen seine Augen auszudrücken, obwohl sie längst ins Leere blickten.

Ernst Fiedler sackte zusammen, fiel mit dem Gesicht nach vorn auf den kühlen Asphalt, die Hände in den Taschen seiner Anzugjacke.

NACHWORT

Der vorliegende dritte Band der Druwe-Reihe war für mich insofern Neuland, als der Protagonist sich darin seiner persönlichen Verantwortung stellen soll. Und will. Er selbst ist es, der nach Sühne und Bestrafung sucht. Dabei trifft er jedoch auf eine Welt, in der die alten Schwarz-Weiß-Muster schon nicht mehr gelten. Eine Welt, die viel komplexer geworden ist als jene, die er kannte. Die alliierte Koalition gegen den Anti-Humanismus des NS-Regimes war nach Kriegsende schnell zerbrochen. Deutschland als Staat hatte aufgehört zu existieren. Und die Schuldigen »der zweiten Reihe« hatten sich aus dem Staub gemacht oder aber ihre Spuren geschickt verwischt.

Das Wissen über diese Jahre ist in Teilen erstaunlich schwer zugänglich. Es hat kaum Eingang gefunden in die Schulbuch-Historie. Dabei offenbaren sich gerade in den drei Jahren nach Kriegsende sehr deutlich die Ziele und Mechanismen, mit denen die USA und die Sowjetunion ihre Politik in Europa zukünftig betreiben wollten. In vielen Romanen der sechziger bis neunziger Jahre ersetzte die Fantasie der Autoren deshalb die fehlenden Fakten. Dabei ähnelten einige Thesen durchaus dem, was heute eingängig als Verschwörungstheorie bezeichnet werden würde. Und doch erwiesen sich oftmals Fantasie und Fiktion als noch viel zurückhaltend. Die Machenschaften der Geheimdienste waren menschenverachtend und sprachen jeder neuen, friedlichen Weltordnung Hohn.

Der deutsche Staat hatte mit der Kapitulation de facto aufgehört zu bestehen. Für die Deutschen fanden die Jahre 1945 bis 1948 vor allem im Bewusstsein eines Ringens um das tägliche Dasein statt. Leere Mägen und Obdachlosigkeit ließen wenig Kraft für Trauer und Mitgefühl. Erst recht nicht für eine Anerkenntnis und Aufarbeitung von Schuld.

Die Folgen – sich äußernd als toxische Kommunikation und/oder pathologisches Schweigen in zwei deutschen Generationen – sind hinlänglich bekannt. Aus heutiger Sicht wäre es natürlich einfach, hierüber zu richten und »es besser zu wissen«. Eine solche Argumentation greift jedoch zu kurz und provoziert nur Widerstand. Sieger und Besiegte standen damals vor nie da gewesenen Problemen, für die es folglich keine Handlungsmuster gab, auf die zurückgegriffen werden konnte. Zu unfassbar schienen die Gräuel und Genozide durch den NS-Staat, zu groß die Vernichtung auf allen Seiten. Sicher, die Bilanz der Befriedung, Entnazifizierung und vor allem der Schuldaufarbeitung hätte besser sein können. Aber eben auch schlechter. Statt Versäumnisse nur anzuprangern, ist es – wieder einmal – wichtiger, aus ihnen zu lernen. Frei nach dem Philosophen Kierkegaard sollten wir zwar versuchen, das Leben in der Rückschau zu verstehen. Aber dabei dürfen wir nicht vergessen, dass es immer mit Blick nach vorn gestaltet wird.

Die letzten Zuckungen des NS-Regimes während der Flensburger »Regierung« unter Admiral Dönitz waren das Hintergrund-Thema in den ersten Druwe-Romanen. Als Autor lag für mich ein besonderer Reiz darin, die Hauptfigur nun aus dem vermeintlichen Lokalkolorit herauszunehmen und sie quasi hineinzuwerfen in eine international gefärbte Politik und Rechtsprechung. Sie wird dabei auch ein wenig Spielball, ein Gefühl, dass wir alle in der gegenwärtigen Bilderflut und Informationsschwemme kennen. Dabei musste sich die Figur Jens Druwe auch seiner eigenen Schuld stellen. Ich habe versucht, diese Verantwortung als eine sehr persönliche zu beschreiben. Durch Abstraktion und Klischee-Bildung würde ein fiktionaler Text Gefahr laufen, Unrecht zu relativieren und zu bagatellisieren. Aus diesem Grund bin ich dicht bei dem Individuum Druwe geblieben, der – ganz der Tragik des Menschseins folgend – bei der Aufarbeitung seiner Fehler wieder nur neue Fehler machen kann. Meines Erachtens kann ein Roman keine allgemeingültigen Antworten geben auf Fragen, deren Tiefe wir selbst achtzig Jahre danach noch nicht ganz erfasst haben. Ein solcher Versuch wäre vermessen und ein Affront gegen die Opfer. Die Fragen und Antworten muss jede(r) Leser*in selbst finden.

Mir war es erneut wichtig, die Fiktion vor eine verbürgte, historische Kulisse zu stellen. Natürlich dürften den meisten Leser*innen die Nürnberger Prozesse gegen die Hauptkriegsverbrecher ein Begriff sein. Weniger bekannt ist die vorherige Internierung der Angeklagten – unter ihnen Hermann Göring – in Luxemburg. Der amerikanische Psychiater Kelley hat tatsächlich mit vielen Nazis gesprochen und darüber Fachartikel bzw. Bücher veröffentlicht. Auch die vielen kleineren Prozesse sind heute oft schon vergessen. Die Briten haben in Hamburg die sogenannten Curiohaus-Prozesse gegen KZ-Aufseher und Ärzte angestrengt. Und ein Kriegsverbrecher-Gefängnis in Hameln hat ebenso existiert wie das bekannte Vier-Mächte-Zuchthaus in Berlin-Spandau. Die Geheimdienst-Organisationen der Westmächte entstanden aus dem im Roman angedeuteten Chaos heraus. Dabei spielte der US-Politiker Allen W. Dulles tatsächlich eine wichtige Rolle. Wer sich mit seiner Biografie befasst, wird schnell erkennen, welch zwielichtige und moralisch wenig integre Persönlichkeiten sich auf dem Feld des Nachkriegseuropas tummelten.

Ein besonderes Augenmerk ist auf den Vorfall im Verhör-Zentrum Bad Nenndorf zu richten. Hier hatte der britische Geheimdienst viele Offiziere der Wehrmacht und SS, aber auch zivile deutsche Angestellte inhaftiert, um an brisante Informationen zu gelangen. Die Gefangenen wurden dort gefoltert und beinahe unter ähnlichen Bedingungen gehalten, wie es in den NS-Lagern üblich gewesen war. In der Vergangenheit wurde dieser Umstand immer wieder von rechten Gruppierungen genutzt, um eine Art moralischer Aufrechnung und somit Relativierung der Nazi-Verbrechen in Gang zu bringen. Doch gerade am Fall Nenndorf zeigt sich auch der entscheidende Unterschied zwischen den Weltanschauungen und deren Rechtssystemen. Die verübten Taten waren abscheulich und nicht entschuldbar. Aber die Briten selbst haben durch Richter, Militäranwälte und Polizisten von Scotland Yard eine Untersuchung der Vorfälle eingeleitet und das Lager schließen lassen. Die öffentliche Empörung im Königreich war immens, und die Verantwortlichen wurden vor Gericht gestellt und bestraft. Und genau hier findet sich der bedeutsame (und gern übersehene) Unterschied zum Nationalsozialismus, der keine Kontrollinstanzen, keine »Autoregulation« oder Selbstkritik kannte.

Viele Drahtzieher und Täter der NS-Zeit blieben unbestraft. Die ersten Druwe-Romane beschäftigen sich bereits mit diesem Thema, unter anderem mit dem Untertauchen über die »Rattenlinie Nord«. Im dritten Teil wollte ich das Problem noch auf eine weitere Ebene heben. Im aufkeimenden Ost-West-Konflikt gelang es vielen wichtigen Personen der NS-Bürokratie, Wissenschaftlern und Offizieren, ihr Wissen (und ihre Person) quasi zu verkaufen. Dafür gingen sie im Gegenzug – oft mit neuer Identität – straffrei aus. Es entstand ein regelrechter Wettlauf der alten Verbündeten um Akten, Forschungseinrichtungen, Prototypen und Patente. Die »Organisation Gehlen« als Vorläufer des BND wurde von mir als ein Paradebeispiel für die Verstrickung von neuen Interessen und alten Seilschaften gewählt.

Ich bin der Ansicht, dass wir einen weiteren Diskurs zur Aufarbeitung der NS-Zeit brauchen. Dabei sollte es um Fragen der Metaebene gehen. Wie wird Schuld verdrängt? Wie entsteht Schweigen, und was bewirkt es? Was macht unechte, giftige Kommunikation mit uns? Deutschland hat sich in den beiden Staaten dreißig Jahre lang um seine Wahrheiten gedrückt und während dieser Zeit mindestens zwei Generationen geprägt. Und vielen Tätern, stillen Befürwortern und Wasserträgern ist es auf diese Weise gelungen, die Schuld an die nicht direkt Beteiligten weiterzureichen.

Viele Zeitzeugen starben in jener Zeit, wichtige Unterlagen, ja ganze Archive verschwanden. »Nach vorn sehen« wurde das vorherrschende Motto der ersten Nachkriegsjahrzehnte. Alle beriefen sich auf einen gesellschaftsfähig gewordenen Schweigekonsens. Ein Zitat Adenauers (schon Anfang der Fünfziger geäußert) belegt den Zeitgeist: »Ich meine, wir sollten jetzt mit der Nazi-Riecherei Schluss machen.« Ich hingegen sage: Nein, Herr Adenauer! Wir haben gerade erst damit angefangen! Der Anspruch der jungen Generationen ist, für sich selbst entscheiden zu wollen. Diese Freiheit wird es jedoch nur um den Preis einer Stellungnahme geben. Der Standort muss klar sein, um einen Kurs zu setzen. Und die gegenwärtige Position ist immer das Ergebnis vergangener Wirkungen.

Die Druwe-Reihe ist meine ganz persönliche Ausdrucksform, mit dem inneren Schweigen zu brechen. Meine Figuren werden zu Art Stellvertretern für mich und die Menschen in meiner Umgebung. Jeder Mensch kann Täter*in sein. Oder Opfer. Mitläufer*in. Schweiger. Indem wir uns ein Stück weit in sie hineinversetzen, begegnen wir immer auch unseren eigenen dunklen Anteilen. Über Jens Druwe habe ich mich der Frage angenähert: Was hätte ich getan (oder nicht)? Die Antworten, die ich fand, waren nicht immer schön. Aber sie sind mir Ansporn weiterzumachen. Mir ist klar, dass ich an diesem Punkt nicht ausharren darf, denn dann bleibe ich nur im Vergangenen stecken. Die weitaus wichtigere Frage lautet nämlich: Was tue ich in Zukunft (oder nicht)? Wo werde ich stehen, wenn sich wieder eine Dämmerung ankündigt?